東川劉文簡公集註

（明）劉春 ○ 撰　胡昌健 ○ 點註

重慶出版集團
重慶出版社

图书在版编目(CIP)数据

东川刘文简公集注 /（明）刘春撰；胡昌健点注. —重庆：重庆出版社，2023.6
ISBN 978-7-229-17570-2

Ⅰ.①东… Ⅱ.①刘… ②胡… Ⅲ.①古典散文—散文集—中国—明代 ②古典诗歌—诗集—中国—明代 Ⅳ.①I214.82

中国版本图书馆CIP数据核字（2023）第065032号

东川刘文简公集注
DONG CHUAN LIU WENJIAN GONG JI ZHU
（明）刘春 撰　胡昌健 点注

责任编辑：吴　昊
责任校对：杨　婧
装帧设计：李南江

重庆出版集团
重庆出版社　出版

重庆市南岸区南滨路162号1幢　邮政编码：400061　http://www.cqph.com
重庆出版社艺术设计有限公司制版
重庆天旭印务有限责任公司印刷
重庆出版集团图书发行有限公司发行
E-MAIL:fxchu@cqph.com　邮购电话：023-61520646
全国新华书店经销

开本：787mm×1092mm　1/16　印张：63.5　字数：772千
2023年6月第1版　2023年6月第1次印刷
ISBN 978-7-229-17570-2
定价：208.00元

如有印装质量问题，请向本集团图书发行有限公司调换：023-61520678

版权所有　侵权必究

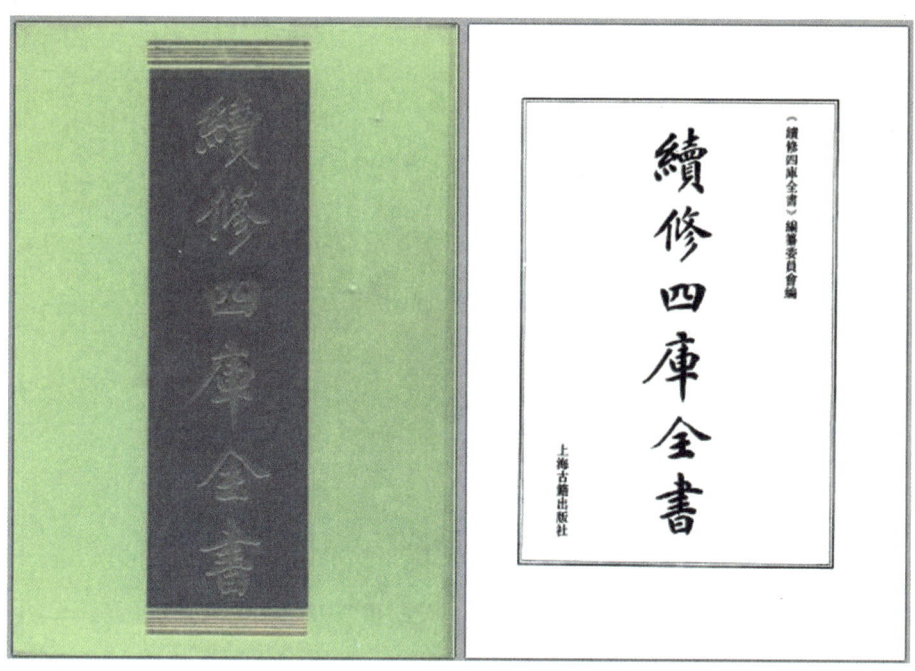

上海古籍出版社出版的《續修四庫全書》書影

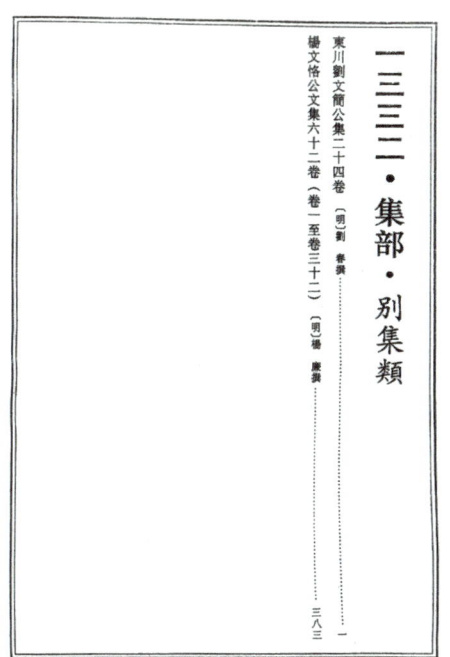

《東川劉文簡公集》二十四卷被收錄在《續修四庫全書》集部·別集類·第一三三二冊

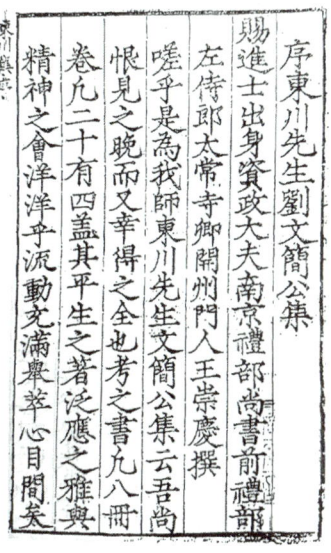

《東川先生劉文簡公集》書影

重慶巴南區南泉街道萬河村樵坪山西面靠近中段坡下"翰林墳"（劉春墓）

劉春墓誌銘拓片

劉規墓表拓片

劉春夫人甕氏墓志銘拓片

《巴渝文庫》編纂委員會

(以姓氏筆畫爲序)

主　　任　張　鳴
副 主 任　鄭向東
成　　員　任　競　劉　旗　劉文海　米加德　李　鵬　吳玉榮
　　　　　張發鈞　陳興蕪　陳昌明　饒幫華　祝輕舟　龔建海
　　　　　程武彦　詹成志　潘　勇

《巴渝文庫》專家委員會

(以姓氏筆畫爲序)

學術牽頭人　藍錫麟　黎小龍
成　　員　馬　强　王志昆　王增恂　白九江　劉興亮　劉明華
　　　　　劉重來　李禹階　李彭元　楊恩芳　楊清明　吳玉榮
　　　　　何　兵　鄒後曦　張　文　張　瑾　張鳳琦　張守廣
　　　　　張榮祥　周　勇　周安平　周曉風　胡道修　段　渝
　　　　　唐潤明　曹文富　龔義龍　常雲平　韓雲波　程地宇
　　　　　傅德岷　舒大剛　曾代偉　溫相勇　藍　勇　熊　篤
　　　　　熊憲光　滕新才　潘　洵　薛新力

《巴渝文庫》辦公室

（以姓氏筆畫爲序）

王志昆　艾智科　劉向東　杜芝明　李遠毅　別必亮　張　進
張　瑜　張永洋　張榮祥　陳曉陽　周安平　郎吉才　袁佳紅
黃　瑛　曹　璐　温相勇

總序

藍錫麟

　　兩百多萬字的《巴渝文獻總目》即將出版發行。它標誌着經過六年多的精準設計、切實論証和辛勤推進，業已明確寫入《重慶市國民經濟和社會發展第十三個五年規劃》的《巴渝文庫》編纂出版工程，取得了第一個碩重的成果。它也預示着，依託這部前所未有的大書已摸清和呈現的巴渝文獻的厚實家底，對于巴渝文化的挖掘、闡釋、傳承和弘揚，都有可能進入一個嶄新的階段。

　　《巴渝文庫》是一套以發掘梳理、編纂出版巴渝文獻爲主軸，對巴渝歷史、巴渝人文、巴渝風物等進行廣泛匯通、深入探究和當代解讀，以供今人和後人充分瞭解巴渝文化、準確認知巴渝文化，有利于存史、傳箴、資治、揚德、勵志、育才的大型叢書。整套叢書都將遵循整理、研究、求實、適用的編纂方針，運用系統、發展、開放、創新的文化理念，力求能如宋人張載所倡導的"爲天地立心，爲生民立命，爲往聖繼絕學，爲萬世開太平"那樣，對厘清巴渝文化文脈，光大巴渝文化精華，作出當代文化視野所能達致的應有貢獻。

　　這其間有三個關鍵詞，亦即"巴渝""文化"和"巴渝文化"。

　　"巴渝"稱謂由來甚早。西漢司馬相如的《上林賦》中，即有"巴渝宋蔡，淮南于遮"的表述，桓寬的《鹽鐵論·刺權篇》也有"鳴鼓巴渝，交作于堂下"的説法。西晉郭璞曾爲《上林賦》作注，指認"巴西閬中有渝水,僚人居其上,皆剛勇好舞,漢高祖募取以平三秦,後使樂府習之,因名巴渝舞也"。從前後《漢書》至新舊《唐書》,以及《三巴記》《華陽國志》等典籍中,都能見到"巴渝樂""巴渝舞"的記載。據之不難判定,"巴渝"是一個地域歷史概念,它泛指的是先秦巴國、秦漢巴郡轄境所及,中有渝水貫注的廣大區域。當今重慶市,即爲其間一個至關重要的組成部分,并且堪稱主體部分。

關于"文化"的界説,古今中外逾百種,我們只取在當今中國學界比較通用的一種。馬克思在《1844年經濟學哲學手稿》裏指出:"動物只生産自己本身,而人則再生産整個自然界。"因此,"自然的人化",亦即人類超越本能的、有意識地作用于自然界和社會的一切創造性活動及其物質、精神産品,就是廣義的文化。在廣義涵藴上,文化與文明大體上相當。廣義文化的技術體系和價值體系建構兩極,兩極又經由語言和社會結構組成文化統一體。其中的價值體系,即與特定族群的生産方式和生活方式相適應,構成以語言爲符號傳播的價值觀念和行爲準則,通常被稱爲觀念形態,就是狹義的文化。文字作爲語言的主要記載符號,累代相積地記録、傳播和保存人類文明的各種成果,則形成文獻。文獻直屬于狹義文化,具有知識性特徵,但同時又是廣義文化的價值結晶。《巴渝文庫》的"文"即專指文獻,整部叢書都將遵循以上認知從文獻伸及文化。

將"巴渝"和"文化"兩個概念和合爲一,標舉出"巴渝文化"特指概念,乃是二十世紀中後期發生的事。肇其端,《説文月刊》1941年10月在上海,1942年8月在重慶,先後發表了衛聚賢的《巴蜀文化》一文,並以"巴蜀文化專號"名義合計發表了25篇文章,破天荒地揭櫫了巴蜀文化的基本内涵。從五十年代到九十年代,以成渝兩地的學者群作爲主體,也吸引了全國學界一些人的關注和參與,對巴蜀文化的創新探究逐步深化、豐富和拓展,並由"巴蜀文化"總體維度向"巴蜀文明""巴渝文化"兩個向度切分、提昇和演進。在此基礎上,以1989年11月重慶博物館編輯、重慶出版社出版第一輯《巴渝文化》首樹旗幟,經1993年秋在渝召開"首届全國巴渝文化學術研討會"激揚波瀾，到1999年間第四輯《巴渝文化》結集面世，確証了"巴渝文化"這一地域歷史文化概念的提出和形成距今已達三十多年，並已獲得全國學界的廣泛認同。黎小龍所撰《"巴蜀文化""巴渝文化"概念及其基本內涵的形成與嬗變》一文，對其沿革、流變及因果考鏡翔實，梳理通達，足可供而今而後一切關注巴渝文化的人溯源知流，辨偽識真。

從中不難看出，巴蜀文化與巴渝文化不是並列關係，而是種屬關係，彼此間有同有異，可合可分。用系統論的觀點考察種屬，自古及今，巴蜀文化都是與荊楚文化、吳越文化同一層級的長江流域一大地域歷史文化，巴渝文化則是巴蜀文化的一個重要分支。自先秦迄于兩漢，巴渝文化幾近巴文化的同義語，與蜀文化共融而成巴蜀文化。魏晉南北朝以降，跟巴渝相對應的行政區劃迭有變更，僅言巴渝漸次不能遍及巴，但是，在巴渝文化的核心區、主體圈和輻射面以內，巴文化與蜀文化的兼容性和互補性，或者一言以蔽之曰同質性，仍然不可移易地存在，任何時勢下都毋庸置疑。而與之同時，大自然的偉力所造就的巴渝山水地質地貌，又以不以任何人的個人意志爲轉移的超然勢能，對于生息其間的歷代住民的生產方式和生活方式施予重大影響，從而決定了巴人與蜀人的觀念取向和行爲取向不盡一致，各有特色。再加上巴渝地區周邊四向，東之楚、南之黔、北之秦以及更廣遠的中原地區的文化都會與之相互交流、滲透和浸潤，巴渝文化之于巴蜀文化具有某些異質性，更加不可避免。既有同質性，又有异質性，就構成了巴渝文化的特質性。以此爲根基，在尊重巴蜀文化對巴渝文化的統攝地位的前提下，將巴渝文化切分出來重新觀照，合情合理，勢在必然。

周邊四向其他文化與巴渝文化交相作用，影響之大首推蜀文化自不待言，但對楚文化也不容忽視。《華陽國志·巴志》有言："江州以東，濱江山險，其人半楚，姿態敦厚。墊江以西，土地平敞，精敏輕疾。上下殊俗，情性不同。"正是這種交互性的生動寫照。就地緣結構和族群淵源而言，理當毫不含糊地說，巴渝文化地域恰是巴蜀文化圈與荊楚文化圈的邊緣交叉地域。既邊緣，又交叉，正負兩端效應都有。正面的效應，主要體現在有利于生成巴渝文化的開放、包容、多元、多樣上。而負面的效應，則集中反映在距離兩大文化圈的核心地區比較遠，無論在廣義層面，還是在狹義層面，巴渝文化的演進發展都難免于相對滯後。負面效應貫穿先秦以至魏晉南北朝時期，直至唐宋才有根本的改觀。

地域歷史的客觀進程即是巴渝文化的理論基石。當第四輯《巴渝文化》出版面世時，全國學界已對巴渝文化概念及其基本内涵取得不少積極的研究成果，認爲巴渝文化是指以今重慶爲中心，輻射川東、鄂西、湘西這一廣大地區内，從夏商直至明清時期的物質文化和精神文化的總和，已然成爲趨近共識的地域歷史文化界説。《巴渝文庫》自設計伊始，便認同這一界説，並將其貫徹編纂全過程。但在時空界綫上略有調整，編纂出版的主要内容已確認爲，從有文物佐证和文字記載的上古時期開始，直至 1949 年 9 月 30 日爲止，舉凡曾對今重慶市以及周邊相關的歷代巴渝地區的歷史進程産生過影響，具備文獻價值，能够體現巴渝文化的基本内涵的各種信息記録，尤其是得到自古及今廣泛認同的代表性著述，都在盡可能搜集、録入和整理、推介之列，當今學人對于巴渝歷史、巴渝人文、巴渝風物等的研究性著述也將與之相輔相成。一定意義上，它也可以叫《重慶文庫》，然而不忘文化初始，不忘文化由來，還是《巴渝文庫》體現順理成章。

須當明確指出，《巴渝文庫》矚目的歷代文獻，並非一概出自巴渝本籍人士的手筆。因爲一切文化得以生成和發展，注定都是在其滋生的熱土上曾經生息過的所有人，有所發現、有所創造的共生結果，決不應該分本籍或外籍。對巴渝文化而言，珍重和恪守這一理念尤關緊要。唐宋時期蘇民國年間，無疑是巴渝文化最輝煌的兩大時段，非巴渝籍人士在這兩大時段確曾有的發現和創造，明顯超過了巴渝本籍人士，排斥他們便會自損巴渝文化。所以我們對于文獻的收取原則，是不分彼此，一視同仁，尊重歷史，敬畏前賢。只不過，有憫于諸多發抉限制，時下文本還做不到應收盡收，只能做到盡可能收。拾遺補闕之功，容當俟諸後昆。

還需要强調一點，那就是作爲觀念形態狹義的文化，在其生成和發展的過程中，必然會受到一定時空的自然條件和社會條件，尤其是後者中的經濟、政治等廣義文化要素的多層多樣性的制約和支配。無論是共時態還是歷時態，都因之而決定，不同的地域文化會存在不平衡性和可變動性。但文化並不是經濟和政治的單相式僕從，它也有自身的構成品質和運行規律。一方面，文化的發展與經濟、政治的發展並不一定同步，通常呈現出相對滯後性和相對穩定性，而在特定的社會異動中又有可能凸顯超前。另一方面，不管處于哪種狀態下，文化都對經濟、政治等具有能動性的反作用，特別是反映優秀傳統或先進理念的價值觀念和行爲準則，對整個社會多維度的，廣場域的滲透影響十分巨大。除此而外，任何文化强勢區域的産生和延續，决然都離不開文化賢良和學術精英的引領開拓。這一切，在巴渝文化的演進流程中都有長足的映現，而巴渝文獻正是巴渝文化行進路綫圖的歷史風貌長卷。

從這一長卷可以清晰地指認，巴渝文獻爲形，巴渝文化爲神，從先秦迄于民國三千多年以來，歷代先人所創造的巴渝地域歷史文化，的確是源遠流長，根深葉茂，絢麗多姿，歷久彌新。盡管文獻並不能够代替文物、風俗之類對于文化具有的載記功能和傳揚作用，但它作爲最重要的傳承形態，如今薈萃于一體，分明已經展示出了巴渝文化的四個行進階段。

第一個階段，起自先秦，結于魏晋南北朝。這一階段長達千餘年，前大半段恰爲上古巴國、兩漢巴郡的存在時期，因而正是巴渝文化的初始時期；後小半段則爲三國蜀漢以降，多族群的十幾個紛争政權先後交替分治時期，因而從文化看只是初始時期的遲緩延伸。巴國雖曾强盛過，却如《華陽國志·巴志》所記，在魯哀公十八年（前477年）以後，"楚主夏盟，秦擅西土，巴國分遠，故于盟會希"，淪落爲一個無足道的僻遠弱國。政治上的邊緣化，加之經濟上的山林漁獵文明、山地農耕文明相交錯，生産力低下，嚴重地桎梏了文化的根苗茁壯生長。其間最大的亮點，在于巴、楚共建而成的巫、神、辭、謠相融合的三峽文化，澤被後世，長久不衰。兩漢四百年大致延其續，在史志、詩文等層面上時見踪影，但表現得相當零散，遠不及以成都爲中心的蜀文化在辭賦、史傳等領域都蔚爲大觀。魏晉南北朝三百多年，社會大動盪，生產大倒退，文化生態極爲惡劣，反倒陷入了裹足不前之狀。較之西向蜀文化和東向楚文化，這一階段的巴渝文化，明顯地處於後發展態勢。

第二個階段，涵蓋了隋唐、五代、兩宋，近七百年。其中的前三百餘年國家統一，帶動了巴渝地區經濟社會恢復良性發展，後三百多年雖然重現政治上的分合爭鬥，但文化驅動空前自覺，合起來給巴渝文化注入了生機。特別是科舉、仕宦、貶謫、遊歷諸多因素，促成了包括李白、"三蘇"在內，尤其是杜甫、白居易、劉禹錫、黃庭堅、陸游、範成大等文學巨擘寓迹巴渝，直接催生出兩大輝煌。一是形成了以"夔州詩"爲品牌的詩歌勝境，流譽峽江，彪炳汗青，進入了唐宋兩代中華詩歌頂級殿堂。二是發掘出了巴渝本土始於齊梁的民歌"竹枝詞"，創造性轉化爲文人"竹枝詞"，由唐宋至于明清，不僅傳播到全中國的衆多民族，而且傳播到全球五大洲。與之相仿佛，宋代理學大師周敦頤、程頤先後流寓巴渝，也將經學、理學以及興學施教之風傳播到巴渝，迄及明清仍見光揚。在這兩大場域內，中華詩歌界和哲學界，漸次有了巴渝本土文人如李遠、馮時行、度正、陽枋等的身影和行迹。盡管只是局部範圍的异軍突起，卓爾不群，但這種文化突破，却比1189年重慶昇府得名，進而將原先只有行政、軍事功能的本城建成一座兼具行政、軍事、經濟、文化、交通等多功能的城市要早得多。盡有理由说，這個階段顯示着巴渝文化振起突昇。

第三個階段，貫通元明清，六百多年。在這一時期，中華民族國家的族群結構和版圖結構最終底定，四川省內成渝之間的統屬格局趨于穩固，經濟社會發展進入了新的里程，巴渝文化也因之而拓寬領域沉穩地成長。特別是明清兩代大量移民進入巴渝地區，晚清重慶開埠，帶來新技術和新思想，對促進經濟和文化繁榮起了大作用。本地區文化名人前驅後繼，文學如鄒智、張佳胤、傅作楫、周煌、李惺、李士棻、鐘雲舫，史學如張森楷，經學如來知德，佛學如破山海明，書畫如龔晴皋，成就和影響都超越了一時一地，鄒容宣傳民主主義革命思想更是領异于時代。外籍的文化名人，諸如楊慎、曹學佺、王士禎、王爾鑒、李調元、張問陶、趙熙等，亦有多向的不俗建樹。盡管除鄒容一響絕塵之外，缺少了足以與唐宋高標相比並的全國一流性高峰，但認定這一階段巴渝文化搆築起了有如地理學上所謂中山水準的文化高地，還是並不過分的。

第四個階段，從1912年民國成立開始，到1949年9月30日國共易幟爲止，不足四十年。雖然極短暫，社會歷史的風雲激盪却是亘古無二，重慶在抗日戰爭時期成爲全中國的戰時首都更是空前絕後。由辛亥革命到五四運動，重慶的思想、政治精英已經站在全川前列，家國情懷、革命意識已經在巴渝地區强勢僨張。至抗戰首都期間，數不勝數的全國一流的文化賢良和學術精英匯聚到了當時重慶和周邊地區，勢所必至地全方位、大縱深推動文化迅猛突進，從而將重慶打造成了那個時期全中國最大最高的文化高地，其間還聳出不少全國性的文化高峰。其先其中其後，巴渝本籍的文化先進也競相奮起，各展風騷，如盧作孚、任鴻隽、劉雪庵就在他們所致力的文化領域高揚過旗幟，潘大逵、楊庶堪、吳芳吉、張錫疇、何其芳、李壽民等也聲逾夔門，成就不凡。毫無疑問，這是巴渝文化凸顯鼎盛、最爲輝煌的一個階段，前無古人，後世也難以企及。包括大量文獻在内，它所留下的極其豐厚的思想、價值和精神遺産，永遠都是巴渝文化最珍貴的富集寶藏。

由文獻反觀文化，概略勾勒出巴渝文化的四個生成、流變、發展階段，指定會有助于今之巴渝住民和後之巴渝住民如實瞭解巴渝文化，切實增進對于本土文化的自知之明、自信之氣和自强之力，從而做到不忘本來，吸收外來，面向未來，更加自覺地傳承和弘揚巴渝文化，不懈地推動巴渝文化在新的語境中創造性轉化，創新性發展。對于非巴渝籍人士，同樣也有認識意義。《巴渝文獻總目》沒有按照這四個階段劃段分卷，而是依從學界通例分成"古代卷"和"民國卷"，與如此分段並不牴牾。四分着眼于細密，兩分着眼于大觀，各有所長，相得益彰。

《巴渝文獻總目》作爲《巴渝文庫》起始發凡的第一部大書，基本的編纂目的在于摸清文献家底，這一目的已然達到。但它展現的主要是數量。反觀文化，數量承載的多半還是文化總體的支撐基座的長度和寬度，而並不是足以代表那種文化的品格和力量的厚度和高度。文化的品格和力量蘊含在創造性發現、創新性發展，浸透着質量，亦即思想、價值和精神的精華當中，任何文化形態均無所例外。因此，幾乎與編纂《巴渝文獻總目》同時起步，我們業已着手披沙揀金，精心遴選優秀文獻，分門别類，鈎玄提要，以編撰出第二部大書，亦即《巴渝文獻要目提要》。明年或後年，當《巴渝文獻要目提要》也編成出版以後，兩部大書合爲雙璧，就將對傳承和弘揚巴渝文化，持續地生發出别的文化樣式所不可替代的指南工具書作用。即便只編輯出版這樣兩部大書，《巴渝文庫》工程便建立了歷代前人未建之功，足可以便利當代，嘉惠後人，恒久存傳。

《巴渝文庫》的期成目標，遠非僅編輯出版上述兩部大書而已。按既定設計，今後十年内外，還將以"文獻""新探"兩大編的架構形式，分三步走，繼續推進，爭取總體量達到 300 種左右。"文獻"編擬稱《歷代巴渝文獻集成》，旨在對著作類和單篇類中優秀的，或者有某種代表性的文獻進行抉取、整理、注疏、翻印、選編或輯存，使之更適合古爲今用，預計 180 種左右。"新探"編擬稱《歷代巴渝文化研究》，旨在延請本土學人和外地學人，在文獻基礎上，對巴渝歷史、巴渝人文、巴渝風物等作出創造性研究和創新性詮釋，逐步地産生出著述成果 120 種左右。與其相對應，第一步爲基礎性工作，即在配套完成兩部大書的同時，至遲於 2017 年四季度前，確定"文獻"編的所有子項目和項目承擔人。第二步再用三至五年時間，集中精力推進"文獻"編的分項編輯出版，力爭基本完成，並至遲於 2020 年四季度前，確定"新探"編的所有子項目和項目承擔人。第三步另用五年或者略多一點時間，完成"新探"編，力爭 2027 年前後能竟全功。全過程都要堅持責任至上、質量第一原則，確保慎始慎終，以達致善始善終。能否如願以償，有待多方協力。

總而言之，編輯出版《巴渝文庫》是一項重大文化建設工程，需要所有參與者自始至終切實做到有抱負，有擔當，攻堅克難，精益求精，前赴後繼地爲之不懈努力，不竟全功，決不止息。它也體現着黨委意向和政府行爲，對把重慶建設成爲長江上游的文化高地具有不容低估的深遠意義，因而也需要黨委和政府高屋建瓴，貫穿全程地給予更多關切和支持。它還具備了公益指向，因而盡可能地爭取社會各界關注和支持，同樣不可或缺。事關立心鑄魂，必須不辱使命，前無愧怍于先人，後無愧怍于來者。初心長在，同懷勉之！

2016 年 12 月 16 日于淡水軒

凡例

《巴渝文庫》是一套以發掘梳理、編纂出版巴渝文獻爲主軸，對巴渝歷史、巴渝人文、巴渝風物等進行廣泛匯通、深入探究和當代解讀，以供今人和後人充分瞭解巴渝文化、準確認知巴渝文化，有利于存史、傳箴、資治、揚德、勵志、育才的大型叢書。整套叢書都將遵循整理、研究、求實、適用的編纂方針，運用系統、發展、開放、創新的文化理念，力求能如宋人張載所倡導的"爲天地立心，爲生民立命，爲往聖繼絕學，爲萬世開太平"那樣，對厘清巴渝文化文脈，光大巴渝文化精華，作出當代文化視野所能達致的應有貢獻。

一、收録原則

1. 内容範圍

①凡是與巴渝歷史文化直接相關的著作文獻，無論時代、地域，原則上都全面收録；

②其他著作之中若有完整章（節）内容涉及巴渝的，原則上也收入本《文庫》；全國性地理總志中的巴渝文獻，收入本《文庫》；

③巴渝籍人士（包括在巴渝出生的外籍人士）的著作，收入本《文庫》；

④寓居巴渝的人士所撰寫的其他代表性著作，按情况酌定收録，力求做到博觀約取、去蕪存菁。

2. 地域範圍

古代，以秦漢時期的巴郡、晉《華陽國志》所載"三巴"爲限；民國，原則上以重慶直轄（1997年）後的行政區劃爲基礎，參酌民國時期的行政建制適當張弛。

3. 時間範圍

古代，原則上沿用中國傳統斷代，即上溯有文字記載、有文物佐証的先秦時期，下迄1911年12月31日；民國，收錄範圍爲1912年1月1日至1949年9月30日。

4. 代表性與重點性

《巴渝文庫》以"代表性論著"爲主，即能反映巴渝地區歷史發展脈絡、對巴渝地區歷史進程產生過影響、能夠體現地域文化基本內涵、得到古今廣泛認同且具有文獻價值的代表性論著。

《巴渝文庫》突出了巴渝地區歷史進程中的"重點"，即重大曆史節點、重大曆史階段、重大曆史事件、重要歷史人物。就古代、民國兩個階段而言，結合巴渝地區歷史進程和歷史文獻實際，突出了民國特別是抗戰時期重慶的歷史地位。

二、收錄規模

爲了全面、系統展示巴渝文化，《巴渝文庫》初步收錄了哲學宗教、政治法律、軍事、經濟、文化科學教育、語言文學藝術、歷史與地理、地球科學、醫藥衛生、交通運輸、市政與鄉村建設、名人名家文集、方誌碑刻報刊等方面論著約300餘種。

其中，古代與民國的數量大致相同。根據重要性、內容豐富程度與相關性等，"一種"可能是單獨一個項目，也可能是同"類"的幾個或多個項目，尤以民國體現最爲明顯。

三、整理原則

《巴渝文庫》體現"以人係文""以事係文"的整理原則，以整理、輯錄、點校爲主，原則上不影印出版，部分具有重要價值、十分珍貴、古今廣泛認同、流傳少的論著，酌情影印出版。

每一個項目有一個"前言"。"前言"，包括文獻著者生平事迹、文獻主要内容與價值，陳述版本源流，説明底本、主校本、參校本的情况等。文獻内容重行編次的，有説明編排原則及有關情况介紹。

前言

《東川劉文簡公集》析讀

胡昌健

據清雍正《四川通志》載，有明一代270餘年，巴縣一個縣出的進士有102人；銅梁縣33人（不包括安居縣）；合州32人；江津27人；涪州26人；長壽26人；忠州14人；永川11人；墊江8人；榮昌8人；萬縣5人；酆都4人；大足3人①。而有明一代江蘇武進縣出的進士爲207人，無錫縣173人，吳縣126人，等等。這個對比，表明當時的重慶府、夔州、涪州、忠州、合州在科舉取士上，與江南一帶差距甚大。但是，巴縣的文教無疑在夔、涪、忠、合諸州之上。

古代文人"齊家治國平天下"的理想是很濃很重的。中舉人、進士，是古代士子的夢想。但即使千辛萬苦成爲進士後，也僅僅是仕途的第一步，要想取得政績成就，或立功、立言、立德，談何容易？

但在遠距兩京數千里之遙的巴縣，卻出了一位立功、立言、立德的劉春。

---

① 參見《選舉·進士》，雍正《四川通志》卷三十四。

劉春，明代巴縣"諸劉"之一，生於天順四年（1460），卒於正德十六年（1521），享年六十二。成化二十三年（1487）進士，官至禮部尚書，活動于成化、弘治、正德年間。對這位500年前的人，今人瞭解並不多，巴渝學術界研究劉春的相關文章也不多。人們似乎僅僅知道他是進士，做了高官，其實他還是學者、詩人、書法家。明代學者楊慎譽劉春"有頍文苑，蔚爲儒宗。……瑰辭直筆，大雅古風"。① 廖道南謂劉春"醇雅篤厚，有古人風"。②

　　今重慶地區範圍內的古代文人，璧山有宋代的馮時行等且不待言，僅就明代的進士來說，有成就或名望者，筆者認爲如宣德庚戌科（1430）江津的江淵，景泰辛未科（1451）巴縣的江朝宗，景泰甲戌科（1454）涪州的劉岌，成化丁未科（1487）巴縣的劉春、合州的鄒智、酆都的楊孟瑛，弘治庚戌科（1490）長壽的聶賢，正德戊辰科（1508）涪州的夏邦謨，正德辛未科（1511）榮昌的喻茂堅，嘉靖庚戌科（1550）銅梁的張佳胤，萬曆癸丑科（1613）巴縣的王應熊等等。諸人中，有尚書、御史等，但有著述流傳後世者，僅劉春的《東川劉文簡公集》（下簡稱《文簡集》）、鄒智的《立齋遺文》、張佳胤的《居來山房集》。

關於《東川劉文簡公集》

　　劉春生前寫了不少文章，當時並未結集付梓，"有《鳳山稿》，藏於家"③。《鳳山稿》今不存。劉春卒後三十四年，其孫劉起宗（1505？—1567？）在《鳳山稿》基礎上，廣搜博蓄，輯爲一集，取名爲《東川劉文簡公集》，於嘉靖三十三年（1554）付梓。

　　《文簡集》有嘉靖二十六年（1547）黃佐序，嘉靖三十三年（1554）王

---

① （明）楊慎：《藝文·祭文》之《祭劉文簡公春文》，《升庵集》卷九、雍正《四川通志》卷四十四。

② （明）黃佐、（明）廖道南：《館學·禮部尚書兼學士劉春》，《殿閣詞林記》卷六。

③ 嘉靖元年（1522）《劉春墓志銘》，現藏重慶市巴南區文物保護管理所。

崇慶序。黃佐序，乃受劉起宗之請，黃氏云："東川先生劉文簡公集，凡二十四卷，乃孫給諫君（劉）起宗授簡，俾佐爲叙。……既受以卒業，則慨然嘆曰：嗟乎，先生真我師也。……正德辛巳（1521）夏六月朔，佐甫入翰林，廁吉士之末，有詔俾往受業，將及門，而先生薨矣。嗚呼！觀德未由，而學已私淑，先生真我師哉。"

《文簡集》之末，有嘉靖三十三年（1554）四川内江人趙貞吉撰《刊劉文簡公集後序》，趙序云："初，予入史館，求文簡劉公集甚勤而不得見。越二十年，今始見於金陵公之冢孫宗之新刻于寧國本也。初，公領蜀解，以成化丁未（1487）進士第二人入居太史，當是時，合州鄒公汝愚（智）亦策入等，爲庶吉士，蓋一年而得蜀二奇士，文章器業，皆甲于時。"

趙貞吉（1508—1576），字孟靜，號大洲，四川内江人。嘉靖十四年（1535）進士，授翰林編修，隆慶五年（1571）致仕歸鄉，居家閉門著述，卒諡"文肅"，有《趙文肅公文集》等。按所謂"公之冢孫宗之新刻于寧國本"，即嘉靖三十一年至三十四年（1552—1555）劉起宗曾任寧國知府，則知《文簡集》刻于劉起宗任寧國知府之時。

《文簡集》卷一至卷十四爲《序》；卷十五爲《記》；卷十六至卷十八爲《墓志銘》；卷十九爲《碑》《墓表》等；卷二十爲《跋》；卷二十一爲《祭文》；卷二十二、二十三、二十四爲詩。全書計 21 萬字。

《文簡集》是古代巴縣籍名宦廉吏、儒宗學者的著作，是重慶本土學者遺存的珍貴文獻，是研究地方史及明史難得的歷史資料，其有存史、補闕、糾誤之效，值得我們去挖掘、研究。

《東川劉文簡公集注》以 2002 年上海古籍出版社《續修四庫全書》一三三二册集部別集類《東川劉文簡公集》影印本爲藍本，該影印本爲"據北京圖書館嘉靖三十三年劉起宗刻本影印"，據此點注。

光緒元年（1875）《銅梁縣志》卷十三《藝文志》收錄有劉春撰《重修安居縣入學記》，而《東川劉文簡公集》未收錄此《記》。光緒《銅梁縣志》原件現藏銅梁縣檔案館，因僅存一套，十分珍貴，1982 年銅梁縣志辦據原件打印簡體字本（油印本）。本書將《重修安居縣入學記》收入《附錄》中。

劉春筆下的明代官員百態

作爲一個朝廷官員，劉春在爲朋友作《序》《跋》《記》等時，筆下自然流露出對世態、官吏的看法，這對於一個正直的知識分子來說，是很自然的事情。

劉春的朋友，受命任知府、知州、知縣、學正、僉事或考績，在還任、致仕還鄉時，劉春往往要寫《序》送他們，如《送太守喻君修己任晉寧序》《送太守李君邦輔之柳州序》《送太守朱君任袁州序》《送朱世亨澧州學正序》《送太平守徐公時中考績還任序》《送太守武朝信考績還任序》等等。《文簡集》中《序》類文字最多，占全書一半，作者的觀點、立場、修養及處世態度，往往表現其中。在《序》文中，除一番祝賀客套之言外，劉春常以古之循吏、名臣爲榜樣勉勵諸友。其筆下常出現循吏、廉吏、古之君子等詞，他講究爲官之人心的修養，談論"士"的標準，"循吏"的標準，強調爲官要惠民，等等。

劉春的筆下有"循吏""材吏""巧宦"這類表述。如"凡里巷章縫之士，所以愛念而歆羨之者甚至於是，而嘆侯（廖森）真有以得乎民，而非世之巧宦、材吏暴於外而無實者之所爲矣"。①

何謂"循吏"？劉春的定義是："所謂循吏者，乃皆純謹篤厚，先教化而後誅罰，而人之所以愛而思之者。"② 宋人謝逸云："古之所謂循吏者，奉法循理，不用威嚴，在位無顯功，去而民見思。"③ 明人張寧云："古之所謂循吏，大約不事威刑，以道率民而已。"④

何謂"材吏"？文獻無解釋，然有例舉，如唐代"嚴挺之，名浚，以字

---

① 《送涪陵太守廖侯孔秀考績之任序》，《東川劉文簡公集》卷十一。
② 《送涪陵太守廖侯孔秀考績之任序》，《東川劉文簡公集》卷十一。
③ （北宋）謝逸：《故通仕郎晏宗武墓志銘》，《溪堂集》卷九。
④ （明）張寧：《送洪知縣赴京序》，《方洲集》卷十六。

行，華州華陰人。少好學，姿質軒秀，舉進士，並擢制科，調義興尉，號材吏"。①又如"（孫）長卿，性務廉潔，以能臣稱；（李）中師，用法刻深，以治辨稱。雖均爲材吏，而優劣自見"。②

何謂"巧宦"？古人謂之"背約、固寵、柔媚、險巧、附上官、非儒流、無學術、善俯仰、有中人助、由他徑致"③，"有仕宦之初，頗著廉名，及身躋大位，則頓易其操者，古人謂之巧宦，其心事豈可問乎？"④而劉春的定義是："士之仕者，求獲乎上官，則恒飾館舍事逢迎務悅於上，而不恤乎下；務辦於外，而不究其内，蓋古所謂巧宦者。"⑤

劉春多次以"龔、黄、卓、魯"爲仕者榜樣模範。龔、黄，漢龔遂、黄霸；卓、魯，漢卓茂、魯恭。泛指循吏。"世之論守令者，必曰龔、黄、卓、魯。……霸，温良有讓；遂，忠厚剛毅；茂，寬仁恭愛；恭，性謙退。至論其治狀，大都力行教化而後誅罰，視民如子，躬率儉約，督民樹蓄，舉善而教，口無惡言。"⑥"世嘗稱循吏，必曰河南守吳公、蜀守文翁，曰龔、黄、卓、魯。"⑦

除龔、黄、卓、魯外，劉春筆下多贊譽歷代名臣，如姚崇、宋璟、張九齡、韓琦、范仲淹、富弼、歐陽修、杜衍、文彦博、晏殊，及明代王忠肅公（王翱）、于肅愍公（于謙）、余肅敏公（余子俊）等。

"嘗觀唐之治，稱開元矣。當時，如姚，如宋，固名臣也；而又有張曲江者，以風烈著；⑧ 如李元紘者，以清節著。若陸象先、褚無量、韓休輩，

---

① 《列傳・第五十四・裴崔盧李王嚴》，《新唐書》卷一百二十九。
② 《列傳・第九十・孫長卿》，《宋史》卷三百三十一。
③ 《政術部二・巧宦》，《淵鑒類函》卷一百二十三。《册府元龜》卷九百四十五的《總錄部》中亦有《巧宦》。
④ 《諭總督（雍正元年）（1723）》，雍正《江西通志》卷首之三。
⑤ 《送郯城尹席君文同考績還任序》，《東川劉文簡公集》卷七。
⑥ 《送陳君嘉言尹江津序》，《東川劉文簡公集》卷十。
⑦ 《送太守張君之任序》，《東川劉文簡公集》卷八。龔、黄，參見《漢書・循吏傳序》；卓、魯，參見孔稚圭《北山移文》。
⑧ 即姚崇、宋璟、張九齡。

彬彬於其間，又非一人。宋之治，稱慶曆矣。當時，如韓、范、富、歐①，固其著也；而又有若杜祁公、文潞公、晏元獻②輩，亦相頡頏者，不可縷數。"③都御史劉洪："每以王忠肅之節操，于肅愍之忠勳，周文襄之經畫，余肅敏之機略可法。"④

劉春對爲迎接上級官員而裝飾旅館、到數十里⑤外跪拜迎接上官者，頗不屑。"士之仕者，求獲乎上官，則恒飾館舍事逢迎。"⑥"其一曰樂於逢迎。……輜車所至，士必望塵跪拜于數舍許，甚或交迎於州邑間而後快意，否則未有釋然者，此則逢迎之弊也。"⑦

他感嘆現在循吏少了，賄賂公行，廉恥道消，今不如昔："士風之壞久矣。"⑧"近世，士風之不厚……今天下民困於吏治之紛擾，其弊已極，求其存古人之心，著循良之績者，僅什一二。"⑨"賄賂公行，廉恥道消，莫甚於此。"⑩

劉春數次贊譽"古之仕者""古之君子"⑪。他認爲古之君子當官是爲人民的，而現在讀書人（進士、舉人）進入仕途後，是爲自己的。他説，這種人我見得多了，"古之從仕者爲人"。⑫"古之君子，其學篤於爲己，其仕篤于爲人。"⑬他幾次説到："古之仕者爲人，今之仕者爲己。"⑭而這些爲

---

① 即韓琦、范仲淹、富弼、歐陽修。
② 即杜衍、文彥博、晏殊。
③ 《送禮部侍郎吳公冊封序》，《東川劉文簡公集》卷五。
④ 《南京都察院右副都御史劉公傳》，《東川劉文簡公集》卷十九。
⑤ 里，長度單位，1 市里等於 150 丈，合 500 米。古代行軍 30 里爲 1 舍。
⑥ 《送鄆城尹席君文同考績還任序》，《東川劉文簡公集》卷七。
⑦ 《送胡畏之提學雲南序》，《東川劉文簡公集》卷十四。
⑧ 《送憲副李君致仕序》，《東川劉文簡公集》卷七。
⑨ 《送鄆城尹席君文同考績還任序》，《東川劉文簡公集》卷七。
⑩ 《與林都憲書》，《東川劉文簡公集》卷十九。
⑪ 此處劉春所謂的"古"是指漢唐。
⑫ 《贈御史趙君文鑒考績序》，《東川劉文簡公集》卷十。
⑬ 《杭州重開西湖記》，《東川劉文簡公集》卷十五。
⑭ 《送太守李君邦輔之柳州序》，《東川劉文簡公集》卷二；《涪州新建振武保治樓記》，《東川劉文簡公集》卷十五。

自己牟利的"仕",皆是希望滿足以往的"窮居所願":"古之從仕者爲人,今從仕者爲己。……今天下之從仕者,……方其未仕,則處心積慮,惟富貴是圖。……及既仕,則所以趨利避害,罔上虐下者無不爲,冀以償其窮居所願欲。"①他認爲這些"仕",表面上是爲人,實際上是爲自己:"夫古之仕者爲人,非徒榮其爵、食其禄而已也……今之仕者,則大都爲己矣,操其爲己之心,以行其爲人之政。"②"古之君子,……非有所利而爲之也。"而"今之士,皆有所利而爲之耳……肯造福于民、效忠于國者乎?余所目擊者多矣"。③

他認爲現在的"仕","急於利與勢","甘心逐勢利",是一群"功利徒"。他説:"古之仕者,所以行其志,初不計其内與外也。苟志得行,雖外固榮;不行,雖内亦辱。今之仕者,則類急於利與勢矣。……與古人大相遠焉。"④"甘心逐勢利,得志忘筆硯。"⑤"紛紛功利徒,浮靡競相凌。"⑥

當然,官場並非皆"巧宦"。劉春贊賞的"循吏",如重慶知府何珊的父親何皞。何皞爲睢寧尹,"有同官者委輸軍需還,懷羨金三百兩,暮夜獻公,曰:'此既出於民,不可復散矣。'公曰:'不可散於民,獨不可用於官乎?方事經營費無所出,公之助多矣,必欲私之,吾心不可欺也。'人稱其廉"。⑦

他贊賞南京工部尚書洪遠,"其守官,則清、慎、勤三事,終始不渝。……迹古所謂良吏,豈有異耶?"⑧

他贊賞都察院右僉都御史王哲,"王哲巡按廣東,以憂去,民號哭送者

---

① 《送光禄车克成致仕還鄉序》,《東川劉文簡公集》卷九。
② 《送進士陳君五器尹南樂序》,《東川劉文簡公集》卷一。
③ 《送太守喻君脩己任晉寧序》,《東川劉文簡公集》卷一。
④ 《送進士江君廷撙尹岐山序》,《東川劉文簡公集》卷十二。
⑤ 《南圃三蒼》,《東川劉文簡公集》卷二十二。
⑥ 《題鄉賢祠祀曾子開》,《東川劉文簡公集》卷二十二。
⑦ 《贈南京刑部主事何公合葬墓志銘》,《東川劉文簡公集》卷十八。
⑧ 《明故資政大夫南京工部尚書洪公墓志銘》,《東川劉文簡公集》卷十八。

如市。平生愛晦庵'讀好書、行好事、作好人'之語"。① 王哲，字思德，吴江人，弘治三年（1490）進士，時有民謠曰："江西有一哲，六月飛霜雪。天下有十哲，太平無休歇。"

他贊賞貴州監察御史張宗厚，"簡賦斂，崇教化，來賢德，鋤强暴，植廢墜，誠心直道，不事機防，故甫三年，民安於野，士安於學，而强梗弗率者帖然，無逮系，績最，遂擢山西道監察御史。其爲御史，則知之必言，言之必當，既滿考，遂按治貴州，尤著偉績"。②

古時各地常有"去思碑"，即某循吏離去後，邑民思念其人，立"去思碑"。《文簡集》中有《古渝十思詩序》《大名太守李公去思碑》《重慶太守何侯去思碑》《岳州太守李侯祠碑》《去思賦》，皆是爲循吏而作。

受劉春贈《序》的人，一般都是劉春的摯友。以劉春的品行、爲人，其所交友往往是高潔、端莊、正氣之人。如徐節，成化八年（1472）進士，正德元年（1506）右副都御史，巡撫山西。其人風裁凛然，以忤逆瑾歸。瑾誅，復職，致仕③；如黃世經，成化二十三年（1487）進士，雲南副使，提刑惟慎，肅政惟明，滇民感之④；如余本實，成化二十三年（1487）進士，巡按雲南，河南副使，忤逆瑾罷歸⑤；如王用才，弘治六年（1493）進士，授寧府長史，朱宸濠異謀，王用才不從，逮獄者累月，終不屈，憂憤死（見卷四《送長史王君經濟序》）；如姚隆，弘治十五年（1502）進士，守荆州，罷歸，州民肖像祀之⑥；如韓福，成化十七年（1481）進士，守大名，治行爲天下第一，時以比宋包拯⑦；如趙炯，江西清軍監察御史，雲南副使，以

---

① 《明故都察院右僉都御史王公墓表》，《東川劉文簡公集》卷十九。
② 《送太守張君宗厚任吉安序》，《東川劉文簡公集》卷十一。
③ 參見《送太平守徐公時中考績還任序》，《東川劉文簡公集》卷一。
④ 參見《送憲副黃君時濟任雲南序》，《東川劉文簡公集》卷三。
⑤ 參見《送憲副余君誠之任福建序》，《東川劉文簡公集》卷三。
⑥ 參見《送長史王君經濟序》《送太守姚君原學之任荆州序》，《東川劉文簡公集》卷四。
⑦ 參見《送韓太守德夫序》，《東川劉文簡公集》卷六。

忤時相謫漢中府同知①；如張淳，成化二十三年（1487）進士，弘治中吉安知府，以清節惠政著聞，百廢俱舉，民爲立祠②，等等。

劉春筆下的重慶官員

劉春筆下的重慶官員，如明弘治、正德年間重慶知府毛泰、屈直、董朴、何珊、沈海，南川縣令田紹，涪陵太守廖森等，即劉春心目中的"循吏"。

卷一《古渝十思詩序》："……重慶太守董侯汝淳，蒞任未一年，以憂去。去之日，民之思而泣送者，雖氂倪亦屬於途。……侯既去，士大夫之能言者，乃酌民之情，播之聲詩，詩凡若干首，則又比其類而析之爲'十思'，曰'思正大''思平易''思清白''思儉用''思養老''思興學''思省刑''思薄賦''思息訟''思禁奸'，集成帙，余得而閱之。"董侯汝淳，即董樸。"董樸，湖廣麻城進士，弘治時爲重慶太守，潔己愛民，整躬率下，明禮儀，正風俗，以艱去，渝人思慕，銘德于石，祀名宦。"③

卷五《送葉君一之被召序》："臨海葉君一之，以進士任吾重慶推官，既蒞郡，其持心，則務平恕，而不欲以深文巧詆求名；其臨事，則務精審，而不欲以獨見私智流毒；其律身，則又嚴而思治己治人者。"葉忠，字一之，浙江臨海人，正德六年（1511）進士。

卷七《送太守屈公道伸之任序》："（重慶）太守闕員，宰臣舉刑部郎中華陰屈公道伸以往。道伸，清諒威明，聳然玉立，其平恕循良之治，望而可知，故命下，爲道伸者，曰：'非是郡，無以展公之才。'爲重慶者，曰：'非斯人，無以爲郡之福。'"是《序》謂重慶之難治，又力贊屈直之爲人。清雍正《四川通志》、民國《巴縣志》皆對屈直有褒揚之語。重慶朝天門沙

---

① 參見《贈御史趙君文鑒考績序》，《東川劉文簡公集》卷十。
② 參見《送太守張君宗厚任吉安序》，《東川劉文簡公集》卷十一。
③ 《名宦》，乾隆《巴縣志》卷八。

嘴水下"靈石"，舊有弘治十六年（1503）屈直《豐年碑題記》，《送太守屈公道伸之任序》無疑在屈直赴渝任之前。

卷九《送王君宗孔倅重慶序》，卷二十四《題毛太守禽鳥圖》詩、《送毛太守考滿還重慶》詩，此"毛太守"即重慶知府毛泰，爲劉春好友。毛泰任重慶知府，在明成化末年。清雍正《四川通志》卷六《名宦·重慶府》："毛泰，南陽人。……守重慶，洗冤獄，修學宮，士民懷之。"民國《巴縣志》卷九《官師上》："毛泰，河南南陽進士。……擢重慶守，洗冤獄，修學宮，士樂民懷。祀府名宦。"

卷十一《送涪陵太守廖侯孔秀考績之任序》："廖侯孔秀，……爲吾涪陵守，明白雋爽，學務有用，所謂循吏者也。蓋涪陵自侯視篆，其治民、馭吏、事上、接下，所以綱紀於其間者，要皆有先後、緩急之宜。至於右學、養士、化民、厚俗之事，則尤勤勤懇懇，興廢舉墜，而略不見其有所爲者，其日計不足，歲計有餘，余嘗得其治行於口碑，以爲或者譽言耳。……非世之巧宦、材吏，暴於外而無實者之所爲矣。""廖侯孔秀"即廖森，字孔秀，太和人，涪州知州，歷任十載，其去，涪人伏闕請留，崇祀涪州名宦祠。

卷十五《重修南川縣學記》云："弘治癸亥（1503），棗陽田侯給假令兹邑，既謁廟，將趨明倫堂見諸師生，有指而告曰：'此堂故址也，將鞠爲茂草，何以成禮？請勿辱臨。'侯乃悚然而返，曰：'是無事也，可以緩而弗治乎？'遂聚材鳩工……學宮爲之大備矣。"《湖廣通志》成化十三年（1477）鄉試榜有"田紹，棗陽人，知縣"。[①] 所謂"棗陽田侯"，即田紹。

卷十七《明致仕重慶府知府沈公墓志銘》："吾重慶知府沈公，蒞任僅三年，遂乞致事，時年猶未至也。……（沈公）授刑部主事，……除重慶。……其在泉州，慈惠威斷，吏民畏而愛之。……其在重慶，治亦如泉州，而法加密。郡人至今有去後之思。"沈海，字觀瀾，號葵軒，常熟人。沈海在重慶"興學校，以勵士氣；節冗費，以阜民財；省徭役，以紓民力。令家僮

[①]《選舉志·明舉人》，康熙《湖廣通志》卷三十四。

歲致粳米以供饗殮，郡人有'俟食蘇州米，惟飲巴江水'之謠"。①

卷十九《重慶太守何侯去思碑》："重慶太守何侯，擢四川憲副，兵備敘瀘之地。去之日，民之耄稚泣送者塞途，如赤子失父母，皇皇焉不能終日。"民國《巴縣志》卷六《職官·重慶府知府·明》："何珊：湖廣公安進士，正德朝任（重慶府知府）。"

劉春筆下的重慶

劉春爲人作《序》，往往提及重慶。或省親返巴縣，登臨盛景，亦往往有詩。如"重慶在蜀，爲大郡，凡兵、農、錢、谷諸徭役，俱甲於他所"。②

正德十年（1515）六月劉春母卒，十一月劉春抵巴縣，正德十三年（1518）服闋，正德十四年（1519）二月登舟離巴縣，四月抵南京。正德十四年（1519）正月八日，重慶知府馬文陪同劉春遊真武山，劉春遂作七律二首："曲徑登登最上頭，琳宮縹緲白雲浮。山環四面連天碧，水繞孤城學字流。野樹迎春爭欲秀，澗泉漱石更通幽。滿前佳景誰容厭，卻喜新年得勝遊。""坐踏山巔俯瞰江，萬家煙火舊名邦。水分二派流來合，地接三川勢未降。嘉會豈須論在野，歌聲何用入新腔。歸途燈炬連街市，風化應知政不龐。"③

又，丁憂間，四川按察司提學副使盧雍④來重慶視學，劉春陪盧雍游五福宮⑤，盧雍賦游五福宮七律二首，劉春和之："地居絕頂喜躋攀，清宴何當鎮日閑。樓閣參差橫野市，雲林突兀出塵寰。望懷遠樹叢幽谷，坐愛浮煙擁碧山。翹首帝京渺何許，無端憂思入眉間。""琳宮縹緲冠渝州，陟級才陪到上頭。簾卷青山當戶擁，江環綠水傍城收。登高便覺非平地，涉險應懷

---

① （明）李傑：《重慶守沈公海墓表》，《國朝獻徵錄》卷九十八。
② 《送王君宗孔倅重慶序》，《東川劉文簡公集》卷九。
③ 《己卯正月八日馬太守請遊真武山》，《東川劉文簡公集》卷二十三。
④ 盧雍，字師邵，吳縣人。
⑤ 五福宮舊址在今重慶渝中區通遠門旁金湯街，是當時重慶城中最高處，今不存。

不系舟。世事如棋談未易，得君爲免幾多愁。"①

劉春有《和楊月湖宗伯登報恩寺塔韻》七律一首："層台突兀杳蒼茫，涉級風清欲透裳。望入雲山渾不斷，心遊混沌若無方。由來履險須思退，任是登高未許狂。撫景令人增感慨，幾多汩没利名場。"②

還有送覺林寺僧人弘庥還重慶詩："處處名山盡占僧，覺林不獨古渝稱。龍門月上常先得，雁塔雲橫幾共登。好景忽看方外論，鄉心漫逐客中增。明年此日期相訪，十笏禪房掛古藤。"③

以上詩，"山環四面""水繞孤城""山巔俯瞰江""萬家煙火""水分二派""燈炬連街市""地居絶頂""樓閣參差""登高便覺非平地"等，皆是對重慶山城的描寫。"覺林"即覺林寺，"龍門"即龍門浩。

還有"家住渝州薄水涯，誅茆爲屋竹爲籬"④，"由來詩酒推渝郡"⑤，"福星遥望指渝江"⑥諸詩句，皆提及"渝州""渝郡""渝江"。

劉春説"法"

劉春是禮部官員，禮部掌管國家儀制、祭祀、文教、科舉、禮儀之事。《文簡集》中，多見其談"法"。他認爲，國家有法制（或法治），則一切邪惡之人，"無貴賤大小"，"法咸得以繩之"。他認爲，有了法，冤屈被壓抑的人可以抬起頭來。而執法的人，就是御史和按察使。在明代官員中，這種有"法制"或"法治"觀念的高官並不多見，説明劉春的治國理念十分清晰明確，而且正確。他的這些觀念，在《送僉憲劉君成己任陝西序》中説得十分透徹，他説："蓋憲，法也。……至於法之在天下也，何獨不然？世

---

① 《和盧侍御游五福宫韻》，《東川劉文簡公集》卷二十三。
② 《和楊月湖宗伯登報恩寺塔韻》，《東川劉文簡公集》卷二十三。
③ 《送覺林弘庥上人還重慶》，《東川劉文簡公集》卷二十三。
④ 《題松竹梅》，《東川劉文簡公集》卷二十四。
⑤ 《次衡仲弟韻送大叔信之》，《東川劉文簡公集》卷二十三。
⑥ 《和蔣閣老送重慶郭通判用章詩》，《東川劉文簡公集》卷二十四。

有僞言詭行者、有棄德崇奸者、有亂教壞倫者、有慆淫虐慢於官、有凶鷙雄桀於鄉，隨其細大，蓋至夥也，法咸得以繩之，屈者可伸，抑者可揚，僕者可起，故法之行，無貴賤大小，皆惶怯畏悚，舌吐氣索，是不猶風之震蕩衝擊夫萬物者乎？御史者，執是法於内者也；按察者，執是法於外者也。"①

劉春説，在古代，人們説起"御史"二字，"則惶汗悚懼"。這段文字出現在《贈御史趙君文鑒考績序》中："御史，古官也。……雖武夫悍卒、童稚婦女不知法令者，舉漠然，無所顧忌，惟語及御史，則惶汗悚懼。是故法令之行，惟御史是聽。"②

他認爲"有亂人，無亂法"，而法之興、廢，在於人："天下之法，其興與廢，嘗因乎人，故法之立，不患不行於上，而患人自弊之耳……立法貴善，不知有亂人，無亂法。"③

劉春説，法是可以"維持人心"的，重視任用執法的人，就是重視法，今天執法的人，對上"略"，而對下則"密"，對老百姓太嚴，而對"黷貨之吏"太縱："蓋法者，所以維持人心之具也，過則刻，不及則縱。……非其人不用，所以重其選也。重其選，所以重其法也。……今之用法者，又率略於上而密于下，嚴於無知之民，而縱於黷貨之吏。"④

劉春筆下的元末明初"湖廣填四川"

早在明弘治十七年（1504），吴寬在《劉氏族譜序》中就説到："自元季大亂，湖湘之人往往相携入蜀，爲避兵計。"⑤

劉春的時代，並無"湖廣填四川"一説，但在《文簡集》中，有關因元季兵燹，或以隸籍軍伍入蜀的外省人（湖廣、江西、福建等）的文字甚

---

① 《送僉憲劉君成己任陝西序》，《東川劉文簡公集》卷十一。
② 《贈御史趙君文鑒考績序》，《東川劉文簡公集》卷十。
③ 《送太守王君乾亨任廣安序》，《東川劉文簡公集》卷九。
④ 《送僉憲郭君明遠任山西序》，《東川劉文簡公集》卷一。
⑤ 載同治《巴縣志》卷四上。

多，這些文字爲今天研究"湖廣填四川"提供了材料。如：

蕭輔，"別號主靜，其先湖廣麻城人。始祖諱仲誠，元季避兵入蜀之富順鴻鶴鄉，因家焉，今爲富順人"。①

楊慎的祖父楊春，"其先楚人，元季避亂入蜀，占籍新都，今爲新都縣人"。②

粟千鐘，"字公爵，別號直庵。其先荆州江陵縣人，高祖以戎籍隷重慶衛，遂家焉，今爲重慶人"。③ 此即以軍伍戎籍隷重慶衛者入蜀。

陳彥輝，"世家閩之莆田。……元季俶擾，各隱遯。厥後，公之祖得禄入國朝，益著姓於閩。及以隷籍伍符，徙蜀，家成都，今爲成都人"。④ 此亦以軍伍戎籍入蜀者。

吳孺人，"處士諱顯忠之女，其先系出江西之新淦，宋季有諱法虎者，以荆南太守率兵取蜀之釣魚城有功，子孫因家遂寧"。⑤ 此爲《文簡集》中最早的江西移民入蜀之記録，即南宋晚期江西新淦人、荆南太守吳法虎率兵取合州釣魚城有功，"子孫因家遂寧"。此亦以軍伍戎籍入蜀者。

李吉安，"世爲内江人，其先出江西之吉水，自五世祖六七徙高安，歷四世，有慶二者，又徙楚蜀間。至元季，曾祖諱添禄，昉于富順之龍市，徙内江梧溪，今遂家焉"。⑥

劉志懋，"蜀之涪陵人，其先元季徙自麻城"。⑦

王孟慶，"其先江西吉水人，洪武時曾大父入蜀，占籍涪陵之樂温，即今長壽縣，遂世家長壽"。⑧

---

① 《明故户部主事蕭君墓誌銘》，《東川劉文簡公集》卷十八。
② 《封光禄大夫柱國少保兼太子太保户部尚書兼文淵閣大學士楊公行狀》，《東川劉文簡公集》卷十九。
③ 《明故贈刑部主事粟君封安人衛氏合葬墓誌銘》，《東川劉文簡公集》卷十八。
④ 《封户部員外郎陳公墓誌銘》，《東川劉文簡公集》卷十八。
⑤ 《封孺人吳氏墓誌銘》，《東川劉文簡公集》卷十六。
⑥ 《愚庵李公墓誌銘》，《東川劉文簡公集》卷十八。
⑦ 《處士劉君配孺人合葬墓誌銘》，《東川劉文簡公集》卷十八。
⑧ 《封府軍後衛經歷王公墓誌銘》，《東川劉文簡公集》卷十八。

鄧本濟，"其先江西南昌人，元季有諱文勝者，徙蜀之重慶府巴縣，家焉，遂爲巴縣人"。①

盧汝恭，"其先楚之孝感人，元季徙蜀合州，今爲合之巨族"。②

"〔陳〕處士之先爲楚之孝感人，祖諱彭者，在元爲鎮撫，有事於蜀，因家鄧都，今遂爲鄧都人"。③

萬弼，"先湖廣麻城人，元季有元亮者，君高祖，避兵於蜀大邑縣，從徙崇慶，今爲崇慶人"。④

李垚，"字宗岱，其先湖廣人，元季有諱斌者，始遷重慶之巴縣，家焉"。⑤

戴錦，"其先湖廣蘄水人，元季高祖諱仁傑者，避兵長壽縣隆安鄉，今家焉，遂爲長壽人"。⑥

吕鵬，"其先楚人，祖曰均秀者，避兵之蜀，遂世家于達縣"。⑦

"〔西溪〕居士之先爲楚之興國人，自其曾祖諱志珉者，以兵燹徙蜀之富順，今遂家焉"。⑧

湯瑀，"其先孝感人，元季有諱伯堅者，徙蜀之資州，又徙普州，遂家焉。普州，今安岳也"。⑨

也有因兵燹、屯田在蜀内遷徙者。熊崧，"先世家重慶之永川，後有諱子明者，元季兵燹，徙成都之資州資善鄉威峰山，家焉，尋改爲資陽人"。⑩ 張洪，"世爲重慶巴縣人，自上世隸籍戎衛，曾祖諱添富，以隱德著稱鄉間。

---

① 《封户部主事鄧公配安人張氏合葬墓志銘》，《東川劉文簡公集》卷十八。
② 《封監察御史盧公墓志銘》，《東川劉文簡公集》卷十七。
③ 《樂山陳處士墓志銘》，《東川劉文簡公集》卷十七。
④ 《封户部主事萬君安人朱氏合葬墓志銘》，《東川劉文簡公集》卷十七。
⑤ 《明故甘泉尹李君墓志銘》，《東川劉文簡公集》卷十六。
⑥ 《明故户部主事戴君墓志銘》，《東川劉文簡公集》卷十六。
⑦ 《刑部主事吕君搏萬墓志銘》，《東川劉文簡公集》卷十六。
⑧ 《西溪居士墓志銘》，《東川劉文簡公集》卷十六。
⑨ 《義安處士湯翁墓志銘》，《東川劉文簡公集》卷十六。
⑩ 《明故處士熊君墓志銘》，《東川劉文簡公集》卷十七。

至祖諱仁，以屯田在合江，徙家焉"。①

正直廉潔，不附劉瑾的劉春

劉春"服官三十五年，忠清嚴重，寬簡敦樸，以致三部寮屬及文武科門生皆敬愛如私親，久而愈篤。每語後進，拳拳不欲失秀才風味"。②

明代，大臣家有喪事，皇帝派員赴大臣家諭祭，喪家往往要向這位使者奉上厚銀，劉春生前對此不屑。他認爲，以尚書的身份赴喪家諭祭，接受喪家贈遺，這不是小事，"如國體何"？《禮部志稿》記載："每勛戚大臣病故，上遣諭祭，喪家輒厚幣爲謝，習以爲常，春曰：'以尚書而受其贈遺，豈惟輕已，如國體何？'……其謹峻有守如此。……春，志行端潔，德量醇厚，有古人風。"③

正德十年（1515）劉春母去世，賜祭葬，朝廷派禮部主事、四川内江人余德仲由京師赴巴縣致祭。縉紳大夫及親族鄉鄰皆奠賻④，爲使鄉鄰有向劉家借貸者不至於困難，劉家決定"秋成親族則抵斗，鄉鄰則稍服其息"，以示"親疏之分"，"欲漸廣太夫人之澤，以流於後也"。劉春云："縉紳大夫之相知者，多遣使自遠至，以奠賻幾筵，欲概卻不受，則有孤朋友恤喪之情，受之而無所處，又不免君子家喪之譏，故於經費外，用其餘易谷二百石，以備親族鄉鄰之稱貸者，秋成親族則抵斗，鄉鄰則稍服其息，以貯於困倉，蓋親疏之分，自不容無差等，固不能免息者，則欲漸廣太夫人之澤，以流於後也。"⑤

弘治十六年（1503）李東陽、劉璣等開始編纂《歷代通鑒纂要》，正德

---

① 《贈監察御史張君暨封太孺人房氏墓志銘》，《東川劉文簡公集》卷十七。
② 《人物·諸劉傳》附雷禮《列卿紀·劉文簡公紀》，民國《巴縣志》卷十。
③ （明）俞汝楫：《列傳·尚書劉春》，《禮部志稿》卷五十三。
④ 奠賻（音 fù），即吊奠賻，俗謂"出禮"，親友來弔唁，以禮物和錢財相送，喪家回贈禮物，或招待其餐飲。
⑤ 《劉氏齋房記》，《東川劉文簡公集》卷十五。

二年（1507）六月進呈。爲賀此事，閹宦劉瑾欲請諸史官至其家，而劉春約衆人皆不往。劉瑾怒，劉春被廷詰，劉瑾以《通鑒纂要》書中"字畫之濃淡不均"爲罪名奪劉春兩個月的俸禄。是年七月，劉瑾以《歷代通鑒纂要》"字畫之濃淡不均，及微有差訛者百餘處以爲罪"，數人被罰，劉春亦在其中。"（劉）瑾方欲以事裁抑儒臣。初一日，早朝畢，集府部大臣科道等官于左順門，以進呈本出示，遍摘其中字畫之濃淡不均，及微有差訛者百餘處以爲罪。……潘鐸……劉璣等，受命編纂……乃奪（劉）璣及學士劉春……俸兩月。"① "自禮侍劉公璣、少卿費宏、學士劉春，……皆罰俸。"② 雷禮的《劉文簡公紀》記載："《通鑒纂要》成，例當增秩，時逆瑾方得志，欲延諸史官一至其家。（劉）春約衆俱不往，瑾怒，遂被廷詰，以書中字畫濃淡不匀奪俸。"③

劉春一生有四件事史有載之

劉春一生，有四件事史有載之，一爲"淮安王廟祀稱號"事，在正德八年（1513）；二爲《請誥命及設茶》，三爲《節約番僧營建》，四爲《停罷守臣貢獻》，皆在正德十年（1515）。

關於"淮安王廟祀稱號"事，"《明武宗實録》，正德八年十一月丁酉。初，淮寧王世子見濂卒，無子，康王老，請以次子清江王見澴攝府事。逮康王薨，見澴尋卒，其長子佑榮襲爲淮王，已而，見濂得追封淮安王。……輔導官謂：'其非宜。'言于王。王奏：其生在安王卒後，未嘗爲嗣，欲加重其私親。事下禮部，移江西守臣，令輔導官勘覆。……於是禮部尚書劉春謂：'安王雖未封而卒，今已追封爲王，佑榮雖生於安王卒後，今既入繼親王，則實承安王后矣。皆朝廷之命，非無所承也。又更欲追封其所生之父，

---

① 《明實録·明武宗實録》（中央研究院歷史語言研究所校印版）卷二十八，上海書店出版社，1984年，第714頁。
② （明）陸深：《金台紀聞上》，《儼山外集》卷七。
③ 《人物·諸劉傳》附雷禮《列卿紀·劉文簡公紀》，民國《巴縣志》卷十。

則安王封謚之命，將安委乎？徒欲顧其私親，而不知繼嗣之重，事體殊戾，況安王既追封入廟，爲三世之穆，清江王又欲進封，則一代二穆，豈禮哉？祝號稱呼，不可以制册爲據，唯當以所後爲稱，其清江王祀事，宜令次子佑揆主之，淮王無與焉。'……詔以其援據甚明，從之"。①

關於《請誥命及設茶》："正德十年，保安寺大德法王吹戩幹齊爾，本烏思藏使也。……欲遣其徒琳沁綽爾濟、吹古扎實爲正、副使，還居烏思藏，比大乘法王例入貢，且爲兩人請國師誥命，及入番齎設廣茶。下禮部，尚書劉春議'不可'，且謂'阻壞茶法，騷擾道路'。有旨令復議。春執奏：'烏思藏，遠在西方，性極頑獷，雖設四王輔化，而其來貢，必爲之節制，務令各安其所，不爲邊患而已，若遣僧齎茶以往，給之誥敕，萬一假上旨以誘羌胡，妄有所請求，因欲以自利。不從，便爲失異俗意，從之，則無益。事興，其害有不可勝言者。'詔仍與誥命，而罷設茶敕。"②

關於《節約番僧營建》："正德十年，禮部尚書劉春奏，西番俗信佛教，故祖宗以來，承前代之舊，設主烏思藏，諸司闡化闡教諸王以至陝西洮、岷、四川松潘諸寺，令化導夷人，許其朝貢。然每貢止許數人，貢期亦有定限。比年，各夷僻遠，莫辨真偽。至有逃移軍匠人等，習學番語，私自祝髮，輒來朝貢，希求賞賜。又或多創寺宇，奏乞名額，即爲敕賜，朝貢不絕。以故營建日增，朝貢愈廣，此皆藉民財以充宴賞，繼繼不已，雖神輸鬼運，其何能應無窮之用哉？乞酌爲定例，嚴其限期，每寺給勘合十道，陝西、四川等處兵備仍給勘合底簿，每當貢期，比號相同，方許起送，其人數不得過多。自後，再不得濫自營建。則遠夷知戒，民財可省。詔顯、慶等二寺及洪福寺，以後番僧來貢者，賞賜視寶净諸寺例，餘如所議。行之。"③

此事又見於《明史·劉春傳》："帝崇信西僧，常襲其衣服，演法内廠。有綽吉我些兒者，出入豹房，封大德法王。遣其徒二人還烏思藏，請給國師

---

① 參看（清）徐乾學：《讀禮通考》卷五；（明）俞汝楫：《禮部志稿》卷七十七。
② （明）俞汝楫：《禮部志稿》卷九十一。
③ （明）俞汝楫：《禮部志稿》卷九十二。

誥命如大乘法王例,歲時入貢,且得齎茶以行。春持不可。帝命再議,春執奏曰:'烏思藏遠在西方,性極頑獷。雖設四王撫化,其來貢必有節制,使不爲邊患。若許其齎茶,給之誥敕,萬一假上旨以誘羌人,妄有請乞,不從失異俗心,從之則滋害。'奏上,罷齎茶,卒與誥命。春又奏:'西番俗信佛教,故祖宗承前代舊,設立烏思藏諸司,及陝西洮、岷,四川松潘諸寺,令化導番人,許之朝貢。貢期、人數皆有定制。比緣諸番僻遠,莫辨真偽。中國逃亡罪人,習其語言,竄身在內,又多創寺請額。番貢日增,宴賞繁費,乞嚴其期限,酌定人數,每寺給勘合十道,緣邊兵備存勘合底簿,比對相同,方許起送。並禁自後不得濫營寺宇。'報可。"

《禮部志稿》有載:"西僧有欲奪民地于甘州,且乞遣官督建寺。時關中饑甚,春力爭以爲不可,謂非止病民邊警至不可支持。竟停之。"①

關於《停罷守臣貢獻》:"正德十年,禮部尚書劉春以廣東左布政使羅榮、按察使陳雍,及安慶知府馬文來朝,各陳言守臣進貢之害。因覆奏,奉累朝,停免貢獻。……今四方水旱頻仍,盜賊充斥,軍士苦於調發,百姓困于轉輸……爲守臣者,正宜仰體德意,深恤民艱,而乃輒稱舊例,采取珍禽奇獸,苛索軍民,騷擾道路,貢於上者甚微,而害於下者實大,乞一切停免。如違例進貢,聽撫按官勘奏,其司府曲意奉承者,一體參問。"②

正德十年,劉春在北京,禮部尚書,二月,以母老乞歸不許。六月,母卒。七月二十九日,報訃至京。八月初一,以聞喪告,二十七日,奉旨准與祭葬。九月十三日,離京。十一月十六日,抵巴縣家。故三事當皆在劉春返巴縣前所辦。

---

① (明)俞汝楫:《列傳·尚書劉春》,《禮部志稿》卷五十三。
② (明)俞汝楫:《禮部志稿》卷九十九。

書法家劉春

劉春爲明代書法名家，《佩文齋書畫譜目録》① 有劉春名，將其與明代祝允明、唐寅、文徵明、文彭、王寵名字列在一起：王鏊、王延陵、楊廷和、李傑、郭勛、梁儲、楊一清、李璲、洪鍾、儲瓘、張志淳、喬宇、王鴻儒、劉春……祝允明、唐寅……文徵明、文彭、文嘉……王寵、陳淳。"劉春……爲詩文力追古作，晚益簡勁，字畫規模于歐，而自成一家，宛如冠冕佩玉，有心畫焉。"②

因劉春書法學歐陽詢，又"自成一家"，故官宦朋友多請其在畫卷、軸、扇面上題字，卷二十四詩中有大量書畫題詩，如《題松竹梅》《題菱湖居士卷》《題便面送舉人》《題畫二首》《題百鳥朝鳳圖》《題畫犬》《題畫貓》《題李宗伯山水圖》《題山水圖爲李錦衣旻》《題毛太守禽鳥圖》《秋香玉兔扇面》《題桃源圖》《題牧牛圖》《跋趙松雪真迹》等。

又，劉春爲人書寫的"碑板，在四方者甚多"。③遺憾的是，至今罕見有劉春書法作品傳世者。

---

① 《書家傳二十一·明》，《佩文齋書畫譜目録》第四十二卷。
② （清）倪濤：《歷朝書譜·明·劉春》引《列卿紀》，《六藝之一録》卷三百六十八。
③ 《人物·諸劉傳》附雷禮《列卿紀·劉文簡公紀》，民國《巴縣志》卷十。

序

序東川先生劉文簡公集

王崇慶①

賜進士出身資政大夫、南京禮部尚書、前禮部左侍郎、太常寺卿、開州門人王崇慶撰。

嗟乎！是為我師東川先生文簡公集云，吾尚恨見之晚，而又幸得之全也。考之書，凡八冊，卷凡二十有四，蓋其平生之著，泛應之雅與精神之會，洋洋乎流動充滿舉萃心目間矣，盛哉！盛哉！顧繼述既後賢之有人，而中外且景企於無間，所謂天下文章家者如此哉。

若夫文簡始終，則香山黃公②備矣。吾請述先生四美三規，為同志告，如何？是故敦念門牆，以重鹿鳴③，情鍾雲樹，以思故舊，當俎豆④則主席以忘尊悼，陽關則贈言而牽別是，皆足以仰窺先生有挽俗而歸淳者在焉。是

---

① 王崇慶，直隸開州人，正德三年（1508）進士，嘉靖中任四川布政使。
② 即黃佐，參見《東川先生劉文簡公集序》。
③ 原注：丁卯，先生主試。
④ 俎豆，音 zǔ dòu。俎和豆，古代祭祀、宴會時盛肉類等食品的兩種器皿。指奉祀。隋佚名《冬至孟春孟夏季秋四祀上公攝事七首》之一："灌獻有容，會其俎籩。"

四美合眾美而一之者也。

若夫聞善類進，則喜動緇衣；見讒邪去，則懷消永巷；隱人惡，則造謗者化。是又三規，所以切中士林而最要者也。先生人品可覘於遙年，不又類可推哉。

且先生當夫孝廟臨宁①，文教日殷也。嘗與二汪伯仲相友善，繼之旦夕論思，徃②還歌詠，期以追風，動於堯舜，慶嘗見而知之甚早且詳也。

君子謂先生：禮遇弗衰於同官，惡言不及于童僕。今公之孫鍾而施之乎？寧國③寅僚諸左右亦然。則君子羨公家法，無復窮期，固宜然。先生舉措于疇昔，事之盡美、業之可窺者多矣，姑即是以例見云耳。

況公④之中丞嗣公⑤郡伯嗣孫，或以清風蚤茂川中，或以嘉譽盛傳境外。蓋橋梓同芳，君子以為難，則夫東川遺澤不又遐且隆乎？自茲而後，以開來人，以繼往哲，豈俟區區蛙鳴而後知公道貫一時，望隆百世哉。雖然古云不朽有三，先生兼總條貫，皆舉之矣。

讀是集而三思，豈惟士林？吾尚望公之曾玄，永言無斁⑥，並以覺吾黨者。嘉靖三十三年甲寅秋九月二十四日。

---

① 宁，音 zhù。徐乾學《讀禮通考》卷一百一十九《廟制上》："門屏之間謂之宁。注：人君視朝所宁立處。"
② "徃"同"往"。
③ 此處指劉起宗任寧國知府。
④ 即劉春。
⑤ 即劉彭年，字維靜，號培庵。
⑥ 斁，音 yì，意為解除、厭倦。

序

東川先生劉文簡公集序

黃　佐①

東川先生劉文簡公集，凡二十四卷，廼②孫給諫君起宗授簡，俾佐為敘。既受以卒業，則嘅然歎曰：嗟乎！先生真我師也。讀其文，則莊重醇篤，如冠倫之贒③，端紳笏立巖廊，人望而敬之；誦其詩，則肅雝溫栗，如振瑤珮籥鵷鷺，宮羽徵角，自中節奏。石齋楊公④稱其著作務師古人，晚益簡勁，真知言哉。

當敬皇帝⑤時，銳情在宥，延儒臣侍經幄，晉接燕對，疇咨治道，雖綜

---

① 黃佐，字才伯，香山人，正德十五年（1520）進士，選庶吉士，授翰林編修，出為江西僉事，改補廣西僉事，提督學校，起除中允轉侍讀，掌南院事，出為南京國子祭酒，起擢少詹事兼侍讀學士，吏部右侍郎，謚文裕。
② 廼，"乃"之異體字。
③ "贒"同"賢"。
④ 楊廷和，字介夫，號石齋，新都人。楊慎之父。楊慎，字用修，號升庵。
⑤ 敬皇帝，即明孝宗朱祐樘。

核精嚴，然待下最為有禮，嘗親御午門讞審大獄，言官龐泮①輩頌繫一時，輒赦出之，故諫行言聽，郅盛猷，焜燿于無窮，直講啟沃之功，先生居多。

及武宗②登極，昏椓③漸張，晉翰長，主京試，④論以"為臣不易"命題，刻錄則以法語風焉，天下傳颺僉服，貂璫嘖嘖，宸衷知其心固忠精也。及掌邦禮⑤，司綸綍⑥，直講如故，格心罙⑦至，輿情以公輔歸之。正德⑧辛巳夏六月朔，佐甫入翰林，廁吉士之末，有詔俾徃受業，將及門，而先生薨矣⑨。嗚呼！覯德末由，而學已私淑，先生真我師哉。

方是時，天下隆平，士大夫競以德業相砥礪，邊隅不聳，中州奠安，倉溢紅腐，庫餘赤仄⑩，而皁卒口羞言錢，矧⑪為薦紳⑫者乎？

嘗觀吾夫子之翼周易也，至健⑬惟乾，有君道焉；至順惟坤，有臣道焉。健，非過剛也，進德脩⑭業，以師臣也；順，非過柔也，主利正義，以承君也。故上繫惟言賢人德業，下繫始及理財為義焉。大學治平之道，亦不

---

① 龐泮，字元化，天臺人。成化二十年（1484）進士。因岷王劾武岡知州劉遜被牽連下獄，威寧伯王越請用，弘治十一年（1498），升福建右參政，改河南右布政使，後遷廣西左布政使，致仕回鄉。下文"頌"通"訟"，指被訴訟事。

② 即明武宗朱厚照。

③ 椓，音 zhū。昏椓：閹人，即太監。武宗即位，劉瑾專權，而劉春"主京試，論以'為臣不易'命題，刻錄則以法語風焉，天下傳颺僉服"，知劉春不畏強權、風骨凜凜，劉春亦因此受劉瑾打壓（參見前言"正直廉潔，不附劉瑾的劉春"）。

④ 正德二年（1507），劉春為翰林院侍講學士，八月充順天鄉試考試官。

⑤ 宗伯，周六卿之一，掌宗廟祭祀等事，即後世禮部之職。劉春曾任禮部尚書。

⑥ 《禮記·緇衣》："王言如絲，其出如綸；王言如綸，其出如綍。"鄭玄注："言言出彌大也。"孔穎達疏："'王言如綸，其出如綍者，亦言漸大，出如綍也。綍又大於綸。"後因稱皇帝詔令為"綸綍"。綍，音 fú，繩索。同"紼"。

⑦ "罙"同"深"。

⑧ "徳"同"德"。

⑨ 正德十六年（1521），劉春六十二歲，正月改禮部尚書兼翰林學士，典誥敕掌詹事府事，六月以疾卒于南京。

⑩ "赤仄"亦作"赤側"，為古代一種外邊為赤銅的錢幣，漢武帝時始鑄。泛指錢幣。

⑪ 矧，音 shěn，意為況、況且。

⑫ 薦紳，古代高級官吏的裝束，亦指有官職或做過官的人。

⑬ "健"同"健"。

⑭ 脩，"修"之異體字。

過如此而已。

惟我孝武，克程聖經，以昭鴻化。士以不辱為節，刑以不用為祥，財以不斂為富。若先生者，乃默襄燮①乎其間。豈非有用之儒哉？生於其心，發諸其聲，達於其辭，徵諸其政，則是集也，其殆國史之副也。

夫先生及第，在憲廟成化丁未，及長宮詹，則在今聖上龍飛之初，寔②四朝元老云。

嘉靖丁未孟秋既望，中順大夫、詹事府少詹事兼翰林院侍讀學士、經筵講官兼脩國史、玉牒、前南京國子祭酒後學香山黃佐撰。

---

① 燮，同"爕"，音 xiè，意爲諧和，調和。
② 寔，"實"之異體字。

編輯說明

1. 影印本原文中的異體字、假借字或誤刻字等，概仍其舊，以保持原貌。部分在脚注中加以改正。今人所撰文字部分，采用規範繁體字。

2. 影印本原文中有個別干支紀年錯誤，如"距其生在永樂丁丑"，則在脚注中說明："原文爲永樂丁丑，誤，應爲丁酉。永樂無丁丑。"

3. 影印本原文模糊不辨之字，乃以方框符號"□"示之。

4. 影印本原目錄篇名有誤者，如《送僉憲郭君明遠任江西序》中"江西"誤，則加脚注"應爲山西"。

5. 影印本原篇名有重複者，如卷八、卷十四皆有《送楊君天民司訓富陽序》，但文字略異，皆仍其舊。

6. 爲便於讀者查閱，有關詩文中所涉及的人物，則在脚注中予以提示，如卷八《送伍君孟倫之黃州序》，脚注："參見卷一《送太守武朝信考績還任序》。"卷九《送教授吳君廷圭序》中之金舜舉，注脚："金舜舉，參見卷十一《送憲副金君舜舉之天津序》。"

7. 本書後有附錄，如《劉剛墓表》、《劉規墓表》、《劉春夫人蹇氏墓誌銘》、吳寬《重慶劉氏族譜序》等，以便於讀者瞭解劉春家族。

目　錄

總序 …………………………………………………… 藍錫麟　1
凡例 …………………………………………………………… 1
《東川劉文簡公集》析讀 …………………………… 胡昌健　1
序東川先生劉文簡公集 ……………………………（明）王崇慶　1
東川先生劉文簡公集序 ……………………………（明）黃　佐　1
編輯說明 ……………………………………………………… 1

卷之一
序
送太守喻君脩己任晉寧序 …………………………………… 1
送晏調元雲南布政司經歷序 ………………………………… 3
送太平守徐公時中考績還任序 ……………………………… 4
送歐時和督運還任序 ………………………………………… 6
送胡克寬任南京大學序 ……………………………………… 8
送朱世亨澧州學正序 ………………………………………… 9
送太守朱君任袁州序 ………………………………………… 10
古渝十思詩序 ………………………………………………… 12
送僉憲郭君明遠任江西①序 ………………………………… 14
賀萬母朱孺人七十序 ………………………………………… 15
參議費公輓詩序 ……………………………………………… 17

---

① 此處原文有誤，應爲山西。

送太守晁君汝吉之慶陽序 …………………………………………………… 19

送參藩李君惟中任陝西序 …………………………………………………… 20

送太守武朝信考績還任序 …………………………………………………… 22

送進士陳君五器尹南樂序 …………………………………………………… 24

卷之二

序 …………………………………………………………………………… 26

送貳守杜君廷宣任鶴慶序 …………………………………………………… 26

送太守李君邦輔之柳州序 …………………………………………………… 28

送郎中王君克勤歸省祭序 …………………………………………………… 29

送浙江僉憲陳君汝德之任序 ………………………………………………… 31

送鍾君元溥歸覲序 …………………………………………………………… 33

送丁希說尹臨潼序 …………………………………………………………… 34

送太守馬君汝礪還任序 ……………………………………………………… 36

贈余君良爵擢南京刑部員外郎序 …………………………………………… 37

送瀘州太守何君考績還任序 ………………………………………………… 39

海屋添籌圖序 ………………………………………………………………… 41

送楊君繼貞任靈臺序 ………………………………………………………… 42

南臺簡命詩序 ………………………………………………………………… 44

送母君寵之尹臨海序 ………………………………………………………… 46

送學士吳君克溫之任南京序 ………………………………………………… 47

送濮君延芳丞南雍序 ………………………………………………………… 49

卷之三

序 …………………………………………………………………………… 51

送邵憲副天衢之福建序 ……………………………………………………… 51

送太守徐君九霄之潊江序 …………………………………………………… 53

送憲副黃君時濟任雲南序 …………………………………………………… 55

送憲副夏君時雍之任山西序⋯⋯⋯⋯⋯⋯⋯⋯⋯⋯⋯⋯⋯ 56

送地官黃君鵬舉任南京兼歸覲序⋯⋯⋯⋯⋯⋯⋯⋯⋯⋯ 58

周氏家譜序⋯⋯⋯⋯⋯⋯⋯⋯⋯⋯⋯⋯⋯⋯⋯⋯⋯⋯⋯⋯⋯ 60

送太守劉君達夫之任序⋯⋯⋯⋯⋯⋯⋯⋯⋯⋯⋯⋯⋯⋯⋯ 62

送楊溫甫守杭州序⋯⋯⋯⋯⋯⋯⋯⋯⋯⋯⋯⋯⋯⋯⋯⋯⋯ 64

送憲副余君誠之任福建序⋯⋯⋯⋯⋯⋯⋯⋯⋯⋯⋯⋯⋯⋯ 65

送郡守屈侯考績詩序⋯⋯⋯⋯⋯⋯⋯⋯⋯⋯⋯⋯⋯⋯⋯⋯ 67

賀陳君廷獻考績受敕命序⋯⋯⋯⋯⋯⋯⋯⋯⋯⋯⋯⋯⋯⋯ 69

送保定太守董君萬英之任序⋯⋯⋯⋯⋯⋯⋯⋯⋯⋯⋯⋯⋯ 70

送太守黃君伯望之肇慶序⋯⋯⋯⋯⋯⋯⋯⋯⋯⋯⋯⋯⋯⋯ 71

送同年楊君尚綱副憲江西序⋯⋯⋯⋯⋯⋯⋯⋯⋯⋯⋯⋯⋯ 73

送侍讀毛君維之歸省序⋯⋯⋯⋯⋯⋯⋯⋯⋯⋯⋯⋯⋯⋯⋯ 74

卷之四

序⋯⋯⋯⋯⋯⋯⋯⋯⋯⋯⋯⋯⋯⋯⋯⋯⋯⋯⋯⋯⋯⋯⋯⋯⋯ 77

壽逸庵先生序⋯⋯⋯⋯⋯⋯⋯⋯⋯⋯⋯⋯⋯⋯⋯⋯⋯⋯⋯ 77

送太守陳君天澤之開封序⋯⋯⋯⋯⋯⋯⋯⋯⋯⋯⋯⋯⋯⋯ 79

賀侍御方君文暉考績受敕命序⋯⋯⋯⋯⋯⋯⋯⋯⋯⋯⋯⋯ 80

賀侍御費君存仁考績序⋯⋯⋯⋯⋯⋯⋯⋯⋯⋯⋯⋯⋯⋯⋯ 82

送浙江參政童君世奇序⋯⋯⋯⋯⋯⋯⋯⋯⋯⋯⋯⋯⋯⋯⋯ 84

使節壽親詩序⋯⋯⋯⋯⋯⋯⋯⋯⋯⋯⋯⋯⋯⋯⋯⋯⋯⋯⋯ 85

荊門州志序⋯⋯⋯⋯⋯⋯⋯⋯⋯⋯⋯⋯⋯⋯⋯⋯⋯⋯⋯⋯ 87

送長史王君經濟序⋯⋯⋯⋯⋯⋯⋯⋯⋯⋯⋯⋯⋯⋯⋯⋯⋯ 89

送右史柯君斗南序⋯⋯⋯⋯⋯⋯⋯⋯⋯⋯⋯⋯⋯⋯⋯⋯⋯ 91

瀛海奎光後序⋯⋯⋯⋯⋯⋯⋯⋯⋯⋯⋯⋯⋯⋯⋯⋯⋯⋯⋯ 93

賀侍御陳君克謹考績受敕命序⋯⋯⋯⋯⋯⋯⋯⋯⋯⋯⋯⋯ 94

瑤臺嘉慶圖詩序⋯⋯⋯⋯⋯⋯⋯⋯⋯⋯⋯⋯⋯⋯⋯⋯⋯⋯ 96

送黃君通理二尹永豐序⋯⋯⋯⋯⋯⋯⋯⋯⋯⋯⋯⋯⋯⋯⋯ 97

送太守姚君原學之任荊州序 …………………………………… 99
送尚書李公之南京序 …………………………………………… 100

卷之五

序 ……………………………………………………………………… 102
送葉君一之被召序 ……………………………………………… 102
東萊郭氏家譜序 ………………………………………………… 104
重刊劉須溪批點杜少陵詩序 …………………………………… 105
送二守程君天質朝覲序 ………………………………………… 107
思庵野錄序 ……………………………………………………… 108
壽王太安人何氏詩序 …………………………………………… 109
百伐奇勳詩序 …………………………………………………… 111
封太安人黃堂獻壽詩序 ………………………………………… 113
賀金太守汝彌晉秩序 …………………………………………… 115
青瑣貤恩詩序 …………………………………………………… 116
送禮部侍郎吳公冊封序 ………………………………………… 118
送少方伯郭君進表赴京序 ……………………………………… 120
送潼川知州梁君赴任序 ………………………………………… 121
送別駕但君宗儒赴銓曹序 ……………………………………… 122

卷之六

序 ……………………………………………………………………… 125
壽陝西按察司知事寒公八十詩序 ……………………………… 125
壽節推孫君七十詩序 …………………………………………… 127
涪州誌序 ………………………………………………………… 129
送韓太守德夫序 ………………………………………………… 130
五雲遙祝圖序 …………………………………………………… 132
李氏宗譜序 ……………………………………………………… 133

賞靜軒詩序 …… 134
送黃世昌赴省試序 …… 136
送黃君啟輝尹蘄水序 …… 137
壽華封君先生七十序 …… 138
送溧水司訓鄒德深序 …… 140
送山西按察司僉事黃君之任序 …… 142
王氏族譜序 …… 144
送建昌太守趙君叔鳴之任序 …… 145
送憲副何公兵備敘瀘序 …… 147

卷之七

序 …… 149
送憲副李君致仕序 …… 149
都憲王公履歷圖序 …… 151
送參藩宋君孔瞻赴河南序 …… 152
旌表節婦李母陳氏序 …… 153
送山西參政張君致仕還鄉序 …… 155
送太守熊君之任臨江序 …… 156
送中書舍人楊承家還鄉展墓序 …… 158
賀員外郎劉君考績封贈父母序 …… 159
送都御史黃公之任南京序 …… 161
太子太保禮部尚書田公致仕還鄉序 …… 163
送侍御黃君鳴玉按治貴陽序 …… 165
高戶侯家譜序 …… 166
送郯城尹席君文同考績還任序 …… 168
送太守屈公道伸之任序 …… 169

卷之八

序 ·· 172
　送明府彭侯考績還任序 ·· 172
　送太守張君之任序 ·· 174
　望雲祝壽詩序 ·· 176
　送楊君天民司訓富陽序 ·· 177
　賀御史劉君大用榮滿敕贈父母序 ································ 179
　送按察僉事李君希賢提學浙江序 ································ 180
　送伍君孟倫之黃州序 ·· 182
　椿萱榮壽圖詩序 ·· 183
　送鳳翔教授李君元之之任序 ···································· 185
　留還歸蜀詩序 ·· 186
　送編脩魯君振之奉使安南序 ···································· 188
　壽太子少保兵部尚書兼翰林院學士澄江先生尹公詩序 ·············· 189
　送徐推府政致還鄉序 ·· 191
　送王君任瀘州序 ·· 192
　王母孺人輓詩序 ·· 194

卷之九

序 ·· 196
　送光祿牟克成致仕還鄉序 ······································ 196
　送楊天爵掌教洛南序 ·· 197
　送御史任象之尹中部詩後序 ···································· 199
　送太學生國元振偕弟榮歸序 ···································· 200
　送戴景瞻判陝西徽州序 ·· 202
　送太守王君乾亨任廣安序 ······································ 203
　贈千戶封德承襲職赴任序 ······································ 205
　哀典莊陰先生詩序 ·· 206

送鮑君廷璋考績還任序 …… 208
送教授吳君廷圭序 …… 209
送王君宗孔倅重慶序 …… 211
送員外郎陳君任南京序 …… 212
遠瞻雙慶序 …… 214
送劉文臣教諭玉田序 …… 216

卷之十

序 …… 218
送蘇祖禹司訓中部序 …… 218
送吳汝和乞改官南京侍養序 …… 220
送范廷用尹慈利序 …… 221
送陳思遜倅山東運司序 …… 223
贈御史趙君文鑑考績序 …… 225
送周制中貳尹寶雞序 …… 226
送唐敬之節判考績還任序 …… 228
送陳君嘉言尹江津序 …… 229
送宰關城喻國器序 …… 231
送戴惟賢任沅陵序 …… 232
送貳尹杜敬之任吳江序 …… 234
壽少司徒王公七十序 …… 235
送太常少卿楊君省親還建寧序 …… 237
贈費子美序 …… 238
送都運邢君時望任長蘆序 …… 240

卷之十一

序 …… 242
送憲副金君舜舉之天津序 …… 242

送太守張君之廣西序 …… 244

送郝君立夫尹樂亭序 …… 246

送羅山尹楊威之考績還治序 …… 247

送長史胡君安節序 …… 249

送涪陵太守廖侯孔秀考績之任序 …… 250

城東敍別詩序 …… 252

送吳養正南歸序 …… 254

方伯吳公輓詩序 …… 255

榮壽圖詩序 …… 257

送僉憲劉君成己任陝西序 …… 259

送揮使聶君仲輝襲職歸序 …… 260

送丘君季玉令樂陵序 …… 261

送麻城尹聶君承之考績還任序 …… 263

送太守張君宗厚任吉安序 …… 265

卷之十二

序 …… 268

送太守王君克承之維揚序 …… 268

壽王母岑太夫人八十序 …… 270

送學士馬先生考績還任序 …… 272

送進士江君廷揩尹岐山序 …… 274

送判簿張邦賢致仕序 …… 275

送甘泉令李先生考績還任序 …… 277

送憲副王君以節之任山東序 …… 279

較庵政績錄序 …… 280

順天府鄉試錄序 …… 282

武舉錄序 …… 284

送提學憲副劉先生之任四川序 …… 286

送同年大理丞陳君之南都序 287
壽封主事誠齋尹公八十序 289
送太守蕭君之任濟南序 291
送郎中陳君貳守鈞州詩序 292

卷之十三

序 294

東岡居士輓詩序 294
送徽州別駕李君時振序 295
西署三勝圖詩序 297
送少尹張君之任嘉興序 299
送上海少尹蕭宗漢之任序 300
送潛江司訓費君真卿之任序 301
送太僕少卿尤君致仕序 303
送僉憲曹君之任四川序 305
慶澤貽恩詩序 306
送太守胡君孝思赴任序 308
送都憲蕭公巡撫兩廣序 309
送主考學士汪君還朝序 311
送杜生赴鄉試序 313
壽毛母太宜人序 314

卷之十四

序 317

送彭仲和還黃陂序 317
送李文明受職還鄉序 319
復齋遺稿序 320
送余誠之按治雲南序 322

送胡畏之提學雲南序 ································ 323

送蘇伯誠提學江西詩序 ······························ 325

送楊君天民司訓富陽序 ······························ 327

送太子少保劉公致仕還鄉序 ·························· 328

頌德餘音序 ·· 330

送鄭世英司訓同州序 ································ 331

都門別意序 ·· 333

頌德詩集序 ·· 335

見素先生文集序 ···································· 336

東泉居士輓詩序 ···································· 337

引 ·· 340

慶賜詩卷 ·· 340

卷之十五

記 ·· 342

榮慶堂記 ·· 342

瑞桂記 ·· 344

重建資聖寺記 ······································ 345

重脩南川縣學記 ···································· 347

任丘縣脩城記 ······································ 349

宜興吳氏祠堂記 ···································· 351

夾江縣曾公堰記 ···································· 353

重脩東坡書院記 ···································· 355

遂寧縣脩城記 ······································ 356

贈常熟令楊公畫像記 ································ 359

涪州新建振武保治樓記 ······························ 360

重脩延安府學記 ···································· 362

拖泥灣遇風記	364
遊北巖記	365
大同名宦祠記	368
重建余肅敏公祠堂記	370
菊翁亭記	372
脩太平縣城記	373
重脩青縣城記	375
代保定侯梁永福襲爵謝表	377
先母夫人安厝記	378
劉氏齋房記	381
通州儒學射圃記	382
脩呂梁洪隄岸記	384
杭州重開西湖記	386
南京吏部題名記	389
司馬王公別號荊山記	390
襄陵縣新修文廟祭器記	392
南京吏部創置官舍記	394

卷之十六

誌銘	396
刑部主事呂君摶萬墓誌銘	396
義安處士湯翁墓誌銘	398
廣西布政使司左參政金公墓誌銘	400
太孺人梁母張氏墓誌銘	402
彰德府知府馮公墓誌銘	404
謝母孺人林氏墓誌銘	406
西溪居士墓誌銘	407
國子生祝君彥華墓誌銘	409

韓天予墓誌銘 ………………………………………………………… 411

處士趙君墓誌銘 ……………………………………………………… 412

封孺人吳氏墓誌銘 …………………………………………………… 413

封安人張氏墓誌銘 …………………………………………………… 415

明故丘處士墓誌銘 …………………………………………………… 416

李母涂氏孺人墓誌銘 ………………………………………………… 418

明故承直郎懷慶府通判張君墓誌銘 ………………………………… 419

封太宜人張母鍾氏墓誌銘 …………………………………………… 421

封太孺人張母房氏墓誌銘 …………………………………………… 423

明故戶部主事戴君墓誌銘 …………………………………………… 424

明故甘泉尹李君墓誌銘 ……………………………………………… 426

明鄉貢進士楊直夫墓誌銘 …………………………………………… 429

卷之十七

誌銘 ………………………………………………………………… 432

贈承直郎工部主事李君墓誌銘 ……………………………………… 432

明故思州府知府張公墓誌銘 ………………………………………… 435

明故封文林郎大理寺左寺副劉公墓誌銘 …………………………… 437

明故贈淑人林氏墓誌銘 ……………………………………………… 439

明故耕樂居士朱君墓誌銘 …………………………………………… 440

明故舒處士墓誌銘 …………………………………………………… 442

明贈戶部主事舒君封太安人高氏合葬墓誌銘 ……………………… 443

明致仕重慶府知府沈公墓誌銘 ……………………………………… 445

明故處士陳君暨孺人田氏合葬墓誌銘 ……………………………… 447

封戶部主事萬君安人朱氏合葬墓誌銘 ……………………………… 449

明故處士熊君墓誌銘 ………………………………………………… 451

贈監察御史張君暨封太孺人房氏墓誌銘 …………………………… 453

劉安人余氏墓誌銘 …………………………………………………… 455

封監察御史盧公墓誌銘 …………………………… 456

樂山陳處士墓誌銘 ………………………………… 458

封户部主事侯公墓誌銘 …………………………… 460

鄉貢進士戴時章墓誌銘 …………………………… 461

明故刑部員外郎劉公墓誌銘 ……………………… 462

翰林編修簡庵劉君墓誌銘 ………………………… 464

明故處士安公墓誌銘 ……………………………… 466

卷之十八

誌銘 ………………………………………………… 468

封户部主事鄧公配安人張氏合葬墓誌銘 ………… 468

諸孺人周氏墓誌銘 ………………………………… 470

處士劉君配孺人合葬墓誌銘 ……………………… 472

封府軍後衛經歷王公墓誌銘 ……………………… 474

封户部員外郎陳公墓誌銘 ………………………… 475

明故治中楊君墓誌銘 ……………………………… 477

愚庵李公墓誌銘 …………………………………… 480

贈南京刑部主事何公合葬墓誌銘 ………………… 482

明故晉寧州知州牟君墓誌銘 ……………………… 484

明故贈刑部主事粟君封安人衛氏合葬墓誌銘 …… 486

山東按察司副使陳公墓誌銘 ……………………… 488

明故江孺人曾氏墓誌銘 …………………………… 491

明故明威將軍施州衛指揮童君墓誌銘 …………… 492

明故資政大夫南京工部尚書洪公墓誌銘 ………… 495

明故淑人胡氏墓誌銘 ……………………………… 499

明故鎮國將軍錦衣衛都指揮同知白君墓誌銘 …… 501

明故應天府府尹胡公墓誌銘 ……………………… 503

明故户部主事蕭君墓誌銘 ………………………… 506

曹母陳孺人墓誌銘 507

卷之十九

去思碑 509
大名太守李公去思碑 509
岳州太守李侯祠碑 511
重慶太守何侯去思碑 514
明故通議大夫都察院右副都御史張公神道碑銘 516

墓表 519
明故病隱處士王君墓表 519
山東按察司副使謝公墓表 521
明故普安州知州曾君墓表 523
明故太子太保兵部尚書閻公墓表 525
明故都察院右僉都御史王公墓表 528
明故司設太監陳公墓表 531
明故奉訓大夫沁州知州王君墓表 532

傳 534
南京都察院右副都御史劉公傳 534
直庵先生傳 538

書 540
與林都憲書 540

策 542
試舉人就教職策 542

行狀 ··· 543

封光祿大夫柱國少保兼太子太保户部尚書兼文淵閣大學士楊公行狀 ········ 543

故資善大夫福建左布政使蔣公行狀 ······················ 548

贊 ··· 552

壽字爲葉推府乃尊贊 ································· 552

贈太常少卿靳公贊 ··································· 552

蔣太孺人遺像贊 ····································· 553

卷之二十

跋 ··· 554

跋晦翁文公墨蹟 ····································· 554

二賢同心協恭文跋 ··································· 555

跋考功馬汝載集會試登科錄後 ························· 556

跋平山稿 ··· 557

瓜隱翁遺澤卷跋 ····································· 558

書神明鑒察後 ······································· 558

恭題宸章副錄後 ····································· 560

恭題敕諭太子少保兵部尚書何鑑提督團營後 ············· 561

書皇甫世庸祠部集詩後 ······························· 563

楊生性初字說 ······································· 563

跋鄢仁睿群公詞翰後 ································· 565

書少師馬公史夫人祭文後 ····························· 565

卷之二十一

祭文 ··· 568

祭封少保楊公文（六部同）···························· 568

祭封少保楊公文 ····································· 569

代祭胡參政文 …………………………………… 570

同六部祭吳尚書文 …………………………………… 570

晉寧太守年公初歸祭文 …………………………………… 571

祭封主事程公文 …………………………………… 571

祭光祿李卿文 …………………………………… 572

祭江僉事母文 …………………………………… 572

祭年太守元夫文 …………………………………… 573

祭余揮使文 …………………………………… 574

祭王母岑太夫人文 …………………………………… 574

祭錦衣世臣夫人文 …………………………………… 575

祭江郎中父母文 …………………………………… 575

祭陳壽夫文 …………………………………… 576

祭封儀部員外郎巽齋張公文 …………………………………… 577

祭徐主事文 …………………………………… 578

祭安人張氏文 …………………………………… 578

祭馬少師文 …………………………………… 579

祭楊少師夫人文 …………………………………… 579

祭外父蹇公文 …………………………………… 580

祭同年高參議文 …………………………………… 581

長壽祭朱太守素卿 …………………………………… 581

涪陵祭劉宮保淩雲 …………………………………… 582

祭張都諫本謙 …………………………………… 582

祭安黃門母文 …………………………………… 583

祭王時正太守 …………………………………… 583

祭蕭指揮祖母 …………………………………… 584

祭禮部吳尚書文 …………………………………… 584

祭吳僉憲伯陽 …………………………………… 585

祭余副憲誠之文 …………………………………… 586

16

安神主祠堂祭文 ……………………………………… 586

贈祖考妣告文 ………………………………………… 587

陞吏部右侍郎祭告祖宗文 …………………………… 588

贈考禮部尚書告文 …………………………………… 588

贈妣夫人告文 ………………………………………… 589

奔母夫人喪歸告文 …………………………………… 589

母夫人啟殯告文 ……………………………………… 590

卷之二十二

五言古詩 ……………………………………………… 591

壽陳太史封君 ………………………………………… 591

壽毛狀元祖一百歲 …………………………………… 592

壽程宗魯父母六十 …………………………………… 592

壽蔣宮諭母太夫人 …………………………………… 592

題太宰楊公邃庵 ……………………………………… 593

石淙精舍為太宰楊公賦 ……………………………… 594

城南會錢吳學士克溫有述 …………………………… 594

題樂耕手卷 …………………………………………… 595

題蓉溪送金廉憲舜舉 ………………………………… 596

賦仰蘇堂二首 ………………………………………… 596

題鄉賢祠祀曾子開 …………………………………… 597

南圃三蒼 ……………………………………………… 598

送馬汝礪詩三首 ……………………………………… 598

題墨竹為史都憲乃郎 ………………………………… 599

送陳崇之巡按太平諸郡 ……………………………… 600

送李僉憲陞憲副還鄉 ………………………………… 600

送涂邦祥歸省 ………………………………………… 601

送秀水教諭王成憲分得下字 ………………………… 601

奉和匏庵先生板屋詩韻 ……………………………………… 602
和匏庵愛日對雪二適韻 ……………………………………… 602
和邃庵先生詠葵 ……………………………………………… 603
和敬所內直選官房韻 ………………………………………… 604
次韻紀王戶侍徙呂梁罹水居民 ……………………………… 604
輓伏羌伯毛忠 ………………………………………………… 605

五言律詩 ……………………………………………………… 605

二月初四日聖駕初出朝次韻 ………………………………… 605
次劉工侍文煥舟中寫懷韻 …………………………………… 606
題連枝手澤卷 ………………………………………………… 606
題風泉閣 ……………………………………………………… 606
重慶院中 ……………………………………………………… 607
清淮迎養 ……………………………………………………… 607
栢臺司諫 ……………………………………………………… 607
驄馬行春 ……………………………………………………… 608
花縣鳴琴 ……………………………………………………… 608
不見梅 ………………………………………………………… 608
問笛 …………………………………………………………… 608
得漢雜詠四首 ………………………………………………… 609
送友人 ………………………………………………………… 609
和馬先生雜詩 ………………………………………………… 610
和白先生補瓊林宴詩 ………………………………………… 611
和吳學士丁祀晚過湖堤 ……………………………………… 611
春行渝川和熊繡衣韻 ………………………………………… 612
輓徐州教授 …………………………………………………… 612

七言律詩 ·· 612

文華殿賀歲 ·· 612

承天門候駕 ·· 613

郊壇分獻 ·· 613

慶成宴書事 ·· 614

元宵應制 ·· 614

錫宴禮部 ·· 615

大祀改卜 ·· 616

以宮僚賜文綺寶帶有述 ·· 616

後五月十一日賜鰣魚敬所有詩用韻和答 ·· 617

壬申五月十二日遂庵合九卿臣僚上章左順門有詩紀事次韻一首 ··························· 617

元日即事 ·· 618

己卯元日 ·· 618

冬月二十九日適懸孤二子一女舉酒為壽感而賦此用志喜也 ······························ 619

得舍弟發解信詩以志喜錄猶未至 ·· 619

壽陳本仁司寇 ·· 620

壽陸司馬母（母華孝子之後也）·· 620

壽費宗伯伯母宜人八十 ·· 621

壽王太夫人（狀元母）·· 621

壽張司寇乃翁封如其官時具慶迎養於京師 ·· 621

壽朱吏侍懋忠叔義官 ·· 622

壽周都憲偕夫人七十和馬紫厓韻 ·· 622

壽毛侍讀父母 ·· 622

壽羅通政父國子先生 ·· 623

壽鄒太僕少卿宗道 ·· 623

壽溫廷寶父九十 ·· 623

壽徐太安人朝文母 ·· 624

壽王亞卿先生乃兄 ·· 624

壽馬都給事舜達母八十 …………………………………… 624
壽吳黃門父梅莊 …………………………………………… 625
壽石季瞻給事中父施南經歷及母孺人時季瞻得子告歸省 … 625
壽陳寺丞母九十 …………………………………………… 625
壽趙繡衣父九十 …………………………………………… 626
壽宋御史父八十二 ………………………………………… 626
壽余邦臣母夫人時頒詔還家 ……………………………… 626
壽唐少參八十 ……………………………………………… 627
賦松鶴圖為朱憲副壽 ……………………………………… 627
壽孫幼貞父母七十受封 …………………………………… 627
壽封地官兄六十 …………………………………………… 628
壽王郎中濟父竹坡居士 …………………………………… 628
壽張員外父母 ……………………………………………… 629
壽黃以文九十一 …………………………………………… 629
壽彭太史父 ………………………………………………… 629
壽曲評事父七十一 ………………………………………… 630
壽封君 ……………………………………………………… 630
壽羅太監母七十 …………………………………………… 630
壽趙太監忠 ………………………………………………… 631
壽唐指揮七十 ……………………………………………… 631
壽夏秀才父八十 …………………………………………… 631
壽鄔處士八十 ……………………………………………… 632
壽饒義官父母六十 ………………………………………… 632
壽天壇道士 ………………………………………………… 632
賀碧川楊先生視篆玉堂次文瀾韻 ………………………… 633
贈長陽府輔國將軍直庵 …………………………………… 633
賀張南陽太守 ……………………………………………… 634
賀冉宣撫致政 ……………………………………………… 634

贈魏撫軍士元	634
贈錦衣王百戶	635
賀黃義官	635
題遼庵體國堂以都御史督理陝西馬政奉勅有志存體國之語揭以名堂故云	635
題石淙為遼庵太宰	636
題張工侍光復堂	636
題大雅堂為胡刑部大聲	636
題鼎養歸榮為張司寇	637
兩淛文衡為熊先生題	637
題芝秀堂盧御史祖事其母守節母甚孝乃有靈芝生庭前因名其堂	637
陳廉使入覲手卷	638
題大卿竹為楊尚綱正郎	638
題棟花莊為張僉憲	638
題懷春軒為鮑同知德任饒州	639
題觀省卷為毛世章僉憲	639
萱堂稱壽為吳河東養正題	639
椿萱榮壽為黃憲副師大父母壽	640
韓氏遺鑑為大名守韓德夫賦	640
題椿荊聯桂	640
題世恩堂為馬郎中懋	641
題賓月軒	641
瀛西歸隱為李從直太守致仕賦	641
為屈太守乃尊賦八景	642
題觀瀾閣涪州廖太守建	644
題異政亭卷為南陽徐太守	644
題雷州秦守祠次韻司徒絃曾祖	645
渭陽餘意為陳鳳儀作	645
題竹林聯桂送劉天儀弟及子賦試	645

題萬松書屋為麻城劉隱士 …………………………………… 646

題韓參將手卷 …………………………………………………… 646

題新居 …………………………………………………………… 646

為宋參將題松石（乃其号也）………………………………… 647

題涪陵張九經三知卷被寇还寄金也 …………………………… 647

題文貞祠二首 …………………………………………………… 647

題盛御醫菊卷 …………………………………………………… 648

題茅山書屋 ……………………………………………………… 648

舟中有懷廖太守 ………………………………………………… 648

雲陽謁桓侯祠 …………………………………………………… 649

李渡書英祐侯祠 ………………………………………………… 649

題雲陽助順侯廟 ………………………………………………… 650

送衍聖公襲爵還 ………………………………………………… 650

送徐閣老乃弟省兄還鄉（为克温作，盖其甥也）…………… 650

送焦閣老弟省兄還鄉 …………………………………………… 651

送孫戶書致仕 …………………………………………………… 651

送傅宗伯致仕 …………………………………………………… 652

再送傅宗伯 ……………………………………………………… 652

陸司馬全卿出師討賊 …………………………………………… 653

送王漢英司馬致仕歸 …………………………………………… 653

白刑書致仕 ……………………………………………………… 653

送焦禮侍奉使襄府 ……………………………………………… 654

敬亭覽勝為張刑侍封王過宣城送行 …………………………… 654

送都憲彭濟物總制四川征寇 …………………………………… 654

送彭都憲征蜀寇 ………………………………………………… 655

送都憲蕭淩漢賦兩廣巡撫 ……………………………………… 656

送梁都憲巡撫四川 ……………………………………………… 656

送李子陽奉常南京 ……………………………………………… 656

送楊應寧奉常 …… 657
送李子陽先生省母南還 …… 657
送奉常楊正夫還鄉省親 …… 657
送王器之都憲致仕 …… 658
送張學士省親 …… 658
送張學士南京掌印 …… 658
送王諭德先生乃兄省弟歸吳 …… 659
送豐翰編父受封歸鄉 …… 659
送鄒宗道太僕致仕歸 …… 659
送倫狀元父還嶺南 …… 660
送曲朝儀都憲巡撫寧夏 …… 660
送李亞卿石城之南京 …… 660
送吳克溫學士之南京 …… 661
送羅允升司成之南京 …… 661
送張希實費狀元表弟 …… 661
送王翰檢敬夫歸省 …… 662
送沈良德使外國 …… 662
送周司業祭掃還鄉 …… 662
送羅允恕南還省親 …… 663
送蔡從善陞南京 …… 663
送馬鵬舉省親 …… 663
送毛給事式之養病 …… 664
送劉文煥侍御 …… 664
送周廷臣御史清戎浙江 …… 665
送陳子居天津收糧 …… 665
送吳緯之使江西 …… 666
送余邦臣浙閩催賦 …… 666
送鄧惟遠督餉宣府 …… 666

送王克勤郎中督糧薊州 …… 667
送溫廷器還定遠兼省兄少參汴梁 …… 667
送楊晉叔考功南還省母 …… 668
送洪郎中送母歸省父 …… 668
送貢郎中斌致仕 …… 669
送伍朝信秋官 …… 669
送吳克溫乃姪 …… 669
送張朝儀還信陽 …… 670
送莫貴誠主事蕪湖抽分 …… 670
送歐從龍大行 …… 670
送王行人使朝鮮 …… 671
黃郎中仲實祭掃歸 …… 671
送王澄之弟歸鎮海 …… 671
送高振遠西歸 …… 672
送楊東升西歸 …… 672
送傅邦用入貲給章服宗伯弟 …… 672
送毛以正西歸 …… 673
送白崇之錦衣從征江西寇盜 …… 673
送劉時讓兼憲致仕 …… 674
送錦衣張指揮還京 …… 674
送玨弟還鄉 …… 675
送史公鑑赴四川參藩 …… 675
送蘇伯誠江西提學 …… 675
送李希賢提學浙江 …… 676
送楊中書祭祖安寧 …… 676
送劉提學憲副赴雲南便道省母次韻 …… 677
送邵國賢分韻得春字 …… 677
送羅憲副時太兵備瀘州 …… 677

六月望前三日，送陳憲副先生，已先出城矣，追及小酌，而石齋亦至，有詩以紀其送行之不及，因用韻四首 ………………………………… 678

送憲副楊尚綱赴江西 ……………………………………………… 679

送少藩董德隅赴江西 ……………………………………………… 679

送溫少參還河南 …………………………………………………… 679

送僉憲劉朝重 ……………………………………………………… 680

送楊正夫觀光趨廷 ………………………………………………… 680

送嚴宗哲太守西安 ………………………………………………… 680

送馬廬州汝礪考績還 ……………………………………………… 681

送吳孟璋守贛州 …………………………………………………… 681

送汪德威任衡陽 …………………………………………………… 682

送李邦輔太守次韻 ………………………………………………… 682

送余良爵進表還鄉展墓 …………………………………………… 682

送郝立夫太守還涿州 ……………………………………………… 683

送邵民愛考績還 …………………………………………………… 683

送鳳陽張貳守維 …………………………………………………… 684

送沈良德太守 ……………………………………………………… 684

送譚元儀別駕任楚雄 ……………………………………………… 684

秋江一棹送安南節推 ……………………………………………… 685

送汪文淵節推赴九江 ……………………………………………… 685

送李守模節推考績還任 …………………………………………… 685

送張進士以莊推官武昌 …………………………………………… 686

卷之二十三

七言律詩 …………………………………………………………… 687

送王憲副赴山東 …………………………………………………… 687

送邵國賢提學江西 ………………………………………………… 688

送劉伯儒繡衣刷卷雲南 …………………………………………… 688

送王隆吉太守赴開州	689
送郭魯瞻令濬縣	689
送路大尹之徐溝（名子俊）	689
送陳大尹之孝感	690
送楊浩然尹武城	690
送柴蕙尹新化	690
送郭于藩調清河	691
送趙大尹任銅梁濬	691
送原善大使叔任安豐	691
送侯邦秩尹臨淮	692
送郭尹之任臨潼	692
送王朝璋繕知定遠	693
送李孟淵尹黃陂	693
送余良潔尹鳳翔	693
送吳養正運判山東	694
送蹇州判益考績還任（益，忠定公族）	694
送劉天章貳尹崇德（天章初令商水，坐盜起劫城謫降）	694
送吳廷鳳二尹繕雲乃公溥子	695
送沈企高判簿平原	695
送蔡中道教諭松陽縣	695
送李直卿教諭江陵	696
送張祐舉人掌教當塗	696
送董遵司訓南昌	696
送唐宗顏司訓南昌	697
送王司訓赴寶豐	697
送蔡珙司訓	697
送潘榮司訓海門	698
送司訓	698

送劉舉人天和 …… 698

送劉昭著司訓嶺南 …… 699

送周世望下第還 …… 699

送楊生赴試 …… 699

送蕭俊千戶 …… 700

送僧人還鄉 …… 700

送饒義官還鄉 …… 700

送覺林弘麻上人還重慶 …… 701

送醫士 …… 701

錢伯誠石駙馬別墅次韻 …… 701

楊石齋余世臣同錢馬汝礪於潘家莊並臨河小亭賦二首 …… 702

宴杜鎮守甫環翠亭 …… 702

己卯正月八日馬太守請游真武山 …… 703

道出襄陽王憲副邀飲檀溪寺 …… 703

次日復遊穀隱寺會王黃門 …… 704

次日王憲副孫進士錢別樊城郵亭 …… 704

次涯翁雪酒詩韻 …… 705

次遼庵邀賞芍藥 …… 705

次遼庵賞葵花韻 …… 706

次遼庵先生齋居迎駕 …… 706

後五月譙遼庵先生所敬所有詩四首亦次其韻 …… 707

次韻送宗伯吳先生 …… 708

次北潭礪庵送悔軒宗伯封王周府 …… 708

次一齋席上韻三首呈馬楊二先生 …… 709

燕秦都憲國聲水亭次壁間韻 …… 709

次秦都憲國聲過鼎湖 …… 710

次吳通政三利溪 …… 710

次克厚病中寫懷韻 …… 710

會飲邦彥宅次克溫韻	711
齋居次秉德韻	712
次司直韻	712
次韻賀邦彥生子	712
次邦彥韻詠克溫燈（是日未果赴约也）	713
次韻送邦秀繡衣巡按甘肅	713
次韓裕後憲副福建留別	714
御史盧師邵熊尚弼在席中對菊詩次韻答之	714
聞琴奏明妃出塞曲次韻二首	715
次登君山	715
題吳宗伯寧庵予莊次石司成韻	716
和秉德慶成宴詩	717
又自作	717
癸酉清明謁陵和敬所少宰韻	717
和楊名父考功東角門問安	718
和馬先生禁直韻	718
因分直馬先生以詩慰疏闊奉答一首	719
和士脩夜直秋臺	719
和吳學士丁祀會東廡	719
和劉宗伯司直慶陳都憲汝礪賜玉帶詩	720
涯翁閣老惠胡桃兼示及詩用韻奉謝	720
和邃庵太宰賞紅梅	720
再和韻二首	721
和邃庵苦雨	721
和苦雨聯句呈邃庵北潭二先生	722
和楊月湖宗伯登報恩寺塔韻	722
和悔軒宗伯韵（其詩有不能忘情於南北者，故辭意多解嘲也）	723
和碧川楊少宰四韻進呈会典	723

和謝禮侍慰劉司馬喪子二首 …… 723
和馬先生浴堂吟 …… 724
和馬先生韻詠雪 …… 725
和馬先生介夫宅上韻（因老先生歸為慰也）…… 725
又和冬至寫懷 …… 726
和馬先生苦雨 …… 727
和馬先生韻 …… 727
和吳學士苦雨 …… 728
又用前韻答石齋先生 …… 728
和蔣誠之少司徒會乃弟閣老詩 …… 729
和吳先生在維之席上韻 …… 729
和林都憲見素韻 …… 730
和林見素登平梁城 …… 730
和劉亞卿文煥韻兼書所感 …… 731
和韻二首 …… 731
和許文厚與熊尚友話舊 …… 732
和聯句送石潭韻 …… 734
和邦瑞聞邊報 …… 734
和韻賦五馬行春 …… 734
和錢與謙頒曆 …… 735
因與謙索詩再和前韻 …… 735
和克溫詠雪 …… 735
又用韻和雪山 …… 736
再用韻二首 …… 736
再用韻詠雪 …… 737
和九日賞菊 …… 737
和正之韻 …… 737
和維之韻 …… 738

和維之齋居寺中 ………………………………………… 738
和維之惠移居詩 ………………………………………… 738
和參政弟致仕韻 ………………………………………… 739
和盧繡衣陪石齋浣花草堂 ……………………………… 739
和盧侍御西巡贈言詩韻 ………………………………… 739
和盧侍御游五福宮韻 …………………………………… 740
和熊御史清風亭韻送盧御史 …………………………… 740
和盧御史除夕涪江野泊 ………………………………… 741
再和盧御史韻 …………………………………………… 741
和馬汝礪郡亭偶書韻用以贈八首 ……………………… 742
和翟貳守韻二首 ………………………………………… 743
和安慶余忠宣祠韻 ……………………………………… 744
和九江李忠文崇烈祠韻 ………………………………… 744
和九日遊清凉寺韻 ……………………………………… 745
和登靈應觀草亭韻 ……………………………………… 745
和溫江移渡志喜 ………………………………………… 746
紅白梅 …………………………………………………… 746
挽臥廬劉先生（吉水人）……………………………… 746
挽黎尚書先生淳 ………………………………………… 747
挽周尚書瑄 ……………………………………………… 747
挽崔尚書 ………………………………………………… 747
挽王司馬竑 ……………………………………………… 748
挽楊兵侍文寧 …………………………………………… 748
挽盛侍郎顒（號冰壑）………………………………… 748
挽新寧伯乃祖 …………………………………………… 749
挽屠少司寇父 …………………………………………… 749
挽屠少司寇母陸氏 ……………………………………… 749
挽趙廷實都憲父 ………………………………………… 750

挽鄧侍講母 ································· 750

挽王編修父梅軒先生 ······················· 750

挽吳編修父可晚先生 ······················· 751

挽王通政漢英父母 ·························· 751

挽御史 ·· 751

挽陸參政 ····································· 752

挽王憲副父 ·································· 752

挽秦郎中父 ·································· 752

挽歐時舉庶吉士次韻 ······················· 753

挽周太守 ····································· 753

挽周太守正 ·································· 754

挽劉主事父母 ······························· 754

挽李主事母 ·································· 754

挽林泉翁郁處士（忠公後）··············· 755

挽耕讀居士（林仲璧父，惠州同知）··· 755

挽華處士 ····································· 755

挽撫松郁處士 ······························· 756

挽良惠沈氏醫士 ···························· 756

次衡仲弟韻送大叔信之 ···················· 756

聯句 ·· 757

清明與武翰長毛維之謁陵三十首 ········ 757

後五月初八日太宰遼庵少宰敬所看花於左廂 ··· 763

次韻 ··· 763

聞王師破群盜遼庵北潭於部堂考選 ····· 763

送周甫敬守廉州 ···························· 764

31

卷之二十四

七言絕句 ……………………………………………………… 765

元宵應制 ………………………………………………………… 765

賜錦（二月）…………………………………………………… 766

邃庵惠園中匾豆絲瓜江豆奉謝 ………………………………… 766

伯疇惠端硯口占二絕致謝 ……………………………………… 766

謝思進寄惠脩詞衡鑑並筆 ……………………………………… 767

播州十二景為楊宣慰題 ………………………………………… 767

東莊八景為任進士作 …………………………………………… 769

漫書十首 ………………………………………………………… 771

秋霜碎草為李舜在御史題 ……………………………………… 772

題鳴珂清趣 ……………………………………………………… 772

題琴棋畫二首 …………………………………………………… 772

題松竹梅 ………………………………………………………… 773

題毛禮侍松鼠 …………………………………………………… 773

題李侍御遂之便面 ……………………………………………… 773

題靜庵卷 ………………………………………………………… 774

題菱湖居士卷 …………………………………………………… 774

題扇為袁鳳儀 …………………………………………………… 774

題便面送舉人 …………………………………………………… 774

為太監題竹 ……………………………………………………… 775

又松 ……………………………………………………………… 775

題雁 ……………………………………………………………… 775

又禽梅 …………………………………………………………… 776

題畫（二首）…………………………………………………… 776

題小畫 …………………………………………………………… 777

題百鳥朝鳳圖 …………………………………………………… 777

題畫犬 …………………………………………………………… 777

32

題畫貓	778
題便面	778
題扇面	778
題扇	779
送貫鳴和兄善傳神	779
題扇贈魯舉人	779
送萬模主簿鉛山	780
送葉仕奇大冶主簿	780
送楊典史弟時會京師	780
送蒲相士	781
和楊太宰待隱園即事感懷二十首	781
和邃庵藥欄漫興	783
和邃庵詠葵	784
和白先生韻（壬子）	784
和馬先生書堂雜詠	785
和秉德韻	785
和梁汝玉寄韻（五首）	786
和參政弟鳴鳳山莊韻	786
和參政弟致仕韻	787
又次韻	788
次韻送紫厓學士	788
次北潭齋居	789
次韻象戲答梁汝玉太守	789
挽周侍御母	790

五言絕句 ……… 790

| 和白宗伯怡靖齋四十首 | 790 |
| 次劉司空南峰舟中感懷三首 | 795 |

六言 ……………………………………………………………… 796
　題秋江遠意 ……………………………………………………… 796

七言長篇 …………………………………………………………… 796
　平西夏歌 ………………………………………………………… 796
　壽留耕翁楊閣老父 ……………………………………………… 798
　題邃庵太宰江鄉雪意 …………………………………………… 798
　題李宗伯山水圖 ………………………………………………… 799
　承恩雙壽圖為賈編脩父母 ……………………………………… 800
　題龍為潘以正方伯 ……………………………………………… 800
　題山水圖為李錦衣旻 …………………………………………… 801
　題毛太守禽鳥圖 ………………………………………………… 801
　瞻雲將使卷為盧儀賓 …………………………………………… 802
　題秋香玉兔扇面 ………………………………………………… 802
　戲嘲謝解元便面溪林牛牧 ……………………………………… 803
　題畫（二首）…………………………………………………… 803
　題桃源圖 ………………………………………………………… 803
　題牧牛圖 ………………………………………………………… 804
　送紫厓學士考績還 ……………………………………………… 804
　送毛太守考滿還重慶 …………………………………………… 805
　次邃庵聽鼓明妃曲韻 …………………………………………… 806
　次邃庵蟠桃圖韻壽楊繼貞大尹 ………………………………… 806
　和蔣閣老送重慶郭通判用章詩 ………………………………… 807
　次韻題黃鶴樓 …………………………………………………… 807
　去思賦 …………………………………………………………… 808
　跋趙松雪真跡 …………………………………………………… 809

刊劉文簡公文集後序 ………………………………（明）趙貞吉　810

附録 ··· 813

劉剛墓表 ··· 813

劉規墓表 ··· 815

劉春墓誌銘 ··· 818

劉春夫人寒氏墓誌銘 ··· 823

劉安人余氏墓誌銘 ··· 826

劉台墓誌銘 ··· 829

明史・劉春傳 ··· 834

劉氏族譜序 ··· 836

劉氏科第志序 ··· 838

劉氏科第志序 ··· 839

太子太保禮部尚書東閣學士劉春賜諡誥 ······························· 841

禮部志稿・尚書劉春 ··· 842

明楊慎《祭劉春文》 ··· 843

祭劉仁仲太宰文 ·· 844

禮部尚書兼學士劉春 ··· 845

巴縣志・諸劉傳（節選） ·· 846

重修安居縣入學記 ··· 858

劉春年譜 ·· 胡昌健 860

劉台年譜 ·· 胡昌健 915

後記 ··· 928

卷之一

序

送太守喻君脩己任晉寧序

成化癸卯，余同舉於鄉者[1]，舉進士外，凡若干人，皆以序受職，而為州守者纔三人，嘉定劉介之於夷陵，江津鍾畏之於金州，及今晉寧則喻君脩己[2]也。士自大學一舉而至大夫之列，荷專城之寄，不可謂不重且榮矣。

脩己行，諸同年居京師暨縉紳大夫咸謂余當有言以敘行李，乃告之曰：

---

[1] 成化十九年癸卯（1483）劉春二十四歲，四川鄉試第一。
[2] 劉節，字介之，嘉定州人。鍾人望，字畏之，江津縣人。喻敬，字脩己，四川內江人。弘治十二年至十七年（1499—1504）任晉寧知州，廉能有為。

古之君子，其窮居畎畝也，飭躬勵行，博物洽聞，用則以其所得於己者，行之以澤於民，以利於世，非有所利而爲之也。故大用之則大利，小用之則小利，即不得用，亦以行誼著聞。

今之士，皆有所利而爲之耳。平居侃侃論天下之事，若頡頏①於古之豪傑，視世之繩趨尺步②者瞠乎其後；及既用，則利趨欲征，患得患失，無所不至，而略不恤，物議之。及名教之隳，而況肯造福于民、效忠于國者乎？

余所目擊者多矣，蓋其律己也，無清約之風；其勵志也，無遠大之望。而其所以處心積慮，大要孔子所謂鄙夫，孟子所謂失其本心者耳。於乎，使皆若人，則上下亦何所賴，而士之與齊民亦何所輕重耶？

脩己明達謹恪，俊爽負幹局，平常言語吶吶然，如不出口，而其處事條理精密，不逐時爲好惡，其志向尚友古人，而不屑乎今之所爲也甚矣。晉寧之往，蓋信乎豈弟③君子、民之父母者。余同年，比仕中外，皆以清慎忠勤著聲績，而余獨綿薄，不能少有所裨益于時，恒自愧焉，而恨不可得郡邑以自效，于脩己之行，切有所企慕也。滇南，距京師萬里，而晉寧當滇南要衝，脩己行，其聲實之流於天朝也，豈以遠而弗至乎？

---

① 頡頏，音 xié háng，原指鳥上下翻飛，引申爲不相上下，互相抗衡。
② 繩趨尺步，成語，出自宋蘇洵《廣士》，指舉動符合規矩，毫不隨便。
③ 豈弟，音 kǎi dì。同"愷悌"，意爲和樂平易。

送晏調元雲南布政司經歷序

　　晏君調元，世家重慶，其先大父參政雲南，父典教崇陽。

　　吾重慶號大郡，而晏蓋郡中之著姓者。自調元大父而下，其諸父有曰邦義者，以鄉進士[①]官漢中同知；曰邦制者，以進士官兩浙運使；其餘典教郡邑庠、參郡幕、貳大邑，以及育德庠序者，凡若干人。一時衣冠文物，鄉族罕比。嗚呼！亦盛矣哉。

　　始調元在鄉校，性穎敏，善讀書，凡士大夫之賢而有德者，樂折節事之，而人亦願與定交。今年夏，謁選銓曹，占上第，得參謀大藩。夫人起家紆朱拖紫[②]，非不聳觀一時，然少有及於身後而不泯沒者，以叔敖為楚相，而其子猶至於負薪，況其下者乎？

　　今晏氏子孫之盛如此，豈天之委和果萃於德門耶？或曰：天道好還，故人之功。德行能著于時，則子孫必有昌大於後者，昔漢元侯鄧禹嘗曰："吾將百萬之眾，未嘗妄戮一人，後世必有興者。"後果累世寵貴，一時簪纓食祿者，不可勝數，史稱東京莫與為比。

[①] 此處是指鄉試中試的人。明清時則稱舉人。
[②] 紆朱拖紫，形容地位顯貴。白居易《歲暮寄微之》詩之三："若並如今是全活，紆朱拖紫且開眉。"同"紆朱曳紫"。

若晏氏者，上世隱德弗輝，自參政公歷守三郡，貳大藩，皆有惠政，今幾三十年，所在人猶想慕其風采，則其後世之多賢，無或怪也。雖然先世所以開其源者盛矣，為若後者尤在於疏而導之。晏氏之賢，吾未盡知，所最信者，如同知公倅澂江^①，誠心愛民律己，無毫髮玷，故雖遠夷，猶知有晏通判。及引年，無異未仕時，則其所以疏導之者亦至矣。

調元之徃，如又遠考烈祖遺風，近守諸父家法，使滇南人沾沐休澤，必有稱願之，曰：是昔某之子若孫，幸無為有力者所奪也。庶幾先世益永終譽，否則人將指而議之曰：晏氏遺澤，其後皆為能官，惟自某而不振。嗚呼！可畏也哉。

調元濱行^②，鄉進士魯維臣繪圖贈別，而士大夫皆賦詩於上，以春乔執史筆，故退為之序。

送太平守徐公時中[3]考績還任序

循吏之傳，昉[4]于司馬氏，厥後作史者皆祖之。余嘗考

---

① 澂江縣位於雲南省中部，昆明東南面。
② 濱行，同"瀕行"。意為瀕臨、緊接、臨近。
③ 徐節，字時中，壽昌人，成化八年（1472）進士，由內鄉知縣擢御史，弘治中以御史出知太平府，進雲南參政，遷廣西布政，正德元年（1506）進右副都御史，巡撫山西。風裁凜然，以忤逆瑾歸。瑾誅，復職，致仕。
④ 昉，音 fǎng，日初明。意為起始，起源。

其說。

　　循吏者，奉法循理而不恃威嚴也，則士之有一命於其君者，皆能為之。然自兩漢以來，代不過十數人，古之人以庶民安其田里歸良二千石，又以刺史為治人之本，故凡著治理效者，輒增秩、賜金，或璽書勉勵，公卿缺，則以次用之。其重如此，宜其循吏，史不絕書也。而乃積數十人，間見於上下千百年之內，及究其治狀，不過曰：謹身、帥先、不嚴而民化；曰：所居，民富，所去，見思而已。

　　世之仕者，大都有三：有役於才者，其視居一郡縣，不足以展所負，則務舞智興事，以取赫赫之聲，若平易近民，不屑為也；有溺於名者，則非懵於所事矣，乃迫於進取，故惟善事上官，以無失名譽，其於抑末敦本、求瘝恤隱不力任也；又有局於才者，則其心固急於仁愛矣，然駁於繩墨，不能興革利害。古今人不甚相遠，則循吏之間見者，固其所哉。

　　太平守徐君時中，舉成化壬辰進士，初令內鄉，治以廉平惠愛聞，三年，擢御史，著風裁，清戎畿內、發奸摘伏，人畏而德之。

　　弘治戊申，太平守缺員，君乃以才望徃踐其任。至則本其愷弟之心，持以清儉之節，輕徭薄賦，裁省浮費，務思息肩於民，不恃刑罰為治，故郡自有君，民安其業，士安其教，奸不能容，桀健者無所恃，以推於閭里，蓋古所謂循吏者也。

　　於乎！世方重內輕外，故有志于古循吏者，亦或不能不變於俗，雖以古之社稷臣，猶薄淮陽①，況其他乎？如君所存所施，蓋有所守者也，其名位事業殆不可御。

今年考績來，既書上，考將還，余友濮宗虞諉以言贈，故不辭，而論其大者如此。君持是不變，固太平之福，亦吾黨所籍以增重也。

送歐時和督運還任序

眉山歐氏有曰時毅者，成化辛丑舉進士，為吏部尚書員外郎。時余少且賤，以在鄉黨，後亦與聞家世之盛矣。丁未，余與其弟時振舉進士，乃得定交焉。時振精敏博洽，尤諳歷經世事，顧余孤陋，幸不鄙棄，得資益多，竊歎時振有用之器，異時必樹勳業以增光同年者。未逾時，其兄時和復自檢校蘇州，至又得與定交，則信所謂元方季方者，果難為兄弟也。②

於乎！賢哲之出於天地間，皆鍾其氣之精純不雜者，故一郡一邑，群億萬家，通籍食祿于一時者，多極十數人，或四五人猶以為盛。歐氏一家，乃得三人焉，而又非尋常

---

① 薄，音 bó，意爲迫近、接近；淮陽，指西漢名臣汲黯。汲黯，字長孺，濮陽人。爲人耿直，好直諫廷諍，漢武帝稱其爲"社稷之臣"。後免官居田園數年，召拜淮陽太守。
② 雍正《四川通志》卷三十四《選舉·進士》成化辛丑（1481）科進士有"歐銳"，眉州人，即歐時毅。丁未（1487）科進士有歐鉦，眉州人，即歐時振。劉春與歐鉦同年進士。元方季方，意指兩人難分高下；後稱兄弟皆賢爲"難兄難弟"或"元方季方"，見《世說新語·德行》。

竊祿者伍。天地精純之氣，固有不鍾於一郡邑而萃於一門者耶？

吾蜀在昔，多兄弟之賢，其最者，在宋閬中陳氏，曰堯叟、堯佐、堯咨，皆以功名振耀於天聖、咸平之間①。至景祐，眉山蘇氏，曰子瞻、子由者，復以文章事業重當時而垂後世。歷元及今，賢哲之出如陳如蘇者，雖不少，然皆散出於他郡邑，或數十年後，若兄弟之聯肩接趾顯于時者，則寡矣。

余嘗究其所以豐嗇而不可得，或者乃曰：至和之氣，運於兩間，物得之，而為鳳凰、芝草，為連理木，為同穎禾，毓秀揚芳，異于常物。人得其氣之尤精者，則賢哲之出於一門，殆無或恠②也，顧氣之精英，不可常得，一有焉，人稱之，史書之。其所以間見特出，誠有不偶然者。然則歐氏兄弟之賢，豈易得哉。

時和在蘇州，以勤恪見器于達官長者。蘇為江南大郡，歲輸邑所賦充上供及百官廩祿，非賢而有才者領之，鮮不負於官而損於下，故時和常以賢見勞。今竣事還，凡在時振同年及同鄉者，皆喜而賦詩贈之，屬余序諸首簡。

於乎！時振方以清才主事夏官③職方，綽有餘裕，今時和又以能舉職，為上下所信任，則吾蜀兄弟之賢，豐於前而嗇於後者，豈有待於今耶？審如是，則人之所以望于時

---

① 應為咸平（998—1003）、天聖（1023—1032）之間。
② 恠，"怪"之異體字。
③《周禮》分設天、地、春、夏、秋、冬六官。夏官以大司馬為長官，掌軍事。後世多以夏官代稱兵部尚書。

和者不淺，而時和之所以副人望者，當有在矣。余不佞，因書而俟之。

送胡克寬任南京大學序

安莊①胡君克寬，成化丙午舉於鄉，明年丁未登乙榜，授司訓吾蜀之巴縣學。克寬明爽謹飭，恒以作養人材為重，故自涖任，士之勤者勸之，惰者起之，欲進而不能者躬訓督之。余居京師，每接吾鄉縫掖之士，問其仕于郡邑之賢者，則必以克寬首稱，或郡邑大夫至問其屬吏之賢，則亦曰克寬。竊嘗愛而慕之，比歸覲②，家居，則見其接人之恭，律己之慎，誨人之勤，皆有儒者家法焉。余於是信乎得諸人者不誣。而克寬之所自致，亦非汲汲於名者矣。

弘治丁巳，秩滿，考最，晉南京國子監助教，濱行，吾鄉之大夫士相率謁余言送之。

我國家建學育才，兩監③並設於南北，黌宮分布於郡邑，所以求賢圖治之典密矣。而師儒之位，又恒遴選儒術之老成者，不輕取備員也。或厭其遲晦，則又酌敘遷之例以激勵之，則任之固非輕，而用之亦不狹矣。

且郡邑之學，萃士之秀於郡邑者耳，大學，則天下之

---

① 乾隆《貴州通志》卷二十六《人物》明《選舉·舉人》成化丙午科（1486）舉人："胡裕，安莊人，官知縣。"安莊，今貴州鎮寧州城，舊安莊衛城也。
② 弘治七年（1494）年初劉春歸巴縣省祖母。
③ 即北京、南京國子監。

士所萃也。士，以儒術致身，被天子之命，群秀於郡邑之人，而為之模範，要非俗吏可伍，又進而群秀於天下之人，于以為之模範焉，則其重宜如何？而克寬之所遭值，豈偶然哉？夫量其材而畀之任者，在人；因所任而竭其力者，在我。然則，克寬之在人者，已不負而益盡，其在我，其名位之來，當迫逐而不舍矣。

克寬名裕，其父莊泉道人，用薦不仕，今顧老於家。而克寬之所養，蓋有所本云。

送朱世亨澧州學正序

聖天子繼統，深惟得賢圖治，化本師儒，乃詔銓曹以今年春會試中乙榜者任之，吾鄉朱君世亨，遂得司教於楚之澧州。濱行，語余曰："今世儒官，人皆卑而易之不屑為，昌[①]也何敢？但大懼不能作養人材，以副聖明簡任之意耳。先生得不靳一言以教之乎？"

余辭不獲，則曰：士方窮居，朝經暮史，務綴文以取科第，所以求祿。仕也，其于居官臨民之事，固未嘗試之，一旦委用，若有不易為者，世亨之職教耳，亦有未試者乎？諸生所讀，即向之朝暮所究心焉者也；所言，即向之探索有得而書之者也。然則以其業於己者，教於人固非。若未

---

① 參見《選舉·舉人》，雍正《四川通志》卷三十五，其中有載，弘治年舉人朱昌，合州人，當即世亨。

試而措諸用者，其有弗稱乎？抑吾聞范文正公家居集慶，晏丞相①為留守，請掌教事，公宿學中，訓督學者，勤勞恭謹，以身先之，四方從學者輻輳②。厥後，擅文學之聲于時者，多其所教也。嗚呼！文正時已舉進士，為大理丞，膺留守之請，猶能恭謹著勞效，不敢有卑易不屑為之心，如此，宜其道德重當時，出將入相，為一代名宦也。

　　今世亨初釋褐③，受天子之命，以司教于一方，不戚戚懷時俗之見，其所養正矣。又以身教如文正，不稱非所懼也。雖然，昔之儒者論文正所學，必忠孝為本，所志必先憂後樂，所為必竭其力，不以富貴貧賤休戚少動其心，世亨往矣，尚亦論其世哉？無其心而逐其跡，為其事而不獲其功，吾未之聞也。

送太守朱君任袁州序

　　文章、政事，果出於二乎？古之人養於中者，深厚叵測，發於外者，閎肆不可涯，故舟楫霖雨④所以衍有商三百年之統者，偉矣。而實載諸《說命》之三篇。雖周公制禮

---

① 范文正公指范仲淹；晏丞相指晏殊。
② 參見《仲淹掌學》，《五朝名臣言行錄》。
③ 釋褐：舊制，新進士必在太學行釋褐禮，脫去布衣而換穿官服。後用來比喻做官或進士及第授官。
④ 《書·說命上》："若濟巨川，用汝作舟楫；若歲大旱，用汝作霖雨。"後以"舟楫""霖雨"喻濟世之臣。

作樂，際天蟠地①，而其《無逸》《立政》諸篇，所以化成天下之具者，盖已蘊于中，則文章、政事豈出於二哉？自後世教衰，禮義不明，乃或有支離決裂岐而二之者，故談文章者，率工記誦綴緝，而詆吏事為俗；論政事者，率崇督辦催科，而諷儒術為迂。

至宋，歐陽子亦曰："文章足以潤身，政事足以及物"②，若有所激而云者，雖然，亦豈以兼之者為非邪？儒者之論，有曰，窮《經》將以致用；又曰，學者將以行之也。其不儘然者，則以局於志、限於才，固有所不能耳。以其不能兼也，於是乎功業之樹立，遂流一偏，而人才之成就隨之。乃以為儒者大言無當，不適於用。於乎！儒者之學，果如是也耶？

吾長壽素卿朱君③，宿負竒④氣，英敏特達，初，會試登乙榜，司訓麻城，非其志也。乃窮經考史，擁皋比達旦不寐，與諸弟子講解，勤勤懇懇不色倦，而其所造詣日深，秩滿，就試，遂上第，則豈獨文章之麗而已乎？已而，官大理，職在參駁，多所平反，奏當之成出其手者，人稱不冤。

邇詔脩會典，採錄奏行條例于諸司，君任其事。又法比大繁，罔折於中，上命執法諸大臣序次其可著式者成編，

---

① 《莊子·刻意》："上際於天，下蟠於地。"後以形容遍及天地間。
② 《宋史·歐陽修傳》："文章止於潤身，政事可以及物。"
③ 參見《選舉·進士》，雍正《四川通志》卷三十四。其中有載，朱華，弘治庚戌（1490）科進士，弘治十三年至十七年（1500—1504）任袁州知府。
④ 竒，"奇"之異體字。

君偕二三屬吏實專任焉。則豈但政事之美而已乎？然則，若君者，其所成就有流於一偏否也。

比者用大臣薦，擢守袁州，鄉之縉紳大夫既賀其登進不次，又諉余言贈之。夫以君今日之所養，蓋不待其視篆下車，當逆知其聲聞翹然大江之西矣。而余所竊彈冠以慶者，則袁州在西江，號難治，故在昔受任而徃者，恆慎擇焉，而多以治績垂休聲，若其兼文章政事之譽者，則如韓昌黎、祖擇之、張敬夫、汪聖錫、葉鎮之輩，至今猶為烈焉，而其所以振吾儒之效于前者不小也。

君茲徃，論其志，必不肯局於所當，為而不為；論其才，必不患限於所得，為而不能為。袁之人，固有幸會于其間矣。而吾儒者之效，又得暴白於天下，使世之人不概謂文章政事之不能兼而有也，不亦善乎？余知君之深者也，敢預以告而俟之。

古渝十思詩序

重慶太守董侯汝淳[①]，蒞任未一年，以憂去。去之日，民之思而泣送者，雖耄倪亦屬於途，至婦人女子不可出，則亦咨嗟怨訴於室。於乎！是何其得於人心者如此也！蓋侯忠信明斷，學有本源，故其為政，力務敦本崇實、厚俗

---

① 董樸，字汝淳，麻城人，成化進士，弘治十六年（1503）爲重慶知府，是《序》撰於弘治十七年（1504），是年劉春在巴縣。

化民之事，而其孜孜為民之心，則利在所必興，害在所必除，略不以毀譽得喪少移，而其身之所率，則又有以信於人，初非矯飾於外以為之，其感民固宜。侯既去，士大夫之能言者，乃酌民之情，播之聲詩，詩凡若干首，則又比其類①而析之為"十思"：曰"思正大""思平易""思清白""思儉用""思養老""思興學""思省刑""思薄賦""思息訟""思禁奸"，集成帙，余得而閱之。

夫民心，至難得也，故仇讎赤子之念，恒在於斯，須反覆之間有不可以習俗論者。嘗觀漢九真、交阯蠻寇亂，廷議擇祝良、張喬者為守，開示慰誘，蠻皆降散，致為良築起府寺，是蠻夷亦無不可得其心者矣。嚴正誨為貝州刺史，不悅於民，將去，官民相率謹譁，手瓦石，胥其出，擊之，是雖中夏之民，失其心亦無不致變者矣。

然則推民之心，以考侯之所施為，固宜有大得於民者，而詎止所謂十思哉？十思，特其目耳。世之巧宦者，好立奇鈞異，動與人殊，故竭民之財，盡民之力，勤日夜以馳鶩于赫奕輝耀之事，視敦本崇實、厚俗阜民若不屑為者，而民之思愛念慕，則在此而不在彼焉。所謂民至愚而神，其信然乎？余為之序。

於乎！安得如侯者數輩，布諸天下之郡邑，俾當宁軫民之懷，為之一釋然也。

---

① 《東川劉文簡公集》影印版原文中"類"多寫作"類"。"類"為"類"之異體字。排版時因軟件字庫限制，統一為"類"。

送僉憲郭君明遠任山西序

國家用人，或以名舉，或以才揚，或以資進，非一途也。而於執法之臣，則又有出於三者之外焉。蓋法者，所以維持人心之具也，過則刻，不及則縱，苟非持心近厚①，而見事析理，英明果斷，其於議擬操縱之間，鮮有不失其當者。一失其當，則法為之壞，而召災致怨，如東海孝婦②，固不難測，所以用人者，可少忽哉？肆今典則，凡官于內外法司者，其陞遷敘用，恒皆出入於中，非其人不用，所以重其選也。重其選，所以重其法也。

吾友富順郭君明遠，為南臺御史凡幾年，會起復，擢山西按察司僉事。蓋明遠在南臺，聲實茂著。初，巡察南京倉儲，禁捕沿江諸路寇盜，皆剔奸剡蠹，所至凜然，人藉以按堵。尋奉璽書清戎秦隴，盡心所事，課功論績為最。而其冰玉之操，則瑩然無暇纇，是豈徒以其才名資歷之所宜而已乎？

大臣之所以論薦，天子之所以任使，不輕而重也，較然矣。鄉之諸縉紳喜其鴻漸之進，而諉余贈之。而余所欲告者，則顧明遠之所飫聞者矣。夫古之制刑所以弼教，而

---

① 《後漢書·韋彪傳》："忠孝之人，持心近厚，鍛煉之吏，持心近薄。"
② 東海孝婦故事，見《漢書·于定國傳》、劉向《說苑》、干寶《搜神記》。關漢卿悲劇《竇娥冤》劇情取材於此。

失禮則入刑，非但欲割剝箠擊而已也。自夫議事制辟之論興，而張湯、趙禹①之徒，用於是深者、獲公名平者，多後患，非先王制刑之本意矣。而今之用法者，又率略於上而密于下，嚴於無知之民，而縱於黷貨之吏。明遠試思之哉。夫以無知而犯法，在古人，猶矜疑之，欲必赦，況不能明示法令，使知所避忌。又從而執之乎？

山西，古堯舜所都，民貧地瘠，著于唐風，其所由來久矣。民偽之滋，雖勢所必至，而用法者尤所當察。《語》曰："如得其情，則哀矜而勿喜。"② 明遠行矣，試誦而贈之。

賀萬母朱孺人七十序

壽者，五福之一也。古之人愛其人，則恒以之祝願，致跂慕欣望之意。故臣之於君，若《天保》之詩曰："如南山之壽，不騫不崩"；子之於親，若《豳風》之詩曰："為此春酒，以介眉壽。"非但臣於君為然也，雖君於臣亦有之，《蓼蕭》之詩曰"其德不爽，壽考不忘"是已；非但子於親為然也，祖考於子孫亦有之，《信南山》之詩曰"曾孫壽考，受天之祜"是已。是皆出於至誠懇惻之念，非有所假於外而然者。至愛其人，而上及於其親以壽之，則亦情

---

① 張湯、趙禹，參見《史記·酷吏列傳》。
② 參見《論語·子張》。

之所至，而禮之所不廢者乎？

　　陽信中翰萬君瑾之母朱，今年甲子①，屈指七十矣，迺十又一月望前一日，實衣裼②之辰。太僕丞金君達卿，獲交於中翰，思所以壽之，而屬余以言。達卿之致愛於中翰者，豈但聲音笑貌而已哉。惟壽之得，在天者也；德之脩，在人者也。在天者，雖未可以意逆；而在人者，有可以力致。故世之人，未有不盡其在人而得其在天者也。

　　余聞達卿之言，有曰：母自正統間從中翰之父僑寓京師，凡壺以內之事，皆力任之。其勤無廢時，其儉無廢物，而慈惠柔懿，內外稱之。有子二人，則相教於內，各因其材性，故家日昌大，業日饒裕，若數世土著焉者。而中翰之事母益得以竭滫瀡③之養，適寒暑之宜，以無戾其天和，則母之壽，其亦有所自耶？然則，非是母不能有是子，非是子不能有是母。母之壽，自今其益無涯哉。古人論壽，以八十歲為中，百歲為上，如母之賢，其壽固未易以歲計也。余不佞，尚執筆以須上壽之賀。

---

①甲子，弘治十七年（1504），劉春爲翰林院侍講學士，是年閏四月歸省父母返巴縣。

②裼，音 tì，嬰兒衣服。又音 xī，《說文解字》："裼，袒也。從衣、易聲。"脫去或敞開上衣，露出內衣或身體的一部分。《詩·小雅·斯干》："載衣之裼。"衣裼之期，此指生日。

③滫瀡，音 xiǔ suǐ。古時調和食物之法。《禮記·內則》："滫瀡以滑之，脂膏以膏之。"

參議費公輓詩序

　　自綍謳虞殯昉于古①，而後世王公、大人、幽人、逸士，以及孝子、貞婦，其生也，有德善功烈、勳勞行誼被於人；則其沒也，人莫不哀之，哀之，而不得泄其情，則為之詩歌詞誄，以寄其痛悼不忍之意，此諸縉紳於少參復庵費公所以有輓詩之作也。公從子贊善君，集成帙，畀余序之。余閱之既，則凡所以哀之者至矣，而其事，則詩家大旨固有所不得盡，試以其大者二，序諸紀事之餘。

　　余嘗道出呂梁百步二洪②，其巨石齒列，波流洶湧，舟行，舟子稍失手，則不可捄。而兩岸崎嶇挽牽者無所用其力，行者至此，輒危甚；或過無事，咸相慶，有若歐陽子至喜之說者③。越數年，見之，則其水瀰漫有所歸，亂石湍流之勢盡平，而牽道如砥，雖中夜，亦不縱舟上下。乃詰之人，曰："此費都水築隄之功也。"蓋自此功成，舟無覆敗，而人獲安流，都水之功其可忘耶？此一事。

　　成化丙午，都勻苗民困於武官之朘削，肆為剽掠，以快其出爾之圖。一時守臣章三四上，請征之。廷議難隃

---

① 綍，音 fú，大繩，特指牽引靈柩之繩。謳，歌唱。虞殯，指送葬歌曲。
② 古泗水流經徐州、呂梁，河道狹窄，形成秦梁洪、徐州洪、呂梁洪三處急流，尤以徐州、呂梁二洪為甚。
③ 指歐陽修《峽州至喜亭記》。

度①，宜遣負才識者相處圖方略。僉謂莫如公，乃偕御史鄧宗周②者行。公至，察之，則知苗民非負固也，但撫諭之而定，識者曰："公之檄，賢于數萬師矣。"越癸丑，幸事者申前請，遂出師，乃不遺一鏃，直襲巢穴，俘其旄倪③若干人歸，而行旅主客之殲於售首級者亦無數，其師無紀律如此，至於軍儲之屑越靡費者，不可勝計，而一時以功冒賞者亦如之，至是，識者乃歎曰："使費公在，執前議，何以至此？"其死者曰："吾徃年已分罹兵刃，是費公活我數年也。"此二事。

於乎！是二事者，其功能才識當何如？而乃位止參藩，壽不及中上，豈所謂天定勝人耶？是可哀已！雖然，世之以官為家，而不知止者多客死，無子孫在側，或有之，而不肖，則暴露旅次，哀動行路。公晉秩貴陽，即因奉表京師，銳然乞歸。既歸，優遊桑梓者一年，而後易簀④，子孫滿前，蓋可謂生榮死哀者矣。則天亦何嘗不相之，是不可謂人定勝天乎？

余與贊善君同舉進士，嘗得親公風範，知公深，而二事則得於目擊耳聞，故敘之如此。若其德行之積於身，而刑於家，以施於官，守則尚有名公志銘所述可考，於此可

---

① 隃度，意為遙測。
② 鄧庠（1447—1524），字宗周，號東溪，湖南宜章城西鄧家灣人。明成化四年（1468），湖廣鄉試中舉人，成化八年（1472）進士。歷行人、御史、兩廣布政使、南京右都御史，官至南京戶部尚書。正德十四年（1519）致仕，嘉靖三年（1524）卒。有《東溪稿》。
③ 旄倪，意為老人、幼兒。
④ 易簀，意為更換床席，引申為人將死。參見《禮記·檀弓上》。

以略矣。公諱某，字某，別號復庵云。①

送太守晁君汝吉②之慶陽序

　　先儒羅仲素③有言：凡立朝之士，當愛君如愛父，愛國如愛家，愛民如愛子。又曰：凡人愛君，則必愛國，愛國則必愛民，未有以君為心而不以民為心者。於乎！是豈特立朝當然哉？凡一命之士，苟以是為心，固無施而不可也。

　　吾友宜賓晁君汝吉舉進士，為刑部主事，晉員外郎幾十年，博學有文，而尤以才識英悟稱。故事，部置本科擇屬之行能穎異者二三人於中，覆閱各司所上奏案，汝吉與焉。往歲，聖天子軫念民艱，欲得人以司化理，詔公卿各舉所屬，君亦首列，蓋其聲實之流信於人而結知於上者素矣。迺慶陽守闕，銓曹疏君名補之，而鄉之縉紳屬余言為贈。

　　慶陽於春秋為義渠戎國，居關陝西北，薄近邊塞，世號難治。所謂難治者，非以其健訟惡俗及大家豪右之吞噬難制也，地廣而人不聚，稅額羨而取之常不足耳。汝吉往

---

① 費瑄，字仲玉，號復庵，鉛山人，成化十一年（1475）進士。曾官兵部員外郎、工部主事。參見《贈費子美序》，《東川劉文簡公集》卷十和《修呂梁洪堤岸記》，《東川劉文簡公集》卷十五。
② 晁必登，字汝吉，宜賓人，弘治三年（1490）進士，弘治間通判澄江、曲靖，後升僉事，武定同知，皆有惠政，終雲南右參政。
③ 即羅從彥，字仲素，號豫章先生，北宋經學家、詩人，豫章學派創始人。

矣，聖天子所以簡命，明公卿所以推擇，豈泛泛然無所概於其間哉？而余所以致私幸於慶陽者，則仲素之論其將有合矣。

夫慶陽，古北豳地，史稱其俗好稼穡，務本業，有公劉之遺風焉。則安土重遷，固其性也，而今乃輕于轉徙，視鄉國如僑寓。然以其轉徙之易也，則人有遺力，地有遺利，而賦稅之不充，時所必至。於是乎，上之督責益急，下之逋負益甚，而難治之名歸之矣。

若汝吉者，其愛君愛國，略見於法，比之詳讞①，固已騰播不可遏，則推以治民，殆猶沛霖雨於旱暵之時，酌七劑於沉痼之際，余固為慶陽之民致私喜焉者也。抑余聞劉士安②論理財曰：戶口多，則賦稅廣，理財必以養民為要。胡致堂③深有取于其說，以為為守為令當力行者。然則汝吉行，爰用是致愛助之意，若夫逐時好以要譽，飾文具以取容，則非汝吉之賢所願聞也，亦安敢喋喋於驪駒之餘哉？

送參藩李君惟中④任陝西序

比陝西邊陲弗靖，巡撫臣以藩司總督糧餉者非其人，

---

① 詳讞，即審判。
② 劉晏，字士安，曹州南華人，唐代著名的理財家，歷任吏部尚書同平章事、領度支鑄錢使、鹽鐵使等職。
③ 胡致堂，本名胡寅，字明仲，建寧崇安人，胡安國之侄。宋代名臣，曾與秦檜鬥爭。
④ 李時，字惟中，成都人，成化十七年（1481）進士，知涇縣，刑部主事，遷陝西參議。

乃疏請罷去，而求簡廷臣才識之穎出者代之。上報可。於是，吾成都李君惟中以刑部郎中陞參議徃踐其任，蓋簡命也。

君之先以戎籍入蜀，累軍功至成都中衛副千戶。君當嗣，志不屑，乃治舉子業，其攻苦食淡不異寒士，遂領成化丁酉鄉薦，辛丑登甲榜，不可謂有志者事竟成乎？繼以例出宰涇邑，寬而不縱，嚴而不虐，聲稱大振，撫巡諸公交章薦其治狀者歲不虛。越三年，超拜刑部主事，其在刑部，則議法處辟悉合人心。嘗奉璽書審錄畿輔諸郡邑重囚，得平反者多。蓋其老成練達，出於公卿之推重，以受知於上久矣。則茲徃，固惟君為宜也。君濱行，同鄉之縉紳屬余贈言。

惟陝西，古秦隴之地，西迫犬戎，夷虜之性，出沒不常，故國家于三邊恒宿重兵守之。而糧餉之給，則關中者不足，復仰給中州轉輸，又不足，則時出內帑若干為助，蓋藩屏之繫，固中國所恃以安危也。顧其地，非舟楫可通，歲豐則粟米狼籍，雖遺秉不為寡婦之利，一少侵老弱即嗷嗷待哺。壯者視去其鄉若傳舍①，則地雖存，而人力不盡宜，其賦歛之難矣。加以邇年征輸百出，民雖有安土之心，亦不勝有司之苛歛，則糧餉之難於羨溢②，固非但有司之罪也。然則惟中徃矣，而於此得無亦概於中否乎？古之人，

---

① 傳舍，古時供行人休息住宿之處所。借指今旅館、飯店。
② 羨溢，意為富裕、豐足。

固有謂催科中撫字①者，如君之持心飭行，誠以治涇之惠愛，施于閭閻之民，而以刑曹之平恕，繩夫奸慝之輩，則庶幾民艱土著之懷，而益得盡力于農畝；吏有懷刑之念，而不肆朘削之志於疲民。如是，而賦稅不充，糧餉不足，未之有也。

嗚呼！舉賢而代不賢，則豈但民之所望不輕而已哉。惟中徃矣，英聲茂實，吾輩固日側耳于燕臺之上也。

送太守武朝信②考績還任序

徃歲，武君朝信以翰林庶吉士為名執法，擢守寧波，命初下，談者曰：寧波，浙東劇郡也，其政務之紛遝，訟牒之猥集，不患乎？朝信艱于應處，惟勢家要族之難得其心耳。蓋朝信，奉法自守之士也，奉法，則私不能容；自守，則欲不能奪。是皆弗利於彼者。稍弗至，則青蠅貝錦，豈難於鑠金銷骨乎？③

---

① 催科，即催收租稅。撫字，即對百姓安撫體恤。"撫字催科"指地方官吏治政。參見韓愈《順宗實錄四》。

② 武朝信，應爲伍朝信。明人石琚《熊峰集》卷二有《送伍朝信守寧波》詩。伍符，字朝信，江西安福人，成化二十三年（1487）進士，曾官寧波知府、四川右布政使、浙江左參政、直隸巡撫。參見《送伍君孟倫之黃州序》，《東川劉文簡公集》卷八和《送伍朝信秋官》，《東川劉文簡公集》卷二十二。

③ 青蠅，喻進讒之佞人，《詩·小雅·青蠅》："營營青蠅，止于樊。豈弟君子，無信讒言。"貝錦，本指美麗織錦，又喻誣陷他人之讒言，《詩·小雅·巷伯》："萋兮斐兮，成是貝錦。彼譖人者，亦已大甚。"衆口鑠金，積毀銷骨，參見《史記·張儀列傳》，衆口一詞，可將金石熔化；多次誹謗，可將人才毀滅。

余曰：此非所以為朝信慮也。蓋寧波，詩書之鄉，達官碩儒自古有之，不獨今為然。故仕於其地者，往往致聲光不泯。如吏之所稱，有曰一字判者，非其奉法不遺乎？有曰清直終始不變者，非其篤於自守乎？顧士之自處如何耳。果確于自信而利及人，人未有終能閼之者。蓋勢家要族之人，固不易得其心也，而其所恃以輕重者，則固世之名賢哲士，夫豈不思所以澤其鄉人哉？抑豈不思所以自為哉？

已而，朝信別去，不數月，余嘗屬耳焉。則嘉績善譽日異，而歲不同，而觀風者剡①疏亦以時至，余因以自信，君子之有志於世者，無往不可行正，不當泥時俗之論而先自毀，以從於邪道也。

歲之辛酉②，朝信考績至，余竊喜其政之成，而同年舊偕在翰林者，無日不聚處論舊。故未幾當復任，乃各倡為詩詞送之，而屬余為序。

既受以從事，復書所私念者，以識余之惓惓。又嘗見世之詆笑不諧世務者，必指曰翰林。翰林未有以應也，如朝信者，不自翰林耶？古之人，固謂頗牧③在禁中，今西陲羽檄不絕，九重宵旰靡寧，嘗詔用人者，不拘資歷，惟酌其才望所宜而任之，如朝信之英識通才，其在藥籠中久矣，柄用之召，將有期乎？朝信徃哉，尚益慎所履九仞之山，

---

① 剡，音 yǎn。舉，舉起。
② 辛酉，弘治十四年（1501），劉春四十二歲，在京師，選充經筵講官。
③ 頗牧，戰國時趙國廉頗與李牧之並稱，後爲名將代稱。

虧於一簣，而太山之霤^①，可以穿石，大用遠到，吾儕固恃君以解嘲者也。

送進士陳君五器尹南樂序

談者曰：天下之民力竭矣，而畿甸為尤甚。古者，王畿之地有九職以任民，有九賦以取財，有九式以節用，蓋所以休養生息之者，甚至所謂王畿之內，人心安止，則四海之大，皆在統理之內也。後世此制廢壞，及於今，則征科色目日益月滋，加以仕於其間者類貪進恥退，要結名譽，視奉法循理、孜孜愛民者若不利於時，而民所由重困矣。

烏呼！識道之真者，不眩^②於東西；審音之正者，不惑于雅鄭^③。然則，必有豪傑之士布諸郡邑，而後吾民有所息肩乎？

進士莆田陳君五器^④，端厚謹恪，其尊甫閹齋先生，隱居教授，君與伯兄五瑞、從兄子居親承指授，自相師友，故五瑞舉成化戊戌進士，改翰林庶吉士，授給事中；子居，舉丁未進士，官戶部主事；至君，乙酉^⑤舉於鄉，掌獻庠

---

① 下流之屋檐水。
② 眩，應爲"眩"，下同。
③ 雅樂、鄭聲。雅樂，宮廷音樂。儒家認爲鄭地音樂爲淫邪之音。
④ 陳邦器，字五器，莆田人，弘治十二年（1499）倫文叙榜進士。曾官山西左參議、雲南按察副使。陳邦瑞（五瑞）弟。
⑤ 此處有誤，應爲己酉，弘治二年（1489）。

教，而其志不少懈也。乃今春①遂登第，不可謂篤志之士乎？比受命，尹大名之南樂。南樂，畿邑也。同鄉士夫請余言，濱行贈之。

夫古之仕者為人，非徒榮其爵、食其祿而已也，故凡蒞於我者，處之必盡其道，為之必竭其力，而後享其榮、安其食焉。今之仕者，則大都為己矣，操其為己之心，以行其為人之政，猶有惠利於民可也，而況又昧于為人者乎？此所以談者之議可為捧腹而欲望于豪傑之力救也？

君出儒家之胄，淹貫於詩書，其取科第，若種而穫、炊而熟。則其為人之政，當有大異於人者，而又出於豪傑之科，則所謂豪傑之士者，豈特君所自負哉？人固望之矣，然則南樂之民沾濡豈弟之化，厭飫②循良之澤，以大慰談者之望，不在此行乎？余於子居，為同年，而南樂與濬為同郡，今之尹濬者，吾弟衡仲③也。故所以告夫五器者如此。

東川劉文簡公集卷之一　終

---

① 弘治十二年（1499）。
② 厭飫，音 yàn yù。意為吃飽、吃膩，滿足。
③ 劉台（1465—1554），字衡仲，劉春弟，弘治九年（1496）進士，弘治十年（1497）任濬縣知縣。

卷之二

序

送貳守杜君廷宣①任鶴慶序

　　成化癸卯，余同年貢於鄉者七十人，今皆先後列職中外，而得貳郡者，則自杜君廷宣始。國朝用人，凡入大學者，昔以次注選銓曹，其欲用之也。銓曹簡列數百人，考其藝而第其甲乙，其在首列者，初悉選為臺省部署之官，次為郡邑長貳。其後雖罷臺省部署之選，而郡貳州長猶至三十人不止。至於今，在首列者，則僅得為郡貳州長而止於五六人，或一二人，而無所謂臺省部署者矣。蓋今之貳

---

① 杜詔，字廷宣，華陽縣人，成化十九年（1483）舉人，雲南鶴慶府同知。

郡州長，悉以邑令之賢者遷之，不輕授，故往往由大學選，一舉而至郡貳州長者，以為至難，而皆歆艷之。

然則廷宣之為貳守也，蓋為同年之光者，不可賀乎？廷宣之守在鶴慶，今將赴任，而諸縉紳大夫欲余有言以贈之。

夫鶴慶，在唐為越析詔之地，今為滇南大郡，其民朴而好訟。廷宣明達忠信，惇厚端恪，今之往也，其治狀必有異乎人者，而迂鄙之見，則嘗聞之。

君子之為政也，不患乎事之難為，而惟患乎心之不治。心者，所以揆事宰物者也。夫麟趾褭蹄、冰紈綺繡、珠璣玳瑁之物，易以惑於心，而簿書期會，劬勞鞅掌，心易厭之。至於閭閻疾苦，以及庶務叢集，非迫於勢與怵於禍，未有不忽之者，三者有一於心，則於政之行，必是非錯繆，民受其殃，此古之人所以拳拳於清慎勤之箴也。

廷宣往矣，其毋忘所以治其心哉。心有所治，則臨財不為苟得，臨事不為苟處，而民之憂愁疾痛，舉切於吾身，而事無不理矣。若謂居於上，而可以忽乎下，志已滿，而遑恤其他，固非廷宣之心也，而亦豈諸同年之所望哉？

余于廷宣，誼猶兄弟也，故申諸縉紳之情，不敢導諛以虛致贈之意。

送太守李君邦輔①之柳州序

　　世之仕者，得其地則喜，否則以唁而不以賀，不獨其人為然也。柳州距京師幾萬里，雖民醇俗阜，視他州為樂土，然自古為荒服，仕者咸不樂居，惟在廣西為要劇之地，故守者必欲得其人，而又有不易得者。

　　邇知府缺，宰臣因舉李君邦輔。起家進士，歷官郎中，疏通博大，處天下事無難易，如燭照數計，井井有條。與人交，不設城府，以是重於公卿間，謂不得貳省寺，亦必佐方伯當一面，否則非所宜。故柳州之舉人，雖宜其才，而固有不樂其地者。而邦輔之言乃曰："仕所以行道，非以為利也。道果可行歟？雖僻可也，不有九夷之居乎？道果不可行歟？近不可也，不有竊祿之恥乎？況今聖明在上，仁漸義摩薄海內，無一地而非仕，國亦無一人而非齊民，然則，何適而不可耶？"

　　余聞而壯之。夫古之仕者為人，今之仕者為己。以其為人也，則未仕，固未嘗不出疆載質，以求之急也；既仕，則於魯可也，於楚可也，於秦亦可也，而何擇其地？以其為己也，則利征欲趨，重內輕外，如長沙之憂，淮陽之薄，

---

　　① 李文安，字邦輔，內江人，成化十七年（1481）進士，弘治九年（1496）任柳州府知府，弘治十八年（1505）任廣東右參政。參見《送李邦輔太守次韻》，《東川劉文簡公集》卷二十二。

在名賢猶然，況其下者乎？

今邦輔乃無幾微見顏色，而安於人所不能安之地，其所養，不受變於俗矣，豈果于為人，而不屑於為己者乎？

世嘗以古今人不相，及若邦輔者，其有異乎？否也，余於是而又有所感焉。柳州，自唐多名賢，其猶著者，則柳宗元之文，劉諫議之忠，至今焯焯不泯，邦輔徃矣，其尚友之心，寧無勃然於中乎？然則充其為人之心，加以尚友之政，豈弟之惠，可以預為柳人慶矣。

邦輔行，凡在鄉里之仕者，皆餞於都門外，而諉余以言如此。

送郎中王君克勤①歸省祭序

余同年友王君克勤，初舉進士而歸也，得事其尊甫先生，尋先生捐館，又得親視殯殮，蓋可以無憾矣。

繼起復，居京師踰十年，歷官至郎中。繼母陳在堂，乃思展墓，兼省母於家。即日具疏以請，上賜假，留家兩月，給寶鈔②千貫為道里費，恩甚渥也。戒行，縉紳之能言者各賦歌致贈，而屬某序之。

余聞君有欲歸之意，竊謂克勤忠信明達士也，其心類闊略，而處事如武侯行軍，雖井廁不亂，其外若和易，而

---

① 王克勤，遂寧人，參見《送王克勤郎中督糧薊州》，《東川劉文簡公集》卷二十二。
② 寶鈔，皇家所賜的錢。

其中介然有守，雖賁育不能奪，故自筮仕大司徒若襄城李公、淮南葉公，今太原周公及少司徒若清漳劉公、華容東山公，皆負時望，慎許可，於君獨器重焉，其見知于公卿大夫如此。

故事，臨清保定歲屬主事一人，司出納，君徃焉。民不告弊，法罔或墮，邇奉璽書，總理糧儲于薊州，則事之掣肘有倍蓰於前者。而君不激不隨，才識尤稱通博。至瓜期，人咸願借寇詣巡撫者為之請，① 沮於例而止。其政之得於人心又如此。

今天子方攬群策以收時望，布諸內外庶寮之上，以敷澤於民如克勤者，其在藥籠中久矣，乃欲僕僕圖去，不少逭②不坐失時之議耶？

余於克勤，每懷彈冠之慶，而是行則不能不為之歉然也。雖然，君子之所以重于世，而異于夫人者，豈以其徹爵顯秩烜赫寵異而已乎？

古之人，固有紆朱拖紫榮豔一時，無可稱述遂漸盡無聞者。至於匹夫之行，篤倫正誼，乃若重于九鼎萬鈞，而不可磨滅焉。故仕之不朽者，在立德、立言、立功，而爵位不與也。且今之汲汲於名，朝扣暮遊而不厭，如所謂榮

---

① 瓜期：任滿更代之期。亦稱瓜代。《左傳·莊公八年》："齊侯使連稱管至父戍葵丘，瓜時而往，曰'及瓜而代'。"指瓜熟時赴戍，至來年瓜熟時派人接替。借寇。寇，即寇恂。據《後漢書·寇恂傳》載，寇恂曾為潁川太守，頗著政績，後離任。建武七年（31）光武帝南征隗囂，寇恂從行至潁川，百姓遮道謂光武曰："願從陛下复借寇君一年。"後以"借寇"為地方上挽留官吏的典故。

② 逭，音 huàn，逃避。《尚書·太甲》："天作孽，猶可違；自作孽，不可逭。"

宦忘親、絕裾而仕者不少，況敬恭於荒煙野草之間乎？況視繼母如母乎？則君之行，余又不能不為之喜，幸而不徒以得遂其私為快也。

惟君之歸，滿假之日，私心既降，尚懷先憂之心，而不專私於松楸；篤後樂之志，而不專戀於桑梓。趣駕而來，服膺新命，以畢其素所蓄負，則德澤潤生民，聲光彌宇宙，而所以揚休邁烈及於存沒者，又不但如此，君盍亦思之哉？

送浙江僉憲陳君汝德之任序

國家張官置吏，周防既密，而於司刑尤重焉者，故內而府、部，各專於一，而法司則三。外而藩省既置臬司①，職提刑矣，而司復設數道。至其用人，則亦如之，故百司之長貳有缺，第視資歷高下銓補，惟涉司刑者，則非素習其事者不與，豈以刑者人之司命固容有不輕視於其間者乎？重之，而慎其選，亦法所當然也。

比浙江按察司僉事缺，銓曹疏陳君汝德②之名，請於上，制可，縉紳莫不榮之。

蓋汝德以進士起家，為刑部主事，幾五年，擢員外郎，

---

① 臬司，也稱廉訪使或按察使，主管一省司法，掌握一省刑名按劾之事，負責一省的刑獄訴訟事務，同時還對地方官有監察之責。

② 陳嘉謨，字良顯，號麻溪，巴縣人，成化八年（1472）進士，成化十五年（1479）擢監察御史，成化二十年（1484）巡淮揚河道兼理鹽法，擢浙江提刑按察司僉事，弘治九年（1496）擢山東提刑按察司按察使。

又一年，而晉今職，非幸會□。而其為人，則明爽周慎，才識英悟，在刑部，嚴於聽□。力斥文致之非，凡獄經覆按者，咸協中，亦無留獄，故刑曹負時名如君者不多屈指。徃歲，詔廷臣□□大司寇白公舉君宜守郡。蓋即其資歷，言用人者，則酌其望而不欲挾其施，乃授以方面之任，人益謂宜。

汝德濱行，鄉①之大夫士既各申餞於郊，復屬余敘行李。

嘗觀《易》六十四卦，凡人事、政治，罔不該□。以刑獄著於大象者有四：曰噬嗑、豐、賁、旅是也。蓋治獄之道貴於明，而噬嗑、旅內卦，豐、賁外卦，為離。離者，內文明而外中正，以之治獄，固為要耳。

汝德深於《易》，□初取進士，有司刻其文為程式，其治刑固宜垂譽如此，可謂能致用者矣。則茲提刑一道，殆輕車熟路，尚何侍於他事耶？抑余所欲告者，則今之按察，固以□刑為重也，然不有大於此者乎？

古人有言，監司者，□令之綱也。按察，為古監司，則治刑特其一事耳。守令繫民生之休戚，而監司，繫守令之賢否，則徒以□□為意者，豈所望於汝德哉？

然則汝德徃矣，恩無所不洽，威無所不擊，明無所不照，使君子有所恃而不□，小人有所畏而不為。若所謂輶車未動而天下翹然者，則紀□□於□方，風聲樹於天下，

---

① 鄉，此處指巴縣。

是獨非君之能事乎？春不佞，敢以是贈。驪駒之談，非所以為告也。

送鍾君元溥歸覲序

兵科左給事中東莞鍾君元溥，起家弘治癸丑進士，初以才行，□給事刑科，越三年，績最荷推恩，封其親松雪先生如其官，母陳為孺人。已而，轉吏科右，尋轉今官。蓋自其去家而入仕，凡八浹寒暑矣。色養之懷無少置，嘗疏求省親，乃被命按事遼陽，弗果，至是復懇陳情款于上，許之，聖天子以孝理天下，不欲重違①人□之松，固如是哉。

君既得請，喜色津津見顏面。蓋松雪公春秋纔七十，孺人於公少二歲，咸壽祉方隆，而君得定省於久曠之餘，故尤可喜。濱行，侍御張君廣漢偕同鄉縉紳重之，屬余以言敘行李。

昔揚子雲有曰，事父母自知不足者，其舜乎？余竊以為世之人子孰有昧罔極之恩，而自以為足也？獨舜乎哉？

及觀絕裾如溫太真，忘親如祝文思，乃知功名勢利，足以移人雄之言，所以節量。夫古今人情者至矣。則如元溥之舉，余固歆艷弗暇，思欲侈而張之，況重以廣漢之

---

① 重違，猶難違。

言耶？

　　惟父母所以享其子之養者，雖不出於寢興服食之間，而非所以為榮也。子之所以事親者，亦不出於寢興服食之間，而非所以為孝也。故曾子論孝，至於涖官敬，而以尊親為大孝。然則元溥茲歸也，登堂稱壽，以承歡二親，蓋舉世所僅有者，然不有為之榮而尊之者寓於其間乎？是皆吾君上之賜耳，則式遄其歸以圖報稱者，又豈可後於親耶？

　　於乎！溺於仕而不思所以養者，非也；溺於養而不思所以榮者，亦非也。元溥當審所圖矣。

　　元溥居諫垣，因事建議，不激不隨，時論歸之，而其器識凝重，非小受者。觀此行，其於功名勢利，可知古人有言曰：求忠臣，必于孝子之門。信斯言也。吾將見其策勳振耀於天朝，雖欲久於家，惡可得乎？

送丁希說①尹臨潼序

　　是歲春正月，天下諸司述職于朝。聖天子既嚴敕所司，簡黜其不肖而進厥良矣。越三月，遂以需次選部之賢任，補親民之缺，而吾友丁君希說，得令陝之臨潼，蓋慎選也。希說濱行，諸鄉大夫以贈言授簡於余，維時蕣麥既秀，膏雨未沛，民心之望實者不懈於晝夜。適連二日，大雨如注，

---

① 丁相，字希說，巴縣人，成化二十二年（1486）舉人。參見《鄉貢進士戴時章墓誌銘》，《東川劉文簡公集》卷十七。

麥禾蔽畝，穎者秀，秀者實，內外遂欣然有喜色。余因希說之行，竊有所感矣。

夫去歲，北虜寇掠延綏，侵及平涼、臨、鞏一帶，居民騷然，故關隴之民困於轉輸，竭於供億，殆所謂室如懸罄者也。而臨潼，當東西之衝，星軺使節日至，而民尤困焉。則于斯時所望於上，以甦息者，不猶百穀之仰膏雨乎？

有則秀，無則槁，其及於民，不猶時雨乎？然則希說茲行，其攸繫不輕而重，而聖天子洎宰臣之所推擇，固有所概於其間矣。

夫古之人，有下車而雨者，謂之隨車雨；有決獄而雨者，謂之御史雨；有拜相而雨者，謂之德雨。其名位雖不同，而所以慰乎人心之望，則一也。

希說其尚慎所以慰人之望哉，今之人心，固不異于古也。苟得其心，安知不有以昔人所稱者為稱乎？

抑余聞之，《洪範》謂肅時雨，若而管子亦曰：五政順時，春雨乃來。雨之繫於政又如此，然則希說之往，苟能慎其政，以慰人心之望，則豈特人人頌而悅之？而天固將應之，雖欲辭顯，不可得矣。

送太守馬君汝礪①還任序

　　吾友廬江守馬君汝礪,述職京師,既竣事還,相知縉紳各贈以詩。其弟主考功政汝載萃為一卷,屬余序之。

　　初,汝礪以秋官副郎,坐公署災,左遷,倅是郡。余嘗敘公卿而下贈行之什,大意謂,君子之窮通得喪,皆莫知其所以致者,固惟順受之,而益思所以處之耳,安知禍非福之基,而詘非信之兆也?

　　君不以其言近俚,應曰:唯。既別去,則聞其操存益慎,志行益篤,而政績聿張,蔚然於官評物論間。按治者之薦章先後驛至,而其名遂鏗鏘於朝,著得擢貳守,未幾,即正守位。計其資歷,雖履夷違險者,其敘遷亦不過如此,信乎!余之所以告於君者,非苟為諛悅也。然豈余之言能偶中哉?君之所以自信於中,及所以信於人者,固有素爾。

　　昔韓忠獻②推官開封,理事不倦,識者謂其要路在前,而治民如此,以為真宰相器,觀於君,其名位顧可量耶?

---

① 馬金,字汝礪,西充人,成化二十年(1484)進士,初授廬州通判,再遷知府,累官至浙江布政使。弟侖,由進士,歷官參政,有聲譽于時。馬金父馬廷用,字良佐,號紫崖,成化十四年(1478)進士,歷官侍讀學士,以經學推重天下。參見《跋考工馬汝載集會試登科錄後》《書皇甫世庸祠部集詩後》(《東川劉文簡公集》卷二十)、《送馬廬州汝礪考績還》(《東川劉文簡公集》卷二十二)、《楊石齋余世臣同餞馬汝礪于潘家莊並臨河小亭賦二首》(《東川劉文簡公集》卷二十三)。

② 韓琦,字稚圭,安陽人。北宋政治家。天聖五年(1027)進士,與范仲淹、富弼等主持"慶曆新政",至仁宗末年拜相。累官永興節度使、守司徒兼侍中,封爵魏國公。熙寧八年(1075)去世,諡號忠獻。

则是诗之序，余亦安得而峻辞也。独尝念人才之生，其繫於天下国家，固非偶然，而出於一家，则尤不易。即以吾蜀论，在宋时，如三陈之出阆中，三苏之出眉阳，其最著者，至於广汉之张魏公，丹棱之李文简，井研之李舜臣，皆以父子兄弟显名，迨我国朝，何其寥寥也！

今君之父紫厓公，方以文学德行位翰学，而弟汝载以进士考功铨曹，殆所谓文与行不失其世守者。而君之敫①历中外，烜赫于时，又勋有可述。盖名位德业方兴未艾，则所以匹休前哲，以光於国家者，不有攸属耶？遂欣然书之。

汝礪与余，非燕游一朝之好也，故凡所谓兄弟天伦之乐，朋徒契阔之怀，一不敢言，而独告以所望於君之大者如此。

赠余君良爵②擢南京刑部员外郎序

世尝论进士者，果以为荣乎？则固有溺於名，而渝节偷行，尽弃其平生如弁髦者，未足为荣也。果不以为荣乎？则彻官显爵胥此焉，出而厚蓄博施，非是莫遂，亦未为不荣也。惟科目者，士进身之途耳。而其树勋垂声，当有攸归，固非蕞尔之得失所能轩轾也。

且进士之科昉於隋耳，自隋而上未有也。唐宋以来，

---

① 敫，同"扬"。
② 余良爵，生平未详。参见《送余良爵进表还乡展墓》，《东川刘文简公集》卷二十二。

既崇赫矣，而其名賢豈皆出其間哉？

吾友古涪余君良爵，謹恪士也，以明經領成化甲午鄉書，會試禮闈，不第，而其嚮往之志不少衰。今奉常遂庵應寧楊先生①，時居中翰，摳衣者盈庭，良爵執經其間，業益大進。丙午②春，余卒業大學，時徃訪焉。資麗澤③，則見君方假寓蕭寺，終日坐禪榻，探究義理之精奧，若不屑與凡士伍者，余因以感發居多。未幾，君不偶，而余乃濫獲一第，恒竊謂，豈有懷奇貨如君而不售哉？若有命焉，則吾不得而知也。已而，竟不偶，遂如例就選銓曹，得司南京刑曹，諸司職務人謂君雖不得於此，而其所負終當自見，即是失得固不能繫君榮辱也。

繼在刑部，則操心治行，一不敢背其素所得於心者，以是名振諸公卿間。每考績，率以學行之優、職業之慎概之。今年春，因晉秩南京刑部副郎，然則視世之屬厭於一舉，而不克有所樹立者，其榮何如？而所謂進士之得失，果足為軒輊耶？

君濱行，凡吾鄉縉紳之在京者，重君遷秩，屬余言贈之。

於乎！綆短者不可以汲深，褚小者不可以懷大④。而明堂大廈之材，必於深林鉅麓求焉。觀君所養，豈但如是而

---

① 楊一清，字應寧，號邃庵，雲南安寧人。參見《題太宰楊公邃庵》，《東川劉文簡公集》卷二十二。
② 即成化二十二年（1486）。
③ 資麗澤，意為得到或借助於良好環境條件。
④ 參見《莊子·至樂》。

已哉。由是而職益脩，名益顯，則峻用顯擢，當與時偕升。凡舉進士者，固將籍以興起，而不得焉者，益有所歆艷以自樹立，則君之素所蓄負者，不亦大烜暴于時哉？

良爵行，庸以是贈，固非但區區交誼之私也。

送瀘州太守何君考績還任序

順德何君德言守瀘陽，余徃年歸覲，諸藩臬明公泊觀風之使有過渝者，問其屬吏之賢，皆以君為首稱。瀘之士民過者問焉，而亦曰：公，吾民父母也。余竊識之，曰：是何其得乎上、獲於下者如此？

今年考績，銓曹奏其績最於上，俾復任，而太僕徐君九霄[①]、都諫張君惟賢、進士鄧君志龍，瀘產也，屬余以言贈之，余乃詰之曰：德言之名，余稔之久矣，亦可得而聞其概乎？

曰：其詳雖更，僕猶未能盡，而其大者，則廉介沉毅出於其性，其所施為仁恕明決，懇懇以愛民厚俗為務，故自視篆以來，第見其廢舉弊剗，民日安於田里而已，其他如籲天而火止，逐虎而害除，則其心之至誠惇恪，若足以格神動物者，人咸異之，而非其政之大者也。

余聞而益異之，曰：有是哉？古之人，固有以一善一

[①] 徐鶴舉，字九霄，瀘州人，成化二十年（1484）進士。參見《送太守徐君九霄之瀓江序》，《東川劉文簡公集》卷三。

行卓絕特立著名於世者，而其他或未能盡然，若房、杜①，可謂一世偉人矣，論其賢，乃曰：史無可稱之功。豈非不可得而盡數者，固益見其賢耶？

然則即三君之言，以驗余昔之所聞，則德言者，信乎豈第君子，民之父母也。余嘗念吾蜀在昔號稱天府，宜其民，腆裕饒足，甲於他所。然自今視之，則鄉村井甸之間，杼軸之聲雖不停，而身無完衣；禾黍之植雖蔽野，而瓶無儲粟；而諸長吏，方務聲華，略敦樸，以興事造工為賢，以幹辦趨走為能，故民有破產以應之，而勢不能禁者。余切以為，必得長民者休養生息，諸凡不急之徵，無名之役，非果涉大利者，一切力罷，庶乎清淨寧一之治，民有所賴，而固有未能拔乎流俗而為之者也。

乃今獲聞，德言簡靜仁厚之治如此。則德言者，豈非篤于愛民利物，如古所謂悃愊無華者耶？是宜三君拳拳稱述不釋口，而思有以張而大之也。

余聞德言尊甫東岩先生，隱德善教，故其伯兄德某，以進士官至都御史；德某以進士，官至參政，而皆著惇厚剛方之譽于時。蓋其家庭政譜傳之有素，君方以是施于瀘陽，而得於人遽如此；異日論功序，擇其名位之來，又何患不追逐于伯兄乎？庸書而俟之。

---

① 即房玄齡、杜如晦。

海屋添籌圖序

《海屋添籌圖》者，戶部主事資陽鄧君惟遠，庸以祝其兩母之壽者也。惟遠之言曰：吾父起家鄉進士，筮仕四十年，以其餘力督課某輩，至弘治庚戌，明[1]獲第春官。而吾父告逝矣，所籍以少慰風木之懷者，惟嫡母包暨吾母，康強無恙耳。蓋包母生吾兄景及弟昌，而吾母之視景、昌，包母之視明，若出於一，以是庭闈之內，怡怡愉愉，情好可拘。比者天子覃恩，明獲貤贈于父，而包母封孺人，龍章錦軸，光賁幽明，既深自慶幸，壽王之國，天子誼篤親親，遣官從行，而明適承之；又得取道親奉恩命以加于包母，而其誕辰在□月□日，屈指春秋，蓋歷七十有四矣，故繪是圖，以為壽觴之獻。

余嘗究圖之說，昔有三老人者問年，一人曰：海水變桑田，吾輒下一籌。今已滿十籌矣。此其不經之談，未足信，顧人之愛其人者，恒祝之以壽，如曰如岡、如陵[2]，曰君□□□是已。

夫人在穹壤間，亦一物耳，自非天地□□之□，則雖陵谷亦不能無變遷，況蕞爾之身乎？

故人之壽，有下中上，踰是則止，未有巍然獨存、視

---

[1] 即鄧明，字惟遠。
[2] 岡，即山脊。陵，即大土山。參見《詩經·小雅·天保》。

古今如一日者也。而人之祝願者，乃欲至於無疆，若所謂□□，所謂松鶴，猶以為未足，必曰如岡、如陵為至，而又有添籌之說，豈非以愛之愈至，而期之愈遠乎？以□於人者猶如此，則於其親又當何如？此圖所以作，而君子之所不廢也。

於乎！自凱風寒泉之詩[①]作，而世以□之樂，其養者為難；自江有汜之詩[②]作，而世以兩母□善，於處者為難，而況親疏爾。

我之相形，則如休徵□通者，又豈多得哉。觀此圖，則兩母聖善之德，三子孝友之情，有未易以形容者，而惟遠又承王命，得以稱觴於介壽庭闈，兄拜前，弟拜後，雍容揖讓，和氣充閭，則由一方而天下，豈習見哉！

遂樂為之序，使世之事兩母者，當有所則效，而為兩母以視其子者，當無分其劬勞之恩也。

送楊君繼貞[③]任靈臺序

令果輕乎哉？古之人有謂與相為始終者，其言曰：相，近乎君，輔天子以出政，化施德澤者也；令，近乎民，承天子之政，化德澤而致於民者也。故相賢矣，而邑無賢令，

---

① 凱風，即和風，引申爲母愛；寒泉，喻勞苦。參見《詩經·邶風·凱風》。
② 參見《詩經·召南·江有汜》："江有汜，之子歸，不我以。不我以，其後也悔。"
③ 參見《頌德詩集序》，《東川劉文簡公集》卷十四；《次遼庵蟠桃圖韻壽楊繼貞大尹》，《東川劉文簡公集》卷二十四。

则政化閼而不施，德澤壅而不流。

然則令果輕乎哉？顧世之所以責之者甚輕，而上之人所以自待者太重，於是令有所不為，天子之政化德澤，空被諸牆壁矣。

今之論守令者，輒稱龔、黃、卓、魯①，愚竊謂何代無賢？特所以求之者，名存實爽爾，即使四人者居今之世，其志未必能行與否也。

蓋今之世上之人，類以勢臨下，而無古者忠厚近民、長養成就之意，而為之下者，亦皆婾②合取容。

考之四人者，其治狀性行固在，大都溫良有讓、忠厚剛毅、力行教化、躬率儉約、視民如子而已。今之世，可以是施之，而曰無其人焉？

可，不可也。雖然，信乎古者不可變於俗，知其是者不可惑以非。則有尚友四子者，顧惟求吾職任之所在，篤信力行，不獲乎上，必獲乎下，不可得於身，必得於後，則庶幾克承天子之政，化德澤而致於民矣。

吾友楊君繼貞，成化甲午舉進士於鄉，越二十年，始卒業太學，綰銅墨於靈臺③。繼貞忠信明察，方讀書，即不解，徒掇拾糟粕以規一第。凡所以治理之具，皆刮劌致用者，而乃僅得一邑令，則靈臺之往，殆如決江河以東注，

---

① 龔、黃，參見《漢書·循吏傳序》，漢龔遂、黃霸；卓、魯，參見孔稚圭《北山移文》，漢卓茂、魯恭。皆指令守之循吏。
② 婾，同"偷"。
③ 綰，音 wǎn。意為盤繞，繫結。據《漢書·百官公卿表上》："秩比六百石以上，皆銅印黑綬。"因以"銅墨"借指縣令。靈臺縣位於甘肅省東南部。

沛然有餘，而非逐時好以取容者也。然則明日秦隴之間，有謂能承天子之政化，德澤而致於民者，必吾繼貞矣。

夫繼貞行，凡大夫士之同鄉者，屬余歌驪駒，故序而俟之。

南臺簡命詩序

內江王君行之^①，為御史，滿三考，聲績卓越，會雲南按察司副使分鎮臨安者，未得其人，上遂簡命以往，諸縉紳各賦詩致贈，題曰《南臺簡命》，而退余序之。

夫副使之秩，降其長僅一等，蓋尊官也。御史，七品耳。而一旦躐隮尊位，若宜歆艷^②，思彈《貢禹》之冠者，然考行之素履，則其守身不玷於冰蘗，其蒞政不泥於簿書；故縱跡所至，霆旬颷發，而風議所被，奸諛震恐，且不激不耀，人樂親焉；故官評物論，咸謂不貳臺省，亦當倅棘寺、領藩臬^③，以儲公卿之選，否則非所以處行之者。

乃遠出滇南，何居？或曰：此非所以論於消息，盈虛之道也。方今之勢，士恒重內而輕外，自非識道之士，鮮

---

① 王一言，字行之，內江人，成化十七年（1481）進士，歷瀏陽知縣、浙江提刑按察司按察使、臨安兵備、山東巡按監察御史、巡撫陝西，威望儼然。
② 歆艷，意為歆羨，羨慕。參見《禮記·郊特牲》。
③ 倅，指副職。棘寺，參見《北齊書·邢邵傳》，泛指九卿官署。藩臬，藩司、臬司，明清布政使和按察使別稱。

有不以長沙為惡、淮陽為薄者，而其外，則又計邊腹為忻戚①，況滇南距京師數千里者乎？

聖天子洞幽燭微，故於遠服尤遴選偉望之士，若曰：邊徼夷區之重，不可與內地埒也。則其勢自不待騰口②，而靡軒輊③於其間矣。

或曰：君子之仕，何常顧盡其在我者耳？在我之未盡，雖內非榮，苟盡焉，外亦奚辱。古之賢哲，在唐，如宋廣平之風節，如顏平原之忠烈；在宋，如韓魏公之德度，如范汝南之志量④：皆播列外服，群趨隊逐於庶僚中。回視朝著之上，若瞠乎其後者。然能竭忠殫慮，褎然穎脫，竟趨置天子左右，以踐元僚之位，至今論弼亮⑤之業者，指不敢後僂焉。

國家典則憲章，古昔而公卿之召，自外服其著者，如近時耿清惠、年恭定、薛文清⑥輩不少。則行之之徃，不有重望繫於人乎？庸詎知其不即召也，亦盡其在我而已矣。

余聞而韙⑦之，由前之言則見我聖明用人之機，蓋有持衡之勢焉；由後之言，則知君子律己之道宜無徃而不盡。

諸公之詩，鏗金戛玉，詞約意婉然，其大旨，亦當不出乎此也。庸以是弁諸首簡。

---

① 忻戚，猶悲喜。
② 騰口，同"滕口"。意為張口放言。
③ 軒輊，車前高後低為軒，前低後高為輊，喻高低輕重。參見《詩·小雅·六月》。
④ 即宋璟、顏真卿、韓琦、范仲淹。
⑤ 弼亮，輔佐。此處借指相位。
⑥ 即耿九疇、年富、薛瑄。
⑦ 韙，音 wěi。意為是，對。

送母君寵之①尹臨海序

　　蓬州母君寵之，舉進士，觀政戶曹。越明年，拜臨海令，濱行，同鄉縉紳屬余贈言。

　　寵之，清才博學，恒以予業同經，凡義理之疑似，古人之賢否，不鄙相質而商訂焉。其好賢下問，若出於其性也。

　　臨海在台州附郭，而台州，背山面江，風氣完固，賢豪相繼而出。予嘗侍先祖丞赤城②，見其士之遊鄉校者，恒重氣節，而賤偷薄③。若宦而歸者，或有廉貪潔污之行，則群議而眾咻之，曰：某也賢，某也不肖。蓋雖稍知義理者，其是非之辨，如黑白一二無毫髮爽也。故余雖別去三十年，景仰嚮慕之懷猶一日。則君茲往也，雖不有言，尚欲思所以為贈，況重以諸君之請耶？

　　昔子賤為單父宰④，而有鳴琴之化。孔子問之，對曰：所父事者三人，所兄事者五人，所友者十一人，而猶以為未足。至謂此地有賢於不齊者五人，不齊事之，而皆稟度焉。

　　然後以為所治者，大則古人之治，未有不資人之善也。

---

① 母恩，字寵之，蓬州人，弘治十三年（1500）以進士知臨海縣，升監察御史。
② 指劉春祖劉剛，曾任台州赤城驛丞。
③ 偷薄，不敦厚。
④ 宓子賤，名不齊，字子賤，孔子門生。

以寵之之賢，其未仕而資諸人者如此，則其既仕，而推以治人，能不自用也較然矣。況又當賢豪所出之地，其所事所友者，又豈止于單父耶？其所稟度者，亦豈無人耶？

則寵之之往，予固可逆料其加於人一等也。雖然，予嘗聞風俗與政化相因，則今日之臨海，又未可知。雖聖明御極，薄海內外無二，然一邑一郡，其風俗之美惡，固守令所繫也。則寵之所繫，又有大焉者乎？然則予又將以臨海之風俗，而卜寵之異日之政化也，寵之其勖①乎哉！

送學士吳君克溫②之任南京序

左春坊左中允吳君克溫，被上命，為南京翰林院侍讀學士。濱行，凡同舉進士為同寮及同侍從春宮者，合餞都門外，有作而言者曰：世之仕者，以近君為榮，而以遠為不遇，故有春明天涯之詠，亦人情也。

君以學行純謹，侍講經幄，敷論疏暢，色溫而氣和，多開導之益，館閣諸老先生而下咸器之。又被選旦夕侍皇太子講讀。及纂脩史局，茂著功效，非但近君而已。茲遷秩而南，固非厭承明之廬者，得無亦不釋然乎？或曰：此

---

① 勖，同"勗"，音 xù，勉勵。
② 吳儼，字克溫，號寧庵，宜興人，成化二十三年（1487）進士，歷侍講學士，掌南京翰林院。卒諡文肅。參見《送禮部侍郎吳公冊封序》（《東川劉文簡公集》卷五）、《祭禮部吳尚書文》（《東川劉文簡公集》卷二十一）、《城南會餞吳學士克溫有述》（《東川劉文簡公集》卷二十二）、《題吳宗伯寧庵予莊次石司成韻》（《東川劉文簡公集》卷二十三）。

克溫之所樂而不可必得者也。

盖古之仕者，不出其鄉，故於親無違離之憂，即有之，其定省之，使信宿可達。至其後也，四方易地，則養與仕始不可兼。而南音越吟，不勝其戚戚之懷矣。克溫方以是置念，將圖歸覲焉。其於進取，非所汲汲者。則今之南都，距其鄉不數舍，可以時月奉親，承歡於膝下，所得為多。計其心樂，當無涯，而何不釋然也。

或曰：古之仕者，以登臺閣、升禁從為顯宦，而不以官之遲速為榮滯。學士，古館閣禁從之臣也，今制敘遷自史職，不浹兩任，不得或有得者，則視時遭遇及資望焉耳。如克溫之被簡拔，可謂顯與速兩得之。況南京，今留都也，其事甚簡，而學士益無吏事，無職掌，以克溫之負氣英邁，雅不好群趨隊逐於塵鞅間，則茲往，適其性矣。而抑安有不釋然者乎？

余趨而進曰：是則有然者，惟學士所以代王言，備顧問，而資獻納為天子親信之臣，在古所謂內相，有同休戚之誼焉。故禮過恩寵之加，與公卿相埒，至今猶然。則克溫之往，豈獨以便於奉親安於適己為得乎？

今天下固無事，薄海內外固寧謐，然民物豈盡得所？朝廷之上，豈盡無缺政？天下之賢人君子，豈盡效用？則克其奉親之心，其於愛君也，當無日不在念；克其適己之心，其於憂國也，當無日而可違。於是而膺前席之召，樹不世之勳，以慰吾儕之望，則又安能獨以為樂，而無少不釋然也？克溫曰：子之言，其藥石哉！

於是席上諸君，各賦詩為別退，余述以為序。

送濮君延芳丞南雍①序

南京國子監丞缺，國子助教當塗濮君延芳補之。

君初以鄉進士掌教山東之曹州，勤於誘迪督率，及門之士勃然知所趨向，故未秩滿，即陟掌教於萊郡，又未滿，陟國子助教。故事，領教事於郡邑者，非秩滿不獲遷，遷之，蓋自君。一時始然，非有聲績卓越者，亦未能與也。

君所至，非徒能作人，而又擅文譽，故膺禮聘以執文柄者，歷閩、浙、晉、汴四省，時稱得人。則君之賢，所以見器於人，而驟升暴顯者，固有自哉？

君瀕行，詞林諸君於其子韶有寮寀之誼，各賦詩送之，詩有序，則退余使從事。

昔蘇文忠公嘗曰：天相人君，莫大於以人遺之。我國家肇基承統以來，百四十年有奇矣，上自公卿，下洎百執事，其經術之正，文章之華，政事之美，所以篤棐一時之至，治者項背相望，是孰非天相我國家所遺哉？

顧其所以作而養之者，則亦有道焉，要亦不可誣矣。里有社，郡邑有學，兩京有監，凡所以誨迪升進之者無異道，而其官之置，則視郡邑而眾寡之，而於兩監為尤重。

---

① 南雍，亦作南廱。即南京國子監。雍，辟雍，乃古之大學。

盖天子之學，海內之士畢遊焉；而又皆舉自郡邑，以卒業者，其士風治化實於此焉繫也。故丞之置，非外所有，凡士之率教與否，悉隸之，而司成司業，第總其要，是其職雖主於教而有不專於教者存焉。然則以延芳之清才懿學，加以譽望如此焯焯，宜乎公卿推擇，天子簡命，豈敘遷者可倫擬哉？則茲徃也，尚益以素所敷賁者；擴而大之，期於棟梁榱桷，蔚然興歌，俾異日論我國家人材，而推今日為盛；論今日人才，而推南雍為盛，則豈徒謂天之所相而遣之者哉？

用是為序，固諸公詠歌之大旨也。

東川劉文簡公集卷之二　　終

卷之三

序

送邵憲副天衢①之福建序

刑部郎中邵君天衢，校藝禮闈，得奏報，為執政者所薦，僉曰："君之惇恪英毅，固宜脫穎郎署。"然自此而陟列臺省貳九卿可也。或假佐外臺，以當一面。

計命下，吾同事者，盡各賦詩致贈，而退一人為之引，君曰：幸甚！既竣事，不再浹旬，而天衢有福建憲副之

---

① 邵銳，字士抑（一作思抑），仁和人，正德三年（1508）會試第一，入翰林爲庶吉士，由編修出爲寧國推官，後爲江西提學僉事，改福建提學副使，仕終右副都御史，卒謚康僖。參見明顧清《東江家藏集·觀海詩序》》："刑部郎中邵君天衢，用才選爲福建按察副使。"

命矣。

盖福建，古閩越地，阻山薄海，間有群不逞者，恃以亡命，而肆掠郊坰，民用弗寧，故例置憲臣，奉璽書徃控制，將附之以文，而威之以武也。

天衢之膺是任，其重矣哉！將行，諸君既如約，登軸①乃空上方，屬余序之。

夫古今致理之道，文武二者而已。文以德勝，武以威勝。自上世以來，未之有改者，而亦未嘗岐而二之也。故東山之征，即製作之公旦②；而玁狁③之伐，乃文武之吉甫④。後世雖稱縉紳、介冑分為兩途，然其出將入相，以勤勞王家，勒銘太常者亦夥矣。有文事者，必有武備，奏凱獻俘，常見於操觚染翰⑤之士，固其所也。

天衢釋褐仕途，幾二十年。司水部，則奏疏濬之功；居刑曹，則著詳當之績；試棘院⑥，則擅得人之譽。而又撝謙⑦執介，聲稱褒然，不有文事者乎？則於是而徃也，制其勝，待其不勝，以其虞，待其不虞，直舉而措之耳。

抑余聞之，古有弄兵潢池⑧者，襲遂却兵，以靖其閧；有偷生荒裔者，張綱文德，以懷其歸，則民之不逞，豈無

---

① 登軸，意進任要職。
② 參見《詩經·豳風·東山》。公旦，即周公旦。
③ 玁狁，音 xiǎn yǔn。即獫狁，我國古代北方少數民族。
④ 《詩經·小雅·六月》："文武吉甫，萬邦爲憲。"
⑤ 觚，古代酒器、木簡。翰，長而硬的鳥羽。操觚染翰，指寫作。參見宋無名氏《燈下閑談·夢與神交》。
⑥ 棘院，試院。古代試士，以棘圍院，防止弊端，故稱。
⑦ 撝謙，輔佐時謙遜。泛指謙遜。
⑧ 弄兵潢池，喻起兵，有不足道之意。參見《漢書·循吏傳·龔遂》。

所自乎？譬諸身焉，凡三百六十節，九竅五臟六腑，肌膚得其比，血脈得其通，心志得其和，則疾無所自生，不然未有能免者。

君之任，固有武之道焉，惟不徒恃乎武，而以文濟之，持襲張之心，以休養安集於素，猶之善醫者，治病於未病，使盧扁之術無所試焉。固吾徒之望也。

送太守徐君九霄[①]之澂江序

弘治戊申，建議者以淮浙鹽法資國用者十五，顧所任非人，則私恒倍公，而緩急猝無倚辦，必得資望重於時者委之事乃克濟。制可。於是瀘陽徐君九霄，以進士始倅轉運兩淮鹽，前此蓋未之有也。

君感激上意，至則杜私門之請謁，嚴勢家之誅求，權必思惠于商，賦必思利於民。招撫流徙竈戶，設置煎辦器舍，清理侵奪草場，凡職所當為者，既極力為之。而又以其餘力，務為義舉。故量勸分，以廣儲蓄，使竈民之罹災傷者得免填溝壑；興社學，以崇教化，使竈民之有子第者得知嚮禮義；出餘積，以振貧乏，使竈民之未婚娶者得無至失時。蓋其憂國愛民之心，如就饑渴，而其廉公通敏，又足以濟之，故奉法而行，伸縮變化，咸自己出，人無不

[①] 即徐鶴舉。參見《送瀘州太守何君考績還任序》，《東川劉文簡公集》卷二。

德者。一時聲譽藉甚。尋憂去。繼起復任兩浙，而其治績亦如之。

遂僅滿考，擢貳太僕，蓋亦前此未之有也。君涖太僕，則分理順天各州邑。順天，居輦轂之下，事之掣肘有甚焉者，君移其治淮者治之，植廢剔蠹，民困藉以少甦，而事無不集。於是論列其異績者，非科則道，而大司馬鈞陽馬公①尤賞識不置口，乃疏請於上，求出資格用之，而澂江之命下矣，蓋在太僕者才四年，前此亦未之有也。

夫考君所歷隨處，輒課異狀，而拔擢之典，亦屢出異數，固平日飭躬治行，有以來之，而一時賢士大夫論薦之，公亦豈可厚誣哉？

余嘗論資格不足以振起豪傑之士，然亦未多見足以膺破資格之選者，幸而有焉。則又自恃無所待於外，而人亦不得知，雖知之，亦莫能用，於是資格執於當軸者，益堅不可去矣。

乃如九霄者，則誠脫穎之舉，豈獨吾黨可為彈冠耶？古之時，有以布衣或下寮遽登樞要，亦有老於一官，子孫遂以為氏者，顧其材與力何如耳。觀九霄此舉，古道庶幾其漸復哉？

霄濱行，其同寅諸公，皆相率為贈，而劉君達夫，余同年友也，謂知九霄，見諉，故不辭書之。且語澂江之人

---

① 馬文升，字負圖，鈞州人，景泰二年（1451）進士，授御史，巡按山西、湖廣、福建按察使。成化十四年（1478）得罪汪直，被下詔獄，謫戍重慶衛，直敗，起為左副都御史巡撫遼東，累官兵部尚書，正德初乞歸，卒贈太師，諡端肅。參見《書少師馬公史夫人祭文後》，《東川劉文簡公集》卷二十。

曰：占君之已歷，其亦安能久留哉！

送憲副黃君時濟①任雲南序

去歲，滇南地震②，晝晦。守臣疏奏，上念遠方黎庶或有綏輯匪人者，乃遣大臣徃察，而黜其甚，用懲弗職。於是，臬司缺憲副，銓曹舉吾同年黃君時濟名以請，制可。

時濟，初舉進士，即補脩武令。越三年，擢任御史。又九年而後得此。蓋自釋褐至今，凡十又八年，遂陟方面之貳，不可謂榮矣乎？

同官諸君，咸彈冠相慶，屬余言賀之。余知時濟者也，宜其尊官徹爵，超躋敘進，豈直可為時濟賀哉。

滇南之人尤為可賀耳。蓋時濟，明達謹厚，不務振搏擊刻厲之聲，而其嚴重沉深，人自莫能犯，固有不可犯者。故在脩武，吏畏民懷，政著異跡，既去，而人思之，迄今不衰；而其為御史也，則立朝著按方嶽，所至風采震肅，誠所謂君子有所恃而不恐，小人有所畏而不為者。則茲徃也，夷方僻壤之民，不有如百穀之獲膏雨乎？

雖然，余於時濟又有不能忘言者。嘗讀《漢書》，竊怪孟堅於兵無《志》。及讀《刑法志》，則所謂大刑用甲兵，

---

① 黃世經，字時濟，秦州人，成化二十三年（1487）進士，授修武縣，擢監察御史，遷雲南副使，提刑惟慎，肅政惟明，滇民感之。參見《賀御史劉君大用榮滿敕贈父母序》，《東川劉文簡公集》卷八。

② 弘治十二年（1500）十二月，雲南宜良地震。

其次用斧鉞，中刑用刀鋸，其次用鑽鑿，薄刑用鞭朴，乃知兵者，刑之大者也。比者雲貴二藩，民夷弗靖，師旅至於再出，民罹荼毒殊甚，聞之，談者未有不為之痛心酸鼻。無惑乎災異之頻見，蓋軍旅之後，必有凶年也。

然究其始，則固有所謂刑罰之不中而然耳。以其刑罰之不中也，人心憤激，宜有不能堪者，而饕功倖事之人，又出於其間，則彼雖夷獠，亦血氣之屬耳，何所不至，而兵安得已哉？

且兵不可輕動也。火炎昆岡，玉石俱焚，在古已然，蓋理也，亦勢也。故《易》曰："師貞，丈人吉。"又曰："師出以律。"或者不能禁其動，而又責理勢之所有者於非丈人之人，其為刑罰，蓋不能無頗矣。時濟於此，能無概於中乎？

夫往事固非所論，余所致私喜於時濟者，則計其持心履行，必慎於刑罰，而不患其有不中，余固為滇南之人賀者也。一婦含冤，東海大旱，時濟豈以余言為迂哉！

送憲副夏君時雍[①]之任山西序

天水夏君時雍，為御史滿九載，擢任山西按察司副使。命甫下，諸縉紳相知者咸彈冠而慶，且為山西之人喜，曰：

---

① 夏景和，字時雍，秦州衛籍，成化二十年（1484）進士。歷官監察御史、山西副使、右副都御史、巡撫宣府。

山西，古冀州，在春秋戰國為晉地。其民儉嗇而貧，有唐堯遺風焉，至今然也。

夫地嗇而貧，則百司庶府不能無桑雍①之蠹，必有嚴明特立者執法於上，然後有所畏而不敢肆。往年，時雍按治兩浙，諸逋負民之額賦不輸於官，其為桑雍也大矣。時雍根究懲戒弗少恕，威惠用誕敷②。則茲履任也，其不有聞風悚惕而匿影竄跡者乎？

又曰：山西在今為西北要鎮，左有恒山之險，右有大河之固；而民之生其地者，俗尚清簡，性多質朴，故其所以承迎於上者，猶有兒童竹馬之真焉。視他藩之以毛罽③飾地、錦繡被牆屋、思媚上官者懸絕。

往年，時雍稽覈邊餉於蜀也，有司以承迎弗至，自械請罰者，君略不究，則茲往，其肯旌賞逢迎以壞惇朴之習乎？

又曰：山西北連沙漠，雲中上郡悉居域中，雖其民務本力穡，無遊惰者，然必籍④親民之吏，拊循而休息之，斯可以捍禦邊圉。而為之上者，激揚清濁，尤貴於持衡不惑，以端其趨向也。

往年，時雍所至，皆重愛民之吏，凡抑揚陟罰輕重較然。又嘗建議請斥絕浮屠，以袪民蠹。則茲往，有司之視民如仇讎而朘削之者，不有解印綬於望風之餘乎？余聞而

---

① 桑樹因蠹蟲蛀食形成癰腫物。喻媚上禍國小人。雍，通"癰"。
② 誕敷，即遍布。參見《尚書·大禹謨》。
③ 罽，音jì。指毛氈類物品。
④ 籍，通"藉"。藉：借。

壯之，曰：是非譽言，然時雍之賢，其可數其事而稱之哉！

嘗憶丙午之歲，余偕君肄業太學，見君處客館，攻苦食淡，泊然不以外物經心。而其所至，凜凜懷天下之憂，論古今人物，必以愛國愛民者為賢。其疾邪惡佞之心，屹若砥柱，百折不回也，余心慕焉。比幸同舉進士，踐仕途，乃見其所歷卓卓如此，與靜，言不少違，如談者，猶未能盡之也。固可以想見其設施舉措，而樹風聲于一方，於是乎舉晉國之政，以一天下，其惠民豈淺淺哉？

時雍濱行，同年相醵餞，而思所以贈，顧諉于余。余不佞，乃即所聞告之，時雍其尚益勵之哉！

送地官黃君鵬舉任南京兼歸覲序

巫山，界楚、蜀，其地擅井鹽之利，故俗多不業詩書，凡群於學校者，亦多迫於勢耳。

吾友黃君鵬舉①，自少穎異，目擊里俗，所事事不屑，獨忻忻焉。樂趨就黌舍，家亦不能違其志。既長，則窮數日之程，負笈受業于經師。

巫山自國朝，士之舉於鄉者才七人，而君之祖諱從禮，舉永樂戊子科，及景泰癸酉後，中絕，又三十年，為成化

---

① 黃翱，字鵬舉，巫山縣人，弘治十二年（1499）進士。曾"選主南京戶部事"，戶部掌財賦、戶籍、山林鹽澤等，爲地官。是《序》撰於弘治十三年（1500），在京師撰。參見《明故明威將軍施州衛指揮童君墓志銘》，《東川劉文簡公集》卷十八。

癸卯，而後君繼焉。人已榮，君克繩祖武，至弘治己未，又登甲榜。巫山之有進士，蓋昉於君。

夫國家開科，百有三十年，而獲鄉舉者，僅八人。八人之中，黃氏一家得其二，而進士又肇之。是何巫山之秀，獨鍾黃氏之門哉？

鵬舉舉進士，越一年，選主南京戶部事。歲之夏四月，將赴任，以其太夫人壽逾八秩，在堂方康強無恙，乃取道歸覲，雖征途之觸炎暑，巫峽之冒洶濤，不暇顧。於是，鄉之縉紳合餞於都門外，謂予同年，乃諉以言。

夫天下之士，鮮有不出乎風聲氣習之所感激者。惟豪傑之士乃不為所移易，其志固有定焉耳。然則鵬舉非豪傑之士耶？

顧士之溺於俗，而不知學者，其視利蓋有重於名也。今鵬舉之歸，烏紗錦服，輝耀閭里。自天子之命使，以及藩臬郡邑諸大夫皆遣使問候，其過者，無不謁其閭焉。人之趨走左右者，咸屏氣競惕，不敢少縱，則邑之人不有所觀發，視名之重如太山者乎？

巫山之甲科，自今日當蟬聯繩繼不休也。雖然名之所在，實亦隨之。邑之人豈但榮君之名，而歆艷之乎？

其有親者，必曰：鵬舉之所以事其親，而不急於仕如此，明日服官，政馳聲績。又曰：鵬舉之所以居官，而惠利及人如此，則鵬舉之不為風聲氣習所移者，將有以移乎人，而不但榮名徽號之烜赫而已矣。

鵬舉與余，非但燕遊之好，而其持心治行，余固知之。

巫山之秀，積久而後發，豈亦有自耶？

周氏家譜序

　　古者，小史掌邦國之志，奠繫世辨昭穆。而公卿大夫家又各有宗法，以收世族，故尊祖敬宗之道，上下無弗。惇者，風俗之厚，有由然也。

　　漢唐以來，宗法雖寖廢，而名宗右族，猶明譜牒之學。故其姓氏，自受命以來，泝源徂委，無弗易考；迨季世譜牒亦廢，乃有視族屬為路人者間有之。譜牒當脩，則又旁引曲附，真贗不分，其不蹈崇韜之失者，能幾何哉？

　　翰林庶吉士山陰周君天兆[①]，以其世父鄉進士廷瑞所脩家譜，示余屬序。

　　蓋周自得姓以來，世代綿遠莫詳譜，獨據舊牒之可信者，始自元公之祖諱智強。智強家於營道，生輔成，輔成生礪，惇順，即元公也。元公知南康軍，因家廬山蓮花峰下。一再傳至彝，以祖蔭脩職郎，累官知開封府，遂自南康徙家祥符之東關鎮。彝生靖，登宣和間進士，為太常博士。宋南渡，扈蹕，遂自祥符遷於杭，復自杭徙居諸暨之紫巖盛厚里，始定家焉。靖再傳至行軍司馬謹，其子恪闇，恪出，居於諸暨之南門。恪再傳至茂林之子淇、澳。澳出，

[①] 周禎，字天兆，山陰人，弘治十五年（1502）進士，授檢討，正德中以疾乞歸。

遷於山陰之溫瀆村周家橋，而淇仍舊。澳三傳至宗達之子才，復別居於前梅里。今其子孫，自諸暨而下，皆簪紱蟬聯不絕，故各因其卜築之所而異其派，而其世次，則統以智強為始祖。

傳至今，蓋二十世矣。支分派別，遠有端緒，而尊祖敬宗之意，藹然於圖牒中。其譜始脩于司馬，在宋慶元丙辰，晦庵文公為之序，尋毀於兵。司馬之子恪，重脩于寶慶初元，至景定甲子，恪之子文郁又續脩之。

入國朝，洪武十一年，十五世孫務，重加采輯。宣德八年，務之子華，又復修之。皆一時巨儒敍述。今廷瑞所脩，則又各以其類增入，皆的然可信不誣。

若周氏者，可謂好古篤信，知重其本者矣。古之所謂世家者，非徒以其衣冠之盛也，顧其德與否耳。魯三卿不如四科①，唐世以門族相高，率材子賢孫，不隕世德，若行馬別戟之施，雖當時亦羞稱，況後世乎？

今觀周氏之譜，其衣冠之盛，固項背相望也。而讀其家約，乃懇懇然，以忠信道義相戒飭。考其文乘，又皆有行誼名烈，仕者為邦國之賢，處者為鄉邑之望，則其傳世之遠，豈偶然哉？繼自今，為子孫者按圖考牒，益思紹前休不替，固非但尊祖敬宗，於是益篤也。而凡觀者，亦有所感發，不視族屬為路人，則風俗之復古為易，易而是譜

---

① 何晏集解《論語注疏》：「齊景公待孔子，曰：若季氏，則吾不能；以季孟之間待之。注：孔曰：魯三卿，季氏為上卿，最貴；孟氏為下卿，不用事。言待之以二者之間。」《論語·述而》：「子以四教：文、行、忠、信。」

之修，其關於名教，豈小補哉？因為之序，並以告於為周氏之後者。

廷瑞自舉於鄉，以終養弗仕，其行誼可概見，宜其汲汲於是譜也。

送太守劉君達夫①之任序

同年劉君達夫，丞太僕簿五年，即被簡命守彰德，蓋殊遇也。故事，太僕非歷三考不敘遷，即有之，亦遐方僻郡。未有近畿輔要地，如吾達夫者。

蓋達夫，俊爽介特，力於任事。初司刑太平，英聲茂實，烜赫騰播。逾三載，遂以缺風憲被召，眾方遲其樹激揚之績於時，乃僅擢太僕，公論嘩然不平，而其譽望遂因以益重。其在太僕，則銳意剗弊惠民，政有宿蠹者，不惜懇懇疏陳於上，如論牧地以定種額，擇任官以革宿弊，專養戶以蕃孳息，親點視以便養戶，明白剴切，悉下所司議處，著為令。至於公座，朝參人咸知其非，而憚於轉喉觸諱，況肯一陳於上乎？君反覆論列餘千言，詞直氣充，卒致舊典之既廢者，復行於數十年之後，可謂篤于自信，不疑職守者矣。以是見重於公卿間，而聞於上，遂有是擢。然則君之所以受職，與人之所以知君，諒無負哉。

---

① 劉聰，字達夫，中部人，成化二十三年（1487）進士，官彰德知府、左僉都御史、巡撫保定。

君濱行，凡在翰林相知者，皆榮而賀之諉余以言。

予嘗考彰德，古鄴郡也，自古為河北重鎮，故守之者，多假名臣。如唐則宋廣平、張文貞，宋則李文定、田表聖，①而余所傾心者，則西門豹、史起②也。蓋立功於一時者易，而流澤於後世者難。豹在鄴，開十二渠以溉田；起在鄴，引漳水以為利，人至於今資之。故唐宋諸賢，其風節在當時猶可想見，而惠政之被鄴，亦不能無顧，舉其功之及人之久者，則如豹、起，未可少之。豈非近古之士，篤于自信，而不肯苟居其職乎？世之仕者，飾館傳，競逢迎，務求不失名譽，知所以為民興利者鮮矣，而況於百世之久者。

達夫往矣，余竊有所望也。夫太僕之政，專以馬之蕃息為功績。而君為之，凡可惠民者，尚思竭其心力行之，不欲損民以舉職。而又有制于人不得行者，而君力爭抗論，期於必行。況今以牧民為職，而又行之，盡出於己者乎？豹、起之水利，昔固資之，今豈無可利於民當興者乎？余於達夫，竊有所望也。

若唐宋諸賢之事，達夫宜所優為，而余豈獨覬其為鄴一時之利哉？

---

① 即宋璟、張九齡、李迪、田錫。
② 西門豹、史起，戰國時人，仕魏任鄴令。

送楊溫甫^①守杭州序

天下藩省，以兩浙為稱首，而兩浙之郡，以杭州為稱首。比者刑部郎中楊君溫甫被上命守杭州，蓋簡任也。命初下，縉紳大夫知溫甫者，率以為宜而榮之。

蓋杭州自昔謂萬商所聚，百貨所殖，吏奸民黠，未易推究，非負才局者可概治也。溫甫往居法從，奉法持公。有謀害其夫者，權貴為之地，積歲不決。君曰：婦之於夫猶子於父也，而可以輕貸，則法惡乎？用卒正其罪。持此治杭，其肯以法媚人而敗倫傷教乎？順天諸郡邑吏多不飭箠笞，有數人者跡既敗露，而其一獨善結納，欲求出之，君竟一置於法。以此治杭，其肯蓄桑雍以為民病乎？諸戚畹多倚勢侵奪富民土田，有司莫敢問。君獨坐其罪而後知有法。以此治杭，其有閭閻豪右之苦也。

予聞而韙之，既又歎曰：是豈足以盡溫甫哉？溫甫明《易》學，才識英悟，舉進士，有司刻其文為程式。善為古文詞，一根究于義理，而法度整飭，為名家者賞識不厭，其律身不肯以毫髮受汙玷。言辭侃侃，未嘗少假借於人。若其執法之公，議辟之明，乃餘事耳。余固信其將以所負

---

① 楊孟瑛，字溫甫，號平山，鄞都人，成化二十三年（1487）進士，弘治十五年（1502）知杭州。是《序》撰於弘治十五年，在京師撰。參見《杭州重開西湖記》，《東川劉文簡公集》卷十五；《封安人張氏墓志銘》，《東川劉文簡公集》卷十六；《跋平山稿》，《東川劉文簡公集》卷二十。

顯赫于時，而豈但宜一守哉。

溫甫濱行，同官者相率為贈，而以言屬余。惟杭在東南，自古慎擇其人守之，而亦多垂聲績。余所仰止者，則如李鄴侯之引湖水以利民，如李公惠之崇簡儉以矯俗，如張忠定之決子婿之訟，如蘇子容釋逋負之民。其豈弟仁恕之心，清平惠利之政，至今猶可想見，而愛慕不替焉。

以溫甫之持心飭行，其所已歷，卓卓不群如此，則茲往，豈多讓於往哲哉？惟俗尚與世移易，而爵祿名位易以溺人。淮陽之薄①，尚見於戇直之儒，況其他耶？宜其循良之化，僅見於世，而寧虎臧彪②，頃刻集事者，率相師效以為賢也。

溫甫往矣，重乎內而不逐乎外，盡乎已而不負於人，使英聲茂實，日流天朝，雖欲辭顯，惡可得乎？

送憲副余君誠之③任福建序

吾友余君誠之，為御史，明法執憲，侃侃不阿。而其

---

① 《史記·汲鄭列傳》："乃召拜黯爲淮陽太守。……上曰：'君薄淮陽邪？吾今召君矣。'"借指輕視州郡官職。

② 參見《路官部·寧虎臧彪》，《古今事文類聚外集》卷十。

③ 余本實，字誠之，遂寧人，成化二十三年（1487）進士，弘治間任鄱陽知縣，正德間任河南按察司副使，巡按雲南，後轉河南副使，忤逆瑾罷歸。參見《送余誠之按治雲南序》（《東川劉文簡公集》卷十四）、《重建資聖寺記》（《東川劉文簡公集》卷十五）、《祭余副憲誠之文》（《東川劉文簡公集》卷二十一）。亦見明代羅玘《送福建按察副使余君之任序》，《圭峰集》。羅玘，字景鳴，號圭峰，江西南城人。成化二十三年（1487）進士，庶吉士，授翰林院編修，進侍讀，著有《圭峰集》。羅玘與劉春爲同年。

持心，則務思體國惠民，不墜風紀，故嘗力於任事，不肯擇難易禍福為趨避，每衣绣所至，風采震肅，不寒而慄。

故事，御史臺各分道，掌天下之法令，而又擇其才行之穎出者，總視諸道章奏。君既揚聲耀譽，又為御史大夫浮梁戴公①所器識，乃以委焉。

盖居紀綱之地越若干年，所以論天下之事，執天下之政，斷天下之是，而簡黜不肖，以輔於公者居多，而公信之不疑，逮致心勞力疲亦不敢少自懈，以是資望日深且重。

比歲，棘寺②缺貳卿者，塚宰以君名薦，雖一時見違，而士論益籍籍，弗置。會福建按察副使缺，塚宰復薦君，制可。於是執政而下，咸相視愕錯，曰：以某之秉心任事，獨不可少留以儲公卿之選乎？豈嶢嶢者易缺，皦皦者易汙，在古固有然也。而君略不介意，方且自慶母夫人年既及耄，得取道過家，稱觴膝下，少罄愛日之誠，以為幸。於乎！是豈淺中狹量，一違素望，即戚戚不色喜者哉。

君濱行，同官相率贈言，而濫屬於余。竊嘗念天下之事，機權之所會，類非一人所能為，而亦非庸流所可為，其所以當之者，養之固非一日矣。昔人有言：震撼擊撞，欲其鎮定；辛甘燥湿，欲其調齊；盤錯棼結，欲其解紓；黯闇汙濁，欲其茹納。則所以養之者，豈徒積歲累月哉？故歷觀古名臣，或以功業著，或以政事顯，或以節義聞。

---

① 戴珊，浮梁人，天順進士，成化十四年（1478）爲陝西提學副使。官至右副都御史撫鄖陽，正德初卒，贈太子太保，謚恭簡。

② 棘寺，泛指九卿官署。

凡所以堅其志操而充其識量者，要非一端，蓋未有崛起驟進，不歷試於外者也。

則誠之茲往，於輿論固少拂，而于常格猶為超越。安知大臣以人事君，不於此思所以養之乎？重內輕外，世之恒情，豈以誠之之賢，而猶受變於俗也。

余於誠之非燕遊一朝之好，故于諸君見諉，不辭而論其大者，誠之尚無以余言為瑱哉！

送郡守屈侯考績詩序

吾渝郡守華陰屈侯道伸①奏績京師，貳守孫君、節推雷君合郡之諸縉紳賦詩贈別，謂余宜序。

先是，侯視篆甫三年，以故事請考績于所司，時莆田林公②殿蜀，屬疆圉③弗靖，腹裹④民亦多災，公方籍一二有司之良翊，贊其治法征謀所不逮，乃報，弗許。又越三年，侯復以故事請，時安陸劉公希範⑤受代⑥，報如前，已而邊

---

① 參見《送郡守屈侯考績詩序》，《東川劉文簡公集》卷三；《送太守屈公道伸之任序》，《東川劉文簡公集》卷七。屈直，字道伸，陝西華陰人，成化二十年（1484）進士。弘治中知重慶府。

② 即林俊。

③ 疆圉，音jiāng yǔ。意為邊境、邊界。引申為邊防。圉，抵禦。

④ 裹腹，填飽肚子之意。參見《莊子·逍遥遊》。

⑤ 劉洪，字希範，安陸人，成化十四年（1478）進士，授陽穀知縣，擢御史，巡兩浙，弘治五年（1492）擢浙江按察副使，毀庵觀，立鄉塾。巡撫貴州、四川，進右副都御史，丁艱，起總督兩廣軍務。

⑥ 舊時謂官吏任滿由新官代替爲受代。

陲少靖，許之。

　　余方歸覲里下①，得侯之報，為之喜而不寐。客有讓之者曰：甚矣，子之無意於吾民也。侯英敏剛果，孜孜愛民，不屑顧事之利害為趨避，其於豪強，根鋤梳剔無少貸，而於善良則撫之如赤子。至於禮賢育士，尤所注意，不以疏賤遺，執法雖不容毫髮，而不及於不犯。馭吏雖若嚴，而末嘗不厚於謹飭之人。故自侯下車，武斷鄉曲者，無所庇於閭里；舞文弄法者，斂跡州邑。《碩鼠》不刺，《鴻雁》興歌。今聞侯去，民如失怙恃，戚戚焉無寧居。而子獨喜而不寐，甚矣，子之無意於吾民也。

　　余聞客言，遽然不能對者，移時，繼告之曰："桔橰之澤，不若雨露之滋；池沼之蓄，惡比江河之大。侯之保民馭吏，其治狀誠有出於等夷者。然聖明方銳意惠養元元，所以承上意者，則在諸郡邑之守令也。故恒博求其賢者，而超擢顯拔，以鼓動其激厲之機，使凡為守令者，咸有所興起，以平其政於民，庶惠澤下流不壅。若侯者，概以守令之賢，孰可先僂指乎？則今奏績而去也，聖天子明見萬里，加以宰執之賢，豈無所以待之，而俾混處於眾乎？以其有以待之也，則凡如侯受專城之寄者，孰不思所以自待，而甘處於下乎？則侯之惠及於民，當何如也？吾故為之喜而不寐，是或一道耳。"

　　客曰："鄙人固譬諸飲食，屬厭而已，安及其他？幸聞

---

① 劉春《送太守屈公道伸之任序》撰於弘治十五年（1502）。正德三年（1508），劉春以憂歸巴縣，則知是年屈直仍為重慶府知府。

命矣。"客既退，遂書於縉紳珠玉之首，因以復於二君，且述民之意，而為之詞。

賀陳君廷獻①考績受敕命序

余友陳君廷獻，為御史，明憲執法，無所屈撓，出按貴陽及廣西，所至尤稱得風憲體，威而不苛，明而不察，仁恕而不姑息。故浹三載考績，銓曹書最，上給敕命褒嘉，贈封父母如式。於是同寅諸君，榮而賀之，屬餘以言。諸君知廷獻於今日耳，余固稔知，而又以占君名位之進未易量為可賀也。

蓋余與廷獻同舉進士，廷獻初筮仕，即補宜興令。宜興在常州為鉅邑，地雖美，而民實困，士風雖淳雅，而亦不能無健訟之習，故宦於此者，非廉潔無私，則政之行多有掣肘於其間，而惠澤因以不敷。君乃隨事立法，悉心推究，而行之必力，故民被惠獨渥。試舉一二言之。

國初，張士誠據蘇州為寇，常州湯大夫拒守，以糧乏預借武進、宜興者一年濟急，自後遂定為賦額，民甚苦之。君疏于上，得於原納折糧、布外，增若干疋，每疋抵糧一石，民困獲少甦。邑中鉅室，歲當起繇，每詭寄田於親識戶下，覬影射重差；故細民之繇常與富室相當，坐累。君

---

① 陳策，字廷獻，武陵人，成化二十三年（1487）進士。

乃於每歲徵收，但計田畝，帶徵米二升，貯倉糶銀解各官顧役，詭寄之弊不禁而除。縣治東西，接連湖水，舊有城垣坍塌，民無所保障，君為擘畫脩築，民不告勞。宋岳武穆王嘗有功於是邑，人至今戴之。君為改華光淫祠，春秋致祭。

其他鋤強植弱，凡有惠利於民者未易盡數。蓋無不盡其心為之。故在邑甫三年，連為按治者疏舉，政績卓異遂被召，擢授御史。然則，計君之才識，蓋不待冠惠文衣繡持斧①，而可逆知其績之焯焯，迥出等夷矣。

夫世之負才美者豈易縷數，惟少有盡心於所事者。故昔人論人才，以忠實為上，才識次之，是豈才非所貴哉！

以廷獻所已歷，而皆穎特不群如此，則其忠實可知，由是而往，或出典藩臬，或入貳臺省，何適不宜？而亦何有於不稱，則他日錫予之典，尚有大於此者，而其賀亦隨之。余不佞，辱為知己，尚當執筆以俟，固非但今日之賀也。

送保定太守董君萬英②之任序

保定，畿輔要郡，所以統制於上者，僅一二風憲重職，

---

① 惠文，惠文冠。為法冠"柱後惠文"省稱，指代法禁。繡斧，參見《漢書·公孫劉田王楊蔡陳鄭列傳·王欣》。指皇帝特派執法大員。

② 董傑，字萬英，涇縣人，成化二十三年（1487）進士，知沔陽，遷保定知府，仕至江西巡撫。

無若外郡咸臨于藩臬諸司，蓋尊官也，然而距京師……（下缺）

（上缺）……為所急，蓋王畿之內，人心安止，則四海之大，皆在統理之內。《詩》所謂"商邑翼翼，四方之極"①也。邇者虜寇震邊，凡軍餉之轉輸，士馬之調遣，人心不安，甚矣。重以水潦螟蝗為災，流徙求生者絡繹于路。然則萬英之徃，其理郡治民，所以仰止前哲者，豈但當見之不惑，守之不移，而其勞來安集，固結人心，俾是郡巋然峙畿內如長城焉，則固大有所經畫於其間矣。

送太守黃君伯望②之肇慶序

莆田黃君伯望，以進士累官戶部郎中，明信惇毅，蔚著時望。

弘治乙卯有旨，令有司治外戚居第，時災異迭見，詔諸司脩省，伯望遂抗疏，謂脩省莫先於節財用，節財用莫先於止土木，況外戚居第，未至庳陋必欲治之，則糜費不貲③，且動眾興嗟，安在其應天以實也。詞旨剴切，得寢，士論韙之，故一時聲名鏗鏘震耀，而大司徒周公伯常、少司徒許公季升猶極器重。

---

① 參見《詩經·商頌·殷武》。
② 黃顒，字伯望，號易庵，莆田人，弘治三年（1490）進士，弘治十七年（1504）知肇慶府，後升廣東參政。是《序》撰於弘治十七年（1504）。
③ 貲，音 zī。通"資"。

其涖官，主於愛人利物，嘗榷貨臨清，寬而有執，商旅稱便。以是超遷顯擢，人不謂驟。

比肇慶缺守，宰臣疏其名，遂被命徃踐其任。濱行，余同年友陳君子居及侍御陳君時周偕其鄉縉紳，屬敘行李。

昔趙韓王①相宋祖定天下，以半部《論語》；李文靖②為相，自謂如節用而愛人，使民以時，尚未能行，故恒誦《論語》不置。夫以韓王之元勳，文靖之聖相，其所以佐成開基，致治之業者，咸不出於《論語》。而所以致力者，猶在於節用愛人之一言，則所謂節財物者，非治民之藥石哉？以相天下，猶不外此，而況於守令之親民者哉？

今伯望居郎署之列，事固有不能直遂其志者，而乃汲汲欲見諸行，不顧批鱗論列。則茲徃也，受專城之寄，膺承宣之任，事出於我，而無為之沮抑，其所以嚮徃可知，而其所至當不可涯矣。

惟名位權勢，易以移人，苟非的然有見於中，鮮不眩于岐路。然則伯望行矣，古有為治力行之言，竊願舉以為韋弦③之助也。

余聞伯望為莆中世家，其先有曰滔者，唐乾寧初為御史裏行，以文名傳。至國初，有曰孟珍者，業儒篤行，屢徵聘，不受。子龐，舉進士，任戶部主事；龤，舉明經，歷官廣元教諭，遺愛在人，至今祀其地。戶部之子綸，舉鄉

---

① 即趙普。
② 即李沆。
③ 韋弦，有啓迪、教益、警戒、規勸之意。參見《韓非子·觀行》。

進士，為順德教授；教諭之子廷立，即伯望之父，誥封員外郎，飭躬樂善，不失其世守。則伯望之賢，固有所自哉。

送同年楊君尚絅①副憲江西序

天下之藩臬稱雄劇者，非江西則兩浙，蓋難甲乙者也。故其文獻之盛，民物之繁，獄訟之紛雜，率倍蓰於他所，而政事之施，亦如之。凡吏於其土者，雖郡邑恒慎擇人，況郡邑而上其責猶重者？以其責之重而任之慎也，而其遷陟登進之序，亦不例與諸藩臬相埒，則抑揚之機，亦勢有不得不然者矣。

比江西按察司缺副憲，吾友刑部正郎楊君尚絅承命徃補，諸縉紳私相喜曰：吾儕可以彈冠而慶矣。蓋君明達謹厚，持法兢兢不敢失尺寸，自舉甲科入憲部於今十有七年，而公明仁恕之聲騰播如一日。

徃歲，荊楚有大吏訐訴於親藩者，屬君按詰，君議辟處法無偏重，人以得體歸焉。繼按治兩浙者，坐執憲刻虐，為下所訐，亦屬君平之，比奏當之上人無異議，其熟諳法比非一日矣。故事，官歷西曹郎署，以陟貳外臬者，僅踰十年，君復過之，其恬於進取又如此。故君是擢雖引領，

---

① 楊錦，字尚絅，蘇州嘉定人，成化二十三年（1487）進士，江西按察使副使。正德三年（1508）任廣東提刑按察司按察使。參見《榮壽圖詩序》，《東川劉文簡公集》卷十一；《題大卿竹爲楊尚絅正郎》和《送憲副楊尚絅赴江西》，《東川劉文簡公集》卷二十二。

跂踵欲得之者，亦遜然無後言，則君之信於人固有素哉。

濱行，凡同年在京師者咸以為榮，諉余言贈之。

夫法者，所以整齊天下之具，而憲部按察，則所以秉法於內外者也。故非明不能別奸慝，非公不能杜請謁，非恕不能悉人情。一或有失，則召災致異，鮮不由之，而況又當雄劇之地乎？考尚綱素履其在內，焯焯如此，則膺是任而徃也，譬之建瓴水於高屋，駕輕車於熟路耳，而何暇於窾啟寡聞①之談哉。

獨嘗念陸文貞②有言，天下本無事，庸人擾之為煩耳。說者以為，庸人何足以擾天下之事？擾天下之事者，乃小智之人也。故孟子以行所無事為大智，今天下之事擾於小智多矣。官有羨員，賦無定法，聲容日盛，根本日疎。凡上之所以弛張，下之所以趨事，益倍于異時，正昌黎所謂民就窮而斂愈急者也。則尚綱徃矣，法家之事吾無容喙，若此者可以預處，而禁遏之否乎？

余不佞，庸以是致諸同年之意，尚綱固不以規為瑱也。

送侍讀毛君維之③歸省序

東萊毛君維之，舉進士，入翰林，為檢討，歷侍讀，

---

① 窾啟寡聞，意謂學問淺、見識少。參見《莊子·達生》。
② 即唐代的陸象先。
③ 毛紀，字維之，掖縣人，成化二十三年（1487）進士，弘治初授檢討，進修撰，充經筵講官。

盖十又七年矣。而以學行之懿，蔚著時望，荷主上簡用，始為纂脩會典官，繼充經筵講官，又充皇太子講讀官，凡職所得為者無一不與。

兹以其二親皆逾七望八，垂白在堂也，疏乞告歸省，上特許之，仍命乘傳以行。故事，諸司章奏有所請，悉下所司覆奏，而後得旨裁決。未有徑許者，亦未有以私事而得乘傳，有之，則特恩也。君乃獨兼被之，不榮矣哉？濱行，閣老先生而下，各賦詩贈別。春辱同年也，則屬為序。

徃歲癸丑①，維之初以檢討績最，尊翁養浩先生以教授居林下，被封如其官，母劉為孺人。維之即乞歸省，上既許矣，至是復有此舉，議者或以為汲汲於私恩，而於公議若緩者。惟昔溫太真②忠義，慷慨風節，表著一時，晉室名臣，固少儷也。而其奉檄絕裾③，不能不貽君子之譏。

今天下一家，四方無鬭爭兵革之聲。士之仕也，皆所以樂行其志，而不詒伊戚苦無容於絕裾而去者，然不有榮宦忘親者乎？則維之此舉，宜厪聖明之慨念矣，獨嘗誦《四牡》之詩④，知古昔人君燕臣極敘其思歸傷悲之情，閔其出使靡盬之勞。蓋所以體悉之者甚至，而當時之臣益不懈於公家之事，故先儒以為臣之事上也，必先公而後私，君之勞臣也，必先恩而後義。

今維之居文學侍從之列，兩乞予告，皆蒙詔許，而恩

---

① 弘治六年（1493）。
② 溫嶠，字泰真，一作太真，東晉祁縣人，博學孝悌。
③ 絕裾，意為扯斷衣裳，此處喻去意堅決。
④ 《左傳·襄公四年》："《四牡》，君所以勞使臣也。"

資之加又出恒典，則聖明體悉之者，可謂至矣。況近以東宮輔導得賜五品金織緋衣、寶帶，禮待優渥，則君之所以圖報者，豈可或後而安於戲綵承顏之間哉？

《詩》曰："式遄其歸。"① 試於維之行，為一誦之。諸公之賦，大篇短章，其旨趣當亦不出此也。

東川劉文簡公集卷之三　終

---

① 式，即乃；遄，音 chuán。意爲迅速，指速歸。參見《詩・大雅・烝民》。

卷之四

序

壽逸庵先生序

逸庵先生者，世家河中，今經歷都察院事景君佐[1]之尊府也，別號中條散人。

逸庵惇朴好古，聞人有一善，輒傳誦不置口，喜賙人之急，恒傾囊竭儲不恤。而其自處，則服儉敦素，雖寸楮用之惟恐失所宜。遇人謙恭卑抑，無所矯飾。雖肥遯丘園，而其憂樂之心，未嘗恝然于斯世。

---

[1] 景佐，蒲州人，弘治三年（1490）進士，授東安知縣，遷都察院經歷，累升河南參政。

成化乙巳，边圉弗靖，有詔許入粟補散官，乃慨然赴之，蓋非徒跂慕冠服之榮也。未幾，經憲君舉進士，为東安令。聲績卓越，得被旌異，逸庵復如例受恩封，今年屈指春秋八十有六矣。五月望後一日，実懸弧①之辰，經憲君以縻於官守弗獲，稱觴膝下也，不能無望雲之懷，於是侍御諸公各賦詩歌祝頌，而車君茂賢、高君文明，猶有里閈②之誼，則命善繪者为圖而書之，属余序諸上方。

夫壽者，五福之一，諸福之所由以享也，觀於松栢岡陵之詠，銅狄鐵杖之誦，則君子之愛其人者，恒以是致祝，況於其親乎？

顧有生非其时，而兵革鼓鼙之聲雷轟霆震，不能以一日寧居；或非其人而武斷雄豪，为閭里所嚴憚；或無賢子孫以嗣續於後，如漢中郎、李谪仙，然則雖壽亦將何以为樂哉？

今海宇乂寧，正當國家全盛之日，而逸庵不出里閈，履祥納祉於桑梓之間，可謂得其時矣。而且秉德好義，為鄉人所景慕師法，又有子如經憲能以其受於家庭者，敷惠幾邑，贊政都臺，以荐被寵荣以及於親，則逸庵之壽，豈尋常可媲美哉？是宜諸公播諸聲詩，而揄扬祝願之無已也。

余聞古之壽考者，多出於深山窮谷，如甘谷、青城之類，未易枚數，即以中條而論，則若張通玄，若司空表聖

---

① 懸弧之辰，男子生日。古人家中生男，于門左掛弓，後因稱生男爲懸弧。參見《禮記·內則》。

② 閈，音 hàn，意爲閭里的門，巷門。

者亦不少；① 如逸庵者，豈其流亞欤？

古之帝王，尊高年，禮遺老，以勸孝悌，故有粟帛之賜，有官爵之命，有蒲輪之召。今聖天子治法徃古，而於耄耋之人，時令有司給賜有差，其賢而年特高者，間遣使存問，則逸庵之恭迓宠光於異日不有在乎？而況於其子之名位未艾，則其所膺受亦未有涯也。

諸公尚有以慶于後，余不佞，借書此俟之。

送太守陳君天澤②之開封序

開封，古名郡也，在宋为京府，尤號煩劇，故選任恒慎擇其人。而其賢聲茂績烜耀當時、流溢後世者亦不少，如杨汝礪之盡心民事，薛宿藝之嚴敏擊斷，呂坦夫之嚴辦有聲，盖未易枚數。至於今，史述之，人誦之，於乎！是何其多賢之萃於是郡耶？

比者，郡缺守，公卿皆難其選，銓曹疏刑部郎中陳天澤之名以請，制可。盖君太原世家，俊爽明達，非沾沾者。舉進士，主政刑部，平恕廉威，凡罹法網者，得君斷決，自以为不冤。大司寇而下，咸器重之。故開封之命甫下，人翕然以為宜，而同寅諸公於其行也，乃請余言敘行李。

① 張通玄，字仲達，道教正一派第十一代張天師。司空表聖，司空圖。
② 陳澍，字天澤，太原衛人，弘治三年（1490）進士。父陳瑞卿，成化八年（1472）進士。

夫開封，固號煩劇也，要其風俗，則人秉中和之氣，重礼義而勤耕紝有自來矣。以其重禮義，則上之教易行；以其勤耕紝，则上之治易致。故以循吏而論古今之稱述者，必曰龔、黃、卓、魯，而龔、黃、卓、魯之在開封者，居其三焉：如子康之密，次公之穎川，仲康之中牟，今皆開封属邑也。惟渤海，乃齊魯之地耳。固三人者之治心飭行，迥出等夷，豈非亦其人之易化，而教之易行乎？

然則以君之歷于刑曹者，焯焯如此，其于開封，蓋不啻如丸之走坂，水之决渠，直易易耳。異日策勋考績，又何昔贤之讓耶？

抑余聞天澤之尊甫先生，舉成化壬辰進士，始令武強，繼轉秀水，皆著豈弟明威之緒，尋陟內臺，為御史，副憲山东，轉长憲，聲望重天下；今為南京太僕卿，則官箴政谱，授受於家庭有素，是宜天澤之發軔仕途，丕著声績也。古之論世官，恒以公卿子弟為賢，觀於天澤，有足信者，而其名位當未可涯矣。

賀侍御方君文晬[1]考績受敕命序

國朝著令，凡兩京諸司及在外自郡邑七品而上，歷三載考績，能举職者，咸給誥敕，以寵異之。父母存，有封；

---

[1] 參見明代蔣冕所作的詩《送方文晬省父歸柳州》，《粵西詩載》卷十一。

沒，有贈；皆如其官，此不刊之典也。然三年之間在外者，固未易猝致；而在內者，人事靡常，亦未可逆計而得者，故得之率以为榮。

世之仕者，往往重內而輕外，非特勢之所趨然也，亦念罔極之恩，寸草之心，必藉是而後慊耳；否則雖列鼎重裀，亦何足為親之軒輊哉？

吾友方君文晔，舉進士，为宣城令，安民馭吏，焯著声績。居四年，以憂去，服滿，改藁城。不踰月，徵入內臺，为監察御史。其在職，凡檢身執憲，兢兢恪守，無敢毫髮失。久之，奉璽書清理鹽法於兩浙，至則剔奸剗蠹，法大振舉，商民便之，而課用不虧。代還，適涖三載，奏績書最，於是君之尊府臨桂簿獲受封为監察御史，母贈孺人。夫以百里之佐，而一旦躐躋臺端之秩，其为榮耀可勝概耶？

同官諸君，乃相率为賀，謂余同年也，則諉以言。夫君之所以勞臣而加恩於其親者，以其忠也；臣之所以脩職而徼寵於吾親者，以其榮也。故非忠，則無以錫寵於君而為榮，非榮則無以顯名於親而为孝。然則文晔二親之被寵光，輝赫如此，其所以事君顯親者，蓋可知矣。凡有親者，孰不感动，固宜諸君之賀也。惟古之論孝者曰：大尊親，今御史而上，凡部臺卿寺，其為階也有幾？而其名之遞尊亦如之。为臣者，果能效忠竭智於職所當為，則可以計歲而迭進焉。苟進一級，則親获一級之尊，惟自畫而不求進者，則終於此矣。文晔德器溫雅，遇事無難易，恒以身任之，則其將來秩之進也，當無涯。而其所以徼寵於吾君，

而尊其親者，豈但今日而已哉。

抑余聞文晬之兄洪以乡進士为國子學錄，蔚有时譽，而其兄弟自相師友，故其莅官如此。然亦可以占封君之所積，方氏之興，固未艾耶。

賀侍御費君存仁考績序

昔人論仕宦有三榮，謂宰相、翰院、御史也，而於其中又以御史之榮為甚。蓋言及乘輿天子改容，事屬廊廟，宰相待罪，則權之所在，不特進退百官而已。繡衣所指，不問尊卑，白簡前立，奸回氣懾，則天子耳目之所及者甚廣，不止絲綸之代而已。

余則以為是在其人焉耳，故曰得士則重使，不得其人，知之而不能言，言之而或不當，威望不足以懾奸回，議論不足以振綱紀，則亦安在其人哉？

侍御費君存仁，初舉進士，為令廬陵，焯有聲績。越三年，遂被召，為御史。其為御史也，嚴毅端慎，略不自恕，而風采言論，震聲一時。尋按治廣東，雪冤繩慝，郡邑之吏不寒而慄，故惠敷弊革，海濱崖穴之民始知有真御史。既代還，御史大夫重其聲望，乃屬視諸道章奏之當進於上者，蓋故事也。

比三載滿考，績最，得給敕命，進階如式，於是司官諸君屬余言賀之。

夫御史，言官也。自君之勁資英識居之，而能舉其職，以膺有寵褒，則所謂御史之榮者，君實無嫌矣。惟臺諫之設，自古不輕諫主，論天子之愆謬，臺主察百官之罪惡，我祖宗以來，臺議雖兼得言，而御史則言之又得行，盖視古益重也。

顧納諫之主不易遇，而進諫之職不易居。今聖明在上十有七年矣，而於言官所言，未嘗不聽，或有不當，亦皆優容，及遷擢任用，例不與諸司伍。其視前代之外示遷除、內實踈斥者又不侔，則君之所以獲舉其職，以有其榮者，可不知所自耶？知所自，則所以圖報稱者，又豈但尋常而已耶？

天下之事，固非一人能周，而天下之治，亦非一人能盡為。則紀綱之地，固事權之所在，乃天下矚目，以為低昂輕重也。

尚益思所以振其綱，握其權，以起民之疾，捄時之弊，則所謂仕宦之三榮者，豈復有能過，而君之榮益焜耀無窮矣。

送浙江參政童君世奇①序

　　戶科都諫童君世奇，拜命參政浙藩。時兩浙守臣洎觀風之使疏奏歲大侵，上廼命御史中丞徃視，一切事宜附之興革矣。

　　適參藩者缺員，公卿大臣博議，是地居東南為鉅藩，財賦之仰給京師者處天下之半，凡吏於其間者宜皆得人，而況旬宣②之寄哉。遂求諫議之著時望者二人以請，而世奇得旨徃焉。

　　故事，都諫僅七品耳，然舉天下之政治，凡上之所以出於下，與下之所以陳於上，先得議其可否得失，且旦夕侍從天子左右，補過拾遺為耳目親信之臣。故其選擇于初者至慎不輕。以其不輕也，而其前資，恒處以部佐及卿寺，將為執政柄用之儲。如世奇者，履任既久，忽膺是擢，若少屈焉者，豈古所謂從九卿出以憂國者耶？

　　蓋君為吾犍為世家，敏達清慎，自舉進士，即被簡拔給事工科，洎轉左右，於天下之利病，知無不言，而言亦

---

① 童瑞，字世奇，四川犍為人，弘治三年（1490）進士，戶科都給事中，弘治間任浙江承宣布政司左參政、陝西左參政、河南左布政使、長蘆鹽運使、桂平守，正德十六年（1521）任工部右侍郎，嘉靖元年（1522）轉左侍郎，嘉靖六年（1527）任工部尚書，嘉靖七年（1528）致仕。劉春是《序》或撰於弘治八年（1495）。參見《重修東坡書院記》，《東川劉文簡公集》卷十五。

② 旬宣，意為周遍宣示。

无不行，遂晉戶科，執論侃侃，務以不失其職為心。故凡諸司之敝政，有望其風采而不敢行，行之而中輟者多矣。則茲徃，固少屈，抑豈不得究其用於一方乎？

世竒濱行，其舊僚友韓君愚夫輩①謂余相知深，屬贈以言。

夫言天下之事易，行天下之事難，行之而以為己任者尤難也。昔趙充國居金城，圖上破羌虜，屯田便宜，為公家忠計，下公卿議。初，是其計者什三，中什五，最後什八，甚至詔書責讓，卒不少變，竟如其言，而羌人降服。則任天下之事，非知之審任之力，不擇利害為趨舍者，執能之哉？

今兩浙殊非羌中比，而其事亦非有難處也。顧其民迫於征輸，而困敝凋瘵，思望上之人力任而甦息之者久矣，況又加以凶歲，其為心尤切。則君之徃也，余豈但以其能行望之哉？於是而位益進，任益重，則由一方而天下，又不但為吾徒之望而已矣。

使節壽親詩序

《使節壽親詩》者何？諸縉紳大夫為進士內江鄭君有

---

① 輩，同"輩"。

容①而作也。其所以為使節壽親者何？有容承累世儒家之胄，服膺庭訓，舉壬戌②進士，試政臺端，雖帝臣之願弗違，而望雲之懷孔亟。既踰年，始獲奉天子之命，至敘州，敘距內江不拾舍，因得持節道過，以拜家慶也。其所以為壽何？有容之尊甫先生，今年適屈指甲子七秩，而母石亦如之。十月初九日為誕期，計抵家定省之余，又得舉一燕而稱觴膝下也。

　　余聞而怡然，曰：是宜諸縉紳之發於言者，長篇短章，合輝玉映，有不容已者矣。史稱司馬長卿為中郎將，建節往使西南夷，至蜀，太守以下郊迎，縣令負弩矢前驅蜀人以為寵。則世之恒情，固以富貴而得歸故鄉為榮也。然讀《四牡》之詩，有曰："王事靡盬，不遑將父。"又曰："王事靡盬，不遑將母。"則古之人當官而行制于王事，而不得遂其將養之心者，又未嘗不動其戚戚之念焉？以其不得養其父母為可憂，則得養之者樂何如也？

　　今有容之使，既得歸其鄉，而又得覲二親，以稱壽于王事之暇，庶幾公私之情兩盡，臣子之願兼得，而非矜名眩寵者之為矣，是宜諸縉紳詩歌之所由以作也。爰為之序，而因系以古詩四章。其詞曰：

　　維此七月，西風孔懷，悠悠斾旌，誰適與儕。菀彼桑梓，其思無涯。

---

① 鄭裕，字有容，內江縣人，弘治十五年（1502）進士。參見《使節壽親詩序》（《東川劉文簡公集》卷四）、《明故淑人胡氏墓誌銘》（《東川劉文簡公集》卷十八）。

② 弘治十五年（1502）。

維桑與梓，于江之滸。我心胥說，歸寧父母。綵衣其裳，蹲蹲其舞。

既有旨酒，會我諸兄。躬率諸婦，來燕于庭。生我育我，厥底于成。

瞻彼南山，其崔其嵬。以介眉壽，永以為依。載其德音，邦家之輝。

荊門州志序

《九丘》作而《禹貢》繼之，《周·職方》又繼之，所以志九州之地域，廣輪之數，貢賦之制備矣。

自秦廢封建置郡縣，沿漢洎唐以來，遂有《地里志》《郡國志》《風土記》《耆舊傳》諸作，或總括區宇，或特著一方，雖若不同，然皆志類耳。今天下之地里、人物、風俗、古今沿革，有《大明一統志》所以總括者無遺矣。然撮其綱而不能盡其目，舉其大而不能及其小，法亦然也。故藩省郡邑各有《志》，蓋加詳焉。

而其纂述大旨，則不出乎統志之囊括，固所以遵時制而亦豈能復立例哉？士之博古者，試取而讀之，則凡某郡某邑之風俗、道里、人物之類，不出戶庭可究，而其用世者，欲酌其政事之廢張緩急，亦無不得於几案間。況其所以昭興替垂監戒者，又靡不備耶。此《荊門州志》之所由作也。

余姚韓侯某，以鄉進士起家，來守是州，廉平威惠，越二年，政通歲成，民罔弗乂，乃索《志》，得舊稿於掌固者。觀之，病其未悉，遂祖《一統志》為義例，屬考校刪定釐為數卷。將鋟梓，屬予序之。且曰：文獻不足，殆難免於掛漏譌謬，然後之君子固可藉是續而補之也。

　　予既受以從事，復告之曰：荊門，屬古南郡，自漢末曹劉角逐，終歲當矢石交戰之所。尋五胡亂華，其害尤未易言。迨吳晉之時，雖幸羊陸之交歡①，而刁斗②之聲亦何嘗息？唐混一未久，復擾於藩鎮，而荊門陷為僭竊之區矣。陵夷及伍代，干戈無歲不動，在宋中葉，薄隣金狄，民之疲於奔命者尤不異唐季世。則士之生其地者，何暇考德脩業？而仕於其間者，雖欲按圖問俗，有事於《志》，而亦將何所紀哉？

　　天啟皇明，肆我太祖高皇帝，肇造鴻業，聲教暨海外。而荊門在湖湘，距中州不千里，尤為華夏文明之地。故俗由政革，物以時成，地因人顯，而是《志》之所采掇登載，若猶有不盡焉者。然則君子之觀之也，豈但知是郡風俗之美惡，人物之盛衰，治道之隆替而已哉。

　　感今日之遭遇，懷昔人之流離，而未遇者益奮其思齊之心，既達者益勵其效用之志，然後知是《志》之非徒作也。

---

① 晉遣羊祜伐吳，吳陸抗抵禦之，雖相為敵，而彼此講求德信，後稱"羊陸之交"。
② 刁斗，古代軍中物。白天用作炊具，夜間用作警戒報時。

送長史王君經濟[①]序

　　自古帝王，固莫重于封建藩國，而其要，又未嘗不急於選賢擇人以为輔也。在汉如賈誼之傅梁王，仲舒之相江都，[②] 说者乃以為文帝、武帝之不能用二生，不知乃所以深用之。夫誼与仲舒固一代名儒，然以親親之愛，上欲敦頍弁[③]之恩，下以樹維城之業，則委任受寄，豈其微哉？

　　我國家分封之典，視古益重。凡王國之建置，但食祿于有司，而不与其政，親親貴貴，兩極其盛，輔道之贤，咸遴選以充。若長史者，則尤為府寮領袖，故禮儀之施設，租稅之出納，戎卒之拊循[④]，皆在所職掌。蓋必學足以明於物理而不闇，識足以通乎世務而不迂，行足以律於众庶而不愆，然後为宜；否則鮮有不致负乘、覆餗[⑤]之誚者，遂恒簡於進士任之，其不輕而重也，不亦較然哉？

　　吾友王君經濟，明銳穎拔，自成化癸卯與余薦於鄉，越十年而後登甲榜，其邁徃直前之氣，蓋充乎不可御者，

---

① 王用才，字經濟，彭山縣人，成化十九年（1483）舉人，弘治六年（1493）進士，授寧府長史。朱宸濠異謀，王用才不從，逮獄者累月，終不屈，憂憤死，贈太常少卿，賜祭於家。

② 賈誼之傅梁王，指漢文帝拜賈誼爲梁懷王太傅。仲舒之相江都，指元光元年（前134）漢武帝任命董仲舒爲江都相。

③ 頍弁，音 kuǐ biàn，指冠冕。

④ 拊循，亦作"拊巡"。意爲安撫、撫慰、訓練、調度。

⑤ 覆餗，參見《周易·鼎卦》。餗，鼎中食物。覆餗，傾覆鼎中珍饌。後以覆餗喻力不勝任而敗事。

以是名重於公卿間。會汝府右長史闕，時受任者，多以不舉職譴，乃詔慎擇其人處之，君因陟其任。未期月，聲稱果褎然，遂結知於殿下，用薦誥封，贈其親及妻室。比殿下之國，皇上重念同氣輔導之賢，晉正四品。祿、章服亦如之。於乎！其榮矣哉。

君將侍王就國，同鄉諸縉紳大夫歆艷弗置，屬余以言贈。

余于經濟，非但燕遊一朝之好也，不可辭。惟天下之事，未有不基於始而當慎者，況于王者之有家乎？譬之築室者，其基固而後棟宇隨之若規模者，則所謂立國之基也。我國家撫有函夏①，以仁義忠厚為規模，凡其親親用賢，理民馭夷，率履不越。則殿下之徃也，其于仁義忠厚之規模，固但仰承祖宗之訓，而無所事事於其間，誠足以荷天休垂世澤於有永矣。而其所以翊贊承弼者，非君孰諉哉？異日稱藩輔之賢，為善如東平，好學如河間，而以殿下為先，則君與有榮焉。而我皇上之所養育、任使之恩，亦不負矣。

經濟行，庸以是為贈，諸大夫以為如何？

---

① 函夏，即"函夏"，有諸夏、華夏之意。

送右史柯君斗南[①]序

自蕃屏之制，啟于周同姓之封，紹於漢，厥後凡帝王之子若弟皆備官，以輔成其德，釐治其事。如在漢为太傅、内史、中尉，在唐为傅、諮議、友、文學祭酒、長史、司馬，非一職也。

今親王以下，官属有左右長史，有紀善伴讀，教授及審理，盖亦酌古之制。而其匡輔左右，道之以忠孝仁義，保國愛民，上衍宗支於有永，下垂統祚於將來，則尤以长史为重，豈但他職之領一事而已哉。

皇上有弟曰荣王，其右長史為吾友柯君斗南。斗南世家成都，其先为莆中人，有曰述者，在宋理宗朝直龍圖閣學士。七世而至君之世父曰潛，景泰辛未進士第一人，为詹事府少詹事，兼翰林院學士。叔父燉，成化丙戌進士，官至浙江按察司僉事。其慶澤之流，家學之傳，非一世矣。而君敦敏謹重，学務篤實，尤为人之器識，故舉弘治癸丑進士；既登庸矣，而執經以求指授者屢恒滿戶外，業成而去，往往取高第，以是名震公卿间。

會諸王出閣，詔慎簡輔導之臣，遂膺選为翰林院檢討，日侍王講讀，啟沃良多，比外艱，去。王眷念不置，乃逆

---

① 柯拱北，字斗南，成都府人，祖先爲莆田人，弘治六年（1493）進士，翰林院檢討，明孝宗朱祐樘異母弟榮王朱祐樞右長史。

計鼓琴之期，請於上，驛召至京，擢右長史，則斗南之賢，所以脩於身而受任於上者，豈流輩可匹儔哉？

今年，王將之國，君以执事當從行，鄉之缙绅大夫诿余言贈之。

夫閭里之士，有負百金之產者，於子弟必擇名儒教之，否則以为愛而弗勞之也，況貴爲天子，富有四海，所以待其子與弟者宜如何，而肯委之庸人哉？

顧世之仕者，恒重內而輕外，重勢利而輕道德，視執權筦要者每垂涎焉，而於是反有慊於中者。斗南自受命，即歡然無幾微見颜色，惟以負乘为懼，而日勤其所有事，遂被王優遇。比者又荷聖明篤意親親，進四品祿秩章服，視其心，豈以权勢为軒輊哉。古之賢哲，为王傅者多矣，如漢衛綰於河間，而以忠實稱；師丹于東平，而以廉正著。皆非有權勢烜赫者，至今名垂史牒不朽。

斗南徃哉，以君之持心飭行，其於前賢，當思匹休不让。明日荊楚之间，論藩輔之賢，以河間東平歸王，則斗南匡輔之功，豈可少哉？

瀛海奎光後序

　　西充學士紫厓馬先生良佐①，將赴南京翰林，諸同僚合餞于敝廬，各賦瀛海奎光詩以道意，詩有序，既諉大史程君正之矣。謂余在里閈之末，亦宜贅一言。

　　紫厓初被簡命，余趨而賀之，曰："學士，尊官也；南京，重地也。先生以才望徃踐厥任，吾黨之士彈冠結綬而慶，固也。惟天子方勤緝熙之業，而皇太子將出閣受經，如先生者，講說細旃之上，弼諧承華之間，則所以助君德成聖功，其裨益當不少，而顧舍此就彼，何居？且南京，雖今之豐鎬也，然其事簡，其地遠。簡，則才有所不盡；遠，則情有所不親。故士之銳於用世者，恒不樂徃焉。即有徃者，則其心熱中而顏忸怩者，累日月不釋，此亦人情也。"

　　先生輾然而笑，曰："惡是何言也？吾稔與子游，子尚為知我哉？夫都高官執化權語人曰，我不欲，非愚則偽；欲之，而矯情飾貌，或役焉，有所求非吾徒也。孔子進以禮，退以義，得之不得，曰，有命，吾亦安其所遇而已矣。況吾嘗愧《伐檀》，思不忘儆戒於朝夕。今之徃，固幸其簡

---

① 馬廷用，字良佐，號紫崖，四川西充人，成化十四年（1478）進士，侍讀學士，以南京禮部侍郎致仕，卒贈南京禮部尚書。其子馬金，字汝礪，初授廬州通判，再遷知府。明顧清《東江家藏集》有《賦得瀛海奎光送馬良佐先生之南院》詩。

且遠，以究吾志耳。"

余聞而悚然，不知汗浹於背，乃進曰："鄙人固，不固亦莫得聞此言也。古稱有道之士，爵祿不能移其心，流俗不能渝其守。於乎！其信然耶？"

因以书于卷末，先生之所養，亦可概見也。

賀侍御陳君克謹考績受敕命序

考績之法，昉於虞周，歷代不廢。而敕制之頒給，所以嘉勞臣下而厲其忠勤者，蓋自殷周以來皆有之。國朝凡內外臣寮三年一考，三考為滿，其有績最者，給以誥敕，兼封贈其親一代至三代。厥後，改爲三年，遂著令。

余友陳君克謹①，为御史，三年考績，被給敕命如式，於是諸同寅榮而賀之，属余以言。

昔人論御史爲雄峻之職，又謂清而要，盖以其衣繡簪筆，於天下事知無不得言，而言亦無不得行。其出按州郡，則仁行如春，威行如秋，信非他治一事守一職者可匹儔也。

克謹端方沉毅，無少矜炫。其始爲令於太湖也，以惠愛得民心，數爲按治者所器識，剡薦無虛歲，乃膺召，擢補御史。其爲御史，則正色直言，風采震肅，常奉使貴陽

---

① 陳恪，字克謹，號矩齋，歸安人，成化二十三年（1487）進士，宿松知縣，進河南左布政使，正德元年（1506）升江西按察司副使，遷副都御史，巡撫南贛，擢大理卿，天啟初追諡簡肅。

及南畿，簡而不略，威而能愛，《伐檀》興詠，《碩鼠》不刺，則其所以膺聖天子之褒嘉而貤榮於其親者，豈無所自哉？

余嘗觀世之居是任者多矣：其志尚嚴，則謂不能動搖山岳、震懾州縣為曠職。故所至務厲搏擊，毛舉細事，深文巧抵；而於大奸一不究或尚寬，則以古之稱名御史者，未嘗言按人官屬稱為長者，故一切脂韋婠婐，喔齱呷嚅，而無所建明。二者胥失之矣。

如克謹，當寬，則無破觚為員①之縱；當嚴，則有埋輪當道之節。不激時以沽譽，不釣奇以駭俗，持是而往，其於名位，豈易量哉？

昔宋明道先生②為御史，對神宗有曰：使臣拾遺補闕、裨贊朝廷，則可。使臣掇拾臣下短長以沽直名，則不可，神宗以為得體。張天祺為御史，每進對，必陳古道引大體，不舉苟細，及論新法，則章至數十上。如克謹之垂聲邁烈如此，其概量於中者，固有素耶？

余與克謹同年，每見其蒞官臨事，重厚縝密，稱老成者。咸遜避，恒企慕焉，而未能。故於諸君見誘，不惜言之，克謹慎無以余言徒頌而不規也。

---

① 員，同"圓"。
② 程顥，字伯淳，人稱明道先生，北宋理學家。

瑤臺嘉慶圖詩序

　　瑤臺嘉慶圖詩者，諸縉紳大夫為封太孺人王氏而作也。太孺人者，贈兵馬副指揮胡君之配，今兵馬指揮欽之母，春秋七十矣。弘治癸丑冬十二月十五日適衣裓之辰，諸縉紳與欽遊者，賦詩祝頌，繪圖於中而書其下，詩有序，以屬余。

　　蓋太孺人，揚之寶應世家，資性明淑。既笄歸君，所以事舅姑、諧妯娌無弗順。適里人舉以式閨壼①，甫三十，稱未亡人，即屏簪珥，鉛膏不御，確意綜理家政，以待其遺孤之成立，即欽也。

　　欽比幼學，遣從名師，所以訓飭之者，不以愛弛。及卒業南雍，復親往視之，曰：吾所以忍死至今者，恃此。蓋將異日可以見而父於地下，安得令子然遠違乎？

　　欽以其母之教，且愛益感奮。歲丙辰，遂獲拜今職，越明年，又獲被給敕贈父封母如式，而敕之辭，有"慈惠勤儉、孀居守節"之褒。

　　於乎！若太孺人者，可謂能竭母道，而不負所天者矣。則今日之享壽膺福，豈偶然哉？此諸縉紳所以歆豔弗置，而圖賦之祝不容自已也。

---

① 壼，音 kǔn。指古時皇宫裏的路。閨壼，即内宫，后泛指女子所處内室，亦借指女子。

抑余聞欽初宦於此，以南北風土異，宜不可屈太孺人就養，乃留其婦供饋左右。久之，始議遣奉迎，太孺人亦喜其子之成也，遂欣然就道。至是，居官邸，欽出則蒞官治其所有事於外，入則奉母承懽色養於膝下。

於乎！如欽者，可謂隆於孝養矣。世之仕者，廢《蓼莪》之詩，而不忍誦，固已無及，幸而有親具慶，則又道理脩阻，不能無陟岵陟屺①之懷。觀於欽，當何如其感也，則視太孺人之安於榮養，其心之豫悅可知，而其將來之壽，亦豈可涯涘耶？況古之壽考者多窘嗇於先，而享其盛於後，如漢之□□，宋之□□，蓋盈虛消息非特人事，亦天道也。

他日欽之名位漸進，而太孺人之福亦如之，則瑤台之賀又有大於此者。愧余言不足以紀其盛，尚有待於鉅筆名公，姑書此以為權輿云。

送黃君通理二尹永豐序

古之制，縣有令，掌導揚風化、撫字黎氓、執四民之業、崇五土之利、養鰥寡、恤孤窮、審察冤屈、躬親獄。而丞，所以為之貳也。是其職，宜無不統，而昌黎乃謂"位高而偪，例以嫌不可否"，事豈其然哉？或者以為有激

---

① 陟岵陟屺，音 zhì qǐ zhì hù，陟，即登、升；岵，指有草木的山；屺，指無草木的山。意爲久居在外的人想念父母。參見《詩經·魏風·陟岵》。

而云，又謂譏斯立①之怠事，殆不誣也。

吾友麻城黃君通理，比受命丞永豐，其鄉之縉紳大夫士僉為君喜，屬余贈之。

蓋吉安之在洪都為劇郡，而永豐之在吉安為劇邑。通理端雅有文，而敏於吏事，文則不泥于薄書期會之務，而敏則有剸繁治劇之能，非豪胥黠吏所能舞弄也。則茲貳秩百里，其慎於所事，以不蹈昌黎之譏，不有餘裕哉？雖然，余於通理非燕遊一朝之好也，則亦不能嘿嘿而已。

今州縣之職，固不異於古。而大江之西，其所以軫念於九重者，尤以萑符②之徒為切也。比者勢日張大，民甚罹荼毒，遂屢聖明命變易一二守臣撫捕，期於山行野宿外戶不閉，與民相安於田里，而猶未能也。則君之往，其所佐令，以仰承上意者，雖非一端，孰有急於此哉？惟古之禦盜者多矣，而莫良於裕民者，若龔遂之治勃海，張綱之治廣陵，可覆視也。

通理其亦嘗以是概於中否乎？或曰：有是哉，子之迂也。方今執事之吏，厲士秣馬，日期草薙而禽獮③之以為功，而乃欲從事於此，不猶驅市人以習俎豆之儀耶？

則應之曰，通理好古之士也，余言豈為市人告哉？

---

① 斯立，崔斯立，名立之，字斯立。參見韓愈《藍田縣丞廳壁記》。
②《左傳·子產論政寬猛》："興徒兵以攻萑符之盜。"
③ 薙，音 tì，除去野草。同剃。獮，殺。韓愈《送鄭尚書序》："乃草薙而禽獮之。"

送太守姚君原學①之任荊州序

　　荊州，古郢都也，秦漢以來為南郡，為江陵，盖當四集之地，巍然峙江漢之表，有非諸郡可比者，故自古恒擇其人任之，而亦多以名績稱。嘗稽諸往牒，有未易以枚數者。即其著而論，則在漢若郭賀、楊震；在唐如李德裕；在宋如張齊賢。雖歷世已久，而人心仰慕如一日。然考其跡，則惟持己之清約、撫民之仁恕、蒞事之公勤而已。故稱郭賀者，曰厥德仁明；稱楊震者，曰性公廉不受私謁。德裕，則曰孜孜民事無一日怠；齊賢則曰，敏於吏道，庭無滯訟。是亦何有異人之事，而亦何有人不能行者哉？

　　顧今之仕者，若以是為平平也，而反飾詐以釣奇，違道以幹譽，而于利民律己之事，若無所事，不屑為，亦獨何也？

　　比荊州缺守，銓曹疏請於上，以禮部郎中姚君原學補之。縉紳大夫咸喜謂宜，而又慶是郡之得人也。諸僚友乃相率致賀，而屬余言贈之，顧余何以致愛助哉？

　　惟嘗以職事濫有一日之長，竊見君勤於職業，不以難易為趨舍，而識悟敏決，視事若無難處，綽有剸繁治劇之能，心固器之。繼知其初舉進士，即補新昌令。新昌，浙

---

① 姚隆，字原學，上元人，弘治十五年（1502）進士，由新昌令升禮部主事，轉郎中，出守荊州。罷歸，州民以肖像祀之。

之望邑也，素號難治。而原學始發軔即著績，則今又歷部署既久，其於治郡也，但推而廣之，奚啻馳駿馬于康莊乎？

是固宜諸縉紳之喜且慶也。余所欲忠告者，則尚以古之諸賢自居，而不惑於流俗之論，見之真守之確，則雖不為世俗所知矣，將不為君子所知乎？雖不為今之君子所知矣，將不稽於古之君子乎？余與原學誼不可徒語以驪駒之談也，而數數如此，君尚無以竊啟寡聞而為瑱哉。

送尚書李公之南京序

禮部左侍郎李公希賢[①]，被命擢南京禮部尚書，公感激寵恩，既拜謝闕下矣。復念先以太常少卿擢侍郎，不踰年，蒙賜誥贈祖及父檢討，公如其官，而祖母及母為淑人，皆未燎黃壟上，而繼母封淑人，亦久違膝下，乃疏乞取道過家少罄私情。上重公孝思，即報可，賜寶鏹五千貫為道里費，仍命給驛以行。是皆出於異數也。

公濱行，諸公卿嘖嘖歆艷，乃設供帳於都門外送之，而各賦詩歌以贈，屬余序于上方。

竊嘗慕公世家上蔡也。上蔡，今中州地，故自昔出詞

[①] 李遜學，字希賢，上蔡人，成化二十三年（1487）進士，選翰林院庶吉士，授檢討，弘治九年（1496）出補浙江按察司僉事，升陝西副使，改山東副使，前後更三任，俱提調學校。正德三年（1508）擢太常寺少卿，入翰林兼侍讀。升戶部右侍郎，改禮部左侍郎，升南京禮部尚書。正德十四年（1519）卒。參見《送李希賢提學浙江》，《東川劉文簡公集》卷二十二。

林為監司，奉敕董學政於兩浙，於關右以及齊魯之地。恒得取道一過其鄉，鄉之諸大夫暨矜佩之士，爭相考德問業者咸勃焉。以興其觀法之心，茲又以遷秩，奉命乘傳，而歸覲慈顏於萱背，瞻松楸於丘壟，其榮耀視昔何如？而諸大夫與士之觀法者，益何如也，則諸公之所以歆豔而贈之固宜。

余與公同榜而升，同官而處。茲又承乏同部，凡所以資輔仁之益，敦協恭之好，以共祇①脩職業，少逭素餐之咎者，於公寔賴焉，不啻膏穀之仰時雨。則是行也，固榮之也，亦寧恝然也乎？

所竊喜者，則南京祖宗肇基之地也，百司庶府猶存。若禮部者，古秩宗之任，有教化之道焉。故我聖祖於禮之制，皆酌一時名儒如陶主敬、宋景濂輩所議而參定之，其典籍固尚在也。今雖因時損益，貴於得中，而失其舊者，則多有之，風俗之少變，亦豈無所繫哉？昔人謂禮失而求諸野，況非野者乎？

則公茲往，考索之餘，宜亦有概於心者，異日應召而來，當有以語我，則為固陋之助者不少，而於風化之機，不能無望焉。豈使日趨時好，而漫無所定哉？

是則余所私喜者，固不敢但懷離群之感而已也，遂用以序諸公群玉之首，公其以為如何？

東川劉文簡公集卷之四　終

---

① 祇，音 zhī，意爲恭敬。

卷之五

序

送葉君一之^①被召序

今制，凡望郡推官及壯邑知縣闕，咸於進士授京朝官外銓補。比滿三年，考績最，則又奏徵補內臺御史闕。蓋治道莫重於理刑，亦莫重於牧民。而推官，理一郡之刑；知縣，牧一邑之民，必于進士補，所以重民也。

若御史者，紀綱之司，內而在朝肅百僚、貞百度^②，外

---

① 葉忠，字一之，浙江臨海人，正德六年（1511）進士。民國《巴縣志》卷六《職官》明重慶府推官有葉忠，正德朝任。
② 參見明代王樵《智居樓記》："都察院之職，肅百僚、貞百度，紀綱攸系，世道攸賴"；明代韓雍《贈都憲余公之京序》："進而立朝總綱紀之柄，肅百僚、貞百度。"

而出按藩臬諸司，發奸摘伏，激濁揚清，其責任尤非輕。而以推官知縣，補則又非但重其官，而亦所以重御史之職，欲歷法家及民情之事於未用之先也。若此者，非操存之正，則執守或有未固非諳練之深，則意見或有所偏，此固國家用人之良法，亦前代試理人之意也。

臨海葉君一之，以進士任吾重慶推官。既莅郡，其持心則務平恕，而不欲以深文巧詆求名；其臨事則務精審，而不欲以獨見私智流毒；其律身則又嚴而思治己以治人者。故在任踰三年，每見稱，職辦若錢穀之稽覈，訟獄之平斷，有難理者，上官必歸之，而恒疏舉旌異以風厲群有司。今年既考績，遂被召，將有內臺之陟。濱行，郡守饒侯文中[1]輩，以僚寀[2]之誼属余言送之。

昔蘇子容為南京推官，歐陽公一以府政委之，後居館職，錢宣靖[3]為同州推官，雪冤獄數人，後仕至樞密副使。古之名賢以推官致大用，其操存固如此。

今一之始發軔佐郡，而其聲績之藹蔚乃若是焉，殆將大受遠到者。茲行，特其登進之漸耳。惟自是而往，益勵所存不少懈，則名位之來，蓋有迫逐於其間者，如健者之升梯，舉足益高，其升豈容已乎？

一之世家臨海，春先大父嘗游宦焉。今日之贈別，非但郡人攀轅之情也，故驪駒之談，非所以瀆告云。

---

① 即饒文中，參見《送別駕但君宗儒赴銓曹序》，《東川劉文簡公集》卷五。
② 寀，音 cǎi，僚寀，同僚。寀，古代指官員。
③ 錢若水，字濬成，一字長卿，河南新安人，北宋大臣。雍熙年間進士，起家同州觀察推官。咸平六年（1003）去世，後追諡宣靖。

東萊郭氏家譜序

家有譜猶國有史，所以奠世系、辨昭穆，不可闕者也。

古者官有世功，則有官族，故自王侯公族受姓命氏以來，其世繫無弗詳者。厥後，雖丁叔季姓氏混淆，然距古未遠，士大夫猶能明其祖之所自出，未有遙遙華胄之譏。洎魏晉復立九品中正之制，上之選舉，以此分流品；下之婚姻，以此別門第。而於譜牒之學，無弗講焉。故有郡姓有右姓，而名宗巨室，禮義足以齊其家，好尚足以率其俗，蔚為時之輕重，則譜牒於世教豈小補哉？

吾蜀憲副東萊郭氏魯瞻[1]，慨然於斯，而又恐失於誣引，斷自所可知者，以輯光處士由泗州遷東萊為始祖，仿歐文忠、蘇文忠例，輯為家譜，間又推廣譜意，增類十有九，析為內外集，總十二卷，示余屬序諸首。余得披閱，則見君之用心，一何勤且厚也！

蓋觀內集，如世繫圖則本大宗小宗之義，而其書法，又於尊卑疏戚支分派別秩然有等，無或昭穆不明者。觀世狀，則其先世隱德宦業無弗備。至於姓顯地望，則先賢往哲亦無遺，蓋又足以垂勸戒焉。

---

[1] 郭東山，字魯瞻，東萊掖縣人，弘治六年（1493）進士，官山陰、浚縣知縣，巡按宣大御史，陝西道監察御史，四川按察司僉事，擢四川右參政，以疾疏乞歸，卒。參見《送少方伯郭君進表赴京序》。

及觀外集，則所以昭國典，著慶澤，以垂範來裔者尤備。其他類例，雖不一，要在於明倫睦族，尊祖敬宗，誠足以興孝弟之心，崇仁讓之教於無窮也。於戲！君之用心，一何勤且厚哉！

惟郭之姓，出於虢叔。自漢唐而後，代有聞人：如論循良，則若細侯[①]喬鄉；論隱逸，則若林宗文舉；論勳業，則若元振子儀。照曜史冊，於今為烈。若魯瞻先世積累，固非今日矣。自輯光處士居東萊日嚮盛，則其蓄德以食報有可徵者，為郭氏子孫。

觀於此譜，尚體魯瞻之心，熟玩而深省之，非但知其祖之所自出，近而先烈之貽，有所率法；遠而名賢之徃，知所企慕。而以忠孝植其本，詩書達其用，則郭氏之東萊，不趐為一方之望，而於魯瞻著譜之意，庶不負哉。

魯瞻以進士令兩縣，篤於愛民，至今人猶頌之。故陟御史，歷今官，焯著聲績。斯譜也，其風化有足尚者，遂不辭而書之。

重刊劉須溪批點杜少陵詩序

詩之作，固不易也，而知詩之旨，亦不易也。夫詩言

[①]《後漢書·郭伋傳》："郭伋字細侯……始至行部，到西河美稷，有童兒數百，各騎竹馬，道次迎拜。伋問：'兒曹何自遠來？'對曰：'聞使君到，喜，故來奉迎。'"後以"細侯"稱頌受人歡迎的到任官吏。

志，志存於心，而發諸言，詩則言之精者，性情之邪正，於是乎見之，則詩之作豈易哉？

而讀之者，世異時殊，非親其人也，非接其事也；而玩其言，於吟詠諷誦之間，不獨有以得其志，而其句之切要，字之輕重，皆有以得之，如親炙其人，而上下其議論焉，是亦豈易乎？

詩自三百篇後，漢魏以來代有作者，雖其體制不同，要各以所長名家；而於唐稱大家，則獨以杜少陵為宗。故有以為詩史者，有以為集大成者，世之賢哲咸為之選註、集註、補註，皆所以發明其旨趣也。

若須溪劉辰翁①，則又即其集註，重加檃栝；而於其句之切要，字之輕重，從而批點，且撮其大旨附註於下。於是讀少陵之詩者，無不得其歸趣，而有志於學詩者，亦可得其榘彟②於其間矣。

惜罕梓行，好尚者劬於手錄。近忠州黎僉憲廷表，在河南曾刻為增以趙子常批評五言詩、虞文靖註解七言律，尤詳備。蜀藩少參增城盧公朝言恒閱而愛慕，謂不可不廣其傳也，乃諉重慶守金齒馬君質夫③、同知荊門程君天質鋟梓。既成，屬余弁於首。

於乎！少陵之詩，其集不一，海內固家傳人誦矣，而是集尤為學詩者之指南。遂不辭而書之，且以見公崇文教，

---

① 劉辰翁，字會孟，號須溪，江西廬陵人。南宋景定三年（1262）進士。濂溪書院山長。有《須溪集》。

② 榘同"矩"。榘彟，同"榘矱"，意為規矩、法度。

③ 馬文，字質夫，雲南金齒衛人，弘治十八年（1505）進士，正德間任重慶知府。

以風厲一方，多有出於旬宣之餘者，若此乃其一端也。

送二守程君天質①朝覲序

國朝甲令在外藩臬諸司，每三年各率屬郡邑守令朝覲京師，即古之述職也。至則詔吏部都察院嚴考覈，凡藩臬諸司以下官，其履行治績有賢否，具疏請黜陟，亦古之有慶有讓也。

明年春正月，適維其時，而郡守饒侯文中②，以當道者疏留，於是二守荊門程君天質代行，將就道，侯偕僚友屬余言敘行李。

惟朝覲黜陟之典，昉自虞周，由漢而來恒因之。蓋屢省乃成治功之立，固有不易者，顧人才之賢否，雖隨世不同，而振作之機，恒在乎人，即所謂黜陟之典也。

但知人雖堯舜猶難之，故范太史欲擇十使，十使擇刺史、縣令而置之，賢者舉之，不肖者去之。論者以為得其要，故至於今，師其意不能違。今之按治憲臣，所以察藩臬及諸司官者，然皆自下而上，酌諸輿論以為等差，藩臬所以察郡邑，而郡又察於邑，無非欲公黜陟，以振作乎人也。

然則君茲行，蓋攝守之任，閱郡自州而邑，其官之賢

---

① 即程天質，參見《重刊劉須溪批點杜少陵詩序》，《東川劉文簡公集》卷五。
② 即饒文中，參見《送葉君一之被召序》，《東川劉文簡公集》卷五。

否，偕侯甄別，當有素矣。惟人之賢，有利於民者，而或以敦樸不外見為所疵；有病於民者，而或以巧飾可喜為所取。則賢否，能無所混乎？人之才行，固難以一律，要以資於治者為先，若此者，君必有所概於中矣。

先儒以人在堂上，方能辨堂下人曲直。君出賢科，自蒞郡將六年。律己，嚴而不流於同；臨事，明而不過於察。蓋在堂上者，於堂下人之賢否，非但如衡鑒，則昭一時之人才，以裨銓衡之黜陟，以資聖主振作之機，以致平明之治，其不在茲乎？余不佞，竊於君有厚望也。

思庵野錄序

道學之名，古無有也。蓋自濂洛諸儒，得不傳之緒於遺經而筆之於書以詔後世，故士之志於道德者，無不宗之，而亦各以所得之淺深，脩於身、行於家、達於國，以自見於世。三綱賴之而不晦，九疇賴之而不斁，而乃以道學名之，史家遂有道學傳。其於世教，固非小補也。

自是，時君世主以是育材學，士大夫以是效用，未能有舍之而不由者。顧其間隨所至而末流不同，則迷途之惑鮮能領解決擇耳，豈道學之使然哉？

余頃家居，偶得渭南薛思庵《野錄》觀之，則見其格物窮理恒置心焉，而於經書或應接有所自得者，間亦附見。至於養心之論，則若數數焉不置。蓋心者，萬化之原，士之所以自立於世者，恒於此出，未有心不得其養而能異于夫人者。即其所錄，是豈入耳出口於諸儒之論者乎？

繼視其所履，則初舉於大學，以名行著稱，士多從之遊。久之，受命知應州，仕終金華同知。其為政，務惇教化，而一本於愛民澤物之心，故在任，人咸敬仰，至為立生祠，迄今猶思之不衰，其所自立如此。

是錄也，門人渾源郭璽所輯。其孫祖學，舉進士，知內江縣，恐久而湮沒無聞，乃入於梓，屬余序之。於乎！觀於此者，其亦因其所志而上溯濂洛之源，庶有所得，以不墜於流俗哉？

思庵，諱敬之①，顯思其字。而其孫祖學，內江之政，亦克繩其祖武云。

壽王太安人何氏詩序

南充太安人何氏，雷州太守伯存②之母也，春秋七十有一矣。歲之陽月季五日，適初度③之辰，伯存方守官，以治行著稱，不獲歸覲。仲子秉恭，受藩府紀善需次於家。季

---

① 薛敬之，字顯思，號思庵，渭南人，成化二年（1466）入太學，成化二十二年（1486）任州知州，升金華府同知，正德三年（1508）卒，年七十四。見黃宗羲《明儒學案》。

② 王秉良，字伯存，四川西充人，弘治十八年（1505）進士。正德間以刑部郎中出知雷州。

③ 初度，指生日之時，《離騷》"皇覽揆余初度兮，肇錫余以嘉名"，後稱生日為初度。

秉儉，育德邑膠，掇科登仕，駸駸有期。乃於是日率諸孫，舉觴□壽。縉紳之士，聞而欣艷，各賦詩歌以致祝頌之意。秉檢嘉諸公之愛親無已也，爰繪為圖，各書於其間，空其上方，屬余序之。

夫壽者，五福之一也，人壽以百歲為期，而百二十歲為上壽，登上壽者，歷古以往恒少，而踰中壽，則多有之。然未有不以德者，故五福必曰攸好德非無以也。如太安人，聞之鄉評，性沉默寡言，歸於東岡，奉舅姑，親執盥饋率以為常事。東岡敬而有禮，克助於內，不以家事經其心，故東岡遂以行業，遊太學為名士。

比伯存育於庠序，所以教誡之者，不以愛弛，致顯庸於時，獲被封太安人。人曰：是母是子，信不誣也。夫女德，莫先於生賢以資世，亦莫先於相賢以起家。則太安人之獲壽考，以享祿養者，豈適然哉？

惟伯存，雖以官守暫違，而旦夕承顏，則有如秉恭、秉儉者日侍左右，諸孫含飴膝下。太安人之心其愉怡悅懌心廣神舒可知。

自是而越中壽，躋上壽，以復蒙加封有可俟者。則諸縉紳之祝頌也，豈但為今日之慶，又不為將來之張本乎？

余與太守有一日之雅，喜太安人之壽祉無涯，而未能一登堂以從諸公之後，且愛秉儉於敬其親者，知所重也，遂用書之，以為壽序。

百伐奇勳詩序[①]

百伐奇勳詩者，吾蜀縉紳大夫士序巡撫都御史西澗馬公宗大[②]出師之績也。其謂之百伐者，所以著公武略未可枚數也。

蓋我國家開基垂統，仰荷列聖相承，仁涵義育，蜀人不知其兵久矣。比正德戊辰，歲大侵，且征斂迫于時者恒無藝，乃有赤子潢池之警。有司玩愒，遂致猖獗，攻城據邑無少忌，武略之不振殊甚。疏聞，上軫念，命刑部尚書洪公宣之[③]總制軍務，起副都御史林公待用[④]提督撫剿。時劇盜藍、鄢之黨既熾，而方四、曹甫、廖麻子復烏合蜂起，南川、江津間尤張大之。公以御史按治山西，左遷真定推官，尋以才望擢四川按察僉事。

至則分兵督剿，首率兵敗之，盜始畏遁。繼分巡川東，又追擊於大埡口，先後俘獲無算。已而，元惡奔竄，劫梁山，欲據新寧，公率兵殲于陶溪。既奔北，擄掠寧羌之界，公復縱兵擊于清風嶺及歌陽寺。廖麻子計窮，殺曹甫乞招，

[①] 此《序》述四川巡撫右副都御史馬昊平藍、鄢、廖、方四亂事，頌其"奇勳"。此《序》撰寫時間當在正德九年（1514）。

[②] 馬公宗大，即馬昊，曾任四川巡撫右副都御史。參見《明史·馬昊傳》。

[③] 洪公宣之，即洪鐘。參見《明故應天府府尹胡公墓誌銘》，《東川劉文簡公集》卷十八。

[④] 林公待用，林俊，字待用。參見《明故應天府府尹胡公墓誌銘》（《東川劉文簡公集》卷十八）、《與林都憲書》（《東川劉文簡公集》卷十九）。

公弗許，餉兵必欲盡殄之。盜遂竊渡鱉背而西，肆虐漢川，薄成都，要臨江市，假息以散。巡撫高都御史信之，公曰：剝民之廬以居賊，乃賞盜也，將以安民，不反貽害乎？

蜀盜久未平。上從巡按御史之言，罷洪歸，詔都御史彭公濟物亟代，尋高亦劾去。公被擢僉都御史，代之，遂偕彭公協心從事。

未幾，廖麻子授首。又有渠魁喻老人者，挾數千人流大小巴山。公設伏殪之，而厲兵更番戍東西阨塞，用戮元惡於燒刀溪。及平，擢副都御史。踰時，公鎮川北、內江，就撫之。

賊駱松祥者，復脅眾猖亂。公令率兵誅戮，撫散其黨。遂寧豪猾，阻山肆惡，脅三里之民梗化者四年，公誅首惡，撫綏其眾。蓋公自僉憲晉陟都憲，凡幾年，皆著戎衣於營壘間，或伐其謀，或陷其陣，或伏於隘，或追其奔，或搗其巢穴，策勳不一。而體國之忠誠，蒞事之勤敏，初未嘗以艱危避。故諸縉紳得於聞見者，咸嘉尚，既有為之傳者，復形諸歌詠頌之，多致成帙。憲副郭君魯瞻①道渝，屬余弁諸首。

古之稱賢哲者，無事則用之於禮儀，有事則用之于戰陣，有文事者，未始無武備也。公在蜀，孜孜民事，凡所以釐奸剗蠹、激濁揚清以敷惠於下者無不至。兵之用，蓋非得已者。而公任之，其功焯焯如此，豈但有文事焉者乎？

---

① 即郭魯瞻，參見《東萊郭氏家譜序》，《東川劉文簡公集》卷五。

若詩之作，蓋亦出於人情之愛慕者，得古人凱歌勞還率之意，遂不辭而書之。於戲！蜀人之戴公，亦奚趐言辭之間哉。

封太安人黃堂獻壽詩序

封太安人蘇氏，贈刑部主事馬公之配，今重慶太守马侯[①]母也。歲之四月三日適太安人設帨之辰，春秋蓋六十有四矣。郡之縉紳大夫士，喜侯母之迎養於斯，各賦詩歌至期稱觴祝頌。郡判郭君用章爰為軸，命善繪者圖於中而書之，題曰：黃堂獻壽。屬余敘作者之意于上方。

夫書稱五福，以壽為先，而必曰：攸好德。蓋德者，得壽之本也。余聞主事公元配朱氏無子，娶太安人而得二子，曰良曰京，三乳始生侯。時嫡母朱適生女，不育，主事公乃命太安人付侯俾乳哺，以慰其心，而朱母推乾就濕拊畜顧腹者若己生。侯期多疾，旦夕保抱提攜無不至，故侯戀戀於懷，不頃刻違，人雖欲代其勞，侯固不欲，而母亦不欲之代也。

尋朱沒，繼母崔，又承命於主事公，所以鞠育侯者，亦無不至，而加慎焉。

太安人得有所託，心即安之，了不萌形跡以生嫌，故

---

① 即馬文。

侯雖漸及幼，惟知鞠之者為母，而不知所生矣。比長，學成，領鄉薦，至登進士第，猶未有語之者。以是登科錄，止書二嫡母姓氏。既侯痛二兄繼沒，崔無供養者，上疏得迎養。及家，而崔又沒矣。居憂間，太安人始語不親鞠育之故，比服闋，乃言於銓部，泊當軸諸公咸信之。故事，當下州里稽覈。太宰劉世衡曰：即處二嫡母事，亦當膺恩典，何以稽覈為？遂蒙恩加太安人，侯之心於是始暴白，而無所歉矣。

嘗觀母子之恩出於天性，孰能間之？顧有不出於理之常者，要不可以常處也。若侯之鞠育於二嫡母，或太安人不能割愛，略有所嫌，則緣情肆忌，孰能為防？況期成立，以至褒大顯榮，有如今日者乎？即是而論，則二母全鞠育之恩，以成嫡母之賢者，皆由太安人之德，渾厚包涵，人己一致，非煦煦婦人之仁者。綽乎！古《螽斯》之風也，諸縉紳大夫所以祝頌者，其大旨固在此。

余適赴留都，不獲與列，謹論次太安人之母德，以為群玉之引，然豈但為太安人壽哉？將以厲於世焉耳。況侯歷官律己，焯著聲績，而太安人之壽當無疆，則將來之褒大顯榮，又未可量也。

賀金太守汝弼^①晉秩序

　　世有秉鈞弘化、制勝運籌、出入將相以進退百官安天下者，可以為賢乎？曰未也，此士之顯達者耳。窮居野處、刻意尚行、舉一世之榮辱升沉，視如電起漚滅，漠然不干於懷者，可以為賢乎？曰，未也，此士之高尚者耳。高尚之士，一偏一曲，介然自守者類能為之，古之人如君平之卜於市，王烈之化于鄉，伯休之逃於醫是已。^② 士之顯達，雖其位尊，其責重，非賢不克任，然有幸會焉。故田千秋^③以一言致相，而霍票姚、李蔡之徒，^④ 皆能以功名顯。至於董賈^⑤，則終其身不遇，是豈皆盡賢哉？

　　賢者之處世，其養也厚，其存也正，其用也博，故進退委於時，屈伸委於命，顯晦委於順，而在人者，不屑也。

　　然固有終不能違之者矣。衛輝太守襄陵金君汝弼，舉進士，為考城令。政尚惠愛，民甚戴之。然負氣節，侃侃不阿，故進士之令於外者，例陟內外臺否，亦不失為郎署。

---

① 金舜臣，字汝弼，山西襄陵人，成化八年（1472）進士，成化間任考城知縣、衛輝知府，弘治間任銅仁知府。

② 嚴君平，本名莊遵，字君平，西漢人。王烈，字彥方，東漢人。韓康，字伯休，東漢人。

③ 田千秋，西漢人，戰國時田齊後裔，武帝時，擢用爲大鴻臚，數月後任丞相，封富民侯。昭帝即位，受遺詔輔政。

④ 霍票姚，即霍去病。李蔡乃李廣堂弟，西漢人。

⑤ 即董仲舒、賈誼。

而君但晉同知鳳陽，其所負者，自若也，遂以考城之政施之，而民尤誦焉。久之，轉衛輝，衛輝之人愛之者，猶鳳陽也。會守缺，私相祝曰：得公乃幸已。而果然，則又相率舉手加額，曰：此聖天子明見萬里，吾民之福也！

於乎！如君自筮仕踰二十年，而後有專城之寄，若屈而晦矣，而感悅於民，知遇於上乃如此，其又有不屈而晦者存耶？其固終不能違之者耶？

余同年友夏官邢時望[①]、冬官安行之為余語，且曰：諸縉紳願一言為賀。余以為，發之遲，可以知其守於己者固也；用之顯，可以知其信於人者深也。若汝弼，吾將見其名與位進而揚芳，邁烈匹休於古之賢豪矣。而提封千里，曷足以久淹之耶？守於初而變於今，信於前而渝於後，我未之聞也。

青瑣貤恩詩序

合陽趙君惟賢[②]，舉進士，拜南京戶科給事中。閱三年，奏績最，被命進階徵仕郎，贈父雲南府通判。公為承德郎，仍舊秩。前母朱母秦為太安人。蓋公所任，品秩高

[①] 邢霖，字時望，襄陵人，成化二十三年（1487）進士，官兵部武庫司郎，出為長蘆運使，正德初因逆瑾用事，解印綬歸，延師儒以訓後進，又深明醫藥，活人甚衆，壽至八十六終。參見《送都運邢君時望任長蘆序》（《東川劉文簡公集》卷十）、《襄陵縣新修文廟祭器記》（《東川劉文簡公集》卷十五）。

[②] 趙官，字惟賢，合州人，正德六年（1511）進士，歷給事中。

也，錦軸煥頒，龍章輝赫。一時大夫士榮之，咸賦詩歌諷頌，惟賢爰集為卷，既謁少師西涯公①，題卷端曰"青瑣貤恩"，所以侈聖恩之汪濊②也。復屬余序其事。

夫親之於子，莫不欲其孝也。而顯揚斯孝之大，子之於親，亦何獨不然？蓋民彝物，則非有所勉者，顧不可必得，若有莫之為而為者於其間，於是而得焉，其榮益重矣。諸縉紳大夫之嘉尚，而形諸歌詠固宜，惟崇階慶澤，雖不易致，而恒歸積善之人。故《易》曰：積善之家，必有餘慶。不可以力取倖得也。

公在家食，篤於教子，不欲少違禮法，惟賢始出就外傅，當晝課其所習，夜則令誦《曲禮》小學一二章，惇惇俗說開諭，以涵養其心。

弘治初，公任雲南路南州同知，律身謹慎，應物寬恕，故上官之蒞治者，恒論其賢，以勵庶官，其小人則愛戴無間民夷也。久之，以平龜山竹子菁寇盜有功，晉雲南府通判。至則持心慎於路南不少變，而治績益見頌於人加博。歲辛酉③，鑒於止足，遂及致仕，優遊田里。又踰數年，告終。可謂善人君子□□溺於名利者矣。

母秦復克相之，凡教其子者，未嘗奪於愛，則以公之才行，其刑於家者如此。仕雖未□以究其用，而慶澤之流，乃有維賢，克紹其志，恭膺□□恩命之貤，遂其顯揚之願，

---

① 李東陽，字賓之，號西涯。
② 汪濊，音 wāng huì，亦作汪穢。意為深廣。
③ 弘治十四年（1501）。

豈無所自邪？歐陽文忠公謂為善無不報，而遲速有時。觀於是，信不誣也。

惟賢居諫垣，累建白有聲，盖不負其官者。於戲！恩之所貤，豈獨此哉？

送禮部侍郎吳公①冊封序

今制，親王、郡王及妃當襲封者，上命有司卜日，至期傳制，遣文武大臣為正使，侍從郎署官為副使，持節冊授封，盖所以隆本支崇屏翰，以敦親睦之典也。

今年，益府應封禮部侍郎吳公承命以行。先是，余以公將別，薄具速敍，酒行半，公曰："子獨不以言為贈乎？"余方念叨，與公同官將二十年，所以資麗澤之益者不少，茲又同部，凡所以共脩職業者，咸資於公，不可一日違。聞其言，乃怫然曰："公之去，愧無力以尼②之，而欲贈於我乎？"

既而思公博學弘才，志慮中正，而仕進恬然，了無介於意者，故為宮允以陟學士南京，晉禮侍，若甚有得焉。惟恐敘遷於比部，比至，則惘然若有所失。其安於留都，

---

① 禮部侍郎吳公，參見廖道南《侍講學士晉禮部尚書吳儼》，《殿閣詞林記》卷五載："吳儼，字克溫，常州宜興人，成化丁未（1487）進士……丁卯（1507）典順天鄉試……瑾誅，復職，未幾，擢南京禮部侍郎，壬申（1512）調禮部持節，封益府，丙子（1516）陟南京禮部尚書。"

② 尼：從後近之，跟隨。

以適其清曠之懷甚矣。今之別，余懼其優逸之念、桑梓之興有奮焉不可奪也，亦安得嘿嘿①而已乎？

惟天下之治，固非一人所能成，而同心同德者，則又非一時所易得也。嘗觀唐之治，稱開元矣，當時如姚如宋，固名臣也；而又有張曲江者，以風烈著；②如李元紘者，以清節著；若陸象先、褚無量、韓休輩，彬彬於其間，又非一人。宋之治，稱慶曆矣。當時，如韓、范、富、歐③，固其著也；而又有若杜祁公、文潞公、晏元獻④輩，亦相頡頏者，不可縷數。在我國朝重熙累洽，文治之興，固未易言，而名賢之輩出，匹休前烈，要亦不可誣。則古今之治，何嘗不資於人，而亦何嘗不資於同心同德者之眾多乎？

公歷事我憲宗、孝宗既久，至我皇上，篤意舊學，且以名行薦陟大僚，將柄用焉。則於國家之治，所賴於同心同德者之眾多，亦不能恝然於中矣。以不可恝然也，則今之去，豈宜謂有所假託而戀戀於桑梓乎？

義不可以長往，名不貴於高尚。余不佞，所贈公者如此，公亦盍思之無洗耳，以余言為溺而不可止也。詰朝受命，不宿於家，遂敘以識別。

---

① 即默默。
② 即姚崇、宋璟、張九齡。
③ 即韓琦、范仲淹、富弼、歐陽修。
④ 即杜衍、文彥博、晏殊。

送少方伯郭君進表赴京序

歲之萬壽聖節，天下五品以上諸司各具表慶賀，藩臬洎都司大僚各類齎①及期以進，所以著臣子祝頌之忱，蓋時自古昔無弗然者。君臣之義，根於人心，固不容已也。今年恭臨聖節，吾蜀臬副使郭君魯瞻②，適轉參政，藩司遂奉表，以行道出，渝縉紳大夫榮而賀之，屬余以言。

君始陟僉憲於蜀也，時寇賊充斥，人莫底寧，至厪九重西顧，命將出師剿除，而以大臣總督，蓋非尋常嘯聚之比也。君分總一道，提兵其間，申嚴號令，信賞必罰，殲厥渠魁，而懷輯其脅從者，已而，轉副使，遂奉敕整兵經略其地。至則察其弄兵之源，發奸摘伏，植仆鋤強，患為之備，事為之處。而於干法者，一無所矜貸，故深山窮谷之人，咸有所恃以安堵，若謂來何莫矣。有識之士，計君資望，恐恐焉，惟以遷擢不克終受福為懼。茲秩既轉，而又不出於蜀，固民所慶幸者，乃復榮行，於民之情，寧無觖望乎？惟蜀在西南萬里之外，山川之險巇，閭閻之困苦，民心之易動難安，固人所概知，而亦有未盡信者。

古之賢哲愛君憂國，未有不以民為心，故不稅農器，名賢所重，而四方異聞識治體者，必欲奏上。則君茲往也，

---

① 齎，音 jī，"賫"的異體字，意為贈送、懷持。亦指憑藉、借助。
② 郭魯瞻，參見《東萊郭氏家譜序》，《東川劉文簡公集》卷五。

觀天顏于咫尺,祝萬壽以無疆,不易矣。而於拜舞之餘,民情幽隱,出於目擊耳聞,有可裕民一分,而非世所益者,將一言於所欲知者,以少資廟堂之議,此固吾徒之心也。其尚益思民心注仰之久,急遄其歸以慰籍之,則於體國之誠,庶不以遠方為厭而鄙夷之乎?幸母①曰:母疾其驅。天子有召,乃全蜀之幸也。

送潼川知州梁君赴任序

吾重慶郡判西安梁君②汝和,擢潼川知州。濱行,郡之縉紳大夫士重其治行之良,計無以借寇③也,屬余言敘別。

令甲凡仕郡邑者,自丞簿而上,歷三年為滿,具其績於州若府以達藩司,奏於朝,下銓曹而課其殿最。又越三年,亦如之浹,九年而三考,然後黜陟加焉。其有未三考而獲陟者,必治行卓異,為撫按都御史洎監察御史所疏薦,則非常格所能拘矣。

君顯起家鄉進士,歲辛未④,拜官吾重慶,雖踰五年,適庶務鞅掌,為上官所留,未課績銓曹,乃有潼川之命。

---

① 母,通"毋"。毋,意為無、勿,有禁止或勸阻之意。
② 梁鼎,字凝正,華陽人,太平興國八年(983)進士,累遷殿中丞,通判歙州,徙知吉州。咸平四年(1001)以兵部員外郎知制誥。爲人磊落,尚氣節,居官峻厲,名稱甚茂好。參見《職官·重慶府通判》,民國《巴縣志》卷六。
③ 借寇:東漢寇洵爲穎州太守。後隨光武帝至穎川,百姓求曰:"願從陛下復借寇君一年。"(見《後漢書》十六《寇洵傳》)。原以"借寇"為地方挽留官員的典故。
④ 正德六年(1511)。

不一考，由郎官而躐躋大夫之秩，其不為榮乎？

盖君明信謹飭之士也，始涖郡，宅心仁恕，不務苛刻，以求集事，要以惠民為主，而職無不辨。時寇虐方張，皇上命將提兵蕩滌，而糧餉之轉輸，征戎之調遣，有非獨武弁所能濟者。率遴選州郡佐貳之才名穎出者任之，君實預焉，而勞勩為多。比盜平，得專理郡事，則又勤敏，公惠騰頌，口碑以是聲聞四達，屢為按治諸上官所獎勵，則是擢固足以勵人心，而孚物論矣。

豈但為君之榮乎？雖然世之通才，固無不宜，要其心之所操或異，則其聲績亦有大相逕庭者，非盡以大小難易之間，其勢然也。若君茲擢，其所涖雖有大小，而其政在臨民，殊無不同，但於事則無不統耳。以其無不統也，而責望於人者亦博，非理以一事守一職可退诧者。則君所以操其心者，寧無所概於中乎？

於戲！君往矣，名不可以虛立，功不可以徒成。吾見潼川之民，將引領翹首，需被君之休澤如吾重慶焉。而君之所以慰其心者，宜何如也。

送別駕但君宗儒①赴銓曹序

蒲圻但君宗儒，推刑敘州，未九年，以脩職著稱，擢

---

① 但存學，字宗儒，蒲圻人，成化二十二年（1486）舉人，正德朝任重慶府通判。

倅吾重慶郡。又三年，建議者謂蜀寇蕩除，而所在郡邑猶多額外剩員，疏請裁省，宗儒遂循例赴銓曹改任。濱行，郡守饒侯文中①偕同官輩，計莫能留，而又難於別也，屬余言敘行。

竊嘗酌民之言官之置，有似少而猶以為多者，有似多而猶以為少者，要在其人焉耳。吾蜀寇虐未平，戎務鞅掌非一人所能幹濟者，於此之時，額外雖有剩員，可也。而人或以為病。今既底寧，所司事有常務，官有常職，額外之員可省也，而人又以為不宜，蓋官固多，然得其人焉。事無所廢，而获於上；心存於公，而獲於下。則雖冗員，人固謂少也，否則或以為病，雖少亦多矣。

宗儒居叙州，持心痛斥舞文苛察，而蒞事恒以端恪自勵，故當時上官有以讞獄詳慎薦之者，有以政事脩舉旌之者。及倅吾郡，不少變於敘，而政尤詳練。比營造事重，被簡委採取材木，尤能竭心思以為民，凡所以懲奸铲蠹者無遺力，而且躬履於深山叢薄，如治家事。故课其績恒異流輩，为總督重臣所嘉勞。若君者，論建置雖在額外，而人不猶以為少乎？乃今以例去，郡人聞之，咸戚戚以不獲願借懷歎而莫可如何。況侯於君，方敦協恭之誼，孜孜惠民，尤不能恝然也。固宜雖然用人者，恒思得賢以資治，而君子之澤，無不欲徧及於人，如宗儒治行，銓曹正有待焉。而思大任之者，則望郡崇階，由是陟焉。而君之澤，

---

① 饒榶，江西進賢進士，正德朝任重慶知府，參見《送葉君一之被召序》，《東川劉文簡公集》卷之五。

豈但敘與吾郡所獨沾溉而已乎？

　　宗儒徂矣，是侯之心，又有□繫焉，而亦不但繾綣於祖帳之間也。

東川劉文簡公集卷之五　終

卷之六

序

壽陝西按察司知事蹇公[①]八十詩序

　　陝西按察司知事蹇公，今年壽躋八十。十二月十八日，適懸弧之辰，一時諸縉紳有年踰於公如牟別駕者，則將望九；有少於公如李別駕者，則已踰六。皆童顏鶴髮，鳩杖不扶，而徜徉於泉石，迭為賓主，有足尚者。至是乃相謂屆公誕期，不可以不慶也。遂各賦詩歌，登軸，命工繪圖於中，詩不可無序，則屬于余，曰："子非公親黨乎？曷容

――――――――――
　①　參見《祭外父蹇公文》，《東川劉文簡公集》卷二十一。外父，岳父。《劉春墓志銘》："公（劉春）配蹇氏，忠定公之族女。"劉春夫人蹇氏，父蹇霓（《明誥封一品太夫人劉母蹇氏墓志銘》）。蹇霓，劉春岳父。

以辭？"

夫人以百年為期，故百歲者為上壽，八十者為中，六十者為下，此大較也，顧人之所稟，有不齊時之所遇亦不易，故壽至於七十，則以為古稀，況逾七而上焉者乎？以其難也，古之人未有不祝而慶之者。在子於親，則曰：以介眉壽；在臣於君，則曰：如南山之壽。是皆所以致相愛之意，而欲綏福履於無窮也。則諸公之所以壽公而慶之者，豈無所自乎？

惟公，忠定公之孫也。忠定公，崛起洪武時，致位師保，事我高廟、文皇、仁宗、宣宗於永樂、洪熙、宣德間，謀謨弼亮，功在宗社，澤被生靈，著于史牒，有榮耀焉。

至正統，公父以從征有功，中武舉，授冠帶舍人。尋錄征虜陷陣者子孫，公遂入冑監，成化中選武昌縣丞。秩滿，晉陟陝西按察司知事。所至守己不汙，而以幹局著稱。每督軍餉，振民饑，及勘斷疑獄，咸不負委任。至於涖民，尤以惠愛為主，故事克有濟，民咸戴之，每為上官所獎勞，以風厲諸有司。蓋名臣之後，其得於家庭者，自不同也。比在陝西僅五年，且年猶未至，乃以母老乞歸養，益為撫按者所重，疏許致仕，遂得歸事母。又值國家承平，時和年豐，優遊林下者，凡幾年。跡其履行，孝友謙恭。而其所以訓飭於家者，惟課諸子姓耕讀，多育德庠序，鄉閭視為師表。則其壽，要非偶也。

《傳》曰：德遠而後興。以忠定公之功德，固宜有公如此，而公復有以培植之，無所虧壞，其將來猶未艾。則公之壽，當永錫於天，又不可慶乎？

余不佞，本是為諸公群玉之引，由是而登上壽，以為吾鄉人瑞，則稱觴祝頌，尚當隨諸公之後。於戲！公之所以上榮於先世者，視房、杜諸賢何如哉？

壽節推孫君七十詩序

建寧節推滁陽孫君尚禮①，致事家食已幾載。越甲戌②，其子存舉進士，官禮部主事。歲之仲冬季九日，適縣弧③之辰，距初度蓋七十矣。又三年，以禮部歷一考，將如例得，被恩封。其子乃屬余為壽且賀之。

夫壽者，五福之一，得於天者也，以其得於天，故雖為人所甚欲求之，而不能必。惟有德者，則恒得之。蓋人之生形固得天地之氣，而性則具天地之理。脩德，而於理無所虧。則氣之得於天者，培植保合，亦因以全其壽也固宜。然有德而未必壽，則氣稟自不能全此，固出於天，有非人所能為也。故五福之疇，以壽為先。繼以攸好德而貴不與焉？若曰：貴固為福，非好德，亦安取哉？

---

① 孫序，字尚禮，滁州人，成化十九年（1483）舉於鄉，弘治十四年（1501）擢建寧府推官。
② 正德九年（1514）。
③ 縣，音 xuán，本義為懸掛。《說文》："縣，繫也。"徐鉉注："此本是縣掛之縣，借為州縣之縣。今俗加心，別作懸，義無所取。"

余與君成化癸卯各舉於鄉，明年，邂逅成均①，因相友善。其律己之剛正，接人之方嚴，有非流俗伍者。既別二紀餘，遂不相聞，乃今始得於其子，可謂重於為己而無所事於外矣。

　　余聞君在建寧，治獄雪冤有若錢宣靖②，惡貪規諷有若李文簡③。及未究其用而歸也，則一以課子明農為務，而了不及世事。暇則偕同志者，觴咏於醉翁琅邪④之間。故其遊玩之所，有曰竹溪，有曰觀瀑薹，有曰石榴堤，遂以竹溪自號。而縉紳大夫咸以是重之，則其攸好德可知矣。夫德而能好，則理之得於天者，無所虧壞，而氣之培養亦固以厚。是君之壽，蓋非無所本者。所謂仁者壽，所謂大德必得其壽，不誣也。

　　況君之教子而樂觀其成，而其器識尤大，受者將日躋顯榮。其心益曠，神益怡，由是而登中壽，以至於上壽，尤可嚮慕，異日必有以人瑞頌於聖明之世者。其封秩之薦被，又豈但如斯而已乎？

　　余不佞，言君之壽，竊為之喜，第無由廁跡賓筵於禮部之見，屬因樂書以俟之。

---

① 成均，古代中央政府所設置的大學之一，位於辟雍之南。泛稱官設的最高學府。

② 即錢若水。

③ 李燾，字仁甫，眉州丹棱人。南宋官員。紹興八年（1138）進士，孝宗朝仕至同修國史。淳熙十一年（1184）致仕，不久後逝世，諡文簡。

④ 即琅琊。歐陽修《醉翁亭記》："環滁皆山也。其西南諸峰，林壑尤美，望之蔚然而深秀者，琅琊也。"

涪州誌序

郡邑不可無誌也。疆域之制、貢賦之等及戶口登耗、風俗淳澆、人材隆替之類，於是乎稽焉，而政令所資以張弛者。

涪舊有誌，第纂述，鮮以關於政教為重甚者。舊有系於世教之事，或因廢不錄，顧於時所舉，則縷載無遺，猥雜可厭。殊不知誌一郡一邑，視通誌固欲詳也，而不涉於政教者，則可略矣。

知涪州事宜良王君璽[①]，起家舉人，歷官保寧教授，績最被召，超擢於斯。其蒞官，蓋孜孜奉法循理者。公暇觀誌，有感於中，乃重加蒐輯增之，而續其所宜載者。若詩文之類，則凡有關於政教者，雖世遠無遺否，即近時亦略，俾後人開卷之餘有所興起，蓋不以務博為功也。

誌成，適余承命改南京，過涪[②]，丐友人楚雄通判文希博、金華守劉惟馨屬余序之，[③] 與披閱舟中。

[①] 王璽，字國用，號朝雲，雲南宜良人，弘治五年（1492）舉人，正德中任廣西合山縣、四川資陽縣教諭，升四川保寧府教授，擢涪州知州。

[②] 正德十四年（1519）劉春因改南京吏部尚書，二月登舟離巴縣，經涪州。四月抵南京。是《序》撰於正德十四年（1519）。參見《南京吏部創置官舍記》，《東川劉文簡公集》卷十五。

[③] 文希博，《涪州志序》載："楚雄通判文希博。"亦見《遊北岩記》，《東川劉文簡公集》卷十五。劉蒚，字惟馨，涪州人，弘治十二年（1499）進士，戶科給事中。正德七年（1512）知金華府。參見《處士劉君配孺人合葬墓志銘》，《東川劉文簡公集》卷十八。

視其所載，誠有得於纂述之肯綮者，非但知其從事學校之义如此，要亦有志於聖賢仕學之訓者。後之來仕者觀焉，則視風俗而思所化導，視戶口而思所撫宇，視人材名宦而思所振作嚮慕。而其出於斯者，亦各隨其類而感發奮迅焉。則是誌之脩，豈徒紀事哉？昔人謂文章不關於世教，雖工無益也。

於戲！是獨文章而已耶？遂書以序之。

送韓太守德夫序

余嘗下岷江①，過洞庭，歷呂梁、彭城之險，信乎操舟者之如神也。方其微風不動、水波不興，鼓枻而渡中流也，淼淼溟溟，如履坦途，若無所事於舟師然也。少焉，風颾浪湧，勢若排山，凡舟中之人，相顧怵惕，嗷嗷然，各務禱神籲天，而舟師於其間獨夷然正柁揚帆，不驚不怖。

比艤岸，余進而問之曰：若有術乎？曰：吾何術哉？吾少而遊焉，長而習焉，久而安焉。凡吾之往來於江上者，不知其幾，吾固有所試而然也。

余聞而有感焉，曰：是豈特操舟為然？凡所以治國理人，固未有不試而驟得乎民者也。終身坐談，不如一日之親見；終歲傍觀，不如一日之清閒。故雖堯於舜，猶歷試

---

① 岷江，此處指長江。岷江，長江上游支流。歷史上岷江曾被認為是長江正源。

諸難，乃言底績，而況其他乎？

西安韓君德夫[①]，舉進士，為令滑縣，尋轉章丘，甫三年，以治行卓異，徵入內臺為御史。既受任，凡理鹽法、督倉儲、按邊徼，皆務大體，時望歸之。未幾，守制，今年起復。會大名缺守，執政者久難其人，君至，乃曰：其剛方簡重，有鎮靜之具；其英敏特達，有應變之才；其慈祥惠愛，有牧民之體。則是任，當無先之者。顧其資望，補郡為屈耳。然淮陽之遷，河內之守，古之名賢，不有為民而出者乎？遂用不疑。

余方念大名之地，往者以脩河，民困於征役；以旱魃，民困於流離；以邊餉國儲，民困於輸運。視前操舟之說，不猶風颭浪湧者乎？民之思少息肩也，不猶舟人之籲祝者乎？然則君昔之滑縣也，今為屬邑；昔之章丘也，今為鄰壤。其政之行，皆已試，而民恃以為生者，蓋不但如操舟者之習焉、安焉而已矣。況重以執法內臺，肅政外服。究民之情，有以充其識；察吏之治，有以博其才。則今之往，寧無大慰民之心者乎？

余固竊為大名慶者也。君濱行，其同鄉劉戶部用齊、張吏部尚質誘余有言以敘行李，遂略不辭讓，樂為道之。

[①] 韓福，字德夫，西安人，成化十七年（1481）進士，令滑縣、章丘知縣，弘治十一年（1498）以監察御史出守大名，在任八年，治行為天下第一，時以比宋包拯。是《序》撰於弘治十一年（1498）。

五雲遙祝圖序

　　錦衣戶侯雲和王君實，奉命有事於蜀川，以其母太安人之寓京五年，而未能就養左右也，私心恒汲汲焉不少置。歲之五月十有三日，適衣裼之辰，屈指甲子，盖歷四百三十餘矣，至期，乃稽首望雲致賀，因預繪圖，題曰"五雲遙祝"，將以獻於壽筵，而屬余暢其意。

　　惟人子於親，其心何所不至？故晨昏展定省之禮，食上視寒暖之節，甚至遺羹刻木，所以篤其孝愛者，無不用其極焉。而母之於子，則又有過之者：若倚閭之望，噬指之感，不啻形之與影，盖一體而分，無足異也。則君實之思遠慈闈，馳心於五雲之上，而祝母以無疆之壽，夫豈矯飾哉？

　　其孝愛之懇至，固有不容已者耳，顧世之享有壽考者雖多，而要有不易者，苟非其體安而志和，則困迫憂虞，何有於永年，而亦惡在其福履哉？若太安人者，有戶侯以為子，而其甘旨之養，荷天之祿，歲有加焉。則其體安而志和，福履之隆，未易稱述，其所以享壽考者固宜。而余尤所忻慶者，則君實方以才識之良，飾以儒雅之行，傾禮縉紳，顯名侍從，由是論功增秩，進而覲天顏於文石之陛，退而娛慈親以斑斕之衣，則太安人之壽，由中躋上，福履益未可涯，孝愛益於是篤，豈但今日之遙祝而已哉？

余雖無似異日升堂，尚能舉觴以從諸大夫之後，庸書而俟之。

李氏宗譜序

吾蜀臬副憲玉山李君敬敷[①]，出其所脩宗譜示余。披閱數過，其討論之確，義例之精，勸懲之嚴，視他譜有異焉，誠足為一家之史。凡有志于好古，而欲敬宗收族者，常視為准的也。

而余所私慕於其間者，則以忠義之獲於天而垂裕於後，何其毫髮不爽耶？蓋自馬趙谷之難，忠愍[②]之脈僅一息矣。已而，忠襄[③]奮起，復振於紹興，又自紹興大振於玉山，以至於今。而其子孫之起甲科、登仕籍、稱隱德者，繩繩蟄蟄不絕，即今之所譜觀之，何其盛也！

漢袁安[④]未嘗以贓罪鞠人，史氏謂其仁心足以覃乎後昆；宋韓億[⑤]，不悅攟人以小過，而君子知其後必大，況有大於此者乎？

[①] 李寬，字敬敷，弘治二年（1489）舉人，江西玉山人，正德間任四川按察使司副使。參見明代羅玘《李氏族譜序》，《圭峰集》卷五："敬敷名寬，今自員外郎出僉雲南。"參見《送憲副李君致仕序》，《東川劉文簡公集》卷七。

[②] 即李若水，原名若冰，河北曲周人，北宋靖康元年（1126）爲太學博士，靖康二年（1127）隨欽宗至金營，怒斥完顏宗翰，被害，後謚忠愍。

[③] 即李顯忠，陝西清澗人，南宋抗金名將。

[④] 袁安，字邵公，汝南郡汝陽縣人。東漢名臣。河南博物院藏有《漢司徒袁安碑》。

[⑤] 韓億，字宗魏，祖籍真定靈壽，後徙居開封雍丘。咸平五年（1002）進士。北宋名臣。

則如忠愍之致身報國，而克昌厥後者，其理固宜。惟江出岷山，其源若甕口，至楚國不啻千里，豈非源之深者，其流必長乎？

李氏之族發於忠愍，其源不淺矣。而數百年之傳詩書禮義之澤，所以著於鄉而達於國者，可謂流而長矣。而余所取信者，若敬敷之志，思脩於身而刑於家，要非聲音笑貌之為。而其涖官，則刻意為民興利去害，以求不負於君上，則所以揚忠愍之波者，不有疏導於其間乎？其流於是乎益長，蓋有不但千里者。

李氏之興，吾固知其尚未艾也。敬敷以序見屬，乃忘其蕪陋，遂書以詔其後之人。

賞靜軒詩序

賞靜先生者，吾蜀之隱君子也。先生構小軒於居第之後，中列置圖書，外植竹數百竿，揭康節"月到天心處，風來水面時"之句①於兩壁，而額之曰賞靜。於是騷人墨客從而歌詠者若干什，先生兀坐其間，究《墳》索《典》之暇，則朗然誦之，蓋於世之勢利紛華泊乎其不相值也，因自號曰賞靜云。

比先生易簀，其子廷獻者，以進士為御史，慨手澤之

---

① 參見宋人邵雍所作詩《清夜吟》。邵雍，字堯夫，謚康節。

猶新，念九原之不可起，爰會萃其詩成帙，又附以諸縉紳之作，過余請曰："琛於此帙，既集而中輟者屢矣，計不可俾終泯沒也，則抆泪敘次如左，子盍為我言之？"

夫賞者，嘉也，玩也；靜者，動之對也。天地之間，一動一靜如形影。然先生之所以嘉而玩之者，顧有所決擇焉何居。豈所以主持歸的者，要有定在而非惝恍冥冥者乎？

竊嘗觀天地之化矣，蠢於春，假於夏，動也；揫①於秋，中於冬，靜也。然不專一，則不能以直遂，不翕聚，則不能以發散。故曰利貞者，性情也；人者，天地之心也。則其動靜之見於出處語言施措之際，其果有異乎哉？以其無異也，則所以持心者，顧無所事事哉！

止水之靜也，明燭鬚眉；太宇之靜也，星辰煥布。此靜之所以可嘉可玩者也。或者謂老子曰：五色令人目盲，五音令人耳聾，五味令人爽口。又曰：不見可欲，使心不亂。其靜之義，而先生之所以賞者乎？曰：誠如是，則人之所以處其心者，必如槁木死灰，而後為可天下寧，有是理耶？

余聞先生混跡戎伍，文武鉅寮有事疆圉者，恒禮致幕下，資籌策焉。而先生論處動中肯綮，以是有人陰被其澤者為多，其得於賞靜者，蓋不淺，而亦非老氏之云矣。

於乎！此諸大夫所以詠歌自不能已者，而侍御君之所以敘集不敢忘也。

---

① 揫，音jiū，古通"揪"。意為聚集。

先生名衍，字朝宗，姓何氏，其先世自莆陽徙蜀，今為蜀之右族云。

送黃世昌赴省試序

永興曾聖初、建寧楊天祥、嘉州李天祐，余嘗與之遊矣。三人者，明敏端恪，非其人不苟合也。南安傅汝源、崇慶謝佑之二人者，余雖未嘗與之友，然因三人以知其為人，蓋亦伯仲耳。

今宮諭姚江黃公，以名德為世重，司業太學，聞五人之賢，乃禮而與其子世昌以文會。夫人之愛其子者，無所不用其情，則以宮諭之心，求諸五人與之遊，其所謂慎其所與處者歟？以世昌之貴，五人之賢，兩無所挾，鏃礪磨礲，相須而成，其所謂麗澤者歟？故歲之三月，世昌有省試之行，而五人者，索余言為贈。

夫採玉者必於山，求珠者必於海，豈非以山海者珠玉之所藏耶？今天下之事，萃聚於大學。談道德而服仁義者，霧滃川湧。則大學者，不啻士之山海也。世昌以穎異之資，出儒家之冑，藏脩遊息於其間，而又得五人與之處，則所謂珠與玉者，當得其夜光明月矣。語曰：良玉度尺，雖有千仞之土，不能掩其光；良珠度寸，雖有百仞之水，不能掩其輝①。世昌徂矣，有求焉者，尚誰適哉？惟珠玉之貴，固天下之寶也，然不有大於此者乎？

齊有四臣，照乘不足重；楚之善人，白珩非所寶。然則世昌，豈但懷奇貨眩於一售而已哉？求諸內，不惑于外；修諸己，不責於人，必使舉世之寶，無以過焉。斯諸君所以相與遊之意也。

送黃君啟輝尹蘄水序

吉水黃君啟輝，舉進士于鄉，館銀臺楊文之所。文之，東里文貞公②孫也，與余比鄰，因定交焉，而遺兒輩往受業。

啟輝學識端敏，蒞行謹恪。其教人也，書必正其句讀，字必精其八法。出入必有常時，進退必有常度。而又躬親率之，晨興暮輟無惰容，口諭手畫無倦色，蓋自始迄終如一日然者。

余心異之，曰：是國器也。而其心之諄勤懇惻乃如此！以是施於官事，其有弗濟，而民其有不寧者乎？古之觀人者，恒於未遇之時，若蕭何之奇韓信，王導之器謝安，厥後，卒以勳業振。范文正公為秀才，便有天下之志，蓋人之處心行已，窮固可得其概。而余於啟輝，竊有所試之也。

---

① 參見《韓詩外傳》。
② 楊士奇，名寓，字士奇，以字行，號東里，諡文貞。

未幾，會天下諸鉅邑令闕，而執事者請補以舉人之優等，不限資歷，啟輝遂有蘄水之命。過余，請曰："子盍贈我？"余曰："明者不求道於盲，而聰者不假聽於聾。君之所以居官理人者，尚有待於他求乎？"

夫古之稱循吏者，其臨民也重，其事上也敬，其蒞事也勤，不越乎此而已矣。而師之教人，非愛無以為情，非敬無以為率，非勤無以為功，則二者事雖有大小，而其道若不異也。《經》曰："能為師，然後能為長。"① 蓋以此耳。且古之大儒如周、程、張、朱②者，皆善於啟迪後進。而其政，若合州、上元、雲巖、同安③之化，書之信史，民到于今稱之，則善政之與善教，亦若相須焉者。

然則啟輝往矣，鳴琴制錦之良，弦歌禮樂之化，余固深有所望也，而又何待於他求哉？啟輝濱行，文之偕鴻臚曾輩，請余有言為別，因以余之所望於啟輝者語之。

壽華封君先生七十序

弘治戊午十有一月二十七日，為封松滋令無錫華公初

---

① 參見《禮記·學記》。
② 即周敦頤、程顥、張載、朱熹。
③ 周敦頤曾任合州通判，程顥曾任上元縣主簿，張載曾任雲巖縣縣令，朱熹曾任同安主簿。

度之辰，屈指春秋，蓋歷七十矣。其子津，濟之①，官刑部主事。先數月，奉命南畿②諸郡，因得取道趨家，至期可以稱觴為壽也。

凡諸縉紳知公者，則曰：世之升沉顯晦何常？顧以得壽為貴耳。而世之壽者亦夥矣，然或東征西役，出非其時；或下潦上霧，處非其地；又鮮賢子孫以為後焉，孰為之壽？

公生當太平全盛之時，四方無鬥爭兵革之聲，蓋所謂化國之日也。而無錫在大江之南，形勝物產甲於天下，衣冠文物，素雄江左。又有如濟之者以為子，登甲科，躋膴仕，升華陟要，方興未艾，則公之事，殆古所謂逸老也，是不可以無言。

知濟之者，則曰：古之仕者，不出其鄉，朝治事於公，夕色養於家。其有出鄉者，不過存親覲聘而已耳。今之仕者，皆遠在數千里外，無留於鄉者。以其無留於鄉也，故有停雲之思，有望雲之懷，恒不得一至其家矣。或至其家，則又有負米之悲，有食棗之感③，而心益靡寧矣。濟之違親之養，不數年，乃得奉命以承歡膝下，又值公誕辰，得舉一觴以為壽，此豈尋常畫錦之歸耶？是不可以無言於是，咸賦詩歌，長篇短章，充溢緗軸。濟之以春同年也，則虛

---

① 華津，字濟之，無錫人，成化二十三年（1487）進士，授松滋令，擢刑部主事，遷山西參議，卒。
② 畿，音jī，指國都附近地區。
③ 參見《孔子家語·致思第八》"子路見於孔子曰：'負重涉遠，不擇地而休；家貧親老，不擇祿而仕。昔者由也，事二親之時，常食藜藿之實，為親負米百里之外。'"宋岳珂有《食棗有感二首》。

其上，而屬以卜氏之任。

春，蜀人也，往年常得假歸覲於鄉，道出松滋，時濟之正為令於其地，其治寬而嚴，其民畏而愛，其俗變而化。余心異之，曰：是非俗吏所為也。而其規模優裕如此，豈無所自來？今乃知公，則所謂是父是子者，豈欺我哉？

蓋公，南齊孝子寶之後，端厚古朴，於世利紛華淡然無所覬慕，而其讀書好義，則若出於其性者。嘗曰：知足不辱，遂號知足。其子令松滋，恒書當官三事，勤勤懇懇誨之，則松滋之政，固宜迥出流輩也。

夫古之賢哲崛起者固多，而世德之積累，家庭之訓誨，要不可誣。如竇禹鈞、王景叔之世澤，韓忠憲、呂正獻①之家教，其最著者。觀於公，孰謂古今人不相及也？然則視履考祥，公之壽當益無涯；而濟之之貤封者，當未可量；諸公之所以壽公之詩，當不止此。春不佞，尚搦管為濟之次第續而序之。

送溧水司訓鄒德深序

餘姚鄒君德深②，系出宋忠公之後。忠公居晉陵，自其後世有官餘姚者，家焉，遂以業儒名邑中。若宗道者，舉

---

① 竇禹鈞，五代後周人。王景叔，北宋人。韓忠憲，韓億，北宋人。呂正獻，呂公著，北宋人。

② 鄒浩（1060—1111），字志完，常州晉陵人，進士，揚州、潁昌府教授。人稱鄒忠公。

進士，歷官刑部郎中；郎中之子軒，亦舉進士，今為刑科給事中。德深則郎中從子，而給事從兄也。德深通三《禮》，旁究百氏，少遊邑庠，即為諸弟子所宗。

凡郡大夫之所賞識、監司之所甄拔，必以君為士之巨擘。雖君所自負以震耀於時者，亦耿耿昭然焯也；乃時違數奇，屢黜有司。歲之戊午，方膺薦禮部，試內廷，居上列，而有溧水司訓之命。信乎士之顯晦出處，蓋有造物者為之陰隲也。

君濱行，同鄉縉紳咸餞送，而少司成黃君廷璽①謂春曰："德深，今太子少保兵部尚書兼東閣大學士謝公②從舅也。渭陽之情，公方在念，子非公之門人歟？盍思所以贈之？"

春嘗誦昌黎之言，大要以為，士之享大名、顯當世，必有負天下之望者為之前後而後能，然而恒不相遇焉。

於乎！是豈獨如此者相遇之難也，師於弟子亦有然者矣。蓋世之博問強識鈎深致遠者，非不欲抗顏以為師也。然當遐陬僻壤，為之弟子者，言語不通，習俗異尚，則雖有傳道解惑之心，亦無所施矣。士固有齎糧貧笈重趼而求北面以受業者，況其地乎？顧為之師者，嗟老羞卑，計功謀利，則雖有尊師重傅之心，亦且沮矣。此師弟子之難遇，而教之不立，俗之不美，有由然哉。

---

① 參見明代謝遷《悼黃廷璽太宰》，《歸田稿》卷七。
② 謝遷，字于喬，號木齋，餘姚人。弘治八年（1495）入閣參與機務，加太子少保、兵部尚書兼東閣大學士。

君以儒家之冑出其緒餘以為師，固有模範焉者。而溧水在南畿，號稱文獻，摳衣執經之士，鱗次櫛比於門牆，則為之弟子者，亦尊德而向道矣。然則師弟子之相遇，世豈常有如此者？而棟樑榱桷之頌，余固將有待焉，以復聞安定之絕響也。

抑聞忠公為穎昌教授，呂正獻、范忠宣①皆禮遇之。屬撰樂語，公辭。忠宣曰：翰林學士亦為之。公曰：翰林學士則可，祭酒司業，則不可。以是推之，則公之所以表，則有言違行戾者乎？

為右正言，有請以王安石《三經義》發題試舉人者，公論其不可而止。以是推之，則公之所以講說，有穿鑿附會者乎？然則德深之為師也，固有餘裕，或進而不已焉，其亦無忘其家法矣乎？

《詩》云："伐柯伐柯，其則不遠。"舂，夫人也，請為君誦之。

送山西按察司僉事黃君之任序

吾友刑部員外郎黃君師大，擢山西按察司僉事，分司宣府。濱行，諸同官者相率致賀，而熊君尚友雅相善，乃屬余贈之。

---

① 呂正獻，即呂公著，北宋中期官員、學者。范忠宣，即范純仁，北宋名臣、政治家、宰相，范仲淹次子。

夫宣府，古上谷地，北接壤沙漠，西界雲中，東鄰山海，距京師不三百里，蓋國家北門也，故重兵宿焉。而鎮守巡撫，皆假以內外重臣，若總戎分閫之將，則又不但二三人而已。民之土著與軍相半，而統之者各相怙恃，或罔懼法，而獄詞訟牒不怵於官，則奪於貨，於來固有難平焉者。乃於山西臬司擇置一人居守專理，其為責不亦重？而任之者不亦難乎？

師大，居刑曹不十年，遂踐位□□，聖天子之所以簡任，公卿之所以推擇，固已熟□□中。則茲徃，譬之汲水於河，取火於燧，有不假於□□得者，奚俟余言耶？且師大忠信端愨，無所矯飾□也。徃家食，余嘗見其偕一二友，居僑寓，窮經考，□□□無間，至析理議事，恒細入秋毫，每就訪焉，未□或他出，其志尚之專一，脩潔心獨重之。既仕刑曹，則鞫讞兩辭，猶治經也。其審克必欲得其情，故凡奏□之成，出於君者，無復有後言。而其自始仕至今，執謙□□，未嘗少變。視世之士，每以位移者，迥不同律，□古人致遠之論，名位蓋未可量也。則余即有言，亦何能於君比韋弦耶？

惟刑者，不祥之器也。而穆王謂之祥刑者，蓋刑得其當，而期於無刑，乃所以為祥也。故古之賢哲，必慎於此，而亦因以永譽。如唐徐有功為政仁，不忍杖罰，而其治獄常持平守正，以執據冤□雖坐大辟，泰然不憂，赦之亦不喜，故當時論之曰：有功斷獄，天下無冤人。宋韓魏公鎮大名，訴牒甚劇，事無大小皆親視之，人或以勞事過多，勉公委於佐屬，少自便者。公曰：兩詞在官，人之大事，死生予奪在此，一言而決，吾何敢略也？吾恐有所不盡其心，而況敢委人乎？夫二公，皆名賢也，而其慎如此，故名位震耀當時，至今人誦之不衰。

以師大之賢，在刑曹惕惕不敢忽，其嚮徃要有所在，況茲當臬司受方面之寄，其操心飭慮，寧不益有加乎？故余於師大，雖無能致愛助之意，而於此竊喜而願之也。尚友盍為我以是語之？

王氏族譜序

合陽王氏瑀持其所脩族譜請余為之序。

按，王氏世家成都。在宋端平間，有諱全生者以避兵始徙合陽，今為合州人。其子諱興祖，負才局，隱遯不顯，愛州北鶴鳴山水竒秀，遂卜築於思方壩。至諱元甫者，復徙許村，迄今居之。元甫生才進、才貴、才廣、才美。入國朝，以例析戶為二，易姓羅。至宣德，仍復原姓。

自元甫以來，皆業農。再傳至諱永康者，始攻舉子業，舉天順壬午鄉進士，成化丙戌登乙榜，授陝西隴州學正[①]。以學行名於時，膺聘為順天、雲南考試官，所取稱得人。

[①] 學正，古代文官官職名，掌執行學規，考校訓導。宋國子監置學正與學錄，掌執行學規，考校訓導。元除國子監外，禮部及行省、宣衛司任命的路、州、縣學官亦稱學正。明、清國子監沿置。明學正秩正九品。

此其世系之概也。

　　余嘗觀世之人，其流派之遠，未有不本於先世，植根樹業，有異乎人者。雖其間或微或顯不同，而其歷祀綿延不絕固不易，而其積之久未有不興者，要非偶然也。

　　若王氏者，其上世不可知；即其譜所載，如諱先者，嘗以白金一缶窖藏臥榻下。比疾革，屬纊，命先發而有之，先即分散諸姊妹，而僅收一珥，曰：吾不敢違治命也。其友愛之誼，見於臨財如此。至其諸子，皆以勤儉世守，不為流俗華靡之習，而又有文行如隴州君，是豈無所自乎？

　　而瑀也，又能惓惓於族譜之脩，欲知其祖所自出，而因以合其族屬，以致其惇睦之好，其賢又可知。余固嘉其請，遂不辭而樂為書之。

送建昌太守趙君叔鳴[①]之任序

　　建昌缺守，銓曹疏戶部郎中趙君叔鳴以請，制可。

　　有為叔鳴者語予曰：人之才，無不有所長，而用之者，貴得其當，譬之作室者，視栾桷構櫨而用其材，則木之長短小大或宜，無委於溝中者矣。醫師視寒煖風濕之證而製劑，則雖烏頭薑附，無不在藥籠矣。如叔鳴者，其資性重厚端恪，其於書無不博究，而其為文章說理論事不至晦塞。

---

① 趙鶴，字叔鳴，江都人，弘治九年（1496）進士，以戶部郎中升建昌知府，歷官金華知府、山東提學副使。

故諸藩省每缺督學政者，物論恒歸焉，謂其行能造士，乃以置諸牧守之列，不亦枉其材乎？

或曰：是非知叔鳴者。叔鳴，獨優於學乎哉？往在戶部，商征榷、議儲蓄、理財用，陳言抗疏，所以裨益於時者多，每為公卿所器識。嘗一分司德州，再總督薊州，計處周密，上不損於官，下不至病民，非才識開敏者不能。則以之蒞郡，而推以利民，胡不可也。

余聞而偉之，曰：是皆知叔鳴者也。然聖天子篤意民牧，思所以惠養元元，而每病之。若叔鳴之擢，豈泛泛然磨勘歲月而屬之哉？

蓋功名富貴之會，人所競趨，鮮有職思其憂，信其所遇者，故凡可以沽名賈譽之事，靡不竭心思為之，以爭售於時，而於民瘼，若非所急焉。苟以民事為急，必非無所得於中者也。世之論牧民者，恒以古循吏為當師法。然嘗即循吏考之，則其持心役志，豈汲汲於功名富貴之途，而亦豈無所自而有得於中哉？若黃霸，常從夏侯勝學，史稱其溫良有讓；故其治潁川也，力行教化，而後誅罰，百姓嚮化。龔遂，以明經為丞相御史所舉，而其治渤海也，使民賣劍買牛，賣刀買犢，於是吏民富實，獄訟止息。夫學焉而有得於中，其急於民事固如此，是豈若世之巧宦者之為哉？

然則以叔鳴之賢而充之，以有為之才，其所師法以為民者，要有所在，是乃君相所以垂意民牧，舉於眾而固欲用之。惟恐或失，且以為大用之基也，故如論叔鳴者，知叔鳴矣；而豈知所以任之者非徒哉？

叔鳴濱行，同官者舉致賀，而吾友黄君鵬舉①屬余以言，遂以所聞語之。

送憲副何公兵備敘瀘序

吾渝守何君廷珮②，蒞任僅六年，拜命陟憲副，奉璽書兵備敘瀘，郡之縉紳大夫士致賀，屬余以言。

嘗觀何之姓，出於韓，其苗裔之象賢濟美載諸史冊，何其多也！即以漢守令論，有曰武者，為人仁厚，好進士獎，稱人之善，歷揚州、兗州刺史，清河太守，所居無赫赫之名，去後常見思。有曰並者，性清廉執法，為長陵令，道不拾遺；為隴西、潁川太守，郡中清靜。有曰敞者，性公正，為南陽太守，以寬和為政，分遣儒術大吏案行屬縣；顯孝悌有義行者，舉冤獄，以春秋義斷之，郡中無怨聲。

今即廷佩之治行，亦何以異也。蓋嘗觀於其庭，則斷決平恕，訟獄不興，時集諸生校藝而加懲勸，士多被造就。若此者，其有異于武乎？觀於其野，則犬不夜吠，吏不及門，民獲按堵，而無愁怨之聲。若此者，其有異於並乎？觀其設心，則哀窮恤困，不忍病民，雖科率之令四出，而

---

① 即黄翱。參見《送地官黄君鵬舉任南京兼歸覲序》，《東川劉文簡公集》卷三。
② 何珊，字廷珮，公安人，弘治十八年（1505）任重慶知府。是《序》撰於正德五年（1510）。參見《贈南京刑部主事何公合葬墓志銘》（《東川劉文簡公集》卷十八）、《重慶太守何侯去思碑》（《東川劉文簡公集》卷十九）。

推行有方，人無怨言。若此者，其又有異於敵乎？

夫自得姓受氏，支分派別固未可究，要其源當不大相遠。則如君之性行治績，固有所受耶？古之人稱世家者，曰世篤忠貞，曰將門有將、相門有相，蓋亦論其氣習之所感化也。以君而較，疑不誣。

又嘗聞君之先大夫為睢寧令，其廉平惠利，至今人思之，概於往哲亦不讓，則君非遠有所紹，固自得於家庭也。乃荷聖明，拔於群有司之中，而置諸方面之上，其名位自此升，不亦可賀乎？

而余則亦為郡民懷借寇之惜，有不能不介於心耳。雖然，君仁者也。仁者必有勇，比東鄉寇起，當道者思掃蕩無遺力矣，而猶未能至廑主上西顧之憂，起莆田林公[1]待用撫剿。公至，廉君之賢，一以委之，而君入參謀議，出冒矢石，漸次殄滅。未幾，蔓延江津，公復偕君親率將士平之，其勇有如此。

以是往專軍旅禦防之任，則撫綏經略之政，必有以遏亂於未然者，則與靳其惠于一方，孰若大其任而廣其施乎？況郡距敘瀘不千里，河潤之澤當波及，又均蒙福也。用是為賀，則吾細民如失父母之念，亦可少慰矣。

東川劉文簡公集卷之六　終

---

[1] 即林俊，參見《百伐奇勳詩序》，《東川劉文簡公集》卷五；《明故應天府府尹胡公墓志銘》，《東川劉文簡公集》卷十八；《與林都憲書》，《東川劉文簡公集》卷十九。

卷之七

序

送憲副李君致仕序

吾蜀臬副憲李君敬敷[①]，得請致事，遂扁舟東下過渝，艤江濱。余徃，詰之曰："君子之仕也，所以行其義也。君歷中外，累樹殊績，至攬轡吾蜀，專理権鹽，凡所以鏟奸剗弊者，無不盡其心。故貧者振，困者甦，而豪俠者不敢肆。方今寇橫於野，未有殄期，四郊多壘，卿大夫之辱

[①] 李寬，字敬敷，弘治二年（1489）舉人，弘治六年（1493）進士。江西玉山人，正德間任四川按察使司副使。參見明羅玘《圭峰集》卷五《李氏族譜序》"敬敷名寬，今自員外郎出僉雲南"。是《序》劉春撰于巴縣。正德三年（1508）劉規卒，劉春以憂歸巴縣。正德十年（1515）劉春母卒，十一月劉春抵巴縣。正德間劉春兩次返巴縣，未詳是《序》撰于何年。

也。以君之弘才敏識，其於治法征謀，宜有所處，而乃翩然東歸，其自爲得矣，不爲主上思所以紓思西顧之憂乎？"

君齤①然而笑，而亦無以爲余答也。

有坐於側者曰："君子之所爲，有非常情所能測者。嘗觀古之人，非以進爲難，而以退爲難。以其難也，苟有得焉，則其心如負荷於千里之途，而得息肩如駕萬斛之舟，冒風濤於長江而得抵岸，蓋有不自知其忻然於中者。昔歐陽文忠公留守南都，即有思潁之詠，時年方四十有四耳。又二十年而後，始遂其所願，其退之之難如此。君今得請，正所謂未老得閒及身疆健者，宜其自得於中，而未易與俗人言也。"

余聞而益悵然，久之，則又爲君喜，曰："士風之壞久矣，故世之貪進慕寵者，恬然不知進退之節，況於強健之時，而肯萌知止之念乎？林下一人之誚，非但在昔爲然也。不有急流勇退者一二出於其間，則波頹風靡，其患有不可勝言者。如君之歸，爲世道計者，固爲之慶幸矣！"

君將解纜，渝之縉紳重其別也，屬余以言，遂書而識之。

---

① 齤，音 zhěn，同"齻"。齻，音 chǎn，意爲笑貌。

都憲王公履歷圖序

　　雲陽都憲王公庭簡①，命工自成童至弱冠以及登甲科、躋膴仕②，皆各繪其所歷之儀刑，名曰《履歷圖》，以貽諸後人，間以示予。

　　即被閱，乃為之言曰：工之所能繪畫者，公之外也，人皆可得而見者；而其中之所存，則有不可得而知者矣。蓋公負英敏之資，而濟之以奧博之學，故自其育德庠序，遂名聲發聞，隱然蘊大受之具。久之，發軔名科，筮仕民部，即茂著勳績。不數年，用薦擢守劇郡。其為郡也，當邊徼要衝，才略之士多難之；而公懷柔威暴，興學重農，績尤卓越。復用薦，超擢丞應天，以晉貳御史大夫，巡撫遼陽，膺邊閫重寄。

　　蓋其學成而仕，充養有素，故所至職辦，而其心則皆為國為民，一德始終不懈也。然則觀是圖者，跡其儀刑，雖以時而異，而壯少顯晦迥乎不同，而其所以存於中者，曷一日有異哉？

　　惟公年猶未至，而名方藉甚，不日受命崛起柄用於時，以潤澤生民，則其履歷又不但如此，而其所以圖報稱者，

---

① 王彥奇，字庭簡（一作廷簡），雲陽人，弘治三年（1490）進士，弘治十六年（1503）知延川縣，正德間知延安府，清白剛方，升參政，延民保留，仍知府事。累官至都御史。

② 膴仕，意為高官厚祿。參見《詩·小雅·節南山》。

亦惟執此以徃耳，庸書以俟。於戲！觀公之圖者，尚於此求之哉。

送參藩宋君孔瞻①赴河南序

姚江宋君孔瞻，以膳部郎中擢河南布政司參議，其僚友相率贈之，而以故事屬余為言。

余比以秩宗缺，謬承式序，恒謂力小任重，恐速顛越以承羞也，日懷兢惕，既俛勉就列，則見諸執事咸知所以法守，而無或矜縱自佚者。余於是竊私喜，苟由是焉，或可免《伐檀》②之誚也。乃如孔瞻者，又以簡陟去，於余心固不能恝然，則茲徃也，雖無故事，尚不能嘿嘿，況重以諸僚友之請耶？

惟河南，古豫州也，州以豫為名。豫者，悅也，樂也。自今視之，其河山之環帶，風土之完，固非他諸藩比。故民之生其間者，勤耕桑以自給，敦禮讓以成俗。其為豫也大矣，非惟民之豫也。其仕焉者，四方道里均無風波之險，無跋陟之勞。而於治也，集而易辦，民淳而少訟，亦固樂徃矣。以其民之豫也，其地於民為樂土；以其仕之豫也，其地於仕為善地。則謂之豫而人樂於徃固宜。然豈知上之

---

① 宋冕，字孔瞻，餘姚人，弘治十五年（1502）進士，官膳部郎中、河南右布政使、刑部主事、金陵知縣、禮部主事、右副都御史撫治鄖陽。

② 參見《詩經·國風·魏風·伐檀》。

樂者，固以民之豫也。民不得其豫，而流離困苦，則上亦安能忻然一朝居哉？

今河南之民視昔之豫，何如也？昔之民，賦稅有經矣，今或不經，而至於橫；昔之民征役有時矣，今或無時，而至於困；昔之民絣幪有所矣，今或無所，而至於轉徙；其地犬不夜吠，戶不外閉，視昔有大相逕庭者。則民之視昔，其豫乎？否也。而為之上者，其能漠然於心乎？

然則孔瞻之往，人固樂之，而思所以豫乎下者，當何如哉？余固惜君之去，而又為豫州之民喜。故於諸君之請一言之，天下無難為之事，跡孔瞻之所已歷，其必有所處矣。

旌表節婦李母陳氏序

贈孺人節婦陳氏者，大理寺正洪雅李君吉原敬[①]之母也。

孺人系出夾江陳處士家，年及笄，處士擇配，歸於大學生贈大理評事李公，為繼室。生原敬，方周歲，即屬纊[②]，孺人時年二十有九，乃誓曰："吾分當相從於地下，然奈此遺孤，將誰屬乎？"故忍死，獨稱未亡人。

[①] 李吉，字原敬，四川洪雅人，弘治十二年（1499）進士，松滋知縣，正德八年（1513）任南雄知府。是《序》撰於正德八年（1513）。

[②] 屬纊：病重將死。

比家居，謝脂粉一不御，專務紡績，以撫育遺孤，期不絕李氏之嗣，雖姻戚罕相接。及原敬稍長，即俾出就外傅。其資性穎異，雖幼少，奉母之訓於辛勤中能感激，奮勵舉業，日有所成就，遂以弘治己酉舉於鄉，越己未登進士，出補楚之松滋令。孺人亦就養焉。蓋至是三十餘年，而獲見其子之成，始喜見顏面，曰："吾今而後，可見汝父於地下，無所愧恨矣。"

邑大夫以其事聞，乞旌表其門閭，有司循例下按治者稽覈。又踰年，倏棄世，遂寢。今年，原敬乃三上疏，謂其得至成人，遭際聖明錄用者，皆母氏甘節守義，鞠育教誨所致也，否則豈但空填溝壑哉！

而有司拘於格例，遂不蒙沾旌表之恩。在臣母之心，固安於義分，無他覬望；而於聖明重倫厚俗之教，不亦有負哉？已而，蒙溫詔特許，蓋異數也。士大夫聞者，乃相與為原敬喜且慶，曰："是母是子，兩無負矣。"

久之，原敬擢南雄守，屬余書其事。世稱：夫者，婦之所天，猶父之於子，君之於臣，其義不容少有虧欠也。故謂之三綱或有虧焉，則形雖未亡，而其心已亡矣，安得謂之人哉？然父子天合，世猶多能全之者；而君臣夫婦，則人合也，往往怵於威、迫於利，而不能全。乃若婦人女子，獨潔然無所虧欠，有如孺人者，是不亦可尚哉？

且天之福善禍淫，雖若默定，而其理，恒昭昭無毫髮爽。即以孺人而論，當其稱未亡人之初，煢煢孑立，保抱遺孤，但以得不夭閼為幸，安知有今日哉？而卒親見其成立，獲享祿養，又被貤贈之恩，旌別之典，則天地之報施何其□然也。

於乎！世之為善者，亦可以加勸矣。因不辭而□之，書以歸之。

送山西參政張君致仕還鄉序

石首張君國持①，以守南陽績最，擢山西按察司副使，越二年，尤著聲稱，遂再擢山西布政司參政。既逾日，君上章懇乞休，蓋參藩之命方下也，時議重違其請，且可以抑躁進而厲貪迷也，乃疏於上，從之。其子璧②，舉進士，被選為庶吉士，讀書詞林，□知於諸公也，爰各為詩歌贈之，而屬余為之序。

竊□疑之：古之君子，非必於仕；亦非必於不仕也；顧惟其時焉耳。即如陶靖節者，世皆以隱德稱，然其□亦豈以此為高哉？而士之流於一偏一曲，遂執此以概。夫仕之溺焉者，而以靈徹"林下一人"之句③為名吉，則非矣。如君自筮仕歷諸名郡，以及陟臬司職無不辦，而年猶未至時不可退，則歷是而徂，雖都名爵要，非溺焉者類，顧浩然乞休，不為矯枉之過乎？

---

① 張維，字國持，弘治五年（1492）舉人，山西參政。
② 張璧，字崇象，石首人，正德六年（1511）進士，嘉靖二十四年（1545）禮部尚書。
③ 參見唐代靈徹所作詩《東林寺酬韋丹刺史》："相逢盡道休官好，林下何曾見一人。"

或曰：君子之處己也，可以過而不可流於不及。以裴晉公①之名位勳德，其綠野之歸，正將激貪迷者，史謂其晚節浮沉為自安計。若司空表聖②之避地中條，累召不起，人猶以躁於進取論焉。則君之舉，雖或過，不猶愈於不及者乎？

余聞而惕然於中，曰：是或一道也。竊聞君之先大夫，以進士歷官吾蜀僉憲，未老即致仕，其風致猶重於鄉評。而君又有茲舉，可謂不失其世守者。

而君之兄方康強，居鄉，雖友愛之誼素篤，而隔於官守，亦有不能直遂者；茲獲遂其天倫之樂，於久闊之餘，其所得誠多矣。且君子立身之節，其出固以得致用為榮，而處又以能厚其俗為貴。則今之歸，鄉人亦有所觀法，而士大夫之過於其間者，亦有所籍以諮訪焉。

其於風教所俾，豈但果於辭榮而已乎？是用書以為序諸公之什，其大旨容亦不外此也。

送太守熊君之任臨江序

吾友新寧熊君尚友③，以刑部郎中擢守臨江，同鄉諸縉

---

① 裴晉公，裴度。裴度，字中立，聞喜縣人。貞元五年（789）進士。武元衡遇害，代武為相。後平定淮西之亂，以功封晉國公，世稱"裴晉公"。

② 司空圖，字表聖，河中虞鄉人。咸通十年（869）進士，天祐四年（907）卒。

③ 熊希古，字尚友，明夔州府新寧縣（今四川開江縣）人，弘治六年（1493）進士，官天臺知縣、刑部員外郎、刑部郎中，正德間知江西臨江府，後升雲南副使。

紳大夫榮而賀之，屬余以言贈行。

余與尚友成化癸卯同領鄉薦，雖先後入仕途，而契誼獨深，則欲附古人贈處之義，固不容忘言，而況以諸君之懇懇耶？

惟國家之制，環百里而為縣，以統乎民；環千里而為府，以統乎縣。故府之所治，即縣之所治，而加廣焉。知縣者，古稱令；知府者，古稱守。世恒以守令並稱，亦以其治同也。

尚友初舉進士，即令於天台。天台，浙縣之望也。不三年，以廉勤惠愛著聲稱，按治者賢之，疏更諸暨。諸暨，又浙縣之望也。不數年，諸暨之頌其治行者，不異於天台。由是尚友之名烜赫於兩浙矣。

夫浙為天下名藩，而台州、紹興為浙之名郡，天台、諸暨，則又台、紹之名邑也。其賢才之盛，民物之庶，獄訟之健且繁，號為難治，而尚友所至，無乎不宜。其操履之端恪，才識之宏遠，盖可知矣。則今臨江之往，顧惟推廣而措之焉耳。

抑何俟於借聽求道之為哉？惟人之恒情，責己常恕，而責人常厚。故於上下之間，不能無慊於心焉。一有所慊，而上以勢臨之，下以貌應之，則情於是乎不相通，而古賢誓之事，卒不多暴於世矣。即尚友所已歷，有以事乎上，有以臨乎下，豈無所慊於心而責諸人者乎？則今之臨江也，或無所概於中，而人得以之責我焉，則亦墮於恒情矣。昔吾夫子以恕為終身可行，而曾子以絜矩為平天下之要道。

尚友行矣，余豈但以臨江望之哉？

送中書舍人楊承家還鄉展墓序

中書舍人承家甫者，少傅兼太子太傅吏部尚書邃庵先生楊公①冢嗣也。公甫踰幼學之年，即以明經用荐入翰林，繼舉進士，荐歷中外於今餘四十年。其弘才奧学，碩德伟望，著於事功，为上所倚毗，以繫国家之重轻者大矣。

頃，少保秩滿，誥贈曾祖及加贈祖与父如公官，而曾祖母、祖母皆一品夫人，恩至渥也。公恒念自祖而上，塋域在雲南之安寧，而父母之墓則在丹徒，每累书致事，覬可燎黃塚上掃松丘壟，未获許也。今年乃上疏，令承家代行，將事，上特允其請，詔給驛以行，仍令速歸供職，盖出於異數，前無比者。

承家濆行，公卿咸喜公為上所寵任，而尤不违其情，無不歆豔嘉羨，遂各為詩歌致贈，而退余序之。

尝觀古先哲王之於臣下也，未嘗不體其情，而下之於上也，亦忘其勞，無敢恤其躬者。故觀皇華之遣使臣出車之勞，還率《六月》②之燕吉甫，所以叙其情者，殊为曲至，而於大臣，則又可知矣。是公義私恩，恒並行於其間者。我列聖稽古為治，亦莫不然。

---

① 即楊一清。
② 參見《詩經·小雅·六月》。

故京朝官之有親存者，初十年許歸省，後改為六年。而於永感也，則亦許十年一歸祭掃。至於大臣，若廬陵文貞公、建安文敏公①之不可一日违，亦嘗許之，仍俾中官护行。若於公，既難其去，而復欲遂其私，則又無矣。然則承家之徃，所以仰承皇上曲體大臣之情，而私慰尊翁松楸之念，其重矣乎？

　　以其重也，則自丹徒而安宁，竭其誠敬以昭假祖考於冥漠之间，敦其睦友以式好族屬於燕會之際。及峻事而還也，凡民風之嫩惡，吏治之得失，闾阎之愁苦，廣詢博采以獻於上，以附於咨謀咨度之義，寧無所概於其中乎？

　　承家學篤而行脩，茲行乃其能事。顾春不佞，获聽教誡於公之左右，盖親薰而炙之者，而於承家自不能踈也。故不敢徒頌以序群玉，以重形穢之誚，而瀆告之如此。承家其勗之哉！

賀員外郎劉君考績封贈父母序

　　國朝之制仕於京者，自七品而上，滿三年績最，父母存者封，沒者贈，皆如其秩。外雖亦有封贈之典，然必滿九年，其有不滿者，則或觀風之使疏舉旌異而後得，否則不得也。故仕者恒以不出京為榮。非以京為榮也，榮得貤

---

① 即楊士奇、楊榮。

恩於其親也。顧三年之間，事變亦多，乃有終身不可得者。則仕於京，雖可刻期而得，而亦有不易者，則得之不亦可賀哉？

會川劉君朝重，舉進士，為行人。未三年，坐使親藩。踰限，左遷桐鄉縣丞，尋擢開化知縣。未幾，權奸正法，公道用昭，得轉膳部主事。三年滿，績最，蒙敕贈父承德郎如其官。母艾安人，盖自筮仕踰十年而後得之。其得之有不易者，是可慶矣。

諸僚友將致賀，而朝重則重有所感於其間。其言曰：自吾父之有吾兄弟也，凡三人，所以教育之者，無弗至，以會川邊徼無賢，師友漸磨，則遣遊名郡邑，聽教于宿儒先生。而吾母數脫簪珥，以致丸膽之助者，歲月恒繼於道。故兄瑀，以貢入太學，為醴陵縣丞；瑁，補衛學弟子員；而瓚，以壬子①始獲領鄉書。則吾母已不逮矣。又踰十年，獲舉進士，而吾父又不逮矣。

故雖荷聖明貤恩之典，若可賀，而吾風木之情追於中，非矯飾者敢用以辭？於是諸僚友矜其情，乃詣余，言以導其意。若曰：禮有可賀，而其情可唁也。

余聞而益為之惻然，則告之曰：人子之心，所以懷罔極之恩何限，顧晝夜之理，非人所能違者。是以聖賢之論孝者，但曰：國人稱願。然曰：幸哉，有子如此，可謂孝矣。又曰：父母既沒，慎行其身，不遺父母惡名，可謂能

---

① 弘治五年（1492）。

終矣，未嘗必人究心於理之外者。即以朝重而論，父母雖不及見仕進之榮矣，今獲恩命，加以清曹顯秩，而又厪天語之褒喜，則豈但國人稱之曰有子如此哉？

朝重自是而往，益思教育之恩，以圖終身之孝。則崇階峻秩，計歲而至，而所以貽恩於親者。又不但如此，則君子之不能無所感者，情也；而其所不能違者，理也。理不可違，君盍亦遏其情，以思其所可致哉？

諸僚友曰：是足以慰朝重而賀之矣。

送都御史黃公之任南京序

南京都察院都御史缺，廷議疏舉兵部左侍郎黃公鳴玉[①]，及都察院副都御史鄧公宗周[②]以請，上命公補之。濱行，大司馬陸公[③]洎諸僚寀於睽違者，屬余言敘行李。

始公命下，諸縉紳咸嘖嘖曰：憲臺，紀綱重地也。以公之忠直簡諒處之，其論議足以斷國是，其風采足以振國法，固聖明所以簡任也。惟四方之赤子尚未盡寧，邊陲之烽燧猶有未息，如公者，於是而留焉，則治法征謀，灼有

---

① 黃珂，字鳴玉，遂寧人，成化二十年（1484）進士，龍陽知縣、山西按察使、右僉都御史、户部右侍郎、刑部左侍郎，正德九年（1514）擢南京右都御史，尋拜工部尚書，卒贈太子少保，謚簡肅。是《序》撰於正德九年（1514）。參見《送侍御黃君鳴玉按治貴陽序》，《東川劉文簡公集》卷七。

② 即鄧庠。户部尚書，正德十四年（1519）致仕，卒年七十七。

③ 陸完，字全卿，長洲人，成化二十三年（1487）進士，歷御史、兵部右侍郎、左都御史、吏部尚書。參見《陸司馬全卿出師討賊》，《東川劉文簡公集》卷二十二。

所見，乃膺簡拔於公。雖得而於式序之意，得無少戾乎？

余聞斯言，嗒然莫知所對。

有談者曰：君子之用於世也，名與位符，則位亦因之而重；名與位少乖，則位亦因之而輕。其輕重之間，每在乎人。要非人之所能軒輊者，養之有素，守之不渝，而履之非一日，則人自信之有不可得而違者矣。

公自為令龍陽，清而不耀，嚴而不苛，所以推重於士大夫久矣。繼為御史，為按察，以至晉位御史中丞，貳卿戶部、刑部，所至赫然。其事業雖隨地而有不同，而其操心勵行，則猶龍陽也。今留都之用，於公固未能無少拂，而於位不益重乎？

蓋留都乃祖宗肇跡之地，自古不輕，而於峻秩大任，必慎擇其人。故在唐，如裴晉公①之勳望，如李貞公②之巨德，皆守東都；在宋，如趙韓王③之勳舊，如向文簡④之重德，如張文定⑤之氣節，皆守西京。今之南京，猶唐東都，宋西京也。其地遠，而于法易玩；其事簡，而于情易縱。紀綱之地，所以肅百僚而貞百度者，其任與留守相頡頏。故得其人，居□則□望之，震□論議之激揚，固有潛孚默奪出於□法門辟之外者。則公之往，豈但推擇於上，不能

---

① 裴晉公，裴度。裴度，字中立，聞喜縣人。貞元五年（789）進士。武元衡遇害，代武爲相。後平定淮西之亂，以功封晉國公，世稱"裴晉公"。

② 李綱，字文紀，觀州人。唐朝建立後，出任禮部尚書兼太子詹事。貞觀五年（631），李綱去世，獲贈開府儀同三司，謚號爲"貞"。

③ 趙普，字則平，幽州薊縣人，北宋開國功臣。累贈尚書令、韓王，謚號忠獻。

④ 向敏中，字常之。開封府人。北宋初年名臣。天禧四年（1020）去世，謚號文簡。

⑤ 張齊賢，字師亮。山東菏澤人。北宋名臣。大中祥符七年（1014）去世，謚號文定。

他適；而於是位，不亦益重哉？

余聞之，不覺悚然而悟，曰：是得之矣。遂用復於陸公，以序公之別。於戲！公亦豈能久留於斯哉？

太子太保禮部尚書田公致仕還鄉序

太子少保禮部尚書掌大常寺事田公宗儒①，以年至，再疏求致事，上以其賢勞素著，弗允。已而復疏，辭益懇至，上重違其意，乃晉太子太保，命有司月給食米三石，歲給輿□□□，仍賜璽書，馳驛還鄉，蓋異數也。

夫君使臣以禮，臣事君以忠。故世之士得一命以事上也，雖或才力有不同，要無弗盡其心者有之，則非高官徹爵而亦自不能容矣。上之於下也，亦何嘗恝然哉。名爵以崇之，厚祿以給之，量功度德，以歲而遷，及其年至而去，不可強也，則又有食廩輿隸之給，以優養之，蓋亦無弗以禮者。然是二者若相須焉，顧不能完名終吉者多，況於恩典之優渥乎？

若公者，始以進士起家，即選授給事中，被敕稽覈宣府軍儲，梳剔時弊，奸偽悉除，遂以名聞，已而擢通政參議，復被敕閱實邊關。公不視為故事，乃循行周視，脩築

---

① 田景賢，字宗儒，涿州人，成化十一年（1475）進士，授給事中，擢通政參議，正德中以禮部尚書掌太常寺。正德七年（1512）致仕。參見《贈費子美序》，《東川劉文簡公集》卷十。

墩臺之壞，建置城堡之缺，及邊務事宜，不忌觸諱盡言，多見於行。尋擢太常少卿，秩滿，以年勞，晉通政使。未幾，復以公明習太常典禮，擢禮部右侍郎，仍掌其事。踰二年，遂晉尚書，不逾旬，賜玉帶以寵之。又踰二年，加太子少保，賜麒麟綵段，一時任太常如公者僅有。蓋公秉德謹厚，臨事敬畏，故所至職辦，而受知於上有如此。

今之請老也，非其辭情不可強，及上眷念，則亦有不能以直遂者。則公之去，固見上所以待之之隆，終始不替；而公之事列聖也，又何有一時一事不盡其心哉？

惟古之大臣，雖居畎畝，不忘於君。公之鄉，即順天涿鹿，距京師不二百里而遙。茲歸，其進退之節，固足以儀範鄉邦，風動天下矣。盍益思專精神養天和，以躋百年之期頤。聖天子方眷念耆舊老成，如有後車之召，其尚朝至夕行，毋俯仰山林之下，戀戀而不置哉？

公行，公卿祖餞於都門外，各賦詩歌致歆豔之意。而吾鄉楊君正夫[①]，合僚屬屬余序于上方，不得而辭，乃論其大者如此。

---

① 參見《送楊正夫觀光趨廷》，《東川劉文簡公集》卷二十二。

送侍御黃君鳴玉按治貴陽序

遂寧黃君鳴玉①，以聰敏博洽聞。自其舉進士為令於龍陽也，發奸剔蠹，布以大和，民翕然愛戴之如父母。荊楚之間，問令之賢者，必曰黃某云。余私識之，而竊喜吾鄉之多君子也。未幾，以憂去。踰三年，起復，銓曹會兩京台臣闕，執事者遂奏補御史。又三年，上命按治貴陽。瀕行，余薄具速至敍別。

鳴玉請曰："某不佞，猥持憲迤藩，子無一言為我攬轡之朂乎？"余曰："請設以辭，君試聽焉。"

曰："人有反裘負芻②而莞爾笑者，塞途何如？"鳴玉曰："諾。謹飭有司，厚民畜眾，而無重賦歛以薄之也。"

曰："江出汶山，其源如甕口，至楚國而廣十里，何如？"鳴玉曰："諾。謹博諏下，詢廣忠益，以惠於民利於國也。"

曰："雞豚歡嗷，則奪鍾鼓之音；雲霞充陰，則奪日月之明，何如？"鳴玉曰："諾。謹慎於聽察，而無惑讒以混賢不肖也。"余曰："君其徃矣，盖綽乎其有餘裕者，而何假於欸啟寡聞之言？"

---

① 是《序》撰於弘治九年（1496）。參見《送都御史黃公之任南京序》（《東川劉公簡公集》卷七）、《遂寧縣修城記》（《東川劉公簡公集》卷十五）。黃珂，字鳴玉，遂寧人，成化二十年（1484）進士，正德九年（1514）擢南京右都御史，卒諡簡肅。

② 反裘，即反穿皮衣；負，背；芻，柴草。此處意爲反穿皮襖背柴，形容貧窮勞苦。

惟近年都勻之征，軍旅糧饟之騷擾，蔓延於楚、蜀二方。壯者役，老者齎，少者送，無少寧息。既班師，而以功得爵賞者無數。然有謂其釁端甚微，積久乃至於此耳。而亦可撫而定者，而往事固非所咎也。獨惜當時未事之時，使得如鳴玉者，以綏輯於前；有事之時，又得如鳴玉者，以撫定於後，則所謂不戰而屈人之兵者，而何至於勞民動眾如此哉？

鳴玉，以剛斷博達之才，存心忠厚，不務為矯激刻薄之政以烜赫於人。其於此行，蓋不獨貴陽之人當被激揚之澤而已；蜀地密邇河潤之惠，宜預為鄉人慶之。而往事之告，則姑以歎當時遭遇之幸不幸也。

鳴玉曰："唯。盍為我書之？"而同寅諸公屬春以言，遂不敢辭，時弘治丙辰秋七月之吉也。

高尸侯家譜序

古者小史奠系世，卞昭穆，所以敬宗收族也。而教化之行，自上及下，而不親九族者，有《葛藟》《頍弁》《角弓》①之刺。當時豪宗大族，禮義足以齊家，而好尚足以率其俗，有由然哉。

後世雖宗法不立，此意寖微。而士大夫家猶知以譜牒

---

① 參見《詩經》。

為事，固無有不知其祖之所自出者。知其祖之所自出，則視其族人雖有遠近親疏，由其視祖之則為一人，而愛敬之意自生於其間。猶為近古也，其後有賜姓冒氏分門割戶者出，則並與其譜牒亦忘之矣，遂致高者涉遙遙華冑之譏，陋者甘拜他人之墓而不恤，則其心一切趨於勢利紛華之中，其視族人若塗人然，尚何愛敬之有哉？

　　文縣守禦千戶高君[①]，丐學諭吾友黃君請於余，曰：節之先，始家秦州，為府城千戶所千戶。自高祖諱文進者，於洪武初歸附，改百戶，尋改秦州衛左所百戶。至曾祖，以功世襲千戶。延及節，為按治者所推，調文縣視軍政兼理屯田。世有祿蔭，是皆我祖宗積善累行所致也。顧上世以及今，凡同高曾祖禰者若干人，大懼名行散渙不聚，猶恐後世子孫不知所自出，無以致其敦睦之情，爰自可知者譜為一帙，而述其名行之概於下，敢求執事者卞諸首。

　　余得而觀之，慨歎不置，曰：今之武弁者，承先世之業，享厚祿握勢權，肯以安民靖寇圖報國家者寡矣，況務於敬宗收族之事，以化民厚俗者哉？君之此舉，不棄其宗，仁也；不忘其祖，義也；不亂其族，禮也。推其仁，則於人無不敬。其所以報於國家者，庶幾天下有事，用之於戰勝，天下無事用之於禮義者矣。而可以不書乎？

　　余又聞節之母趙，方踽筝十年，而稱未亡人，厲志清苦，誓在鞠育以成立。有司以其事聞，為表厥宅里，則君

---

① 高君，名節，秦州文縣千戶，生平待考。

之賢，蓋亦有所本云。

送郯城尹席君文同考績還任序

成化丁未①，余與遂寧余侍御誠之②僑寓一館，每燕閒論及鄉士之秀，必曰有席君文同③者，性敏而篤，學勤而博，其將來造詣未可涯也。余謹識之。越己酉，果裒然首舉，明年登進士第。於是信誠之知人之鑒，有足稱者。

蓋遂寧之賢，有王郎中克勤、黃侍御鳴玉④及誠之，而文同，皆得執經以游於三君子之間。故其學之有本，行之能成如此，丹之所藏者赤，漆之所藏者黑，況出於其性者乎？

已而，選補郯城令，至則剔蠹剗弊，布以大和，不激不隨，亦不務為赫赫之聲以釣取名譽；所期士安於學，農安於野，商賈安於市，行者安於途，故民翕然愛戴之如父母。觀風者廉其賢，上其治狀，乞敕旌異，三年考績，銓曹書上上，將還任，鄉士大夫屬余以言贈之。

---

① 是年劉春進士及第。

② 即余本寬。

③ 席書，字文同，遂寧人，弘治三年（1490）進士，初授工部主事，歷知郯城、河南僉事、貴州提學副使、潁州兵備道、福建布政使、湖廣巡撫、浙江提刑按察司按察使、南京兵部侍郎、禮部尚書、武英殿大學士，卒諡文襄。

④ 即王克勤。參見《送郎中王君克勤歸省祭序》，《東川劉文簡公集》卷二；《送王克勤郎中督糧薊州》，《東川劉文簡公集》卷二十二。鳴玉，即黃鳴玉，參見《送侍御黃君鳴玉按治貴陽序》《送都御史黃公之任南京序》，《東川劉文簡公集》卷七。

夫負跅弛①之才者，少鎮靜之治；而勵敦朴之行者，少變通之誼。其勢固有然者。而世類以聲名為高，故士之仕者，求獲乎上官，則恒飾館舍事逢迎，務悅於上，而不恤乎下；務辦於外，而不究其內，蓋古所謂巧宦者。近世士風之不厚，民俗之不阜，有由然哉。

文同之治，可謂華而實，簡而理，有諸內而形諸外者矣。昔人論人才必曰忠實。而有才者上也如文同者，可多得耶？今天下民困於吏治之紛擾，其弊已極；求其存古人之心，著循良之績者，僅什一二。聖天子方宵旰軫念，張弛激勸之機，固思欲得若人，以布於天下也，則文同之登華陟要，由近而遠，可期矣。

余不佞，謹書而俟之，且以著誠之之，知文同不但成於身而已也。

送太守屈公道伸②之任序

重慶，古巴子國也。枕江負山，南連邛筰僰道，東通荊楚吳會，蓋要衝之區。漢嚴顏之不屈，李嚴之作鎮，皆其地。迨今為縣者十有七，為州者三③，而為里者不啻

---

① 跅弛，音 tuò chí。意為不受拘束，放蕩不循規矩。
② 即屈直。是《序》撰於弘治十五年（1502）。參見《送郡守屈侯考績詩序》，《東川劉文簡公集》卷三。
③ 三州：合州、忠州、涪州。十七縣：巴縣、江津、璧山、永川、榮昌、大足、綦江、長壽、南川、黔江、安居、銅梁、定遠、武隆、彭水、酆都、墊江。

什百。

　　故其征賦之繁，獄訟之殷，簿書文檄之雜，恒甲於他所。其負難治之形久矣。雖然，其士風崇節義，恥偷薄，其民俗儉樸務本業，故征賦之繁，有以處之，無逋負矣；獄訟之殷，有以決之，無險健矣；簿書文檄之雜，有以視之，無停積矣。殊非掣肘矛盾，威不能制，德不能化者也，則亦無難治之實者，以其形之難治也。

　　故銓曹當缺補授，務擇其人；而受任涖蒞者，亦皆惕然自處，不敢以忽易視之，以其無難治之實也。故自數十年來，凡為郡者有幾，而其誦德仰惠於父老之口，垂聲邁烈於譜牒之間者，枚舉指數，可覆視焉。試就其傑然者論之，有剛方廉介孜孜愛民者，有奉法循理兢業自持者，有敏斷明察恢洪勤厲者，有沉靜端恪慈祥不苛者，有英爽博大績效炬赫者，有清約周慎嚴明惠愛者。是其性行不同，治狀亦異，而皆始以為難終無不易也。

　　惟其間，剛或失於刻削，簡或失於闊略，持寬厚者乏英明之聲，稱博達者少豈弟之化，其勢則有然者。要之，以子惠為念，則常貽去後之思；而以趨時為急，則每來責備之議，亦豈但今日為然哉？

　　比者，太守闕員，宰臣舉刑部郎中華陰屈公道伸以徃。道伸清諒威明，聳然玉立，其平恕循良之治，望而可知。故命下，為道伸者曰：「非是郡，無以展公之才。」為重慶者曰：「非斯人，無以為郡之福。」而一時縉紳先生所以慰籍吾人者不釋口。

於乎！公之賢，其知於上，獲於友，信於人，固如是哉。公行有日，郡之大夫士寓京師者咸屬余贈之。夫明者不假於輿薪之視，而聰者不假於震霆之聞。況余，郡人也，何容喙？

　　顧平陽之代鄒侯守其畫一，而武侯之治蜀，反寬以嚴。則君子之為政，其操縱取舍，未嘗不本諸己，因諸人而以時消息之也。

　　余不佞，謹以前賢往哲之得於官評物論者告之，用附於舊令尹，告新令尹之義，抑豈敢以是欲有所裨益哉？聊以復於吾鄉之士，且預以慶鄉人之蒙休澤焉耳。

東川劉文簡公集卷之七　終

卷之八

序

送明府彭侯考績還任序

吾邑彭侯泰和，視篆於今四年矣①。其始發軔而去也，余辱從邑中縉紳後，既相屬以言敘行李。今年奏績銓曹，將復任，而邑之人又曰："吾邑幸得吾侯，復去，子得嘿嘿不思所以慰於鄉之父老乎？"

蓋侯清慎不苛察，勇於為義而篤於愛民。自蒞邑，凡

---

① 彭鳳來，字太和，黃陂人。弘治二年（1489）舉人。雍正《湖廣通志》卷三十五《選舉志·舉人·弘治二年己酉鄉試榜》："彭鳳來，黃陂人。"民國《巴縣志·職官》明代弘治年間無彭姓知縣或知府，"吾邑彭侯泰和"，可補方志闕如。弘治六年（1493）彭氏來重慶視篆，"於今四年矣"，可推知劉春是《序》撰於弘治十年（1497）。參見《彭仲和還黃陂序》，《東川劉文簡公集》卷十四。

承上接下，裕民厚俗之事，一行其所當行者，不矯激以駭俗，不朘削以虐人，不務為赫赫之威聲以沽名釣譽。而其聽政之勤，則終日坐堂上，不告劬，甚則寢食皆就堂後別齋，惟恐一事未理，一訟淹決，或至招尤歛怨。其於世利紛華，淡然無所好，故戶外絕無客履，而人亦無所伺其間隙以悅之者。然則侯之徃，其所以慰于人人如此。

於乎！令親民者也，凡政之美惡，朝發夕至，而福與殃隨之。故古者守令之賢，恒增秩賜金，久任而責成焉。豈非賢者之難得，思欲民久被其福乎？以侯之廉慎勤敏，邑人蒙其休澤，惟恐不一日留，固也。然今之典，則令之賢者類，晉補兩京臺憲，不能滿兩考，如侯之賢，固在司人物者藥籠中矣。侯之不能久留，在侯亦難自必，而況吾人乎？則侯之去，蓋又將觖望於人，而久任之議，安得復行於今也？或者曰：令一邑之任也，臺憲天下之任也。一邑而得賢，蒙其福者小；臺憲而得賢，蒙其福者博。然則，與其使吾人之專惠，曷若使天下之咸惠哉？

且古之君子，其愛之孚於民也真如子，而民之愛之也亦真如父母。在則仰之，去則留之，留之而不得，則思之。今侯之愛吾民者至矣，而吾人之所以愛之者，顧欲其專於一邑，以小其惠耶？

余聞而韙之，遂為之書，既以慰吾邑之父老，又以望吾侯於將來云。

送太守張君①之任序

　　建寧太守張君，初以進士令棠邑。慈祥豈弟，約己裕民，有古循吏之風，人懷之如慈母。久之，擢貳守南康。至則以其施於棠邑者推而廣之，故南康之懷公者，視棠邑有加焉。

　　秩滿，用薦進守建寧②。建寧之大夫士相與言曰：吾郡居閩上游，近稍凋敝，如公在南康之愛民奉法，民其息肩乎？乃私相慶幸，而請於其鄉人考功楊君晉叔③，而諉余以言為賀。

　　往歲，余在鄉校，見郡大夫之至者，恒以平易近民為心，故其政之施也，不炫能，不示恩，不逞威，事至而為之，患生而防之，民之相安於田里也，若不知有官長。然既濫入仕途，不歸者十年，比得援例省覲於家，則鄉閭井巷所在蕭索，入其室，機杼茶竈之外無長物。問其故，或曰旱魃之虐也，或曰征役之苦也，或曰供億之煩也。故民之懷思前之長者，真如父母矣。推其情，使可復有不如潁

---

　　① 太守張君，身份待考。
　　② 福建建寧府。宋紹興三十二年（1162）升建州為建寧府。明洪武元年（1368）罷錄事司恢復建寧府。
　　③ 楊旦，字晉叔，福建建安人，楊榮曾孫，弘治三年（1490）進士，歷吏部主事、太常少卿、溫州知府、浙江按察副使、應天府丞、順天府尹、南京禮部右侍郎、戶部右侍郎。吏部尚書，致仕，年七十一，卒。參見《送太常少卿楊君省親還建寧序》，《東川劉文簡公集》卷十。

川之欲借寇恂，西河之喜迎細侯者乎？

故余於建寧之喜得張公誠信，而思欲為之助其喜，抑以見天下之情，其好惡無不然也。世嘗稱循吏，必曰河南守吳公、蜀守文翁①，曰龔、黃、卓、魯。若以為古今人不相及者，今其跡故在也。夷考之，則皆謹身廉平，不嚴而化，所居民富，所去見思而已。今之取人者，類以集事為能，而不恤其苛；以立名為賢，而不究其虐；有循循德讓惠愛及民者，則緩懦無為之名，必歸之矣。

於乎！論人則由古之道，取人則由今之俗。其欲民被循良之福，豈異操瑟立齊門者耶？而所謂古今人不相及者，信乎？否也。今聖明在上，軫念元元，二三大臣奉宣德意惟謹，故所以風厲之機端有可識。

然則，君南康之政，益可以自信而不疑矣。士訥②於不知己，而信於知己。君之前去南康，若未足為深知也；今之建寧，其尚為弗知乎？則君之名位，將來當迫逐而不舍者。故余於君之行，既先致慶於建寧之人，而又以為君賀，且以告於晉叔。晉叔，今之論人者也。

---

①《漢書·循吏傳》第五十九："至於文、景，遂移風易俗。是時循吏如河南守吳公、蜀守文翁之屬，皆謹身帥先，居以廉平，不至於嚴，而民從化。"

② 訥，音 qū。言語遲鈍。

望雲祝壽詩序

望雲祝壽，禮乎？古之人有狄文惠公者，親在河陽，去為並州法曹參軍，登太行山，顧白雲孤飛，語侍者曰：吾親舍其下。因悵望移時。世之誦《屺岵》之詩者，遂襲其跡，而祝壽於親，蓋以義而起者也。

夫不仕無義，違親非孝。若相悖者，然移孝以為忠，因祿以為養，則有相湏①之義焉。故乘險之歎，君子所不取；而榮宦之議，亦不免於眾說之紛紛也。則慕文惠以壽其親者，其亦有不容已於其間者乎？

吾友蔡君從善，世家浙之黃巖。尊甫翁迂齋先生，初受春秋業於同邑學錄張公，擅譽文場，成化戊戌始用薦，訓導崇仁，滿考，以能舉職，晉教諭丹陽。弘治庚戌冬，屈指甲子，蓋六十矣。越明年冬，母夫人李壽亦如先生。子四人，皆克紹業，箕裘侍養丹陽，而從善則舉進士，官侍從於京師。顧文惠之懷，晨夕弗置，乃跡其事，繪圖以祝壽於其親，題曰："望雲祝壽。"

縉紳士夫聞而歌詠者若干人，得詩若干首，從善集而帙之，屬余曰："吾將寓歸，畀吾兄及弟，歌於壽筵以侑觴，敢託以序諸作者之意。"

---

① 湏，古同"浼""澗"，音 mǐn。央求、請求，如浼人，請託別人；浼求，託求；浼止，勸阻，阻止。

夫子於父母，其情之思慕祝願，自有彝倫以來無不然者。至望雲之念，昉於文惠，而後之仕而違其親者，舉跡以寄其思慕祝願之意，則以出於人心之同固也。而後之人，又有播諸歌詠如此帙者，不知文惠在當時，亦有是否乎？

古今人同不同，未可知。嘗讀《既醉》之詩，有曰："君子萬年，介爾景福。"《閟宮》之詩，亦曰："俾爾耆而艾，歷萬有千年，眉壽無有害。"則古之人愛其人，有必頌而祝之。而所以祝之，必先以壽考。蓋壽者，五福所先也。然則，諸公之詩，其《既醉》《閟宮》之遺意乎？蓋亦以義而起者也。

若夫違其親者，致遠慕之私；侍其親者，盡色養之懽；則當得於是集之間。而迂齋之所以有子，以及其所以壽考以享諸福，則亦可以意而得之矣。遂書之，為望雲祝壽詩序。

送楊君天民司訓富陽序[①]

國朝宣德、正統間以相業名者，莫盛於三楊，而建安文敏公其一也。[②] 文敏勳德被天下，故其後多賢人，余所荊識者，鄉進士恒叔。恒叔博洽穎異，器識不凡，嘗為余道其友楊君天民之賢。其言曰：天民，建安右族，其父文榮，

---

① 《送楊君天民司訓富陽序》，《東川劉文簡公集》卷十四亦有此文，然文字略異。
② 三楊，即楊士奇、楊榮、楊溥。建安文敏公，即楊榮，福建建安人。卒諡文敏。

定海學諭；其祖壽夫，司訓建安，官至翰林修撰；其弟麟，今舉鄉進士。而天民夙受庭訓，蜚聲藝苑，乃屢弗偶於有司，今貢禮部試於內廷，得司訓富陽。

而友人丘輩，故相率贈之，乃屬於余。余非能言者，即言之，亦何以加于恒叔哉？且天民之父，余雖不及面，然可得於其子；而其祖之教于建安也，則文敏嘗有言以敘之矣。讀其文，其模範訓迪，蓋有古者蘇湖泰山之遺風焉。然則天民于富陽也，歸而求諸鄉評政譜之間，固綽乎有餘者，而何假於游言？惟恒叔之意，不可虛辱也。

則襲文敏之意，而申之曰：師道立，善人多師儒之任，蓋甚重矣。以其重也，而所以任之者獨專，無刑名案牘之煩，無奔走迎送之苦，無錢穀賦斂之擾，其所事者，惟率以德行，課以文藝焉耳。

顧世之好名厭靜者，多不知其重，而反有慕乎他，此晦庵所謂"惟自任重而不苟者知之"，蓋不獨於今為然也。天民承累世鉛槧之業，而加以師友淵源之學，其所以自任者，必克繩祖武而不輕矣。富陽，安定①過化之地，而其餘韻，尚有存者，天民持是而徃，而又思尚友乎？古則士之從化也，有不易於昔之從安定者乎？而其名位之來，亦當有以上軋其先烈者矣。

余所告止此，恒叔其為我語之。

---

① 胡瑗，字翼之，北宋學者，教育家，主持湖州州學。因世居陝西路安定堡，人稱安定先生。

贺御史劉君大用榮滿敕贈父母序

　　古之立教者，論人子之行，曰：大孝尊親，其次弗辱，其下能養也。而孟子稱孝子之至，亦不外於尊養二者。尊以爵言，養以事言。然爵出於人，不可必得；而事在於我，乃所自盡。故古之人雖戲綵奉檄之微、泣杖遺美①之細，無不取。至於崇封顯號，高官徹爵之加贈，則未嘗輕以為例，豈為是而不貴哉？不可必得，而不欲使人馳騖於外，以忽其所可自盡者耳。不可必得矣而得焉，則又豈非人子之至願哉？

　　汝陽劉君大用②，為廣西道監察御史三年，以風裁著聞，上特賜敕命贈其父雲南布政司照磨③；公為文林郎，如其官；母翟為孺人。

　　夫藩幕之秩僅九品耳，而一日加以風憲之名銜，天章龍文光綵絢爛，其固榮哉！於是同寅諸公皆為君賀。蓋雖其親不逮，然幽明之間一氣之感通，要不異者，而人子尊養之心亦少盡矣。同年黃君時濟乃屬余序之。

---

　　① 戲彩，即斑衣戲彩。指身穿彩衣，作嬰兒戲耍狀以娛父母。喻孝親。奉檄，遵令。泣杖，相傳漢韓伯俞因過受母笞打時，感到母親年老力衰，笞打無力，因而哭泣。遺美，指遺留下美好風尚、德行、事物等。

　　② 劉紳，字大用，河南汝陽人，弘治三年（1490）進士。河南巡按監察御史、廣西道監察御史、浙江巡鹽御史、山西清軍御史、巡按甘肅御史。

　　③ 照磨，元始置，掌各衙門錢谷出納、營繕料理等事。明照磨掌文書卷宗。

以知大用，非但今日也。盖春自少受業浮光，大用方以《禮》經發解①中州，惇厚勤恪，用心於内，色養之暇惟窮經考史，不知其他。故汝南論士之賢者，必曰大用，且以為器局非小受者，余竊景慕焉。而乃累弗售於有司，至庚戌，方舉進士。盖其懷鉛提槧②餘二十年，始得一信其志，遂擢為御史，豈世之登華陟要者，天固大為之屈，抑而將大其所養邪？既為御史，則不激不隨，務行其志。比按治鹽法於兩浙，威惠並施，而豪右者自奪其勢不敢恃，上下翕然頌之。則今日之所以贈及於二親者，人固已占於先矣。惟世之樹名策勳者，其養之恒深，其積之恒厚，故其食報於人也，非但及於身而已。然則觀大用之所養，而究其所積，以占其所至，則豈獨今日之贈而已哉？

春不佞，尚當執筆為大用嗣書之。

送按察僉事李君希賢③提學浙江序

弘治丙辰夏五月，浙江提學憲臣闕，上命翰林檢討李君希賢為僉事，徃涖其任。

先是，憲宗皇帝命簡進士之聰敏博大者三十人入翰林，改庶吉士，盡出中秘書使讀之用，擴充其才識，涵養其德

---

① 發解，考中舉人第一名，明清時鄉試舉人第一名稱爲解元。亦泛指鄉試考中舉人。

② 懷鉛提槧，懷：懷藏；鉛：鉛粉；提：手裏拿着；槧：古代書寫用的木片。常帶書寫工具，以備寫作的需要。

③ 即李遜學。

器,而希賢以中州之望與焉。待之隆養之厚期之至,既三年,選為檢討,又六年,而有是命,蓋距其初釋褐未浹十年,而遂陟方面之位,亦榮矣哉。古之君子其仕也,苟能推其所得以及於人,皆所優為而不靳者,而士之未遇也。使遭值賢大夫事之,則其磨礱砥礪得於觀法,蓋將有勃然而興者矣。以其下之樂育於上也,故其詩曰:"無小無大,從公於邁。"以其上之樂育於下也,故其詩曰:"藹藹王多吉士,維君子使,媚於天子。"於乎!此其相須之殷有如是哉。

浙江,古揚州域,在昔以文獻稱,至於今益盛,而其士之育德庠序者,鱗次櫛比,蔚然有章。今希賢恭被天子之命,總一省之教,則既得士以樂育之矣。而又以脩潔之行、根本之學、通敏之才模範於上,則士又得樂育於賢大夫也。

然則其為喜且賀,豈徒足以慰於人耶?惟希賢之在翰林,侍從經幄,其儀度駿整□容色粹和,蓋天子所常改容而禮者。今日雖以舉於眾而去,而前席之召,登仙之行,疑又有日。則希賢於士,其交相樂育之誠,又不可得而久也。於是館閣諸老先生而下,皆贈詩以寵榮之,而命春序之。蓋春於希賢同年復同寮云。

送伍君孟倫之黃州序

　　古者刑以弼教，故刑之用在於不得已。後世恃刑以立威也，則刑之用有得已而不已者矣。蓋人情，有欲則爭，爭則刑，是豈聖人樂為此割斷□擊之具以虐斯民哉？古之人惟恐其或惟乎此也，而所以教之者，甚至教之不從而後刑之。而其刑之用也，聽之必審，察之必明，不敢於折獄，而亦不緩以留獄，是故足以小懲大誡，而期於無刑也。

　　後世禁罔寖密，其待人也，無復古人忠厚惻怛之意。而其用刑也，又無哀矜明慎之心，深刻者獲公名，平者多後患，故有流毒無窮者。

　　於乎！盡法無民，九峰①論《康誥》，不孝不友者叴寘②之大法。蘇長公③則以治之有道，不可與寇攘同法，宜誘而誨之，啟其良心，稍假以日月，俟其悔悟。君子以為有補於世教也。

　　安成伍君孟倫，舉進士，為齊安郡推官。齊安，在楚號健訟。孟倫明信忠厚，有息訟之道，故郡之士喜而屬余以言送之。

---

① 蔡沈，一字仲默，號九峰，建陽人，南宋學者。
② 寘，音 zhì，安排，放置。同"置"。
③ 即蘇軾。

余初未知孟倫，其從子朝信①，與余丁未同舉進士，讀書翰林，因悉其家世之盛，得定交。蓋朝信尊甫，舉進士，先為刑部尚書郎，今參政廣藩。叔父仲孝，舉進士，先刺史隨州，今貳憲閩臬。而孟倫，則參政僉憲之弟，朝信季父也。

然則孟倫，蓋出法家者，於國家律令之用意忠厚，宜體悉有素；而於訊鞫參錯之際，必惟明惟慎，如古人之敬獄者，獨長公之意，不能無望焉。蓋國家置法司，以總理天下之獄，監司以總理一省之獄，而推官則總理一郡之獄也。幽遠小民，能自直於郡鮮矣，□□□乎？而況於天子之□□乎？其有至者，必真有所負而不得已者也，則利之固宜。若夫郡，則近不出於戶庭，而遠不越五六百□，其有所訟者，固非盡不得已者而為之。長者一□□加之於法則盡，而所以啟其悔悟者，容有未至□□於民，有父母之道焉。父母於子，一以威加之而□□焉，可不可也。

孟倫行，請以是語之。

椿萱榮壽圖詩序

任丘□齋鄭公，以子宗仁貴，封戶部給事中，配宋氏，

---

① 伍希淵，字孟賢，安福人，天順八年（1464）進士，刑部員外郎，廣州同知、知廣州、廣東左參政、湖廣右布政使。子符，字朝信。伍孟倫，希淵弟。參見《送太守武朝信考績還任序》，《東川劉文簡公集》卷一。

為孺人，今年春秋俱七十矣。八月□□有三日，適公懸弧之辰，而孺人衣裯之日亦在是月，先公十有一日。給事君縻官守弗獲稱觴膝下，乃迎就官所舉壽禮。凡同官同年者皆趨賀，嘖嘖歆豔，謂其樂有父母以竭其色養也。遂各賦詩歌致祝頌，而給事君乃命工繪圖，於上題曰："椿萱榮壽"，諉余序之。

夫世之富壽康寧者多矣，要其志必有賢子孫以嗣其後，而後能享有之也，顧理有分定，數有適然，而不能不相違者。以楚相之盡忠為廉，其子至於負薪，而酷烈舞智者乃獨簪纓累世，天之於人果安所測哉？

昔蘇長公銘三槐堂，有取於申包胥天人之說，余亦於公乎徵之。公仁孝天賦，少讀書，明大義，繼親老無昆弟為養，即隱居不仕。在鄉里秉方履義，人無賢不肖，皆知敬而慕之。成化戊戌，歲大侵，饑殍載路，公曰："吾不忍厚蓄以坐視民之轉徙溝壑也。"出白金百兩，易粟散之，焚毀積券，計所稱貸者千兩有奇，示無求償意。事聞，朝廷嘉其意，賜以章服。邑城之東郭數里，窊濕，每雨水浸漫，車徒病涉。公以義倡於眾，畚土築高阜，人皆利之，其費不貲。里人有所負者，得公片言，甚訴於官。

故公雖布衣無爵位之寄，而獨以行誼感人，聲施于都邑。然則公固宜有子如給事也，其偕孺人身膺命服，以享富壽康寧之福者，豈適然哉？而天人之際，果不能以相勝哉？

給事君方以清才雅望日侍天子左右，以拾遺補過，行將大被簡任，則公之享有其福者，當不但如今日圖之名，蓋所以紀其實也。詩凡若干首。

送鳳翔教授李君元之①之任序

吾友李君元之，初授學正於滇南之北勝州。歷九年，績最，晉教授鳳翔。瀕行，與之遊者託贈於春，且曰：北勝在滇南，雜居瀾河、白蠻、羅落、麼□、冬門、尋丁、俄昌諸蠻②，史稱氣習朴野，人物勇厲。元之至，則以所得□己者，循循善誘，不急急迫其面，從一時群於學者，□允然有得。僉曰：非先生，孰為我發矇也。里巷之士，則執經趨赴，以不及其門為恥。故北勝先乏科第之士，元之甫三年遂有魁省試者。

今遷鳳翔，鳳翔自古原重質直，士習儒雅，則以元之之才之行，其教於朴野之地，尚能興起其素習，況非朴野者乎？是可豫為鳳翔之士慶也。

始余甫成童，與元之同受業於良佐王先生。時元之方逾弱冠，即蜚聲藝苑，按部泊諸先德咸器重之。同遊之士，則有望而不可及者，而元之□循循雅飭坐一室，左經右史，日求知其所亡，未嘗負所得驕於儕輩，余竊景慕焉。繼丁

---

① 明代、清代《鳳翔縣志》中皆未見李元之其人。
② 此指明代滇南一帶的少數民族。

酉論秀鄉闈，辛丑①登乙榜，有北勝之命矣。余趨賀，則元之惕然懼不勝責任，非世之士甫得一第即瞠目，直視羞卑，儒官而不屑為者。余竊嘆元之所養，非入耳出口者，蓋已豫為北勝之士慶也。

則今之往，以北勝之士慶慶鳳翔固宜。雖然，古之學者從事於詩書禮義之教也，非徒潤身而已，蓋藉以明道德性命之懿，脩齊治平之事。大用之，則皋夔稷契②；小用之，則如乘田委吏③；其輕重緩急，固有所在也。

今之教與學，所急而重者，則藝焉耳。故其出入經史，餖飣為文，非不工也；而究其施，乃大相違者。雖豪傑之士，自不受變於俗。然利祿之移，人勢莫能禁，則其所以率屬而誘掖之，以復於習者，將安諉乎？是余於元之不能無望焉，而不敢徒慶而已也。

留還歸蜀詩序

留還歸蜀詩者，曲靖貳守胡文光送其同寅鄜陵陳君以道致事而作也。其謂之留還者，以道嘗嘉古人留還之格言而嚮慕之，因以為別號。故文光於君之歸，即分"留不盡之祿，還朝廷之言"為八韻，屬能詩者賦之，而復自賦長

---

① 成化十七年（1481）。
② 傳說中舜時賢臣皋陶、夔、後稷和契的並稱。
③ 乘田，古代掌管畜牧小吏。委吏，古代管理糧倉小官。

篇於首，以歆艷其行也。

盖君慷慨沉毅，夙負大志，繼謁選銓曹，得曲靖別駕，任凡四閱寒暑，惠民之政，已略見於施行，而上下信之矣。遂浩然請謝事歸，按治者重違其志，許之。故文光重其去，而發諸歌詠，非徒為驪駒之談也。

君歸越一年，余以蒙恩，予告省覲於鄉，適趨闕，道出鄧陵，乃示屬序作者之意。

夫古之士，志有定向，少而學，壯而仕，老而休，盖律令也，鮮有踰之者。中世乃有以官為家，至鐘鳴漏盡不休，故老鳳饑鳥之誚，雖名賢不免，況其他乎？無惑乎林下一人之嘲，卒未能有以解於靈徹也。若君者，進退以時，無少縈繫，不亦可嘉尚矣乎？世有論錢若水者，謂其急流勇退，為有所激而然。求稱其情，必若孔子所謂戒之在得之時，而能退斯可矣。盖人之恒情，年至歲迫，則志衰氣耗多顧戀其情之所在，而不暇制以義，乃有貪冒而不知止者。於是而能制其情不為所役，非的有所見而勇於決擇者，惡乎能是，或一道也。則君之退，其固出於尋常流輩者乎？

余與君偕領成化癸卯鄉薦，今入仕途幾二十年，尚未能退，宜為君所捧腹，安敢執筆敘君之詩？然其志固有在，且幸獲與君接壤，異日得謝而歸，訪君於山巔水涯之間，尚毋以俗士為辭。姑書此訂約，且用序留還歸蜀之詩云。

送編脩魯君振之奉使安南序

　　景陵魯君振之①，會試禮闈第一，入翰林，為編脩。越明年，今上皇帝嗣位，誕告多方，而振之實為安南正使，載命以行。

　　故事，凡使外國者，止給諫部署臣僚，未有以翰林者。即朝鮮、安南有之，非負年資宿望不與。而君自入官不二年，遂膺簡命，且濱行，上復賜一品章服，以昭寵異，得乘傳取道過家，壽其二親，尤不易得者。

　　於戲，其榮矣！於是館閣元老先生而下，咸賦詩贈而退予，以卜氏之任。世以升禁從踐省闈為登瀛洲，而不計官之遲速為榮滯。豈非以其無督責奔走之勞，而有親待優異之寵；無刑名錢穀之煩，而有著述讎校之逸耶？

　　然固有謂為育材之地者，從官於此次補，執政於此遞升，而禁中頗牧之論，非無所見。是寵之不將有所授，而逸之不將有所勞乎？

　　則君茲徃，沿九江，泝湖口，以越五嶺之南，而涉其地。雖下潦上霧，身歷鳶跕而不暇恤。凡江山之勝概，風俗之殊異，賢哲之事功，與夫閭閻愁苦之狀，官司臧否之

---

① 魯鐸，字振之，景陵人，弘治十五年（1502）會試第一，入翰林，武宗立，使安南，正德二年（1507），遷國子監司業，累遷南北祭酒。致仕，卒謚文恪。參見《秋江一棹送安南節推》，《東川劉文簡公集》卷二十二。

態，蓋有怪駭於佔畢論議之間。而一旦豁然於眉睫之下者，其所以為子長之助，非但有奇氣而已也。

抑安南，古交趾地，漢唐等編戶齊民，自宋始竊據，略羈縻①之。至我國朝，益比跡於禹之暨聲教不勞中國以事外，故正朔之頒，文告之布，但嘉其慕義嚮化之誠耳，蓋國體然也。則君之使，所以宣威懷德之機攸繫，豈無所概於其間乎？

古之遣使，將恃以睦鄰恤好，安民和眾，而不敢輕，故孔子以使於四方不辱君命。為士夫士所當事者夥矣，而以使不辱命為大，則使事要非輕，而為天子之使者，又可知矣。

然則，如振之者，所謂寵之而將有所授，逸之而將有所勞，不於是基乎？予於是庸厚望焉，而非徒歆艷其榮也。

壽太子少保兵部尚書兼翰林院學士澄江先生尹公②詩序

太子少保兵部尚書兼翰林學士澄江先生尹公之謝事而歸也，於今盖二十年矣，春秋方八十，歲之陽月望日，為初度之辰。

---

① 羈縻，音 jī mí，籠絡牽制。舊多指籠絡牽制少數民族地區和歸附屬國。
② 尹直，字正言，江西泰和人。景泰五年（1454）進士，歷任翰林學士、兵部尚書、太子太保。修《英宗實錄》，致仕南歸，更號澄江居士。正德中卒，諡文和。

公在位時，主考成化丁未會試，故出門下而仕於朝者，凡若干人。仰公之厚德盛福，欲親炙而不可得，乃因誕期在即，各賦詩歌，畀其子監簿達舉歸為壽。詩有序，退春為之。

　　竊觀造物者之於人功名富貴，非所甚靳①，而於閑曠優逸若甚愛惜而不輕畀者。故高爵厚祿，清資顯轍，凡有才而遇其時者，皆能致之矣。然顛實於形勢聲名之窟，視其心若未嘗少有一日之暇者；或有知返而急欲求之，則又如倦鳥投林，跬步莫移。觀文忠之思潁，東坡之欲居陽羨②，則其跂慕雖切，而亦竟何嘗滿所願哉？

　　如公自入詞林為學士侍郎，佐典邦禮銓曹，以致晉位宮保，居天子之左右，其文章足以華國，其政事足以及物，其謀猷足以濟時，則功名富貴，蓋不啻厭飫於中者。以公之弘名重望，疑於所謂閒曠優逸，未有可得之期，而乃戒於盛滿，抗疏堅辭以去。時年始及耆，聳然玉立，酡顏艾髮不異少壯，而其名位震耀，海內之人雅欲登其門而不可得。而公居澄江之濱，縉紳之仕於其鄉者，過必禮於廬。後進之士，執經問難者，往往履常盈戶外。而又以其勝日佳節，為名輩所屈，以遨遊於山顛水涯者，無時無之。其遊也，必有長篇短章，以寫景舒懷，故一時山川賁飾為之增重。則公之所得於造物者何如哉？宜公之壽未有涯，宜

---

① 靳，音 jìn，不肯給予、吝惜。
② 參見歐陽修《思潁詩後序》："因假道于潁，蓋將謀決歸休之計也。乃發舊稿，得自南京以後詩十餘篇，皆思潁之作，以見予拳拳於潁者，非一日也。"宋費袞《梁溪漫志·東坡卜居》："建中靖國元年，東坡自儋北歸，卜居陽羨。"

門下之士所以詠歌祝頌者有不能已也。

春又聞，國家當隆盛之時，其大臣必有耆艾之福。推其有餘足芘當世：如富鄭公①、文潞公②之居洛，其風采足以威遠人，其德望足以激流俗，故再登柄用以康濟斯民，非偶然也。公雖退，其風采德望不異二公，當寧求賢如渴。邇者遺逸之老相繼起林下，則公又安能久遂其閒曠優逸之私乎？此又天下之所以壽於公者。公其益自保嗇以慰天下之心哉！

送徐推府政致還鄉序

世之士，有不難於進者矣，未有不難於退者也。盖士未遇富貴利達，足以動其心，而貧賤憂戚復困抑其志，則蚤夜以勵其業，是故其進無難者。及既進，居與養移庸違於靜，而富貴利達之情益熾，少有能退者。如韋丹之賢，猶不免於林下之諷，是不亦退之難乎？然則進非易，志在於進而不難也。退非難，志溺於進而不易也。

吾友宕渠③徐君正己，以太學生拜淮安節推。節推，職讞獄，君明以察其情，恕以斷其訟，郡人德之，無敢欺者。

---

① 富弼，字彥國。洛陽人。北宋名相。至和二年（1055）拜相。英宗即位，封鄭國公。元豐六年（1083）去世，諡號文忠。

② 文彥博，字寬夫，山西介休人。北宋政治家。天聖五年（1027）進士，嘉祐三年（1058），出判河南等地，封潞國公。紹聖四年（1097）去世。

③ 宕渠，指四川渠縣。

長吏廉其能，檄聽他所不能決之獄。甫二年，聲稱籍籍，淮人常恐其登進不能久留也。未幾，尊翁年逾八袠，康強無恙，乃自念曰，某幸有親壽考，顧不能色養於喜懼之時。而僕僕守官，不知三公之貴，果可易乎一日之養？否也。遂請於當道，不許。計非陳情闕廷不可得，爰求進賀表於京，以圖所欲為，竟如其志。同鄉士大夫，榮而餞之，屬余以言贈。

於乎！吾嘗見求進者之勇矣，未嘗見求退者之勇如此也。是果人情乎哉？雖然世之士易進難退，視去其鄉如傳舍，然宜風俗人材不古。若正己，可進則進，不以隱為高；欲退則退，不以仕為通。從容於禮義之中，視軒冕真若儻來者，非不受變於俗，其能然乎？抑吾聞之，君子於世，非必有名位官守，然後可以建立事業，隨其所至皆可也。

正己官淮陽，既垂休聲矣。今之退，於定省承顏之餘，偕一二同志，徜徉容與於山巔水涯之間，考論古今人之得失成敗，而一不逐流俗，以馳騖於紛華勢利之間，使鄉之後進皆有所矜式，則於名教不為無裨，而退亦進矣。否則非吾等所望也。正己行矣，庸以是贈之。

送王君任瀘州序

辰沅王君，懷負才美，先領鄉薦，注選銓曹，當道者器之，擢通判江西之廣信。三考績最，今擢知瀘州。將之任，地官鄧君志夔、黃門張君惟賢喜得賢守也，屬余以言。

嗚乎！今之知州，即古之郡守、刺史。嘗觀漢宣樞機周密，品式備具，則所以經理天下，要必有道，而其言庶民安於田里，乃獨歸於良。二千石，則古之刺史，何其重乎天下也！豈民者，國之元氣。而刺史，所以調養元氣，所謂元元之性命者乎？肆我國家用人之途雖博，然郡邑守令，非出自科目不用，蓋科目乃豪傑所由以出也。

瀘在吾蜀為鉅州，襟江負山，民物商賈之繁華，視他州倍什百，兼濱戎夷，兵衛之士環戍。故吏於土者，恒難其人。王君倅廣信類此。其久，政績如此。其著，則所以調養元氣之道，皆已試而效者。今之刺史於是也，特舉而措之耳。

雖然，古之論維民者，以政苛、刑酷、賦斂、重徭役，數為民不樂其生。今聖天子嗣位，銳精化理，期於遐陬僻壤，皆休養生息如輦轂之下，故於守令甚敦勸懲之典。則古之論，固未聞作於其間矣。若賦斂徭役，則有所制而不能已焉。勤於是，未嘗不以為能；而拙於此者，乃世之所訾也。豈今承平之世，理勢所當然耶？抑所以為民者，或異乎古也？

刺史於民最親，而維民之道必自刺史始。故於某之行申而問之。

王母孺人輓詩序

弘治己酉夏，王母孺人祝氏卒於家，享年七十有二。時其子户科給事中璽，被命稽覈邊儲於甘肅。越明年春，峻事還朝，始得請守制。同鄉之仕於朝及士夫之知給事君者，既莫不傷吊，又發於詩歌以哀挽之。給事君乃集成帙，屬余序諸首。

嗚乎！人物之得於造化，凡富貴貧賤壽夭，雖紛綸不齊，其所值然也。故值而得其常，是故無復遺恨。而哀之者，則多出於不得其所值之常；常矣，而又哀於人。豈其懿德淑行，足以感當时而發於人情所不容已者乎？

孺人，合州定遠世家，性幽閑貞靜。甫及笄，適給事尊翁。理家政秩秩有序，同爨①者几千指，皆處得其宜。及諸從子求析居，凡田宅貲貨，听取其善者。由是浹郡義聲騰播於翁，而孺人克相之力，寔多也。尤好施予，成化丁亥，州内艱食，給事君方廩饩學宫，率以其馀給親族。及貧不能自存者，語之曰："吾以是庇汝。"比給事君仕諫垣，則又遺書戒以盡心所事，無恤而家。

嗚乎！如孺人之獲於天，盖得其常者，而哀挽之什，其出於人情所不容已者乎？婦人主織紝中馈之事，德在柔

---

① 爨，音 cuàn，意爲燒火煮飯。

順。然明識遠图，有男子義，士所不能者而能之。則其淑行，足以敦薄厲頑於当时非常偶者。不幸而没，固不能不哀悼於人矣。使百世之下聞而興起焉者，又不有在於詩之哀与否乎？此孺人之所以見哀於諸缙绅也。

嗚乎！可傳而不傳，非仁也；不可傳而傳之，非孝也。給事君可以免乎是矣。

東川劉文簡公集卷之八　終

卷之九

序

送光祿牟克成致仕還鄉序

古之從仕者，為人；今從仕者，為己。吾聞其語矣。今天下之從仕者，吾益惑焉。方其未仕，則處心積慮，惟富貴是圖，汲汲焉如農夫之望歲以待穫。父兄以是教之，師友以是勉之。及既仕，則所以趨利避害，罔上虐下者無不為，冀以償其窮居所願欲，否則非特其鄰里之人從而訛訾之，父兄師友亦或不能釋然也。風俗之敝一至於此，故非豪傑之士，鮮有不受變於俗者。

聖天子嗣統，銳意獎恬退，以抑奔競。故凡仕者，有甘於恬退，則崇以優秩，不違其志，風勵之機，有由然耳。

東鄉牟君克成，先以大學生為鴻臚序班，勤慎自將禮儀不忒為，其長者咸器重之。每大典禮，必推以率先其屬。越九年，例當擢外邑令丞。克成曰："吾自服官以來，肅禮儀於大廷，秩清地近，幸無所黜罰於時。今滿三考，幼學之志少遂，他復何求？"乃乞歸，得旨，授以光祿署丞致仕，蓋優崇之也。

　　嗚呼！今之仕者如克成，其庶幾豪傑者哉！計君時格如凡從仕者之志，其所願欲，非不可遂，而乃浩然以歸。顧其才之可用，雖未大有所設施，而其特立之操如此，亦足以激世俗貪進之流矣。有志之士聞而興起焉，則風俗寧不為之一變也邪？

　　同鄉士大夫嘉其志，既釃餞於都門外。而同年友王君貴道又屬余以言，故不辭而書之。

送楊天爵掌教洛南序

　　吾鄉楊君天爵，少刻志淬礪舉子業。余往在鄉校，聞先生長者咸器重之。閱其文，爾雅典則；跡其行，不詭隨於俗，固利器也；乃累弗售於有司。越丙午秋，方得鄉薦，今年春始受命典教洛南。以君之負才美，歷試後遇如此，豈造物者固靳其所施而將大發之耶？瀕行，同鄉之仕京師者屬余以言贈。

　　洛南，秦商州，歷周、漢、唐以來，為畿內邑。今京畿雖據東北，然西距秦不萬里。國家垂統百二十餘年，仁漸義摩，文教誕敷，詩書禮義之習，無間遐陬僻壤，矧故首善之地？且近者維昔成周，以三物教萬民，而賓興之，教養之，法至矣。

漢置博士弟子，唐增廣生員，而教皆非純用經術。故法愈備，而人材反不逮古。方今典則各群郡邑之士於學宮，而教以師儒，董以憲臣，綱以科目，而器使之。所講習者，皆三綱五常之道，齊家治國平天下之事。一切罷詞賦諸科，殆將陋漢唐而匹有周矣。顧今之所取者，言耳。士習之，盛亦隨之。雖有德者必有言，然有言者亦不必有德。列聖相承，諄諄詔旨，務期學校養育真材以充任使，顧言與行違，亦理勢所不能無者。則本源之地，師儒孰得而逭其責乎？

蓋師儒，其勢近，其情親，以一郡一邑之士，合聚一堂之中，凡從事於藏脩遊息以敦孝弟之行者，可以耳目睹記也。又察其言，未有能外者。比廷議，況又申明則例，績師儒之殿最而大黜陟之，所以昭示此意。天爵徃矣，尚懋之哉。

吾聞積諸己者厚，則發於外者必大。信斯言，天爵所就，固未可量也。

送御史任象之①尹中部詩後序

　　閬中任象之，成化丁未舉進士，被選為翰林庶吉士，得讀中秘書。越三年，授貴州道監察御史，聲稱才能。未幾，會中貴者以事佛執辱一縉紳，乃奮然曰："士氣萎薾至此，孰為振之者？"遂上章，諭之大要，以佛氏之崇信無益於國家，而氣節之獎勵當於平素。詞旨剴切，幸見從隨被污衊，改令中部。

　　君子曰：雖屈於名，而裨益于人國者多也。將行，與象之同升稱同年者，各為詩歌致贈。屬余序作者之意于末簡。

　　於乎！進言固難，聽言尤難。余於象之行，請為一論之。夫天下事無常形，而理無定在。進言者感激於一時，豈無所見？欲以釣取名譽耶？顧是是非非、公好公惡未能皆同，則聽之者始有從違，而事之成敗利鈍往往隨之矣。君子惟求其在我者，將如之何哉？

　　始，吾象之者，方士見執辱，孰不吐氣吞聲，欲為一言？故封章一投匭，而凡有心者無不韙之，繼坐累則向之，韙者或亦非之矣。

---

　　① 任惟賢，字宗程，號象之，閬中人，成化二十三年（1487）進士，歷江西僉事、貴州道監察御史、浙江提刑按察司按察使、河南右布政使、陝西左布政使、撫治鄖陽等處提督軍務都御史。

於乎！一事之間，而是非始終相錯如此，則事之成敗利純，果足以為準？而聽言者果易乎？昔呂成公論諫之道，有三難：曰遠、曰疎、曰驟。是雖論周官師氏云，然大都其理實有然者，但名位權勢足以移人，故雖不遠、不疎、不驟者，亦未易言。

象之獨冒其難而言之，則事之大小緩急，又不敢輕議也，況所云氣節之當養，又非口耳張朱之糟粕者乎？

上勵精帝王之治，明目達聰，務得天下之是，不膠於故跡，則一時之名位權勢，雖能移人是非之真，而異時有不終泯者。然則，今日中部之行，固未能久淹之也。

象之往矣，慎益勵所脩為不懈。如因一摧折而遂自毀敗，則豈徒象之之羞，抑亦吾徒之憂。

送太學生國元振偕弟榮歸序

武邑先江西參政國公[1]之子曰元振者，讀書補太學生，今年需次銓曹，將歸省其母氏于家。而季曰纁者，以業通陰陽學，為有司舉訓術，既受命，遂偕還。其鄉之大夫士嘉二氏之能世先業，乃為詩歌贈之，鄉進士楊應文誼有姻婭之好也，屬余序作者之意。

於乎！世之仕者，孰不欲其子皆賢也。《蠱》之《初

---

[1] "武邑先江西參政國公"，即武邑縣國泰，天順四年（1460）進士，江西左參政。

六》曰:"幹父之蠱,有子,考無咎。"① 然而有不可必得者,蓋仕則子弟席父兄之勢,凡聲色貨利,舉可力致,遂忘其詩書禮義之習,而贈其奢淫侈蕩之心,易弗肯堂非脫②。然資質之高,鮮有不受變於俗者。有之,則若父兄紆朱拖紫,勳業雖振耀於時,而名如聲銷景沉,可立待,勢固然也,如元振兄弟之皆賢,可以多得哉。

雖然子弟之賢不肖,固不可必得,要亦有所以致之者。漢元侯鄧禹嘗曰:"吾將百萬之眾,未嘗妄戮一人。後世子孫,必有興者。"竟如其言。

余聞參政公始舉進士,主事武選,有聲稱,尋轉文選,為員外郎,奉璽書賑濟徐、揚。民饑,所全活者甚眾,晉參政太藩。然則二氏之賢,固有所自邪?《易》曰:"積善之家,必有餘慶。"參政公之謂矣。余因得而告之,卜氏有曰:仕而優則學,學而優則仕。夫仕非難,能學為難。蓋學所以明其理,而為仕之具也。能學則於仕易易爾,況仕而又學乎?顧世之將有仕者,則蚤夜而望之,視學如弁髦,而因以棄之者,其既仕可知矣。

今元振之歸也,定省之餘,偕其季未仕者,務事於學,以充其仕之具。既仕者,益事於學,以增其所未能。則兄弟之賢,將不止此,而於參政公之業,庶幾益有光哉。

---

① 幹:承擔,從事;蠱:事、事業。繼承並能勝任父親曾從事的事業。參見《易經·蠱卦·初六》。

② "易弗肯堂非脫",原文如此。《尚書·大誥》:"若考作室,既底法,厥子乃弗肯堂,矧肯構?"堂:立堂基;構:蓋屋。孔傳:"以作室喻政治也,父已致法,子乃不肯為堂基,況肯構立屋乎?"意謂子不肯做地基,豈談肯蓋房。後反其意,喻子承父事。

诸公之什，所以扬休颂美者，皆不出此，固亦爱莫助之之意也。

送戴景瞻判陕西徽州序

吾邑巨族曰戴氏者，世业儒，至翁有隐德，为乡缙绅大夫所重。其子曰景瞻、景良①者，皆游邑庠。余比在乡校，即知其名。然景瞻家去郡百里许，故心虽知之，未及一面。成化丙午，余寓京师，景瞻之子收始领乡荐，来得晤语。动止礼度，雍容不迫，窃叹收为有用之器。亦因以知景瞻庭训有素，非徒虚名可慕也。

今年春，景瞻偕弟景良谒选铨曹，余即往访，就宾阶接议论以纾倾仰。而景良之侍其兄如严父焉，余又知景瞻不但能教其子，又能友於弟也。呜呼！家庭之间，恩常掩义，父子兄弟，人伦之大者，而景瞻处之，举得其道焉。信乎！其见知於人。实足以当进脩之跡，不以既老或倦也。

居无何，乃以例受命判陕西徽州②，乡士大夫知景瞻者，莫不申饯於郊，且属余以言赠。

余方歎世之名为士者，视其外，裦③衣隆冠，非不读书明理道，楚楚然一伟人者。考其处於家，则一切苟简，以

---

① 参见《乡贡进士戴时章墓志铭》，《东川刘文简公集》卷十七。
② 即徽县。
③ 裦，同"褒"。

禮義為迂遠而竊笑之。故幸而得仕，亦不能振揚其事業。信乎！家國無二道，成敗之跡勢異而理同也。今景瞻儀刑於家如此，則舉而措之於官，其事業有弗可觀者乎？且新進之士，知識未能周於事，利欲易以動其心，故一旦居官臨民，往往擁虛位以竊利祿，而於事漫無可否。

景瞻自博士弟子員入太學，逾二十年，始循資服官政，一切紛華之利淡乎未接，無所歆豔於心。則其守之有素，又於世之居官臨民之事，飽聞厭見，靡有遺究，則明日有以佐理之聲，聞於秦隴之間者，必吾景瞻也。

嗚乎！靜言庸違古人所戒，而窮與達不異其心者，非豪傑之士不能。景瞻行矣，吾其試之哉。

送太守王君乾亨任廣安序

崇陽王君乾亨，舉成化丁酉鄉進士，訓導安岳、定遠二邑，士稱善教。秩滿，擢守廣安。濱行，同年友仵君佩之屬余以言贈。余於乾亨未荊識，竊以所私議者質於佩之，而為乾亨語，可乎？

天下之法，其興與廢，嘗因乎人。故法之立，不患不行於上，而患人自弊之耳。以其弊之，則執法者固不能無待於更張也。論者徒以鄭侯之畫一，謂立法貴善，不知有

亂人，無亂法。平陽之後，尚可恃其畫一乎？①

　　國家置師儒以長育人材，而敘用之典，不為諫議，則司風紀否，亦不失為郡邑長貳。今乃得一令，猶以為超遷，考其故，則非柄用人者，抑之固有所召也。

　　皇上嗣位，勵精治理。越明年，宰執大臣建議，凡師儒秩滿，銓曹論其績最，舉為御史或郡邑守令。祖宗成法之復，此其端乎？是法行於徃時，名位之顯隱，然負一代人物之望者可數。以今天下不異於昔，豈無若人者出於其間？顧士之始膺是舉者，皆以若人自期待不負斯法之行，則法之更張，固無自召矣。

　　然則乾亨徃矣，其思所自勵，以久其法哉？抑余猶有告者，法之在天下者，猶在一郡邑也。在天下者，行之以眾，勢不能不弊，而更張之。若在一郡邑者，則張弛自守令。故為之者，多任其功名富貴之心，以為法之因革，雖有畫一之利，於民者弗論也。於是廉恥道消，風俗偷薄，民力朘削，卒至召災致變矣。信乎！民之寧一有恃乎平陽之清靜也？

　　前之所稱，乾亨既慎自勵，以久天下之法矣；後之所稱，則執參之意，以期無變於法之善，以致私愛於吾廣安。而自勵之道亦不外此，佩之其為我語之。

---

① 即酇侯蕭何、平陽侯曹參。

贈千戶封德承襲職赴任序

古者文武一途，有扈之征，貴於六卿。周召出則分陝以治，入則弼亮是任。至漢，馬上詩書之論，雖若岐而二之，然運籌帷幄者，委任功業，終非販繒屠狗比。蓋有文事者，必有武備。徒有武備者，未必能文事也。國朝文階武勳，亦若岐而二之，但其所以相資為用之意，未嘗不行乎其間。故內則建武學於京師，設官以教，歲時考校而進之；外則籍於郡邑學校，風示之意至矣。

顧世祿之家多怙侈，其子弟類皆恣於聲色狗馬之事。間有從事於學者，又籍虛名而忘實德，曰：我之仕，非繫學與否也。其為師者亦曰：彼無與乎是也，曷勞心以歛怨？由是為武官者，但欲不隕前人遺緒，他無所覬慕，遂使文武之士若不相為用者，而輕重之勢生乎其間矣。

吾重慶封君德承①，年壯而志銳，氣溫而容肅。今年冬，其翁以疾謝事，乃廕為重慶衛中所千戶。濱行，同鄉士大夫榮而贈之。屬余以言，謂余姻黨，誼有瓜葛也。

於乎！文與武勢不可混而為一也。然今之所謂武，抑古所謂武乎？古之武，明於天時，察於地理，究於奇正虛實之變，平居則簡練撫恤，未嘗生事虐民；有事則智謀勇

---

① 參見《祭封主事程公文》，《東川劉文簡公集》卷二十一。

略，足以禦侮禁暴。今併是亦岐而二之矣。無怪乎頗牧之徒僅見於世也。

德承往矣，世所謂文，吾不敢飾虛言以聒之，而所謂武者，亦將有志於古乎？志於古有道，世傳孫吳兵法，太公韜略，軍旅之事大率盡之於此，熟誦以究其旨歸；復求戰國以來名臣良將所以運謀制勝者，孰為異此而成，孰為同此而敗。不徒知其人，又考其行與心而師法之，則所謂武者亦可變於流俗，其於國家廪敍之恩，前人艱難之業，庶幾兩無負哉。

德承世有令德，乃翁能於官。今其母八十有四，康強無恙，而翁事之孝謹，故其遺於後有如此。

哀典莊①陰先生詩序

成化丁未十又二月二十七日，內江典莊陰先生卒于家，享年九十有一。越明年三月，其子江西僉憲宗孟②賫慶賀聖天子即位表，寓京。訃適至，哀慟踰禮，鄉里之仕於朝並朝之士大夫，知典莊及僉憲君者，莫不傷吊。又各形於詩歌，以寄哀挽之意。僉憲君集成一帙，大宗伯南皋子先生③

---

① 典莊，指陰子淑之父。
② 陰子淑，字宗孟，其先崇陽人，徙居四川內江，成化壬辰（1472）進士，知荊門。
③ 周洪謨，字堯弼，號南皋子，敘州府長寧人。正統十年（1445）進士及第，殿試榜眼，修過《英宗實錄》《憲宗實錄》。官至禮部尚書、太子少保。弘治五年（1492）卒，謚文安。

既弁諸首，復命余識簡末。

嗚乎！余尚能序之耶？始余聞典莊，處世崇正，道闢異端，邑人號曰陰孟子。凡冠婚喪祭，一本家禮而篤行之。教人課子弟，倦倦於理，欲之辯孝弟忠信之事，而其言行，皆可師法，蓋毅然樂善敦古道者。今倏云亡梁木哲人之歎①，孰能為情抑？竊有所感矣。

大凡隆名盛福造物者嘗靳之，故脩德履道者，或不足於名位之貴，而金章紫綬者，少齊期髦之年。昔文中子②教授河汾，終身布衣之賤。潞公貴為大師，壽復冠耆英，相傳為難得。古今兼之者，幾何人耶？

觀典莊所蘊蓄，使得志而行焉，當必大有可觀，而非俗儒規規③於事，為之末者，乃竟止布衣。

凡嘉言善行，但薰染於鄉邑之間，豈非造物者限量之耶？雖然，僉憲君以壬辰④進士，嘗刺荊門，循良之化，民翕然戴之。洎受上知，擢理江西刑獄。不數月，激濁揚清，中外鼓譽，要其處心積慮，皆不背典莊教育。故觀僉憲之施為，益可驗典莊之所存矣。然則典莊雖不享有名位，而獲終壽考，發於其子，則所謂隆名盛福得無兼之乎？

嗚乎！士大夫之所以哀之者，其亦有感於斯耶？庸書簡末，以徵福善。若典莊德善之備，則有名公誌銘狀在，

---

① 《禮記·檀弓上》："孔子蚤作，負手曳杖，消搖於門。歌曰：'泰山其頹乎？梁木其壞乎？哲人其萎乎？'"
② 文中子，王通，字仲淹，號文中子，隋河東郡龍門縣通化鎮人，教育家。
③ 規，"規"之異體字。
④ 成化八年（1472）。

故不多贅。

送鮑君廷璋考績還任序

成化丁酉冬，家君謁選銓曹，得尹麻城①，時邑士夫多趨顧者，而鮑君廷璋，寔始就見。廷璋謹厚明達，咨以風俗民情之上下欲惡，及吏治興革可否，皆能明白昌言。家君竊器之，顧謂某曰："小子識之，此識時務士也。"然猶恐其為時俯仰者。比至，邑士夫趨走庭下者無間旬日。而歲時伏臘，慶賀之士接踵于門。遊宦於外者雖不面，而問訊之刻薦投，獨廷璋非公事未嘗謁私室。於是乎又嘆廷璋可重者，不徒才之通敏也。家君陟內臺，遠違邑矣。而平時握手相笑談者，情好固不易，然亦有賦青蠅者，而廷璋獨如在邑時。家君以御史謫補外任，一時同宦者固少及門矣，況遠者乎？而廷璋相問候猶如御史，於是乎又嘆廷璋非市道交，而翟公書門之言，不可以概論人也。

弘治戊申，廷璋就選為魏令，魏距京師不千里，宦遊之士多道者，余因得而問之。其上者曰：勤於吏，邑無廢事。其下者曰：民安其業，閭閻無歎息愁恨之聲。涖任甫三年，巡撫者以禮犒勞，觀風者疏其治狀，薦可補內台，以勵能者。事雖未行，蓋有待也。

---

① "（劉規）知浙江餘姚縣，以父喪闋服，改知湖廣麻城縣。"（《明大中大夫廣東布政使司左參政是閒劉公墓志銘》）。

余嘗怪世之士,當其未遇,不知事所以壯行之,具徃徃覘守令短長,從而媒糵之,以為能或望眉睫以趨赴。平居開口議論天下事,若指諸掌。及沾一命,乃縮手擁虛器,惟瞑目聽吏胥以私便其家圖。如廷璋,庸不違於靜,可多得哉?

今年以初考績最,宰執大臣議留遷秩,又重速奪魏人惠澤也,乃復屈徃。濱行,吾友周君公美、萬君汝立,屬余以言贈別。

於乎!才如廷璋,行誼如廷璋,治績如廷璋,余固心服而雅重久矣。其名位之來,當迫逐而不舍者,雖欲有言,固愛莫助之也。惟循吏之傳,自兩漢而來,史氏皆不絕筆,蓋欲信今傳後以垂法,庶幾為善者知所趨向,而一時好赫赫之聲跡者,不為所惑。然則廷璋異績,余辱在太史,後當執筆以俟,惟不以宦成名立而少怠焉。則所望也。

送教授吳君廷圭序

國家重維城之固,凡封建諸王百,執事既遴選以充,而於輔德講業之官,尤難尤慎。弘治辛亥[①],衡陽王府教授員缺訓導,曲靖吳君廷圭以秩滿,屢試占上第,遂擢補之,

---

① 《劉春墓志銘》:"弘治辛亥,憲廟《實錄》成,(春)轉修撰。"此《序》撰於弘治四年(1501)。

大行金君舜舉①、主事白君鳳儀，乃屬余以言贈。

余於廷圭不相知，而舜舉、鳳儀則同年友也。二君雅負知人，鑑慎許可。而廷圭司教於涪，寔其所產地，欲知廷圭，惟卜於二君而已矣。二君之言曰：廷圭行能軌物，而學足為人師。吾涪僻居蜀西北，富家大族，類皆恬於進取。故俗寡詩書弦誦之聲，即有之，非貴遊子弟，則寒門之士資以進身者。廷圭來，正言激論，既足以風厲人心，而厚德明倫，又足以飭正士行。故群一郡之士，為學宮嚴條約，以身先之，務使講學以脩身。閱九年如一日，而俗皆知所趨。向廷圭在涪，人懷之，既去，而人思之。

余嘗恠②世之教者，役志於月書季攷，鮮有身教者如廷圭，蓋未之前聞也，則持此師藩國有餘裕矣。雖然，帝王之學與韋布不同，韋布之士質經究史，掇菁擷英，務為文章，以取科第固也。而議者猶以為藝急於末，而忘其本，況王者乎？王者務在明於孝弟忠信之義，以脩於身、刑於家國而已，藝故無所於用者。昔孝武策諸王有曰：允執其中，曰毋俾德，曰乃惠乃順，維法維則③，故史氏載之以為訓。然則欲盡師道於藩輔者，可為鑒也。

國家自祖宗以來，深仁厚澤，固結人心，聖德神功，益隆天命。故諸藩輔哲王輩出，率身端行，治保國乂民，而衡陽之在諸藩頌德者尤歸焉。

---

① 金舜舉，參見《送憲副金君舜舉之天津序》，《東川劉文簡公集》卷十一。
② 恠，"怪"之異體字。
③ 參見《史記·三王世家》。

今廷圭之徃也，知王者所以為學之意，而朝夕論道，考德於廣廈細旃之間，則其勞固不必如在涪，而所任之重，又非郡之師可埒矣。此則儒者之榮，廷圭之能事也。庸以是復二君，而相廷圭之行。

送王君宗孔倅[①]重慶序

重慶在蜀為大郡，凡兵、農、錢、穀諸徭役，俱甲於他所。弘治戊申，歲大侵，民用弗給，老者死，壯者徙，雞鳴狗吠之聲四境不聞。有司馳報，皇上軫念，發內帑之藏，截綱米之運，遣能吏及藩臬重臣，悉心振救，恩渥甚也。但救荒無奇策著自古昔，蓋民之嗷嗷待哺，急於焚溺之危，而所司之防奸杜弊不敢不密，以待哺之民，而網以密法，既無濟矣。又因里胥以為貧富，而幽遠之民率不能自達，是何惑乎？實惠之不能敷也。惟有司設施有成算，不以勢沮，而失於不均，不以奸欺而混於所施，庶幾其可耳。

吾郡守令蘭陽毛公[②]，才博而心公，令行禁止，雖遭惡歲，民猶有所倚賴，獨來之晚，未及先事而備，蓋救荒於既然，雖豪傑之才，不能免。夫前議惟有所備，斯策之上

[①] 民國《巴縣志》"官師""職官"重慶府同知無王宗孔。此可補方志之缺。倅，音cuì，輔助，如倅貳，佐貳的官。

[②] 毛泰，字時亨，蘭陽人，與劉春父劉規同以成化五年（1469）取進士。景泰中毛泰守重慶，爲知府。是《序》撰于弘治元年（1488）。

者。然備之之法，豈徒常平義倉，天地間生財自有數，不在官，則在民。在民者，自可以給在官者，則泥沙取之錙銖罕及，勢固然也。昔之儒者有曰，諸賢能寬一分，則民受一分之賜，仁人之言如此。今世儒者，一登仕途則功名富貴迫逐其心，競以此為迂遠。皇上御極，慮儒者之效未暴白於天下，故凡進退人才，昭示此意。

湘潭王君宗孔，以鄉進士起家，教諭錢塘、良鄉，晉助教太學生。其教人，皆明禮適用之學。則救荒之論，蓋深究而篤於自信矣。未有可以教於人不可行於己也。況天下之事，常成於眾人之同，而敗於自異。今宗孔又得毛公，儒者以為之長。則計策之出，不謀而同，以篤於自信之久，而又遇夫不謀而同之人，儒者之效，其有弗濟矣乎？

宗孔濆行，凡在蜀之士大夫皆榮而餞之。春，郡人也，又屬以言，郡之事劇，而所告止於此者，先所急也，亦諸大夫之意也。

送員外郎陳君任南京序

吾鄉陳君廷威[1]，成化戊戌舉進士，拜行人。越七年，擢南京戶部員外郎。故事，行人一考擢御史，非三考不授是官。聖天子嗣位，銳意化理，凡人材拘於時格而淹滯下

---

[1] 陳鉞，字廷威，巴縣人，成化十四年（1478）進士。

位靳所設施者，皆式序於上。故行人員外郎之陟，更為六年。

廷威自釋褐，一官餘十年，首膺此舉亦榮遇矣。浹辰告行，司正楊君合同僚者祖而餞之，且屬余曰：廷威之志行，基於此，盍思所以贈之？

蓋古者，周官有大小行人掌賓客之禮儀，適四方則以五書，每國辨異之，以反命於王，以周知天下之故。今之行人，雖其職任略異於往昔，而將天子之命以適四方，以典禮儀，則猶然也。

廷威兩使於蜀，於秦於楚禮儀固非所論，其於天下之故，則不徒得於諏咨度詢，而又能究其所以處矣。今超拜是官，典國家財賦舉而措之，以潤澤生民，休光前烈，固其時哉。

雖然，吾於廷威之行，重有所感矣。方今國家率以科目收天下士，固非鄉舉里選而用之，乃拘於格例。故人之才雖不相上下，苟一登要路，則其始終成就必大相遠，有不可以力致者。

嗚乎！古之人有起於版築魚鹽市肆者，有興於販繒屠狗者，究其事業，非不照耀史冊。然考其初，使棄而不用，或用枉其材，則亦終於無聞矣。事業之樹立，可以格例拘乎哉？

今廷威適當變更之初，脫穎而出，事業發於久畜之餘，殆非尋常可倫。然則，今而後，知格例果不足以盡人與否者，其必自吾廷威始也。庸書以俟之。

遠瞻雙慶序

　　涪陵有曰黔清老人者，讀書邃星象堪輿之說，徃者蒙恩給冠服，今屈指甲子八十有三矣，配亦如之。四月望前一日，寔初度也。子二，佐天錫，入粟冠帶；佑天相，以太學生判滄州事，著能聲。諸孫森然玉立。

　　天錫居家，歲值翁佳辰，則率子若婦稱觴戲綵，堂下親黨及士大夫之家居者，咸集致頌禱焉。時翁與孺人坐堂上，飲少醉，則酡顏鮐背，策鳩杖望之，如神仙中人。惟天相羈官守，念不獲隨。伯兄後至，曰：亦率子若婦，西望庭闈遙祝。維時仕於滄者，自刺史劉君而下，於天相寮寀也。既舉旅行慶處於滄者，自都給事中趙君而下，於天相治屬也，亦舉旅如刺史焉。衣冠之會，極一時之盛。

　　吾友鄉進士曾君惟臣，乃扁其堂曰："遠瞻雙慶。"而語於余，曰："是吾蜀人瑞也，請序而傳之。"

　　於乎！壽者，五福之一也，古之愛其人者，恒以之祝願，況子之於親乎？然而有不可必得者，則過非其時，處非其地，而無賢子孫為之後也。

　　國家百餘年來，仁漸義摩，四方無鬬爭兵革之聲。詔旨諄復，凡孝子順孫，觀風者採之，守令為之聚土表門閭，和氣彌滿兩間，人固有鍾之獲壽考者矣。然皆散見錯出，未有室家同甲而躋壽域者，豈惟不見於今？

三代時，吉甫惑於假蜂之讒，《魯頌》僖公曰：令妻壽母。則兼者亦寡矣。惟楚老萊子傳，稱其孝奉二親，年七十猶着班斕以為娛，則萊子父母，雖不必同甲，蓋獲壽者也。降是雖有香山九老①、睢陽五老②、洛社耆英之會③，然皆異姓，無所謂雙壽者。豈亦有之而無賢子孫如萊子，則固泯沒無聞耶？

今翁與孺人壽既逾八望九，又得天相昆仲居於家者極色養之懽，仕於外者致祿養之孝，則翁與孺人之壽，又不但如此而已。古會川有兩尹先生者，兄弟同甲，壽八十，學士虞文正公④既序而慶之。越十年，同至九十，文正公復為之序以慶。迄今知有兄弟同壽者，文正之文傳也。

如翁夫婦較諸兄弟，不甚相遠，獨愧春非文正，文不足以傳，則翁之盛美，莫能藉以揄揚於後。然竊有祝者，惟節判君至七十，功成名遂，謝政而歸，翁與孺人躋期頤聰明強健如今日，於是從伯兄舉萊子之服，以同娛之。則春雖不佞，願為之傳，使萊氏毋專美焉。今日之遠瞻雙慶，姑為之權與也。

---

① 唐代白居易、胡杲、吉旼、鄭據、張渾、盧慎、劉嘉、狄廉謨、盧貞九人在洛陽龍門寺聚會，稱"香山九老"。九人名史傳不一，一說有劉真台、李元爽、僧如滿。

② 指杜衍、王渙、畢世長、馮平、朱貫宋朝五位重臣，辭官後寓居睢陽，常晏集賦詩，時稱"睢陽五老會"。

③ 又謂"洛陽耆英會"。宋文彥博、富弼、席汝言、王尚恭、趙丙、劉幾、馮行己、楚建中、王謹言、王拱辰、司馬光十一人（一說十三人）用唐白居易故事，置酒相樂，稱"洛陽耆英會"。

④ 虞文正公，虞集，其《道園學古錄》卷六有《兩尹先生慶九十壽詩序》。

送劉文臣教諭玉田序

　　吾友鄉進士丁君希說①，語於春曰：教諭劉君文臣，相先生也。先生少受業於今大方伯蔣公，凡書無所不讀，讀輒能強記。有異才，能文章。用是，甲午舉於鄉第十一人，戊戌試南省，登乙榜，人強之曰："以子之才，終無不利於科者，幸毋急於仕也。"先生曰："凡佐之得薦，乃有今日者，吾父教也。今吾父甲子，屈指已逾耆望老，得升斗祿，幸及親養之，固有榮於三公者，況官無如典教職清任重，患弗能耳。"

　　乃就選，得鳳翔之麟遊，至則迎養其親，罄常祿以具，滑甘豐柔，視寒燠之宜。居官躬勤，訓飭士類，多所成就。已而，親以天年終。先生讀禮家居，執經問難者接踵於門。去年冬起復銓曹，相始以鄉後進得請卒業，指授奧義，若發矇者，顧質疑方殷，而玉田之命下矣。王事有程，相莫能留也，而驪駒之談，非所以告君子者，敢請。

　　嗟夫！文臣於余同鄉，其行誼文學，得於鄉士大夫，膾炙素矣。今之行，誠不能忘言，況重以希說之懇懇乎？

　　竊嘗議之古之士，十五入大學，四十始仕，仕則知其職之所當為而能勝之。後世功利之心勝，而脩己之業疎，

---

① 即丁相。參見卷二《送丁希說尹臨潼序》。

士甫通章句即目為儒，一登仕籍，則趨進之心益熾，而於孝弟忠信之行視棄如弁髦者多矣。

如文臣，學足以明道，行足以檢身，執是而往，則明復於泰山，翼之①於蘇湖，當不讓者。春故愛莫助之也。雖然，昔陽亢宗②為國子司業，告諸生曰：凡學者所以學，為忠與孝也。諸生有久不省親者乎？明日歸養者二十人。

嗚乎！古之人在上者，以德行道誼化之；在下者，以德行道誼應之。後世視此，鮮有不以為迂者。士之急於功利有由然哉！

文臣往矣，幸毋以是為迂也。夫不潔於身，而徒飾於外，志於同俗而欲慕乎，古未有能者。文臣勵脩潔之操，無同俗之類，吾見教之易行也。

希說曰："請以是語。"遂書而贈之。

東川劉文簡公集卷之九　終

---

① 胡瑗，字翼之，北宋校書郎，湖州教授。弟子數百人。
② 唐代道州刺史陽城，字亢宗。

卷之十

序

送蘇祖禹司訓中部序

師以道得名，古者不專設官，漢興始有博士，唐有博士助教，宋有教授、學錄諸官，然皆長吏，得以辟置。國家稽古右文，法立大備。凡天下郡邑皆有學，學必有官。官之所事，修身以律士，講學以教人。凡簿書、錢穀、刑名類，皆不得雜之、責之，專任之重，視古有加矣。

郡邑有官屬。故事，守令臨之，森然冠履之分，相見必趨，相遇不坐，有禮會不敢與，虔若小侯之事大國。其不職者，得叱辱捶楚①之。若師儒之官，雖亦在屬中，而皆不得以此相臨，每相見如賓，有禮會必與，蓋亦所以重而尊之也。

於乎！以吾一介儒者，班列品服，皆混於等夷之中，而上下之優異乃如此，為若官者，可以不自異於等夷乎？顧習俗移人，往往置其所自重者，反於區區勢利之薰灼而委心焉。求其所職其賢者，則季考勤也。月書具也，束脩不責也；不肖者反是，甚有視學宮如傳舍，亦無弦誦之聲者。於乎！使師儒可以是盡之，則夫人皆能，而上下之間，亦豈必如是之優異耶？其所謂以道得名者，惡乎似也。

吾鄉蘇君祖禹，今年有司以名薦禮部，試於廷，授訓導中部。祖禹育德邑膠幾二十年，豈不於古之人物、風俗、治道悉究，雖今之人物、風俗、治道，其所以盛衰隆替，莫有遺者。然則師儒之賢不肖，與能勝其責任之重與否，固有所處矣。

今之中部也，異日有以師道蜚聲於關中而出於等夷者，必吾祖禹也。

抑中部令任君象之②，吾同年友，頃以翰林庶吉士為才御史，假令於此。蓋有志乎古之循良吏，非若世之仕者，以敢擊行務汲汲於名者。

大抵守令師儒事皆相湏③，但異專與咸耳，必風示不

---

① 捶楚，杖擊、鞭打。亦爲古代刑罰之一。
② 任象之，參見《送御史任象之尹中部詩後序》，《東川劉文簡公集》卷九。
③ 湏，古同"浼""潣"，音 mǐn。央求、請求，如浼人，請托別人；浼求，托求；浼止，勸阻，阻止。

二，則趨向一。今任君施之以政，祖禹率而行之，吾見教之易行也。

祖禹行，同鄉者相釀致贈，吾故敘而預道之。

送吳汝和①乞改官南京侍養序

戶部副郎吳君汝和迎養尊翁於官所，越七年，疏乞改官南部，便侍養。詔改副南京職方郎。

汝和世家金陵，初舉進士，試政戶部，即蓄此志，計年資未知所適，有難預語者。會當道者請增屬僚，銓曹即序用汝和，故不及以情言，既志不可遂，乃為迎養之舉，非得已也。然南北風土，老者異宜，而汝和又恒以賢勞事事於外，故翁雖迎養，終厪莊舄之懷，而汝和又不獲目待，於是有不釋然者矣。

今之請，荷聖明以情允俞，蓋不獨汝和喜，凡知汝和者皆為之躍然也。汝和奉翁南還兼之官，陳君宗文、丁君應韶相率同官者送之，而屬余以紀事之任。

嗟夫！孝，本於性、發於情，凡人非伊陟，宜無不知所以事其親者。夷考春秋戰國以降，敗倫滅性者往往而是；獨考叔以純孝稱於左氏，子騫以孝哉稱於尼父。兩漢而下，

---

① 吳汝和，乾隆《江南通志》卷一百三十九《人物志·宦績·江寧府》："吳彥華，字汝和，江寧人，成化辛丑（1481）進士，歷戶部郎，出守荊州，州多水患，築堤二十餘里，戶口歲增，百畝加辟，（正德中）擢四川參政，開瞿塘三峽古道，人得陸行，無風波患，事聞劉瑾，以功不由已，黜歸。瑾誅，复官浙江布政。"

太史公、班孟堅、范蔚宗於忠義、遊俠、文藝、隱逸之類皆列傳，而無所謂孝友者。至歐陽文忠公始為之，豈以為無所輕重而不傳邪？

或如春秋戰國者無可傳也。仰嘗即文忠所傳讀之，蓋皆委巷之夫，不幸而遇非其時，又不幸而適遭其事，大率昌黎所謂毀傷支體以為孝者。然後知古之人處其常，而不以一行稱者多也。然則文忠所傳，豈人子所得已哉？

如汝和，仕既通顯，翁高年，方康強無恙，又際聖明孝理天下，得如所請，是皆人子所願欲，而不可必得者。今之南也，翁既安其鄉土之適矣，汝和出則治事於官，入則定省於家，則豈獨於孝足稱哉？

汝和自官戶部，嘗督餉三邊，監賦河南、山東，及總出納於兩淮、京倉。又嘗使山東、河南，催運天下轉輸，儲蓄三關糧草，兼提督畿輔要郡諸倉。所至寬不縱弛，嚴不刻虐，事集而民安，籍然聲稱。蓋其孝之根於性，而移於所事如此。計是而往，則所以建立於時，垂休於後者，可量也哉！

春方嘆二親在蜀，欲為此舉而不可得。聞二君之言，遂喜而序之。

送范廷用尹慈利序

世皆以縣令難為，而福民甚易。以其易，則凡懷負才美者，大之不得為公卿坐廟堂，相天子以行道於時；次之不得列臺諫，論政事失得以補拾遺；闕則皆欲居之，使環百里之民有父母之戴，亦道之行也。然而官不過七品耳，凡榮辱得喪，有長吏焉，皆得以情加之；得其心則閭茸擅龔、黃之譽，否則反是。故其勢難為。

嗚呼，亦甚矣哉！朝廷建學育材，養之於未用之時，而器使於可用之日，固將有所資。而吾之所以受任者，亦惟行所學也。即以令而論，令在牧若民，而榮辱惟能否是視，矧公議在人，不以一日而忘。使能其事，雖不獲乎上，必獲乎民；雖不得譽於今，必將垂譽於後。古之人如即墨毀言，陽城自考①，竟伸其志於當時，況後世哉？

吾鄉範君廷用②，少負大志，讀書明理，屬文有奇③氣，先生長者咸器重之，當必大顯達。然自領鄉薦，懷抱利器，累試春官，弗售，人若不堪，君不色慍，蓋其所養厚也。今年夏，乃謁選銓曹，得知慈利縣。慈利，雜蠻獠兼戎衛環戍外疆，非負才局威望不足鎮憎其心。命下，同鄉士大夫咸宜之，屬余以言賀。

春於君業同學，為先進，知之深。觀其志略，不以外

---

① 《資治通鑒》卷一《周紀‧烈王》："齊威王召即墨大夫，語之曰：'自子之居即墨也，毀言日至。'"《舊唐書》卷一百九十二《列傳》第一百四十二《隱逸‧陽城》："賦稅不登，觀察使數加誚讓。州上考功第，城自署其曰：'撫字心勞，征科政拙，考下下。'"後以此典指官吏體恤民情，不計自身榮辱。

② 明萬曆《慈利縣志‧秩官》：明代有知縣范時征，內江人。誤，應為巴縣人。道光《重慶府志‧選舉志》成化辛卯科（1471）舉人："范時征，巴縣人，監利知縣。"有誤，應為慈利縣。"廷用"當是范時征字。

③ 竒，同"奇"。

物少動於中者，其於福民之易正，所樂為而難為之論，非所教也。今世仕者，往往惑前議，少變其初，故循良之績不滿天下。則明日有蜚聲於湖南者，非吾廷用其誰歸？余忝在載筆後，庸俟大書特書以耀於無窮云。

送陳思遜倅山東運司序

鹽之有稅，昉自夷吾①相齊後之英君，誼辟率藉，以資軍旅之費，助賦斂之不及，未有罷之者。然罷之，則縱未作資，遊惰益侵暴。故君子曰：官為厲禁，俾民取之，而裁入其稅，則政平而害息，盖確乎有見者。我朝置轉運之司領之，亦以此。但法久弊生，故富商大賈恒累萬金，而業以為生者，至瓶無儲粟，財不積於上，而民就窮於下，豈所以損有餘補不足之意耶？

然則有用世之心者，吾未見其晏然而已也。成都陳君思遜明三禮，成化乙酉鄉薦第五人，遊太學，友天下士，窮理養心之外，凡世之兵農錢穀，有司之事，無不講，盖將有志於經濟之業者，覬一對大廷，以成其信。然試春官餘二十年，竟不遇，豈天靳於斯而昌於後邪？知思遜者，固重惜之，而思遜了無輕重於其間也。

今年夏，乃循例得倅山東運司，余同年友許君文厚，

---

① 即管仲。

屬余之贈。

自古興利之臣，何世無之？然往往投隙於其主英明之後，及其術一售，則亦賈禍不細，後之人議其主者，未嘗少逭其咎也。嗚乎！君子立心操行，要自有道，非以時之上下變易也。使不幸而遇其時，猶當思所以捄①之，況非其時而為之作俑乎？

今聖明紹統，軫②念民艱，凡百弛張之典，皆思所以止費裕民，故鹽榷③之官，慎簡乃寮④，思遜所遇，不可謂非其時矣。

嗚乎！民者，邦之本；財者，民之心。《易》曰：損上益下為益。古之聖賢，非徒為無益空言也，世之君子亦非不講明而熟玩之。顧功名富貴，迫逐其心，鮮有不婩阿𣵠忍⑤以投時好者。

思遜懷用世之心久矣，今又遇其時，而民之就窮者，抑又所當捄如是。而不有所為，以自樹立，則不用之類耳。

吾聞思遜尊翁，官千戶，以舉職進階明威將軍。今伯兄思實，襲補為能官，方進未艾。思遜行將振起於山之東，則明日簪纓⑥縉紳於一門者，夫豈徒閭里之光？庸書以

---

① 捄，"救"之異體字。
② 軫，音 zhěn，傷痛。屈原《九章》："出國門而軫懷兮。"
③ 鹽榷，音 yán què。政府對食鹽產銷的壟斷專賣。
④ 寮，指小屋，小窗。此指鹽榷官舍。爲止費裕民，鹽榷之官謹慎簡樸，不敢使寮舍奢華。
⑤ 婩，音 ān。阿，同"婀"。婩婀，依違阿曲，隨聲附和，沒有主見的樣子。韓愈《石鼓歌》："中朝大官老於事，詎肯感激徒婩婀。"𣵠，音 tiǎn，污濁、卑劣。
⑥ 簪纓，音 zān yīng。古代顯貴者的冠飾。比喻高官顯宦。

俟之。

贈御史趙君文鑑[1]考績序

御史，古官也。自公卿及百執事臧否皆得以言，凡天下兵農錢穀之利害，皆得以建白[2]興除。其任博，其責重，故非特公卿百執事知所欽慕，雖武夫悍卒、童稚婦女不知法令者，舉漠然無所顧忌，惟語及御史，則惶汗悚懼。是故法令之行，惟御史是聽。而世之負才美者，恒願居之。

然而非所樂也。蓋其任博，則不能無恩讎毀譽於人，而榮辱得喪所由繫焉；其責重，則又非淺識狹量汲汲於名利者所能居也。雖然，此亦不知道者耳。古之從仕者為人，則凡大言大利，小言小利，知為國謀而不知為身謀，知為天下民生休戚計，而不知計一己之休戚。是固所欲居也，抑豈非所樂者耶？

吾蜀永川趙君文鑑，天順壬午領鄉薦，越十年，始舉進士，拜知縣，又十年，始得徵為御史。君初知縣於長沙瀏陽，地僻遠民，聚習俗惡，厲乃除穢革邪，敷和於下，又陳事之可興革而不得自專者於當道，皆行之，因以知名。

及為御史，設施益稱其才；按治兩淮，諸權貴無敢怙

---

[1] 趙烱，字文鑑，永川人，成化中任瀏陽令，江西清軍監察御史，雲南副使，以忤時相謫漢中府同知。

[2] 建白，意為提出建議或陳述主張。

勢撓法；稽察江西案牘，宿弊剔革；歸，其長以公正激揚旌之。蓋其為人之心，自蘊於發軔之初，無一日不然也。然則，御史乃其所宜居，亦所樂居，豈以區區得喪，少動其心者哉。

今年滿考績最，得推贈其親如其官，雖已不逮，而所以顯揚之者亦至矣。同官者榮而賀之，屬余以言。

嗚乎！余言曷足為輕重。顧公於家君為同年且同官，知之深。今聖明在上，崇獎言路，以振紀綱，於御史言無不利。如君之賢，適維其時，則非惟得益展厥蘊，而功名富貴將迫逐而不舍也。顯揚之孝，豈但如此。庸書以俟之。

送周制中貳尹寶雞序

邑有丞，所以參贊令之所不及。古者設官，尚書有左右丞，御史有中丞；今之制，寺監猶有丞，公卿而下雖無丞之名，然部省有左右內外，臺有副有僉。政有大小，職有崇卑，其為丞之義一也。

昌黎韓文公記藍田有曰：丞之職於一邑，無所不當問。則然矣。又曰：惟涉筆占位署，漫不可否事，乃以為丞負宜不能無議於後者①。孔子曰：不在其位，不謀其政。《易》

---

① 參見韓愈《藍田縣丞廳壁記》："丞之職所以貳令，於一邑無所不當問。"此為摘句，參見韓愈全文。

曰：君子思不出其位①。烏有既為丞知其職，乃獨狃②於習俗，而以掃溉③為公事，是孰負哉？

余友嘉定周君制中，遊太學幾年，懷抱利器不得用；今年謁選，乃得丞寶雞。濱行，同鄉者榮而賀之，丐鄉進士楊君正元、劉君道行屬予以言贈。

於乎，余言曷足為輕重！然慕回路之義，故以是語之，抑余猶有告焉。

宋文節楊公④在紹興，初為零陵丞。時張忠獻謫永，杜門謝客，文節固求見，乃勉以正心誠意之學。文節服其教終身，因名讀書之室曰"誠齋"，後為名臣。夫忠獻在當時以身繫天下安危，而文節剛方博大，亦推重於時，乃以誠意相勉，則二公之所操履蓋可知矣，況非二公者乎？

然則制中之丞寶雞也，試以忠獻之言時省而力行之，庶幾能不負丞者。毋曰聖賢之事非所敢聞也，或曰今之官惟以苟且集事為賢，以二公之論告人非迂則諛。

於乎！誠之道，隨所居所稟，無不可行者。事乎上，無足恭；施於民，有實惠；交乎人，絕面從而心異。如為世俗之言，則蹈昌黎丞負之議，亦非諸君所以贈制中也？

---

① 參見《周易·艮》："《象》曰：兼山艮，君子以思不出其位。"
② 狃，音 niǔ，拘泥，因襲，習慣了不願改變。
③ 參見韓愈《藍田縣丞廳壁記》："斯立痛掃溉……"
④ 即楊萬里。

送唐敬之節判考績還任序

　　成化丙午秋，唐君敬之以太學生謁選銓曹，得判通州。越三年，今上即位之二載，實弘治乙酉[①]冬，初考績最，復任。同鄉仕於朝者榮而賀之，屬余曰：通之為州，北距京師不四十里，近凡粟米力役之征外，苛責百出，朝令而夕不得，則見譴於人。且公卿大夫以及内廷侍從，出使南畿、閩、浙、楚、蜀、兩廣、山之東、江之西，及是處之有來者，道必經焉，勢不能無所需索。迎謁有不如意，皆能以勢臨之。故凡吏於其土者，必通敏有才識始克濟。然以其征輸之繁，民無息肩之期，故編戶於里者，率移徙他所不完，而為之長者益難。

　　今敬之任職三年，寬不縱弛，猛不苛刻，惠而愛戴於人，非負才局有愛民之志者不能。因見器於部使者，聲稱勤恪，是可與也。

　　盍一言贈之乎？余曰，是則有然者。抑余於敬之，不但今日知其然也。敬之先尊甫翁於寒族，誼有瓜葛，情好通家，余因得而悉之。其先世隱德，至翁治產積居與時逐，不窺市井，不行異邑，致富然好行其德，人有急者周之無難色，負者不固責償，凡吾鄉稱富而好禮者，必曰唐某。

[①] 原文爲弘治乙酉，有誤，應爲己酉，弘治二年（1489）。

自郡之長吏皆與分庭抗禮，而郡中之賢豪，無不折節相友善。人謂翁之所積者厚，不在其身，當在其子也。

及觀敬之，循循雅飭，惟知事親交友為事，雖處豐腴，未嘗以氣陵人，人又謂敬之所就益未可量也。然則唐氏積累於先而發於敬之，敬之脩於其身，而見於既遇，其固然哉。昔蘇長公論達賢者有後，張湯是也。又曰：張湯宜無後者也。余始疑之，及跡湯之行皆酷烈舞智御人，始信長公之論。

敬之有弟曰仁，嘗從余遊，育德郡膠，駸駸①嚮用。今以是究之，則翁之所流澤於後者當未艾。而敬之所以膺祿位於將來者，如上丘陵，自卑而高矣。是宜序而贈之。

送陳君嘉言②尹江津序

弘治庚戌，江津令闕員，其小人曰：令，所以牧民也，安得奉法、循理、治勤、惠愛者為之，使吾民有所息肩乎？其君子曰：令，所以宣德流化也，安得愷弟、樂易、敦本、務實者為之，使吾人有所矜式乎？於是相率言于所司，以聞於上。

越明年，得陳侯嘉言徃踐其任。維時邑人鄉進士楊廷

---

① 駸駸，音 qīn qīn，馬疾速賓士貌。晉陸機《挽歌》之一："翼翼飛輕軒，駸駸策素騏。"

② 民國《江津縣志·官師》明代知縣無陳嘉言，茲可補之。

衡，合邑之寓京師者謁之，退而語曰：侯之貌恭而和，言直而信，德厚而有容，邑人之情其殆有所慰乎？乃來語余屬為之言。春，郡人也，江津郡邑距上流百里有餘，凡令之淑慝，政之美惡，皆波及焉。聞廷衡之言，竊為之喜而心賀也，誼不可嚜①，則以所私念者與議之。

世之論守令者，必曰龔、黃、卓、魯②，天子以是責於監司，曰：有是者，毋匿不聞，用旌異之，為守令勸。監司以是責於郡邑，曰：能是者，吾不敢蔽，否則式惟爾罰。其為守令者，亦以之自期待似也。然嘗究夫時之所舉，與所行者乃相違焉，何也？

史稱霸，溫良有讓；遂，忠厚剛毅；茂，寬仁恭愛；恭，性謙退。至論其治狀，大都力行教化而後誅罰，視民如子，躬率儉約，督民樹蓄，舉善而教，口無惡言，未嘗事敢擊以崇赫赫之名者。律以今所稱所行，則所謂其名是其人，非者得無似之乎？然則，尚友四子者，必求於古，無慕乎今，則名與位，自迫逐而不舍矣。

廷衡曰："子之言是矣。顧習俗與世移易。四子者，在昔固宜，今欲似之，僅可得乎民耳？而欲獲乎上，殆與操瑟立齊門者類也。"

余曰："古與今不相遠，而四子在當時，亦不甚為人所知。如遂，僅為郎，不任公卿；霸，連貶秩，後始封建成

---

① 嚜，同"默"。
② 龔、黃，即漢代龔遂、黃霸，參見《漢書·循吏傳序》。卓、魯，即漢代卓茂、魯恭，參見孔稚圭《北山移文》。龔、黃、卓、魯，此處泛指循吏。

侯；茂，在密，人蚩其不能治，光武下詔褒美，封褒德侯；魯，起中牟，止為博士，後始立司徒。要之，四子之心，惟知職之所當為而能勝之，他無所覬慕，其所以名位之重，垂於後世，則亦是非之在人心者，終不能泯耳。故篤於好古者，不得於上矣，亦不得於民乎？不得於今矣，亦不得於後乎？況又有得於上得乎今者也？"

廷衡曰："子之言君侯之德也，邑人之情也，請書以贈之。"

送宰關城喻國器序

戶部尚書員外郎內江李君邦甫①語余曰：吾邑喻氏國器，名家子也。其先吉之永豐人，自高祖均可洪武間知渝郡，遂家，今邑中為望族。伯祖有諱義者，仕為戶部主事，至雷州太守，而彥斌、彥明，則以入粟被敕旌異。大父彥剛、父尚節，皆隱德不慕仕進。諸父兄有曰簡，今主宣城簿；曰秉，檢校保定府；曰頤，主無錫簿；曰憲、順，皆樂育於邑膠，駸駸嚮用。今國器，又以少辟從事蜀都闕下，得宰關城，其才之進當未艾。子文宜敘事，得不斳一言張而大之？幸也。

余既唯矣。竊歎世之名門右族，未必不由祖先勤儉忠

---

① 即李文安。

孝以成立之，深有味乎？直清之言者，蓋非特其德善之報，而氣習薰炙涵養亦有然者。國器之行，余固喜談而樂道之也。雖然，關城，畿甸喉襟之驛，近自太原、中州，遠極關、陝、荊、楚，又遠極滇、蜀、嶺南，使者之往來縱橫，旁午於道，凡館餼輿馬之給授，使賓至如歸，去無留滯，皆職也。但所具，悉自江南富室。江南距畿甸，三千里而遙，則民之遠役而來，非土著也。又以奔趨孔棘①無息肩時，則民之役於是者寔重且勞也。以非土著之民而給重且勞之役，國家所以使民之義，蓋有不得不然者。為之長者，不知所以撫而輯之，則其勢易以渙散，而我之職有未易盡者；況江南之民力亦竭，尤所當念者乎？

　　於乎！一命之士苟存心於愛物，於人必有所濟。國器以家聲之舊承之，誼有所處矣。由是而衍先世之慶，以迓續將來之休，其在此夫？余不佞，姑書以俟之。

送戴惟賢任沅陵序

　　吾渝友戴君惟賢，先太子少師工部尚書定庵江公②女丈也。定庵以閎才博學登進士，累官翰林學士，位公孤，一時功在社稷，流聲遠邇，海內之士仰下風而望餘光者久矣。

　　而惟賢，乃得締親於其門，蓋庶幾坦腹之擇者，自是

---

① 孔棘，音 kǒng jí，意為緊急、急迫。
② 江淵，字時用，號定庵，江津縣人。

感激日淬，礪舉子業，遊大學，友天下士，涵養成就。餘二十年，乃得尹於沅陵。君子曰：定庵之擇婿，不為不明；而惟賢之立志，亦不可謂不篤也。將之官，其友人鄉進士曾惟臣、楊廷衡屬余贈之。

自古聖賢豪傑功業著於當時，言論垂於簡冊，非不可仰可師也。然上焉者如皋、夔、稷、契，既自以為不可及矣；次焉者，如漢唐宋諸子，或以功業名，或以文章著，固亦可法；然歷世既遠，簡帙浩穰，則亦有讀之而不盡，盡之而不能無疑者。是則聞之固不若見之真也。仰其空言於百世之下，固不若承其謦欬①於當時也。如定庵者，究其柄用正統、景泰間，今已餘三十年，豐功偉烈，人猶喜談而樂道之，後世安知不有以漢唐宋諸子為議者？則惟賢既親薰而就炙②之矣。

嗚呼！仰聖謨則賢範，其於持身治人、事君之道，必有得於心而不可以言傳者，則今之得階美秩固宜也。得之矣，安有不知所以行之者乎？

昔晏元獻公擇婿，而得富弼，後果以道德功業著。然則惟賢往矣，其名位雖未可遽相埒於富鄭公，③而所以揚休振美如此，其跡有異乎？否也。惟賢家世業儒好禮：今伯兄景瞻④仕陝西徽州判；從子收，丙午鄉薦，積學有待；衣冠文物之盛萃於一門，蓋方進而未艾云。

---

① 謦欬，音 qǐng kài，咳嗽。亦借指談笑、談吐。
② 親薰而就炙，是指親身受到教益，親受教育熏陶。
③ 晏元獻公，即晏殊。富鄭公，即富弼。
④ 參見《送戴景瞻判陝西徽州序》，《東川劉文簡公集》卷九。

送貳尹杜敬之任吳江序

　　遂寧杜敬之,初為南城兵馬,踰六年,以憂去,起復,改東城。將九年,擢貳吳江尹。

　　君負幹局,而尤勤慎沈敏,故蒞二城;巡視御史上章舉薦者再,民之稱便者人無間言。近又以其將秩滿也,群數十人赴銓曹保留,其善於官可知矣。此膺擢將赴任,同鄉諸縉紳致賀,而民部①主政王君廷鳳屬余以言。

　　夫京師,輦轂之所,寓四方萬國之人會焉,廬居鱗次櫛比,而其貧富、貴賤、強弱,狼怯紛乎不齊也。故訟牒獄案日不虛至,或有善結納依附者決遣少不得其心,遺毒伺發,無得免。其蒞於人也,則自禁內之臣,以及府部臺寺親軍之所,無不以事相統攝。其所任,則水火寇攘之救禦,衢路溝防之修飭,咸責焉。

　　故仕於京者,依日月之光,而違車塵馬,足之奔逐,宜無不可居;惟語及五城,則雖負異才者,亦惴惴焉不敢吐氣,蓋難乎其成績也久矣。

　　君之為,若易易然,而復勤當路之剡薦,感細民之挽留,是何以得此哉?則敬之持是而往,蓋無不可為者,況於一邑乎!

---

①　即戶部。

抑余聞之，吳江，中吳劇邑也。民俗勤於治生，而士習篤於禮讓。故遊宦之處，例視之為善，而其脂膏亦足以自潤也；然不知民之窮，亦無以異於他所者，世俗之吏方巧肆誅求以逃己責，而不暇他恤。

於乎，國家財賦胥此焉！出且為南北之喉襟，為民上者不知所以培養之，而乃月削歲括，其將何所賴乎？論人之材，固以能濟天下之事為賢也。然拙於催科，勞於撫字者，至今人猶稱之。以此易彼，其得失何如也？然則敬之行矣，其尚勖之哉。不逐世俗之所尚，不違民心之所慕，使異日吳江之民，如二城之保留愛戴，則聲實日流於天朝，雖欲辭顯不可得矣。

壽少司徒王公[①]七十序

少司徒華容王公，以正德丙寅七月再疏乞致仕，詔許乘傳歸，時春秋方七十。十月□日為初度之辰，夫人與公同年，而其衣裯不及公日。公在位，凡諸公卿歲值誕日，皆舉禮賦詩歌祝頌。公既去，而禮不可廢，乃如故事，屬余序之。

夫壽者，五福之一也，人孰不歆豔而欲得之哉？顧常為閑曠優逸之人所擅，而有名位職守之所企慕，而不可必

---

① 王儼，字民望，華容縣人。成化五年（1469）進士，初授兵部職方主事，累官至戶部左侍郎。

得者；即有之，亦十之一二耳。豈非居其位者勞心以耗神，食於家者安意而肆志？抑名者造物所忌，而富貴壽考，又名之最者也，顧不能以皆兼耶？

兹公以盈滿為懼，以靜退為高；辭榮於方盛之日，而求閑於未老之時；無勞心耗神之役，有安意肆志之適。則自今而往，其壽可涯哉？是宜諸公之祝頌也，余所竊喜而欲壽者，則又有出於此矣。

進退者，君子立身之大節；而禮義者，所以為進退之決也。古之君子，進以禮，故三揖而後進；退以義，故一辭而遂退。其進也，非有所覬慕；其退也，非有所縈繫。此所以言有所必用，而道有所必行也。後世禮義不明，貪進忌退。乃有欲進而矯飾以為辭，當退而躁急，猶不已者。則其利征欲趨無時而息，尚安能直行其志，以裨益於時哉？

公之進也，自發軔以至守劇郡，伯名藩，晉總憲度，奉天子之命撫安齊魯，咸有聲績傳誦於人，由是陟佐國計於民部，受知主上，薦被簡用。

余竊窺之，則公惟以其篤實之心，見於謀猷設施，上求報於天子，下求利於斯民而已；未嘗務為激烈刻削之行，以欺世釣名者。及其當退也，則取必於歸；雖溫詔懇留，而不肯一日安於其位。是其進退之間，從容於禮義者，世豈多見之哉？此固吾徒之赤幟，尤當祝頌而不容已者也。

公舉成化己丑進士，與家君為同年，視春為通家子弟。知公之大者如此，遂因諸公之諉一道之。公於山巔水涯之間或一視焉，當囅然笑曰：是亦知我矣。

送太常少卿楊君省親還建寧序

太常少卿楊君晉叔[①]疏乞省其母太恭人於家，上方以孝理天下，重違其志也，特許之，賜寶鏹為道里費。於是鄉之縉紳大夫歆豔其去，釃餞於東門外。酒行半，有執爵而言者曰：晉叔始舉進士，筮仕銓曹，陟副郎，踰六年，疏乞省其母，時太恭人初膺太安人之封也。今又由副郎陟考功正，以至太僕少卿，不踰年，再轉太常，會今上即位，上兩宮尊號覃恩，而太恭人即由宜人晉今號，是豈易得哉？則由是而往，其名位之崇，如健者升梯，舉足益高，而益顯矣，願以為君壽。

又酌而祝曰：始太恭人之稱未亡人也，茹毒銜恤，豈豫知有今日？顧惟禮義所在，服之不替，以終其身焉耳。而自天祐之篤生太常，穎敏惇恪，致位於朝，以貤榮於親。而恭人薦應寵命，年尚未艾，則今太常之省其母也。金緋在躬，固異於昔日，安知後日又不有異於今日乎？願以為恭人壽。

又酌而祝曰：士之窮通貴賤，何暇枚數？要之，德厚者流光，而功大者垂裕於後耳。惟太常為建安少師文敏公之曾孫，文敏在永樂、宣德、正統間，以德望才名弼亮先

---

① 即楊旦。

朝，時天下稱三楊者，公其一也。其功德之被於當時，垂於後世，蓋未易言；顧其後將及百年，雖多以科第著名，而顯者今僅有太常耳。公侯之子孫，必復其始，非晉叔安歸哉？願以為楊氏壽。於是各舉旅行，酬盡懽而退。晉叔雖孫避有不得而辭者矣。

晉叔就道，地官郎陳君子居①屬余以言贈。

余與晉叔，以成化癸卯各舉於鄉，偕卒業成均，相友善，聞其言而壯之，遂書序行李。

時晉叔從兄恒叔，亦以京兆少尹，先一月乞省親歸。家庭天倫之樂，閭里晝錦之榮，蓋必有搦管賦之，以繼《伐木》行葦之什者，然世亦豈多見哉！

贈費子美②序

鉛山費生子美，偕其從子懋中，省其兄太常先生於京師。既閱兩月，過余言別，且曰：某承世業，凝神用志於鉛槧者亦久矣，而未能有聞於時，貨不中度，咎將誰執執事者，其亦有以進之乎？

余曰：昔工師之為明堂清廟也，梗楠杞梓，無弗為用；

---

① 陳仁，字子居，莆田人，成化二十三年（1487）進士，弘治中官戶部郎中。正德初，劉瑾以賍銀事坐尚書韓文罪，陳仁並謫，後遷南京兵部員外郎，劉瑾誅，累擢至浙江右布政使。參見《送郎中陳君貳守鈞州詩序》，《東川劉文簡公集》卷十二。

② 即費瑄。參見《參議費公輓詩序》，《東川劉文簡公集》卷一。

然求其材，必於鄧林①焉。視商丘之野，固皆臃腫拳曲，而不中規矩繩墨矣。司服之為冕弁也有五玉焉，而其珮或以白玉，或以山玄玉，或以水蒼玉，然求之必於昆山，舍此則燕石瓀珉耳。

今太常②甫弱冠以文章魁天下，沉酣六藝，出入諸子百家；而又以英毅諒直受知主上，俾執經史，敷陳於聽朝之暇，其所以啟沃宸衷，以福澤天下者渥矣。

退而坐史館，抽金匱石室所藏，以紀述聖君賢臣之偉烈，演迤浩博，無所不該，譬之木焉，不為鄧林乎？譬之玉焉，不為昆山乎？

而子欲有所進也，願舍之而竊啟寡聞焉。是問殆好龍，而不好真龍者耶？雖然江出岷山，其始也若甕口，至楚國而廣千里，不方舟，不避風，不可度；又東而至於海，則茫無津涯。此河伯望洋向若而歎者也。然則其所謂大者，不以其眾流所匯乎？其所以至於大者，不以其流而不息乎？則子美之持是而往也，吾將見其掉鞅③而來，垂聲震耀，媲美太常。所謂元方季方者，不足多於前矣。子美其勖之哉！子美行，與太常同年同官者，賦詩以送，而屬余序之。

---

① 鄧林，神話傳說中的樹林。《山海經·海外北經》："夸父與日逐走，入日，渴欲得飲，飲於河渭，河渭不足，北飲大澤。未至，道渴而死。棄其杖，化爲鄧林。"

② 今太常，此處指田景賢，字宗儒，涿州人，成化十一年（1475）進士，授給事中，擢通政參議，正德中以禮部尚書掌太常寺。正德七年（1512）致仕。費瑄與太常同年，費瑄，成化十一年（1475）進士。弘治十八年（1505）九月至正德九年十二月田景賢任太常卿。參見《太子太保禮部尚書田公致仕還鄉序》，《東川劉文簡公集》卷七。

③ 掉鞅：掉正馬絡頭，以示閒暇。後用以形容才力有餘，從容不迫。

送都運邢君時望①任長蘆序

　　同年友邢君時望，居兵部郎中踰八年，會長蘆都運缺，銓曹疏薦君補之。命下，知時望者咸嘖嘖稱異，曰：君明信謹厚，而不務為矯飾之行者也。

　　故事，屬司馬者，資歷既深，不貳卿寺，則鉅藩要地，惟所之未有陟轉運於外者。君膺是擢，其心得無不釋然乎？

　　或曰：是知君之淺者也。時望世家襄陵，其先尊公少宗伯②，出詞林，為司成，峻節義概，震動一時；迄今海內之士聞其風聲者，猶足以激頑立懦。君夙服過庭之訓，發軔仕途，回翔於鳳池鸞掖③者將十年，始有夏官之擢。而其居夏官也，飭公奉法，職在惠民。理義之所以養其心世，故之其所以堅其操者久矣，是於升沉榮辱得失忻戚，蓋不能無所見也，豈足動於中哉？

　　或曰：時望志於用世，非徒以懷鉛提槧為事者也。今天下山澤之利，為有司之征榷以供國家之需者，蓋錙銖無遺矣，而用猶不給。比司國計者，慮無所出，乃議博謀於卿士，以求足國之道。其公天下之心可知，固不敢欲出朘

---

　　① 即邢霖。
　　② 少宗伯，即禮部侍郎。尊公少宗伯，此處指邢霖父邢讓。邢讓，字遜之，襄陵人，正統進士，官終禮部左侍郎。
　　③ 鳳池，古代禁苑中的池沼，爲中書省所在地。鸞掖，宮殿邊門，亦爲門下省的別名。此喻邢霖在父邢讓身邊受教。

削之術，以為己利，而虐吾民如桑孔之流也。轉運者，正筦①權鹽之任，非脩潔不足以清利之源，非明識不足以察利之弊，非變通不足以處利之宜。則如君者，正將倚以濟時，而公卿之推擇，天子之任用，夫豈無概於其間哉？則時望茲往，懷負利器，其心固欲少罄以試於盤根錯節，以副人知，惡乎不釋哉？

余聞而壯之，曰：士固屈於不知己，而伸於知己耳。昔劉士安勾檢簿書，出納錢穀，必委之士類；而呂文靖請不稅農器，王文正因以卜其異日之秉鈞；自古賢哲之取人，類以潔己愛民為尚也。時望之賢，見知於人如此，其策勳垂烈，不可逆覩哉？

君濱行，同年之寓京師者例為贈，而主客副郎唐君元善見屬，遂書所聞告之。

東川劉文簡公集卷之十　終

---

① 筦，通"管"。

卷之十一

序

送憲副金君舜舉①之天津序

古涪金君舜舉，為御史七年。會詔在廷大臣各舉屬吏之才識穎異者，而御史大夫閔公②疏君名於上，不數月，擢山東按察司副使，兵備天津，蓋異數也。

君行，鄉之大夫士例屬言者贈之，而次及於余。竊念君之尊甫先生，偕家君舉成化己丑進士，為同年。比補令

---

① 金獻民，字舜舉，四川綿州人，成化二十年（1484）進士。弘治初授御史，按雲南，歷湖廣按察使、左都御史、刑部尚書、兵部尚書。其父爲金爵。參見《送教授吳君廷圭序》（《東川劉文簡公集》卷九）、《題蓉溪送金廉憲舜舉》（《東川劉文簡公集》卷二十二）。

② 御史大夫閔公，即閔珪。閔珪，字朝瑛，烏程人。天順八年（1464）進士。弘治七年（1494）以功遷南京刑部尚書，旋召爲左都御史。正德六年（1511）去世，謚莊懿。

山陰，與家君餘姚為同郡。時舜舉與春，則各以髫齡侍膝下，雖未嘗一面，而獲見問訊，通家之好，固有神交之道也。

至癸卯[①]，余二人者就試鄉闈，始邂逅旅次，一見而通姓名，遂莫逆。尋放榜，又同第，自是登仕版聯班鵷鷺者十年餘，定交之深，麗澤之益，蓋無有過之者。則舜舉茲行，固宜有以處我，而余曷能忘言耶？

雖然，《詩》曰："我儀圖之，惟仲山甫舉之，愛莫助之。"舜舉始為大行人也，奉使鄉國，人咸跂慕相如榮耀，不暇他恤；君獨厭之，凡所處情協於義，而冰清玉潔，瑩然無瑕，蓋初筮仕而端方重厚之行，已見異於大人長者矣。比為御史，則持法執憲，無所顧忌，出按滇南，發奸摘伏，風裁震夷徼。適士卒有跋扈者，舜舉陽為招誘，而陰馳疏於上，得坐靖其亂。識者謂此事一失幾會，則勢如燎原，不可撲滅。君之沉幾斷決善處大事如此，可謂量而能謀矣。

繼巡京畿，聲望亦烜赫，老奸宿猾率先堅退不就役，州縣之虎而翼者重足一跡不敢犯，古稱鐵面御史，人以為不誣？以是上下鼓譽。則今之往，殆般之揮斤，羿之激矢，無弗稱者，而吉甫之誦，不有激於余衷耶？

抑古之君子，其愛君憂國之心，不以治平少間；而其捄事宰物，則恒圖難於其易為大於其細也。昔光武命郭細侯為潁川太守，曰：潁川近帝城，河潤九里，冀京師並蒙

---

① 成化十九年（1483）。

福也。夫天津，今之潁川，而憲臣之尊不異於古之太守，地之所轄過于昔之潁川。以君才望，天子不惜置諸侍從臺省之例，而委專制一方，庸鉅非光武寵任細侯之意耶？顧天津一道，將驕卒惰著自徃時，民已茹苦食辛，而又加以強宗右姓，寄莊沃土，以肆其蠶食之毒。勢之所在，有司將校莫敢誰何，則民之窮而不為寇者，亦幸耳。而況又速以百吏之征需，怵於勢之不容己者乎？然則余所欲忠告焉者，亦思所以圖其難於易為其大於細而已矣。

於乎！民有耕桑之樂，士有扞禦之誠。《鴻雁》興歌，《碩鼠》不刺，使天津一鎮屹然拱輔皇畿，斯吾君所以簡任於君之意也，亦君之所自任也。

送太守張君之廣西序

廣西，薄①滇之東，黑玀、僰王、獠、白子②雜居。在昔，據蒙段③，亦略羈縻內屬。自我祖宗平定，為之郡縣，而後化洽④，然其性情之得於地氣習俗，終不可革也。故吏於其土者，自藩臬下務寬其約束，治與華異然。

予嘗思之，夷獠之性固不可概於華，而其好惡之情，

---

① 薄，意爲挨得很近，迫近、接近。
② 白子，此處指明代廣西、雲南、四川一帶的少數民族。
③ 段，此處指古代在今雲南一帶的段氏。《南詔野史》："段氏，武威郡姑臧人也，祖上段儉魏爲閣羅鳳將，佐南詔大蒙國。"
④ 化洽，音 huà jiā，意爲教化普沾。

則無不然者。顧在上者順之而已。然順之而服，逆之而背，在華亦有然者。則所以治之固有道，而不專於寬矣。昔渤海困於饑寒，而吏不恤，盜賊並起，龔遂躬率儉約化民，賣劍買牛、賣刀買犢。然則即其初梗，謂之華而夷可也。以華之不得其情，猶變於夷，況夷者乎？以其夷，而一於寬，宜其習俗之愈惡矣。

銅梁張君大卿①，起家鄉進士，參謀左軍都督府，閱二十年，今擢守廣西五府。本兵之地，爵皆勳戚舊裔，非科目士之傑然者不得仕其間，盡欲藉其謀猷如孟博於宗資，公孝於成瑨也②。

君純厚清謹，而濟以弘才偉識，故居府為上所器重，為下所畏懷。今守廣西，其酌所以治之者，譬之庖丁之刃，批窾郤遊肯其綮，而芒刃若新發硎，③直易易耳。或惜君老成鄭重，地不滿其才。然天下之事，有似難而實易，有似易而實難。

故如畿輔要郡，領州邑，堦下朝上堂聽號令者，紛立堦④下，指揮得宜，若難矣。然皆吾民也，威至無不行，有才者可勉之。如廣西雜蠻獠，威不能讋，恩不能懷，非嚴

---

① 明代銅梁舉人有成化四年（1468）張鵠，成化十四年（1478）張旦。大卿此處意指何人未詳，可參見清光緒《銅梁縣志·選舉》卷六。
② 《後漢書·黨錮列傳》："後汝南太守宗資任功曹范滂，南陽太守成瑨亦委功曹岑晊，二郡又為謠曰：'汝南太守范孟博，南陽宗資主畫諾。南陽太守岑公孝，弘農成瑨但坐嘯。'"
③ 窾，音 kuǎn，意為空隙、中空、空洞，不實。郤，音 xì，同隙。綮，音 qǐ，意為筋骨結合處。肯綮，《莊子·內篇·養生主》"肯，著骨肉。綮，猶結處也"。後以"肯綮"指筋骨結合的地方，比喻要害或關鍵之處。硎，音 xíng，即磨刀石。
④ 同"階"。

明忠信以固結其心；而徒恃才，鮮有不激而興事者。

然則君之往，蓋聖天子明見萬里，其委任不輕而重也。君濱行，凡在同鄉大夫士榮而餞之，眘鄰里閒，故以言見屬。

送郝君立夫①尹樂亭序

太原郝君立夫，舉成化丁未進士，越七年，受知樂亭縣事。濱行，凡與立夫同舉稱同年者，相釂餞於都門外，而眘濫以筆墨從事，則屬為言。

夫進士，科目之極選也。縣令，親民之要職也。奪所宜居，委以州縣之勞，立夫將有不釋然者乎？而諸君所以為贈，則有在矣。世之重內輕外者，非以幼學之志，但可行於內而違於外也，勢焉耳。因其勢而有不釋然者，非所以為立夫也。立夫殖學知用，蓋將圖不朽者，豈以一時之勢繫輕重哉？

不以其勢，則樂亭之往，其於所謂不釋然者，如水於海，冰於夏，日無少蓄滯焉者矣。古之論不朽者，曰：太上立德，其次立功，其次立言，而爵位不與焉。蓋德、功、言立矣，而爵位不顯，其不朽自若也。昉自漢唐宋以來，其列於史傳者，豈皆爵位之顯哉？爵位顯矣，而德、功、

---

① 郝本，字立夫，太原府陽曲縣人，成化二十三年（1487）進士，弘治間知樂亭縣，遷陝西僉事。

言不立，則在當時已聲銷景沉，而況後世乎？

自兩漢及今，上下無慮千數百年，而當其時都卿相踐華陟要者，未易枚數，而其所以垂不朽者，可覆視也。一世之內僅如晨星落落耳，而皆安在哉？然則所以圖不朽者，固有在否，則爵位之勢，適足為訕議之資而已。

立夫，忠信子諒①，聰敏負才局，官無不宜居。而樂亭，特發軔之地爾，其爵位之來，當迫逐而不舍者。而春所以為諸君以期於立夫者，則有出於爵位之外也。

余進士之同年者，數視他舉為盛，而其登臺諫儲館閣列部寺以及諸布郡邑者，凡若干人，其所謂德、功、言者，雖未敢遽論，要皆駸駸烜赫於時。然則，明日有賦《棫樸》之詩，以歌詠聖天子得人之盛者，必有攸歸。而今之別，固不當以驪駒之談瀆告也。

送羅山尹楊威之考績還治序

同年侍御劉東之②語余曰：吾羅山③自得楊侯威之也，士有所恃而安於學，農有所恃而安於野，行者有所恃而安於途。蓋其人博雅剛介，治務惠民，而植廢剔蠹，如就饑

---

① 《禮記·文王世子》："教之以孝弟睦友子愛。"孫希旦云：子，當作慈。王引之云：子，當讀為慈。諒，忠信、信實。

② 劉東之，羅山人，成化二十三年（1487）進士，官至監察御史，曾按行江西。生平不詳。

③ 即河南羅山縣。

渴，故一時英聲茂實播溢中州，而撫按諸公嘉其績，爰抗章請改治他煩劇。聖天子方銳意久任責成之典，遂不難違其請。比奏績銓曹，書上上。故事，當復還吾邑，人喜獲遂借寇之懷，僉曰：宜有言以叙行李。敢就諉焉？

余曰："不知其人，觀於其友，如君之言亶乎？豈弟君子，民之父母者，曷庸辭？"

夫古之仕者，固恒以得親民為重也，而又恐不獲乎民，蓋朝廷張官置吏，皆所以為民也。士而不得乎親民之職，則雖厚蓄蘊，無由以施。固諫官能言之，宰相能行之，然非其人，則亦徒掛諸牆壁耳。是故君子貴于身行之，而不能不垂涎于親民之任也。然行之而民弗利，大者或牒訴奏申，小者或腹誹巷議，則民惟恐其去之不速，而亦安能一日處於其上哉？

此余於威之固竊為之喜，而又以慶。夫羅山之人之得久蒙其休澤也。或曰：邑令之賢，近例銓曹悉疏其名於上，馳檄而取以進憲臺粉署之職，距威之自庚戌第進士迄今逾十年，猶留滯一邑。茲去，固邑之人幸，而君之心得無有不釋然者乎？

則將應之曰：君子為名譽而為善，則其善必不誠；人臣為利祿而效忠，則其忠必不盡。昔錢若水對宋太宗亦曰：以爵祿榮遇，而效忠於上者，中人以下者之所為也。

則威之之賢，固宜有所概於其間矣。而況夫前階要秩，乃其囊中物耶？束之曰："此吾侯之心也。"庸以是最其終，俾無變於初。

送長史胡君安節①序

　　太倉胡君安節，成化丁未與余同舉進士。是歲，憲宗皇帝分封諸子為王。比冬，皇上詔公卿慎簡迺僚充輔導，而余同年以才行穎拔者得十人，皆授翰林檢討從事，安節其一也。

　　安節忠信端慎，其事益王②殿下，敷陳詩書禮樂之蘊，以發明忠孝仁義之道。貌莊而和，言誼而正，雖殿下睿質天成，作聖之功所以自養者，甚至若無待於人也。而其啟沃開發，以為山海之助者亦不少。然則，皇上之簡命，有司之遴選，固兩無負哉。今年八月，殿下之國，安節以職當從行，大夫士雅相善者，皆釃餞於都門外，而諉余以贈別。

　　談者曰：安節少以才譽重鄉間，執經負笈者充庭宇，自成化戊子舉於鄉，比丁未，盖浹貳紀矣。而其涵養造詣，不啻流於既溢之餘，發於持滿之末者。今聖明在上，內安外寧，廟堂而下公卿百執事，務慎守祖宗憲章，期與天下休養生息固也。而新進喜事，欲要時譽以事更張者，亦不能無於其間。如安節之練達重厚，使得寘諸臺諫郎署之列，

---

① 胡承，字安節，太倉人，成化二十三年（1487）進士，除翰林檢討，充益王府講官，升左長史。

② 明代益王王爵始封于成化二十三年（1487）。首任益王爲憲宗六子朱祐檳。

必有嘉言至論以裨公卿大臣之不逮者，而乃僅使之講說於廣廈細旃之間，其亦專而不能咸矣。

於乎！《書》敘堯親睦九族，而後平章百姓，協和萬邦。《詩》論大宗維翰，宗子維城，以為王者，所恃以安。然則，親親之道未盡，曷能化行於天下哉？長史，王相也，而德之休明與否繫焉。而親親之道本之，則所以咸臨之者大矣。惟事必謹其始，道必究其成。

安節之徃也，尚慎思所以廣獻納之，益為韋弦之佩①。如古人之富貴有箴，進退有節，使世之誦維城、維翰者，皆歸德焉，則固聖明敦睦之意也。

安節行矣，庸以是勖之。

送涪陵太守廖侯孔秀②考績之任序③

君子之為守令者，苟有以得乎民，則其在也，人固仰之，而其去也，人恒思之，如赤子於父母，誠有不能須臾舍焉者。否則，其見於事非不集，獲於上非不至，謂之材吏可也，非循吏也；謂之巧宦可也，非名宦也。若此者，

---

① 韋弦之佩，韋：熟牛皮，弦：弓弦。《韓非子·觀行》："西門豹之性急，故佩韋以緩己；董安於之性緩，故佩弦，故佩弦以自急。"
② 廖森，字孔秀，太和（一作泰和）人，成化十年（1474）舉人。涪州知州。其去，涪人伏闕請留，歷任十載，崇祀涪州名宦祠。
③ 是《序》撰於弘治八年（1495）。弘治七年（1494）初劉春歸巴縣省祖母，弘治八年（1495），赴京，過涪陵。

民之畏之則有矣，而未能愛之也；愛之或有矣，而未能思之也。

嘗觀兩漢而來，賢哲之親民者，未易枚數，而其間有風裁搏擊，令行禁止，雖豪宗右族凜凜股慄不敢少膺其鋒，而其名聲之烜赫，百世而下聞者悚然固也。而所謂循吏者，乃皆純謹篤厚，先教化而後誅罰，而人之所以愛而思之者，則在此而不在彼焉。豈民心之愚而神者，真有可以誠感不可以威屈，可以欺於一時，不可欺於後日者乎？

太和廖侯孔秀，起家鄉進士，為吾涪陵守。明白雋爽，學務有用，所謂循吏者也。蓋涪陵自侯視篆，其治民馭吏、事上接下，所以綱紀於其間者，要皆有先後、緩急之宜。至於右學養士、化民厚俗之事，則尤勤勤懇懇，興廢舉墜，而略不見其有所為者，其日計不足，歲計有餘。余嘗得其治行於口碑，以為或者譽言耳。

比蒙恩省覲於家，道出其地，則其惇厚明威之治，可□、□慕、可談、可頌，若未能盡於言者。及家居，凡里巷章縫之士，所以愛念而歆羡之者甚至，於是而歎侯真有以得乎民，而非世之巧宦材吏暴於外，而無實者之所為矣。《詩》曰："豈弟君子，民之父母。"若侯者何？古今人不相及耶？

今年考課銓曹，當復任，進士牟元夫①偕涪陵士謂余曰："涪民之感侯，侯之得乎涪民，夫人知之也。昔侯之來，民咸謂當不獲借寇矣，茲幸復得假綏斯土，則其歡忻鼓舞，蓋有出於美稷之迎細侯、成都之頌叔度者。盍為之言以道其志，泄其私使涪人歌而迎於江濱，則後之傳循吏者有所考，而世之為守令者知所從事，不亦韙歟？"

乃從其請，繫之以詩，曰：

明明我侯，臨下有赫。引養引恬，我心胥悅。百爾孔惠，究于先烈。乃安於田，樂彼豐年。我有父兄，不傲不愬。侯之去矣，憂心悄悄。侯之來矣，央央旂旐。如松之茂，如川之長。福履綏之，以殿天子之邦。

城東敍別詩序

城東敍別詩者何？吾蜀諸縉紳大夫餞送太守胡君天敘②於都城而作者也。送者累矣，而太守之送，若此者何？太守之別，縉紳之送，固有異也。其所異者何？天敘丁未舉進士，而吾蜀同舉者三十二人，今距丁未才十有三年耳，

---

① 牟正大，字元夫，巴縣人，弘治五年（1492）進士，長沙府推官、雲南晉寧州知州。正大弟正初，號复齋，字淳夫，成化二十年（1484）進士。牟正大妻爲酆都楊孟瑛之妹。參見《复齋遺稿序》（《東川劉文簡公集》卷十四）、《祭牟太守元夫文》《晉寧太守牟公初歸祭文》（《東川劉文簡公集》卷二十一）。正大、正初之父牟俸，景泰二年（1451）進士，累官都察院右副都御史。牟俸與江朝宗爲親家。

② 胡倫，字天敘，漢州人，進士，初授主事，累官鄖陽知府，以忤逆瑾，遂歸。

而仕於朝者，僅六七人焉。於六七人之中，又有如天敘者，復作郡去，故五六人者，感離合之不常，爰為具送君城東，而各賦詩以致意也。

詩必分韻，而韻必以"無疾其驅天子有詔"者何？昔韓昌黎送陸歙州，惜其專而不能，咸作此詩泄願留者之思，若曰天子當有後命云云也。

天敘志大才高，蘊經濟之略，而未得位以效其尺寸。徃北虜寇邊陲，天子軫念，遣大臣儲芻餉並邊要害。時屬東山劉公①選於眾，疏天敘從行。至則宗理調度，克成厥績，聲聞聿著。會詔公卿薦所屬，而太原周公②以君舉。浹數月，遂權守鄖陽。跡君所履，雖大受非濫，乃靳守僻郡，豈非資格所限，大臣亦不敢伸縮自由。則於此行也，得無不有容已者，而徒為概惜於其間乎？惜之而覬有所徵召於將來，此昌黎送陸之詩，若有實會焉者。

以是分韻固宜，雖然，予復有說焉。備患易，救患難。鄖陽在楚，界宛、葉、秦、沔、夔峽之間，土沃人稀，寇逋逃者淵藪。故四方豐穰，是地固樂土，少涉饑饉，則皆繈負而徃徃而不得其所易以閧，甚至延蔓之禍，玉石俱焚。已然者，可覆視也。

計天敘之才，假守茲郡誠為屈，而利害之較如此，則思得其人，以圖其易制；其難者，非大臣四方之慮乎？天

---

① 劉大夏，字時雍，號東山。湖廣華容人。明中期名臣、詩人。
② 周經，字伯常，太原陽曲人。天順庚辰（1460）進士。弘治二年（1489）任禮部右侍郎，旋調吏部進左侍郎。弘治九年（1496）任戶部尚書。

敘往哉，尚思所以處之，使民無土客咸荷帡幪，則大臣之所以推轂，天子之所以簡命，兩無負焉。而吾黨今日願留之心，將有大慰於異時者矣。僉曰：子之言是也。

天敘就道，予因銓次群玉，命工為圖，而併述作者之意，以及區區不盡之懷，而題曰城東敘別，非敢不讓，貴紀實耳。詩自楊司刑而上，皆同年，其二人則進士鵬舉、吾弟衡仲云①。

送吳養正②南歸序

士之業舉進士者，方其少也，口念心，惟志在必得，故其用力之勤也，淬礪刮磨，忘其晝夜寒暑之變遷；而其屬望之切也，閔閔焉如農夫之待穫。及夫久而不得，則其氣索然，燼滅渣蕩，徃徃以命自怨，於是業愈疏而愈不可得。

故凡天下之士，其得舉於時者多晚生後輩，而壯而老者僅十之二三爾。其得者，非其用志不分，持守不變，亦未能也。蓋用志不分，則不以命自怨；持守不變，則所業益精。古之人有蘇老泉者，初舉進士不中，再舉茂才異等不中，其貧窶困抑甚矣，而不以為意。退而閉戶讀書，居

---

① 衡仲，即劉春弟劉台。參見《送地官黃君鵬舉任南京兼歸覲序》，《東川劉文簡公集》卷三。

② 參見《萱堂稱壽爲吳河東養正題》（《東川劉文簡公集》卷二十二）、《送吳養正運判山東》（《東川劉文簡公集》卷二十三）。

六七年，大究六經百家之說，以考質古今治亂成敗、聖賢窮達出處之際，涵蓄充溢。久之，發為文章，遂以文妙天下，為校書郎，迄今幾百年，猶知有所謂老泉也。則天下之事，其不成於有志者哉！

臨安吳養正，其先常山人，自其祖占戎籍於臨安，遂世家焉。父以軍功為百戶侯，養正蓋在紈綺中者。而其讀書，為文章，乃競自磨濯與寒士等，雖累抑於有司，而其嚮往之心不少沮。今年，以例貢禮部，試大廷，第優等，入成均，得友天下之善士。以知所不足，乃復執弟子禮於安慶吳先生，請卒業焉。覬奮翼京闈，人亦固以是期之；未幾，為建議者奏格，不果，而其志猶在也。

今將負笈還，余友都臺經憲王君景昭，少與同筆硯，且有姻鏈之好，丐侍御諸君各賦詩贈之，而陳君文靜復繪圖於上，諉余以序。故語老泉之事，俾知持其志，終必有合焉者。天下事成於有志者多矣，而獨云老泉者，其名著，其事類也。若景昭於養正友道之篤，不以顯晦而異，則亦可以於是乎得之。

方伯吳公[①]輓詩序

致仕方伯莆陽吳公卒於家，凡宦跡所履及交遊縉紳大

---

① 吳繹思，字思用，莆田人，天順元年（1457）進士，成化間為德興令，去任十年，民思之不已，复立碑以記其政迹。知惠州，丁艱，起復補潮州，升浙江參政，轉右布政。

夫聞之，皆咨嗟歎惜其賢不置，乃各為詩歌挽之，長篇短章充溢緗帙。其子瑨者，捧誦如見其親，謂不可使無傳也，請余序之。

夫心有所感而後形於言詩，又言之成文也，未易作者而哀挽之。詩則出於哀心之所感，故有悼惜傷怨之意，而無溫厚和平之聲。若古之哀詩，類多孝子貞婦忠臣義士，或生非其辰，或死非其命，而賢士大夫悼惜哀傷之不已，而後形於言耳。

如公，問其仕，則伯一方；問其年，則踰七袠，蓋可謂生順死安矣。而挽詩之出於士大夫猶如此，其固亦有所感於中者耶？

公謹飭剛方，而厚於德者也。自為舉子，即以文學名。隨所處士，多執經遊其門。既舉進士，宰德興，庶政克脩，而尤以作人見稱於時。凡被其誨迪者，今率為公卿岳牧，隱然負時望。未幾，擢貳瑞州守。又數年，擢守惠郡。其在惠，則勇於去惡，仁敷惠流。久之，以憂去，饒之人逆計其服闋，競疏於上，求為守而不可得。轉潮州，秩滿，擢參政浙江布政司，已而陞方伯。不久，即致仕。

其涖官臨政，蓋務於澤民，而不求人知者，故雖負才美未能盡究於用，而亦不可得而終掩也。既歸林下，足跡未嘗輕躡官府，惟偕耆老倡為詩社，有古真率風。而其患難必救，過失必規，又若非流連光景之為者。聞人一善，喜於稱揚；拯人之急，恤人之災，視疏戚如一。故凡縉紳之士，得與公交遊者，未有不如飲醇；而聞其風者，狡偽獻其誠，暴慢致其恭。乃倏焉云逝，後生小子於何考德而問業？則其哀傷悼痛之者，豈能自已耶？此挽詩之所由以作也。

於乎！讀是詩者，雖未獲承顏接詞於公，而足以知公懿德之感人。而凡士之澡身飭行者觀之，亦可以益勵其進修之志矣。

公諱繹思，字思用，初號如始，改號拙戒。其歷履之詳，有傳誌可考，茲不得而贅云。

榮壽圖詩序

封刑部員外郎月樓楊公，明年正月三日屆初度之辰。其子郎中尚綱①適奉命有事浙省，計獲登堂稱觴為壽，乃先期丐善繪者為圖，將獻壽筵致祝。而士大夫知之厚者，謂尚綱曰：人壽以百年為期，故自六十而上，皆可曰壽。今月樓公屈指甲子已歷四百八十有奇，猶童顏鶴髮，康強無恙，不可謂壽乎？

世之壽者，亦何限然，未有獲沾一命於朝者。即有之，則得一官猶為大幸。而公則自主事至員外，崇封美號，不一而足，而將來之加寵又未可涯。而又有如尚綱者，萊衣絢綵拜舞庭下，不可謂榮矣乎？是圖也，當命之曰"榮

---

① 即楊錦。

壽"，庶幾紀實焉。於是各賦詩歌書圖下方，以侈其美，而空其上方屬春序之。春，尚絅同年也，同年有兄弟之誼，古人恒世講之，故春於公之榮壽尤悉。

蓋公世家蘇之嘉定槎溪。性嚴毅剛方，敦尚樸素，不混流俗。居嘗涉獵書史，通大義。有子五人，俾各治其事，凡米鹽錢穀，一無所問。惟為園居第後築山鑿池，構亭於中，植竹萬竿，遊憩其間，曰：此吾桑榆之侶也，不可一日無。環列名花異卉，客至輒留，留輒烹鮮挹芳，賦詩暢飲為樂，若不知人間有所謂勢利紛華者。

每鄉飲，則邑大夫必敦請位大賓以為榮，而公亦不辭，非此不一詣公庭。然則公之壽，固非偶然耶？而所以享其壽者，又豈但久生於世而已耶？古之聖賢論壽者，必本於德信矣。愚則以為，徒有壽而非德，則亦夫人耳，不壽可也。如公信古所謂有德而隱者，譬如泰山喬嶽，巍然里閈中，後生晚進咸有所矜式，敦薄俗於來今，回淳風於往古；蓋有尊官徹爵而無其清操隱行為世輕重者。是不可不特書，使登公堂者知公之壽不易致，而凡得接公者，又不徒見其峨冠博帶之榮而已也。

送僉憲劉君成己①任陝西序

　　國家百司庶府之置，彪分旷列，而獨御史之在內，按察之在外，曰風憲者，夫豈徒哉？

　　蓋憲，法也，盈天地間，鼓撓萬物者莫如風。風之起，飄忽溯滂，激颶熛怒，大而折木擗屋，小而揚塵偃草，以致達勾萌發蟄伏，惟其所觸未有能禦之者。至於法之在天下也，何獨不然？世有偽言詭行者，有棄德崇奸者，有亂教壞倫者，有慆淫虐慢於官，有凶鷙雄桀於鄉，隨其細大，蓋至夥也。法咸得以繩之，屈者可伸，抑者可揚，仆者可起。故法之行，無貴賤大小，皆恓怯畏悚，舌吐氣索，是不猶風之震荡衝擊夫萬物者乎？

　　御史者，執是法於內者也；按察者，執是法於外者也。則謂之風憲，固宜以其義之大如此，而責任亦隨焉。故居之者，豈易易哉？杞之著姓有曰劉氏者，以詩書之澤振於里閈。而成己則又其穎出者也。自成化庚子領鄉薦，明年第進士，為朝邑令，剛毅簡諒，望之聳然。然不能巽節取媚，故淹於外者逾十年，逮弘治癸丑，而後徵補內臺御史闕。其為御史，則稽案牘於南畿諸郡，督鹽課於山西之河東，具有成績。近按恒山諸郡，尤持風裁，故其釐弊似激，

---

① 劉道立，字成己，河南杞縣人，成化十七年（1481）進士，成化十八年（1482）授朝邑令，歷官巡西寧道、山西巡鹽御史、廣西僉事、山西僉事、陝西僉事。疏乞休歸。

而不出於法；其立節似峻，而不背於公。則今之所謂良執法者，非君孰與歸？以是馳聲耀譽，用薦為陝西按察僉事，聖明之所以簡任，夫豈無所概於其間耶？濱行，同寅諸君屬余以言。

於戲！歷底柱之險者，不難於操舟；歷邛崍之陁者，不難於御車。御史按察，信今之所謂風憲也。則以成己之賢，其歷試於內，既焯焯如此，而將來之效有不可以預卜者乎？成己往哉，吾知其如健者之升梯，舉足益多而其升益高。雖欲辭，顯不可得矣。

送揮使聶君仲輝[①]襲職歸序

古人有言，世祿之家，鮮克有禮，豈其性然哉？蓋子弟承父兄之蔭，厭膏粱，服紈綺，左右周旋，無違其意者，於是而驕心生矣。驕則侈，侈則縱欲，縱欲則何所不至哉？固非有卓乎特立之士，鮮不受變於俗者；而豐功偉績之建，恒不易得其人也。

重慶衛指揮同知聶仲輝襲職以歸。濱行，凡鄉之縉紳請余言為贈。

仲輝貌恭而和，願而信，循循敦恪，若出自寒素，無少膏粱紈綺之習，余甚喜焉，其庶幾所謂特立者乎？乃告

[①] 目前重慶各方志中未見明代重慶衛同知聶仲輝之記載，本序可補方志之闕。

之曰：夫天生伍材，民並用之，兵之不可去也久矣。肆今典則，內則府部並置，外則三司偕設，而指揮之衛，錯布分列於要害之郡，凡以養兵而衛民耳，其所系蓋不輕而重也。而官於其間者，多以蔭，不以勞勳。其以蔭或勞勳者之皆賢，固加於人一等矣。而或非其人，則於所謂養兵衛民之意，不能盡知，或知之而不能盡行，於是驕侈縱欲之態，往往競以為高，而不暇乎其他，此天下之通患也。

於乎！朝廷之所以爵於我祿於我者，果如此哉？仲輝徃矣，其尚思所以振起於流俗也。夫世之英俊欲負是以聞於時者亦夥矣，顧無其具與時耳。無其具，則志雖立莫能用；無其時，則才雖高不得行。若仲輝者，其職於一衛，無所不統，蓋有其具矣；而又當國家太平全盛之時，則有建功樹業之志與才，不患乎不能行而用之也。

仲輝徃矣，余日望之。

送丘君季玉令樂陵序

令，親民者也。以為難乎？則古之人，有鳴琴垂簾不下堂階而臥治者；以為易乎？則召父杜母[1]，歷世僅見，而前毀後譽，往往不能遽得乎人。然則，難易果安在哉？

大抵民之情有二，曰：好、惡是也。好善惡惡，好安

---

[1] 西漢召信臣、東漢杜詩，皆曾任南陽太守，有善政。參見《漢書·循吏傳·召信臣》《後漢書·杜詩傳》。

而惡危，好逸而惡勞，好飽煖而惡饑寒，是皆今昔之所同者。顧上之人順其情，何如耳？

旌別淑慝，脩明教化，除穢革邪，發奸摘伏，則好善惡惡之情得矣。保伍連坐，重門擊柝，儲蓄豫先，捍禦災患，具好安惡危之情得矣。營繕以度，繇役以時，使之以佚道，程之以餼廩，則好逸惡勞之情得矣。勸課農桑，禁戒浮靡，食之以時，用之以禮，則好飽煖而惡饑寒之情得矣。

否則反是。如是，而持之以敬，行之以恕，守之以勇，則所謂民之所好好之，民之所惡惡之，吾未見有不得乎人者。雖曰易，可也。不如是，則所謂好人之所惡，惡人之所好，吾未見有得乎人者。雖曰難，可也。

蘭陽丘君季玉，少負氣節，成化丁酉舉鄉進士第七人，有司梓其文為程式。比入太學，益淬礪其業不懈。久之，乃以例受樂陵令。同年友職方主事王君廷文①，諉贈於余。

蓋季玉，廷文內兄也。其言曰：季玉與走家食，時同筆硯，多聞好古，每委心焉。而其學，則有所受。其翁穎敏博學，始發解中州，即典教咸陽，繼令平鄉，守淮安，晉位山西、湖廣。方伯，剛方清慎之操，誨迪旬宣之績烜赫於時。其仲兄伯玉，亦以進士歷給事中、陝西參議，今復擢山西參政，世官其地亦僅有者。而其名位方興未艾。

---

① 王資良，字廷文，四川仁壽（一說成都、金堂）人，成化二十三年（1487）進士，曾官兵部郎中，職方主事，弘治十二年（1499）任雲南臨安府知府。劉春、王資良、羅玘皆為同年友。

如季玉者，又發軔名科，登庸仕路，其文與行亦可謂不失其世守者矣，盍亦張而大之。

於戲！世祿之家，鮮克由禮，故古之名賢達宦，一時聲跡，非不光明儁偉也；而其後能自振起者，恒不幾人。余於季玉固竊嘉之，而且樂聞賢哲之有後也。雖然季玉以經訓菑畬，承芳襲美，既自掉鞅於功名之場矣。由是舉而措之，則紹烈考之遺風，蜚循良之英聲，譬之居高屋建瓴水直易易耳。

而余猶有順民之說者，則固愛莫助之之意也，亦廷文之意也，季玉尚朂之哉。

送麻城尹聶君承之①考績還任序

麻城於楚，世號為難治邑。然以余論之，邑無難易，顧在人耳。古之稱難治者，或赤子弄兵，或大姓橫恣，或攻劫流散，令不能行，威不能制，信乎不易也。然得其人，則閧然者以定，囂然者以帖，如龔遂、趙廣漢、虞詡②之類是已。況無難治之形，而得其人焉，何有乎難哉？不得其人而曰難，處之非其道，服之非其心，使其辯詰縱逸於尋

---

① 聶賢，字承之，長壽縣人。弘治三年（1490）進士，初授武昌知縣，官至南京刑部尚書。卒贈太子少保，謚榮襄。是《序》撰於弘治九年（1496）。

② 趙廣漢，字子都，涿郡人，西漢大臣，廉潔、通達、敏捷、謙虛待士，任京輔都尉和京兆尹。虞詡，東漢名將。

常矩彠①之外，則自首善而往，皆然無定所矣。

吾長壽聶君承之，舉進士，初令武昌。武瀕江負山，人多勁悍決烈。承之至，則聽決精明，賦役有法，而其除穢梳蠹，惴惴焉無寧居。閱數月，而布以大和，民歡然戴之，皆曰：“豈天惠我民耶？曷假侯以父母我也？”

余往年歸覲，道出蘄黃間，親得其治狀，頌聲於章縫野服之士，竊嘗異之。繼艤舟江夏，則藩臬諸公所以稱賞者不釋口。未幾，乃疏請移置麻城。蓋麻城視武昌，其民數里圖皆倍蓰焉，有事亦如之。麻城之人聞其至者，皆謹曰：“是武昌人所仰而思之不可以復得者也，而吾民何幸而奪之來？”

而承之持其治武昌者治之，而民之戴之者不異武昌，信乎麻城非難治而治之，顧在其人也。

今三年考績，銓曹以例當復舊任，邑人秋官舒君楚瞻、大行董君嗣紳②喜得遂其借寇之願也，猥假余言敘行李。春常侍家君③尹斯邑，時方總角，亦能悉民情。士尚之懿，家君之政履，固不能迯於官評物論之下，然自去邑距今二十年，而人之嚮往不衰，而春之所以蒙屋烏之念於縉紳大夫者尤至。

於乎！是豈小子之所能致於人如此耶？余固謂麻城非

---

① 矩彠，音 jǔ yuē。規矩、法度。
② 雍正《湖廣通志》卷五十二《人物志·黃州府》：“舒昆山，字楚瞻，《明一統志》麻城人，幼奇穎，成化甲辰（1484）進士，累官副都御史，所至有政績，能文章，一時碑碣多出其手。”董嗣紳待考。
③ 家君，指劉春之父劉規。

難治也，則二君之見諉，曷敢有言說為辭？惟承之之聲，實已流不可遏，行將被徵蒙遷，薦歷通顯，則肅憲度於朝，端持風裁於天下，乃其所固有。而亦其所優為者，慎無忘今日治邑之心也。充此心，則其位日進，名日高，澤日廣，無有乎難為之官者，豈特見麻城之不難治耶？

送太守張君宗厚[①]任吉安序

近吉安守闕，其縉紳士相與論曰：吾吉世恆號難治也，而其實則非。故往往守者畏其名，卒蒞以矯激苛刻，無平易近民之政，無拊循惠愛之方，無禮義廉讓之化，由是橫者益肆，弱者益屈，而治益難矣。使得明察好惡，如古之梁凝正[②]；恤民疾苦，如古之余安道[③]；大布恩信，如古之李西美[④]；而猶有黠悍獷戾，威不能懾，化不能服者，則謂之難治也固宜。

---

① 張淳，字宗厚，合肥人，成化二十三年（1487）進士，令瀏陽，山西道監察御史，按貴州，弘治中轉吉安知府，以清節惠政著聞，百廢具舉，民為立祠。官至右副都御史，巡撫保定。參見《送太守張君宗厚任吉安序》（《東川劉文簡公集》卷十一）、《重修青城縣記》（《東川劉文簡公集》卷十五）、《明故通議大夫都察院右副都御史張公神道碑銘》（《東川劉文簡公集》卷十九）。

② 即梁鼎。

③《大清一統志》卷三百四十一《曲江縣・人物》："余靖，字安道，曲江人，天聖進士，累遷集賢校理。……英宗即位，拜工部尚書，卒贈刑部尚書，諡曰襄。"與歐陽修、王素、蔡襄為四諫官，時論重之。

④ 李璆，字西美，汴人，登政和進士第，調陳州教授，入為國子博士，出知房州。宣和三年（1121），讁監英州。紹興間知吉州，累遷徽猷閣直學士，四川安撫制置使。璆至成都，首命築城，城畢，大水，民賴以安。治蜀之政多可紀。

未幾，銓曹舉於眾，補以御史合肥張君宗厚，則又喜曰：吾儕所願欲藉以少慰者，其在茲哉？

蓋宗厚，起家舉進士，初筮仕尹瀏陽。瀏陽蒞楚長沙，依負嶺嶽，民多決烈強悍，幾不知有官府者。宗厚之治，簡賦斂，崇教化，來賢德，鋤強暴，植廢墜，誠心直道，不事機防，故甫三年，民安於野，士安於學，而強梗弗率者帖然，無逮繫。績最，遂擢山西道監察御史。

其為御史，則知之必言，言之必當。既滿考，遂按治貴州，尤著偉績。蓋本之以慈惠愷悌之心，而達之以通變宜民之政，故所至有聲稱。則今之徂也，直充其所已行者，而又何患乎庶績之不美，前脩之不可企及哉？余聞而韙之。

夫吉安，古吉州，即廬陵安成郡也。其俗藝文儒術，則稱於杜岐公①；文風之盛，則稱於周益公②；家詩書，人儒雅，則稱於楊炎正③。合而觀之，至今益不衰，而獨以難治名，何也？以其難，則前史所稱，如梁、如余、如李者，項背相望，在國朝尤多，豈其治之有異於人耶？

夫郡邑之難治，莫先於無賢人，尤莫先於無美俗。蓋無賢人，則雖有教化，不易達。無美俗，則雖厲法，令不能行。如吉者，可謂兼而有之。則以難治虧成績者，豈非

---

① 唐杜佑，字君卿，京兆萬年人，唐代政治家、史學家。曾任嶺南、淮南節度使，歷官至司徒、同平章事。封岐國公，卒諡安簡。

② 周必大，字子充，廬陵人。南宋政治家、文學家。紹興二十一年（1151）進士。慶元元年（1195）以觀文殿大學士、益國公致仕。

③ 楊炎正，字濟翁，廬陵人，慶元二年（1196）進士。嘉定七年（1214）知瓊州，官至安撫使。與辛棄疾交誼甚厚，多有酬唱。

泥其名而不察其實之過哉？

余於是可為宗厚賀矣。宗厚與余為同年，相知深。瀏陽之政，固嘗聞之，而貴州則鄰吾蜀，其激揚澄清之惠多波及，尤所樂道。君之垂休聲騰茂實，以大樹勳業於將來也可屈指，俟方思有以張而大之。而侍御王君資博[①]輩，又為之請，遂不辭讓而書之。

東川劉文簡公集卷之十一　終

[①] 王約，字資博，臨川人，成化二十三年（1487）進士，知平陽縣，毀淫祠六十餘所，建社學、歲饑發粟。擢御史，出巡蘇松湖廣，風裁甚著。

卷之十二

序

送太守王君克承①之維揚序

維揚，古揚州也，為東南佳麗之地。自昔號繁侈，益僅可比，而亦出其下，故曰"天下富貴，揚一益二"。以今考之，其土俗物產及鉅商大賈星聚并聯，誠不減於舊，而其士習之尚文好儒則日盛矣。其郡控制三州七縣，統於上者，惟一二重臣。凡政教號令一聽於守，無若他郡制於藩臬，甲可乙否，而莫得自專者。

夫地之大也，而當喉襟之要；俗之侈也，而有趨向之

---

① 王克承，餘姚人，御史，按治荊楚、江西、關中，與劉春、康海、羅玘交好。

殊；官之尊也，而無掣肘之患。故守得其人，信易治也，非其人，其害亦豈細哉！

比闕守，銓曹簡於眾，疏吾友御史王君克承名於上請補，制可。縉紳大夫聞之，相顧愕然曰：揚之守，固莫宜於克承也。

然君博學有文，而能達於政者，自其為御史，即著才名。尋按治荊楚，尤剛明威信，處大事、則大疑、臨大政，裁制分割，咸出常情意料外，人皆以識達治體歸之，聲譽鈞然。

故事，都臺恒擇其屬二三人越常職，俾視諸道，會奏章疏君與焉，而其遷轉，每出常調亦例也。克承乃有此擢，不為屈乎？

余亦啽①然，莫知所解。或曰：邇來當路者恒為人擇官，而不能為官擇人，視郡守若少抑然，而民不勝其敝。聖明洞幽燭微，思得人以惠養元元，且重若職，故用之，不限於資，惟其賢，若曰：以九卿出憂國可也。則君之擢，受知於主上恩特厚，而反謂之屈乎？

且古之賢哲，負重望於當時，垂英聲於後世，未有不起自州郡者。即以揚言之，在唐，則如婁真公②及李襲譽③；

---

① 啽，音 ān，意爲閉口不言。
② 婁真公，應爲婁貞公，指唐婁師德，字宗仁，原武人，唐宰相、名將。萬歲通天二年（697）拜相。聖曆二年（699）病逝，諡號貞。
③ 李襲譽，字茂實，安康人，仕隋任冠軍府司兵，李淵定長安後，召授太府少卿，歷官揚州大都督府長史、江南巡察大使、涼州總管、同州刺史。

在宋，則如韓魏公①、范文正②、馮文簡③輩。皆守其地，竟致柄用，今猶景仰或廟祀之不衰。

近時如三原王公宗貫④，亦追古之名臣也。天順時，為守於此。則克承茲往，聖天子既以其賢，不拘資而用之，安知將來課其實，復不拘資而擢之乎？

疑者釋然，聞而歎曰：匠氏之治宮也，不以樗櫟為梲；醫師之處方也，不以昌陽引年。維揚之守，固聖明之所屬意焉者也，君尚益慎所履哉。

君行，其門人輩請余言為贈，因書以告，兼致區區忠告之懷。

壽王母岑太夫人八十序

宮諭王先生母岑太夫人，今年壽八十，五月十七日寒衣袨之辰也。是日，自公卿而下，凡知先生者，各舉禮為夫人壽。錦紱珠翟充牣堂室，弦管琴瑟之音諠溢衢巷，一時盛事，鮮克儷者。

---

① 即韓琦。
② 即范仲淹。
③ 即馮京，字當世，江夏人。北宋大臣。皇祐元年（1049）狀元。歷官江寧知府，樞密副使。因反對王安石變法，罷知亳州。紹聖元年（1094）去世，諡號文簡。
④ 王恕，字宗貫，三原人。明中期名臣。正統十三年（1448）進士，選庶吉士。歷任揚州知府、南京刑部左侍郎、南京兵部尚書兼左副都御史等。正德三年（1508）去世，諡號端毅。

盖夫人，封春坊諭德竹軒公①之配，含和蘊淑，克相於家。

先生舉成化辛丑進士第一，為翰林脩撰，進今秩。日以古帝王及周孔之道德政事敷陳講說於天子左右，啟沃深至。退則侍皇太子受經，弘諒端直，盖隱然負公輔之望。而夫人則自先生筮仕，恒就養官邸，由太安人封太宜人，龍章輝赫，象服在躬，凡天廚之饌、上尊之醴、遠方珍果，咸時荷寵賜以享焉。

先生又日承顏順志，定省左右，無少違離之憂；諸孫服習詩書，森侍膝下，如守仁者，則又舉進士，氣識不凡。夫人之獲福，其可量哉！則諸縉紳之所以趨賀者，固皆出於欣慕愛悅之誠，不容自已也。

嘗觀古昔賢哲之士，雖以濟時行道為榮，而尤以祿逮其親為喜。故一檄動顏，君子不以為非；而榮宦忘親者，人人得而訾讓之。則仕者豈徒志於行道而已哉！

顧世之荷厚祿躋膴仕者，嘗薄暮年，未有不懷陟岵陟屺之思。或幸而遭時遇主，臘致津要，二親具慶，則蹈險乘危，自詒伊戚，如溫太真者，往往而然。若張師亮、富彥國、陳唐夫輩，既大拜，而其母猶安享祿養，以厘殊寵異。數之典於當時則僅有者，史氏載之，至今傳為美談。

如夫人者，其福固未易言，而先生之所以榮養其親，

---

① 王華，字德輝，餘姚人，成化十七年（1481）進士第一人，翰林院修撰、詹事府右春坊右諭德、禮部左侍郎、南京吏部尚書。孫王守仁。王守仁《王文成全書》卷三十二《年譜一》："先生諱守仁……餘姚人……祖諱天叙，號竹軒，……成化辛丑賜進士及第一人。"參見《祭王母岑太夫人文》，《東川劉文簡公集》卷二十一。

抑豈獨於今為不可及哉？於是先生之門人仕於京師者，相率拜夫人於堂下，舉觴稱壽如儀。某忝從先生後紀事之詞，僉以諉焉。爰集古詩句為八章，歌以致祝頌之意。凡在列者，其愛慕揄揚之念，固不謀而合也。詩曰：

五月鳴蜩，西有長庚。母氏聖善，式月斯生。母氏劬勞，長髮其祥。宜爾子孫，邦家之光。有斐君子，教之誨之。在帝左右，維其令儀。綿綿瓜瓞，施於孫子。溫其如玉，德音不已。肆筵設席，籩□有楚。君子至止，式歌且舞。載錫之光，吹笙鼓簧。獻□交錯，濟濟蹌蹌。公言錫壽，介爾景福。萬壽無期，□□百祿。既多受祉，則篤其慶。是用作歌，永錫祚胤。

送學士馬先生[①]考績還任序

南京翰林侍讀學士紫厓馬先生，以考績至京，□逾月遂還任，諸舊同寅義不可留，乃各賦詩道別懷，而屬余序之。

夫別而會，會而別者，此常理也；會而喜，別而憂者，此常情也。喜其喜，憂其憂，而發於言者，□諸君之詩也。顧余之私，則又有出於常者乎？

蓋紫□□以邃學懿行名，余方在衿佩，即思欲親炙之。

---

① 即馬廷用，參見《東川劉文簡公集》卷二《送太守馬君汝礪還任序》："吾友廬江守馬君汝礪……今君之父紫厓公……"

而□□得繼獲與其子汝礪，計偕北上，一見則所以教□□籍之者甚至；已而叨跡後塵，汲引之意，益有□□□先生於某誠相須之殷者。未幾，被命掌院章南都，追憶馨欬之音，限隔如許，則會而喜別而憂，當何如？卜氏之任，余安能辭也？

惟學士之職，以文學言語侍從天子左右，以備顧問，辯駁是非者也。凡大典冊號令之纂述，因得與焉；而大政事之商論，亦罔不在列。南都，固祖宗根本之地也。然思所以供職，則缺如，如先生者，安得遂留不去？使上焉獲盡發所蘊蓄以少紓經綸之志，而下以遂吾輩薰德之懷，不亦可乎？

或者曰：是何子之固也？子以學士之職，果必在天子左右而後可盡乎？南都，古建業，今為江南大都會，國朝諸司創置咸存，故宦績之當記載者不少，而賢人、烈士、孝子、貞婦之可振厲風俗者，亦時有之。先生即所見聞者，著述固足以微顯闡幽，權衡是非於萬世，而其子孫之欲表章[①]先烈者，又隨所求應之，昭勸戒焉。則先生之績，所以俾益於時者，豈出於日侍從天子左右之下也？況其德之鎮浮釋躁，學之辨疑啟秘者尤多。聖明之所以簡任，固安得而遂奪之也？

余聞而韙之，曰：信哉！吏稱房、杜無可紀之功，殆此類耶？雖然，聖天子明明揚側陋，嚮用舊人，未有如紫

---

① 章，"彰"之同音假借字。

厓而久留滯一方。余所私論殆將有以慰之也，因書為送紫厓考績南還詩序。

送進士江君廷摺①尹岐山序

進士之科昉於隋耳，而唐、宋因之，迄於今日，則其重莫過矣。

蓋自公卿而下，凡臺諫部寺，非進士不得與其列；有之，第千百之十一耳。而外自郡守，上及諸藩臬長貳亦如之。故通都下邑，雖騃童癡豎皆知有所謂進士者，聞進士名，則竦然加敬而嗟異焉。

而凡有志之士，罔不欲得，始慊於心，雖皓首窮經，不得不休，則所謂進士者，不其重矣乎？以其重也，故凡陳列中外者，恆競自磨濯，澡身飭行，每惕惕焉，懷不若人為恥，而無或自棄者。於是乎上下益思注意大任而博用之，乃著令，初除補郡邑，以理民治刑；滿三年，敘擢憲台粉署，蓋非抑之也。若所謂從九卿出以憂國，將益重之也。

進士江君廷摺，吾重慶華族，其世父、叔父，咸以明經領鄉書，歷官名郡。而從兄廷章，又聯芳接武，駸駸嚮

---

① 江玠，號鐵峰，巴縣人，弘治十二年（1499）進士，弘治十三年（1500）任陝西岐山知縣，後升陝西副使、參政。是《序》謂"江君廷摺……選為岐山令"，"廷摺"當是江玠字，可補方志之不足。

用。至於君，益端愨謹厚，今年春遂獲登第，蓋可謂有志之士矣。比銓曹遵故事，選為岐山令，而鄉之同年諸君請余言。濱行，贈之。

夫古之仕者，所以行其志，初不計其內與外也。苟志得行，雖外固榮；不行，雖內亦辱。今之仕者，則類急於利與勢矣。非豪傑之士，未有不以內外置忻戚者，而其建立之功，因與古人大相遠焉。

然則廷擢徃矣，其所趣向，豈但欲自異于一時之人而已哉？志有所不為，才無所不盡；知之必見諸行，行之必竭其力；而區區內外之較，不置其心焉。使世之所重乎進士者，不徒以其名，然後為無惡於志也。

余於廷擢，有一日之雅，故於諸君之請輒言之，諸君以為如何？

送判簿張邦賢致仕序

內江張君邦賢，為行唐主簿，分理易州廠。惜薪秩滿，將欲取治績奏報於朝廷，獲進秩，乃浩然動蓴鱸之思[①]，歌歸來之賦，告所常與徃來者，治行買舟別去。有挽而留之者曰：士之宦而歸者，非迫於利害，怵於事勢，則必以年至，力耗不克負荷固也。如君年纔及耳順，耳聰目明，雅

[①] 蓴鱸之思，喻懷念故鄉之情。參見《晉書·張翰傳》。

負幹局，歷茲以往，不為邑長亦當貳名邑，以駸駸乎銅章墨綬之榮，乃毅然長往，何居不幾坐失事幾之會乎？君鞁然不應，其寮友輩知其不可留也，諉余言贈之。

夫邦賢之賢，其事上撫下，恪恭有惠，余聞之稔矣。而其知止如此，是非淺中狹量者可以尺寸之也。

竊嘗論之君子之仕，所以行其義也，故道合則行，不合則去，殊未有為之節限者。中世士夫以官為家，乃多鍾鳴漏盡，夜行不休，於是老鳳饑烏之嘲，騰籛不可遏。而林下一人之句，若有以概夫世之情者，甚可嗤也。然則邦賢之去，其知識謂非出於流輩不可，則余安得無一言以歆艷之乎？

抑余聞之，世人急流勇退者固難，而保終完名者尤難。士之能歸者，雖不易得，而亦不能無。然未有如兩疏之見幾若水之勇退，烜赫今昔者，豈非其功名聲利之場，終有不能忘情於其間者乎？以其不能忘情也，則利趨欲征，無所不至；甚有持官府短長，以武斷鄉曲，為州里患苦者，是又不若隨時浮沉之為愈矣。

君之歸也，余聞鄉先達有如吳公廷獻、余公貢之、王公原甫①者，皆以岳牧②、師儒之賢退休林下，誠相與結社訂盟。每暇日，則枚藜攜酒於焉，陟西山之白雲，泛南浦③

---

① 余金，字貢之，内江人，成化二年（1466）進士，官長沙知縣，知長洲，監察御史。因風紀肅然，升陝西僉事。母老乞終養不起，處兄弟極友愛。吳廷獻、王原甫待考。

②《書·周官》：「曰唐虞稽古，建官惟百，内有百揆四嶽，外有州牧侯伯。」後用以泛稱封疆大吏。

③ 南浦，今重慶萬州。參見黃庭堅《南浦西山勒封院題記》。

之綠波，使仕而忘歸與歸而自好者，益有所興起焉，顧不偉歟？

君有子曰潭潮，孫曰士瞻，皆能業舉子，志嚮不凡，蓋其家庭之教有自。吾知君之將來不但使人高其能退而已矣。

送甘泉令李先生[①]考績還任序

吾友宗岱李先生為甘泉令幾年，其為上者器而重之，率以慈祥惠愛課治狀，為下者畏而懷之，率以民謠俚語頌德聲，余未得其所以然也。乃即其邑之賢者問之，則應之曰：

吾邑在延安，舊為里者幾三十，為戶者三千有奇。往者連歲大侵，民困於征輸百出，去而之樂土者過太半；其不去者，僅數百家耳，里巷遂索然，杼軸雞犬之聲寂然無聞。然而上之人，猶不知所以撫綏安集之也，征斂之入於私者愈倍於公。於是，民思息肩無所，而益遠去矣。吾侯至，則視民真如赤子，役之不敢盡其力，賦之不敢盡其財，募客戶以佃其民之遺壤，計畝出稅，而加恤焉。其征輸之寬減，可以制於己者則行之；恐後制於上者，則力請蠲之。

[①] 李垚，字宗岱，巴縣人，成化元年（1465）舉人，弘治五年（1492）就選尹甘泉。參見《送甘泉令李先生考績還任序》（《東川劉文簡公集》卷十二）、《明故甘泉尹李君墓誌銘》（《東川劉文簡公集》卷十六）。

凡所以平其獄訟、制其強梗者，無弗盡其心。而其持己，則冰清玉潔，瑩然無瑕纇。故數年來，民之徙者皆曰：吾有父母，盍歸乎？來而其僑寓者如土著，不忍舍去，居者按堵，無他覬慕。此吾侯之所以見得於上下者也。

余聞而喜，且識之曰：有是哉！

今年，以六年滿考來，得會。既敘契闊，乃詢其所以治民蒞政之方，則其勤渠懇苦之言，由於中而達於外，有不異於前所聞者，信乎守令之寄民之休戚系焉。苟得其人，其為福於民者不少也。

初，先生赴任時，余辱在里閈。後嘗為之贈言，大都欲其盡牧民之道，不為酷虐集事以干時名。先生曰：子之言是也。今其治績之昭焯乃如此，則亦不可謂不知己矣。方欲再思所以贈之，而吾同年太僕劉君達夫，合甘泉諸友，屬余以言。

夫黜陟幽明，古之令典。自漢而來莫有易之，今之所以奔走天下之豪傑而作率之者，大都亦恃此耳。聖天子明見萬里，雖小善不遺，如先生愛民勤政之績如此，當膺顯擢峻拔無疑。然猶履舊任而去者，豈以甘泉之民方獲蚌蠓之惠，不可遽奪之，如古人所謂久任之意耶？抑聞錢若水之對宋太宗有曰：高尚之士，不以名位為光寵；忠正之士，不以窮達易志操。其或以爵祿榮過之故，而效忠於上者，中人以下者之所為也。然則先生茲往，豈以是置念慮哉？尚益思盡其職任，慎終如始，則所以旌功酬勞之典，不患乎其不至也。

送憲副王君以節①之任山東序

弘治辛酉春，四方之疏災異者荐至，秦蜀地震尤異。皇上仰承天心之仁愛，乃從臺諫之言，罷黜大臣方面之不職者，而式序在位之賢補之，思大布德澤於有眾以圖回天意。於是監察御史遷安王君以節擢山東按察司副使，蓋簡任也。命初下，縉紳之士無不為君榮者。

蓋君起家戊戌進士，出宰館陶、金壇二邑，綽著循良之績，為按治者旌異奏舉，遂召入補南臺御史闕，尋轉北臺。

其為御史，則發奸擿伏，不□不縱，凡所論列，務存大體。按治遼東、山西，霆鈞飆發，吏治肅然，其休聲茂實之孚於人而溢於外久矣，則輿論之所以彈冠而慶也，豈徒然哉？

濱行，同寅諸君屬予言為別贈。

昔晦翁謂四海之利病，繫斯民之休戚；斯民之休戚，繫守令之賢否；而以監司為守令之綱，則監司之所繫不輕而重也較然矣。

今之按察□司，古監司，而官之置有使、有副、有僉，

---

① 王和，字以節，遷安人，成化十四年（1478）進士，弘治時任巡按山西御史。曾劾張鳳、太監汪直，奏革西廠，聲動朝野。按察山東，平青州劇盜。生平廉介方正，卒於官，貧不能歸葬。

雖其秩不固，然皆得執法以糾絕一道郡縣之吏。故國朝典則，百司庶府之官有才者咸可任，而按察率以明法者居之。公卿大臣之選，雖盡起自科目，而出於法從者居其半焉。豈非以受任重，則其所以自任不輕而責己者嚴，人固莫得而責之耶？

如以節之通才英識，又當雄藩要鎮，以操縱其法，跡其所既歷，固可逆觀其所未施。則凡守令之賢者，必益得以竭志奮庸；不賢者，必將望風投劾，而民安得不蒙其休澤也？晦翁之言不於君可徵乎？雖然，守令之賢否，抑豈易知也。巧於脩飾者，恒蒙膠東之賞格；而篤於撫字者，多騰即墨之毀言。故士風日趨於奔競，而民病益難瘳，春華秋實，孰能不為所惑耶？

然則余所欲忠告於君者，其尚致察於斯，而思所以抑揚之，使陽城任延輩不淪於泥塗，則斯民庶沾實惠，而後可以副吾君今日簡拔之心矣。公卿之選，雖欲辭之，其可得乎？

較庵政績錄序

在昔稱循吏者，昉於楚相孫叔敖①、鄭相公孫僑②。嗣

---

① 孫叔敖，羋姓，名敖，字孫叔，春秋時期楚國令尹。
② 即子產，春秋時期人。姬姓，公孫氏，名僑，字子產，亦稱公孫僑。鄭穆公之孫，先後輔佐鄭簡公、鄭定公。

是，作史者皆別為之傳，雖代不乏人，而亦不常見焉。

於乎！是何得其人之難也！以其難，則其列於傳者，宜有高世之智，絕倫之才，能為人所不能為者，以惠於民矣。及讀其傳，則論其心，不過曰慈祥愷弟；論其政，不過曰急於教化而後誅罰；論其效，不過曰所居民富，所去見思而已。若此者，豈人固能之，而巧宦者所不屑為耶？且古之論人者，必以心術為本，而才識次之。故曰忠實而有才者上也，才雖不高，而忠實有守者次也。則循吏之所以異於人而代不常有者，豈其然哉？

《較庵政績錄》一卷，保定太守趙公儲秀①所常行者，好事者集成帙，余得於貳守吾鄉陳君希正。所因批閱之，皆守令之常事，亦人所能為者耳。而固有不為勢屈，不為利趨，不為威沮，而直充其剛大之氣，以行其父母之心於其間者，而世之計功謀利者，固不能為也。

於乎！其庶幾所謂循吏者乎？希正曰："盍序一言，使為守令而觀是錄者，知持是心以愛其民，當不患無民富去思之效也。"因為書之。

公名英，蘭縣②人，初舉進士，為宜陽令，遷御史。不數年，遂擢守保定。其為人，蓋寬不容非，簡而有要者。故在保定僅一年，以憂去，民思之不置，乃計其制滿之日，疏請復任。錄之所載，則皆施於保定者也。今陞山西參政，

---

① 乾隆《甘肅通志》卷三十三《選舉》："趙英，蘭州人。"趙英，字儲秀，蘭州人，成化八年（1472）進士，河南宜陽知縣、監察御史巡按山東，知保定府，升山西參政，仍知府事，居官所至有聲多遺愛，著有《斐然稿》《防邊策》等。

② 蘭縣。蘭州，明洪武初為蘭縣，又置蘭州衛，成化十三年（1477）復升為蘭州。

仍知府事。而較庵，其別號云。

順天府鄉試錄序

皇上嗣統之明年，改元正德。又明年丁卯，寔維鄉試之期。順天府尹臣瀚①、府丞臣汝礪②以考試官請，上命臣春、臣儼③往蒞其事。

臣等既受命入院，則前府尹臣林泮所聘同考試官臣億、臣夔、臣公大、臣誠通、臣舜舉、臣廷輔、臣享、臣寶，臣偕至，而御史臣冠、臣梁已受命先期有事於中矣。

遂集應試之士二千五百有奇，中日而三試之。既畢，參互以校拔其尤得百有三十五人焉。非尚無可取者，制額不敢過也。既錄其名氏及文之純者於後，而凡提調而下諸執事者備列於前，非特示有事為榮，用詔求賢之事至重且大，非一人智力所優為也。錄成，臣謹序諸首簡。

竊惟古之取士，自鄉舉里選之後，一變而為郡國貢舉、公府交辟，再變而為九品中正。隋唐而後，始置科目，雖其間辭賦、論策、經義之試，損益不同，其制則不變也。

說者乃以末流浮華訾之，然名臣碩輔所以經國保民奮諸事業者，後先相望，光榮冊書，率於此乎出焉。則顧繫

---

① 李瀚，山西沁水人，成化十七年（1481）進士。
② 胡汝礪，溧陽人，成化二十三年（1487）進士。
③ 即吳儼。

上之所以用之者，何如耳？法固非盡弊也。我國家科舉之制，太祖監前代更。一以經義、論策為主，洎於列聖，率循不違。故百有四十年來，教立於上，俗成於下，士之用者，無弗由之，而亦無弗以功業著。所謂浮華之議，固非所患矣。

比者皇上猶慮及此也，則欲風厲天下之士於素舉而用之，以隆億萬年無疆之休，乃於紀元昭示，以天下之趨向，期天下之人各正其德，而無偏駁詭異之行，所以法祖保治之意，何如哉？

夫德者，得也。蘊之為德行，行之為事業，言之為文章，皆所以為德也。古之聖賢，達則用於世，窮則善其身，蓋皆不離乎此。然則諸士子登名是錄者，既以言獲甄拔矣，尚思所以正其德哉？昔高郢司貢舉而抑浮華，韋貫之取士先行實，當時流競之俗為息。

顧春非其人也，然濫竽文柄，故所以仰承聖主正德之意，則汲汲焉不敢後。異日諸士子見之於功業者，隨其職之大小，而皆出於德之所發，不矯偽以亂其真，不飾虛以誣其實，而不致如昔人浮華之訾，則聖天子俄頃之化為大。而春等今日之奉命執事者，亦藉以少塞責矣。

夫順天，今之王畿，四方之極也。故於士之始進，敷宣聖化，以為天下道。

於戲！是豈但於畿甸之士有忠告之私哉？

武舉錄序

正德戊辰春正月，大子太傅兵部尚書臣劉宇、左侍郎臣文貴、右侍郎臣曹元，言孝宗在位務儲拔將材以資世用，雖嘗三年一開科，猶以儀式未備，仍詔參定以聞。茲維其時，請一視文舉例，簡命司考校者洎諸執事，自夏四月九日為始，而三試之。

初騎射、次步射於教場，終策論於貢院，而皆間二日一試。其揭曉陛見賜宴之典，咸如舊所更定，上即報可。已而，復請宴名，定曰"會武"。蓋仰思繼述先皇，惟恐或後也。

比及期，知武舉臣宇、臣元、同知武舉英國公臣張懋、保國公臣朱暉、新寧伯臣譚祐、惠安伯臣張偉、襄城伯臣李鄌、武平伯臣陳勳、監察御史臣胡瓚、臣曹來旬，集應試者幾四百人試之。

射，初以違式，去者僅十一，次十四至終場。上命學士臣劉春、左諭德臣傅珪考試，都給事中臣潘鐸、臣趙鐸、署郎中臣呂元夫、行人臣張龍同考試。凡提調而下若郎中臣楊廷儀等，咸因其任分授，乃試之策論。既參其射以定差等，而取六十人焉。亦請於上者，不敢擅也。遂書獲第之名氏，並文之優者為《武舉錄》。而冠以條格，洎諸執事官用獻於上，而傳諸四方，以風厲天下，蓋亦視文舉例也。

臣叨考校，大懼無以仰承詔旨，鰓鰓焉深切兢惕，既黽勉以從事，乃拜手稽首言曰：天之於萬物也，非溫厚無以生之，非嚴凝無以成之。生之者，仁也；成之者，義也。人君法天以為治，爵賞類乎仁，刑罰類乎義，蓋不可偏廢者。而兵者，刑之大也。而將兵者，乃闕焉不講，夫豈治道之備哉？且人才之生，曷嘗借於異代。顧不有以養之，雖欲取，惡乎取？不有以取之，雖欲用，惡乎用？養之素，而人無不習；取之慎，而人無不重。由是有不用、用，斯得矣。

文舉之設科，亦以是也。粵自成周，以三物教萬民，而賓興賢能。射御者，六藝之一也。其養與取無異道。及其用也，居則為六卿之官，出則為六卿之將。

漢世有羽林士之選，有知兵法之舉，有明曉戰陳之舉。雖未嘗設科，而其廣儲博採，俾下無不習以待用於上，則曰寖備矣。至唐，始設武舉科，而制科又有軍謀宏遠、堪任將帥者，有明孫吳法者，蓋與文舉並行。宋之武舉，其制尤備，推恩命官恒假寵焉，故奇才傑士往往間出。

然則自古人才，孰不養之而後取，亦孰不取之而後用哉？皇上監於治古文武相配，故武舉儀式，特用臣宇等議，優加賁飾，益欲歆艷才智之士應時崛起，蔚然在列以充任，使與文舉之士相頡頏，以成昭代法天之治也。

諸就試者雖始應詔，究其詞，即於古今事無或懵焉於其間，而所拔特其穎出者耳。而上之作育，下之從化，不啻枹鼓相答，於是乎驗之，則自今養之久，作之深，而以智謀忠勇著者，可勝數哉？

惟茲獲第者階是而顯，不屬厭於一遇，尚懋媲美古名將，使異日指而稱曰：是出自武舉者，庶不負先皇開科之意，不負我皇上繼述之心，而於是科赫然震耀矣。

臣不佞，猥當執簡，媿無能贊述聖制萬一，獨於此懇懇言之。於戲！是所望於諸賢者，豈以一日之雅哉！

送提學憲副劉先生之任四川序

談者曰：治道，非人才不成。然人才之成，將安諉哉？

國家典則，諸藩省各以其郡邑群士於學宮，而分齋以教之；齋各有官，而有長以統之，又董之以憲臣一人焉。其憲臣之命也，必遴選於部臺庶寮之學行穎出者，惟其望不於其資，苟望焉，資不及可也。

夫以紛然俊秀之士，群而教之於一宮，紛然散處之宮，統而董之於一人。俾皆理義以養其心，飭其躬，而日趨於道明德立之域。而治道之成，於是乎資焉。則當是任者宜何如人而所以任之者，夫豈輕哉？

夫其任之不輕也，而或不知所以為重，而敝敝於聲利，故下焉。亦莫知所趨，其視儒術，不棄如弁髦者幾希，則人才之成就可知，而其責抑安在哉？

於乎！天下勢而已矣，彼重則此輕，未嘗膠於一定也。故以節義為尚，則天下之士皆趨於節義矣；以功利為尚，则天下之士皆趋於功利矣；以清谈为尚，则天下之士皆趋於清谈矣。然则所以鼓舞振作之机，不有所在乎？

比吾蜀督学宪副缺，铨曹疏荐吾同年友刘君文焕①往补。余蜀人也，借以是渎告之。

文焕世家安成。其大父举进士，为庶吉士，仕至南雄守，以廉介显，名见於国史及彭司寇所著《名臣录》。其父举进士於乡，仕为翰林孔目，以学行著称，未老即恳乞退。其兄文渊，亦举进士於乡，今为贤令尹，方进未艾。而文焕复崛然特起，初为庶吉士，继为御史，为副使，督学於闽中者四年，克绍其家声。然则文焕，故儒家也，督学又儒官也，以世业於儒，而师表於儒之上，其知其所重者，不有素乎？吾见吾蜀之士灼知所趋以副谈者之望决矣。

君濒行，凡蜀之仕於京师者，皆为乡邦之士喜也，属余序之。

送同年大理丞陈君之南都序

成化丁未举进士者，三百有五十人。视前后累科者，其数独为盛。今逾二十年，布列中外者犹三之一，尽为牧伯、郡守，其列九卿者，仅数人耳。然计资论望，则登华

---

① 刘丙，字文焕，江西安福人，成化二十三年（1487）进士，提督闽、蜀学校，迁贵州按察使，巡按云南，督理两淮盐课，巡抚湖广，进南工部右侍郎。操履清介，廉明详慎。督诸藩采运材木，忧劳成疾，卒於官，赠南京工部尚书，谥恭襄。参见《送刘提学宪副赴云南便道省母次韵》，《东川刘文简公集》卷二十二。

踐要駸駸未已也，故稱同年之盛者，必歸是科。比南京棘寺丞缺，復得吾御史陳君崇之①徃補，蓋九卿之列又進一人矣。濱行，凡同年仕京師者，舉有彈冠之慶，相率致餞，乃屬予申其意。

余憶成化間，獲侍先祖，宦遊於台，即知崇之家世之盛。比將踰二紀，乃偕崇之同履仕途，則於是行也豈容嘿哉？

蓋崇之之祖諱員韜者，在正統時舉進士，為御史，執憲繩違，無少假借；洎按治吾蜀，風采雖震肅，而小民尤咸得盡其情，至今父老猶能悉其事。仕至福建布政使。其子諱選者，在天順間，以會試禮部第一，亦為御史，勁節至行，克世其家，官終廣東布政使。所至皆舉其職，迄今士論猶稱之。蓋位雖崇，而人以為皆未究其用，尋乃以崇之接武。崇之於廣東，稱世父也。

昔王淮之曾祖彪之、祖臨之、父納之，並仕宋，為御史中丞。彪之博聞多識，練習朝儀，自是家世相傳，並諳江左舊事，緘之青箱，世謂之王氏青箱學。

以今準古，則崇之家世名位，其有異乎？否也，而其所世守者，又不但青箱學而已。然則崇之之徃，尚他求哉？《詩》曰：伐柯伐柯，其則不遠。

春不佞，謹用為吾崇之誦同年之盛，將於是乎望焉。

---

① 陳世良，字崇之，臨海人，成化二十三年（1487）進士，初授樂安令，召爲御史，彈糾不畏強禦，遷南京大理寺丞，擢大理少卿，拜右僉都御史，乞休歸，起應天府尹，未任卒。著有《青嶼稿》。

驪駒之談，何足餂於行李間耶？

壽封主事誠齋尹公八十序

安成誠齋先生尹公，舉成化己丑進士，為庶吉士，歷御史，憲僉，坐累罷，晚以子灝淳甫貴，① 封南京兵部武選主事。今居林下，蓋二十年矣，春秋八十，明年七月之孟九日，為初度之辰。

淳甫守福州，以奏績至京師，偕公同舉進士之子，世稱契家也，敦世講之好，為燕樂之會，而夏官尚書郎李承裕實倡之，遂各賦詩歌以壽於公，詩有序，退春為之。

夫壽賦於天，非人所能必也。而古之愛其人者，恒舉以為言，故愛其君則有如岡如陵之祝，愛其親則有黃髮兒齒之頌。然則是舉也，其固發於至愛之情乎？惟世之享耄耋期頤之壽者固不能無，然而載諸史牒、誦於人口、流聲光而播休聞者，未有不本於人品之高、勳名之著、世業之相承也。故人品不高，則熊經鳥申流於異術而已矣；勳名不著，則田父野老與草木同朽腐而已矣。世業不相承，則人品雖高，勳名雖著，而亦安能傳哉？

如公者，世家尼山，昉自前代，而公英邁不群，始以

---

① 尹仁，字誠齋，江西安福人，天順三年（1459）舉人，成化五年（1469）進士。福建清理軍政監察御史，貴州巡按御史、僉事。子尹灝，字淳甫，安福人，弘治三年（1490）進士，湖廣參政。

經學兩膺荐於有司，負笈之士四方重趼而至者無虛歲。継踐仕途，則即其所學者以見於設施，衎衎然不肯少自屈，而英聲茂實，所至迥出流輩。其為御史，則勁氣直節，尤著臺端。盖當成化間，有一二倖璫者據伺察之地納賄招權，奔趨其門者如市，雖負位望者亦不免矣，公率同列疏論之，一時士論歸焉。近塚宰鈞陽馬公①、御史中丞渤海強公久廢，遂用公薦，先後繼起，而塚宰竟為時名臣，則其人品之介特，勳名之赫烜，豈尋常流輩哉？雖以直道見忤而退而怡怡終日，不一繫諸念慮。

乃有如太守者為之子，官評物論，名位方未艾；而孫曾之接武於將來者，尤未可逆計。譬之擅傾國之富者，田連阡陌，而雨暘或違，然不穫於東，固穫於西，於公何往不得哉？宜公之壽未有涯，而諸君之祝頌亦不止如今日也。

太守之還也，過家拜慶者或持是而獻於壽筵，公當為一開顏矣。其在列曰盛者，御史也；崇文者，地官尚書郎也；潛者，副儀部郎也；□者，主政秋官也；潤者，司務冬曹也；溁，則皆被選翰林；而余弟台者，則副考功郎也。

---

① 即馬文升。

送太守蕭君之任濟南序

萬安蕭君升榮①為御史，踰六年，上擢為濟南守，蓋簡任也。

客有過余，詰曰：升榮初舉進士，即以文學被選為翰林庶吉士，得盡讀中秘書，充其所養，越三年，遂拜御史之命。其為御史也，尤以風節著於臺端，繼出按西蜀，所以激濁揚清者無不至。屬大比，科場條貫凡巨細無不出其心思釐正，人咸以為得體，故一時與薦之士號稱得人。雖程文之錄，亦典雅有則，其識鑑之精可見也，以是公卿咸知其名。故事，諸道章奏，必擇才行之穎出者二人類閱而後上，升榮其一也。其敘遷，非貳廷尉，則僕正。雖在外，亦不失副憲名桌。而乃假守劇郡，豈以嚴見憚如汲長孺耶？或厭承明之廬，勞侍從之事，如嚴助也。

余聞而蹴然，乃語之曰：天下之事，有變有通，要在趨時以利民而已。故朝廷張官置吏，皆所以為民。而守令尤親民之官，非輕也。顧其位雖尊，而多制於人；任雖重，而常屈於勢。況內外之軒輊，升沉之遲速，又有懸絕於其間者。於是淮陽之薄，平原之不樂，恒見於人，而有不屑

---

① 蕭柯，字升榮，號默庵，萬安人，弘治六年（1493）進士，改翰林庶吉士，逾三年授雲南道監察御史。嘗巡京城督馬政，巡按四川。正德十三年（1518）以疾卒，享年六十三。有《松鶴軒文集》。

為者矣。以其不屑也，則所以為之者方懷苟且而不暇恤民。專城之寄，師帥之任，能不為時俗所移者幾人哉？

聖君賢相監於此也，思所以振起而激勵之，乃於刻志為民、勞績顯異者，即明揚超擢，而廉其在廷之賢者徃補，蓋變通之道當然也。昔倪寬以中大夫遷左內史，入為御史大夫；魏弱翁以諫大夫為河南太守，入遷為大司農，以至為相。故當時循吏輩出，為西京之盛，然則以法從之賢出補郡吏，其為民之意豈相背哉？

升榮茲徃，余方為之喜，而子乃欿然，何也？客曰：鄙人固，不固安得聞此言也？適吾蜀鄉進士晏珠而下，十有一人，即升榮所薦者，於君為門下士。因其之任也，介余兄子鶴年①屬贈以言，乃以所語客者書之。鶴年雅為君所器識，固陋之言，安得有所嫌而不一達於祖帳之末耶？

送郎中陳君貳守鈞州詩序

正德丙寅冬，吳郡輸歲課金於內帑，有盜易者。上震怒，於是大司徒洪洞韓公②坐落職，而吾同年友尚書郎陳君子居③以職左遷，貳守鈞州，知子居者咸惜其去，各賦詩送之，而退余為序。

---

① 劉鶴年，字維新，號雲皋，劉春兄劉相之子，正德三年（1508）進士，初授戶部主事，遷兵部郎中，授山西提學，遷雲南參政。
② 洪洞韓公，韓文，洪洞人，成化初進士，官至戶部尚書。
③ 即陳仁。

盖子居忠信端恪士也，初以博學發解閩中，洎舉進士，筮仕戶曹，即能推其所得者以見於用，故利有所必興，弊有所必革，恥依阿涒涊，以求容於時。在弘治中，嘗因災異求言上疏，因孔廟災上疏，盡指陳時弊，確然可行。至論取領占竹僧，敷陳得失，明白剴切，足以開悟上意，尤為識者所韙，故一時縉紳之士因知其名，而公卿大臣尤加器重。

　　徃歲，薦督學江西，不果，然有缺，則未嘗不以為當璧也。今乃以累去，委清廟之器於州邑之間，豈但知子居者懷憤鬱而已哉？雖然，古之賢哲所以立功成名者，豈皆安步於巖廊之上？考其所以詘伸相尋夷險不一者固多矣。要之，真有所得於中，而後視詘伸為一途，履夷險而一節，而其功名之來迅不可禦，否則未有不蹈畫餅充饑之誚也。

　　然則子居茲行，人固惜之，而賢哲之操，豈不益於是乎觀之哉？昔韓忠獻推官開封，理事不倦，暑月汗流浹背，為府尹王博文所器重，曰：此人要路在前，而治民如此，真宰相器也。厥後，忠獻名位果如其言。夫古之觀人每如此，然忠獻豈逆知而矯飾之哉？君子之飭心勵行，在所當然，固如飲食之於饑渴，有不容已者耳。

　　子居徃矣，其尚懋之哉。世如博文者，有無固未可知，而忠獻之心則不可一日而懈也。

　　　　　　　　　　東川劉文簡公集卷之十二　終

卷之十三

序

東岡居士輓詩序

　　東岡居士者，太學生王君尚賓，今刑部主事王君伯存之父也。伯存以正德丙寅受命錄重囚於畿輔及潼關。既竣事，遂取道過家拜慶，時君方康強無恙。甫踰月，伯存將趨朝復命，而君偶遘疾竟不起，釋斑斕而衣衰絰，豈獨其子有弗堪，人亦不能堪矣！乃有形諸詩歌哀而輓之者。篇章既富，伯存爰匯次成帙，屬余序作者之意。

　　夫輓詩，昉於《黃鳥》之哀三良。厥後，《薤露》《蒿里》繼之，遂代有作者。蓋以其人之德足以師表於時，而行足以敦薄崇忠。鄉邑化之，邦國聞之。一旦即世，不可復作，則秉彝好德之心感於中，固不能不形於言，以泄其思慕傷悼之志矣。

若是集者，其作者豈皆盡識君，亦豈皆盡不識君也。而其言之傷悼，若咸飲其德，而惜其不能少致用及久於世以範於鄉者。

蓋君事繼母以孝聞，自其少受業於今南京少宗伯紫崖①先生之門，沉厚端恪，獨能得其心傳。從紫崖遊者，率為名士，取科第；而君顧連不偶有司，處之泊如，不以為意也。

久之，被貢得卒業太學。既家居，足跡不入城府，惟課子弟，務耕讀，其仁施義舉，則往往致潛消鄉人之敗禮不遜者，使獲顯於世。其所建立，豈肯隨俗脂韋取容，而乃僅脩於家，以範於鄉。是宜諸公所以哀而輓之者，有不容已也。伯存不敢散失而集之，以永其傳，亦可謂能子而又以見其趨庭之訓，不徒淑諸人者可稱述矣。則君之不顯以究其業，亦何必身親之哉？乃不辭而為之弁諸首。

君諱俊，東岡其別號云。

送徽州別駕李君時振序

湯陰李君時振，仕為南城兵馬副指揮。踰八年，累以

---

① 即馬廷用。

異績為御史所舉。奏績,得超擢,倅徽州。濱行,中州縉紳大夫咸以為榮,乃屬余曰:時振,先郎守公季子,今大司空鶴山公之弟也。① 其才敏而不泥,其行方而亦無不能容,故世之仕者,莫不以國都為華,且易為也。惟五城,雖在輦轂之下,凡臺省諸司,無不得以職事相統攝,而其勢又多牽制於豪右,有難乎直遂其志者,故雖英達負幹局之士,設舉所職,宜無不可為。至論及五城,則縮首咋舌,惴惴不敢當,而君居之若易易焉。其達權識變,善於從仕可概知矣。持是而往,其名位將益進,不為可賀乎?願思所以相其行也。

余聞之,囅然而笑,且復之曰:夫褚小者,不可以懷大;綆短者,不可以汲深。昔李文饒②有言,朝廷顯官,須公卿子弟為之,以為少習其業,凡朝廷之事、臺閣之儀,不教而自成。彼寒士,縱有出人之才,固未能閑習也。說者謂其論之偏異,雖有所激,是或一道耳。觀於時振,其弗信矣乎?且徽,古歙州也。僻恃一方。而蒞乎上,其職專,無牽制之勢;其體嚴,無統攝之擾,是尤所優為者,尚何假於欹啟寡聞之談哉?

雖然,余所欲告者,則有之矣。郡邑之置,所以牧民也。而牧民之道,役者均、訟者平、弱者植,而武斷者不得肆焉,此其職也。苟盡心力而為之,宜無難,而亦惡乎

---

① 李鐩,字時器,湯陰人,世居湯陰鶴山,成化八年(1472)進士,工部尚書,諡恭敏。弟時振。

② 李德裕,字文饒,贊皇人。唐代政治家。

弗稱。顧世之仕者，方以是為不足釣奇賈譽也，則恒役役於吾職之外者，苟有得焉，遂以為職在是也。上之人，不思所以抑之，甚者以為賢；下之人，不思所以戒之，甚者以為的。無怪乎民不得其安；而牧民之職，不易為矣。故今之所見稱者，多古之酷吏；而古之所謂循吏者，於今徃徃抑而不得伸。

然則時振之徃也，其於此得亦無概於心乎？余為此言久矣，非君固無以告，而亦不自知其是與否也。司空公方以名德為天子所倚任，其於牧民，要有道焉。如以余言為未然也，其尚從而質之，將以為指南，以轉為吾告可乎？

西署三勝圖詩序

《西署三勝圖詩》者，諸縉紳大夫為大司寇嘉興屠公[①]而作也。

其謂之"西署三勝"者何？國家文武公署雖概列禁城左右，而刑部、都察院、大理寺，獨並峙西偏，世謂之"西署"。蓋西於五行為金，於四時為秋，於五常為義。而刑，陰屬也，司寇之詰姦慝，御史大大之糾察懲違，廷尉之審決疑讞，職雖殊，其為刑一而已矣。

公自起家進士，即歷官刑部尚書郎，繼丞南京大理，

---

① 屠勳，字元勳，明嘉興府平湖人，成化進士，歷刑部郎中、大理少卿、副都御史、右都御史。武宗立，進刑部尚書。

被召入貳廷尉，晉貳御史大夫，出撫京畿。又晉貳司寇，晉御史大夫，以至正位司寇，蓋踰四十年。位愈尊，望愈重，而終始不離西署。此諸公所以圖其署之勝，賦而詠之也。

圖以表其地，詩以闡其意。既盈卷，則授春為之序。夫士之學古懷道者，於公所歷得一焉，亦足以邁烈垂聲，況公之兼而有之乎？

則三勝之圖，所以誇詡而歆豔之者固宜，而春所尤不容已於喜幸者，則古之用人不二事，不移官。蓋二事則眩於所習，而任之不專；移官則職守無常，而信之不篤。況刑者，天齊於民，聖人不得已而用之也。而司刑者，又民之司命。任之，其可不專；信之，其可不篤哉？故雖皋陶之在虞，蘇公之在周，其所受任治刑之外，無聞焉。豈以聖賢而他事，或非所長哉？用人之道，是固為畫一耳。

然則觀公是圖，豈但知公以碩德重望，結知主上薦荷寵榮，以詡佐聖明弼教之治，以敬迓協中之休；而我聖天子之用人，任之專，信之篤，不輕民命，以壽國脈於無疆，於是乎見之。

於戲！諸公之所以發揚詠嘆者，亦豈徒然哉？是用弁諸群玉之首，不敢以賤而辭也。

送少尹張君之任嘉興序

崇慶張君，起家太學，被擢鴻臚。滿九載，晉二尹嘉興。濱行，鄉之士夫榮其行，屬余言贈之。

夫鴻臚，日侍天子左右，敕贊禮儀，班秩之整肅，詔旨之傳宣，皆於是乎委之。凡公卿百執事覲於廷，以及藩國遠夷之使至，皆鴻臚者道之。其威儀欲中度，其進退欲合節；否則，非御史舉劾，則鴻臚陳奏，無得以情免者。故在廷百執事雖有法守，皆或可暇逸，無不易居；而鴻臚則心恒惕惕焉，早作夜興，不能以一日安於逸樂，其難如此。

而君居之，以舉職著稱，自其寺之卿佐而下，無弗賢之，則其持心之謹畏，臨事之明達可知矣。茲嘉興之任，職在臨民也。雖丞於一縣，無不當問，而有尹者以主於前。況今之例，凡尹鉅邑者，又皆選於科甲之英。

事有畫一，而丞之者，但分理翊贊其不及耳。且仕宦者，凡近於尊，則勢不能無屈；遠於尊，則分守明。故邑之寄百里，而其民之休戚安否繫焉。

於民有父母之道，則其分為尊。而遠處一方，巍然萬姓之上，又勢無不可行者，其易非若輦轂之下可比也。然則君於所難，以其心之謹飭，尚優為之，則於其易者，豈不尤易易哉？

惟人之常情，恒慎於所難，而忽於所易。以其慎，故無弗見其成績；以其忽，則反有失之者。龍門、瞿塘未有敝舟，而斷港平川徃徃見之，豈非理勢使然耶？

然則予於君，所欲言者，但持其居鴻臚之心，以蒞嘉興之民，則頌聲作於下，譽言興於上，高爵華秩不患乎其不至矣。於戲！君其懋之哉，君其懋之哉！

送上海少尹蕭宗漢之任序

內江蕭君宗漢，以太學生被命丞松江之上海，鄉之仕於京師者皆為君榮，相率贈之，而進士王濟川屬余為之言。余知君者也，何俟於言，即有言，亦何不為君瑱耶？

蓋君內江世家。內江接壤吾渝，凡其士之出，以樹聲績為賢，家世以篤孝友、敦禮儀為美，無弗知之。

若蕭氏之在內江，則著姓也。君之父諱鳳，以行誼為鄉邑儀表。叔父諱韶，受封工部主事。工部之弟，又多以義給章服；及仕中外其他子姓，育德邑膠，需任用者亦五六人。

余所知者，若今淩漢，則以進士起家，副憲陝西也。淩漢，工部子，與宗漢屬伯從。徃歲居憲部，余常見宗漢侍其側，悚惕若嚴君焉。而淩漢，亦甚友愛，余固心重之久矣。且昔人有論，仕須公卿子弟為之者，以公卿子弟於國家之務，耳濡目染為多，非若士之崛起者可比。是雖有激而言，其理固有然者。

若淩漢之令霍丘，其持己愛民，雅有可稱述，故去霍丘，常勤留靴之思。若此者，宗漢固目擊而論之熟矣。則茲上海之貳也，以其悾愊之心，而行其所見之政，尚何待借聽於朧①，求道於盲哉？此余固於君甚愛，而不能助者也。

惟上海，屬松江。松江，財賦之區也。所領雖二邑，而其征歛委輸，則倍蓰於他所，故稱仕之美地者，必首舉焉。然而民之坐是而困者亦甚矣。昔人有曰："淘米少汲水，汲多井水渾。刈葵莫放手，放手傷葵根。"

余於是切懷杞人之念，而欲為君誦之也。宗漢，其亦概於中否乎？或曰：子之言信矣。然以之語守令可也。宗漢為之貳耳，而政非己出，雖有其心，孰從之哉？則告以聞之，伊川曰："當以誠意動之。"令，邑之長也，若能以事父兄之道事之，過則歸己，善則惟恐不歸於令，積此誠意，豈有不能動人？然則即是而言，其於邑之事，有係乎民之休戚者，亦固難如秦越人之相視，而亦無不可為者也。

余無為宗漢告者，濟川其為我以是語之哉。

送潛江司訓費君真卿之任序

談者曰：今天下之郡邑夥矣，而無不置學。學必群士

---

① 朧，同"聾"。

於其中，而設官教之，謂之師儒是也。其秩雖卑，凡郡邑大夫之相接，恒略上下之統攝，所以示其重，不可例以百職事視之也。顧任之者多，而所以知其重者何其少耶？世之仕，有似易而難者：由藩臬而下，至於丞簿，皆以治民為事，有簿書期會之猥雜，有錢穀刑名之瑣屑，若甚難也。

然負才識者，無不可辦；能恪勤者，無不可為。若師儒者，所以典教士之於師，如泥之在鈞，惟人所範；如金之在冶，惟人所為。使一言一動，或乖於禮，而叛於道，則所謂模不模，範不範者，此師儒之所以為重，而又難乎其任也。

古之人任之者亦多矣，而獨稱安定胡翼之①。考之安定之教授湖州也，有經義齋，有治事齋，雖科條纖悉，然皆以身先之，雖大暑必公服坐堂上，嚴師弟子之禮。解經至有要義，懇懇為諸生言，其所以治己而後治乎人者。為文章皆傳經義，必以理勝；其視諸生如子弟，諸生亦信愛之如父兄。凡遊其門者，各因其資性，皆有所成就。

於乎！使仕師儒者皆若人焉，庶知師儒之不輕，而能不以為易者乎？

吾友費君真卿，世家合陽，蚤以學行著稱邑里。比膺薦有司，被命司訓潛江。濱行，凡在京師諸縉紳大夫士屬余言贈之。

君之先尊甫在景泰、天順間，為名御史，剛直英毅，

---

① 即胡瑗。

執法無撓。坐左遷，人恒惜其才志未能顯於時；乃今復有君繼之其位，雖方升未崇，然其文與行，則可謂不失其世守者。

茲徂也，潛江之士其必有所造就，而無假乎固陋之言矣。余所欲忠告者，則安定之教，不能無望焉耳。

於戲！求巨室之材者，必於鄧林；求夜光之珠者，必於合浦。君出儒家也，可以不知師儒之重之難，而懷缺望於人哉？

送太僕少卿尤君致仕序

南京吏部文選郎中東吳尤君宗陽[①]，上疏請致仕，上許之，仍晉為南京太僕少卿，命下，而宗陽已先歸家矣。其同僚諸君以余濫竽於部，有一日之長也，屬賀以言。

夫古之仕者，七十而致仕，若不得謝，則賜之几杖。其未至七十者固有之，或疾有所妨，而不可強；或志有所激，而不能行；否則未有能直遂者。為君者於臣下有所請，則恒加體念。若年至者，固不強留，以任其勞；而於未至者，亦不輕許，以遺其才。蓋所謂仁之至、義之盡也。或有許之者，則以其迫於情而急於行，或處富貴而少知止，與夫鍾鳴漏盡，夜行不休者大有逕庭，間一行以崇其廉退

[①] 尤樾，字宗陽，尤淳子，正德三年（1508）進士，歷太僕寺卿。

之風耳。

　　宗陽居銓曹，雖年踰指使，而精力如少壯然。其才識精敏，孜孜守法，循理為意，不敢少違舊章，故論用人，正所不輕許者，乃得請焉。蓋其志懇篤，有非飾名釣譽之為者，故雖已上疏，而寮寀咸不知也。顧余方惜之，愧不能留，又愧退不能如君之勇，而諸君之意則不可逆，尚何言乎？

　　惟古之名賢，雖致其事，而其愛君憂國之心，終有不能遽忘者。若趙康靖公①居睢陽，則集古今諫諍為《諫林》一百二十卷以進，神宗嘉之，常置座右省閱；富文忠公②家居，則凡朝廷有大利害，知無不言，故雖退而未嘗無少裨益於時。

　　宗陽之得請也，高尚之節足以廉頑立懦，固非流輩所易及者。而余所欲言，則於古之名賢，尚亦有概於中哉。故勢有所嫌，則若陶彭澤③之歸，所至惟田舍，及廬山遊觀。若文潞公之耆英會，司馬溫公之真率會，其真德實意，著於風節，使士知所感慕興起，其裨當時亦不少矣，宗陽以為何如？

　　於戲！是固亦諸君之意也。

---

①　趙槩，字叔平，虞城人。天聖五年（1027）進士。開封府推官，知郢州、應天府，擢樞密使、參知政事。熙寧初，拜觀文殿學士、知徐州。卒諡康靖。

②　即富弼。

③　陶彭澤，指陶淵明。

送僉憲曹君之任四川序

國朝典則皆昉於古：內有都御史，即古御史大夫、御史中丞，臨制百司，糾繩不法，以總紀綱於上；而各道則有監察御史，以任糾繩按劾之事，若古侍御史然。外有按察使，以總風紀於一方；而副使、僉事，則各分道提刑，平反獄訟。凡官屬之廉勤者，獎勵之；貪污者，懲誡之。俾民之疾苦呻吟，有以自達。

而吏奉法惟謹，無意外鑿空以侵漁小民，亦即古之按察也。故凡按察之官有闕，則恒補以御史，或司刑郎署之著才望者。蓋風紀之責，有非百執事所班豈概任哉爾！

吾蜀按察僉事闕，銓曹疏舉南京監察御史句容曹君時範①之名以請，遂被上命，擢補。蜀人仕於南京者，咸喜謂得人也。乃於君濱行，相率贈送，而屬余以言。

余惟吾蜀，僻在西南，距京師幾萬里，故凡閭閻之困苦，訟獄之冤滯，間有不能以自達，或有能訴而終遏於人者。故居風紀之任，非秉心之公恕，蒞事之英敏，則不失於苛察，必致稽違，而閭閻之情不能自白者多矣。

余聞時範，句容世家。先太宰子宜公以恭勤慎恪樹勳業於景泰、天順間。厥後子姓科第，簪紱蟬聯。至君，明

---
① 曹鐘，字時範，句容人，正德三年（1508）進士。

達忠信，初任行人，有聲，遂擢御史。凡所受任，務竭其心，而不以利害為趨避。至於民瘼，尤思所以推測振捄，不概行故事，以矯飾於外，心恒重之。

茲徃也，固蜀人之所私慶者，雖懷忠告之心，尚何容喋喋乎？昔濂溪周敦頤提點廣東刑獄，不憚出入之勤、瘴毒之侵，雖荒崖絕島，人跡所不至處，亦必緩視徐按，以洗冤澤民。向子忞提點湖此路刑獄，奸吏望風解印綬，而積年無告之冤，咸獲伸雪。自古名賢之慎於職守如此，今雖數百年，而尊榮策書人猶歆慕。

時範行矣，余愛莫助之，惟以古之名賢為心，則所以荷寵任於方來者，將踵先世芳躅，豈但司一方之風紀乎？

慶澤貤恩詩序

南京吏科給事中慈谿孫德夫[①]，三載奏績最，荷敕命，贈父教諭君如其官，母徐為孺人。天章錦誥，光映幽明，縉紳大夫洎諸僚友咸為之榮，各賦詩歌致賀，乃裝潢成卷，錄所被絲綸之言於首，題曰"慶澤貤恩"，蓋本推恩之意也。時大司馬太原喬公[②]，以大篆名家，乃請篆於前，屬余序之。

[①] 孫懋，字德夫，慈溪人，正德六年（1511）進士，歷南京吏科給事中、廣東參議，終應天府尹，卒贈右副都御史。

[②] 喬宇，字希大，太原人，成化二十年（1484）進士，歷禮部主事、太常少卿、光祿卿、戶部左侍郎、南京禮部尚書、吏部尚書，詩文雄雋，兼通篆籀，卒謚莊簡。

《易》曰：積善之家，必有餘慶。蓋自古賢哲居要秩、享厚祿，以垂聲邁烈於時，未有不由先世之種德累行以致之者。故父母之教子，非不欲其成，然自束髮窮經，以至皓首，終不能獲如所欲，或登仕路入仕版，非無所成矣。而其名位又未能顯揚，以及其親若子於父母，其情亦豈有異哉？顧亦多不能遂者，要其至，蓋有莫之為而為，莫之致而至者於其間，則所以得之者，豈偶然耶？

余聞教諭君飭躬勵行，蓋古儒者也。性至孝，父嘗遘危疾，醫藥弗效，君皇皇焉，計無所出，竊刲股肉奉啖，遂獲瘳。家積貸券百餘紙，計不下數百金，君慮其中年遠累息厚，悉投於火。以明經育德邑庠，遠邇多負笈來遊，君不拒，諄諄篤誨若子弟然。比領鄉薦，登乙榜，受官教諭江西都昌縣學，則於訓迪諸生，亦如之。有貧乏者，恒助給筆札。其攻苦夜誦不懈者，又令瀹茗具粥，以資其勤。至於世俗束脩或節候之餽，一切峻拒。以是人咸知所激厲，科目未嘗乏人。嘗聘主試陝西，一時名士盡獲簡拔，人尤稱之。

母徐氏，與君合德，事舅姑以孝稱，而勤於紡績織絍，至老猶不倦。則君之清德懿行，雖未究用而發於後，以蒙顯秩之贈，非無所自也。

諸縉紳及僚友之所以榮而賀之者固宜，余不佞，庸書卷後，以識寵命之貤，以著積善之慶。如此，若德夫之懷忠秉義，克舉其職，將來之貤，猶有大焉者。尚俟名筆嗣書之。

送太守胡君孝思赴任序

　　南京吏部司封郎中胡君孝思[①]，拜命擢守安慶。濱行，一時同仕於部者重僚寀之誼，不能無睽違之懷，相率圖贈於予，以有一日之長也。

　　余嘗叨官詞林，孝思筮仕國史檢討，其穎敏之資，博洽之學，發為文詞，簡古有奇氣，殊愛重之。

　　已而，左遷倅吾蜀之嘉定州。凡知孝思者，無不為之扼腕，若謂有司之事，恐非所優為，而或有不屑焉者。比至，則惟知礪其清慎之操，充其欲為之志，而盡心於職之所當為。凡獄訟賦役之類，務思體民之情，不忍少咈。故不踰年，政聲燁然，至相謂曰：館閣之才，自非俗吏伍也。余心益器之。

　　已而，潼川州守缺，銓曹遂疏於上，以補。時潼川當兵革之餘，民之困於征賦而思按堵，如饑渴於飲食。然孝思至，則凡所以撫綏安集之者，不遺餘力，動必思節財用，省工役，重耕作，而未嘗輕勞乎民，於是民之愛戴者亦不異於嘉定矣。

　　不久，逐晉南京戶部員外郎。未幾，復轉司封。蓋其通才，隨所用無不宜，非局於文事者也。

　　[①] 胡纘宗，字孝思，泰安人，正德進士，國史檢討，嘉定、潼川知州，正德中由南京戶部員外郎擢安慶知府。修《安慶府志》三十一卷。

余近承乏於茲，目擊其司封之所用心，益信向之愛重非妄，方喜得有所資，乃又晉秩而去，於私心不能無恝然，況重以同官之諉乎？

惟安慶，為金陵上游不千里，而近乃留都畿輔要地，西連楚蜀，南界豫章、兩廣，北通中州，以達京師。得其人，則專城保障所繫，有非輕者。以孝思之所蓄負往焉，即其所已試，而皆得乎民，則安慶當亦不異。余固不但為安慶之人喜也。昔韓魏公①為開封推官，理事不倦，府尹王博文大器之，曰：此人要路在前，而治民如此，真宰相器也！後卒為宋名臣。然則孝思之勵志如此，其將來之功業，亦豈可量乎？

孝思往矣，余所欲忠告者，則持心益加於嘉定、潼川，而不以宦成少變。其名位之進，當如健者之升梯，舉足益高，而身亦顯矣。

於戲，其勖之哉！此固諸僚友圖贈之意也。

送都憲蕭公②巡撫兩廣序

巡撫兩廣都御史闕，銓曹會廷臣舉於眾，疏名以請，公被命，擢右都御史，遂奉璽書乘傳亟赴任，蓋遵詔旨不

---

① 即韓琦。

② 蕭翀，內江人，成化十七年（1481）進士，霍丘知縣、刑部主事、浙江僉憲，正德間以都御史巡撫貴州、陝西。正德十四年（1519）任巡撫兩廣都御史，總督兩廣軍務，歷官四朝，聲望赫奕，居家儉素自持，鄉閭重之。

敢緩也。公濱行，同鄉縉紳大夫士將送於江滸，屬余以言。

兩廣，古百粵地，在嶺之南。其郡縣東濱於海，而瓊州居海之南，西雜處溪嶠林薄間。而土官多錯居世守，其地蓋雜諸夷，控治惟艱。非得其人，或威不足以震懾人心，則猺人之劫掠者無所忌；德不足以綏輯黎庶，則民生之安堵者無所恃，以其恒肆劫掠也。欲為之防禦攻伐，則凡饋餉之資，兵戎之用，不能無勞於民，以其徵求無藝也。欲為之勞來安集，則凡休養之政，撫綏之方，不能盡得乎良吏，若古人所謂虜來尚可者，亦有之矣。

公舉進士，筮仕霍丘令，其政稱宜於民。甫滿三載，遷刑部主事以去，人懷感，攀轅無計，則爭求所履，結亭置中，識愛戴之思。居刑部不數年，擢僉憲浙江，以明法不冤發聞，遂薦陟長憲臺。至都憲，巡撫畿內及貴州、陝西諸名藩。其履歷之深，練達之久，凡撫民馭夷之略，震懾愛慕於人者有素矣。故兩廣之舉，諸公卿不能外，雖年勞不當復事外服，而欲上紓聖天子南顧之憂，非公之才略固莫能，所謂從九卿復出憂國，可知也。

則茲行，兩廣之民其不有所恃乎？說者謂趨利避害，凡人之情皆然，無間華夷者。如拂其情，固自不能獲其心。稽諸史，有憚於遠役而致攻圍州郡者；有貪暴無度而致屯據肆毒者；有愁苦賦役困罹酷刑而致叛逆者。咸賴祝良、夏方、張喬諸賢，選明能牧守，以威信安集之，則其情可知矣。

今兩廣距京師萬里而遙，而吏其間者，自牧守外，類多年至希用之人；欲課其循良之績，有未易者，則其時或弗靖，亦豈但夷獠之性哉！

然則公之徃也，經略之餘，試一諏咨，而豫為之處焉。每激揚之下，務重其秉心，為民持法不苛，而斥其飾詐偽以奸名譽者，庶公之德澤浸潤滲漉，無所壅遏乎。

余不佞，於諸縉紳之諛驪駒之談，所不敢道，而竹帛功名，則公所優為者。姑用是致忠告之私，惟聖明方急需賢以敦化理，第恐兩廣之人又莫能久留耳。

送主考學士汪君還朝序

正德己卯順天府開科，大比南畿士，翰林侍講學士弋陽汪君抑之①，奉上命典文衡，既竣事將還朝，京兆尹胡君而下循故事謂余舊同宦也，屬以言敘別。

惟賢才之名世，何代無之？然自設科以來，鮮有不出其間者。蓋古者，學校養士，教以德行道藝，而為之品節勸勉，要使其明諸心、脩諸身，而推以達乎君臣上下、人民事物之際，無非實用焉。故當時理義休明，風俗醇厚，人才所由以盛也。

今之學校，酌古為制，亦非大異，而科目之設，即所

---

① 汪佃，字抑之（一作有之），弋陽人，正德十二年（1517）進士，歷官翰林院充經筵講官，以議禮不合左遷松江同知，尋告歸，嘉靖十四年（1535）起官禮部郎中，晉太常卿，轉詹事府，以疾乞歸，不允，卒于邸。

謂興其賢能者。若文衡之任，則一時賢能之進實由之，顧其取也惟以文，而據其一日之所長，要有不易得者。蓋士之騖於博，則其文恒浮以侈；究於理，則其文恒質以約。侈則似充於才，約則似索於氣。校閱之際，必欲兼之而無所蔽，非權度有以定於中，曷能鑒別精審，而不迷於去取哉？

君負穎異之資，充以奧博之學，仕詞林幾三十年，秉心飭行，一主理義，蓋其得於窮探力索，以養於中，有素矣。每講讀經筵，色溫氣和，辭嚴誼正，公卿悚聽，有足以啟沃上心者。

故今典文衡，所以試諸士而甄收者，其義理純正而不詭於聖，辭章暢達而不流於僻，而無鉤棘屈曲之怪，人咸服焉。則凡在彀率中，雖未易占其將來，而趨嚮之正，亦可得其概矣。由是，充其脩於身以達諸用，當自篤實而無詭異矯飾之為。

古之所謂賢能者，宜不外是；否則僻邪險詖，趨利就事之類耳。然則執文衡之柄者，固繫士習趨嚮之機，而人才之盛，豈不亦基之乎？

余與君洎弟器之相知深，每觀其持文衡，皆足以敦厚士風。器之今司成南雍，尤善作人，故於京尹之諉，不辭而序之，行當柄用其所以振作人者，又豈但如是哉！

送杜生赴鄉試序

　　弘治壬子秋，天下當大比，有汴人杜世昌者，將挾所藝徒舉於鄉。其友毛時楫，乃圖贈於余，其言曰：世昌年少而能學，侍尊甫通政公於京師。每定省，暇坐一室，左經右史，論說道藝，究徃古理亂興衰於數千百年之上。為文詞暢達，不失矩度。及與朋友交，則空空然若無能者，敢請一言張而大之。

　　惟我祖宗以來，菁莪棫樸，化浹海內，故遐陬僻壤，皆絃歌俎豆之習，況中州密邇，又出於故家者乎？則生之能世其業也固宜。

　　然切觀天下之士，群於庠序，散於里巷，川湧坌集，究其成為棟梁，為榱桷者，則亦寡矣。何則？其所自得，與得於人者殊也。有天質之美，知所趨向，惴惴焉恐墮於小人之歸矣。然或饑寒困苦累其心，或無父兄師友之訓飭磨礱，或處巖穴，無聖賢書史以開發其聰明，則鮮有不止於中道者，有得於此矣。

　　或所自得不能移易，而惟厭粱稻欺紈縠，懵懵焉於句讀之間，亦未有能至焉者。如生所得，誠不易哉。

　　雖然，余聞京師距汴千里而遙，生之徃也，由常山相州涉黃河，自發軔苟不已，不浹辰斯至；設趑趄於其間，則雖日夜望之，不可及矣。其於仕進之達，有異於此乎？

以其無異也，則以生之所得，勵其赴汴之志，以決進士之科，宜無不至者。不知既至，而將無所事乎？否也。

古者，男子生以桑弧蓬矢六，射天地四方①，示宇宙內皆所有事。今汴於天下，咫尺地爾，譬於仕，則登進之初也。然則以生之志，其但至於汴而已乎？

子為我語，自燕而至汴，眾人所同也；自汴而極於天下，吾所贈也，在充其所得者而已矣。

壽毛母太宜人序

蘭陽毛公時亨②守渝之六年，而治其所謂"奉萱樓"者於居第後，走使迎其繼母夫人王養焉。而公之貴介弟時晏者，寔侍夫人以行至之，歲四月二十有五日為夫人衣裼之期，歷甲子蓋三百七十又二矣。③節推耿君仲衡乃繪圖賦詩致祝頌，而郡之大夫士諸作亦附於左，而諉余以卜氏之任。

公與家君同以己丑④取進士，舂有世契焉。誦《閟宮》之什，以為壽觴之侑，尤不可居諸大夫後，而歉啟寡聞非

---

① 古代男子出生，射人用桑木做的弓，蓬草做的箭，射天地四方，表示有遠大志向的意思。《禮記·內則》："射人以桑弧蓬矢六，射天地四方。"
② 毛泰，字時亨，蘭陽人。其任重慶知府，在成化末年。蘭陽，一作南陽。參見《送王君宗孔倅重慶序》，《東川劉文簡公集》卷九；《頌德餘音序》，《東川劉文簡公集》卷十四；《題毛太守禽鳥圖》《送毛太守考滿還重慶詩》，《東川劉文簡公集》卷二十四。
③ 裼，此處指生日。甲子三百七十又二，甲子一輪六十年，則指毛泰繼母六十二歲。
④ 成化五年（1469）。

所辭。

世之壽者多矣，而享其壽者或寡。雖其所遭不同，而固關諸子孫之賢不肖也。夫人之壽未容置喙，春嘗讀孔子贊《常棣》①之詩，而似得其梗概者。史稱萬石君②歸老於家，子雄白首尚無恙，考其故，則諸子建甲乙慶，皆馴行以孝謹聞乎郡國。君子執是而觀黃泉之悔，則父母之享其壽者，未始不本於兄弟之翕也，《常棣》之旨，豈其徵哉？

公以中州之英，敭歷中外幾三十年，濟民利物，聲振於時，其賢不待論也。頃接其季時楫者，育德成均，待時而動；今又接時晏，則以義補官，藏器不售，皆有世守焉者。然則公外厪穎羹之養，諸季內厪潘輿之娛，夫人之壽豈出於前所論哉？

雖然，晉之六二，曰"受茲介福，於其王母"，《象》曰"以中正也"。天下之事，固有不得其常者，惟守之以正，必獲其報，申包胥所謂人定勝天是也。

公之先公為御史，未究厥施，而發於公母夫人，以繼室稱未亡人。幾年而象服在躬，甘氁有楚，其福豈無所自哉？繼自今公之位以名晉，由一方而天下，則夫人之榮之養亦隨之。而黃髮兒齒之壽，不但如岡如陵矣。庸以是發

---

① 參見《詩經·小雅·常棣》。
② 本指石奮，字天威，河內郡溫縣人，西漢大臣。身為二千石，四子皆官至二千石，號為萬石君。後亦稱一家五人官至二千石者或一家多人為大官者為萬石君。

於紀事之末，俾知夫人今日之壽，盖有所本，而玉瓚黄流固非偶然也。

東川劉文簡公集卷之十三　終

卷之十四

序

送彭仲和還黃陂序

兄弟，天倫也。古之人以為如左右手，盖言其式好之恩、孔懷之私，則有然者。《常棣》之詩曰："兄弟鬩於牆，外禦其侮。"夫鬩猶禦侮，況不鬩者乎？雖尺布之謠，餂口之悔，間見於世，而難得易求之諭，同株分折之感，終無不復其初者。是故君子貴之，而獨亡之嘆，自不容已於其間也。

吾邑侯彭君太和①，以進士弘治癸丑來視篆，母夫人亦

---

① 即彭鳳來。

就養宦邸。明年三月，其伯兄仲和者至，自楚省母夫人洎太和。初，太和以兄之家居也，念不可獨貴，會貴陽有事軍旅，建議以義補官，乃以俸資首事。仲和既至，而檄亦適來，遂榮膺章服，人曰：友愛之感也。

於乎！蜀道之險聞天下，非宦者、商賈者罕至；至則每忘身涉險舟，一日不艤岸，其心未始謂可保無虞。歐陽子至喜之說備矣。仲和之來，由大江經洞庭，泝峽江，衝灩澦而上，忘其險焉。若宦者、商賈者，其孝友之情，固有不可關於中者乎？

仲和始至，余既徃勞其勤苦。退則未嘗不私喜其敘天倫之樂，而又未嘗不嘆其能篤孝友如此也！未幾言還，郡博張宜夫率余友諸君，為太和思所以贈之，猥屬於余。

昔宗元以春秋時有晉叔向[①]者，垂聲邁烈，顯白當世。其兄銅鞮伯華[②]，匿德藏光，退居保和，而孔子稱之，迄今進退兩榮，尊於策書。太和以甲科之英假令發軔，上下皷[③]譽，賢聲聿張，其事業之振於時，若居高屋建瓴水耳。如仲和，又篤於孝友，千里命舟，其固匿德藏光者乎？

余聞黃陂於楚俗尊德樂義，固無所謂尺布斗粟之儔者；有之，則如仲和者，將振彥方之聲於時矣。然則太和兄弟，其耀於無窮哉？序而贈之。

[①] 羊舌肸（音 xī），名肸，字叔向，春秋時期晉國大夫、政治家。博學多識，爲人正直，因在裁斷案件不偏袒其弟，被孔子稱讚爲"古之遺直"。

[②] 銅鞮，沁縣古縣名。伯華，復姓羊舌，名赤，字伯華，因其采邑在銅鞮，故稱銅鞮伯華。

[③] 皷，"鼓"的異體字。

送李文明受職還鄉序

古之仕者，不出其鄉；即有出其鄉者，亦惟齊、楚、秦、晉之相易焉耳。自兩漢而來，猶得仕於其國非有所坐而遷謫，固不適數千里外也。

聖明疆圉拓於古昔，而治以時異，故其勢非在兩京侍從臺諫之列，有不能就仕於其鄉者，有則自業堪輿岐黃外無聞焉。

以其不能仕於其鄉也，則薄海內四方惟所之。故恒車行，則冒霜露，觸炎暑；舟則泛風波，歷險阻，涉月踰旬，時不能至。至則風俗非所諳，飲食衣服非所宜，居處非所習，而親故交遊皆無一至，則愁居惕處，惴惴焉以日為歲。於是乎有莊舄之吟，歸來之詞，南浦之賦，而思所謂不出其鄉之樂不可得矣。

世嘗論士，上焉者，苟懷經濟之略，坐廟堂以潤澤生民而去，就關天下之安危，則仕非其鄉可也；次焉者，伯一方，牧千里，或分職受任，使功名流芳百世，則仕非其鄉亦可也。若夫名與心違，而位非所受，凡得喪毀譽，皆有所制，而又有所謂違鄉之戚，如此，則固不若仕於其鄉者之可樂矣。

南郡①李君文明，業精堪輿，用薦者為訓術於邑。濱行，適其弟文燦舉進士，詔歸覲，遂聯轡而還。桑梓大夫榮之，屬余以言贈，故道其仕於鄉之榮且樂以歆豔之。

夫一命之士，苟存心於愛物，於人必有所濟，國家張官置吏，未有無其事而空具其名者。然則文明之歸也，尚存愛物之心以行其術，則利人之澤，將波及於一邑，而豈但有可樂者乎？

且文燦之登華陟要，以樹功業於時也有日，而文明又蜚聲里閈，則明日官評物論之下，有謂元方季方難為兄弟者，當有攸歸，而名位之崇卑固非所論也。

復齋遺稿序

天地精純之氣鍾於人，為聖為賢，然其氣不能以常也。則其值於人者，亦不能以數，故雖賢哲之士間見雜出，而完其所畀者，亦不多見。兩漢而來，徃牒所載其不朽者，或以德，或以功，或以言，亦夥矣。而兼之者，則僅可縷數爾，此理之常，無足恠者。

至如長吉、元賓之徒，則其所值要亦不常，而竟夭沒無聞，何也？豈世所謂文人者，勞心以耗神，盛氣以忤物，而自賊之者然歟？抑造物者實有以主持之也？

---

① 南郡，即江陵，今湖北荊州市。

吾友牟君淳夫，精敏不凡，自成童即博通墳典，不解拘拘。事舉子，筆墨畦逕，弱冠欲舉於鄉，乃少縱心為之，而一舉即上第，遂進於禮部，對於大廷，若取諸其懷者，而其志不在是也。未幾以羸疾，謁告於鄉，竟不起。

越十年，始得其古文詩諸作一帙，見於元夫[①]所。元夫曰："吾弟亡矣，此其不亡者也，然皆掇拾於散逸之餘耳，盍序而傳之？"

於乎！余言曷足為輕重耶？惟淳夫溫厚端恪其中，退然如不勝衣；及臨事，則是非予奪，介然有不易者。而其義命大戒，則根著於心，牢不可破，故類於文焉發之，而其辭之雄深博辯，作止有法，則得於秦漢而上諸子者多，其詩清麗有縕藉，雖書札之類率意為之，亦有典則，不苟作者。

於乎！是豈無本者哉？使天假之以年，必盡其所值，以完見於世，而乃止於此也。雖然長吉、元賓之儔，他無所稱述，僅有詩數篇，而其人至今不朽。則譬之商彞周鼎，自不能泯沒，固不待積案，而後見矣。而況淳夫所存，則有過於長吉。然豈天固以此厚之，而闕其年，而固多於沒世無稱者歟？

庸以是復於元夫，而慰吾亡友於地下。淳夫之沒，又在長吉之先二年，元賓之先四年也。

---

① 即牟正大。

送余誠之[1]按治雲南序

遂寧余君誠之,為御史,未三年,即被命按治雲南。鄉士大夫洎相知者皆為之喜,而言於某曰:誠之始以投牒,與計偕也,負笈擔囊,挾二僕,惴惴於道路,與夫人伍,人固莫之知也。今之往,所至郡邑,守令而下,皆駢肩屏息,以迓於郊坰。喜有賞,怒有刑,車騎僕從相先後者,雲擁林立。昔司馬相如以中郎將建節使邛筰,蜀守郊迎,縣令負弩矢前驅[2],誠之其有異乎?否也,一可賀。

又曰:誠之之始來也,二親方當指使之年,髮未白,顏未老。既別十年,日望其子之歸,不但倚門倚閭而已。今之往,道過鄉邑,入門拜家慶,服豸繡之服,為斑斕之舞,昔人謂富貴不歸故鄉,如衣繡夜行,況有親者乎?二可賀。

余曰:是未知誠之者。誠之之心,余知之深矣。

始余就試省下,邂逅誠之於旅邸。誠之氣充識敏,開口論天下事,亹亹不休,余心異之。未幾,獲共被薦於有司,遂定交焉。乃約假宿一室,每暇則講論義理之精微,評品古今人物之賢否,如此而成,如此而敗,無毫髮爽。至語及世事,則憫時悼物,恒以貪官酷吏為可憎惡,恨不

---

[1] 即余本寬。
[2] 《史記·司馬相如列傳》:"至蜀,蜀太守以下郊迎,縣令負弩矢先驅,蜀人以爲寵。"

得位以行之，而其先憂後樂之心，略不以出位為嫌，余於是竊謂誠之不可及矣。

又三年，而與誠之同舉進士，結綬彈冠之慶。彼此不異，因復共僑寓一館，至是而察之，則其操心之堅，必欲有為於天下，而不以世之小小榮辱為動於中者，余於是又信誠之固奇才也。

已而，選補鄱陽令。鄱陽在大江之西，素號難治。誠之至則推其所得者，一見於行，大要抑強扶弱，威惠並施。不逾年，上下翕然稱之，長吏之表其治狀者，奏書先後沓至，遂入內臺，為御史。比為御史，則激濁揚清之志稍稍見於行，隱然風裁動一時，遂受今命。然則今之行，其情固不能不喜而推其心，豈自晏然而已乎？

夫君子於天下之事也，知之，患不能行；行之，患不得其位；居其位而不知，非明也；知其事而不行，非仁也。誠之之知之行固非所患矣，而知之悉行之。至計其大而不恤其小，先其急而後其緩，不激不隨，務使滇南萬里之人茹惠飽澤，如百谷之仰膏雨焉，則其心寧晏然而已乎？

誠之聞而喜曰："是誠知我者。"遂書以贈之。

送胡畏之[①]提學雲南序

雲南董學政憲臣闕，有司以聞，上敕刑部員外郎胡君

[①] 胡積學，字畏之，巴縣人，成化十七年（1481）進士，雲南僉事、提學，官至參政。

畏之徃補，蓋簡任也。

畏之篤學好古，不汲汲於名，成化辛卯領鄉薦，入太學，深居簡出，惟窮經讀史為事。近塚宰耿公好問為司業，甚器重之。

越辛丑方舉進士，官于禮部，周慎端恪，無所附麗。時長寧文安周公為宗伯，今少傅東海徐公為少宗伯①，皆才而愛之，事必咨焉。

未幾，罹家難，服闋，轉刑部。慎於推鞫，平反之績為多，其才識所至，有聲如此。故雲南之命甫下，上自公卿曁相知大夫士咸以為宜。某於先生，非但燕遊一朝之好也，於其行有不敢徒頌者。惟先生學足以達古今，行足以厚風俗，才足以飭吏事。今之徃，雖愛莫助之，顧當時之弊，大都有二，試一言之，可乎？

其一曰：樂於逢迎。夫群一方之士於學校，養之以廩餼，別之以冠裳，優之以禮貌，蓋非徒以其異夫凡民也。而為之長者，類皆好諛悅佞，故輶車所至，士必望塵跪拜於數舍許，甚或交迎於州邑間而後快意，否則未有釋然者。此則逢迎之弊也。

其二曰：適於自便。蓋以一就眾者易，以眾就寡者難，此理勢之必然者。況為一方之長，水有舟楫，陸有輿馬，館穀有傳，服役有人，所至如歸，而為之長者，類皆安於

---

① 少宗伯，即禮部侍郎。此處指徐溥，字時用，號謙齋，宜興人，景泰五年（1454）進士，官至華蓋殿大學士。成化十五年（1479）拜禮部右侍郎。卒諡文靖。吳儼的舅舅。"東海徐公"，東海，非縣名。

自便。故每考校，則坐一府，徵召士於數百里外。其士之出於故家者，信亦不易，稍有不給，則居積行齎，未免仰給於人，甚有急於應召患出不虞者。此則自便之弊也。

方今天下董學政者，皆以學行優等見推，非其人不授，豈其知不足，以知其非而甘心為之耶？蓋其所以責於己，望於人，固有大於此者耳。以其有大於此也，恒急於大而緩於小，故出於上者，益肆而無師生教詔之意；行於下者，益偷而無振厲自強之風。考其至，但以法相繩而已，而何有於古人之成材耶？

先生往矣，韋弦之佩，其有意乎？否也。若夫行於上，而化於下，出於己，而信於人。異日滇南之士，在陶冶模範之中者，皆如古之循循雅飭，蘊之為德行，行之為事業，而成一代作人之功。則先生之所自任也，斯文之幸也，邦家之光也，豈獨某之所望哉。

送蘇伯誠[①]提學江西詩序

吾友蘇君伯誠，為編修之四年，方圖謁告歸。會江西提學憲臣闕，宰臣舉伯誠學行之宜以聞，上特晉秩僉事，賜璽書往蒞之。

伯誠既被命，凡大夫士之相知者，咸曰：編修，史官

---

① 蘇葵，字伯誠，順德人，成化二十三年（1487）進士，以翰林編修出爲江西提學僉事，修白鹿書院，遷福建右布政使。卒後，李夢陽祀蘇葵于白鹿洞先賢祠。

也。其在朝，則天子之言動，臣工之臧否，政事之得失皆得書。而是非之權衡於是乎取之。

其在經筵，則聖賢之經傳，洎諸子之史，皆得論其義理，究其理亂，以敷陳於廣廈細旃之間，而君德之成就，於是乎資之。

其退食於公，則自三墳五典而下，以及稗官埤雅，皆得涉獵其梗概，而往古之制度沿革，於是乎稽之。今奪所宜居，而導於一方，伯誠寧無不色喜乎？

或者曰：君子之去就何常，要惟志之行耳。昔晦庵以命世大儒立於朝者，才四十六日，而真文忠之清節屢行，屢出屢入，其安於朝廷之上者，不滿十年。以伯誠之博洽勤敏，剛方正大，其志蓋欲卓卓有為於世者。而感時觸物，則豈能無慊然於其間？於是出而行其志焉可也。某曰：是或一道也。

惟西江為江南鉅藩，自古賢哲之出，如歐文忠[①]，如周益公[②]，如文西山[③]，以道德忠義氣節著者，後先相望，至於今不朽。今之育德藏器，將以匹休前烈者，顧豈少哉？

以伯誠之英聲偉望，暫假輟館職，以為之模範，則其所以磨礱砥厲，而作育於上，觀法於下，必有出於尋常者。異日有以勳業振起，而曰：是皆出於蘇公之門也。

則今日之行，亦何負哉？而伯誠之以人事君者，豈其

---

① 即歐陽修。

② 即周必大。

③ 真德秀，字希元，號西山。浦城人。南宋理學家、名臣，人稱"西山先生"。卒諡文忠。

微哉？伯誠聞而笑曰：此吾志也。遂書以序於群公珠玉之端。

送楊君天民司訓富陽序①

國朝宣德、正統間，以相業名者，莫盛於三楊，而建安文敏公其一也。② 文敏勳德被天下，故其後多賢人，余所荊識者，鄉進士恒叔。

恒叔博洽穎異，器識不凡，嘗為余道其友楊君天民之賢，其言曰：天民，建安右族，與余世有通家之好。其父文榮，定海學諭；其祖壽夫，司訓建安，官至翰林修撰；其弟麟，舉鄉進士，方嚮用舊為同門。而天民蚤受庭訓，蜚聲藝苑，乃屢弗偶於有司，豈士之出處窮通信有命乎？今貢禮部，試於內廷，得司訓富陽。

而友人丘輩，相率圖贈，敢以煩於執事，余非能言者，即言之，亦何以加於恒叔哉？且天民之父，余雖不及面，然可得於其子，而其祖之教於建安也，則文敏嘗有言以敘之矣。讀其文，其碩德懿行之模範，訓迪造就之眾多，蓋有古者蘇湖太山之遺風焉。然則天民於富陽也，歸而求諸鄉評政譜之間，固綽乎有餘者，而何假於游言？惟恒叔之意，不可虛辱也。

①《東川劉文簡公集》卷八亦有《送楊君天民司訓富陽序》。兩文文字略異。
② 三楊，即楊士奇、楊榮、楊溥。楊榮，福建建安人，卒諡文敏。

則襲文敏之意，而申之曰：師道立，善人多師儒之任，蓋甚重矣。以其重也，而所以任之者獨專，無刑名案牘之煩，無奔走迎送之苦，無錢穀賦歛之擾，其所事者，惟率以德行，課以文藝焉耳。

　　顧世之好名厭靜者，多不知其重，而反有慕乎他，此晦庵所謂"惟自任重而不苟者知之"，蓋不獨於今為然也。天民承累世鉛槧之業，而加以師友淵源之學，其所以自任者，必克繩祖武而不輕矣。富陽，安定①過化所及之地也。而其餘韻，尚有存者。天民持是而徃，而又思尚友乎？古則士之從化也，有不易於昔之從安定者乎？而其名位之來，亦當有以上軋其先烈者矣。

　　余所告止此，恒叔其為我語之。

送太子少保劉公②致仕還鄉序

　　太子少保禮部尚書涪陵劉公五上章，乞致仕。上念耆舊大臣勉留弗獲，乃命馳驛以歸，有司月給食米二石，服役者歲給四人，優待之禮，近時罕與倫者。

---

①　即胡瑗。
②　劉岌，涪州人，景泰五年（1454）進士。授禮部驗封主事，歷員外郎、郎中、文選郎中、太常寺少卿、禮部左侍郎、太常寺卿、禮部尚書。弘治二年（1489），五上疏乞致仕，家居16年，卒於弘治十八年（1505），享年七十五歲。是《序》撰於弘治二年（1489）。參見《遊北岩記》（《東川劉文簡公集》卷十五）、《涪陵祭劉官保凌雲》（《東川劉文簡公集》卷二十一）。

某嘗觀古之人君遇臣下也，惟恐有不盡其禮，故進雖有常祿之養，而退則亦給其半。為臣下者，亦惟恐冒貪慕之誚，故進雖未嘗甘於尸素，而退則必以其時。是二者在上為尊賢之禮，在下為進退之義，不可偏失者也。

我祖宗待臣，恪遵古制。惟致仕之祿，雖嘗行之而罷，然於公卿大寮辭位者，則蒙特恩給米並服役者。公卿而下有退處不能自存者，又詔所在郡邑給之損益之宜。蓋寓勸懲之道於其間，亦求無背乎古者也。然近時大寮得歸田，兼蒙恩遇者，惟莆田翁公、青齊劉公、眉山萬公[①]。餘則隆委任者，不獲以時歸，得賜歸者，不能致殊禮。故祖宗待臣之典雖無不至，而臣下之兼荷者亦罕矣。

今公以甲戌進士起家，歷事四朝，晉位太子少保，德望宿著，巍然為時名臣，正天子倚毗，以為百僚觀望者也。乃得許懇乞骸骨於未老之年，固與不得以時歸者異矣。又荷優遇，非徒得歸者可同，則上足以昭天子風勵臣節之政，下足以見臣下易退之誠，是皆出於尋常萬萬者。公之去，顧於斯文不大有光乎？

某辱公之郡人也，故於公之行，餞送於都門，而敢論其去有關於斯文之大者。如此，若夫道相離之懷、侈晝錦

[①] 翁世資，字資甫，莆田人，正統七年（1442）進士，成化八年（1472）遷戶部左侍郎，仕終戶部尚書，成化十三年（1477）請老，加太子少保致仕，卒贈太子少傅，著有《冰崖集》。劉珝，字叔溫，山東青州府壽光縣人。正統十三年（1448）進士，歷吏部左侍郎、吏部尚書，加太子太保，謹身殿大學士，弘治三年（1490）病逝，諡文和。萬安，字循吉，眉州人，正統十三年（1448）進士，授編修，成化初遷禮部左侍郎，成化五年（1469）命兼翰林學士，入內閣參機務。

之榮，則常情也，不敢為公瀆告之。

頌德餘音序

救荒無奇策，然乎哉？弘治戊申，全蜀自春至夏不雨，歲用不稔，民無私積，壯者散而老弱轉乎溝壑者日益倍。

時吾重慶郡守缺員，會擢蘭陽毛公①至，喟然嘆曰："事有大而急過於此者乎？"遂發倉賑貧乏，為粥於寺觀以待餓者；糶官粟以平價，皆擇官吏及前資待缺者司之；亟請於藩臬諸司出官帑銀貨易蕎麥千石餘，散民布種備來春；又易米穀幾萬石續倉之絕，並給民之無種者；其流民棄地，則給牛具；令庶人在官者概耕種。凡其設施防範，纖悉罔遺漏。仁行如春，威行如秋，民以底寧。

嗚乎！天下之事，莫難於救荒也。備荒於未荒，臨時散分，尤不能無不均者。況公初至，不及備，獨識患於方急之時，彌患於甚急之際，卒使富室獲按堵，而貧民多免填溝壑，其不有奇策而能然乎？

大抵事無難處，顧人之智有明暗，而才有短長耳。事至而知不足以知之，固不可；知及而才不足以濟之，亦徒爾也。

公夙負偉器，以進士起家，歷戶部主事郎中，奉敕總

---

① 即毛泰。蘭陽，一作南陽。

督糧儲。涖三年，羽檄交馳，餼餉無告乏。建議發奸擿伏，清理屯田，豪勢侵佔。其天下大事籌畫於中，而處之素矣。宜其遇大艱如無事，而一方倚賴也。然公甫下車，以嚴濟玩弛之餘，又遭多事，豪右不便者頗肆流言。盖麛①表章甫在古，人所不免，公知在我者當如是，屹不為動，既久帖然。良於言者從而歌詠之。

今年秋，公以民困大旱如患羸病，非攝養久則元氣丕復，舊疾將復作，乃遣使奏請蠲常稅一年。

因傳其歌詠者，凡若干首。舉人陳某等曰："我公善政足徵於斯，不可泯也。"集成帙，京師士夫聞而和者又若干首，乃屬余序。

古者天子巡狩，則命太師陳詩以觀民風，盖風俗之美惡由政治之得失皆可於此見也。是集民風政治攸係後當有資於傳循良者。某辱在太史後，尤不可無言，謹序其所以俾歸而置之，且以告於來者，慎無諉於無奇策而秦越吾民也。

送鄭世英司訓同州序

聖天子嗣統，銳精圖治，深惟承平既久，百司庶府罔悉心以承宣德意，既簡其不肖，而式序其賢者，又重作人

---

① 麛，音 mí，意爲幼鹿。先秦佚名《孔子頌》："麛裘面䩉，投之無戾。……章甫哀衣，惠我無私。"

才，迺①詔有司遴選師儒以訓導之。

故事，師儒皆以會試春官乙榜及天下學校歲貢之賢者補。然天下歲貢嘗幾七八百人，或二三百人，以其養於學校久而授斯職者恒多。今上欲得如古胡瑗、孫復②之流，布於郡邑，以期陶成一代之人才。故今歲貢之士雖不減於舊，而得斯職者，視舊之半猶不足。然則師儒職雖卑，其責任固已重，而士之欲得者，亦甚艱哉！

余友鄭君世英，穎敏博聞，初在鄉校，即藉藉賞識於縉紳間，視□之科舉進士，蓋如囊中物，人亦固期待之。及閱六七科章，不獲，非器不利，所遇然也。今年始應薦而來，同志者語曰："以子之才，姑少待焉，當無不利，幸毋急仕，以靳所施為也。"

世英曰："子非知我者。世以進士之科為榮，吾豈不欲？顧吾親年已逾耆耋，得一命以為榮，固素志也，而奚暇計其崇卑？且士之處世，舍是豈無所用其心以建立於時者乎？"

進士之科始於隋耳，未有是科人物之載於史牒者，固可考也。遂如例就試，得分教於陝西之同州。濱行，士大夫之知者莫不申餞，而友人沈士傑固要余以言。

嘗惟世重科目，誠有如世英之言者。一不得則雖有志之士，亦索然以萎，終無所成就。而是科益因以重，殊不知人固自重之，而用人者曷嘗拘哉？肆今屢詔懷材抱德經

---

① 迺，"乃"之異體字。
② 胡瑗、孫復，皆為北宋學者。

明行脩，寔有以也。有豪傑之士不變於時俗之見，固將脫穎而出，人孰得而違之？

世英素負豪傑，今之出，正天子重責任廣求賢之時，連茹之進，鴻漸之羽，固上下所矚目者。然余切有所瀆告焉。

陝西，古秦雍域，周漢唐以來，皆為首善之地，而同其畿邑也，厚重質直，易興起於仁義，自今薄海內外文風丕振矧同之舊風，猶有存者。則所以振起而作新之道，貴有所處矣。然今之稱師道者，類以孫、胡為言，求其故，則皆敦本務實，明體適用，不敝敝於呫畢呻吟之間者，豈文之勝者質之敝變而通之，固莫有先於此者乎？考諸古以驗於今，通其蔽以適於道，非豪傑之士不能也。

世英徃矣，余日望之。

都門別意序

弘治乙卯冬，西充馬良臣氏以其從子侖舉進士于鄉，乃治行李，隨計偕兼省其從兄紫崖侍讀先生。[①] 紫崖，侖之父也。既閱月，天倫之好既敦，楚越之吟孔棘[②]，間余請

---

① 馬廷用，號紫崖，西充人，成化十四年（1478）進士，歷官侍讀學士。廷用子馬金，字汝礪，成化二十年（1484）進士。金弟侖，進士，歷官參政。參見《送太守馬君汝礪還任序》，《東川劉文簡公集》卷二。

② 孔棘，意為困窘。南朝沈約《郊居賦》："伊皇祖之弱辰，逢時艱之孔棘。"

曰：某皷①箧横序，輙殿棘圍②，技無穿窬，咎將誰執？惟溺於淵者，必問於津人；覆於塗者，必問於造父。發矇之誨，願有聞也。

余曰：子知行乎？請為子語。夫果州③，居蜀西南，北距京師餘五千里。子之來也，過劍門，歷棧道，出潼關，涉河渡漳，苟不已，浹兩月而至矣。其間雖甚寒甚雪甚風雨，盖不敢少息。少息，則延日稽時，甚則有終身不可至者。今科目之置，固所以待窮經之士也。聖賢之經，無一不該。大之，則身脩家齊，而及於天下；小之，則能一官治一事，隨其所力，各有所至，不但科目也。科目者，特所由以進之塗耳。譬之行者，其所至之地乎？

士之於科目也，有甫成童而得之者，有弱冠而得之者，有壯有強而得之者。譬之於行，其猶以月以時以歲而至之者乎？知行者之至也，由於不息，則知士之於科目也盖有道，而決非玩愒者之所能得矣。雖然，此特就科目而言耳。若士之終身所至之地，則有不可以歲月而至者，而豈以區區科目為重輕哉？

良臣曰：某聞命矣。余因以序，都門別意，用書群公珠玉之首。

---

① 皷，"鼓"的異體字。
② 棘圍，指科舉時代的考場。古試士，以棘圍試院以防弊端，故稱。
③ 果州，轄西充縣。

頌德詩集序

聖朝受命，百二紀餘，四方無鬭爭兵革之聲，民得以休養生息，故無間遐邇，雞鳴犬吠相聞，達乎四境。嗚乎！亦盛矣哉。

既盛矣，司民牧者，要在盡所以撫綏安養之道。國家用人，凡守令非科目俊造不輕授，所以責任之者至矣。顧世之克脩其職者恒寡，雖有志於脩其職者，能不為之移易其心乎？

苟職舉矣，所以事其上者，少忤其意，則陟罰臧否，皆失其實。故受是任者，必仁足以愛人，材足以立事，而忠勤足以事上。然後獲於上，獲乎民，庶幾兩盡焉。

涇州守劉君廷貴，世家湖廣道州。初領鄉薦，卒業太學者幾年。端雅有幹局，甚重於時。成化癸卯謁選銓曹占上第，遂擢今官。至則鋤強抑暴，惠敷有眾，興學校以倡其化，課農桑以厚其業。居三年，民愛而悅之，為其上者，率以能稱。

嗚乎！廷貴其獲乎上下者耶？其庶幾能舉職者耶？廷貴居任既久，其士民之良於言者，皆為詩歌以頌其德；章縫之士，聞而和者又若干首。鄉進士楊君繼貞[1]，余同學友

---

[1] 參見《送楊君繼貞任靈臺序》（《東川劉文簡公集》卷二）、《次遼庵蟠桃圖韻壽楊繼貞大尹》（《東川劉文簡公集》卷二十四）。

也，鄭重慎許可，於廷貴有麗澤之交，喜其政之有成，乃集而帙之，名曰"頌德"，屬余以序。

余方嘆國家民生之盛，為民牧者鮮知所以撫綏安養以副明天子責任之意，聞繼貞之言，兼嘉其樂道人之善也，遂不辭而書之。

見素先生[①]文集序

文章之論著豈易易哉？世固有勤一世於佔畢間矣。然心無所操，氣不得其養，則其論著雖工，有謂之不識節義者，其於世教，亦何所損益哉？然心之操，氣之養，亦非聲音笑貌可為也。學之正，積之久，而後能真知獨見，中有所主。於是而行，了無留礙，譬如火然泉達，不可禁禦。其視世之窮通得喪，舉無足以動於中者。故其言之成文也，理到而辭自達，脩於身而體無不立，發於政而用無不行，若此者，豈易易哉？

副都御史莆田林公待用所著《見素集》者，予得而觀之，則皆自蒞官凡進諫陳謀，以及應求於人所著。其詩、歌、記、序諸作，體裁雖不一，而奇崛奧博要非無所師資者。而其心之操、氣之養，則余自信以為徵於公益不失也。

---

① 見素，乃林俊號。林俊，字待用。參見《百伐奇勳詩序》（《東川劉文簡公集》卷五）、《明故應天府府尹胡公墓志銘》（《東川劉文簡公集》卷十八）、《與林都憲書》（《東川劉文簡公集》卷十九）、《和林都憲見素韻》《和林見素登平梁城》（《東川劉文簡公集》卷二十三）。

盖公學有本原，自上世即以儒術著稱，而其忠義清約之操，相傳世守焉。其教於家，以端其趨向者，固非耳目所剽竊也。比發軔刑部，當憲宗在位，海宇乂安，而一二倖璫得怙寵，挾妖僧以肆其蠱惑之術，縉紳之士非但無敢言，而且有階之以進取者。公抗疏極論，人甚危之。賴憲宗鑒其無他，僅左遷遠郡。未幾，孝宗嗣統，用大臣薦，荐擢憲使，已而乞休，復起，擢今職。巡視江西，又乞休，在林下見權倖用事，累薦皆辭。

尋蜀寇麻沸，今上詔起視事，復上疏極諫，誠懇剴切，尤人所難言。蓋雖其忠義出於所性，然非學得其正，其心之操、氣之養，安能視窮通得喪為一也？故其言有所本而能成家，而讀之者，自足以廉頑立懦，非苟為著述而已也。然則文章之論著，豈易易哉！

公宦跡所至，焯有聲績可紀述，至平蜀寇尤卓越，亦可見其有用之學也矣。非是集所繫，故略之。

公諱俊，待用其字，別號見素。後進慕之，咸稱為見素先生，遂因以名集云。

東泉居士輓詩序

內江之著姓曰李氏，其先有諱觀者，為儒官，以身教，有安定①之風；曰蕃者，為訓導，仁宗朝上端本十六策，召為兵科給事中；有諱臨安②者，舉進士，為戶部員外郎，才藻英發，不幸蚤卒。

而所謂東泉居士者，寔族之隱君子，戶部之兄也。東泉居家孝友，博通墳典，其始也亦嘗淬礪舉子業，期決科目，垂聲邁烈，與古之豪傑者並。繼戶部以名顯，乃曰：鍾鼎山林，固異趣也。吾先世以來，皆以儒業振門閥，今既有以不遏抑前人休聞矣，而亦何事僕僕得占一第，然後為快邪？

遂退而歛其所業，以為政於家。一時所與交遊者，俱縉紳大夫士，暇則偕尋幽探勝，命酒賦詩為樂，鄉人無賢不肖，咸知敬而尊之。惟古之所謂隱君子者，不位而尊，不爵而貴。其在鄉黨，則履信行義，風俗歸厚；其用於國，則言行志達，軒輊於時。固非無其實而徒竊其名者也。

後世以仕為通，以隱為高，乃有身都爵位，而切切於泉石之逃。若以為不羈於塵網者，視東泉之貞果相類耶？

東泉既以壽終，凡大夫士之懽其才慕其德者，思欲見而不可復得，則皆形諸詩歌，以寓哀悼之意。作者既多，其子兆嗣集而帙之，丐侍御王君行之諉余序。

於乎！東泉蔽名愚穀，履實衡門，非有王公大人之聲勢也，而乃焜耀於時，不能泯沒如此。觀於是詩，益可得

---

① 即胡瑗。
② 李臨安，内江人，景泰舉人，天順四年（1460）進士，歷戶部員外郎，博學工詩。李淮安，字邦政，號東泉，臨安之兄。

其人，而且不可使無傳矣。余特書其隱德之貞，以愧世之欲仕而隱以為捷徑之圖者。

東泉諱淮安，字邦政。

引

慶賜詩卷

　　錦衣揮使趙公廷昭[①]，被賜寶鏹三千緡。其同寅諸公咸歆豔弗置，作詩致賀，蓋於禮有之有慶，非君賜不賀也。既盈卷，遂題曰"慶賜"，示余弁諸端。

　　故事，錦衣歲簡一人，奉璽書、率其官屬洎士，密邏中外奸宄，既浹寒暑，或逾時則簿錄其功於上，晉秩有差。

　　廷昭膺命弗懈，於事益虔，比錄功獨歸於下，而發蹤指示，了不自及。上嘉其有讓，故但賜賚如前，而諸公之賀，亦以其出於恒典也。

　　夫富貴功名之會，非有所得於中者，鮮不爭趨競赴以求。其間有如秦關燕璧之為者，況於坦塗熟路乎？

　　廷昭乃恬然於幾會之間，譬之朝而趨市掉臂不顧，其分守何其審也。諸公之什，侈揚上恩，樂道人善，而不汲汲於進取之塗，皆可嘉矣。因為之書，用為群玉先驅。

[①] 參見明代朱誠泳《小鳴稿》卷五《送錦衣趙廷昭揮使還朝》。

廷昭世家遷安，其祖官至太保爵，為昌寧伯。而君則嗣今職，武而有文，盖能不失其世守云。

東川劉文簡公集卷之十四　終

卷之十五

記

榮慶堂記

榮慶堂者何？吾同年主事潘君孔脩①所築以奉親者也。榮慶者何？蓋國朝之制，凡仕兩京者，皆得累資貤封其親。

君自丁未舉進士，出宰長樂，時二親已幾七袠。久之，始召入擢南京兵部主事。未幾，君之父一庵先生違養，起復補刑部。又久之，始克贈一庵如己官，而母楊封為太安人，蓋八袠矣。是恩也，在他人於親之年，富者猶以為榮，

---

① 潘府，字孔脩，上虞人，成化二十三年（1487）進士，知長樂縣，有惠政，遷南京兵部主事，拜廣東提舉副使，以母老乞歸，嘉靖初起太僕少卿，致仕居南山逾二十年，辟南山書院，布衣蔬食，年七十三卒。著有《孔子通紀》八卷。

而君之母獨荷於垂老之年，故尤以為榮，而自慶以為名也。然於榮慶之中，又不能無具慶之感於其間，則孔脩之所以抱恨而莫可如何者。顧其所自慰，則亦有之矣。

盖一庵之先在宋直顯謨閣，自金華徙居五夫之南山，族屬繁衍，屋舍隘甚，君新辟一室於舊居之南，乃自長樂入覲，過家，奉二親居之。而一庵疾方亟，家人又以俗忌沮，君乃乘間言曰：即大人之賦受有定，固兒所以卜築之意也。因許之，而病即愈，既而就養南京，此則君之少自慰者。

而堂之榮慶，亦以之也。然君在刑部，其念母之心終不置，又家貧，舍仕無以資菽水，遂疏求改調南京便迎養。銓曹賢之，沮其去。君復上疏，情詞益懇切，謂違所願，則母不得養，而心旌南馳，亦無以事其事矣。

乃得請，過別於余，曰："吾志茲獲遂，將親奉封誥，以為吾母八旬壽，其榮且慶，又出於宿昔之所以名堂也，盍為記之？"

余與君邂逅於未遇，一見即為知己，距今幾二十年。其持心治行猶一日，嘗感激論天下事，至於忘寐，固非遺世者。此舉誠足以愧絕裾之流，而為世所共榮慶。又以見堂之名，非有矯飾於外者也，因為之記。登斯堂者，將亦有所感矣。

瑞桂記

　　蓬州①分司之廳事南，舊植桂花，色淡黃，婆娑蔭密可愛，久為柏枝侵壓，其勢若鬱而不發者。弘治己酉夏六月，提學憲副南陽焦公②適蒞校士，見而訝之，命輿隸剪除其侵壓者，使得直達。經宿，是桂即挺然秀出二三尺許，如或掖之。公乃語於眾曰：桂侵壓於客枝，不獲遂若性，其猶士之屈抑於下者乎？芟其所壓，而挺然秀出，其猶士之際時而效用者乎？茲所校士，意或有當之者。眾相顧忻然。

　　已而，公去。比秋，桂益茂迥異徃時，其花之開變黃為紅。州守郭侯瑾滋異之，乃置酒，命僚吏且召庠士母生寵之，曰：蓬自成化甲午迄今十有五年，士未有拔於科目者，可謂鬱而不發矣。桂之異，殆將有所兆乎？兆必在子，子是州之秀，且公所與也。

　　已而，寵之果以戴記衷然魁蜀省。越明年，會試禮闈，弗偶，而桂之開復如舊色，州之士亦嶄焉。不錄於有司者又十年。戊午之秋，花偶如己酉，議者以為吾蓬之士，殆將有如己酉者乎？乃未有以應。越己未春，則寵之始登甲科，蓋又為其兆也。

---

① 四川蓬安縣，元為蓬州治，民國初取蓬州、安漢縣首字名蓬安縣。
② 焦芳，字孟陽，河南泌陽人，天順八年（1464）進士，選庶吉士，授編修，進侍講學士，左遷湖廣桂陽州同知，歷霍州知州、四川副使、湖廣副使、太常少卿、禮部侍郎、吏部尚書、華蓋殿大學士。

夫桂一卉類耳，而始終兆於寵之如此，亦獨何哉？或曰：物得氣之先，而草木為甚，是固無疑。若寵之者，穎敏俊邁，雖久蜚聲庠序，然不得公簡拔於儕輩中，則無以自達。故桂之借公以芟除剪伐，實為寵之發其兆也。

或曰：自古賢哲出處，寔關一方之氣化不偶也。肆以蜀言之，則桂之產，其地者何限？而士之未遇者，亦未易枚數，而獨於蓬州乃感召如此，豈非其人之芳潔清芬持節秉操，亦有似之者乎？

或曰：公以文學結知先皇，侍今上於青宮，聲望重天下，乃出禁近清華之地，留滯一方，不可謂不屈矣。未幾，復承主上念舊學，起司銀臺於南都，再任詞林，侍經筵，纂脩國典，貳宗伯，柄用未艾，則桂之屈而起，起而秀，殆兆之耶？是其作人之功，豈徒於蓬？昭之天下之士，固將籍其振作奮起，有如是桂，有如寵之者矣。

余聞而韙之，因為之記。且以見天下之事，屈信猶循環。儒者曰：脩己者，不可以是遽為憂喜；觀人者，不可以是輕為進退。

余於是桂，竊有所感也。

重建資聖寺記

遂寧縣治東不半舍，數峰璧[①]峙，而泉滴其下成宂，深

---
① 璧，應為"壁"，下同。

尺許，紺碧甘美，流注不竭，故名靈泉山。山之麓則資聖寺也，其始卓錫自隋大業間有石佛浮涪江而下，至是洄旋不去，緇流因起，而寺之以供奉焉。厥後，日見靈異。

至唐，會昌殿堂雖毀於兵劫，而石像巋然獨存。宋至道，復創置崇奉及祥符。僧海宣請於朝，獲賜名，歷宣和，益脩拓如隋之舊。已而，宋社既屋①，復廢。

元復建，又復廢，其存者僅殿耳。

入國朝，竟未有脩復之者。景泰辛未，有僧悟然始於山之半創造殿堂，門廡而猶未備。成化庚寅，然之徒曰：員融主教於茲，視山之下夷曠剛燥，忻然懷興復之志。已而，得其圮級斷礎於平地中，知為舊基也，遂捐其所積盂缽之資，計其兩餘三百；伐木於山，計其株餘五千；取粟於廩，計其石餘千。迺於弘治戊申鳩工重建，凡佛殿以及天王、明王、金剛、龍神、祖師諸堂宇法所宜有者畢備，而僧之禪堂方丈庫庾，庖湢之屬亦無不完。總以間計者，蓋百有奇。復以白金五百兩購居民田地贏百畝，收所入為寺僧香燈供給之費，兼館穀雲水之暫至者。經營幾一紀，而後訖工。謂不可無記，迺介邑人侍御吾友余君誠之②諉於予。

夫佛法自漢入中國以來，其徒即天下之名山而為之設殿塑像，以闡揚其教，以勸誘世俗者何限，況吾蜀尤名山之所宗乎？顧寺之興廢無常，而世之理亂可於是乎候焉。

---

① 宋社既屋，指宋朝已亡。屋社，王朝傾覆的代稱。
② 即余本實。

即以是寺而觀，昉於楊隋以迄今，其間興廢凡幾矣。則今日之所以棟宇載新，金碧重煥者，固融之戒行有足以動人也。然非遭值聖明在上，時和年豐，家給人足，則是地鞠為榛莽，而人亦將奔竄自捄之不暇，而奚暇執役於此哉？

此予於融之舉，不能不深為吾人既慶且幸也。融，邑人，出自周氏侍御君，謂其好賢重士，恪守家法，故能成其志，而有光於前云。

重脩南川縣學記

古之論治者，必以正風俗得賢才為本。然學校之興廢乃風俗之美惡、賢才之盛衰所關也。蓋學校興，則禮義脩明，人紀植立。於是相師相習，漸磨浸漬，家詩戶書而恥為不義，風俗不亦美乎？風俗美，則趨嚮靡忒，淑慝不迷，士無弗談道德而履仁義者，賢才不亦盛乎？學校所係其重如此。

南川，在古為軍、為縣，即有學，距縣治東二里而遙，廢於兵燹。入國朝，知縣程光道[1]始創建縣西，蓋凡制所有者悉備。然歲久榱腐棟折，風雨上旁，令雖幾易未有能嗣光道之為者。

---

[1] 程光道，清道光《重慶府志》卷四《職官志·南川縣知縣》作"陳光道"。民國《南川縣志》卷三《明知縣》作"陳光道，嘉靖間任"。是《序》撰於弘治十七年（1504），是年劉春乞歸省，閏四月返巴縣。

成化癸卯，壽春方升始為易其朽敗，而丹堊之尤未備也。尋滇南譚真至，始為又一新其大成殿，於是百年之廢墜者煥然復振矣。顧先聖先賢之靈雖陟降有所，而明倫堂及師生齋舍則日就傾圮，久之，僅存遺址。諸生乃競葺茅為屋，稍容拜揖。夫以論道講藝之所，毓秀儲才之地，荒蕪如此，欲賢才之盛、風俗之美，胡可得乎？

弘治癸亥，棗陽田侯①給假令茲邑。既謁廟，將趨明倫堂見諸師生，有指而告曰："此堂故址也，將鞠為茂草，何以成禮？請勿辱臨。"侯乃悚然而返，曰："是無事也，可以緩而弗治乎？"遂聚材鳩工，相地之宜，置明倫堂於廟北，凡三間，而正心誠意齋翼於東西間，各視堂仍分立庫藏於其上。又於廟東建生徒肄業之舍，凡二十間，至於學門廡宇之類，一一如式。於是師生樂育有所，而學宮為之大備矣。是役也，經始癸亥，迄甲子落成。教諭□君魯，嘉侯之重學校，不可泯其成績，乃遣生員屬余記之。

嘗觀真文忠②有言曰：古之為政者，變戎而華；今之為吏者，驅民而狄。蓋謂當世郡縣饕虐，其吏荼毒其民，使民囂然喪其樂生之心，甘自棄於賊盜之徒。非若古之仕夷獠者，導其民歸禮義之俗，是為驅民而狄也。

即是而論，南川為縣，自國初迄今令亦夥矣，而其間知學校之重務於作興以化民者，自光道外無聞，致荒穨如

---

① 康熙《湖廣通志》卷三十四《選舉志·明舉人》成化十三年（1477）丁酉鄉試榜有"田紹，棗陽人，知縣"，即田紹。

② 即真德秀。

傳舍。則其所以畢力於簿書箠楚之間以虐民者，可知是不為驅民而狄乎？

田侯乃克盡心所職，銳意繕脩，俾遊歌之士身心有所歸宿，日趨於詩書禮義之鄉，而凡為民者，咸有所景慕興起，雖變戎而華可也，況非戎乎？

則侯之有功是邑，固有不可不書者矣。抑文忠之言為其友，知南平軍而發。南平軍，即今南川也。南川之民在當時，為其吏驅而狄。今之令若侯，可謂厚待其民矣！而為之民者，可以不厚自待思報其上乎？

士，民之秀也，必窮理以養其心，立本以達諸用，俾異日風俗之美，賢才之盛，視昔有加，則侯與有榮耀。而凡嗣侯之任者舉，益知所以盡心於民矣。庸以是記，並貽諸士。

侯，鄉進士起家，先任宣城，改於此云。

任丘縣脩城記

《易》以重門擊柝為險，《禮》以城郭溝池為固。古之有國者，未嘗不致意於城也。今天下凡郡若州，既置牧伯，兼任武職嗣守，而城池屬焉。其縣，則如村落，禁暴遏寇，了無所恃。有以保民為念者，乃樹柵於衢巷之盡而門焉，謂之關四傍之空，則家自為守，蓋所至一律也。

比弘治庚申夏，雲中上郡羽檄日馳，凡畿輔之邑民喊喊交走，惕若外侮侵逼。

任丘，隸古瀛州，距郡不百里，而其城築，自漢中郎將任縣，厥後傾圮莫繼，故東西猶存荒址，南北則蕩漫無辨矣。

時高平畢君以鄉進士尹茲邑，垂意愛民，而才猷克濟，乃即邑之縉紳大夫暨耆宿謀曰："吾將役民拓城之舊址而畚土築之，使家闕外者悉域於中。於是為之雉堞，而遠近可眺為之門扁，而出入可謹。而又設樓於門之上，使可居守焉。其城周圍則遂於其土之所出，濬而深之以為池，庶民之居者有所憑籍，以無意外之恐矣。顧其役重且大，材木可以取於山林，磚瓦諸料可以取於民之贖罪，而其力則不能不勞於民，役仍舊貫如何？"

僉曰："是非我侯自為以厲民者，乃吾民之所欲也。說以使民，何疑而弗興？"

爰度廣狹，揣厚薄，計高低，程工役，而於歲之六月分率其民以事事，仍各敕董役者，勸懲其勤惰。而無圖苟完，君則以時躬視，而賞罰其趨事愛力者。不浹月，土功告成；再踰月，而訖工矣。於是千數百家之民，舊如野宿者，一旦蜂房井絡於內而惕然者，帖然崇墉，言言形勢改觀。君之為民，不幾於古循吏之用心哉？

於是邑司教岑君，具其事介吾同年友符臺鄭君体元[①]請為記。体元，邑人也。

---

① 參見明代羅玘《送南京太僕寺少卿鄭君體元序》，《圭峰集》。鄭體元與羅玘、劉春為同年友。

350

夫春秋常事不書，役民而得其道者書。是役也，所以守土保民，勞而不怨者，不可不書。俾後之為政者，思以君為心，而脩其缺治其壞於將來，則斯民不可以永奠厥居於無極乎？

君諱某，為政知所先務觀於此，蓋可得其概矣。

宜興吳氏祠堂記

人本乎祖，凡有血氣者，未能無報本反始之心也。故先王因人情而制祭禮，其廟有數，其行有時，其儀有等，乃人所常行，不可失者。遭秦蕩滅古制，無塚嫡世封之重，無山川國邑之常，於是廟制廢，而學士大夫亦因陋就簡，少講習者。甚至郊廟之禮，尚議如聚訟，而況士庶祖禰之祭乎？雖間有私廟之制，亦終不能復古禮，頹教侈。至有貴極公相，而祖禰食於寢儕於庶人，為時所議者，亦無怪也。

迨宋名賢大儒相繼而出始汲汲於是，故韓魏公①有古今祭式，司馬溫公②有書儀，程氏有遺書③，皆參酌古今以行

---

① 即韓琦。
② 司馬光，字君實，涑水鄉人，世稱涑水先生。北宋政治家、史學家、文學家。寶元元年（1038）進士，累遷龍圖閣直學士。元祐元年（1086）去世，追贈太師、溫國公，諡號文正。
③《二程遺書》，又稱《河南程氏遺書》，北宋理學家程顥、程頤的弟子記載二程言行的文字。

於家而垂法於世，然未有折中者。晦庵文公①乃為家禮一書，著冠昏②喪祭之儀，而其祭則以廟制，非有官者不得行。爰為祠堂之式，以通於上下，一時好古守禮之士皆篤信而行之。

我太宗文皇帝，命儒臣纂集於性理書頒天下。今家有是書，凡誦讀者宜無不講矣。而墜典卒未能盡復，豈非因循顧望未有倡之者哉？

禮部侍郎宜興吳公克溫③為學士時，深有感焉，乃於居室東偏創建如文公式；而堂之中龕四，以奉高、曾祖，禰神主，其列以東為上，則遵時制也。其配淑人之主，則設於西，而其祭儀祭日，亦本家禮行之。於是報本反始之心，著於灌獻俎豆之際，而孝敬睦愛之道行乎其間。

余與公同官，一日論及，因屬為記。竊考文公先生之言有曰：宗法祭祀之禮，須在上之家，先就世族行之，方可使以下士大夫行。蓋士大夫風俗之倡也。其所習尚乃一鄉一邑所觀法，若子皋之化成人④，陽城之薰晉鄙⑤，其言動豈其微哉？

公世家宜興，自上世以隱德著。而其祖樸庵公，仕景

---

① 朱熹，字元晦，號晦庵，晚稱晦翁。祖籍徽州府婺源。南宋理學家。慶元六年（1200）去世，後被追贈為太師，諡號文，世稱朱文公。

② 昏，同"婚"。

③ 即吳儼。

④ 高柴，字子羔，一作子皋，衛人，孔子弟子。仕為成（一作郕）宰，《檀弓》："成（郕）人有其兄死而不為衰（縗）者，聞子皋將為成宰，遂為衰（縗）。"子皋執親之喪，泣血三年，未嘗見齒，是高柴之行也，孔子曰，柴於親喪，則難能也。

⑤ 《韓昌黎文集》卷二《爭臣論》："或問，諫議大夫陽城于愈，可以為有道之士乎哉？學廣而聞多，不求聞於人也。行古人之道，居於晉之鄙，晉之鄙人薰其德而善良者幾千人。"

泰、天順間，尤以清節顯名。及公明信端毅，不受變於俗，而其好古之心，孝友之行，思欲敦禮崇化以及於天下，故見於家者有如此，而此亦特其一端耳。

於戲！當禮教之壞，人欲報本反始以竭其孝敬之心，而不可得；今有大儒以推明於先，有聖主以頒行於後，而人徒懷其心，不加意焉，亦獨何哉？

余既執筆以從事，又重有感焉矣。

夾江縣曾公堰記

距夾江邑治西三里而遙，有堰曰沱羅。引稚江[①]之水東注，並堰之，田悉藉灌溉，居民雖涉大旱，恃以不憂。又折而南，一堰傍江為堤，幾二里，蓋仿沱羅而築者。然堤薄，江遇春夏水羨溢輒沒壞。復事畚築，其費與利恒相當，民反病之。

弘治丁巳，好事者乃相地之宜，謀從沱羅引水處釃[②]為之流，漸入南而築堤以障之，其功可永無壞。顧擅沱羅之利者慮貽患，固拒肆鬬鬨於其間，至殘肌膚，興大獄不恤，縣亦莫能制。雖有悔悟者，而利之所在，勢無兩輆也。乃以聞於州。

---

① 夾江縣境內河流有青衣江、稚川溪、馬村河、金牛河等。
② 釃，音 shī。有濾酒、斟酒、疏導、分流意。"釃酒臨江，橫槊賦詩"，參見蘇軾《赤壁賦》。

時太守永興曾侯①，遂躬詣其地相之。得其概，爰進沱羅堰之耆老，而諭之曰：天之所利，人莫能專，專之不祥。且引若水，汝無所利，爭之可也。汝之利自若，而又波及於人，人曷以爭為汝聽，為堤而堰之？凡汝之前爭而罹法者，吾悉汝宥。

又進其新為堰者之耆老，而諭之曰：若等創設堤，為貽害於彼，彼以死爭之，亦人情也。自今汝為汝堤，但引厥水，而無為其害。凡是堤之築，汝壹任之，汝之所犯於彼，吾亦釋弗問。

於是兩堰之民，各屈於心，嗒然無後言。不數月，而新堰成，舊堰廢不用。

堰未有名，邑人太守吳公遜者，作而言曰：古之命名者，或以事，或以地，或以人，咸所以識厥始，昭不忘固也。而即以其人，則又欲賴其名行圖不朽，若陳文惠在滑州築長堤以障水，民號曰陳公堤；蘇文忠在廣州鑿井於觀，人利之，名曰東坡井，至今在焉。則是堰也，名曰"曾公"，不亦可乎？

乃詣戶部主事張君來儀，屬予記之。

公諱介，字執初，舉弘治癸丑進士。明達端恪，篤於興利除害，故守是州多惠政，而是堰，則第一舉手投足之勞耳。然即是固可概其余矣。

---

① 曾介，字執初，湖南郴州永興人，弘治六年（1493）進士，嘉州太守。參見《重修東坡書院記》，《東川劉文簡公集》卷十五。

重脩東坡書院記

　　距嘉州東涉江而北不五里，為龍泓山。其巔平衍四曠，有洗墨池焉，池上刻魚化龍字。正統戊辰，州人東山居士劉公洪禹者，博雅君子也。登山見之，謂於左爛柯巖洞字，筆法一律①。爛柯巖洞者，東坡墨刻也。因憮然曰：東坡，眉人，眉與嘉接壤。公嘗曰：天下山水在蜀，蜀之山水在嘉州。此當為公潛隱之地。遂創為屋若干間，肖公像於中，而名曰東坡書院。復募僧居之，以給灑掃奠獻之役，令其從子肅敬之、子節介之讀書其間。

　　成化丙戌，敬之舉進士，累官御史，今為方伯。癸卯，介之亦舉進士於鄉，今為夷陵太守。而東山公已棄世矣。

　　介之時至其院，見其堂室風雨上傍，而僧之事事者弗虔，乃愀然曰："此吾先君子所以表先哲引後賢之舉也，不可使鞠為榛莽如前。"因加脩葺。而嘉州太守永興曾執初②見之，曰："是吾責也。"乃相成之。而黃門童君世奇③適至，曰："不可使無所考於將來。"屬余為記。

　　夫世之賢豪英哲，其風聲氣烈，俊偉不拔者，在當時多屈抑挫。然其實有諸內，則其名亦隨之至於久而益振矣。

---

① 雍正《四川通志》卷四十二《藝文》劉春《東坡書院記》為"謂與左爛柯岩洞字，筆法一律"。
② 即曾介。
③ 參見《送浙江參政童君世奇序》，《東川劉文簡公集》卷四。

若東坡初應舉，即以文章妙天下，歐陽子見之曰："吾當避此人，放出一頭地。"宋神宗讀其文，必嘆曰："奇才。"然而自筮仕至歸沒，餘四十年，而立朝者前後不滿十載。中間因事立言，因地立功，挺然不群，而亦以此賈禍，崎嶇嶺海，而卒不變。蓋其在朝也，不知有其身，其在外也如在朝，而忠義之節，夷險一致。故雖未嘗終其身安於廟廊之上，而其風聲氣烈，使人感慕慨嘆，以為不究其用。百世而下，仰其名，誦其文章，論其世，思欲見知而不可得，則從而考其遺跡，以表章之，如見其人，使有所興起焉，況其過化之所乎？此東坡書院之所由作也。

嗚呼！是豈非實有諸內者耶？觀於是，則君子之自處，惟求其是，信之篤，行之力，固不必以一時之得喪置忻戚。而尚友者，亦未可以成敗為進退也。余懼州之士藏脩遊息於其間者，跡其事而惑焉，因告之，以紀其書院之成。若太守之清慎好古，樂成人之美，以厲風化。而介之之汲汲繼述先人思不忘，皆有可書也。

遂寧縣脩城記

遂寧在蜀，山川之形勝，人物之傑出，蓋望邑也，舊築土城。天順間，劇盜蜂起，全蜀震動[①]。時典史吳讓稱幹

[①] 天順七年（1463）趙鐸起事，自稱趙王，聚衆數千人，流動作戰，以川北爲主，南到内江，東到湖廣荆襄一帶。成化元年（1465）五月行至梓潼途中被明伏兵所殺。

局，乃疊石為之，視土堅矣，然造作非法，每霖潦輒傾圮無完堵，長民者有恆勤民修補其間。頃歲，劇盜復起，所在民莫底寧，而遂寧之得免荼毒者，尚恃之。顧工甫輟，而復壞，民固籍以安，而亦因以勞矣。

正德丙子，貴陽范君府，起家鄉進士，任保寧、巴縣學教諭①，擢知茲縣。既蒞任逾年，屬高、聾弗靖，憂之。周視城池，乃慨然歎曰：朝廷張官置吏，欲保障民也。若城池者，實保障之一事，遂寧之城若此，將何所恃以奠民居？

乃移請於巡撫都御史寧夏馬公②暨藩臬諸上官，欲加修築。咸嘉其志，從之。

遂度丈尺，揣高厚，程工力，而計概縣官民戶之丁糧，以均其役。召匠氏示以厚薄長短之等，以伐石於山。諸材用既具，卜丁丑十月興工，遴選義民堪任事者，如式分地督之，而屬主簿曹社董其役，君則時省而賞罰其用命不用命者。

維時就役者咸知非以厲民也，從臾趨事，踰兩月而工告成矣。其雉堞之未備者，又恐民困於奮築，則集僧道非役所及者以從事，復踰一月而畢工。

其城崇一丈二尺，四分其崇，以其一為雉堞，二分其崇。以其一為址之廣，乃闢四門，而各構屋於門之上：前

---

① 民國《巴縣志》卷六《職官》明代巴縣教諭七人，無姓范者，茲《記》可補方志之不足。

② 即馬昊。

扁曰金馬，後曰王堂，左曰涪江，右曰丹山。而門各隱以闉城，濱壕則置橋以達於道。而浚壕之深，視崇益二尺，廣益深二丈有六尺。由是崇墉言言，樓堞突兀，形勝為之改觀。而民之居者、行者，咸有所恃，以安其生、樂其業矣。

工成，適南京工部尚書黃公鳴玉①考績過家，暨致仕戶部郎中王君廷鳳，咸致書，謂闔邑之人頌君之功，非書之貞珉無以傳述於後，用丐鄉進士李泮、王璿②，屬於余。

夫昔之論者，恒謂古之民其命制於上。自今而觀，若郡邑，凡有民社之寄者，皆民之上也。上之視民，真猶父母於子。禦災捍患之政無不備，而所以撫綏其孤弱，抑制其強梗者，皆有法，則民不罹於凶固也。否則視其治如傳舍，而於民之休戚若罔聞，知遇災無所禦，有患不能捍，急則逃避恐後。往年劇盜之酷虐可覆視也。謂之制於上，其不然乎？

若是役者，君之為民保障甚至，邑人所以感戴而思圖不朽其功者固宜。余聞君年富而志欲有為，其治恒急於平賦役、禁奸慝，節財用以裕民，審聽斷以息訟，敦教化以厚俗。而不作無益思，與其民引養引恬，無以萌其邪心，信然！則所以為之保障者益大，非但環治之城矣。

遂以是復於二公，書之且示來者，益思有所感發以嗣其後，顧不韙歟？

---

① 即黃鳴玉。
② 璿，音 xuán，同"璇"，美玉。

贈常熟令楊公畫像記

　　贈常熟令楊公者，今吏部司封員外郎子器①之父也。公世家慈谿，雅有隱操，慕徐高士非其力不食，故因以石田耕叟自號。而是像，則司封為令常熟得推恩而繪之者也。

　　司封之言曰："國朝甲令，凡仕兩京者，自七品而上皆可計日以貤榮於親。而吾始釋褐，即補崑山令，不得列官於朝以為親榮。凡仕於外而旌異者踰三年，皆可如兩京例。而吾迎二親就祿養甫二年，先君子遂背棄。及復補常熟，獲被敕旌異，推恩二親，亦自慶幸，而先君子已弗逮矣。是皆吾無有以致顯於親者？痛楚不能已已！顧惟君恩汪濊，不可遏佚而弗張也，爰命善繪事者圖吾親遺像，而飾以章服，裝潢成冊，謹錄敕詞於前。非徒侈上恩，用昭先君子之教不肖之篤，而獲有其報。又以著吾之為子者思欲見而不可得，而藉此亦少慰也。"

　　余聞其言，戚戚焉者久之，繼又思所以抑其情，而進之曰："人子於親，心何有涯？而不能遂者亦何限？亦盡其可為者而已矣。即以錄於登科者而論，具慶不若重慶矣，不愈於偏侍者乎？偏侍不若具慶矣，不愈於永感者乎？昔

---

① 楊名父，字子器，慈溪人，成化二十三年（1487）進士，弘治元年（1488）知崑山縣，弘治八年（1495）知高平縣，弘治九年（1496）知常熟縣。正德初歷驗封郎中，遷湖廣參議，轉福建提學副使，遷河南右參政、左布政，仕終布政使，卒。所歷崑山、高平、常熟，政聲藉甚，遠近想慕。此《記》撰于正德初。

孔子論孝有三，而以卿大夫屬中孝；用勞至論，用勞之事，則不過曰尊仁安義而已耳。曾子得孔氏之宗也，而其言亦以居處不莊、事君不忠、蒞官不敬為非孝。然則聖賢之所謂孝者，豈但區區之榮名及親而已哉？且親不可得而常存者，其數天也；名可得而常顯者，其責我也。天無所容吾心，而益求盡其責於我。異日位益崇、名益顯，而貤恩於公又有大焉。則豈非聖賢教人所從事者，而何徒以弗逮為歉也？"

司封曰："有是哉，吾不敢以子之言為瑱也，盍為我記之？"

涪州新建振武保治樓記

涪陵沿岷江東下，有曰群豬口①者，形勝險要，官艘商舶之下上者日不停。昔漢伏波將軍忠成侯馬文淵②、丞相忠武侯諸葛孔明，嘗營壘其間，有遺跡焉。居人謂馬侯壩、葛侯山亦嘗廟祀，今久廢矣。

南城黃侯守涪之二年，梳蠱剔弊，敷和有眾，乃於暇相其地，進耆老語曰："居安不可以忘危，有備斯可以無患。吾與若等今幸無突炎之警矣，安能恒保於後，不懷永

---

① 舊涪州八景之一"群豬夜吼"，即群豬灘，在涪陵城東五公里長江中，枯水季節石出，巨石纍纍，其色黑如豬狀，或蹲或卧，故名。岷江，此指長江。

② 即伏波將軍馬援，字文淵。

圖乎？吾將為之，所以待之，如何？"僉曰："固所願也。"

遂鳩工伐材，建樓江之左右，左曰振武，以祀忠成侯；右曰保治，以祀忠武侯。乃置戈矛盾戟火銃火箭泊諸禦侮器械於其內。經始己巳春，歷夏訖工。於是危樓屹立濱江南北，凜若嚴城焉。

居者過者，咸有所恃而不恐矣。州之縉紳感而相謂曰：侯之設心謀慮，所以保障吾民者厚矣，不可不紀，且俾嗣之者脩葺毋壞。乃諉州人前司諫劉君惟馨①，以屬於余。

於戲！古之仕者為人，今之仕者為己。以其為人也，則凡可以休養生息乎？民者，務竭心力而為之，惟恐有遺憾。以其為己也，則營身植私，於民休戚若罔聞知矣。如侯之為其於人，曷一念不為哉？不可不書。

然侯可書者亦夥矣，其大則若摧鹽屬邑，以免掊刻；移倉市鎮，以稽侵隱；革科率之橫費，平徭役之影射；以及旌良善、懲奸惡、正喪葬之儀、嚴婚姻之令、教醫藥、禁巫覡之類，有未易枚數者，而具見司諫所記。

其事核而信，以非是樓所繫也，法得略。然察其心，則刻意興利去害，而未嘗肯好訟信讒以生奸者，其孜牧為人於今固僅見也。樓之建，特其捍患一事耳。

侯名壽，字純仁②。少受業於一峰羅先生，即以才識見

---

① 劉蕙，字惟馨，號秋佩，別號鳳山，涪州人，弘治十二年（1499）進士，授戶科給事中。抗衡劉瑾。瑾敗，任金華知府，後知長沙，遷江西副使。《明史》有其傳，另見《涪州新建振武保治樓記》。

② 黃壽，字純仁，號松崖，江西南城人，成化十九年（1483）舉人，弘治二年（1489）進士。正德二年（1507）由黃州別駕擢守涪州。涪陵白鶴梁上有其正德五年（1510）題刻。

器重。其筮仕，自別駕黃州晉今秩。蓋侯廉勤清約之操，終始不渝者，而究其所至，尚未艾云。

重脩延安府學記

郡邑之有學校，所以興教化，勵風俗，一道德，而不可少忽焉者也。顧世之為吏者，鮮一志畢力，以振其風厲之機通。或眩功利，昧其所當務介；或僅僅自守不知所以務。於乎！君子之為政，其設施緩急，當不受變於俗也，則風教本源之地，可例視如館傳類哉？

延安，古雍州城，在昔為郡，迄今雄峙秦東北。其儒學，舊建治城坎隅，諸蒞事於此者，病其湫僻，徙於震距十里，而廟尚存故地。然涉河師生，恆苦厲揭，且水輒善傾壞。

歲乙卯①，太守新城李侯至，剗穢革邪，惠敷人和。越明年，謀諸節推柴君思恭洎二三耆宿曰："茲學之脩，勢非一勞永逸者也。吾儕可以苟應故事乎哉？□學南陬地，負山抱水，爽塏端敞勝概，視徙所倍蓰且無他患，盍改置之？"僉曰："幸甚。"

遂計工程，規制度，度材用，乃檄主簿劉莊曰："爾惟能爾，其董役事。"繼飭之曰："爾惟取材於舊第，增其缺

---

① 弘治八年乙卯（1495）。

壞，費取於公，罔或用無益。"又曰："諸工役，其有奮庸怠事，爾其作率之，惟謹。"

乃卜日鳩工以庀事，而侯數乘暇臨視，考責於其間。經始丙辰秋，比丁巳春，[①] 不浹三時而告成矣。

其廟則仍南向，而新其舊。其學則東向，而凡明倫堂、尊經閣、分教齋與他習射之圃、肄業之舍，及門垣、徑術、庫庾、庖湢，秩秩咸具，閎壯靚奧，巍然奐然。邦人之聚觀者皆曰："斯殆天墜地設耶？何秘於前而闢於今也！"

於是諸師生請於揮使張君威曰："侯是役，鑑遺棄之地，得鍾美之區，不亦明乎？去惡就善，而士脫涉水之艱，不亦仁乎？不狃於欲就之緒，而樂成久遠之圖，不亦勇乎？不有所託，以垂不朽，斯負侯矣。"有笑於列者曰："是惡足為侯輕重也！"

侯起家進士，為御史，風裁著於朝；守徽州，惠利頌於人；今來延安，至誠仁愛。夫人知□□□民祈禱輒應，民歌之曰："太守李君，政通神明，□□□□，求晴得晴。"

是必有良史大書特書耀焜無窮矣。而惟此之書，不小侯之績而狹侯之惠耶？則曰：泮宮之頌，魯侯未聞，仲尼以為非也。

甘泉知縣李垚、教諭李健，乃述其事，而諉春記之。

[①] 丙辰，弘治九年（1496）。丁巳，弘治十年（1497）。

拖泥灣遇風記

　　正德辛未夏四月望日甲午，余以學士起復，被擢吏部侍郎，從渝登舟趨朝①。壬寅，舟艤巴東，會邑教廣安周君廷臣承荊郡檄，考校施州衛學生，竣事當反，命以其偕兒子彭年舉於鄉也，且有悳②操，遂拉入舟同行。

　　越乙巳侵晨，宜都解纜，時天青雲斂，微風不動。已而，過枝江，過松滋。未刻，風少作，尋寖甚，雲布天，四垂如潑墨，雨霏霏下，水波倏起，舟下流似挽而上者。舟子乃請艤江岸少憩，許之。問其地，曰"拖泥灣"也。

　　酉刻，風勢轉甚，雨下如注，望岸樹如拜如舞，聲怒且號，江間波浪澎湃洶湧，拍岸掀天，舟雖倍加纜系，隨浪簸蕩起伏不暫停。余急令舟人登岸，訪可暫避所，曰"黃指揮莊"在焉。

　　遂挈妻孥往得登岸，心且喜且懼。時荊守邊庭實遣幕僚郭溥迎自枝江，舟稍後至，是以風作亦至，乃相隨步泥淖。及莊，則茆屋三間，牛欄豬柵列置屋側，宛如吾渝村落。門外樹聲撼擊，助風勢益甚。少間，一人以布幅蒙首，冒雨來。及前，始知為廷臣，蓋與郭共舟，故來遲也，乃

---

　　① 正德六年（1511）一月劉春服滿，二月遷吏部右侍郎，四月挈妻孥離渝，在涪陵遊北岩，在湖北松滋拖泥灣遇風險，後抵京。是《記》撰於正德六年（1511）。
　　② 悳，同"德"。

相慰藉。

及夜，漏下數刻，風轉疾，雨轉甚。廷臣曰："幸移寓此，脫在舟中，縱免他虞，然簸蕩擊撞，惡能一息安枕也？"少頃，莊人具酒肴，不能辭，乃勉為數酌。廷臣笑曰："豈亦滹沱河麥飯類耶？"久之，覺倦，就寢。

中夜，風雨始息。比明，家僮自舟至，云："舟人被簸蕩，皆嘔吐不能定。"乃復登舟。

因憶程伊川渡漢江，船幾覆，舟中人皆號哭，伊川獨正襟危坐如常。及岸，父老問其故，伊川曰："心存誠敬爾。"古人所以養心之功，一至於此。而吾徒少經危險，輒惶駭莫措手，雖名儒不敢比擬。然養心之功，豈不因是而可以自考耶？因書其事，以遺廷臣，且以自警，俾知履危蹈險，安能可保不復見於異日？而養心之功，不可不勉其所未至於平素也。

遊北巖記

弘治乙卯春，予以修撰歸省還朝，道出涪陵。聞州北有寺曰北巖者，伊川程先生謫涪居焉。寺有洞，世傳為注《易》之所，予私識之，未暇遊也。越乙丑冬，予復以學士歸省還朝，思嘗所願。比過，則朋儕相友善者皆宦遊，不得而徑造矣。

又踰七年，為辛未。予以憂歸服除①，蒙恩擢吏部侍郎趨朝。歲之四月望後一日至涪，訪同年友別駕文君希博、縣令程君秉衷，及司諫劉君惟馨，②則咸莊居。竊意北巖之遊又無因而遂矣。比薄暮，希博始自莊來會；至乙夜，惟馨亦來自莊。固請翼日具晨炊，不得而辭也。越翼日侵晨，秉衷又自莊來會。已而，赴惟馨燕，還舟，則三君先後挈榼酌別，余乃語之曰："北巖伊邇，而吾輩適偶會，盍徃一遊乎？"三君曰："諾！"遂渡江。

偕步陟山腰，有小殿，佛像存焉。又步自殿西，為鉤深堂，設伊川木主於中，而尹和靖、黃山谷列侍東西。堂東北壁間，古碑三通漫漶不可讀，惟東壁劉宮保淩雲③所撰新碑，紀餞宴概及堂顛末，可一觀。

又披草萊步堂之西，崖上泉溜下聲淅瀝，疑欲張蓋過。希博笑曰："數日前欲聞此聲，何可得乎？"蓋時久旱，農不得樹藝，新得雨，殊喜故云。

又步西，石壁高數尋，有"北巖"二字，橫豎盈丈。又有"鉤深堂"三字，比"北巖"為小，字皆端勁可愛，相傳山谷書，理或然也。傍多留題，亦莫識辨，而字之存者，筆法殊異。

又步至西，有石壁隸"北巖"字甚奇古。壁西高數丈，皆鑿為尺餘石龕，刻佛像於中，幾百餘，不能枚數。

---

① 正德三年（1508）劉春父劉規卒，春以憂歸巴縣。正德六年（1511）一月服滿，二月遷吏部右侍郎，四月挈妻孥離渝，在涪陵遊北岩。是《記》撰於正德六年（1511）。

② 程秉衷生平未詳。劉君惟馨，即劉蒞。

③ 即劉佹。

又步自西，為洞，草木叢茂，洞深丈餘，廣如深，洞北及東西皆鑿石為台，可坐，僅可立，是即所謂注《易》之所也。然予觀洞門西，刻"法界無盡"四字，東亦有"須彌"等字。不明，疑佛子坐禪處，借伊川以為重爾。

觀畢，余偕三君入，希博上坐，惟馨東，秉衷西，而予以客坐希博右，乃以所挈榼酬酢序飲焉。時新晴，猶欲作雨，熱甚，而洞之中乃涼氣襲人，蒼蠅不待驅而無。適上人爇香獻，惟馨曰："老衲殷勤一炷香。"予因足成三句。三君者謂："吾儕雖涪產，亦未嘗時至。今不約胥會，固非偶也。"少頃，州倅鄞人楊文儀，乃文懿公[①]從孫，饋角黍果肴數品佐食。已而，宮保子明又挈榼至，亦為少飲，乃起，復坐鉤深堂，家僮具午炊，命設焉。將徹，問舟師前途，云："尚可至東青。"遂步下，開舟而別。

夫名山勝地，雖非幽人逸士，未有不欲引領其間者，況名賢過化之所乎？而予數經此地，未一造焉，今始獲償宿願。且世之賢人、君子、流寓者，何限百世，而後聲銷影沉。而諸儒歷世雖久，猶如一日拜瞻，設主凜凜，如在其上，則人之詘信，倚伏何常，而所自立，固不可以毫髮差也。因為之記，以遺三君。於戲！是豈但會合遊覽之可紀也哉？

---

① 文懿公，即楊守陳，字維新，浙江鄞縣人，景泰二年（1451）進士，官至吏部右侍郎，卒諡文懿。

大同名宦祠記

  盈天地間,凡物皆有名也,而其異者名尤著。故山一也,而五岳之名爲著;水一也,而海瀆之名爲著。其於人也亦然,故人一也,而聖賢之名獨著。聖賢者,山之五岳,水之海瀆也。降是則有異焉者,人共賢之,世共仰之,而其名亦自不容泯沒也。

  大同,古雲中郡也。兩漢以來,歷世奚啻數百,而生人之類未嘗或絕,故爲守者,非可枚數也。而其間獨異者僅數人,若漢則孟舒[①]、魏尚[②]、廉范[③]、李廣[④],唐則李光弼[⑤]是已。至國朝,懷遠年公富[⑥]以副都御史提督軍務,青

---

  ① 匈奴冒頓犯邊,漢高祖拜孟舒爲雲中太守,士卒戰死數百,後劉邦向冒頓示好,將孟舒坐罪免官。文帝立,孟舒官復原職。
  ② 魏尚,西漢槐里人。文帝時爲雲中太守,鎮守邊陲有功。
  ③ 廉范,字叔度,京兆杜陵人。廉頗後人。漢明帝時任雲中太守,擊退匈奴入侵,遷武威、武都二郡太守。建初年間遷蜀郡太守。《後漢書·廉范傳》:"建初中,遷蜀郡太守……舊制禁民夜作,以防火災,而更相隱蔽,燒者日屬。範乃毀削先令,但嚴使儲水而已。百姓爲便,乃歌之曰:'廉叔度,來何暮? 不禁火,民安作。平生無襦今五絝。'"
  ④ 李廣,隴西成紀人。景帝時曾任雲中太守。匈奴畏服,稱之爲"飛將軍"。
  ⑤《新唐書·李光弼傳》:"李光弼,營州柳城人。……安禄山反,郭子儀薦其能,詔攝御史大夫,持節河東節度副大使,兼雲中太守。"
  ⑥ 年富,字大有,懷遠人。明代名臣。歷官河南右布政使、右副都御史兼大同巡撫、户部尚書。

神余公子俊①以戶部尚書兼都御史、總制，襄城李公敏②以副都御史巡撫，則皆有功於此者。

是數人者，歷世雖有久近，而人心之所尊仰者，赫赫猶如一日，故以名宦稱。蓋謂其宦與人同，而德澤功烈著於人心，其名與人不同也。

巡撫都御史藁城石公③，當撫治之餘，慨然尚友古賢哲，欲昭示以風厲後人。乃偕分守山西參議陳君邦器，分巡山西僉事孫君經④，檄知大同府事嘉定張君鳳翀⑤建祠三間於學宮之東隙地，繚以周垣，而設主於中祀之；西復闢門以通學，俾士之藏脩遊息其間者得有所觀感，以奮勵其異日之事功。祠成，僉謂不可無記，而以屬余。

竊嘗觀靳裁之有言，士之品大概有三：有志於道德者，有志於功名者，有志於富貴者。若志於富貴，固不足言矣；志於道德，未敢輕議；而志於功名，則亦何寥寥也！即有之，其才識器局，非不有餘；然而養心之功漠然，類多朘削於下以罔上，視惠民恤士懇懇於職守若不屑為也。故一時之功名雖幸獵取，而清議卒不與之，況得為名宦乎？

---

① 余子俊，字士英，四川青神人。景泰二年（1451）進士，授戶部主事，進員外郎，官至兵部尚書。卒諡肅敏。參見《祭余揮使文》（《東川劉文簡公集》卷二十一）、《韓天予墓志銘》（《東川劉文簡公集》卷十六）。

② 李敏，字公勉，襄城人。明朝大臣，官至戶部尚書。成化十三年（1477）任右副都御史、大同巡撫，並抵禦外寇入侵。成化二十一年（1485）任漕運總督，遷戶部尚書。弘治四年（1491）去世，諡號恭靖。

③ 石珤，字邦彥，號熊峰，藁城人。成化二十三年（1487）進士，官至吏部尚書，文淵閣大學士。

④ 孫經，直隸開州人，弘治年舉人，曾官分守隴西道、山西僉事。

⑤ 張鳳翀，四川夾江人，弘治年舉人，正德年間任山西副使。

如數人者，考其傳，則孟舒、魏尚不過曰時稱長者，愛養士卒，匈奴遠避；廉范、李廣，不過曰士樂為用，匈奴不敢近邊；李光弼，不過曰討安祿山有功；至年富，則廣屯田以恤軍；余子俊則脩武備以衛民，李敏則崇文教以造士。是皆非有鈞奇立異之行者，獨其操心異於尋常，而所施為能以職守為事，故論名宦者，獨歸焉。則世之志於功名者，顧可不知所從事哉？

因為之記，以識是祠之始。若都憲公之取舍如此，其操存亦可概知矣。

重建余肅敏公[1]祠堂記

少保兼太子太保兵部尚書肅敏余公之宦寓京師也，蓋三十五年矣。公以弘治己酉薨。至癸丑，其子鄉進士寘世臣[2]蔭補錦衣衛千戶，尋從征貴州都勻苗寇，以功晉擢指揮僉事，而其居皆仍肅敏公之舊加充拓焉，乃創置祠堂以祀奉肅敏公神主。

丁巳，錦衣視事者缺員，世臣以大司馬疏薦。時孝宗皇帝在位，慎重其選，乃召見於文華殿，親試用之。自是而後，所以恪供其職者不懈益稱，而縉紳大夫亦咸重之。

---

① 即余子俊。
② 余寘，字奠邦，又字世臣，余子俊之子。參見《祭錦衣世臣夫人文》，《東川劉文簡公集》卷二十一。

正德戊辰，逆瑾亂政，世臣因事見忤，乃見幾求退，其所居第，遂為抑直勒取之，以畀其所私。已而事敗，又轉屬他主。

越三年辛未，世臣復被召用至京，明年，適主者欲他售，乃謀於心曰：先公居室，生而寢興燕笑於此，非一朝夕；沒而又祭享於此，使有知焉，其不能無眷戀於茲也。審矣，吾曷能舍之他圖？遂罄其所蓄，復贖而居焉。乃以先所創置祠堂狹隘，不足以揭虔妥靈，重建為三間，於室東偏以祀肅敏公。又推肅敏之心而上及高、曾祖，分置四龕，而設櫝設主於中，一遵家禮之制。復嵌堅珉於四壁，用鐫文莊丘公、西涯李公所著《傳》，石齋楊公所著《行狀》，① 及延綏守臣請設祠祀公之疏。

蓋以祠因公建，而亦始自公，故詳焉。既落成，乃屬余記之。

夫古之君子將營宮室，宗廟為先，居室為後。蓋自公卿下至士，無弗立廟者，其祭於寢，則庶人耳。後世先王典禮蕩廢，廟制不存。久之，復著為令，以官品為所祀，世數之差。故唐王珪不立私廟，為執法所糾，當時禮法之明於上下有如此。及宋承五季，復廢。仁宗以群臣有貴窮公相，而祖禰食於寢，儕於庶人，不可為訓，乃聽文武官依舊式立家廟。至於今，則士大夫家雖於其鄉亦惟承陋就簡，但祀其先於寢，鮮有立廟者，況宦寓之所乎？

---

① 莊丘公，即丘濬，字仲深，諡文莊。西涯李公，即李東陽，字賓之，號西涯。石齋楊公，即楊廷和，楊慎之父。

世臣於宦寓，乃不能以一日不思安其親。既復其遺居，即首立廟奉祀，而所以營為計，深慮遠思，不墜先德，其崇禮好古之心，固加於人一等矣。

是不可不書。書之所以示其後世知祠堂之所自，而思衍其世業於無窮也。若肅敏公之德善積於身，功烈著於國，則有諸名輩所述著在，故不敢贅。

於戲！為世臣子孫者，其尚念之哉！

菊翁亭記

蜀有菊翁者，構亭居第之西環，庋經史圖籍，日偕名士大夫觴詠其間。前植菊數本，每盛開，則命酒賦詩見志，遂自號曰菊翁，而因以名其亭。客有造而異之曰：菊，佳卉也，記於不韋，詠於屈平，而雜出於百家之言。凡名勝之士，無弗好者。然惟元亮以愛菊名，則其心跡有不愧焉固也。若翁，履信行順，為聖世之逸民。蓋異元亮者，而乃託意焉，以名何居？

或曰：菊，花之隱逸者也。翁始銳志經史，窮探遠討，蓋將假世之科目以發軔仕途，以頡頏古之豪傑者。而乃以侍養太夫人，違厥志，則甘伏閒隱隩其跡，與菊之隱逸似矣。

或曰：凡草木根而蘊荄而驗者，皆振翹舒秀於春夏也。而菊獨以秋華，傲睨霜露，不與群卉爭艷。若翁始雖蔽名愚谷，然授所業於其子一經，掇科登仕，今八裘矣，方童顏鶴髮，以荷明天子褒封之典，榮膺章服，則於菊之早植晚發有類焉者乎？

或曰：凡花鮮可食，而食亦未必有功於人。菊，日精也，苗可以茹，花可以藥，故康風子以食菊仙。酈有甘谷，得菊滋液谷中，人飲其水皆上壽。翁豈將采其華、佩其德、樂其壽，以寄傲於寂寞之鄉，使孤摽逸韻足以激頑立懦者乎？是未可知也，而翁必居一於此矣。

翁聞之，輾然而笑曰："有是哉，夫裋小者不可以懷大，綆短者不可以汲深。顧吾老矣，願服是以終沒吾世焉，不敢以欵啟寡聞謝也。"

遂命其子一經誘記於春，蓋春於一經同以癸卯薦於鄉者。

翁名昇，字彥輝，姓陳氏。所著有《和杜工部草堂集》《梅花百詠》《訥齋雜錄》《秋香百詠集》《和兩廣觀風集》。

脩太平縣城記

正德辛未，盜起畿輔，延蔓山東西、河南北，民罹荼毒甚矣。

太平，山西壯邑也，壬申夏，龔君進[①]，以進士尹之。

[①] 龔進，字思忠，高安人，錦衣衛籍，正德辛未科（1511）進士。正德七年（1512）知太平縣，令行禁止，政平訟理，人以神明號之，升刑部主事。

甫蒞任，即周視，城垣咸坍塌，僅存畛域，行人往來視若徑然，城樓則風雨上傍，不可棲息。乃慨然嘆曰：《禮》以城郭溝池為固，而《易》稱重門擊柝以待暴客，則城池之利害所繫於民大矣。今若此，吾民何所恃以保障乎？民以官而安也。民不獲保障，則吏於其土者亦何所恃以宴然居於上乎？

乃謀於僚屬克合，爰進諸耆老，語以脩築，曰："吾非厲民也，所以保民也。"諸耆老舉忻忻然，曰："是乃吾民所欲為而不可得者。"

於是計公帑之積若干，又聽富民之義助者若干，而不強其所不願。遂遴選於庶人、在官者，俾易材木、伐山石、陶甓瓦，委陰陽官路引洎義官毛彪者董其役。爰度長短、揣厚簿、計程力，而分授之。其城築土為基，以石夾甃，仍因其舊。門五，而各建樓於上，俾門者居焉，可以遠瞭望，司啟閉，且令擊柝者亦籍以棲息。於是城堞言言，樓觀突起，巍然為一邑之雄居者，有所恃而不恐，暴客悚然無敢犯矣。

是役也，經始壬申十月之吉，浹歲一月有奇，訖工。已而，君以賢能更高平邑，民咸相與咨怨，謂為高平所奪也，乃指城相語曰："吾民不獲沾公之惠矣。顧吾等恃是城以奠居，則其遺澤蓋不以去而泯，盍思所以圖之，則繼之者咸思脩葺勿壞庶公之功，其永垂不朽乎？"遂丐舉人柴選輩謁余書其事，以君，余所取士也。比聞盜起，聖明軫念，亟詔撫按諸臣，豫防擒捕。故凡州縣守令之不失事者咸以有備，若城池其一也。否則不死於城守，則惟遁逃苟免，卒亦法無所貸矣。其以死守者，固有出於倉卒不及備，而亦有概視不設備者，則城郭不完，豈但民之害哉！國勢之輕重，盜勢之強弱，咸於此乎繫，而不可以弗戒於素矣。君乃能汲汲仰承明詔，以興是役不少暇，可謂知所先務者，是不可不書。

余聞君廉勤惠愛孚於上下，而為之有漸，故雖起功動眾人，不告勞而益勸；比脩城之餘，又脩文廟兩廡作興士類，建演武亭以校閱士卒。凡有利於民之事，不少遜，避其操尚，蓋兢兢以瘝曠為懼，求不負於官焉，以不繫於城池之役不書。然即是概之，固可得其餘矣。

君字思忠，系出高安世家。其相是役者，則縣丞某，主簿某也。

重脩青縣城記

青縣，西距河間二百里而近，在宋為乾寧軍，為清州，又為清寧府。至國朝洪武初，始改置縣。今峙畿甸之南，當水陸之會，蓋望邑也。

舊有城，自我聖祖開基暨我文皇紹統，治化熙洽，文恬武嬉，故百餘年來未有事武備者，而其城僅存遺址。成化初，長民者思無以禦侮禁暴，乃因舊基而縮其四之三築為城。居民亦恃以無恐，又久之日漸崩潰，人可踰越。比河北盜起，人心皇皇，莫適底寧。

已而盜平，知清縣事劉君繹既涖任，周視之餘，惕然於心曰："國以城郭溝池為固，雖三代盛時，外戶不閉，亦不廢也。顧茲城若此，吾民何所恃以奠厥居乎？"

方謀欲為之所，會都御史合肥張公淳①按行屬郡邑，目擊畿甸之民酷罹大盜之虐者，以無城守也，乃疏請於上，得令在所建置而脩築其傾圮者。檄下，知河間府事陸君棟尤孜孜奉法以保障為務，乃銳意率作，授以成式，俾繹專其任，君曰："是吾心也。"

爰率僚佐，量廣狹，定程度，計材用，分工力，限日期。乃卜日籲天，誓眾而起工興事，以典史彭宗武董其役。君於暇則親察其人之勤惰，工之好惡，以加懲勸其用命不用命者。

經始甲戌歲九月初吉，閱三月而告成。其城週五里，厚二丈，高視厚倍而殺其四之一。以磚石甃為堞，開城門三，各為重屋於上。東扁曰□，南曰□，北曰□，而於四隅則亦為樓，以遠瞭望。其四面則置鋪舍，俾居擊柝者。城周圍鑿池，廣二十尺，深殺廣之一，引水通焉。

其材用取於在市商賈及勸富民義助，其力出於通邑之人，而人咸知其切於為己，故役不告勞而成之且速也。由是崇墉言言，啟閉有時，巡警有式，禁禦有備，夷然坍塌之基一旦樓堞巍然突兀，非但居者無憂虞，而奸惡之心亦

---

① 即張淳。

潛消默奪矣。

邑之人舉欣欣相告，又恐無以著其邑大夫之成績也，諉致仕州判孫謙具其事，丐刑部員外郎閻君伯仁屬余言之。

□欲嗣為令者，思脩葺永毋壞，夫古之為國□□□□□□，然未嘗漠然視民之休戚無所為也。故孔子曰：使民以時。而孟子謂佚道使民。是固使之，實則安之也。若是役者，所以制民之命，而豈得已不已之類乎？然非實有為國愛民之心者，則雖才足以有為，而不善於用，秪以厲民，而於是循常習故，覬旦夕無事而已，不可不書。

君世家陝西邠州，其伯父諱昭①者，在成化間歷官工部尚書。君由冑監歷任今職。累為巡撫、巡按者，疏請旌異其操尚，要非俗吏伍者，實其蒞政如所緩急如此云。

代保定侯梁永福②襲爵謝表

伏以盼封肇啟茅土，式定於成周世。及永傳苗裔，載申於炎漢。蓋非但礪世而磨鈍，寔藉以尊德而襃功。自有帝王以來，至於今日為盛。切念臣祖成系出中州之產，遭逢真主之興以歸附。而獲備或行，以征討而獲官營衛。及當嗣世累，立百戰之功。遂薦積官，謬膺都督之任。繼總

---

① 劉昭，陝西邠州人，景泰二年（1451）進士，成化二十二年（1486）任戶部尚書，成化二十三年（1487）致仕。

② 梁永福，汝陽人，梁任之子，正德八年（1513）襲爵。

戎而作鎮邊檄，爰晉爵而叨被徽名。掛印平蠻，帥師盪寇功成；天幸爵秩，載□□錫以加隆；賞出世延，慶澤復流而益遠。不幸本□之中絕，因援同氣，以仍封乃畀於臣，得承於父荷。□乾坤之覆育，慚海岳之涓埃。退省愚□，曷酬洪造①茲蓋？伏遇皇帝陛下，丕承統緒，端拱□清。法健順以握樞，體剛柔而建極。謂五材並用，非金革無以肅人心；謂八卦相宜，非弧矢不能威天下。故垂衣裳而朝萬國，猶隆介冑以厲六軍。遂使一枝之微，得列三等之貴。臣敢不誓存忠義，圖報生成。雖駑駘莫效於奔馳，顧走狗或堪於指示。共衣分食思吮疽，以不失士卒之心；摩壘陷堅務戮力，以不墜將家之業。伏願萬方有慶，四海無虞。車甲永藏，馬牛勿用。率土陋成康之俗，含生被堯舜之仁。臣無任瞻天仰聖，激切屏營之至，謹奉表稱謝以聞。

先母夫人安厝記

正德乙亥季夏七日壬戌，先母夫人忽耳後病瘍不起。踰月，甲寅，家僮報訃至京。春既叫地號天，無所逮及矣。翼日，仲秋乙卯朔，乃以聞喪告。越戊寅，禮部具題祭葬。辛巳，奉聖旨，准與祭葬，還著馳驛回去②。

---

① 洪造，即"洪恩"。
② 正德十年（1515）六月劉春母卒，七月二十九日報訃至京，八月初一以聞喪告，八月二十七奉旨准與祭葬，九月十三劉春離京，十一月十六日抵巴縣，十二月二十四日奉母柩與父劉規合葬。

会邓都御史璋以历三品、二品，皆不满考，未给诰命请及亲存给之。有旨，准给，仍推及在京官二品以上者，疏如例请给。

丙戌，奉圣旨：刘春应得诰命，准与他。甲午，墓志刻完。丙申，遂起行。仲冬十六日，抵家。长兄相已蠲。季冬二十四日丙子申时，吉，襄事。

时广东参政弟台进表于京，八月十四日，舟次临清，闻讣，挐舟还，历淮扬，泝建康，过荆楚，风波多阻，未能猝至及期。

春不能违也，乃卜前三日发引。先是，连日小雨，至是，连三日霁。乡之亲友送徃者甚众，而郡守南昌饶侯文中，郡倅长安梁侯①、蒲圻但侯，云南佥宪同郡姚君②以立咸至营所。夜漏巳下，而郡贰荆门程侯③又至自江津。

明日，祭奠归，又雨。比葬前一日，参政弟尚未至，佥谓势不可及矣。葬日辰刻，家僮报弟昨暮舣舟朝天门，即推门宵行，今将至，闻之殊喜。已而果至。询其故，则云：入巴东，始知葬期，遂挟六岁儿长年傡小舟抵夔州，从陆路昼夜兼程而来，历所谓鬼门关、蟠龙岭、观音崖者，皆素所未见之险，盖信如奔命矣。

未几，同年右方伯安福伍公朝信④转福建左赴任，薄午

---

① 即饶塘、梁鼎。
② 姚学礼，字以立，巴县人，弘治六年（1493）进士，瑾诛后，起云南佥事，终参议，祀乡贤。
③ 程莹，正德朝任重庆府同知。
④ 参见《送太守武朝信考绩还任序》，《东川刘文简公集》卷一。

亦至。既祭奠畢，申刻，不肖輩遂奉母夫人柩入壙。方窆，新都楊狀元用修①至，即設奠，行禮，若有約焉者。窆畢，當題主，乃請用修屈筆從事，用修慨然行焉。是何遭遇之奇，有如此也？

夫以祖塋距郡西南四十里而遙，山路崎嶇，且數雨泥淖，非親愛如骨肉者不能至，故縉紳大夫之辱愛者多矣。數十年來，僅今方伯公安何公廷佩②、郡守石首劉公用賓③，一至吾母夫人之葬，郡大夫曁方伯諸公，咸徃焉，已不易得；而用修狀元又至，至又適當入窆之期，得俾不肖兄弟屈請題主，謂非遭遇之奇不可也。況弟奔喪間關山徑亦得如期哭視窆焉，設當是日昧爽前，則終天之恨益曷能已也。

說者謂母夫人之淑行懿德要非尋常者，故於送終遠近骨肉咸會，此固異事。而賓友之貴顯者，不期踵來，而又有盖世知名如狀元用修者復至。

於戲！是或然耶？豈事之素定，要亦有不偶然耶？是不可不書以告我後人，俾我後人知先世慶衍非無所自也。於戲！豈易易哉！

---

① 楊慎，字用修，號升庵。楊慎之祖楊春正德十年（1515）病故，時楊慎在新都，由新都赴巴縣弔唁劉春之母鄧夫人。

② 參見《送憲副何公兵備叙瀘序》，《東川劉文簡公集》卷六。

③ 劉思賢，字用賓，石首人，弘治九年（1496）進士，户部郎中，正德間以忤逆瑾系獄，免，瑾誅，弘治中起重慶知府，累遷工部侍郎，性剛正，興學愛民，不附權要，恭慎端愨，踐履不苟，囊無餘儲，寒約終身。

劉氏齋房記

正德乙亥六月,我母太夫人奄棄。越八月朔,訃至京師,不肖男春解官守制,禮部乃稽恤典疏請,蒙聖恩賜祭葬,遂行。禮部主事內江余君德仲,赴原籍致祭,工部兼行治宅兆。

越明年正月,德仲至自京師,祭畢行,布政司屬有司脩建如式。比經營,以兆域當屋後,而享堂為祭奠之所,既易隙地於從叔餘翰、餘本以置之矣。顧時祭而齋,不可無所視。堂之外僅丈餘,則皆有所隔礙莫可充拓者,乃復易隙地於族叔壽與德以創建焉。

凡為屋三間者,二重而兩廂夾於左右,又復置軒於前,顏曰"齋思"。於是灌獻有堂,齋宿有廬,庖湢有所,我聖朝假寵於臣以優恤其親之典,始煥然昭列矣。

時郡守進賢饒侯文中,郡貳荊門程君天質,蒲圻但君宗儒[①],長沙何君,及邑尹長沙顏君盡夫,祗承德意,庀物葳事。惟謹董役者,則長陽詹藩幕士元,合水李郡幕應亨,邑貳尹固原康世傑也。

既落成,或謂不可不書之貞珉,以昭示後之子孫,俾脩歲事於茲,咸知聖恩之姘幪而圖報之私不敢忘也。

---

① 參見《先母夫人安厝記》。但存學,字宗儒,蒲圻人,成化二十二年(1486)舉人,正德朝任重慶府通判。參見《送別駕但君宗儒赴銓曹序》,《東川劉文簡公集》卷五。

不肖春敬執筆以從事，繼思我母太夫人不幸。不肖春洎弟台叨仕中外，縉紳大夫之相知者多遣使自遠至，以奠賻几筵。欲概卻不受，則有孤朋友恤喪之情；受之而無所處，又不免君子家喪之譏。故於經費外，用其餘易穀二百石，以備親族鄉鄰之稱貸者，秋成親族則抵斗，鄉鄰則稍服其息，以貯於囷倉。蓋親踈之分，自不容無差等，固不能免息者，則欲漸廣太夫人之澤，以流於後也。

然是舉也，先公致仕家食時，封主事兄相侍養，歲恒行之；比棄背中廢，茲固太夫人之澤，而寔欲紹先公之志也。惟自是而後，子孫率行不替，豈獨足以慰先公之靈於九原哉。

通州儒學射圃記

通之有學，昉於自宋太平興國。入國朝，守郡者暨郡之人，屢加崇飾，而射圃則未有也。

弘治壬戌，蜀長壽黎侯希夔①，以戶部主事假守茲郡，敷惠梳蠹，民用底寧。乃詣學宮，將率諸生講肄射禮，以崇古厲俗。顧其廢址榛棘無所事事，遂慨然嘆曰：通江②，北支郡也，文獻蔚然稱畿輔，而乃於此缺典，豈先之吏例

---

① 黎臣，字希夔，長壽縣人，成化二十三年（1487）進士，歷山東戶部分司，河南鄭州州同，戶部主事，知通州。

② 通江，疑應爲通州。

视为滨海僻遐不究心欤？某不佞，代匮曷免承羞？

爰请於督学侍御莆田陈君玉畴①，图脩复。君报可，遂闢学宫，震隅隙壤，广六丈，袤五倍焉。中窪为潭，深寻有一尺，募民畚客土平之。而建观德厅於其内。凡若干楹为间者，三仪门竖於外，缭垣堦甋，飭然齐一，其仪物器具，咸依式创置，而以时肄射焉。於是进退揖逊之容，恭敬周还之节，倐啟於旷缺之餘。一时衣冠会萃，礼乐脩明，可谓知所以作士之道矣。其任於学者学正辈，乃丐生员请余记之。

古者圣贤，以礼设教，非苟为繁文末节也。盖将以养人恭敬之心於威仪慢易之际，使人由之而不知习矣。而不察故天子有大射，诸侯乡大夫士有宾射、燕射。而其射也，则燕飲以明君臣之义，乡飲以明长幼之序。而其礼之行也，则进退揖让有仪，升降先后有序，胜而不矜，罚而不怨，此所以观德也。三代而後，学校不明，礼教浸衰，世之奋迅於佔毕者，固詵詵然；而所以本诸身心以达诸家国天下者或寡矣。其於射礼，若又非所急也。

我国家学校，偕郡邑並置，而学必有射圃，其所以崇古圣贤立教之意以养士，法亦至矣。而有司鲜稽古之志，类竞逐时好以为己，而不知所以奉法为人者。侯乃能加意於人之所忽，不可以不书之。书之，将以诏嗣之者毋替厥

---

① 陈琳，字玉畴，莆田人，弘治九年（1496）进士，选庶吉士，改监察御史，提督南畿学政，瑾诛，起嘉兴府同知，历广东左布政使、右副都御史巡抚江西，改大理寺卿，擢南兵部右侍郎，卒。

績，而又以示士之藏脩遊息於其間者，咸知所從事，而不概視為縟節彌文，厭怠而不講肄也。

侍御以學行膺作士之任，而郡守起家進士，其為政不欲隨於世俗吏，觀其所舉，知其概矣。

侍御名林，郡守名臣。

脩呂梁洪隄岸記

距徐州東南六十里，有洪曰呂梁。其水險惡，即昔人所謂黿鼉魚鱉之所不能遊者也。

盖山自西南而東，石勢蜿蜒，布伏不絕。而水經其上，東為漕河，水涸則廣，僅容舟。左右怪石齒列，飛流急湍，舟下迅速，不容瞬息。若挽舟而上，非巨纜弗勝，而牽以數十人，舉步於亂石中，尤難為力。水溢則奔流橫潰，洄洑澎湃，而石隱其下，衝激蕩決上下，尤不可施人力。其險如此，然為南北喉襟，官舟商①舶舍此無他適。

故每三歲，工部疏請於朝，命主事一人，董其舟之上下者，凡涉於河之利弊興革委之。惟洪之上下相距七里，中為分司。自分司而北，為上洪。先是，董洪事者鉛山費君仲玉②，築隄平崖，往來者既利之矣。自分司而南，猶未有治之者，比者大河漕士群疏於朝，請如上洪築隄。章下

---

① 商，應為"商"，下同。
② 即費瑄。

所司，以費廣功鉅不果。

弘治甲子冬，工部主事桂林劉君仁徵至。視事之餘，乃慨然任之曰："是功不興，吾當承羞。"乃即其溜夫中，籍其能石工者得數十人，分給以器，俾鑿石之廉利突出者。而於塗之低窪凸凹，則以石填之。其石出近山，每日分諸溜夫為二番，一昇石於山，一挽舟於洪，其工食，則給以下丁之雇直①。

蓋自始事浹二歲，訖工。其為隄延袤四百十丈有奇，闊二丈二尺，高視闊有溢十尺者，或殺亦如其溢之數，因其地形也。於是昔之牽挽於叢石者，今獲坦途，易於舉力，而舟行履險如夷矣，其利不亦博哉！徐人以其工不勞於民而成此偉績，相率言於州守王君寅，請書其事以示後人。

惟天下之事，未有不成於人者。然為之而病乎民，或不病乎民，而於利害之緩急輕重不相關繫，如臺榭池沼焉，則亦非君子之所與也。

是役也，工以歲期為之而不亟，民不以為厲，一宜書；捍民之患，而不苟美以為觀視，二宜書；以給洪之役，成利洪之績，三宜書。書之，非徒著君之克辦其職，將俾嗣之者視其成脩其壞，而其利永垂於後也。

君諱天麒②，仁徵其字。初以文學發解廣西，即舉進士。自入仕途，以謹恪著稱，而見於設施者又如此，豈獨

---

① 直，同"值"。
② 劉天麒，字仁征，臨桂人，弘治進士，為工部都水司主事，分司呂梁，正德初閹人自南都詣北者，舟經呂梁，天麒不為禮，為諸閹誣奏，被逮，謫貴州安莊驛丞，王守仁亦以事謫龍場驛丞，與定交。嘉靖初，追復官爵。

其才可取哉？

太守字時正，寅其名，為蜀之銅梁世家①。於是功而欲紀之不忘，則其成人之美，亦可嘉矣。

杭州重開西湖記

杭西湖以里計，周三十有奇。唐刺史李泌患城中飲永鹹鹵，作六井，引湖水以便民汲，至今利之。白居易濬治西湖，作石函，謂隄防如法，蓄泄及時。則自錢塘鹽官縣界，瀕河田五千餘頃，可無凶歲。鹽官，今海寧也。宋守蘇軾以城內諸河乾淺，造筧閘溝渠，引湖水貫城以注清湖、鹽橋二河，而六井、運河及近河田咸賴焉。

夫湖之利如此。顧國朝以來，並湖之家乘其淤塞，盜為蕩田以自私。歷歲既久，又鬻而易主者多，故湖日隘，而向所謂瀕河田畝之所賴以溉者皆空言矣。

弘治壬戌酆都楊侯，以刑部郎中假守於茲。既踰年，蠹剔惠敷，民用底寧。又踰年，歲運大侵，仁和錢塘之民蟻訴於庭，侯乃進其父老詰之。咸曰："西湖水利著於志記，非誣也。明公誠按圖開濬，以復其舊，其於捄災固博矣。"

侯聞而惻然，復詰之曰："湖之開，其財可假於公，其

---

① 王寅，字時正，銅梁人，成化年舉人。

力可募於民。顧其田籍於私家，而業之者不啻百年矣。今取而闢之，得無呕奪之苦乎？"

父老曰："湖之業於民，而擅若利者，非法也。取之特還於官耳，非創奪民之私以為官也。且湖之盜於人，其利止數十家；若歸於官則無窮，但無貞恪愛民之心力行於上耳。明公誠正民之失，以復於官，以利於民，而非有所私圖，亦孰得而苦之？"

侯曰："有是哉。"乃檄通判朱麟，按湖之私占，以畝計幾一千八百有奇，詭報之糧，以石計幾五百七十有奇。而度其濬治之功，以工計凡用人六千人，日給傭直，通為兩，一萬九千四百。遂以廢寺之田，易民私占，不願者償以直，欲不失其業也。以按覈漏報之糧，填詭報之數，欲不失其額也。其所費財，則出帑藏節省驛傳之餘，不欲取於民也。乃言于巡按御史太原車公梁洎藩臬諸公，皆志同謀協，而車公尤專斷於上。遂疏請於朝，報可。水利僉事高公，尤以職任之。

爰卜丙寅二月二日始事，事乃簡仁和知縣余經、錢塘知縣劉諶、縣丞毛忠①輩，分董其役。而侯以其暇躬飭於其間，察其勤惰而勸懲之。

其東湖淤泥，則以小舟運置錢塘門及孤山隙地，聽民壅②田。其西湖田蕩浮土，則畚築蘇公隄，加崇厚焉。

---

① 毛忠，字允誠，蒙古族，先世爲蜀人，遷武威。成化四年（1468）平定固原亂時中箭死，追封伏羌侯。

② 壅，同"雍"。

湖西並山舊無封術，乃運田蕩塍土，築隄畫界，以拒侵佔。而構橋四座，俾山水有所泄。於是湖始復舊，不但瀕河之田得資溉，而六井之汲，運河之利涉，皆免乾涸矣。其利不亦博哉？

　　是役也，既濬治之三月，以暑罷。罷三月復濬，而後畢工。錢塘令劉諶輩徵記於余。

　　夫世之為守令者，以保國愛民為心。其於利澤可以及民者，非不欲為也，而知識有所不周，才力有所不逮，當為而不能為者多矣。或有能為之，則又迫於顧慮，而不敢為，故皆苟圖一身之利而已，於民不暇恤也。侯乃毅然為之，使百年既墜之績一旦復興，其知識才力豈尋常可伍哉？春秋之法，凡役民而利民者書，若此者固不可不書也，抑余猶有所感矣。

　　昔鄭當時為大農，引渭穿渠，以溉渠下田萬餘頃。召信臣守南陽，行視水泉，開通溝瀆，起水門提閼數十處，以廣灌溉。夫古之君子，其學篤於為己，其仕篤於為人，故有可以利民者，猶竭心思創為之，況脩其廢乎？脩其廢而猶有所嫌，視創為者益何如？何怪乎古今人不相及也，則侯之勇於必為固宜。

　　侯名孟瑛①，字溫甫，舉成化丁未進士，以文學名。所至即能推而見於用，觀此舉，亦可概其餘矣。

---

① 即楊孟瑛。

南京吏部題名記

　　正德戊寅，余以禮部尚書讀禮家居。服闋，蒙恩改南京吏部。① 越明年己卯夏四月蒞任，公餘，欲閱題名記，以考求往哲姓氏，未有也。竊謂是闕典，遂毅欲補之。適多事，故莫能及。

　　踰年，將考績京師，乃謀於同寅朱公茂忠，屬驗封萬郎中雲鵬索故案，得一殘帙，僅存洪武至今尚書侍郎名氏，而其出身鄉貫咸不能詳。乃索於諸集中，亦僅能得景泰已後者，已前或間有之。

　　蓋我皇明肇基於此，迄今百六十餘年，自太宗文皇帝定鼎北京，以此為南京。正統間又於諸司皆加南京以別於北，故中所設官亦視北裁減；加以案牘殘闕，自無可尋討若失。今不補，安知後日不於今可考者，亦如前哉？遂復屬萬郎中，命工礱石以刻之。余則忘其固陋，借書創置歲月於上，空其下可續紀也。

　　蓋我朝建官，多昉於古，若六部尚書，即周之六官；而吏部尚書，即天官塚宰；左右侍郎，則倅貳之職，其任固非輕也。自有兩京，類以南京所設為閒局者，然上之寵任，殊無或異。若某承乏外，非資深望重鮮或濫與，蓋名

---

① 正德十年（1515）劉春母卒，十一月劉春抵巴縣。正德十三年（1518），服除，改南京吏部尚書。

器所繫，因一方百僚具瞻也，況官於永樂間者。後雖扈從而北，其當時謀猷勳業之著，人固無不知，若再歷歲久，而欲求其名，則亦安能不盡泯哉？

余所汲汲者竊在此。且景行思齊之心，後之人宜亦無不同也。

司馬王公別號荊山記

兗之西北，有曰東平州者，古為須句國，又為東平國，蓋即東原底平之義也。

州之北，不三十里而近，有荊山焉，發脈岱山。尼山、鄒繹諸山自東北逶迤而南，鬱鬱蔥蔥，望之巍然。而會通河汲桃山諸水，則繞於西。其形勝，不但甲於一州者。少司馬王公維綱①乃假為別號。

吾友少司徒李公士脩②洎侍御胡君汝清③過余，屬記且曰："公之有取於是山者，非獨愛其山之秀麗也。公之先，世家蒙蔭，祖處士，今贈副都御史者。少昏於張氏。張氏，

---

① 王憲，字維綱，號荊山，東平人，弘治三年（1490）進士，正德初擢大理寺丞，遷右僉都御史，進右副都御史，遷戶部右侍郎，入為兵部右侍郎，召為兵部尚書。卒諡康毅。

② 李充嗣，字士脩，內江人。成化二十三年（1487）進士，改庶吉士。弘治初授戶部主事，改刑部，坐纍謫岳州通判。移隨州知州，擢陝西僉事，歷雲南按察使。嘉靖元年（1522）論平宸濠功，加太子少保，尋改南京兵部尚書。卒贈太子太保，諡康和。《明史》有傳。參見《司馬王公別號荊山記》，《東川劉文簡公集》卷十五。

③ 胡潔，字汝清，曲靖衛人，正德二年（1507）進士，授黃岡知縣，遷御史，擢監察御史巡撫直隸、浙江。

荆山之望族，遂家於山之陽。厥後生業日漸饒裕，而子孫日益昌大，維綱寔生於斯，長於斯，以至於今日為時重臣，欲不忘其祖之肇基也，爰取以為號耳。"

余惟賢哲之生，非偶然者。而山川之秀異瑰奇，未有盡鍾於物。故世之懷負奇特者，鮮出於僻陋之所也。

若公，端方英毅，自舉進士，假令劇邑，即心存憂國愛民，而不屑逐時好以取容，故民之仰戴於去後者，真有若邵父杜母[1]然。尋遷內臺，荐歷華要以及今，其心無少渝，凡有所裨於時者無不極力為之，即其所以養於中以見於外，非鍾山川之秀異，固不能迥出流輩矣。則公於是山，其獨能忘情乎？

然人傑固出於地靈，而地之勝則又恒因人以顯。即以公之鄉先哲而論，若鄆之傅獻清、濟之王元之[2]、曹之張文定[3]、兖之石守道[4]，或以相業稱，或以風節著，或以文學名，尊榮策書，歷世不朽，至今道其地者，恒景仰不置。若維嶽云者，是其地不以人而顯乎？

公方以才行受知聖明，而功業之樹時方賴焉。不但繼美鄉先哲，則荊山雖假號於公，而因公益顯矣，又安知後之人將不有以維嶽視之哉？

---

[1] 邵父，即召父。召父杜母，指西漢召信臣和東漢杜詩。皆曾為南陽太守，有善政。參見《漢書·循吏傳·召信臣》《後漢書·杜詩傳》。

[2] 王禹偁，字元之，濟州鉅野人。北宋詩人、散文家。傅獻清待考。

[3] 張齊賢，字師亮，曹州人。北宋名臣。太平興國二年（977）進士，先後任通判、樞密副使、兵部尚書、吏部尚書等，大中祥符七年（1014）去世，謚號文定。

[4] 石介，字守道，兖州奉符人。天聖八年（1030）進士，任鄆州觀察推官，歷任南京留守推官、濮州通判等。

余因司徒侍御史之言，庸書記後，公其以爲如何？

襄陵縣新修文廟祭器記

祭以敬爲本，然敬豈但散齋致齋而已。牲羞器物有不具，非敬也。具而不式，亦非敬也。《禮》曰："比時具物不可以不備。"良以此耳。

孔子立萬世生民之道，後世王者崇德報功有隆無替。我國家建極稽古右文，益懋厥典，凡天下郡邑皆有學，學必有廟。廟設孔子之像，侑以四配、十哲兩廡，歲於春秋仲月上丁祀之。而牲羞器物具有成式，所以崇教化，正人心，厚風俗，行之有司尤當敬者也。

顧世之爲吏者，於教化大務非不知重，而所敬事者，往往惟簿書期會之間。凡要津館舍器物，必致其塗飾，且完若先王之典，國家之制苟如故事足矣。器物不備，非所急也，其爲不敬如此，而欲望教化之隆，胡可得哉？

西平張君良弼①，以成化甲辰進士知襄陵縣事，廉正不阿，百廢具舉。先是，孔子廟祭器率以陶易於弊壞不備。良弼見而嘆曰："器物不備，不可以祭，吾責將焉諉？"乃募富室義助及諸罪於法當贖者，共得錫若干斤，命工爲籩七十有七，豆如籩之數，簠四十，簋加簠十有二，爵一百

---

① 張賢，字堯臣，號良弼，成化二十年（1484）進士，弘治七年（1494）任襄陵知縣，擢慶陽同知，遷四川順慶知府，起太原知府。卒，襄陵人立祠祀之。

五十有四，尊與洗各三，登與香鼎各一。其錫之輕重，各隨其器之大小而計其數。則為斤，凡六百六十有奇；為器，共六百有八也。

器成，乃作四匱盛之，置於明倫堂之右室。又，先邑人禮部侍郎邢公①，購文獻等書百餘冊遺學宮迪後進，歷今二十餘年，無典守者，多散亡。良弼因併是祭器及書，命諸生之在學年資深者一人掌之。紀其出入，置二守卒，以防盜賊水火，而他役不得或幹。每浹二歲一代，當代則視器若書之數全具而後已，如逸落必責備焉。其規畫甚密，欲以垂諸永久也。

既行，諸生乃謀於侍郎公之子今中書舍人時望②曰："張公之善政，所以福澤吾民者，固不可殫述，而亦其舉職當然，非吾徒所得言者。獨其致飾於祭器，以敬祀聖賢，且為經久之圖，不告諸後來，其廢有日也。況書之藏，又子先大夫之意，可恝然乎？"

時望因請予記其事。夫不變於俗，而務所當為者，知也；方圖於始，而思繼於終者，忠也。知以謀之，忠以行之，非良有司不能。因為之記，俾勒於貞珉。

---

① 即邢霖父邢讓。
② 即邢霖。

南京吏部創置官舍記

　　正德戊寅四月，某以禮部尚書守制家居，服闋，蒙恩改南京吏部尚書，即疏辭，十一月得旨，不允。乃於明年二月望後四日，自家登舟赴任①，四月望前二日丙子，始艤南京上新河。

　　癸未始涖事。時無官舍，求僦居於土著家，不獲，乃假寓工部司空官舍。日訪求一所，或賃或買，以容膝焉。幾浹兩月，竟無所得。已而司空至，遂不暇顧民居之迫隘，急移少憩。方溽暑，其炎燠之薰蒸，有弗能堪者。因思各部堂官皆有官舍，惟吏、禮二部則恒貿易於人，或僦居閑屋，其苦有如此。

　　先是，吏侍廬陵羅公允升②奏績京師，禮侍豐城楊公方震③攝部事，乃以缺官直堂顧役之資，置屋一所於柳樹灣，將為官舍。但頗湫隘傾圮，余憚於營繕，未之居。遂與驗封郎中胡繢宗議，凡舊官既離任後，新官未涖任前，直堂輿隸例無缺者，而其顧役之資，盡用貿易一所以為官舍，

---

　　① 正德十年（1515）六月母卒，十一月劉春抵巴縣家，正德十三年（1518）服除，改南京吏部尚書，正德十四年（1519）二月登舟離巴縣，四月抵南京。
　　② 羅欽順，字允升，號整庵，江西泰和人。弘治六年（1493）進士，官至南京吏部尚書，時稱江右大儒，卒諡文莊。參見《送羅允恕南還省親》。
　　③ 楊廉，字方震，豐城人，成化年進士，改庶吉士，授南京戶科給事中，服闋起任刑科，改南京兵科，遷光祿少卿，歷順天府尹，擢南京禮部右侍郎，世宗嗣位就遷尚書，卒贈太子少保，諡文恪。

不亦可乎？況柳樹灣之所，設轉易於人，亦多助者，但創置之舍所直少，必不可居，多則不能及數。若以己資克之，既置後漸補以缺官之直堂①者，或離任尚未足用過之數，則代者計其多寡以補。而於缺官時，取給如其數，數及即止。設相承者皆然，則官舍可有，而僚佐所居亦准置焉，不皆將有所棲息，豈致垂涎於人乎？

遂問於大通街，得致仕主事黃謙一所，其直白金二百七十有五兩，即以所齎路費、所得俸金，並直堂顧役之資，及缺官之直堂者易之。已而，楊公聞之，復贖其柳樹灣者，以為禮部官舍，而吾吏部之官舍定矣。然其間既用之數，必欲俟補之者。蓋矯激之行，非吾徒所能或勉強於一時，終必廢，且亦免簞食豆羹見於色之議也。

余既遷居於中，閒書創置之由屋壁間，庸告嗣居者，惟視其所圮壞而時加修葺，不類視為傳舍焉，庶可永傳於後耳。

東川劉文簡公集卷之十五　終

---

① 直堂，即值堂。舊指吏役在公堂上當值辦事。

卷之十六

誌銘

刑部主事呂君搏萬墓誌銘

　　成化丁未春，禮部舉進士三百五十人，而在吾蜀者三十人。故事，取士以南北中為數，中士居南北十之一，廷議疏時論有遺賢，詔南北各退二益之。故是歲所舉，視舊有加。

　　余嘗念吾蜀遭際之盛，自愧譾乏，與彼二十九人者，皆英偉負奇，當必大有所樹立。未幾，李茂林①以博野令

---

① 李埜，字茂林，東鄉縣人，知博野縣。

卒，萬延瑞①以庶吉士卒，李鳴鳳②以南京工部主事卒，鄧行正③以未授官卒，鄒汝愚④以庶吉士謫石城吏目卒，方悼惜不已。而搏萬又卒矣。於乎，惜哉！

搏萬卒逾月，其父謁選銓曹，判荊門州，遂歸柩葬於鄉，來請銘。

搏萬，姓呂氏，諱鵬，搏萬其字⑤。其先楚人，祖曰均秀者，避兵之蜀，遂世家於達縣。曾祖諱亨中，為陰陽訓術。祖諱伯威，隱德不仕。荊門君諱塘，母高氏。搏萬少穎敏，器宇凝重。稍長，學務精博，不徒掇拾古人糟粕。逾弱冠，舉於鄉，入成均，日與名士究義理之精深，及古今人物之理亂賢否。不妄與人交，交必士之有賢行者。凡心所至，皆得其肯綮，故如作詩寫字，亦有家法，曰："即此是學也。"丁未舉進士，主事刑部，以清謹重於時，而訊鞫參錯，得古人敬獄之意。然執法不阿，嘗有訟諜逮貴幸，竟申其法，幾為所中傷，君亦不變，曰："我道如是，賣法取容，非我志也。"與同邑給事中袁德孚、員外郎唐文載為碧雲會，倡和必求古詩人用意處，非但嘲風弄月，以是隱然名震京師。

於乎！以搏萬之操心飭行，歷是以往，雖都位卿相亦

---

① 萬弘璧，字延瑞，眉州人，成化舉人，成化二十三年（1487）進士。
② 李朝陽，字鳴鳳，宜賓縣人，成化二十三年（1487）進士。
③ 鄧頤，字行正，瀘州人，成化二十三年（1487）進士。
④ 鄒智，字汝愚，號立齋，合州人。成化二十三年（1487）進士。上疏擊萬安等，為奸黨恨，下錦衣獄，將擬死刑，後免死，謫廣東石城千戶所吏目，卒，年二十六歲。有《立齋遺文》。
⑤ 呂鵬，字搏萬，達州人，成化二十三年（1487）進士。

宜，而居刑部乃僅一年，謂之何哉？豈窮達壽夭，固有命耶？抑如搏萬者，寔造物所忌也？

搏萬卒於弘治壬子四月□日，享年四十有五。配杜氏，女一，聘李璽，即前所稱博野令之子也。

銘曰：鴻漸之翼，橫絕四極。騏驥之駛，一日千里。其逢孔時，遽闕其施。於乎！是非命耶？

義安處士湯翁墓誌銘

翁諱瑀，字子佩，姓湯氏，別號義安。其先孝感人，元季有諱伯堅者，徙蜀之資州，又徙普州，遂家焉。普州，今安岳也。

世有隱德。父諱希詔，工楷、篆書，邑大夫辟從事，以不能與時俯仰，未仕。義安生而丰神，不類群兒。母吳氏，性嚴亢，治家有法，義安善事之，侍左右，雖一言不敢肆。及卒，喪葬一以禮。事繼母張如所生。居父喪，雖老守禮尤篤。或勸之曰："居喪之禮，六十不毀，七十惟衰麻在身，先生得無過乎？"則曰："吾心必如是，而後安也。"

居嘗好讀書，凡陰陽、醫卜、星命，類皆涉獵。在鄉黨，於子姓恒語以古今人物賢否，致教戒焉。其士之至自遠方者，極意延納。陝西終南山有僧，以禪行聞，至邑，即杖屨訪之，曰："終南有旱藕，啖之能起沉疴，信乎？"

僧心異焉，曰："君殆博物者矣。"

所居負山繞溪，暇則偕田父野老、高人逸士登臨瞻眺，或命酒縱奕於山巔水涯之間，蓋不知世有所謂名與利者。邑大夫賢之，每敦請充鄉飲賓，不屑就。

弘治壬子，八十有九，有例給章服，莪冠博帶，鶴髮童顏，里人榮之。丙辰春正月初六日，無恙而卒，距其生享年九十有三。娶梁氏，有賢德，先義安沒三十年，義安不再娶。男四，孟東、煥新、孟時、孟新。女二，胥張志祿、李高嵩。孫十有四。曾孫三十有一。有曰輅者，補邑庠弟子員，積學有待；曰佐者，舉癸丑進士[①]，敦樸謹厚，能大受者。

蓋其先世，厚積而益培植於義安。進士其發之始也，為善無不報，於義安乎？見之而亦不必其身享之矣。

義安卒之歲，其子將卜葬於龍窩山北之原。先期，進士奉行人李君舜在之狀請銘。銘曰：

惟木之華，其本則固。惟流之長，其源則濘。竭竭義安，洵美厥持。乃嗇其施，弗顯於時。弗顯於時，昌厥孫子。莫為之先，孰為之啟。有命在天，象服在躬。積善之慶，聿其日崇。不於其身，而於其後。龍山之陽，其永無疚。

[①] 湯佐，安岳縣人，歷郎中。雍正《四川通志》作弘治三年（1490）進士。

廣西布政使司左參政金公墓誌銘

　　公姓金氏，諱爵，字良貴①，號蓼倚翁，其先松江上海人。自其祖諱亨者，占戎籍於利州衛，家成都之綿州，今遂為綿州人。亨生天澤，天澤生祐。祐，公父也，以公貴，贈太僕寺丞，至中憲大夫、思南知府。母林恭人。

　　公生而惇樸穎異，甫十歲，補郡博士弟子員。在醜夷，雖甚少而言動不妄，進止有常，處屹如老成人，識者器之。既弱冠，領天順己卯鄉薦，又十年，而舉進士，為山陰令。

　　山陰隸浙紹興，訟牒蝟集，環左右吏人無弗欲售其奸者。公治之，一以仁恕為主，而律之以廉，御之以靜，民翕然愛戴之如父母。當道者數旌異，為有司勸，居四歲，被召擢太僕寺丞。太僕職，馬政任之者，多闊於自視，而政亦多墮廢。公曰："世豈有官負人者乎？"乃廣詢博議，得其弊之源委，悉力劃削，不少假借，民特稱便，一時論太僕之最者，公為首。

　　秩滿，陟守思南②。思南，民夷雜擾，寬嚴未易得其心。公以山陰治之，而加恩信焉。民夷頌德，至相謂自吾郡有守，未見有如公之惇恪廉平者也。撫按諸公，交疏論

---

① 金爵，字良貴，四川綿州人，成化四年（1468）進士，歷山陰令、太僕寺丞、思南守、廣西左參政。
② 即貴州思南縣。

薦歲不虛，及瓜期去任，老稚扳轅，臥道誼填，靷至不能發。

故事，凡守令秩滿，詣銓曹課功敘遷。公自思南抵家浹歲，無復出意。銓曹廉其賢，疏於上，陟廣西布政司左參政。未受命，而公不起矣，時弘治壬戌正月十日也，享年六十有五。

惜哉！公純誠出於天性，無所矯飾，其事上使下，應接踈戚，雖等級紛然，而其心不異，人亦莫之敢欺。故其歷官之績，雖卓偉烜赫，而亦不能以超進顯拔越常格，然人固以是益信其操也。平居，恥言人過。在太僕讀禮家居，母恭人喪，尚未殯。偶鄰家災，公率子姓奔捄，見偷兒竊入室內，急走避，推其心，蓋不知人有惡者矣。

子男二，長獻民①，舉進士，為御史，山東按察司副使，兵備天津，聲望方隆。次俊民，育德郡膠。女三：長溫玉，次粹玉，次璞玉，皆適宦族。孫男四：長白，次皋②，弘治辛酉舉人，次皞，次泉；孫女二。曾孫女一。

公卒未三月，其子副使解職守制，乃述其履歷之概，問銘於余。切念公偕家君同舉進士，同仕於浙，有通家之誼。知公為詳，不可以不文辭，遂敘而銘之。銘曰：

自古先民，心一於誠。業隨位建，名以行成。降及中世，澆淳散樸。巧宦接跡，民呴怨讟。乃有如公，確於自信。諧世徼寵，吾曷弗慎。煌煌厥命，不自我違。不自我

---

① 金獻民，金爵之子。
② 金皋，金爵之孫，正德六年（1511）進士，選庶吉士，授翰林檢討，充東宮日講官。

違，奕世其輝。相古先民，豈躓於今。行之在我，孰汩其心。我為之銘，攝其大者。以固其藏，萬世之下。

太孺人梁母張氏墓誌銘

太孺人姓張氏，為贈大理評事梁公諱□之配，大理評事珠之母也。珠，字時重①。

其母卒於弘治乙丑仲冬十有八日，距其生在永樂丁丑②，享年八十有九。先是，時重以太孺人今年七月之季七日壽躋九十，將具疏謁告歸省，不鄙索予言，以為稱觴之賀。予既唯矣。不浹月訃至，時重哭踴蹐禮，將歸，乃復詣予曰：珠宿積險釁覬延吾母，以至殞絕，俾不獲遂其圖，惟是誌石昭不朽於窀穸者，尚有賴焉，幸哀而許之。

按狀：太孺人，銅梁名族。父處士，諱志海，母□氏。太孺人生而端莊沉靜，為處士所鍾愛，甫及笄，評事公方擇聘，乃求委禽③焉，而處士遂許之。比歸，事舅姑克脩婦道，自女紅以及中饋，無弗精善，舅姑獨喜之。其事公未嘗或違其意，而治家之勤儉以助於內者，里中傳以為式。性好施予，人有假貸不少靳，或負之則曰："彼不我償，我

---

① 梁珠，字時重，銅梁縣人，弘治十二年（1499）進士，歷大理評事、雲南大理府知府。
② 原文爲永樂丁丑，誤，應爲丁酉（1417）。
③ 委禽，即納采。古代結婚禮儀"六禮"，除納徵外，其他五禮，男方向女方送上雁作爲贄禮，故稱納采爲委禽。

應償之。我無負人,人孰我負。"競誦以為德言。

公篤意教子,而太孺人相之尤不以愛廢嚴。時重遊邑庠,太孺人躬紡績資給。既領薦於鄉,舉弘治己未進士。公已捐館①,太孺人且喜且悲,曰:"兒果獲遂其志,恨其父不逮也。"尋時重請於朝,得歸省,太孺人年已八十有四,賀客填門,猶親延納,禮意勤渠如壯婦。然踰年即責以大義,遣之京,曰:"人之敬我者,以汝有今日耳,可速徃圖報稱,不宜效尋常兒女子戚戚弗離側也。"

時重不得已辭至京,拜大理評事。初考績最,貤封如例,即遣人奉冠帔詣家,太孺人服之,復喜曰:"朝廷恩及所生,我幸得於未沒也。好語吾兒,益求盡所職,毋徒念我。"其識悟如此。於乎!是可謂賢母矣。

有男三:長瓊,次琬,次即時重。女三,皆遣適士族。孫男五:宗、佐、仁、似、伍。孫女六。曾孫男二:壽階、王階。曾孫女二。

其葬在卒之明□年□月□日。其地為□□之原,與公合葬,禮也。銘曰:

古昔有言,是母是子,彼太孺人,孰曰非是。翟冠象服,寵命自天。亦靡靳之,曷永其年。於乎!是維太孺人之賢。

---

① "捐"指放棄,"館"指官邸,即放棄了自己的官邸,一般是指官員的去世。後遂以"捐館"爲死亡的婉辭。

彰德府知府馮公墓誌銘

弘治十有五年七月十日，彰德府馮公①卒於家。初，公在郡，既考績獲進職，給□誥命，乃累以年至懇求退，撫巡諸公廉其賢固留之。彰之父老數千人又詣汴泣訴請留，遂不果。継而述職京師，得致其事去，既抵家踰三月而屬纊。豈賢人君子之獲考終命者，固亦不偶耶？

公諱忠，字原孝，世家浙之慈溪。曾祖諱勝，祖諱子強。父諱順，以公貴，贈刑部主事，至中憲大夫、彰德府知府。母余氏，贈安人，至恭人。

公生有異相，性復穎敏絕群，識者知其不凡。既長，工科舉文詞，所占《詩經》及《四書》，義率自撰錄，學者競轉抄以為式，經指授者皆有聞於時。成化戊戌舉進士，拜刑部主事。守官守身，慤慤無愆違，而議法處辟，則務歸平恕。陝西有疑獄久不決，屬公體量，時三原王公居林下，見其精敏明決，大加賞識。既竣事，還擢員外郎。尋三原公膺召為塚宰，會揚州守缺，乃曰："是非馮員外莫宜。揚州，吾舊治，而馮，吾舊所知也。"

既至郡，益惕厲惓惓，興學愛民，剗削姦蠹，其於視時緩急為逢迎以邀聲譽不恤也，故民甚德之。而亦有不悅

---

① 馮忠，字原孝，浙江慈溪人，成化十四年（1478）進士，先任揚州知府，弘治八年（1495）任彰德知府。生於正統三年（1438），卒於弘治十五年（1502）。

者，適同寮楊通判、張燕設煙火戲，致人輻輳浮橋競觀，被溺，為按治者所劾，公坐累，左遷長蘆鹽運同知。久之，復擢守彰德，其治行一如揚州不變。旱則徒跣走山谷祈禱，必得雨而後止。趙靖王欲易世子，以公苦諫卒不易。其馭吏與民，絕不存行跡，藹如家人父子，而人亦愛之不忍欺云。

配應氏，累封恭人，生男俱殀沒，立兄原誠次子廉為後。有孫二，曰廉，先公卒。女五，長適桂明；次聘鄭郎中子，未醮，卒，皆應氏出。次聘秦教諭子，次聘陳氏子，次聘楊考功子，皆出側室。距其生正統戊午八月二十五日，享年六十有五。

公為人慷慨疏達，其臨事勇於為義，其周人之急則尤誠意懇惻，有不暇內顧者。在彰德，俸祿所入，悉置公帑，一日驛傳乏資用，即以數百兩給之。值歲災，不忍責償。比歸林下，代守者稽覈庫籍，詰逋負者，始得如數送至家。其事兄如事父，其檢身自以為無愧於心，嘗曰：吾他日築精舍當榜曰"吾寧處"，其用意可知也。好古詩文，所著亦有體格，號《松崖集》。

於乎！是豈非篤行而能於官者耶？公沒之明年，其姻友吾同年考功楊名父狀其履歷，誄銘墓石。余入仕，即知有公名，而又知考功之直諒，慎許可，乃為之銘曰：

古之仕者，貴行其志。如彼三黜，心固無愧。允義馮公，小心謹畏。在職能守，人德其施。弗顯於時，厥聲弗墜。退而令終，豈獨其智。後欲知公，視此勿棄。

謝母孺人林氏墓誌銘

孺人林氏諱實卿，江西新建人，為太僕寺丞諱惟盛之女，贈太子少保工部尚書謝公①之婦，處士諱經之妻，工部主事麒之母。

孺人聰明貞靜，方幼即閑禮訓，為父母所偏愛。既長，擇配歸處士。尚書公自天順庚辰舉進士第一，入翰林為學士，以至晉位司空，望烜赫而祿亦豐矣。孺人隨其夫侍養京邸，執性儉約，略無富貴驕侈之態。外聞其代姑鄧夫人親中饋之事，以供賓祭，無弗順適，夫人之心安焉。而於補紉瀚濯之勞苦，則恒躬率其下為之，惟恐弗愜夫人之意以為憂。夫人遘疾，孺人旦夕侍湯藥，衣不解帶者五月。及卒，凡殮於身者，必手自製。

成化丁未尚書公薨於位，處士君扶柩歸。既襄事以久於外，家計索然。孺人所以弼君築第室置田宅以為生業者，咸有條理。而於交際宗戚，賙恤鄰里，尤曲有恩意。故內諧外附，上下裕如。生子一，即麒，日課之讀書，不以愛少縱。麒遂舉弘治丙辰進士，為今官。女子二，皆訓以工女事，適士族。

初，尚書公貳卿秩滿，例獲蔭其後，謂當屬於長孫麒，

---

① 謝一夔，字大韶，天順四年（1460）舉進士第一，授修撰，進諭德，尋升學士，進禮部右侍郎，拜工部尚書，卒贈太子少保，謚文莊。孫謝麒。

孺人語處士君曰："先姑屬纊，惟念兄洎諸孫不及見，泣語吃吃不置，盍推讓之？安知先姑不遲此瞑目於地下乎？"尚書公義而聽之，人以為難，而麒竟以科甲顯。比麒登第歸，固欲終養，孺人責以大義遣之。則孺人之懿行，不獨著於壼內可稱道也。

孺人以弘治十六年七月十七日卒，享年五十有六。麒得訃哭踊幾絕，圖所以貽後世者，爰屬其友刑部員外郎沈君崇實敘其內行之概，問銘於余，將卜葬□原。銘之曰：

林氏之先，昌於德門。延及僕正，克紹前聞。淑哉孺人，婉娩維則。來嬪大家，壼儀不忒。壼儀不忒，為婦之恒。蔭敘有典，讓而弗承。有嗣之賢，竟成其志。天豈無知，用昭厥義。我為之銘，以示將來。彼閱墻者，亦何心哉。

西溪居士墓誌銘

於乎！古道陵夷，世教衰薄，故自《常棣》[①]之音息，而《角弓》之刺興。雖學士大夫家鮮有敦友于睦愛之行者，而況於其他乎？而余所耳聞嘆賞，則如富順之西溪居士者，其昆弟之友愛，世亦鮮其儷矣。

居士姓周氏，其父諱復先，號竹坡，生二子。長諱安，

---

① 參見《詩經·小雅·常棣》。

字正義，即居士；次諱寧，字一之，號靜庵。其居，距富順僅一舍許，為鐵錢溪，有屋數椽，田百畝，而居士偕靜庵居其中，事無鉅細，咸統於一。故自少壯至皓首，怡怡無間言。家眾雖踰千指，恩愛不見有竦戚薄厚；故其和氣薰蒸於家而鍾於物，乃產並頭蓮五六莖，兩岐麥六七本，及交柯竹、連理枝間見數出，非適然也。

靜庵之子載，舉弘治庚戌進士，為兵部武選主事。三載秩滿，例應晉封其父，而載承靜庵意，欲請移於西溪。士論沮以例，則割俸金若干入民部，獲授七品散官，故二老一時同被恩典，縉紳義而榮之。

於乎！若居士者，其視古人之友愛，亦豈有異乎？居士之先為楚之興國人，自其曾祖諱志瑢者，以兵燹徙蜀之富順，今遂家焉。祖諱舍琦，號山翁。山翁生竹坡，為居士之父。居士讀書，博古通史，學善吟詠，構書舍於所居山之麓，歲延師儒課子弟，誦習舉子業，而以時考校之，若載者，皆教育所致。鄉鄰子弟有可教者亦納之，而賙其衣食之不給，故一時閭里咸稱長者。鄉族有爭訟，得居士化誨，多不求直於官，亦有欲求直於其家，而望廬輒自息。成化甲辰歲饑，入粟於官賑濟。敘州守上虞陸公①，欲請敕旌異，以激勵尚義者，居士力辭而止，乃語之曰："賢積善脩德，不事表襮。如此，子孫其昌大乎？"

春秋八十有五，卒於正寢，為弘治壬戌七月□日。配

---

① 陸淵之，字克深，上虞人，成化二年（1466）進士，授禮部主事，成化中知敘州府，葺學官，毀淫祠，政教兼舉，士民懷德。

□氏，與居士合德。生子男三，長健，次儼，次介。女三，皆適士族。孫男四，孜孜牧敔。初，居士將屬纊治命，以家政委載，且懇懇訓以治家居官讀書之要。時載以靜庵沒，讀禮家居，比服闋，詣銓曹，則委於堂弟某，逮今守其家法，亦可以知居士之篤恩敦禮有素矣。

居士卒之明年，其子卜葬於□□之原，載來問銘。銘曰：

孔子有言，孝弟之至，通於神明。彼西溪者，其和氣所鍾，而召祥產異，亦何異哉？乃柅其施，晦而在下。化行於家，斯世則寡。顯顯有位，鮮不愧之。刻詩紀德，永藏於斯。

國子生祝君彥華墓誌銘

國子生祝彥華，諱芳。其先出唐山，祖諱成用，薦為南城縣典史，坐累謫滄州，遂家焉，今為滄州人。父諱文秉，母□氏。彥華生而秀爽，恂恂異流輩。初受學於從兄茂，偕從子今符璽卿廷瑞，淬礪舉子業，旦夕勤苦不少懈，從兄喜語之曰："吾門代不乏人矣。"

會秦隴歲大侵，有詔得輸粟入大學，君因卒業焉。久之，需次銓曹方嚮用有期，而忽捐館舍矣。於乎，惜哉！

彥華為人，溫和縝密，孝友出於天性。父臥病，湯藥必親嘗，其憂形於色至不覺，鬚髻星星出，時年纔二十八也。及卒，哀毀踰禮，殯殮咸竭其誠。母喪，讀禮，每春秋塚祭，則攀木悲號，涕淚著處，宛有血痕。撫愛少弟春，尤極周至，恒督誨其經理家業，亦令以義受散官。在族黨里鄰，刻意周貧振乏，或不克葬者助以棺。姻親馮氏，孀居孑立處以室，凡服用飲食悉資給焉。每冬月，固畜西瓜以濟人之需。

適田間家僮禽竊禾者，至詰之，曰："吾非不知獲罪，奈母老無以為養，故忍就此耳。"言未已，泣下。君憫而釋之。游大學，符臺公時為大理司正，有護罪者，密持白金三錠，託求庇。君斥曰："寒門世以清白相傳，安得用是汙我乎？"其友聞而義之，贈以詩，有"古羨卻金楊，公今踵後跡"之句。其檢身之嚴類如此。

有術士感君禮遇，曰："吾無以報公，願授以燒煉之方。"君謝曰："富貴非可倖致，以是欺人，何異於盜？吾心固不欲聞，願汝亦勿復為此也。"

其宅心視義所當為，不以出位為嫌。居家目擊漕河岸幾決，乃抗言利害於有司，為之脩築，至今利之。

與人交，和而不流，處家同爨百口，小大怡怡然咸相宜。娶馮氏，與君合德。子男三，長世隆，補郡博士弟子員；次世泰、世皞。女一，適強克恭，亦業儒。孫男三。

生正統丁卯閏四月初一日，以弘治壬戌七月初四日卒。世隆輩將卜□年□月□日，葬於城東祖塋。鄉進士張君鍰其狀介符臺公，屬余銘墓石。乃銘之曰：

其性淳而和，其行嚴而正，固為利器，而未一施於政。

儕諸古人，則在所敬。

韓天予墓誌銘

鎮守松潘總戎韓公廷傑之子曰愬者，吾友錦衣指揮余公世臣婿也。愬字天予，生而器度不羣，識者稱为韓家千里駒。既長，雖处紈綺中，能脫略驕貴氣習，以務淬礪於舉子業，若與寒士競後先者。

廷傑官泸州衛指揮使，握衛章者凡幾年，才略宏远，受知大司馬青神余肅敏公①。已而，荐陟華要。世臣因定交焉，而見其子之異也，遂以女妻之。弘治辛酉，生親迎，京師諸縉紳為世臣友者咸徃賀，退而未嘗不厪冰清玉潤之歎。未幾，獲試，補武學生，泊昏②禮成，未浹兩月，忽以盖棺徃吊。

於乎！是凡相識者，莫不哀之忉。而況於世臣，而況於鍾情者耶？生殁又二年，世臣遣使歸柩泸阳，將卜葬方山之原。以生之秀異，墓當有志，乃屬其弟邦臣具狀諉余。

生天性孝友，弘治戊午應試乡闱，薄終場，母王夫人宿疾作，得父自小河參將致书，即弃歸，未至，已屬纊。號痛幾絕，既扶柩還泸襄事，從伯兄天锡廬墓側三年，據經守禮者所難也。

---

① 即余子俊。
② 昏，通"昏"，同音假借爲"婚"。

距其生在成化壬寅享年僅二十。配即世臣女，自誓守志云。

韩氏系出淮陰侯，傳至宋忠獻公，又歷幾世，析而三族，家山東魚臺。入國初，为錦衣千戶者，其伯高祖。有为泸州衛指揮使者，其高祖總戎公。盖以世蔭今职，今遂为泸州人。銘曰：

孰畀其生，孰厲其成。有燁其宗，而卒不聞。亢其声噫。

處士趙君墓誌銘

處士姓趙，諱啟，字良迪，重慶巴縣人。父諱守誠，母李氏。君生而聰悟。既長，篤志於學，視世之進取，光顯於時，若不難也。已而失怙恃，子立弗克遂，則以其治生餘力，為里塾師輒者休聞。久之，會提學憲臣莆中吳公以嚴明得士心，方銳意興社學，擇民間俊秀於中，命邑大夫舉行誼端恪可為師範者授之業，給復其家。君被薦，一時子弟多賴造就。

君坦夷謙厚，語言力痛斥浮偽，動止有則，故人無貴賤賢愚樂親之不敢慢，咸稱曰先生。善書法，得古人用筆意，其大者益奇，凡名扁顯額必屬於君，而君亦樂應人之求不厭。居閒手不釋卷，雖釋老之教，亦每遊心焉而溺其中。故常不茹葷，不喜殺牲，僮僕行貨則諄諄以天理戒諭之。推其心，蓋思無適而不可為不善也。

　　配廉氏，與君心合。男三，長陽，補郡博士弟子員；次春，舉弘治戊午鄉進士，行不愧士，駸駸響用；次元，亦習舉子業。蓋皆得於庭訓者。女三，俱適士族。孫男二，民賴、民敬。

　　處士卒於弘治癸亥十月二十八日，距其生享年七十有五。

　　當屬纊，時春適卒業太學，深居簡出，究心所業，將求貤榮其親。而訃儵至，悲號不自勝，乃奉狀詣余請曰：春將戴星歸從兄陽輦，卜葬於□□之原，惟吾親之德善稱於人，而不可沒者。覬執事為之辭鑴墓石，雖晦固顯也。乃銘之曰：

　　善之能積兮，匪獨於身。不顯者外兮，內固可親。孰積而不發兮，尚昌其後人。

封孺人吳氏墓誌銘

　　正德辛未□月□日，封郯城縣知縣龍潭席公卒，殯於邑玉堂山之原，其子今山東布政司右布政使書[①]，以貴州按察司副使擢河南布政司右參政，家居，屬南京禮部侍郎西充馬公[②]誌於墓。又踰三年，其配封孺人吳氏卒，時甲戌五

---

① 即席書。書弟春，正德十二年（1517）進士，河南道監察御史，歷吏部侍郎。
② 即馬廷用。

月二日也。

其季象者,適舉進士試政工部,歸將從諸兄卜日合葬公墓,乃具狀,問銘於余。

按狀:孺人,處士諱顯忠之女。其先系出江西之新淦,宋季有諱法虎者,以荊南太守率兵取蜀之釣魚城有功,子孫因家遂寧。世為陰陽訓術,故今為遂寧著姓,至處士,尤以隱德稱。

孺人幼聰慧不群,稍長,習女工,暇即讀烈女傳,亦能默誦孝經諸書,曉大義,故事父母得其懽心,里人多稱之。而龍潭公鍾愛於父,方擇配,遂委禽焉。既歸,克執婦道,梱以內無尊卑長幼,上承下接,人咸愛而敬之,雖婢僕亦各以為於我有殊恩也。居常雞鳴即起,事紡織無寒暑間。龍潭公初銳志求仕進,而沮於家政莫紀綱之者。孺人相之,率僮豎以力田,及內外事無弗整飭,舅姑恒嘉之,語曰:"吾兒有此佳婦,世業可弗隕矣。"

性慈恕,公常為人所悔,僮僕賈勇將甘心焉,孺人勸公以含忍容之,而叱禦諸僮僕毋敢出,人竟愧懼,詣門謝。見里鄰之貧窶者,不自恤其乏,分粟濟之。有疾苦者,令求藥與療,里人無大小咸稱曰:此吾鄉之慈母也。事舅姑尤孝養,舅姑既老且病,日侍湯藥,衣不解帶者月餘,既終,罄家貲相公襄事。

子男五,長即書,舉進士,令鄒城,以循吏著稱,歷遷今秩,方嚮用;次詩,以義給散官章服;次記,蚤世;次春;辛酉舉於鄉;次即象。

孺人之有諸子也，雖甚愛而教不廢。在孩提，恒口授幼學之事，欲浸漬以成其性，或娛以戲玩無益之物，則深斥之。比長，延師以教，其資給不靳，脫簪珥。少有過，懲戒踰嚴父，其不溺愛如此。

　　孫男十一，忠、恕、志、戀、慤、愈、憨、願、悠、忍。孫女七，歸士族。

　　孺人生正統丙辰，年七十有九。於戲！若孺人者，不為賢母耶？是可書者，乃為之銘曰：

　　婦主中饋，曰帷其常。孟母三遷，儒業以倡。士謹於習，其成若性。況於幼子，好惡靡定。乃有孺人，厥子以成。吾舉其大，永昭厥聲。

封安人張氏墓誌銘

　　封安人張氏，世家瀘州，都察院右僉都御史諱駿之孫、江西布政使司右布政使諱軾之子、今鄩都順天府丞平山楊公之妻[①]也。

　　平山幼穎異不群，侍先僉事公於江西按察司。時布政公為同鄉，安人方偏愛於父母，慎擇所歸，平山議聘愛許焉。既歸，事舅姑孝敬，處妯娌雍睦，若不但得於家教然者。事平山自為諸生，歷任刑部主事，丞順天，治於內者，

[①] 安人張氏，楊孟瑛之妻。

咸有儀法。故平山心無內顧，得益究心所事，以名行著稱，人於是知安人有內助之賢也。

初，平山舉進士，母夫人挈安人至京師，踰年遘疾，安人躬奉湯藥扶持臥起，久益不少懈。比疾革，乃執其手曰："孝婦！孝婦！"人益知其孝敬有如此。遇妾媵有恩，飲食恒與，共撫其所出，與己者無纖毫薄厚。兒隨，甫周歲，失母，安人鞠育顧腹，人視之若有母者。隨既長，亦忘其母之沒。歲時薦祀，輒哭之慟，其逮下有如此。

安人正德甲戌八月二十二日卒，享年五十有九。子男四，長晉，育德邑膠，克承家學；次節，次豫，次隨。女四，一適指揮白卿，一適李雲龍，餘未行。孫女二。

晉輩以丁丑十一月七日，奉柩葬於朱家山之原。乃以父所序行狀，屬余銘諸幽石。余偕平山舉進士同年，有通家之誼。於安人之賢淑，不獨得於狀也。乃為之銘曰：

婦無公事，內助非易。禮克肅人，恩恒掩義。嗟惟安人，茂德幽閒。歸宜其家，大小懽顏。弗忕於豐，弗矜於貴。賢孝之孚，不間外內。有幽新宮，卜云其吉。世永無虧，壼彝攸式。

明故丘處士墓誌銘

處士姓丘，諱浩，字彥廣。其先蘇州吳縣人。有祖諱大者，謫戍雲南之安寧州，家焉，今為安寧人。考諱禮，妣郭氏。

處士剛毅恬靜，克幹蠱起家，而孝友之聲蔚聞州里。始八歲失恃，旦夕慟哭如成人。又十三年失怙，自括髮及禫哀痛如一日。凡經管喪葬，務竭其力，事繼母楊氏如母，歷三十餘年，愉色婉容無間，母心安焉。

事兄恭而有禮，撫育弟及女弟篤於恩誼。女弟既長，偕兄擇嬪於夏氏，狀奩之類，咸整飭，人多之，女弟亦忘其失怙恃也。弟潤未有室，為娶名族，儀物悉如禮。比兄溥暨潤繼喪，處士皆擇善地以葬。而撫恤其諸孤尤至，其脩於家者如此。若親友之昏喪，鄉鄰之困乏，無弗賙恤。

安寧有潘千戶者，坐誣貧，莫能辨，處士軫其情濟之，竟獲伸其先世貲產。盡推讓兄弟，以是縉紳之士樂與交遊，其勇於義如此。晚年，郡大夫賢之，亦加禮接。會詔覃恩高年，乃給章服。

比正德丁丑，以疾不起，距其生在正統甲子歲，春秋七十有四。配楊氏，子男四：長森；次陵，為合州訓導；次楚；次埜。女一，適義官孫禎。孫男八：文爚、文燦、文煥、文輝、文榮、文炳、文舉、文偉。炳舉育德學宮。孫女四：長適魏時美，次適董書中，亦皆育德於學；餘尚幼。處士之昌，厥後又如此。卒之年，其子陵仕合陽，訃至奔歸，將卜葬於□□之原。乃以其友太學生孫正所述狀，屬余銘諸墓石。銘曰：

善足以遺其身，慶有以延於後，是於處士為不負，銘以藏之其不朽。

李母涂氏孺人墓誌銘

　　孺人姓涂氏，諱香，合州泰安鄉人，桂峯處士李君之配也。處士諱茂竒，字元毓。其先有諱之者，為宋理宗朝承直郎。七世祖諱屋，字潤甫，為迪功郎。皆以名德聞當世，迄今子孫克世其家著姓於合。

　　孺人父諱有春，母□氏。生而敏慧柔順，甫十歲即知有內外之別，為父母鍾愛。桂峯方擇配，而孺人資性亦播傳，遂許委禽焉。時桂峯大父母俱存，孺人既歸，事之能竭孝愛，得其懽心。姑周晚病後重，孺人恒親吹豕膽以利之，晨昏服食之需，未誓或委於婢妾。及卒，哀毀踰禮。比葬，復脫簪珥以助費。桂峯曰：「吾力足以給之，安用此？」則曰：「姑盡心焉耳。」

　　桂峯雖力農，雅好讀古書史，孺人每焚膏侍側最其志。而於農桑之業，則常督責家眾不失候，以是家日饒裕。其相桂峯祭享，則自一俎一豆，以至薦新，必致豐潔。

　　其處親屬，則內諧外附，咸有恩愛無違忤。其軫念人饑寒，則常節己所用以周濟，或有負貸不能償者，屢言於桂峯，焚其券。

　　其事桂峯，則雖垂老，必親執巾櫛，不敢自逸。或勸止之，曰：「吾職分也。」

　　且俾子婦輩，諭婦道耳。其教子，則延名師訓迪，至夜讀書，每手執籌為記，遍數不以祁寒，盛暑告劬。於乎！如孺人者，庶幾婦道母儀兩盡者矣。

孺人生於宣德癸丑歲五月十八日，以弘治癸亥五月十六日卒。

生子男三：長曰進，次曰迪，曰述。女一，適名族。孫男四：長登、次祭、次登，次尚幼。孫女二。曾孫男女各一。

述舉弘治戊午鄉進士，登育德郡膠。孺人屬纊，述卒業大學，訃至，乃號慟。奉狀詣余曰：述將以□月□日從兄進輩，葬吾母於□□之原，願得一言，書于墓石。余弗獲辭，敘而銘之曰：

猗嗟李氏，煌煌厥裔。秉禮植德，令聞載世。乃有孺人，克相其家。不顯而耀，益發其華。考終於堂，卜此幽宅。刻詩藏之，用昭厥德。

明故承直郎懷慶府通判張君墓誌銘

河南懷慶府通判張君元祥，以正德乙亥正月十六日卒於官。訃至，其弟今刑部尚書元瑞[①]哭之慟，縉紳大夫咸往吊焉。元瑞乃抆淚語曰："吾兄不幸，天顯之念，固自難堪也。惟吾二親，年踰八袠，所鍾情者吾兩人耳。固自去年，

---

① 張子麟，字元瑞，藁城人，成化二十年（1484）進士，授大理寺評事，累官至刑部尚書。

子麟迎養於京，還即赴懷慶，居數月始歸。歸未踰時，而吾兄不祿矣。是將何以慰於吾親乎？"遂哭之慟。已而，疏乞侍養，思豫悅焉，且獲治兄喪。上以公不可去，溫旨勉留，仍命有司以禮存問其親，蓋異數也。

元瑞念莫遂其私，將卜是歲□月□日，令其子九韶董葬於邑西武家莊祖塋之次，乃以都御史石公所述行狀授余，屬銘於墓。

按狀，君諱子麒，元祥其字，別號恒東，世家山西代州。永樂初，有諱大名者，始自代徙真定之藁城，今為槁城人。

祖考諱得才，贈刑部右侍郎。妣王氏，淑人。父諱欽，封資德大夫、刑部尚書。母劉氏夫人。君生而天性凝重，甫成童即勤講誦，與弟尚書公受業於舅劉君繼。繼明《詩經》，後舉進士，仕終浙川知縣。而君遊其門，凡所指授，無弗領悟，遂補邑庠弟子員，課業日有資益。

成化丁酉偕弟應試順天，繼弟中式，乃大喜，曰："吾弟之中與我不異也。吾門之昌大，其自此乎？"已而歸，益自淬礪不懈，又知其所不足，聞清平張內翰天祥善造士，乃約同志者，負笈來京從之遊，又大有所造詣。時以元方擬之，識者曰："不誣也。"久之，連試於有司，不偶。遂應貢入太學。

正德戊辰謁選銓曹，授平陰知縣。既蒞任，以仁恕為政，不事煩苛，而亦無敢幹其禁令者，人多訟之。時劇盜充斥，州邑多罹殘破，君嚴備豫，盜竟不入其境，平陰得藉無虞。撫按者廉其能，檄下嘉獎。

壬申冬，陟懷慶府通判兼司水利。未秩滿，而獲遷，固異等也。在懷慶，尤盡心所事，雖於微小者亦加慎。每至春則躬督民疏濬溝洫，以備旱潦，民咸賴焉。蓋其涖官之勤，不役役聲利以釣時譽，類如此。

至是卒，士民皆奔哭惜之。距其生景泰乙亥，享年六十有一。配馬氏，出邑世族，賢而能助於內。生子二：長九韶，以義授七品散官；次九經，國子生。女三：長適國子生李梅，次適劉坤，次適米恩，皆名族。孫男一。

君事親孝，交友信，處鄉里，不解苟同流俗。蓋自弱冠至易簀，未有過失聞於人者，是宜銘。乃銘之曰：

處不變於俗兮，而德則式於人。仕不為乎己兮，而澤則濡於民。斯其萬世之藏兮，石可泐而名不能以沉淪。

封太宜人張母鍾氏墓誌銘

贈河間府同知張公之配鍾氏，封太宜人，今兩淮運使諱汝賢[①]之繼母也，系出內江名族。父諱靈，仕通州衛經歷。母□氏太宜人生而端靜誠慤。稍長，以習女事聞於鄉黨。河間公元配高氏卒，子汝賢方六歲，擇繼以母之者不易，乃得太宜人焉。

---

① 張偉，字汝賢，內江人，弘治九年（1496）進士，正德間任浙江都轉鹽運使司運使。

既歸公，指汝賢語之曰："吾嘗恠古今繼室者非性行大絕倫，其視前室子飲食衣服，類不若己出者。是兒，吾亡室所遺也，將累汝乎？"言未畢，悲咽不能止。宜人應曰："諾。"亦悲咽不能止。自後，顧腹教育逾於己所出。

汝賢就外傅歸，即詣讀書，所撫綏勤渠不少懈，曰："爾父以業儒起家，爾或弗克紹，將謂我不能母視之矣，盍自勉庶慰爾父所以付我者乎？"

比汝賢學□，以弘治二年舉於鄉，九年，登進士，歷官中外，赫赫著聲績。故河間公初獲贈文林郎，宜興縣知縣，配高氏、孺人、太宜人，封亦如之。尋汝賢晉秩河間同知，復加贈父及配如式，而太宜人亦加今封焉，太宜人於是心為之喜。人謂非母之教，固不能也。

太宜人秉性儉朴，不喜華侈，而於賓祭，則務豐潔。上事舅姑，敬順無少違意。既歿，凡送終之事，所以相河間者無遺力。傍接宗族，咸有恩禮。雖御僮僕，亦得其心。其婦道、母儀稱於內外者如此。

子二：長即汝賢；次阡，蜀府引禮舍人。女二：長適黃卷，育德邑庠；次適李中度。孫男一，象祖。孫女五。

太宜人以正德十年八月十七日卒，享年五十有九。汝賢將以卒之明年□月□日，奉柩啟河間公之窆①合葬。乃問銘於余。爰按狀敘其行之大者。銘曰：

孰不為子，而有履霜。不罹於里，亦世之常。婉婉宜

---

① 窆，音 cuì。挖墓穴、墓穴。

人，我則為母。母視其子，曷有前後。乃見其成，錫命自天。於赫錫命，賁及幽泉。於戲！母道之篤，是惟無愆。

封太孺人張母房氏墓誌銘

封太孺人房氏，贈監察御史張公之配，監察御史繢[①]之母也，以正德甲戌十二月二十四日屬纊，其子御史君將奉柩合江，祔葬公墓。余既敘公世系邑里銘之矣。繼以陰陽家忌弗克祔，乃卜地巴縣石漕溪蟠龍山之陽，而以先所銘者藏公墓前，復持刑部員外郎曹君嘉正所述太孺人之懿行，屬銘於墓。其葬以丙子九月二十八日也。

太孺人出合江名族，祖諱章，仕為上海知縣，以治行著稱。父諱永昇，母柯氏。太孺人生而慧順，為父母所鍾愛，比及笄，擇配於公。既歸，善事舅姑，親黨咸賢之。舉以矜式，諸婦同居踰千指，蓋自二世以來，未析爨。太孺人助公內政，凡服食之需所以處分者，咸得其懽心，故梱以內，雍雍怡怡，無不諧協。公急於賙貧恤匱，孺人應之，若不自知其乏，勤於饋食。凡享祀之節無弗虔，凡賓客之宴，無或廢。

從子綱，幼孤，孺人鞠之，恩踰其母。比有室異居，猶時有所給予，及助婚嫁之資。公既卒，率諸子婦以治家，

[①] 張繢，字元素，巴縣人，正德三年（1508）進士，官都御史，巡撫兩浙，恩威並著，有保障功。參見《贈監察御史張君暨封太孺人房氏墓志銘》，《東川劉文簡公集》卷十七。

益嚴課諸子讀書，不以愛弛。恒節縮冗費，以厚給之，曰："俾無分用其志也。"以是，緇、纁二子不敢懈，皆以戊午、辛酉先後舉於鄉；緇舉進士，至今官，遂被恩封太孺人，閭里以為榮。

然御史君方以才行顯名，將來褒崇未艾，太孺人之脩飭於家者如此，於公誠內助之良，婦道母儀兩無愧矣。

太孺人享壽八十。子男五，女二，孫男五，孫女三，曾孫男二。其詳余已具公墓誌，此獨詳太孺人之內行以銘之，法當然也。銘曰：

婦人助內，曰惟勤儉。慈訓閨門，不皆外見。吁嗟孺人，秉德由衷。承家裕後，日大以豐。乃膺錫命，象服孔章。福履之綏，流澤未央。惟茲令終，瀧崗獲卜。合葬非古，豈今所獨。成都鬱鬱，蟠龍蔥蔥。相望伊邇，若堂永封。

明故戶部主事戴君[①]墓誌銘

戶部主事白齋戴君，義士也。負性豪邁，成化甲午舉於鄉，入太學。嘉□名士，淬礪所業。瓊山丘文莊公為祭酒，每季試，刻文理之優者為程式，名曰《進脩錄》，君文

---

① 戴錦，字伯綱，號綱庵，長壽縣人，成化十年（1474）舉人，成化二十年（1484）進士，弘治中抗疏請除壅蔽，權貴忌之，中傷落職，貧不能歸，流寓徐淮間，授徒自給，久之及歸，著綱庵諸集行於世。

與焉。

甲辰舉進士，觀政戶部，慨然有志於天下。會星變，即疏"正身心以端本，明彝倫以敷教，作人才以待用，綏中國以來遠，脩武備以戒戎，廣視聽以延納，官賢能以佐理，遵典則以考成，存儆畏以格天"。識者韙之，授南京戶部主事，督玄武湖，稽黃冊。故事，庫匠僉畿縣民上戶充役，積久多賕免。君首移革之及諸病於民者，人稱便。

弘治戊申孝宗敬皇帝登極，君復疏"急先務以敦元化"。明年，同事者方給事中向，以言事忤守備官，致攟摭庫事誣奏其罪，君坐累。比獄成，度方應獲重譴，乃毅然曰："方諫官敢言，其職也。聖明在上，可以罪言官聞乎？"遂抗疏引罪自劾。時服其氣節，已而竟除名。君不色慍，其忠憤所激如此。

屬蜀中歲大侵，不能歸，授徒徐淮間，大家名族咸遣子弟從遊。越丙辰，始獲歸程。御史文、吏部黃、郎中金、巡按姚、御史祥，咸疏薦於朝，不獲用。

居林下，目擊邑里徵斂煩重，嘗為芻蕘論以上諸當道。雖家食務節縮所自給者，儲義穀惠族人及里鄰之無告者。性至孝，蚤失怙恃，每追念劬勞，輒悲不自勝，未嘗稱觴作樂。所著詩文有《綗庵邇言》，易詠。正德間，盜入邑，君不能避，盜亦知之，不敢執。其履行如此。

君諱錦，字伯綱，別號綗庵，都御史見素林公[1]更今

---

[1] 即林俊。

號。其先湖廣蘄水人，元季高祖諱仁傑者，避兵長壽縣隆安鄉，今家焉，遂為長壽人。

父諱本，辟從事於邑，仕淮安稅課司大使。母葉氏。君自祖母以家艱，向從盧姓，至君歸，始改復焉。君卒正德丁丑九月二十四日，享年七十有一。配徐氏，先卒。繼娶王氏。子男二：長□之，早卒；次元道，邑庠生。女一，適酉陽宣撫司學生蘇廷鱔。孫男二：長寶，次宇。孫女一。

君卒之明年正月六日，元道卜祔葬於石莊徐孺人之左，奉狀請余銘。余嘗惜君使得究用，當異世之齷齪以苟祿仕者，銘固宜。辭曰：

志欲致於用，才非與世違，曷終困於躓。嗚呼！命耶其奚疑。

明故甘泉尹李君[①]墓誌銘

致仕甘泉尹李君年八十矣，童顏鶴髮，強健如少壯然。凡親友吉凶慶弔無不與，而人亦重其至，其笑語嘻嘻。家無餘貲，恒樂應人之急，初不屑介於意也。今年戊寅正月九日，忽以疾不起。余於君非遠出，無旬日不會，至是不會者連旬，每問疾，則寖劇。已而聞訃，乃偕弟衡仲徃哭

---

① 正德十年（1515）劉春母卒。正德十三年（1518）服除，是年正月劉春在巴縣弔唁前甘泉令李垚。是《銘》撰於正德十三年（1518）。民國《巴縣志》卷八《選舉》明舉人題名有李堯（垚）。參見《送甘泉令李先生考績還任序》，《東川劉文簡公集》卷十二。

焉。則其室如縣①罄，蓋非以官為家者，可哀也已。

君諱垚，字宗岱，其先湖廣人。元季有諱斌者，始遷重慶之巴縣，家焉。祖諱存敬，考諱懋。母翁氏。生二子，長森，次即君。甫八歲，失怙，母鞠育守志。稍長，不欲使出就外傅，即令從森授業，且皆課之嚴，未嘗溺愛少縱逸。每戒之曰："我未亡人，異日所恃以見而父於地下者，可不知所以自力乎？"悲泣不自勝。久之，先御史尚書公以明麟經，有聲場屋，母令森復遣從遊。先公以君志嚮不凡也，亦器之，所以指授勗勵之者有加焉。

遂成化乙酉獲薦鄉書，時其兄以博士弟子補國子生，母於是始色喜曰："可自慰矣。"

君性孝友，母年老多病，君每當禮闈會試，不欲遠違膝下，母迫趣始就道。既試，不入太學，即歸。人或以於仕路格應滯勸之，則應曰："古人一日養，不以三公換。況遲速間乎？"故舉於鄉踰十年，名姓未繫仕籍。比母卒而後入太學，如例注選，識者重之。兄先卒，君撫其孤如子，教之成立，亦補郡博士弟子員先卒。君雖樂易不設城府，然居官謹飭，職無不辦。

弘治壬子就選，尹甘泉。甫涖任，目擊民之凋敝，惻然思所以甦息之。遂稽民之在籍者若干，逃移者若干，乃慨然歎曰："今盡以額稅攤納，在籍者將不至趣使逃移乎？"具疏請於朝，得蠲逋負。乃招流移以均徭役，稽荒田以募

---

① 縣，懸之假借字。懸罄，亦作懸磬。懸掛著的磬。形容空無所有，極貧。

佃種，一時人知有所賴，相率歸復業。凡興學育才、鋤強植弱，事有關於民利害者，咸先後罷行，遂以治績發聞。

時延安守崔陞者，孜孜為民，於君甚重之，每加獎勵示激勸。九載秩滿，當奏績銓曹，計資宜得敘遷。君不赴，懇乞休於按治御史今司徒石公玠①，遂許之，將以厲沉酣仕途者。民聞之，攀轅無以留，相與醵金帛為贐，具輿馬送於家，人咸頌之。

比在林下，非公事未嘗入公門，但時赴鄉飲大賓之召，或禮意少愆，亦不徃也。惟日侍先公如在甌丈，時依依不少違。比先公□先母夫人棄背，君持心喪處。余兄弟間，若非異姓者。識者謂敦師生之誼如君，亦僅見矣。

配同邑馬氏，有令德，先卒。繼娶彭氏，湖廣安陸人，父任重慶府經歷。子二：長敷，蚤卒；次暢，府學生。女四：長適教諭孫學皋，次適羅賢，次適張明遠，皆馬氏出；次出側室，未受聘。孫男三：執和、執恭、怡。孫女三：長適府學生萬年，次皆幼。

暢卜以是年十月二十六日，奉柩與母合葬於邑之九龍灘宋家山之原。以戶部郎中鄧廷贊所具狀，屬余銘於幽石。余誼莫能辭。銘曰：

士有不謀其身，而無慊於心者，其所得於中，固卓然也。嗟君少年登科，晚始入仕。既仕而歸，不異貧士，是豈無特操者耶？於戲！惡得無銘，以昭後人。

---

① 石玠，直隸藁城人，成化丁未進士，官至戶部尚書。

明鄉貢進士楊直夫墓誌銘

直夫諱廷平，直夫其字，別號龍山，世為新都人。大父諱玫，以孫貴，贈光祿大夫、柱國少保兼太子太保、戶部尚書、文淵閣大學士。父諱春，湖廣按察司僉事，受封如大父，官號留耕①，世稱留耕先生。母葉氏，贈一品夫人。

直夫剛毅樸直，性至孝。留耕公官京師時，方成童，侍大母熊夫人於家，承顏左右無違，而以餘力攻舉子業。夫人喜曰："是兒事我，不異若父。"留耕公聞之，心亦安焉。比夫人病，旦夕視湯藥惟謹。既屬纊，以禮治喪。有勸之從俗延浮屠若者，直夫峻謝曰："理之有無，未暇論，要非吾儒所當事也。"

弘治戊午舉於鄉，赴試京師，道聞留耕公得致事，且知母夫人不豫，亟取道趨荊州，適夫人舟艤江濱，一見喜曰："不意兒來此，吾病當愈矣。"一夕，夫人病革，直夫焚香籲天，求以身代，遂飲夫人所吐痰一盂，曰："願移病於兒也。"尋夫人不起，扶柩載舟。經瞿塘峽，風濤惡甚，舟人股栗，爭謀奔岸，直夫拊柩哀慟，且慰母曰："兒在

---

① 楊春，字留耕，楊慎祖父。楊廷和，楊慎之父。楊廷平，字直夫，楊廷和弟，楊慎之叔。參見《封光祿大夫柱國少保兼太子太保戶部尚書兼文淵閣大學士楊公行狀》（《東川劉文簡公集》卷十九）、《壽留耕翁楊閣老父》（《東川劉文簡公集》卷二十四）。

此，毋恐。"未幾，風息無事。抵家，居喪一如禮免喪。

今兄少師公①暨弟工侍制當復任，留耕公曰："吾老矣，四子皆當往，奈何？"直夫應聲曰："兒留不往也。"自後，日就養膝下，每當試期，皆不至。歲乙丑，至又以少師公主試事退避，以是雖工時文，竟未第禮闈。人或為直夫少之，直夫了不介意，曰："吾獲侍養，所得固多也。"

居常務勤儉，一布袍餘二十年，猶不厭澣濯；每寢當夜分，輒起披衣危坐，思是日所為何事，所讀何書，所得何理。嘗曰："不勤則業易荒，不儉則財易費。"故扁其樓曰"勤讀"，曰"儉用"。若博奕遊勝之樂，泊然無所企慕。或強之，則曰："樸拙風流，自是兩事，吾從吾所好耳。"因顏其軒曰"養拙"，其操尚如此。視流連光景者若不屑，亦可謂不受變於俗矣。

而竟未及仕以顯，今在戊寅二月十一日倏卒，春秋僅五十有四。嗚呼，惜哉！

配劉氏，子男二：長愷，癸酉鄉貢進士；次悌，儒學生員。皆秀異不群。女六：長適龍州宣撫薛紹勳子藩；次受聘，俱卒；次適內江劉副使五清子應表；次適成都刑部李主事子奕；三尚幼。

君卒餘兩月，愷卜以六月□日葬於□□之原，乃奉狀屬銘。余以同鄉得接杖履於留耕公，暨交少師公伯仲間，固嘗概聞其行誼者，乃銘之曰：

---

① 即楊廷和。

孰非世族兮，鮮克似之。禮以制中兮，何莫由斯。有美君子兮，政自家施。孝得其親兮，承懽無時。乃詒厥胤兮，曷惟我為。於赫名宗兮，紹休永垂。

東川劉文簡公集卷之十六　終

卷之十七

誌銘

贈承直郎工部主事李君墓誌銘

　　浙有君子曰李君，諱曠，字尚廣者，居縉雲之麻車園，山塢環植脩竹，因號曰"竹軒"。課童僕以耕漁為業，足跡不入城市。嘗賦《村莊八詠》，超然有物外之趣，其所得於中者，殊非與俗倫也。

　　正德丙寅，耳後忽患疽。時子寅①舉進士，官工部都水司主事。恐傳聞貽憂，乃慰以書曰："吾疾日就勿藥。汝始

---

① 李寅，字敬之，縉雲人，弘治五年（1492）舉人，弘治十八年（1505）進士，初官工部都水司主事，清廉鯁直，嘉靖間任廣西左布政使，時應得羨餘一十三萬，悉以解部，及歸，行槖蕭然。壽一百八歲，著有《賜穀空音》行世。

居官，但委身圖報，以謹厚存心，以儉潔勵行，毋墜先世清白之風，吾願足矣。"

工部奉書即移疾疏歸，無何訃至，蓋是歲九月二十八日屬纊也，享年六十。維時鄉之士大夫失所矜式，而里鄰之困乏者，無所仰以舉火，於是吊哭者無虛日，亦可概見其卓行之孚於人矣。越四年，會詔覃恩，贈君如工部官，人又嘖嘖稱嘆，謂君其德名為幾者乎？

君之先世家台州仙居之李村，五世祖古澹，宋季以縉雲美化書院山長，樂其溪山之勝，家焉，今為縉雲人。大父諱秉憲，贈刑部右侍郎；父諱縈，以義受承事郎。母呂氏，出邑名族。

君幼穎敏不群，稍長，受業於三衢吳秋官天祐，補邑庠弟子員，遂鏗然蜚聲場屋間，然累舉不偶。識者曰："如某弗利，豈信有命乎？"弘治乙卯始應貢禮部，當入太學，屬工部，以壬子舉於鄉，隨侍京師，乃語之曰："吾受教家庭，竟未獲遂所志，以荅君父之恩。今年將至，安能役役仕途乎？汝當勉繼吾志。"

遂浩然南歸，搆所謂"竹軒"者以居，而託其業於子矣。君篤孝友，方家食，承事公患手足不仁，臥枕席者三年。君就養左右，撫摩疾痛，徹夜達旦，湯藥必嘗後進，人以為難。已而不起，居喪殯葬一如禮。

有弟四，皆幼，乃加禮延師教之，期各成立。既長，則咸擇娶名族。與人交，誠直坦易，恒以寧人負我、無我負人為心。及治已，略不少恕教子姓，諄諄以忠孝和友為本。每見從賢師友游，則喜見顏色，未嘗以財利累其心。常自誦曰："有好子孫方是福，無多田地不須憂。"

成化丙午歲大侵，麗水人有率眾告急者，即竭囷倉賙之。後悉負，乃焚券棄責。

配陶氏，同邑福州中衛經歷女，事舅姑，與君合德。子男二：長即工部，今為郎中，以脩潔著聲績，蓋大受者；次賓。女一，適鄭儒士，早寡。孫男三：民瞻、民牧、民德。曾孫男一，學書。孫女五，曾孫女二。

歲戊辰九月二十六日，葬邑蒼山之原，尚未銘於幽石。至是，工部奉狀見屬，曰："非敢緩也。冀有以信於後也。"余雅重工部名行，今復悉君之教於家者如此，竊嘆世恒以顯晦論人，顧有名位非不烜赫也，而中無所得其敝為甚。如君雖韜晦，而行足以為世範，使得遇於時，而本其所得以建立當何如？而又有如工部之賢，益知自古賢人君子非但出於世家，固有世德也。銘曰：

貴也者，孰不知其可慕？德也者，孰不知其可據？與其不可得於人，曷獨不可得於身。於戲！蒼山之陽，卜惟其藏。慶衍厥後，愈遠彌光。

明故思州府知府張公墓誌銘

公諱介，字廉夫①，姓張氏，成都之內江人。其上世以隱德著稱：祖諱懂明，習陰陽家，始從邑大夫辟授陰陽訓術；父諱彥理，以公貴，贈戶部主事，克世其業；母甘氏，封太安人。

公生而敦朴穎悟，初戶部卒，年未三十，公尚在繦褓。稍長，出就外傅，即能專一讀書，不與群兒事追逐。既受業於叔父教授，君日見進益，名聲藹鬱，鄰邑士多執經就質問。

至天順己卯遂舉於鄉。成化丙戌第進士，尋以疾乞告。久之，起拜戶部福建司主事，轉湖廣司員外郎，擢知貴州思州府，秩滿，乞休。凡在林下幾二十年，今上覃恩，進階一級，可謂蹈榮名而享終吉者矣。

公篤於孝友，奉太安人極其色養。念兄燮早世，弟粹孱弱，撫教諸從子如己出，後俱成立。其在家食，授徒所得束脩於人，盡歸諸母。凡弟及妹婚嫁之資，悉極力營辦，以是太安人雖稱未亡人，心獨安焉。比在告妹歸竈家，以婿逋負鹽課，偕匿他所。公恐貽太安人憂，親出訪尋以歸，竭所有為償其課，俾與太安人居。已而，復昏嫁其子女，

---

① 張介，字廉夫，內江人，天順三年（1459）舉人，成化二年（1466）進士，歷戶部福建司主事、湖廣司員外郎，成化間思州府知府。正德四年（1509）卒。

其篤同氣之恩有如此。

居官刻厲勤慎，在戶部，隨所任事，一一辦治。至思州，尤多惠政。其於士類，每當朔望，或政暇，則詣明倫堂親課其業。其穎異者，又遣從鄰邑名士游，自是士爭矜奮。而思州之士，始連獲舉，以科目顯，迄今頌之。比致仕，日與宦而歸者為真率德星會，其出處有如此。嗚呼！是非篤行君子耶？

正德己巳二月二十五日卒於正寢，享年八十一。配陰氏，出同邑名族，封安人，先公九年卒，賢而克助於內。生子男四人：作表、作襄、作袞、作裦。女二人，皆適宦族。孫男十一人：叔安、叔宣、叔寶、叔冠、叔宜、叔寔、叔宗、叔宥、叔宇、叔宙、叔寧。孫女六人。曾孫男二。

作襄，舉鄉進士，始仕襄陽知縣，能舉職。叔安，舉進士，初任蠡縣知縣，今擢山西道監察御史，方嚮用。

公卒之明年，襄陽欲從其兄奉柩於龍臺山先兆側，啟安人之窆合葬，屬余銘於幽石。余與襄陽交厚，因知御史，於公固仰德舊矣。乃為之詞曰：

士以名顯，孰獲其全。本末倒置，其飾靡悠。有美如公，內外完潔。持心近厚，焯有聲烈。天固私之，既多孫子。觀厥世美，以享壽祉。龍臺之陽，是曰幽宮。過者式焉，尚仰其風。

明故封文林郎大理寺左寺副劉公墓誌銘

　　封大理寺左寺副劉公，正德己巳冬十月二十九日卒於家，時其子潮①以四川按察司僉事擢布政司左參議，適履任，而訃至。遂戴星歸，將治葬事，屬余銘于幽石。余方讀禮家居②，荼毒未能也。顧參議君之執憲，明斷仁恕，利澤下流，觀其子可得其父矣，誼不容辭。

　　按狀：公諱威，字偉望，其先出漢長沙定王發之後，有曰禮者，分封安成，子孫因家焉，今為安福人。在宋有諱德言者，仕至水部員外郎，江南發運使，生子程、秩、稅，咸歷顯要，時號"叢桂劉氏"。稅之後十四世諱子遠者，洪武初以明經薦於朝，將任用，固辭歸，教授鄉邑，是為公之曾祖。祖諱鶩駿，父諱毓秀，皆隱德不仕。母李氏，止生公一人。公自少穎敏，既長，儀觀魁傑，能通經史大義，而尤善行書，人咸器之。以蚤失怙，煢煢孑立，未究其志。父喪不克葬者，凡幾年，其哀慕悲號，無一日忘。久之始獲卜佳兆，葬如禮，人皆稱公之孝。天性友愛，篤於恩誼。再從兄偉弁，貧無所資，公每周給之。其孫沛

---

① 劉潮，字主信，江西安福人，弘治十二年（1499）進士，授大理評事，弘治中四川按察司僉事，正德間擢布政司左參議，廣西按察副使，右參議。
② 正德三年（1508）九月父劉規卒，劉春以憂歸巴縣。正德六年（1511）一月服滿，二月遷吏部右侍郎，四月挈妻孥離渝，十二月升左侍郎，充經筵日講官。此《銘》撰於正德四年（1509），在巴縣撰。

與族孫莊復不能存，公收之，以時昏娶。所以卵翼之者不異己子。其鄉鄰之乏絕，則恒待以舉火，而其拯窮濟急，初不自恤其匱也。有孀婦者，死無歸，公亟買棺葬之。或曰："貧者夥矣，曷能盡然？"公曰："吾自見之，不能忍爾。"與人交，誠信不欺，閭里有訟者得公片言即屈服，蓋有不以幹有司之法為辱，而恥不直於公者。

公嚴教子，參議君方家食，嘗語之曰："吾家自水部至今，雖世不乏聞人，而仕不遂。然人多茹德者，謂後當顯，顯必在汝，慎自勗勵。"繼君舉進士，官大理，恒書古人著績平反者訓之，勉圖報稱。已而，被敕封文林郎，署左寺副。人謂公之食報非無自也。

配王氏，出邑冷溪名族，慈柔淑惠，克相於公。生子男四人：長即參議君；次瀾，早卒；次浣，育德邑庠；次泗。女二人，皆適名族，先卒。孫男四人：曰泉、曰永，餘殀。孫女五人。公之脩於家而延於後者如是。是宜銘。

其得年六十有六。其兆在某里某山之陽。先是，公命次子浣視其兄於蜀，且欲具歲制。參議君不能違，泣而從之，以附於浣。已而，浣至家，明日而屬纊，若有所待，然亦非偶也。銘曰：

長沙之源，慶澤混混。莞彼叢桂，厥派益遠。乃延於公，亦既潛之。於赫封秩，自天命之。孰啟其源，弗洪其流。濯濯文江，以永垂休。

明故贈淑人林氏墓誌銘

余同年友工部侍郎李公時升①，以病疏乞歸調攝。上篤念賢勞，許之仍命馳驛以行。俟勿藥，有司疏聞起用，蓋異數也。公當就道，乃以其配淑人之亡，將卜葬，諉余銘其幽石，且曰："死生常理，吾非不能遣也。而吾妻之賢，誠有內助焉，而不可使之泯於後也。"

按狀：淑人姓林，諱瑀；父諱華，母周氏。世為鄞之望族。淑人生而聰慧莊懿，為父母所鍾愛。成化丁未，公配楊氏沒，乃委禽焉，遂歸公為繼室，即以孝愛和順稱於九族。舅贈侍郎公、姑沈淑人俱患風疾，艱步履。淑人事之，恒侍左右不少違，凡湯藥飲膳滌濯之類，必親視之，未嘗或委於人。舅姑既沒，公兄怡稼居士主家政，淑人事之如舅，無違禮。其處妯娌，御僮僕，皆有恩愛，內外諧睦無間言。其宜於家者如此。

其識見，則公始筮仕工部主事，即監稅蕪湖，欲挈以行。淑人曰："蕪湖，密邇家鄉，恐親族萃至，不有玷君之名節乎？"遂不赴歸鄞。

公以郎中適論營建功同事者，咸晉秩矣。公再辭，不允。相知者多沮之，淑人獨從，更復上疏，竟獲辭。公丞

---

① 李堂，字時升，鄞縣人，成化二十三年（1487）進士，累官工部右侍郎，總理河道，有《堇山集》。

應天，屬歲連大侵，貧民每聚眾劫掠殺奪無所忌。有溧陽民為建平所害，彼此殺傷，勢甚惡。守備者議欲動兵擒之，檄公撫捕，公憂形於色。淑人曰："某，卑官也。以任事賈禍，處之怡然；君當塗處事，乃戚戚如此耶？第盡心以求其情，度勢以消其變，足矣。"

按狀如此。其信有助於內者耶？古所謂動合禮儀，言成規矩者，淑人其庶幾矣。是宜為之銘。

淑人生成化辛卯八月初一日，卒於正德庚午八月七日，享年四十。始從公貴，封孺人，再封宜人，今贈淑人。生男二：長維孝，補郡博士弟子員；次維學。女二：長文貞，許聘於董御史之子聰；次庶出，尚幼。其葬在邑之清道鄉祖塋右，寔□□年□月□日也。銘曰：

古稱婦德，如彼殷盧。相厥夫子，於義不回。婉婉柔順，閨壺之則。孰不為婦，其儀靡忒。彼美淑人，式克兼之。於戲命也，而曷止於斯？

明故耕樂居士朱君墓誌銘

耕樂居士者，吾蜀瀘之隱士也。諱啟明，字光正。其先四世祖諱智聰，元季避兵，韜跡沙門，入國朝始歸姓朱，卜居瀘宜民鄉方山北，今遂為瀘州人。

智聰生五子，中罹家難，皆散亡；惟諱景純者存，於君為祖。生四子，諱麟者，於君為父。性倜儻，年十三始讀書，即能了大義。後常以才智檄任州司，克辦治，鄉人迄今德之。生三子，君其仲也。少聰悟，補州博士弟子員，累舉不偶，乃浩然曰："豈榮進信有素定耶？"爰退耕方山之陰不復事進取，寒暑手古史一卷不釋，暇則曳杖往來隴畝，或嘯詠忘返，因顏其軒曰"耕樂"，而遂以自號云。

君事父母，傾意承順，務得其懽心。每遘微疾必躬執湯藥之事，甚則稽顙北辰求以身代，疾止復故。處兄弟惇友愛，未嘗少色忤。或見侵，第懷德報，他不恤。每訓誡子孫曰："慎毋以小利傷骨肉之愛。"難得易求可書，紳也。族屬貧不能給，繇則以義率富者分代之。與人交，重然諾，患難必相恤。鄉鄰有訟者，咸願徃質，而不之官。曰："是鄉之彥方也。"

正德戊辰十二月二十八日，卒于家，享年六十有六。配劉氏，出郡名族，與君合德。

有子男六人：璨、璋、珪、玘、琉[①]、璣。琉舉弘治乙丑（1515）進士，授南京戶部主事，轉員外郎，有文行；璣，郡庠生。女六人，二適士族，餘俱殤。孫男十人：子忱，郡庠生；子厚、子謙、子讓、子恒、子恂、子遠、子懺、子慎、子敏。孫女十三人。曾孫男二女一。

君卒之明年，戶部奉狀請銘。欲於是冬十二月十八日奉柩葬於鳳翅山祖塋之左，乃為之詞曰：

豐其內，嗇其外，困於身，昌於其後之人。

[①] 朱琉，字德義，瀘州人，弘治十八年（1515）進士，正德十二年（1517）任雲南臨安府，祀雲南名宦。參見《題樂耕手卷》，《東川劉文簡公集》卷二十二。

明故舒處士墓誌銘

處士姓舒，諱寅，字式甫。自上世家饒州之樂平，代有聞人。至曾祖諱彥祥，尤以行誼著於鄉里。宣德間，邑苦水患，處士疏請築堤捍禦。制可，仍遣行人督視，隧旌為義民。祖諱用剛，父諱九皋，皆克世其家。母□氏。

處士生而純恪端慎。少長，受業於邑令世父韶及叔父陞，通經史，大有所造詣，人咸以名科待之，乃累不偶於有司。繼父病，瀕危殆盡，邑中莫有明醫究其病者，因嘆曰："為人子者，信乎不可不知醫也。"即移其所志於醫術。久之，其業大精，有求療者輒徃診視，初不以貴賤貧富異其心，欲責報也，人因名之曰"儒醫"。家素饒裕，有告匱者，不問疏戚濟之，惟恐不及，亦不虞其後能償與否也。性樸茂，篤於孝友。家居處昆弟宗姻以及朋友，一無矯飾，與人交重然諾。每疾世之競浮靡而不務惇實者，思以移俗軌物。故克己勵行，皆歸於誠，因自號曰"誠齋"，人亦信之，謂不虛也。

正德辛未六月十一日，以疾卒，距其生正統己未享年七十有三。配□氏，賢而合德。生子男五：長曰記；次曰詔，以明經舉於鄉；次曰讓、曰諄、曰誠，補邑庠弟子員。女一，歸士族。

處士卒，詔方卒業京邸，將究其遠且大者。而訃忽至，哀慟無已，欲以□年□月□日，從其兄記，葬於□□之原。乃奉其鄉人刑部員外郎程□所為狀詣余，請曰："詔不孝，吾父病不及視湯藥，沒不及視歛含，即死無可贖矣。惟是懿行之見重於鄉評者，不可使泯焉無聞，敢用以請，以干銘于幽石，庶少逭不孝之罪耳。"

余重違其情，乃為之詞曰：

周于利而不私其親，周于德而不顯其身。惟其不顯，以遺其後之人。

明贈戶部主事舒君封太安人高氏合葬墓誌銘

贈戶部主事舒君，諱道興，字子讓，卒於弘治壬子五月□日，即卜葬於其邑之明月里，未有誌也。

越二十有一年，是為正德癸酉，而其配封太安人高氏亦以是月初九日卒，其子表①，時仕戶部主事，訃聞，乃解官歸，將啟其父之窆而合葬焉。問銘於余。

按狀：君之始祖諱普榮，初家敘州之富順，以隱德稱。祖志高，始自富順遷成都之資縣，又遷銅梁之明月里，今遂為銅梁人。父諱全，母周氏。君四歲即失怙，鞠育於母氏。幼有至性，篤實不妄言笑，於經書咸知大義。以獨與母居，迫於生計，不克成其業，然能勤務耕獲，而亦以此

---

① 舒表，銅梁人，弘治十八年（1505）第進士，戶部主事，官至貴州按察司副使。

慈惠親鄰。故在一鄉，人咸敬之，而樂親焉。

平居，於微事必遵禮度，有以氣勢相競者，不解吐軟熟語為容悅，但以直詞法語喻解之，人多感悟而息。太安人亦能合德，性慈惠寡言，工紡織。凡君之幹蠱於家資用不乏者，太安人助於內為多。君於人之稱貸者，度終不能償，悉焚其券。顧語子輩曰："吾將遺汝於後也。"雖儉於治家，而教子每延名士加禮踰於流輩，故人所以誨之者，亦能副其意。

君既卒，太安人教於內者亦不替，故表竟以弘治辛酉領鄉薦。越乙丑第進士，為戶部主事。君雖不逮祿養而獲蒙贈典，至太安人猶親被敕封，幽明光賁，推其所自，君之所以積慶流芳者，豈偶然耶？

距君之生，享年五十有九，而太安人加十有八年。男三：長韜，先卒；次簡；次即主事也。女一。孫男六：□□葵、芹、蒞、蘭。孫女四。銘曰：

地有鹹泉，厥井明月。厥利在人，里名斯揭。孰居其間，弗顯而耀。懷德維人，爰食其報。於赫名科，崛起於時。皇有令典，龍章賁貤。亦既始之，而復終焉。合壁於斯，世永無遷。

明致仕重慶府知府沈公墓誌銘

吾重慶知府沈公①，蒞任僅三年，遂乞致事，時年猶未至也。越二十有八年，春秋八十有五，方康強如少壯，故舊書疏，咸自手答，端楷嚴整，可觀可誦。其福履蓋未艾者，乃卜營壽藏於虞山西壽昌之麓。以春舊郡中士也，丐鄉進士姚奎屬豫銘於石。

於乎！公固達生也，而春即其手書，如忽承顏於三十年前，其體貌之豐厚，言語之溫雅，宛然有道者氣象，曷能忍為之？顧其履行之概，則有不得而辭者。

公諱海，字觀瀾，別號葵軒。世家蘇之常熟。曾祖諱余慶，祖諱天祿。父諱伯通，以公貴，贈承德郎、刑部主事。母朱氏，封太安人。

公以成化乙酉舉於鄉。明年丙戌第進士，授刑部主事，晉員外郎、郎中，擢知福建泉州府。丁內艱，家居。服闋，未赴部，復除重慶。

公賦性寬厚，而蒞事簡重明敏。其在刑部，凡奏當之，咸出於公者，人以為不冤。有獄囚段能者，淫一婦而妒其黨與，競手搖殺之，遂脅見者為斫其首，棄他所。事敗露，

---

① 沈海，字觀瀾，號葵軒，常熟人。成化二年（1466）進士，初授刑部主事，成化八年（1472）按事福建藩臬，調刑部雲南司理，成化十四年（1478）除重慶府知府。正德三年（1508）劉春以憂歸巴縣，是《銘》或撰於正德四年（1509）。

有司不加審，罪坐斫首者，不服。公閱檢勘狀，有首頸無血之文，疑為死後所斫。再鞫而得其情，乃改從毀屍律，而以其罪坐。能人以為法家，不易。及奉璽書，按事福建藩臬，諸公重其得體。比還，大司寇以雲南司蒞京。邑繁劇，少得其人，疏調公。

其在泉州，慈惠威斷，吏民畏而愛之。郡有永寧倉，歲多逋負，公稽籍校其數無虧者，競以倉出硃鈔為驗。公疑或有偽者，乃發其奸，果得偽造倉印二十三顆。蓋印久文滅，偽造私鬻日寖多，遂咸抵法，奏請給印，其弊遂絕。歲旱，公自責祈禱，有"願損十年壽，化為三日霖"之言，雨隨足。泉士經學無傳，公聘興化進士黃乾亨①、舉人林沂，與諸生講解《詩》《書》經，士多賴成就，科第倍於前。其在重慶，治亦如泉州，而法加密。郡人至今有去後之思。

平居端重誠恪，人不忍欺。晚居林下，惟以課子讀書為事，其於世法略不及。會詔覃恩，進階三品。日與親知觴詠為樂，致仕大宗伯石城李公、溫州太守古松陸公②皆以丙戌同第進士者，乃結為"三老會"，鄉人榮之。性喜吟詠，識者謂得唐人體，今有《葵軒小稿》藏於家。配朱氏，封安人，側室周氏。子三人：長韓，育德邑庠；次范；次虞，入胄監。皆能世其業。女四人：適士族，朱丙、李輅、

---

① 黃乾亨，莆田人，成化十一年（1475）進士。
② 李公，即李傑。李傑，字世賢，常熟人，成化二年（1466）進士，講讀學士、南京禮部尚書。陸公，即陸潤，常熟人，成化間任溫州府知府。

楊耀、程鋼，其婿也。孫男四，孫女三。

公之履行如此，法固有銘，乃為之詞曰：

於赫明公，執事有恪。不求其名，厥聲孔焯。位以時升，澤由位施。所自得者，秉心靡二。退食於家，維士之式。壽考繁祉，天其永錫。虞山之陽，壽藏蔚焉。誰其息之，百千萬年。

明故處士陳君暨孺人田氏合葬墓誌銘

處士姓陳，諱福，天祐其字。祖諱□，母□氏，世為福建之尤溪人。至處士，以兄諱寬者，入侍內廷，友愛弗忍違，遂挈家京師，籍焉。洎兄歷晉秩太監視篆司禮監，受知我憲宗、孝宗皇帝，預聞機密重務，小心翼翼，清譽日著。

君事之待人，約己加慎，布袍草履。人視之，不知其出貴要家也。司禮公念君微服，強以例授義官，乃不獲已從之。人於是知處士之靜重，而又因以知司禮公，蓋秉德率法，不撓於公者。平居孝友，太夫人年老目昏，處士慎親執匙箸供飲食，事諸兄雖閒居無廢禮。尤好賢敬士，人樂與親接。鄉人有卒京邸者，處士既為之殯，而又誘人歸墓於鄉。其嗜義類如此。

配田氏，出同邑名族，與君合德。所以敬順之者，無少違。生男一，曰貴。女適張廣德。孫男三：曰士元、士

魁、士冠。孫女二。

處士卒於弘治五年七月二十五日，享年四十有二。葬宛平縣香山鄉之原。越二十有二年，而孺人卒，享年六十有四，時三月二十五日也。

處士好讀書，言行敦樸，無所矯飾，而識悟尤不凡。子貴雖尚少，比屬纊，他無所念，惟執孺人手，諄諄語不能出口，大意欲孺人教之讀書，期底成立，若自傍蹊曲徑，雖通顯不瞑目也。

自是貴稍長，孺人遣就外傅。夕歸，則置檠於案，躬執女事坐於側督之，或稍縱佚，即泣語曰："汝父病革所不能訣者，惟汝耳。今若此，我異日何以見於地下耶？"貴感激，業日進，遂以正德丁卯舉於鄉，人又知孺人之賢，不以孤子溺愛如此。

孺人卒踰月，貴將啟處士之窆合葬焉。乃奉其友竇給事中所敘狀，以余主丁卯試事，請曰："先君之殯，向以孤幼未有銘。今復不圖不孝之罪，無可贖矣。"

余讀其狀，乃知世未嘗無遠見之士。若處士者，視蠅營富貴沒即聲銷影沉，何啻逕庭哉！遂不辭而為之。銘曰：

世所貴兮，吾不知其可慕。世所賤兮，吾不知其可惡。惟我所可為坦焉，其如路乃昭焯於後人，閱萬世以永固。

封戶部主事萬君安人朱氏合葬墓誌銘

封承直郎戶部主事萬君卒，其配安人朱氏先八年卒，葬於山之原。至是其子戶部郎中斛，乃奉柩啟安人之窆而合葬焉，奉狀屬余銘於壙石。

按狀：君諱粥，字宗直，魯庵其別號也①。先湖廣麻城人。元季有元亮者，君高祖，避兵於蜀大邑縣，從徙崇慶，今為崇慶人。祖諱文斌，父諱昱，皆隱德弗耀。母何氏。君生而穎敏，明書經。中成化乙酉鄉試，會試禮部者，再登乙榜，制於例授訓導江西之南城，秩滿，擢教諭湖廣之黔陽，又秩滿，遂乞致仕。

君性介特，所至但知務脩職，雅不隨俗以取媚。在南城，諄諄誨人，士樂趨講下而亦多所成就。若南京吏部侍郎羅公玘、浙江按察副使王華、知府廖汝器、進士左悠，皆及門者也。

在黔陽，猶南城，久益不懈，其持心兢兢以禮法自守，故甘於淡泊。諸生或饋束脩者，不受。有以禮勸之者，請但辭其貧，不能致於義亦可。君曰："受於此而辭於彼，其心寧央乎？盍皆辭之，兩無嫌也。"

廣東聘校文鄉試，即杜門不通賓客，信宿啟行至鎖院，

---

① 萬粥，字宗直，號魯庵，崇慶人，成化元年（1465）舉人，後成進士，江西南城訓導、湖南黔陽教諭，致仕。子萬斛，弘治十五年（1502）進士，戶部郎中。

戒不飲酒。人問之，曰："校文所以取士，而思欲得人，非戒飲，無以清吾心也。"其臨事之懼如此。故所閱卷，皆不失士。黔陽乞歸，諸相知者爭留之，不能得，曰："壯而仕，老而休，吾心素所安也，豈由於人耶？"

居林下二十有三年，歲時惟宴享故舊以為樂。有司雖咸以禮重之，未嘗以一言及官府事，曰："是非不在其位者所與聞也。"

安人亦出州名族，與君合德。事舅姑得婦道。姑何寢疾，安人侍湯藥惟謹。疾革，偕主事君焚香籲天，求以身代。比姑將屬纊，乃言曰："願爾子爾婦皆如爾夫婦之事我也。"居家勤儉，每雞初鳴輒興，常語諸子婦曰："夙興三日，乃積一工之餘，宴安不可或縱也。"

侍主事君南城，將遣其子斛歸，育德郡膠，請於君曰："我不可以不偕徃。"遂挈歸，所以教於內者日嚴。久之，獲舉於鄉。至弘治壬戌，舉進士，始喜謂主事君曰："吾事君，獲見兒子之成立，吾事畢矣。"君亦歸功於安人，曰："非汝無以有今日也。"

即以是年六月十三日卒，享年七十有七。主事君則卒於正德庚午正月八日，享年八十有三。子三：長即郎中；次石，蚤世；俱出安人；次璣，側室出也。女一，適知縣黃俊。孫男三：梅、槐、桂。孫女一，曾孫男女四。

君尤篤友愛，其兄深以壽給冠帶，輔、本同舉天順己卯鄉試，輔任穀城教諭；本，鳳陽知縣，至尋甸知府。弟全亦以歲貢訓導霍丘。衣冠之盛，非但甲於州邑；而禮讓之美，人多頌焉。固宜其後裔之昌也。乃為之銘曰：

　　章以儒顯，亞聖之門。名科崛起，瑨著貞元。亦有敬儒，鄉稱成孝。君實繼之，厥緒思紹。文教勃興，吏治聿張。踰三十載，簪紱相望。考德於君，克啟其後。刻詩以藏，辭質非謬。

明故處士熊君墓誌銘

　　蜀有隱君子曰熊君世峻者，酷嗜經史，故恒手不釋卷以誦讀之，而究其旨趣，雖醫卜陰陽之書，亦皆涉獵。有質疑者，輒告之無隱，尤喜吟詠。鄉之大家著姓薰其德，多遣子弟徃從之遊，君不之拒，而亦喜於訓迪，終日孳孳呫畢，間無少厭怠。以是人樂親之，而出其門者隨其資性各有所成就，其登仕路以效用於時者，亦多矣。

　　君諱崧，世峻其字，先世家重慶之永川。後有諱子明者，元季兵燹，徙成都之資州資善鄉威峰山家焉，州尋改為資陽人。

　　子明生均章，均章生得真，得真生志翰，是為君之父。有隱操，甫十歲，即斷肉味不食以終身，度其作念，雖宗佛家，而不泥其說，其宅心要以濟人利物為主。故見橋梁之圮，即捐貲脩之，而忘其蓄積有無。見一果一木之樹可用，即為植之而忘其植於何所。

　　娶李氏，生子五：曰德、曰傑、曰章，及君，季曰崇。

延師誨迪，誠意懇惻，無所不用其心，後皆成立。雖不著仕籍，而鄉人之論業耕讀尚禮讓者，必歸焉，而族姓因大以著。君在群從，尤敏悟，蚤從兄傑學，凡經書過目即能默誦不忘，然不務攻舉子業為進取資，故獨隱居教授，以終其身。蓋其師承，亦自得於家矣。平居溫厚坦夷，務崇敦樸，雖在家庭亦未嘗有疾言遽色。人無疏戚，咸愛而敬之。世謂篤厚長者，不誣也。

配秦氏，出同邑名族，有賢德，克執婦道。生子男二：長允懋，舉進士，授行人；次允懿，亦讀書能文。女二：長適邑人劉壽；次適楊萬銀。孫男四：祚、檜、禧、祉。孫女五：長適安岳湯郎中子紹恩，育德邑庠；次聘同邑張進士子緒；餘尚幼。

君生正統戊辰十二月一日，以正德甲戌十一月二十六日卒，得年六十有八。

先是，君康寧，行人君奉使山西晉府，取道過家，獲覲省焉。既還朝，僅浹月，君遂屬纊。人以君獲見其子之成，而又見其持節晝錦而歸，其平生積善之慶，教子之篤，可少慰矣。行人君聞訃，既復命，遂解官，將以卒之明年□月□日奉柩葬於□□之原。乃以張進士孺脩所具狀，屬余銘於墓。銘曰：

位固不獲兮，德則有以裕於身。澤雖未洩兮，善則有以資於人。是惟不愧其鄉兮，歷百世而名莫能湮。

贈監察御史張君暨封太孺人房氏墓誌銘

正德甲戌冬十有二月十九日，贈監察御史張君配封太孺人房氏卒。其子監察御史縉①居京師，越明年三月訃至，哭踴悲號莫及。乃詣余，泣血請曰："縉不孝，禍延於母，五內崩裂，無可柰何矣。惟先君以弘治壬子奄棄，時縉在諸生列，故雖葬合江縣成都山之陽，未有誌諸墓石者，非敢緩也，力弗逮也。茲吾母復逝，禮當奉柩以合葬，而不朽之圖。敢勤於執事，覬矜而留意焉。"

余既吊，不得辭。

按狀：君諱洪，字彥寬，世為重慶巴縣人，自上世隸籍戎衛。曾祖諱添富，以隱德著稱鄉間。至祖諱仁，以屯田在合江，徙家焉。父諱政先，母程氏。

君性明敏，蚤歲讀書，篤志弗懈。繼以明醫術，思用其活人之心，以跂古良醫，乃益肆志精之。遂有聞於時，人有病者求診，視無寒暑遠邇輒往，多獲救療，未嘗計其報與否也。

居家雍睦，自其父及叔父同居，恩義藹鬱。君承之長幼踈賤，咸加處分，無不得其心，故子姓雖踰千指，和氣益然無後言，鄉之耆彥多愛重，且顏其堂曰"孝義"，非誇

---

① 即張縉。

453

詡也。急於周貧恤匱，廩有宿儲，輒思給人，其貧不能償者，悉取券焚之，曰："無俾其心有所繫也。"時以耕牛貸人，亦隨俗令，歲輸租，然不問其孳息。或至失牧倒死者，亦不責其償，曰："雖畜類，豈無病者乎？"人以是益懷其德。

太孺人出邑名族，父諱永昇，母柯氏。太孺人慈慧柔順，其教於壼以內，與君合德。凡織紝以助君勤儉，無或厭怠；饋食以佐君宴享，無弗精；好施予，以佐君賙濟，無弗誠懇。君既歿，而門內之治如一日。

子男五：長紀；次綸，早卒；次縉，即御史；次綖，以義給章服；次纁，弘治辛酉舉人，亦先卒。女二，各適名族，周盛、宋鰲，其婿也。孫男五：曰璉，蚤卒；曰璪，曰文治，補郡博士弟子員；曰文瑞、曰文教。孫女三，曾孫男三，皆尚幼。

君生正統丁巳，卒時享年五十有六。太孺人先一歲生，享年八十。

君秉德寬恕，而獨嚴於教子，故諸子咸成立，雖未及見其子之榮顯，而卒受贈典太孺人，則身獲貤封之恩，榮被閭里，隤祥委祉，日盛於後，信乎為善無不報也。乃敘而銘之，辭曰：

世稱活人，子孫其興。積善餘慶，如影隨形。維君令德，克紹於先。施靡或念，困罔或捐。孰疑非壽，而名固傳。成都鬱鬱，萬世之藏。孺人配焉，無敢壞傷。

劉安人余氏墓誌銘

　　安人姓余氏，重慶璧山人，今浙江按察使康村①劉公配也。祖諱□，仕為湖廣桃源縣丞。父諱韓，有隱德，鄉里稱為長者，號曰璧峯處士。

　　安人生而端敏簡重，為父母所鍾愛。既長，擇所宜歸，適於公。始歸，內外尊卑咸謂其能盡婦道，公敬焉，而得以竭志畢力於舉子業。

　　初，公育德邑膠，距家幾百里，乃假館於其母家。安人重累舅姑，則盡脫簪珥，置買田樸，督耕織，以給薪水。及公舉進士，歷刑部主事、雲南僉事、山東副使、浙江按察使，安人皆隨侍。所至閉門靜處，約束童僕，絕通女嫗，閨門之治，井井有條。故公敭歷中外三十年，無少內顧之憂，而英聲偉望屹然為一時藩臬賢臣，安人助於內者多也。

　　其尤所頌於人而不易及者，則撫愛庶子逾於己子。門內親戚，不覺有纖毫薄厚，雖庶子亦但知其為安人所出而已。

　　其在官與人接，則執謙汰侈，不異士人。私居禦寒止一敝裙，補綴餘二十年不棄。其性如此，亦非有所矯飾也。

---

① 康村，劉福。重慶中國三峽博物館藏有《嘉議大夫貴州提刑按察司按察使劉公（福）墓誌銘》及《劉安人余氏墓誌銘》原石。《劉福墓誌》云："公姓劉氏，諱福，字天祐，一字順夫，號康村居士，重慶府巴縣德義鄉白市里人。……祖考諱文富，祖妣楊氏。"《劉安人余氏墓誌銘》原石文字與此有異。

求之古人所稱女德,安人蓋庶幾焉。

宜偕老受祉,而乃病疽卒,時弘治丁巳二月十九日,享年僅五十有二。於乎,惜哉!

男二:曰申、惇恪,能志於學;曰川,即庶出者,亦奇特不凡。女一,適張都御史之子均。孫男一,曰洋。

公之母於春先祖母為同族,春因受知得接見安人,問起居。其子申,將以□年□月□日,卜葬□□之原,請為之銘,曰:

婦人之懿,幽靜淑貞。易稱恒德,詩詠采蘋。有美安人,其德克類。世之所咻,我之所貴。象服在躬,巍然如山。夫子之道,克成於官。有子誨之,益宏其器。年之不遐,惟後之利。

封監察御史盧公墓誌銘

於乎!自敬宗睦族之典不行,而尺布斗粟之謠徃徃而是,其視從屬若路人者,益不異也。若封監察御史盧公者,其殆可謂義士矣乎?

蓋公自曾祖以來務儉,家用饒裕,至于公,而貲益充。成化初,乃有從兄弟者,懷覬覦無所售其計,則誣訟其產於官,曰:"某地吾分所有。"公曰:"天下難得者,兄弟;易求者,田地也。吾忍溺於易求而傷所難得之恩,異日何以見祖宗於地下?"悉推以與之,官府重其讓,時人義而稱之。於乎！若公者，不可謂義士乎？

公諱汝恭，字伯敬，號松坡居士。其先楚之孝感人，元季徙蜀合州，今為合之鉅族。曾祖諱源政，祖諱仲誠，父諱倫，皆以隱德著稱鄉邑。母趙氏，同邑□□之女。

公稟賦清厚，性剛明爽闓，雖承先世積累，而恥不振施。嘗曰："積而不能散，守錢虜耳。"故凡貧不能昏嫁喪，不能具棺槨者，恒厚給之，無間踈戚。會建議許輸粟給章服，公曰："此亦古人輸財助邊之意，義宜就。"有子儀[①]，課讀書，恒飭厲不以愛弛。儀果舉進士，為監察御史，藉有聲譽，人謂公能教其子也。公於子既貴，益守禮執謙，為縉紳推重，嘗偕林下耆宿日為詩酒燕會之樂。

弘治戊午冬，詔覃恩臣寮，公得封如式，配蔣氏為孺人。童顏鶴髮，服膺寵命，龍章寶軸，賁於丘園公之食報，非偶然也。

越明年十一月初二日卒，享年六十有九，壽不稱德。於乎，惜哉！

男三人：長即儀；次仁，早卒；次佶。女三人：長適同邑士族陳樸；餘尚幼。孫男三：鶚、鵔、鵬。孫女二。

公卒之明年，其子御史君聞訃奔喪，將以□年□月□日卜葬凰棲山先塋之次。問銘於余。余在鄉黨，後知公者也，不可辭，因首敘其大者，而後及其餘。銘曰：

有菀其枝，同出一根。或瓜而爬，液漬於痕。相彼何

[①] 盧儀，合州人，弘治六年（1493）進士，任巡按山西御史。

人，寇讎弟昆。數世而後，漠然寡恩。自公之讓，薄俗以惇。聿有寵命，赫然於門。天之報施，涇渭異源。為之在我，不丐而存。彼不然者，孰為其倫。我銘公義，用警其昏。

樂山陳處士墓誌銘

鄧都有隱君子曰樂山處士者，姓陳，諱鐸，字鳴振。愛所居北郊別墅有山曰金羊，崒崔鬱秀，日徜徉其間，因以樂山為號。而人亦謂其德似之，故皆稱為樂山，而不名云。

處士性至孝。父諱良晟，三十有六即棄世。母鄧，時年僅三十有三，担括之十八日生處士。稍長，秀敏不凡，為母所鍾愛，擇師教之。處士克承母志，讀書普日見進益，繼以志於色養，遂棄仕進弗事。久之，慕為司馬子長之遊，挾貲出瞿塘，歷江陵、洞庭，過武昌，遇勝概輒肆品題，詞旨雋永，識者歆賞。尋舟發九江，迅風暴作帆檣，幾摧折者再，舟人雖狃忕水，而盡股慄魄喪。處士神色不動，但且禱且誦，曰："老親無鶴算，遊子必鯨吞。"有頃，風息，舟獲無虞，人謂孝之所感也。

比歸，不復出，築室城東，構樓三楹以奉母，扁於楣曰"覽勝"。每良辰佳節，則率妻孥奉觴稱壽，極懽而後罷以為常。母晚邁羸疾，起處非人力不能，處士恆身親之，未嘗或委於婢僕。湯藥必親進，衣不解帶者閱數月。既卒，哀毀骨立，葬祭一依禮。

家居，手不釋卷，每讀史，得古人嘉言善行，率手錄口稱，以訓迪後進。尤不靳施予，凡橋梁道路之廢圮者，多捐金修繕。鄉鄰有急徃稱貸者無弗應，其有貧不能償，則取券焚之。

配董氏，出邑名族，貞懿簡素，與處士合德。處士意所欲為，恒能先之，梱内事鉅細，綜理井井有條。至出納錢穀，纖悉不遺忘若籍記然。事姑孝愛甚得其懽心。處士之所以得竭孝養，而成其家者，固有助焉。

處士以永樂癸未九月二十六日生，卒于成化丙戌十月二十九日。孺人生視處士先一年，其卒，後九年。

男三：長濟，仕至曲靖府通判；次淳、次洽，出側室。女一，適邑人冉悅謙。孫男六：可、言、訓、謨、善、誥。孫女四，曾孫男二。

處士之先為楚之孝感人，祖諱彭者，在元為鎮撫，有事於蜀，因家酆都，今遂為酆都人。彭生仲榮，仲榮生處士之父，俱有隱德。

余偕濟領成化癸卯鄉薦，悉其家世，乃見諉，曰："吾二親俱於卒之明年合葬金羊山之原，墓石尚未銘，蓋有待也。子曷容辭？"乃為之銘，曰：

金羊之山氣鬱㠀，中有異人迥傑出。愛山不但空挂笏，安常不動多利物。生徃遊之葬於沒，樂哉斯丘此其律。世無有害端可必，考德吾文非浪述。

封戶部主事侯公墓誌銘

　　弘治戊午冬十有二月，詔兩京臣僚未考滿者，皆給與應得誥勅。於是戶部主事侯君啟忠，得蒙恩封父如其官。母李氏，贈太安人，繼母羅氏，封安人。蓋異數也。

　　越明年，封君倏捐館。時己未八月二十四日，春秋四十有九。始踐榮途，遽閟其年。於戲，惜哉！

　　君諱舜臣，字虞佐，姓侯氏，世家敘州之長寧。上世隱德弗耀，至君之父諱旺，以儒起家，為息縣令，威惠並施，藉有時譽，秩未滿乞致仕。母牟氏，賢而有內行，止生君一人。君穎敏敦恪，幼習舉子業，一志不懈，凡為四書時文，及所占詩，皆與同志講說分析，旨趣多可觀者。

　　成化丁酉，就試不偶，徃省父母於息。當歸，念無次侍，乃慨然曰："爵位之未有，命存焉，況身外事乎？吾安得舍吾父子慈孝之恩而僕僕於不可必得者也？"遂棄所業依息。及其父歸林下，則所以竭膬甘滫瀡之養，以致其孝愛之誠者，無不至以其餘力。究通岐黃之書，日課其子啟忠讀書作文，恒飭厲之，曰："吾家世累積德，未大發，必於子乎取之。"其子年十八，遂登進士，躋膴仕。故鄉邑之人咸謂君能教其子，而君之懷德不顯，豈天固鐘美於是嗇而不克並耶？

　　君於邑城南二里許創一室，環植松竹，積古今書千餘卷於中，曰："今之所以知古者，恃此耳。"飭身治行，好惇古道，不隨時俗馳逐。父母沒，殯一以禮，不作佛事，蓋庶幾古所謂鄉之善士者歟？

元配李氏，同邑李永宗女，與君合德，先卒。繼配蔣氏，亦卒。子男三：長即主事君；次啟孝、啟廉。女七：長三人，適士族，餘尚幼在室。

主事君聞訃哀毀，即日解官，將以□年□月□日，葬於□□之原。來問銘，余嘗接其祖於息，長身玉立，義形於色，因可以知其子，而又獲交於主事君，信乎其德宜銘。銘曰：

固有以獲之，亦有以與之。其獲也如植，其與也如施。景命伊始，遽不錫期。峻秩崇褒，尚遲於後。食報不愆，視德孔富。

鄉貢進士戴時章墓誌銘

弘治辛亥秋八月□日，余友戴君諱收，字時章[①]，卒於京師旅邸。余偕中翰蔣君肅之吊焉。則惟其妻率幼拊棺而哭，其友丁希說[②]為之經營喪事。

於乎，痛哉！時章以己酉冬挈妻子會試南宮，父景瞻及季父景良，皆以太學生謁選銓曹來聚，余嘗趨問徃來，

---

① 參見《送戴景瞻判陝西徽州序》，《東川劉文簡公集》卷九。
② 即丁相。參見卷二《送丁希說尹臨潼序》。

則見時章之左右就養者，皆得其懽心。其與人交，一以誠意。其言訥訥然，如不出諸口。其讀書務精博發，為文章有根據，不為蕪詞蔓說。余切謂時章非世俗士，當即見售，售必能以才自表暴於世者也。

未幾，就試，不偶。時章了無慍色。尋景瞻判陝西之徽州，景良知沅陵，相繼之任。而時章在太學，初不以挫抑少懈其志，寓一室，日與名士相淬礪，其業孜孜，忘晝夜寒暑，由……（下缺）

明故刑部員外郎劉公墓誌銘

（上缺）……即諳世務，如老成人。

成化間，副使以御史從項都御史忠既平荊、襄，流民未得所處，公聞而奉書曰："宜郡縣其地，俾附籍，則久之，皆土著，後患亦彌矣。"副使公奇之，而當事者不能用，後竟如其言。

年二十四，以禮經舉鄉試第四人，至弘治庚戌舉進士，襄垣之有進士，河間後，惟公繼之。尋補高密令①。越三年，課績最，徵擢戶部主事。已而，丁太恭人憂，守制服闋，改刑部。久之，擢員外郎。至是，遘疾竟不起，年纔

---

① 此《墓誌銘》因缺文字，無志主姓名。考志主應為劉鳳儀。劉鳳儀，字天瑞，襄垣人，弘治三年（1490）進士，授高密知縣，興學校，廣儲蓄，彌盜賊，招撫逃亡，升戶部主事，遷刑部員外郎。

五十有一耳。於乎，惜哉！

公氣宇軒豁負才識，其為政務在惠愛。初至高密，屬連歲大侵，民多就食四方，逋負累數萬。公輕徭薄賦，撫輯其居者，而招懷其失業之民，遂以次輸完。倉庾傾圮，公謀改作，乃預蓄材，而後鳩工，不兩月落成。不知勞，即儲粟三萬石有奇，民得不填溝壑者眾。

歲壬子春旱，公禱於五龍祠，輒應。夏又旱，禱亦應。公曰："役民雖《春秋》所譏，然為民祈福，可也。"乃為新其祠。

邑地故多荒蕪，民苦租稅，不敢佃。公下令，俾墾闢而簿其賦，民樂占業，以是高密人戴之如父母。比去任，勒其功績于石。其在戶部，分司臨清倉儲，出入宿弊，梳剔無遺。在刑部，平恕不苛，凡奏當之成出於公者，人無後言。其居家，尤孝友。副使公沒于任，公時未冠，而能舉柩歸，在道不失禮。既葬，結茅墓次，惟以課耕績學為事。撫愛庶弟鳳鳴，甚至恆口授經，諄諄不告劬曰："吾弟幸成立，異日庶可見先人於地下也。"

其居官雖廉而篤於為義。初以家政諉姑子餘二十年，求去，令恣所欲取之，仍分畀以田一區。叔母陳早稱未亡人，公事之如叔父，而為之立後，凡供具歲致不少替。內弟卒，遺女才十四，其母不能守，公乃為治裝如己女嫁之。性尤喜吟詠，雖在劇曹，日課一詩，有《北村集》藏於家。

配張氏於公，協德能助於內，封孺人，湖廣按察僉事輗之女。子男三：長即龍；次夔，育德邑庠；次元，幼。

女二，皆適士族，李史、王寅者，其婿也。孫男二：承爵、承祿。女二。

余與編脩①同仕，獲識公。竊謂其名位當顯赫，而乃止此，豈非命耶？是不可無銘，遂為之辭曰：

世累傳經，逮公丕顯。載其令問，胡適弗善。譬彼擅車，檻檻周道。孰曰枊之，其極弗造。弗造其極，有命自天。維德之懋，瓜瓞綿綿。斯其永藏，弗崩弗騫。

翰林編修簡庵劉君墓誌銘

於乎！吾友可大，竟止於斯耶？

成化甲辰春，余自成均識可大，見其思歸汲汲然，詰之，曰：「吾於親未嘗遠違，茲強而來，無時刻不在念也。」丙午以外艱讀禮於家，人稱其孝。

繼弘治庚戌登甲榜，廷試進士第二，入翰林，為編脩。越三年為癸丑，奏績最，得贈父封母，即謀歸省洎祭於墓。以時制入仕者，非六年不許，則謁告侍養五年②，母乃以義迫遣之曰：「汝荷朝廷拔用，以貤榮於我，惡能安於家食，不圖報稱？且汝婦衛氏，善事我，盍留而往，不公私兩盡乎？」

---

① 編修，疑即劉存業。劉存業，字可大，號簡庵，東莞人，弘治三年（1490）進士。參見卷十七《翰林編修簡庵劉君墓志銘》。

② 弘治六年（1493），編修劉存業乞歸侍養，以五年爲期，從之。

乃強來，僅二年，衛訃至，則泣曰："吾所以重違母命，恃有吾妻也。吾妻今沒，吾曷能留？"即復謁告歸。又七年，乙丑秋，會孝宗升遐，遺詔至，既哭臨復除，母迫遣如前加嚴，且曰："汝妾婦事我，如衛婦，爾男謨亦長，可留侍，爾第徃。"乃獨挈其一子來，來踰半歲而遘疾，不浹月而屬纊矣，時丙寅七月五日也。

於乎，惜哉！先是，五月之初，予偕可大以孝宗小祥恭祀於陵，笑語顏貌，無疾之形也。踰月不見，人傳在告，未之信。既信而徃問，云已瘳。又一日，不起，其疾將革。即自略為狀，屬其友增城湛吉士元明敘次，而命其從弟存禮以屬銘文于余。

於乎！余何忍銘，而亦何忍違吾友之意耶？

君姓劉氏，諱存業①，字可大，別號簡庵。其先金陵人，自始祖諱必振者，為廣東鹽場大使，即家於東莞，今為鉅族。由必振而五世，至源，咸以德善著稱。源生諱潤者，為君之父，尤信義剛直。母李氏，出圓沙之黃。黃，故名族。李從諸舅得聞詩禮格言，故君在繈褓時，恒口授之，及語以古賢哲忠孝之事，君聰明因日開。稍長，其父復教之嚴，故益肆力於學，遂領成化癸卯鄉薦第二，有司刻其文為程式。

比為編修，克脩其職踰十七年。丙寅，乃再趨闕之時，會皇上開經筵，君簡充展書官，被賜白金楮幣詔開史局纂

---

① 即劉存業。

465

脩孝廟《實錄》，君為纂修官。蓋同年而升者，敭歷中外漸貴顯矣。而君以親故止此。其於親，亦可謂無慊於心而垂絕戚戚，惟以貽母之憂，不獲終養為言，可哀也已。

君白面豐頤，眉目疎秀，美髭髯，見之者皆知為貴人。襟度軒豁，與人交無城府，而其自律凜凜不忒。家居未嘗事造請草洲魚鹽之滯獄，或以獻於君，君峻拒之曰："吾豈可以是殖禍於後也？"其為詩與文，不務刻削，殊有思致，識者謂類其為人。

男五：長洪宇，先卒，次謨，皆衛孺人出；次謐、次諫、次詔，及女二，側室徐氏出。女幼在室。

君卒春秋四十有七，一子在側，僅七歲。經理其棺歛，皆其鄉友及門人編脩襄垣劉舜卿①。葬在□□之原。與衛孺人合，亦治命也。銘曰：……（下缺）

明故處士安公墓誌銘

（上缺）……又樂親之不見疎薄，今多育德郡膠。子三人，皆教以業儒：長曰仁，補郡博士弟子員，學成而卒；次曰詳；次曰邦②，舉進士，為翰林庶吉士。

吉士未第，居京師，公嘗誨以書曰："毋怠爾學，而諉

---

① 劉龍，字舜卿，號紫岩，襄垣人，弘治十二年（1499）進士，授翰林院編修，充經筵講官，歷吏部考功員外郎、侍講學士、禮部左侍郎、南京吏部尚書、南兵部尚書，卒贈太子太保，諡文安。

② 安邦，巴縣人，弘治十八年（1505）進士，翰林庶吉士，給事中。

得失於造物薪水之給，吾能助之。"及既第，復致書曰："爾得遂所志，可喜。然尚有大者可勉企，須務甘淡泊也。"

配魏氏，出郡之鉅族。歸公，克以禮助於內，每用度皆有經費，至於教子則未嘗節量，恒脫簪珥不靳。成化辛丑正月十二日卒，享年三十有六。葬於紙房溪先塋側。繼配莊氏，亦合德於公。翼愛仁輩，不異己生。女一，適士族。孫男九：汝翼、汝為、汝職、汝明、汝事、汝功、汝聽、汝德。孫女二，長聘余弟①文選子嘉年；次尚幼。

公卒於正德丙寅六月七日，享年六十。訃至，吉士君解官奔歸，將以□年□月□日，從其兄扶柩啟其母之窀合葬。問銘於余。余比省覲②，屢接公，言笑嘻嘻，體貌豐厚，而飲啖如少壯。竊謂公厚德，固宜有子如吉士，福履未艾也。乃遽至此，遂敘而銘之。銘曰：

古之處士，隨寓而安。居儉履約，心每怡然。保其天和，乘方不忒。如得其道，坦焉不惑。有美如公，豈不似之。承其世德，蓄而不施。亦既啟之，方隆厥始。火然泉達，其孰能止。考德於後，允在於斯。永錫厥命，其利固宜。

東川劉文簡公集卷之十七　終

---

① 即劉台。劉嘉年為劉台長子。
② 正德三年（1508）九月劉規卒，劉春以憂歸巴縣。

卷之十八

誌銘

封戶部主事鄧公配安人張氏合葬墓誌銘

　　封戶部主事鄧公，諱本濟，字大用，其先江西南昌人，元季有諱文勝者，徙蜀之重慶府巴縣，家焉，遂為巴縣人。
　　文勝生仲英，仲英生友紀，為公之父。母熊氏，生男六，公其次也。公幼有至性，在群兒中特穎異。比長，剛方正直，為里中所尊信，非其人不妄接一言。好觀書，獨領大義，開口論世事，詞鋒捷出，終日亹亹，聽者忘倦。以其才識，幹蠱於家，日用饒裕，尤精九章籌法，人競慕之。初未有子，命工塑神像，祀於真武觀，曰："非不能袪俗，精誠所感，固有之也。且安忍俾宗祀，自我而不續乎？"

及得子，愛而教之不少縱。長曰卿，舉成化丁酉鄉進士，為安化縣知縣，有能聲；次曰相[①]，舉弘治己未進士，為戶部主事，勤慎端恪，著稱於時；次曰翼、曰袞，皆底成立。故鄉人之稱善教子者，必以公為歸。

配張氏，同邑名族，合德於公。每輔公以寬厚，鄉人有負貸者，或欲訴於官，則曰："財物古人以比臭穢，毋因是賈甈；縱得直，所損亦多，況未必直耶？"族人有恃橫侵奪分地者，安人喻說以理，其人帖帖服，不敢復肆。其念其有識，大類此。至於女紅之精好，治家之勤儉，乃餘事也。

弘治甲子，恭遇上太皇太后尊號覃恩，公獲晉，封安人，贈如制誥。辭有曰"存心篤厚，待物寬平"，曰"勤儉治內"，議者以為兩不愧云。

公卒於正德元年二月初四日，享年七十有八，先安人生二年。安人生於宣德辛亥十一月十日，先公二十九年卒，享年四十有八。

繼配胡氏，亦先卒。女四：李大棟、吳曰瓊、張輔、李暢，其婿也。暢為郡博士弟子員。孫男十三：雍、參雲、耕雲、凌雲、排雲、騰雲，餘未名。孫女六。

戶部解官，將以卒之□年□月□日，從其兄扶柩與安人合葬於西山樊家溝祖塋之原。問銘於予。予與戶部同遊

---

① 鄧相，巴縣人，弘治十二年（1499）進士，戶部主事，嘉靖間任雲南右布政使。

郡庠，知鄧為吾郡著姓，而公又著德於族者，銘之固宜。其詞曰：

山嶽之秀鐘崒鬱，奇材異產恒傑出。屹立不動靡疇匹，有美如公居少室，德亦似之甘隱逸。開口論事比捫蝨，烈烈義方啟紹述，厚蓄不發未為失。西山之原厥卜吉，雙璧深藏林茂密，百千萬禩如一日。

諸孺人周氏墓誌銘

姚江有賢婦曰諸孺人者，今致事光山教諭諸先生之配也。先生之兄欲分異不能止，其母乃命即田廬之美惡均配而授之。孺人間請於姑，曰："田宅易求，兄弟難得。寧我輩不足，忍失兄弟之心乎？"姑曰："女①能是，復何言？"悅而從之。

於乎！世之兄弟，爭長競短，以亂其天倫者，多由異姓之婦。故如孺人者，不可謂賢耶？

孺人姓周，世家邑之上林鄉。大父諱思齊，仕江西崇仁令。父諱望，隱德弗仕，好吟詠，因自號"樂吟"，而人亦以是稱之曰"樂吟先生"。

孺人生而聰慧，自少從母教習女紅即精絕，每誦《內則》《烈女傳》，知婦道。既長，樂吟擇得先生。先生之母

---

① 女，同"汝"。

多病，孺人事之，克謹左右，不以無故違，湯藥必親嘗而後進，姑恃以安。而先生亦因得竭力於所當事不內顧，卒以所業聞於時。

先生典教光山，日橫經坐堂上，與四方負笈簒糧之士講解不輟。時二子皆未成童，而紀綱之僕亦無可倚者，獨孺人綜理家政，井井不紊，撫庶子不異己出，人不知其有二母也。遇臧獲恩，常勝威，惟諸子有過失，不少假借，嘗曰："子之所以不肖者，多母姑息縱之，吾可不知所戒哉？"

於女則亦以少所誦《內則》《烈女傳》授之。先生歸自光山，未及秩滿，無餘貲，而食指漸增，得孺人經營，不乏絕。於乎！孺人其賢哉。

有男二，曰紋、曰絢，皆補邑博弟子員，嚮用有期。女三。孫男一，曰應科。孫女一。

孺人生正統庚申正月二十一日，以弘治戊午正月十八日卒，春嘗執經事先生於光山，與知孺人賢行之概，而光山之家政，則所親見者。故先生於其卒，將卜囗年囗月囗日，葬於四明太平山之原，致書京師，謂曰：吾亡妻墓中之石，非子莫宜銘者。乃銘曰：

婦主中饋，外非所事。曰維其相，孰愨於義。孺人之賢，壺內之常。世則鮮儷，遽顯其光。相彼哲婦，不難傾城。遑恤兄弟，而夷其情。孺人之義，作之於古。銘以藏之，世其永慕。

處士劉君配孺人合葬墓誌銘

　　士之崛起，赫聲績於時，非偶然也。其必有深積未食報於先，而其父兄之教詔，又有以督而成之耳。弘治己未春，余被命同考禮闈，得一士曰劉茝[1]者，其文蘊而不肆，未之識也。既撤棘出，人競譽之，而余亦見其謹願端恪，將大受焉者，而占其所養，宜有所自。越明年，茝奉其二親之狀，泣請銘，然後悉其親之所以，誨誘諄切，固有以成之於家也。

　　蓋其親處士君諱志戀，字子英，蜀之涪陵人。其先元季徙自麻城。祖諱信忠，父諱文，俱不曜，里人稱為德門君。幼孤，無翼之者；少長，即迫公家征繇，不克畢志於學，然能力自奮振，其簡樸勤約無所矯飾，居嘗好涉獵子傳不厭接。縉紳大夫論說古今事宜，在鄉邑人蟻附之；然性勁閟，遇非其人雖竟日噤不一開口，以是士之賢者恒樂與遊處。而其尋常人得交一言，若蒙賞拔。

　　其教子，各因其材性俾從事；若茝者，則授舉子業，曰：“吾家自上世以來，不涉吏議，顧多頌德者，未有積久而不發，盍於子試之？”乃擇師，遣肄業，數臨視焉。雖甚

---

① 劉茝，即劉蒞，字惟馨，涪州人，弘治十二年（1499）進士，戶科給事中。正德二年（1507），劉蒞語侵劉瑾，回涪陵，正德七年（1512）起知金華府。《明史》有傳。參見黃宗羲編《明文海》卷454《墓文·秋佩生墓志銘》。參見《涪州志序》，《東川劉文簡公集》卷六。茝，同蒞。

愛，不以小過少恕。識者於苴在儕輩，固道知其必能成以有今日矣。家雖不豐裕，而力嚮義，若饑渴之就飲食。弟二人，女兄弟四人，皆極力婚娶，未嘗計有無，曰："此吾責也。"其飭躬治行，類如此。

娶劉氏，亦郡名族，合德於君。君之慕善樂義，克從臾焉。凡交接族姓之內人，人謂有殊愛，不妄語笑，壼內之治，以其力任之有餘；尤不妬忌視側室主所生之子苴與芝，愛踰己出，故里中稱婦德者歸之。

君卒弘治癸丑十二月十八日，享年六十有九。又六年，而劉卒，為己未十二月二十五日，少君二歲。時苴初登第，奉使道過家，未至之先三日屬纊，苴僅及歛也。於乎！痛哉。

君有子四人：曰芳、曰莘，劉出；次即苴及芝。女三人，皆歸士族。

苴將從其兄，以辛酉年□月□日啟君窆於鳳凰之原，合葬其母，於禮為宜。乃銘之曰：

蓄而不泄，孰為啟之。爰自處士，以培其基。其基孔厚，在我後人。綿綿厥緒，于涪之濱。于涪之濱，蔚焉崛起。巍巍峻科，聿昌其始。孰稼罔穫，孰獵罔特。吁嗟處士，惟鄉之則。

封府軍後衛經歷王公墓誌銘

　　封府軍後衛經歷王公諱孟慶，字善昭，其先江西吉水人。洪武時曾大父入蜀，占籍涪陵之樂溫，即今長壽縣，遂世家長壽。

　　父宗麒，種德好施予，初長子宣貴，封大理寺右評事；尋季南，為南京右軍都督府經歷，復封如其官。母周氏，累封太宜人。

　　公性聰慧，於經史涉獵通大義，傍究莊老之旨。以兄弟游邑庠，乃慨然請於親曰："鍾鼎、山林不皆兼也。盍各從所志，且安得置甘旨之養，無所用其心乎？"遂竭力任家政，凡米鹽細事皆經畫焉。覷上以色養其親，而下不累諸兄弟，曰："用志不分，而後業可勤也。"以是家用饒裕。比兄弟仕京師，恒資給之，故益得各能。其官樹聲績，公事親孝，凡可以娛親之心者，必極意為之。

　　父疾亟危，迫無所措，公稽顙禱北辰，刲股為糜粥以進。既食，父忽夢，若有大呼者三，少甦，已而瘳。偕太夫人壽躋八袠及喪葬祭一以禮。

　　家居，訓迪子孫嚴而有法。其周人之急，無或顧計財物。神祠之有益於民者，則悉倡率脩葺之。天順中嘗輸粟助邊，旌為義民，給章服。

　　繼兄弟各請老于家，公方矍鑠，相與盤桓林下，友愛尤篤。晚受貤封之典，里閈之人咸以為榮，曰："公之厚德好義，天其相之耶？"

弘治戊午二月十又三日卒，享年九十有四。配鄒氏，同邑隱君子鄒文勝之女，合德於公，先公十又三年卒，贈孺人，享年八十有一。

子男二：愛，國子生，任府軍後衛經歷；恩，成化甲午鄉進士，任大理寺司務。女二：壽，英，適邑人楊馥。孫男三：在參、在伋，習舉子業。孫女一，宜弟。

公既卒之數月，司務君將從其兄，卜是年□月□日於縣西磧溪里金字山之原，啟孺人之窆而合葬焉，奉大理寺左寺副朱君素卿之狀問銘。

弘治乙卯，余省親趨朝①，得拜公床下，見公清臞精健，言動不苟，退而歎曰："是宜享有多福也。"乃為之銘曰：

忠而養，其孰為；學而仕，其孰持。乃歛其澤而博於施，乃昌厥後以聞於時。於乎！天寔相之夫奚疑。

封戶部員外郎陳公墓誌銘

弘治十有二年八月二十日，封奉直大夫戶部員外郎陳

---

① 弘治七年（1494）年初劉春回巴縣省祖母，弘治八年（1495），離渝赴京，充殿試掌卷官。

公卒於家，享年八十有七矣。其子一經①聞訃，將戴星歸，從其兄卜葬威鳳山之麓，與先太宜人合焉，禮也。乃奉狀諉舂銘壙石。

公諱昇，字彥輝，世家閩之莆田。始祖元佐，為開封府治中，生應麒，太常寺丞；應麒生堯治，山東參議；堯年，司戶參軍。堯年生謩，兵部尚書，贈銀青光祿大夫。元季俶擾②，各隱遁。厥後，公之祖得祿入國朝，益著姓於閩。及以隸籍伍符，徙蜀，家成都，今為成都人。

公三歲即失怙，獨與母居。少長，悉其世系顛末，乃惕然曰："非大克振迅自立，曷紹欲絕之緒？"遂飭勵檢約，玩心書史，環里閈之父兄，欲擇師以誨其弟子者，僉歸焉受業，函丈恒至百餘人。事母孝，凡瀡瀡之養，燠寒之適，左右周悉，務得其懽心。然稟性剛介，不肯少為人屈，獨其振窮恤匱之心，則若忘其不自給者。

成化丁亥，展墓莆田，敦合族之禮薄歸宗黨，咸饋贐，有貧乏不能為禮者，公知之，併郤所贐不受。居鄉有貸粟者以歲歉愧負公，公召語，焚其券，曰："無貽爾累也。"

公好學，老猶手不釋卷，其子一經，嘗親指授，舉成化甲辰進士，為戶部主事，歷官員外郎、郎中，轉工部，聿著時名。公初封如其始受官，再封為今官。既貴矣，猶撝謙如故，日吟詠不厭。性苦愛菊，自號菊翁，人亦以其

---

① 陳一經，成都人，成化二十年（1484）進士，歷山西戶部督餉郎中、山東戶部分司、貴州右參政、陝西布政司右布政使、甘肅布政司右布政使。

② 俶擾，音 chù rǎo。俶，開始。開始擾亂。

早植晚發類之。所著有《菊翁稿上下篇》《梅花百詠》《和杜工部草堂集》及古詩《兩廣觀風集》。凡藩臬諸公皆加禮敬，每歲有司興鄉飲秩節，皆敦請為大賓。識者謂有公而後不負一時盛典也。嗚呼！若公者，可謂篤厚君子、壽考令終者矣。雖蘊蓄不獲施，然所以遺其子者如此，則亦何必親為之哉？

配鄭氏，贈太宜人，同邑士族文昇女，純惠慈和，合德於公，先公十有六年卒，得壽七十四。子三人：長一中；次一言；季即一經。孫男五：興宗、興邦、興仁、興平、興榮。曾孫男亦如之。孫女四，曾孫女加一。銘曰：

陳自顓頊，派衍莫京。或顯而微，不隕厥聲。降及司馬，為閩之宗。支分於蜀，維時之逢。有美菊翁，溯源克紹。不顯於時，成人有造。豈曰成人，克昌孫子。令聞令望，聿崇其始。嗚呼菊翁，肆諧厥積。百世而下，見者斯式。

明故治中楊君墓誌銘

應天府治中楊君，正德十四年冬十二月朝覲京師，明年正月十二日，遘疾卒旅邸。嗚呼，惜哉！喪歸卜葬於鄉，道出南京，其子弘立衰絰，奉尚寶卿鄭君所述狀，諉其父執太常少卿李君屬余銘。

按狀：君諱廷用，字維賢①，世家敘州宜賓縣。曾祖、祖皆潛德弗耀。父諱蘭，以行誼重於鄉評。母李氏。君生而天性穎敏，方能食，即解屬對句。稍長，自知嚮學，攻舉子業。成化壬寅，知敘州府事陸公淵之②負時望，愛君，乃薦於董學政僉事石公淮，補郡博士弟子員，自後益淬礪，其業大進。

弘治乙卯，舉於鄉，入太學，友天下士，博洽工文詞，名聲籍甚，然累未遇，人咸嘆異，君曰："遇不遇，命也，顧惟自盡其心耳。"

正德辛未，會銓曹疏簡行業出類者，授府佐貳及州縣正官，遂受命同知安慶府。縉紳知君者又曰："君盍少俟，顧汲汲就是乎？"君曰："先正謂一命之士，苟存心於愛物，於人必有所濟，況貳畿郡，第恐曠厥職以負民耳。"人尤重之。比蒞任，恒推誠待人，無敢慢易於民，惟恐不能視之如子。

故事，所司清戎，僉民丁解軍，每軍一人，道遠者，則增其一，若瘴鄉恒至秋後起解京師。班匠苦違鄉土，君一處以雇役例，官民兩便。尤務興民之利，若於潛山脩吳塘，鑿新河，足以溉田萬餘頃。築太湖石潭倉，懷寧白龍寺之圩埂，所在窪下田不苦水潦，其盡心民事如此。

---

① 楊廷用，字維賢，宜賓人，弘治八年（1495）舉人，應天府治中、安慶府同知，素行端嚴，剛介不屈。

② 即陸淵之，字克深，上虞人，成化二年（1466）進士，授禮部主事，成化中知敘州府，葺學宮，毀淫祠，政教兼舉，士民懷德。參見《西溪居士墓志銘》，《東川劉文簡公集》卷十六。

當決訟，尤思體察，惟恐人負枉。有盜誣指客戶楊京二兄弟三人為盜，而以寡婦裳衣為寄贓，其家婦亦不能辨。獄辭已成，君當覆覈，乃訊之，令寡婦出他裳衣，以驗與所寄者無異，始明，皆釋之。

在郡踰三年，每攝郡事，若清望江之月。夫革懷寧之饋遺，及潛山里甲之科害，人咸感悅，故巡撫、巡按，每奏請旌異。乙亥考續，銓曹當膺恩典，有司勘未報。越二年，擢任應天，士民攀轅以留者塞於道，計不得，皆泣去。在應天，持心愛民，不異安慶。凡受委稽覈荒田，賑濟饑民，編充徭役，人心無不信服者，咸恐當顯用去。忽訃至。嗚呼，惜哉！

君性侃直，篤於孝友。弟五人，尚怡怡同爨；與與交遊者，皆名賢。處家庭，凡冠昏喪祭，悉準家禮。人有質問者，則亦舉以告之。

配何氏，同邑處士女，與君合德。男二：長弘道；次即弘立，年未弱冠，而痛泣為君求永於後，君為不死矣。爰為之銘，辭曰：

仕非才，曷行其志。才非德，曷致其身。嗟君心有所養，學非為人，隨地以立事，因事獲乎民。胡未究厥志，精神倏浮淪。刻辭藏墓中，懿行永無湮。

愚庵李公墓誌銘

　　公姓李，諱吉安，字邦瑞，別號愚庵，世為內江人。其先出江西之吉水，自五世祖六七徙高安，歷四世，有慶二者，又徙楚蜀間。至元季，曾祖諱添祿，昉於富順之龍市，徙內江梧溪，今遂家焉。

　　祖諱觀，洪武丙子領鄉薦，歷官師□四十餘年，以子薈仕為兵科給事中，受封如其官，致仕。給事中節，公父也，永樂庚子領鄉薦，司訓漢中府學，會詔求直言，上端本十六策。宣德改元，被召擢給事中，秩滿，卒，時年僅三十七。公偕諸弟俱幼，獨鞠於母黃孺人，稍長，補郡博士弟子員。天順壬午膺貢入成均，成化丙戌受官訓導於吳嘉定。乙未，滿考績最，擢澧州華陽王府教授。

　　公敦樸端凝，言無矯飾，居官務求盡其職，不以位卑不屑。其在嘉定，嚴督生徒課程，賴造就者多以科第顯。在藩府，著稱善輔導，時□□□將軍構隙，公極力匡救，質言比諫，且喻以親親□誨，弗聽。已而，皆抵罪奪爵，始悔違公言，自後政事一諉於公。嘗以小嫌欲易妃，公歷引往事，論其不可得。寢久之，王以賢聞得復爵。公乃屢辭，王固留之。屬病革，世子方在繈褓，舉以託公，公不得去，益悉心匡輔。每勸誘世子，諄諄以讀書崇禮，遵祖訓為言。世子繼襲爵，公曰："吾於先王之託，至是始不負矣，且年至，固當去也。"因移病，王知不可留，始聽其歸，率諸將軍餞之。其縉紳士民送者至流涕不忍別。盖公之忠實得於上下之心有如此。

比至家，逾二年，卒，享年八十有二。配□氏，男嘉嗣，俱先公卒。女一。繼娶田氏。生男振嗣、充嗣①。女二。孫男瑩、格、矩、準。

公廉介沉靜，自處必以禮義，即其教子之嚴，尤不以愛弛。初至澧，即遣振嗣、充嗣入京師從遊今少宗伯西充紫厓馬先生②，後振嗣以學業著，王累疏舉繼公職，沮於例，則乞授章服，仍留輔導。

充嗣舉進士，改翰林庶吉士，歷戶部、刑部主事，坐累左遷通判岳州，尋擢守隨州，轉僉憲陝西，所至礪清脩之操，人謂是父是子。

初，充嗣倅岳，承檄審訊九溪夷獄，任法不飭。其酋長銜之，潛遣人至澧，投火燎公所居舍，見絳服者長丈餘，立道旁，火不熾。須臾，見者遂驚避，厥後酋長逮繫獄，每為人言公之默相於神人如此。又嘗簿責縣簿侵牟糧價，簿持百金詣澧貨公，求庇，公奮然厲聲曰："是欲吾兒欺公賣法耶？"

其教於家，惟以勤儉耕讀，畏官法為切要。平居著述，有《愚庵稿》。

公卒二年，充嗣卜葬於邑西應龍岡之原，遷前母之柩

---

① 即李充嗣。
② 即馬廷用。

衬問銘於余。余與僉憲君仕同升，知公先輩之風久矣，乃銘曰：

其位雖卑，其志則行。隨祥委祉，尚利其後人。

贈南京刑部主事何公合葬墓誌銘

睢寧令何公以秩滿，取道省親於家，成化壬寅七月十八日卒，享年五十有八。其子璽輩卜是年十二月二十四日，葬於邑瓜渚之原，未有以誌也。越八年，配陳卒，享年□十，乃合葬焉。久之，為弘治□□，以其子珊①任南京刑部主事，贈公如其官，配為安人。尋主事君晉員外郎、郎中，擢守重慶，始奉其先友同邑大司馬王公用敬之狀，屬余銘。

按狀：公諱皞，字太古，別號敬齋②，世為楚之公安人。曾祖諱興祖，祖諱安壽，咸以隱德著稱。父諱潤。母蔣氏，繼李氏。

公生而簡重端慎，言笑不苟。稍長，育德邑膠，勵志不少懈，年二十九始舉於鄉。越明年，景泰癸酉就試禮部，不偶。入太學，益脩其業，為同輩者所推讓。已而，連試于有司，竟落第。會廷議，簡學行之士補守令，公於是得尹淮陽之睢寧。

時歲大侵，人相食。公至，凡可以振捄者，行之無遺

---

① 即何珊。
② 何皞，字太古，號敬齋，公安人。何珊之父。

力，民賴以安。有惡少十餘輩，伺隙逞毒為民害，人咸目為虎。公召至庭，諭以禮法，皆知悔禍，卒為善。陶河湖幅員數十里，舊業於民，歲入為斛者凡幾萬，乃為邳州衛軍冒占，民貤納公賦，鬻及子女，公極力申請諸當道歸於民。公宇學舍倉庚，日就傾圮，公不得已繕築。有同官者委輸軍需還，懷羨金三百兩，暮夜獻公，曰："此既出於民，不可復散矣。"公曰："不可散於民，獨不可用於官乎？方事經營費無所出，公之助多矣，必欲私之，吾心不可欺也。"人稱其廉。

其為政，務先愛利。每政暇，輒單騎循行阡陌，察民之疾苦，求以安之関焉，如饑渴於飲食。尤加意學校，每朔望詣講堂，飭勵諸生，程督其藝，未嘗以事廢。

其在官，多致感召之異。李家莊社麥有一莖三穗者，水南、義陳二社麥有一莖二穗者。鄰邑蝗，民莫知所撲滅，惟不入公界。尋有入陶河苫薆社，公齋戒禱於神，遂大雨，盡斃。每值歲旱，禱輒雨；雨潦，禱復霽。或以為精誠德之感乎宜如此。公曰："亦適然耳。"

有詔，巡撫大臣各推訪守令之操節政績卓異者，加禮旌勸。時大司馬淶水張公鵬①，巡撫其地，首及公。在任滿九年，治行如一日。既歸，行李蕭然，民之老稚遮留者塞途，至不得舉步，乃競脫所履靴置譙樓。其縉紳大夫，則掇拾公治績，為《十美》，播諸歌頌，今有集藏於家。於

---

① 張鵬，字騰霄，淶水人，景泰二年（1451）進士，官至兵部尚書。

戲！如公者，信乎豈弟君子矣！

公性甘淡泊，於聲色貨利了無所好。或告以過，則喜聞，譽言輒蹙然不安，曰："豈吾有以致之耶？"平居，事父母篤於孝愛，處昆弟，交朋友，皆有誠信。居官所得，惟俸祿。或勸其為子孫計者，輒以積德應之。其於民有遺愛，今去任已久，言及，猶垂泣思之。

其配安人，出邑名家，恭儉慈慧，與公合德。子男四：長璽；次璁；次瑢，成化丙午鄉進士；次即珊，舉弘治癸丑進士，歷今官，有世美焉，名位未可量。孫男四：性、忱、愷、怡。銘曰：

治古之吏，奉法循理。上下信愛，父母赤子。降及後世，聲利紛起。計功筭效，上官善事。乃有如公，篤意恤民。我之所趨，非時所奔。爰自我始，亦自我興。赫赫皇命，貤從後人。瓜渚之陽，荊郢之鄉。載其令德，世有其慶。

明故晉寧州知州牟君墓誌銘

正德乙亥八月，吾友長沙府推官牟君陟雲南晉寧州知州，明年四月蒞任，又明年六月九日卒，享年五十八。嗚呼，惜哉！是年其子泰①舉進士，歸將卜明年二月二十七日

---

① 牟泰，巴縣人，牟正大之子，正德十二年（1517）進士，歷貴州都勻府知府、河東運使。

葬雍坝先塋之次，屬余銘幽石，誼有不忍，而不可辭。

君諱正大，字元夫①，別號繼齋，晚更號竹亭，蓋思以自晜不受變於俗也。祖諱永英，贈都察院左僉都御史。祖妣冷氏、李氏，贈恭人。父諱俸②，起家進士，累官都察院右副都御史，時稱公廉厲風節。巡撫山東、南直隸，名聲烜赫，去任既久，人猶知而思之。前母胡氏，繼母雷氏，母王氏。君自少英敏，與弟諱正初③、號復齋者，隨侍都憲公，同師習舉子業，自相麗澤如寒士，識者器焉。

成化庚子，復齋舉於鄉，甲辰第進□，謂君將競爽，已而，復齋沒。至弘治壬子，君始得第。正德己巳，官長沙。其在長沙，以素服膺庭訓，恒嚴於自律，治獄則務平恕。不欲以文深沽名，經訊決者退無後言，屬閭郡人赴愬于上官者，亦自懇乞曰："願得□聽斷。"其見服於人如此。

瀏陽蒞郡，號難治，民有頑□逋負賦稅者，屬君罪之。君推誠化誘，不煩刑書，竟輸服。在任幾六年，持心如一日，撫按者咸疏奏旌異。

至晉寧，其政加于長沙。蓋民雜夷獠，梗化干法，非內都伍。君不夷視，其民傾心愛戴。州有市官，每假公加□其稅自利，民弗利，莫敢言。君酌為中制，委收於佐貳，悉歸公費，公私便之。不數月，聲績大著，已而病革不起矣。

---

① 即牟正大。牟正大妻爲酆都楊孟瑛之妹。楊孟瑛父楊軾，字大榮。
② 牟俸，巴縣人，景泰二年（1451）進士，初授御史，巡按雲南，巡撫山東、蘇松。子正大、正初。
③ 牟正初，巴縣人，正大弟，成化二十年（1484）進士。

君娶鄧都按察僉事楊公諱大榮之女,與君合德。子男二:長即泰;次蓁,郡庠生。女二:長適禮部主事劉彭年①,余子也;次適陳堦。孫男一。孫女三。

君明爽不設畛域,而篤於孝友,撫愛復齋子春甚至,今亦育德郡庠。教子姓,惟欲不墜先都憲公遺矩,恒書司馬溫公四留之言示訓且自警焉。

君邁疾,泰春闈之捷適報,既泰蒙恩歸將及家。始聞訃,而君柩亦自滇艤舟河濱。人咸謂君之得於天相有如此,非偶然也。銘曰:

士恒患於弗用,用恒志莫能讎。孰執志而不惑,紹往哲之箕裘。嗚呼!是惟元夫之室,昭世德以垂休。

明故贈刑部主事粟君封安人衛氏合葬墓誌銘

贈承德郎刑部主事粟君卒於弘治乙丑十二月十七日,享年五十有一。至正德己卯十二月四日,配封安人衛氏卒,享年六十八。

先是,其子登②官南京刑部主事,適當考績銓曹,乃取道省母於家。踰數月,安人即速之行,曰:"汝盡職分,顯親揚名,孝之大者,無以留戀我為也。"比登考績,復任。

---

① 劉彭年,字維靜,號培庵。劉春子,正德九年(1514)進士,官貴州巡撫,致仕歸。牟正大妻為鄧都楊大榮女,即楊孟瑛妹,生女二,長嫁劉春子劉彭年。即牟正大與劉春為親家。

② 粟登,巴縣人,正德六年(1511)進士,歷南京刑部主事、太僕寺卿。

不數月，而安人訃至矣。於乎，惜哉！

登將歸，奉柩合葬於君之墓。以君之葬尚未有銘，乃奉其同官呂郎中所述狀屬於余，謂同鄉也，誼不得辭。

按狀：君諱千鍾，字公爵，別號直庵。其先荊州江陵縣人。高祖以戎籍隸重慶衛，遂家焉，今為重慶人。曾祖諱必信，祖諱茂，皆隱德弗耀。父諱彥綱，母淩氏，出郡名族。

君生而穎異，甫十歲能記誦。稍長，攻舉子業，漸出儕輩。時同郡御史蹇公①初舉於鄉，以明戴《記》聞，君執經從之遊。會董學政者至，簡俊秀士補郡儒學生，君與焉。自是業日進，為同輩所推遜。每開科大比，輒擬應首薦，已而連數科竟不錄，人咸曰："如君之明經乃爾，豈科目一第，固有命耶？"

君事親孝居，父母喪葬祭無違禮，哀毀幾至傷生。稟性惇恪，不妄語笑。尤樂善喜施予，嘗有人稱貸於其父，貧莫能償，君請歸券蠲之。安人與君合德，事舅姑能執婦道，遇族內尊卑長幼，咸有恩禮。治家則惟事勤儉。君每讀書至乙夜不休，安人亦篝燈紉績不知倦。君偶感風疾，急未獲勿藥，安人稽顙籲天，求以身代。或勸止之曰："疾當愈，曷至自苦如此？"安人曰："婦事夫，猶子事父母，凡可竭力者所不靳也。矧死生之際，遑他顧耶？"後果瘳，踰年竟以是疾卒。

---

① 蹇霆，蹇義之孫，成化年進士。

安人哭泣無時，因病唊喘，久之獲愈。自君卒，安人教子若婦各務耕讀織紝，嘗泣語登曰："汝父之志，汝當勉思繼之，慎勿忘也。"比登正德辛未舉進士，則泣且喜曰："兒果能不墜父業，惜而父未之見耳。"

子二：長即登；次成。女一，適知印趙圭。孫男四：長裕民，府學生；次阜民、厚民、富民。孫女二：長適府學生胡侖；次幼，在室。

君篤學懿行，宜有所遇者，乃未一致用於時而發於子，天之篤祐善人固如此，不可無誌。爰序而銘之，其辭曰：

善無弗報，如種而獲。遲速維時，或有豐約。惇恪如君，篤學有聞。命兮不偶，勵志益勤。亦有安人，不愧內主。克相於家，如車有輔。雖嗇其身，厥後乃昌。於赫寵命，光賁幽堂。爰為之銘，昭示將來。蒽蒽郁鬱，突兀雲猥。

山東按察司副使陳公墓誌銘

公姓陳，諱嘉謨①，字良顯，別號麻溪。其先出江西義門陳氏，徙居瑞州之高安官塘，自某始徙至蜀。祖某封工部主事。父諱仲紀，以公貴，贈奉政大夫浙江按察司僉事。母苟氏，贈宜人。繼母瞿氏，封宜人。

---

① 即陳嘉謨。

公生而端凝穎異，聰敏不群。稍長，即知嗜學，無間祁寒盛暑，從仲父太僕卿希賢先生受業，領成化戊子鄉薦。明年會試弗偶，卒業胄監，時仲父官工部，公依之，偕廣東舉人吳裕者遊莆田陳音先生之門。先生以明經負時望，海內之士執經質問者盈室，而公與吳尤出類，作為時文數十百篇，學者轉相傳誦。

　　壬辰偕吳舉進士，公首列，有司刻其文式後學。已而補令西華，克行其所學，廉慎英悟，六事無廢弛。又以其餘力為諸生講授，多取科第者，如知府綦江劉定昌、主事莆中廖天章、副使西華李澄、參政新蔡曹鳳，其最也。

　　遂以己亥徵擢監察御史。甲辰，巡淮揚河道，兼理鹽法。風裁震肅，豪家戚里之怙勢以罔利者，計無所容，乃飛毀謄謗不忌。比還朝，因有廣西試僉事之陟。故事，文階遷轉第論資望，未有應遷而試者。有之，止於御史耳，而藩臬方面絕無。時中傷者，欲假擢置公郡貳，而塚宰濟南尹公執不可，乃加試以處之，自後試亦未嘗行也。

　　其在廣西，值郁林猺獞逞毒。出師，公督饟紀功，親披甲冑，矢石不避，且為之撫綏其脅從者。事平，賜文綺白金旌其功，尋以憂去。弘治服闋，轉浙江，整飭溫、處二府兵備。蠹奸摘伏，布以大和，鎗然著聲稱。繼裁革，改山東督理屯田於畿輔諸郡，嚴而不苛，明而不察，軍民賴焉。

　　丙辰，擢山東副使，為天津兵備，益盡心興革利弊，翕然稱便。而亦以是多忤人，陰有肆其讒言者，賴公名素著屹不動。未幾，竟以疲於職務遘病，乃疏乞歸。不待報，登舟至臨清，不起矣。時己未夏□月□日也。

配李氏，封宜人，出邑名族。側室嚴氏。男三：長錫周，先卒；次埛、堦。女三：長適進士鮮冕；次適張堅。二女及錫周出宜人，次幼在室，與埛、堦皆側室出也。

公享年五十有六。宜人貞靜淑懿，與公合德。翼愛二子，不異己出，雖公卒，尤篤至，恒擇師教之。其治生植產，思為其地者不遺餘力，公當瞑目矣。

公卒之二年，始從先兆葬於東山之麓。其子幼墓石，未有銘。又越七年，其從第貳守良臣，率埛、堦以見屬。余家與陳，世通姻好，而余於公雖後進，知為悉。公外和內剛，言笑溫裕，人樂與親。又以經業，四方學者皆競慕其名，若謂煦煦儒者也。至其施於政事，自縣邑登臬司，出入法從，所在職辦，一時論藩臬之賢如公，不多屈指，於是又信其非分章析句之士也。乃賫志而沒，惜哉！

余方為鄉黨動梁木之悲，而埛輩有請，誼不可辭。乃為之銘曰：

古之為士，窮經致用。降及後世，詞章記誦。其進有階，棄如弁髦。靜言庸違，亦或崇高。乃有如公，致身明經。煌煌厥績，揚于王廷。揚于王廷，惟帝簡命。絲綸有章，薦膺寵任。豈曰不顯，孰為之啟。而止于斯，東山之麓。體魄歸藏，載德有文。其永無疆！

明故江孺人曾氏墓誌銘

孺人姓曾氏，其先江西廬陵人。國初高祖以富室取至京師，隸籍留守左衛，故世家應天上新河。

父處士諱潤，博覽群書，以禮義檢身隱德弗仕，士大夫咸相與交遊。母□氏。孺人，生而貞靜端肅，為父母所鍾愛。稍長，解識字，於女紅稍暇即喜閱傳記。見都人俗尚冶容服飾，心恒鄙薄，了不以為意。與妹三人篤友愛，雖簪弭皆相共，不分爾我。處士無嗣，乃獨賢之，謂其母曰："是女克承我後，何必子也？須為擇配。"久之，得素齋姓江氏諱鳳，亦江西清江人，占籍金陵，父母蚤喪，篤行狷介，鄉士大夫咸重之，處士遂館以為甥。

孺人內則孝於親，外則克相其夫，以成其家，凡族親婚喪慶弔之事，皆為之處分。每竊嘆未及事舅姑，遇春秋享祀，必致其豐潔，曰："舍此無以竭其心也。"性好施予，夏則設茶以救人之渴，冬則設粥以濟人之饑，而於鄉閭之貧乏者，即賙給毋少靳。

篤於教子，諸子知句讀，即請於素齋求明師教之，夜則焚膏油以助其勤。故正德丙子，長子鎮，中順天鄉試；次子銳，中應天鄉試，人咸謂孺人之教也。

二妹孀居，則每致贈遺以為助。當會集，常語古今節行之事，以風厲之。生子男三：長即鎮、銳，次鎧。女二：

長歸南京兵部陳尚書之子汝嘉，次歸監察御史王以旂。孫男三：惟淮、惟河、惟洲。孫女四，尚幼。

嗚呼！若孺人者，上能相其夫，下能教其子，而庭內禮義雍睦，其賢可知矣。正德戊寅，倏以疾卒，享年五十有九，時十月十有四日也。將啟，手足不亂，但顧諸子曰："我無所慊於心，惟母老無可託耳，汝輩當念之。"素齋於孺人歿，皇皇然如失左右手，其助於內者不少也。

鎮輩卜以庚辰八月二十八日，葬於□□山之原。奉冀郎中所具狀請銘幽石。余知素齋者，不可辭。銘曰：

婦人之行，不出閨門。積中著外，煛焉獨存。籲嗟孺人，壺彝肅肅。懿行之脩，惟古思淑。銘以藏之，厥後弗諼。百世而下，孰不賢賢。

明故明威將軍施州衛指揮童君[①]墓誌銘

施州軍民指揮使司指揮僉事童君寢疾，軍民奔問者無虛日，至有刺刃於膚為禱者。既革不起，則號泣如喪考妣，時正德丁卯三月十五日也，享年六十一。於戲！君何以得人之心有如此哉？

君自少受學於歐陽先生希績。天順丁丑，弋陽黃公溥[②]

[①] 童璋，字國瑞，施州人，成化六年（1470）始襲父職爲施州軍民指揮使司指揮僉事。
[②] 黃溥，字澄濟，弋陽人，正統進士，擢御史，歷任廣東、四川按察使。著有《石崖集》《漫興集》等。

以四川按察使謫施州，復從請益，故其蒞軍臨事，不但卓越流輩而已。君天性仁厚，人號為童佛子。成化庚寅始襲父職，遂用薦握衛章，諸弊政一切釐革，已而兼督屯種。先是，施人務火種，一遇水旱，租稅連歲逋負；君始教之蓄水墾田，自是皆以時獲。尋兼督操練軍士，乃講求諸葛武侯之八陳、衛公之六花，使之演習，於是士知有戰陳之法。

弘治初，部民扇惑，寨峒弗靖，君親往諭以逆順禍福，民即散歸業，乃追奪其偽夏所授忠信軍民都元帥印及告身。民相率頌之，曰："童公活我，父母也。"

桑植安撫向世英，欲害其從子白嘴，俾亡命崇寧里，誘脅諸峒蠻劫桑植，族滅。世英奪其印，竊據銀山嶺。事聞於朝，遣藩臬重臣調漢土軍數萬往征，君督軍餉未嘗乏，久之，僅獲其為從者。君跡知白嘴，俾匿施南宣撫司境，乃率其弟瑛、瑜，召宣撫覃太調土軍千人圍其巢穴。賊潰圍出，君追至母湖峒，賊困鬭莫敢前，君率眾鼓譟夾攻，遂生禽之，及其首惡。巡撫謝都御史綬奏上其功，賜文綺四匹，白金五十兩。已而，謝政家居。居七年，當道者復從民欲檄蒞衛事，兼管操練。

是歲，有虎患，人莫能捕，君禱於神，往捕即獲。

搖把，峒長官。向搖把踵者，為永順宣慰彭顯英所害，奪占其地二十餘砦。其妻遺腹生子泰斌長，疏於朝，令分巡分守官體量多納。顯英賄右之，惟君不為所制，數以情爭之。不得，則曰："永順之富，聞於京邑。泰斌之貧，不能自存，某豈私於泰斌耶？"守巡復以泰斌及其家口百餘指付永順。君又力爭曰："泰斌乃永順之所欲甘心者，今又俾為之民，九原之下，何所赴訴邪？"守巡直其言，釋之。泰斌之家得不死者，君之力也。

唐崖長官覃彥實以桀驁聞，官至其地，輒避不出。惟君去，則迎於道左，曰："我公秉衛政，蠻民恃以安業，非他輩可伍也。"出，則男女聚觀曰："此阿寵所敬者，我輩其敢慢耶？"阿寵者，猶言我官也。於戲！如君者，其操心勵行如此，豈可例以武弁視之耶？

君諱璋，字國瑞，其先出廬州之合肥。自其高祖諱寶者，從太祖開國，累立奇功，授管軍萬戶，從征蜀，沒於軍，贈鎮國將軍都指揮同知。曾祖諱勝，累官廣西都指揮同知。祖諱輔，襲指揮僉事，調施州，遂家於施。

父諱鍾，嗣職，以長者稱。嫡母馬氏，封恭人。生母呂氏，早卒。君鞠於恭人。娶陳氏，三山處士以亮女，與君合德。子男六：曰㫤①、炅、杲、昴、昱、旦。女一，適杜指揮子宗璞。孫男三：長希离，餘尚幼。孫女四。

君與諸弟友愛篤至，見諸弟必盛服延坐與語。既入仕，以子姓蕃衍，別營居堂，而讓其舊第於諸弟。或沮之，君曰："某幸嗣前人休緒，惟當謹禮守法，以求無隕墜，安在固守居第為賢耶？"

永順族人有得水西馬者，名麝香青，其直百金。一夕，

---

① 㫤，同"昶"。

為姪牛觸傷，死。人咸悩懼不敢言。君知之，但命作脯給諸族人。

其為政，務教化。諸峒夷俗，父死則收其妻妾，君嚴立條約禁之。复立學，擇師以教鄉之子弟，而親勸懲其勤惰者，俗為之稍變。

盖自君莅事，民安盜息，數為按治者所獎勸，以激勵諸衛。君既沒，昺將卜以□年□月□日葬於藥山之陽，乃至京師，丐地官主政黃君鵬舉①屬余銘於墓石。余未識君，然觀於昺，盖有文而能世其業者，遂為之詞曰：

文武之途，世岐為二。絳灌隨陸，紛紛訾議。有如君者，亦胡不宜。治民靖亂，有赫其施。其名之長，其德之厚。蟄蟄簪纓，尚利於後。

明故資政大夫南京工部尚書洪公②墓誌銘

正德己卯六月二十有四日，南京工部尚書洪公卒於官，享年七十。維時哭吊者相繼，咸曰"老成凋喪"。嗚呼，惜哉！

先是，二月，公以南京都察院右都御史，三年奏績入京，至中道聞轉工部，遂抗疏辭。荷溫詔勉留，有曰："清

---

① 即黃翺。
② 洪遠，字克毅，歙縣人，成化戊戌（成化十四年，1478）進士，歷浙江按察僉事、四川布政使司布政使，轉副使巡海道，仕至南京工部尚書，卒諡恭靖。

譽素著，不必再辭。"赴任，越三日，即具疏，又辭。踰月忽病革不起矣。已而，疏下，亦不允。其受知於上如此。

公諱遠，字克毅，別號弘齋。系出唐河北黜陟使經綸之後，至十一世祖諱中孚者，宋少師禮部尚書，世家休寧之黃石。又至諱大六者，始遷歙之洪源，今為歙人。祖諱壽，隱德弗耀。父諱寬，明經，領鄉薦，歷知桂陽、鄭州，皆以公貴，贈南京都察院右都御史。祖妣江氏，妣汪氏，俱贈夫人。

公少負至性。稍長，篤嗜問學，刻意為文，殊有理致，補郡博士弟子員，即舉於鄉。成化戊戌舉進士，出知莆田縣。踰年，丁汪夫人憂，守制。甲辰，服闋，改濬縣。又二年，丁鄭州憂，守制。起復改交河縣。皆有惠政及民。

時巡撫先史、都御史琳，暨御史按治者，咸交章舉旌異，弘治甲寅，被召擢南京福建道監察御史，庚申，遷浙江按察司副使，奉璽書巡視海道。正德丁卯，以裁革，調湖廣，己巳，擢廣西按察使。明年，擢四川右布政使。未幾，轉陝西左布政使，擢都察院右副都御史，奉璽書巡撫雲南。越二年，改南京大理寺卿。乙亥轉南京都察院右都御史。其歷官循資敘遷如此。

公忠直端諒，風範端嚴，事父母孝，丁家艱，哀毀踰禮。每赴官過家，上父母塚，涕泣如雨，與兄弟相友愛。

其守官，則清、慎、勤三事，終始不渝。初仕莆田，號劇邑，多勢家請託，公置皷廳。事後，凡士大夫有造焉，輒鳴皷三，群吏環侍，執事故或有私謁者，自毋出聲。莆濱海，寇常竊發，巡海者懼失機，檄僉民兵代戍，公慮貽害於民，力沮。在濬、交河，治如莆田有加焉，民之愛戴者亦不異。

值歲大侵，則出公廩極力賑救，民賴全活。議者有以濬里多，欲分隣湯陰者屬之。民懷戀，公雖以刑驅不欲去，後竟不果分。其為御史，數言事，如抑異端以守成命，弭人怨以全貴戚，辨邪正以定國是，勤脩省以回天變，及事幹權幸者，亦觸忌諱言之。時吏部尚書倪文僖公，負才望，於官僚少當其意，獨公為所器重。

其執憲浙江，歷巡五道，搏擊豪右，撫綏良善，人稱得體。屬兩浙大饑，公分賑嘉、湖二府，乃條酌富鄭公①青州救荒法、朱文公②浙東荒政行之，得無流殍。今都御史王公璟③，時巡視，疏其績於朝，賜羊酒犒勞。

在湖廣，亦歲饑，工部侍郎畢公亨④，以奉敕賑濟，擇人分任其事。公所任半楚地，亦如在浙賑之。在陝西、四川，適寇盜充斥，軍務填委公，所處以給餽饟者無或乏，仍積羨餘數千緡貯公帑。

在雲南，謂夷人弗靖，非無所激，乃加意黜貪獎廉，以懷輯之，夷人服公威德，咸革心嚮化。舊十八寨為夷人

---

① 即富弼。
② 即朱熹。
③ 王璟，字廷采，沂人，成化八年（1472）進士，為登封知縣，歷兩京御史，右僉都御史、巡撫保定。卒諡恭靖。
④ 畢亨，字嘉會，成化十一年（1475）進士。山東新城人。先後授吏部驗封司主事、順天府丞、浙江右布政使、右副都御史、甘肅巡撫、工部尚書等職。

所據，不時肆掠，至是咸出降，不敢縱肆虐民。有欲乘機擊之以要功者，公以殺降不信，戮及平民不仁，襲其無備不武，不聽，寨人竟亦未嘗梗化。其功業所至，不但得於民如此。

至統理憲臺，則務持大體，恒戒諸言事者，毋事訐訐；能舉職者，必加與進。有御史林有年者，諫取佛被逮繫，公苦其遠行無所給，資以月俸，復率諸御史上疏救之。其秉心勵行如此。跡古所謂良吏，豈有異耶？

配吳氏，繼程氏，皆出名族，與公合德，先卒。累贈至夫人。子男四：長伊，舉人；次价，國子生；次脩，為司務兄後；次侹，郡學生。女二：長適吳御史瀚之子楫，國子生；次適胡給事中煜之子塤，郡學生；皆吳夫人出。孫男五：詔、誥、訓、誨、謹。孫女皆幼，在室。

公既殯，其子伊等將扶柩歸葬歙之覆鍾山之原。爰奉少宗伯楊公所敘行狀屬余銘諸幽石。余嘗與公先後遊姚江少傅謝公門，蓋知公者，乃不辭而系之以銘。曰：

於維憲臺，綱紀之司。繩違糾愆，百僚其儀。繄公崛起，歷躋膴仕。聲聞四馳，初終一致。乃總憲度，簡在帝心。復晉厥秩，邦土式欽。居寵之思，懸辭由衷。溫詔特頒，願莫之從。曾未踰時，溘焉淪亡。生榮死哀，卹①典煌煌。覆鍾之原，體魄斯藏。考祥視履，著此銘章。

① 卹，同"恤"。

明故淑人胡氏墓誌銘

淑人胡氏，世家蜀重慶府巴縣。父諱深①，舉天順丁丑進士，仕戶部郎中，思州府知府。母□氏，淑人。生而穎敏莊靖，為父母所鍾愛。稍長，每求聘於名族，不輕許。會同郡布政蔣公②偕公同年舉進士，為其子求聘，乃許焉，今提督南京糧儲都察院右副都御史一庵也。

淑人于歸，時一庵毓德學宮，凡閫內事所當為者，淑人竭心力為之，不以分慮於公。事舅姑孝敬，每飲膳，必手自烹飪，不假手婢僕，而亦未嘗或為他務所移。每歲時祭祀，若籩豆酒漿之奠，一親視之，務思精潔，或不及視，則心若惄然矣。子三人，自幼教之，檢身循禮，未嘗或溺於愛，以養成其驕惰之性。稍長，則請於一庵擇師就學，今長弘仁，次弘義、弘勳，咸習舉子業，有成，待舉於時。女二：課習女工，訓以勤儉孝養，未嘗縱之嬉戲；長歸重慶衛指揮汪恩，次歸柳指揮蔭襲子武。視諸婦如女，每教以婦道，諄諄不倦。或有少違，恒優假之如所生焉。以是，諸婦益思謹恪，無敢少忽。孫男五：汝莊、汝和，餘尚幼。孫女四。

---

① 胡深，巴縣人，天順元年（1457）進士，仕戶部郎中，成化中任貴州思州府知府。
② 蔣雲漢，字天章，巴縣人。天順元年（1457）進士。歷興化知府、大理知府、貴州布政司左參政、廣東右參政、福建左布政使。參見《故資善大夫福建左布政使蔣公行狀》，《東川劉文簡公集》卷十九。

淑人秉性謙約，而樂於施予。親黨婚喪，必思助之。族有孤女貧不能存者，淑人留育於家，為治裝，擇配以嫁。撫臧獲①有恩，恒體恤其饑寒，而亦未嘗不禦以禮法。或遣他出，經月必令女婢與婦偕處一室，其謹飭周閑於家如此。

　　余與一庵少同學，多資麗澤焉。繼同仕京師，一庵結為姻家，弘仁即余婿也②。故知淑人治於內，以助一庵者不少。弘仁以正德己卯舉於鄉。是歲冬，即趨南京定省。踰月，會試禮闈，明年夏，方還京，卒業南京太學。淑人忽以疾不起，時五月二十五日也。嗚呼，可勝悼哉！

　　一庵入仕，淑人初封孺人，繼封宜人、恭人，今又將膺恩封之典而倏逝。然所已被者，固不易矣。弘仁輩將扶柩歸卜□月□日葬於□□之原。乃奉尚寶卿鄭君有容③狀屬余銘，誼不可辭。銘曰：

　　籲嗟淑人，慈嬺④沉默。壼儀之脩，宜家維式。孰無舅姑，事得其心。孰無子女，教之克勤。婉婉庭內，惟孝惟敬。外無所覬，自待其性。宜壽而康，胡不百年。瘞辭幽石，以永其傳。

---

① 臧獲，音 zāng huò。古代對奴婢的賤稱。
② 蔣一庵，蔣雲漢之子。蔣一庵娶胡深之女，長子蔣弘仁，為劉春女婿。參見《明故淑人胡氏墓志銘》，《東川劉文簡公集》卷十八。
③ 即鄭裕。
④ 嬺，音 yì，意為性情和善可親。

明故鎮國將軍錦衣衛都指揮同知白君墓誌銘

錦衣衛都指揮同知白君諱峻，字崇之，別號慎齋。上世出洛陽，宋季有諱繼昇者，始徙常州之武進，今為武進人。曾祖諱思恭，隱德弗仕。祖諱珂，仕為大冶教諭，俱以君父貴，累贈為光祿大夫柱國、太子太保、刑部尚書。曾祖妣蔣氏，祖妣鄭氏，繼王氏，俱累贈一品夫人。光祿大夫柱國、太子太傅、刑部尚書。贈特進太保，謚康敏，諱昂者，則君父也。母蔣氏，累封一品夫人。

公性資警敏，自幼腰弱弗克究心於學。稍長，始涉獵書史，甫弱冠，康敏公即命主家政。至成化癸卯，乃用輸粟例，授七品散官，丙午復輸粟，授蘇州衛指揮使，尋加授浙江都指揮同知。正德癸酉，以從征蜀寇，及錄康敏公平海寇功，詔授錦衣衛，世襲千戶。甲戌，江西桃源峒盜起，出師。君承命參戎事有功，晉錦衣衛指揮同知，視事南鎮撫司。丙子，又以納級例，擢都指揮同知，被賜蟒斗牛衣三襲，暨《通鑑》諸書。明年，以母夫人年高，三疏乞終養，詔特許之。仍命乘傳歸。蓋此出於異數，前無是比也。

尋途次聞母夫人訃，哀毀踰禮。比至家，恒以弗及見母，痛恨鬱抑。又舊病脾遂加革，乃於八月二十二日卒，距其生天順己卯十二月二十九日，享年五十有九。嗚呼惜哉！

君負才識，當主家政，凡規畫調度，咸有操術，臧獲老少，各事其事，無遊惰者，故生業日充拓。康敏公因是益殫心於公，而忘其私。嚴於祀先，居第東創建祠堂，每臨時祭，必潔牲醴享焉。又禮耆儒，纂輯族譜以合族，屬縉紳大夫，莫不重之。

性孝友。康敏公居京師，凡鄉土所產珍味，必以時致無或缺。又預築一圃，疊山鑿池，構亭於中，環植奇花異卉，扁曰"歸樂"，以為康敏公退休之所。既歸，則日延族舊陪侍觴詠以適其意，蓋無所不用其心者。

處弟都御史圻季司務坊，友愛甚篤。康敏公蔭官，例應屬君；乃以公恒念猶子垣早孤，即固讓不少靳，人尤難之。其局量弘深，與人交，久而益敬，凡士大夫咸樂與之。居官克慎，當從征則恒率家丁奮勇戮力，多著勞績，故每晉秩，人無或疵議。

嗚呼！跡君世家，所以檢於身，以達於官，焯焯如此。固宜享有名秩，以流澤於後也。

配楊氏，有賢行，封夫人。子男六：長諫，太學生，先卒；次詔，鴻臚寺通事；次詡、誠、訑，皆太學生；次譜。孫男六：僖、儼、仲、偁、儲、佾。

君卒踰年，其子詔等，卜歲之己卯十一月□日奉柩窆於□□之原，以其同邑禮科右給事中毛君憲狀，屬余銘諸幽石。銘曰：

世祿之家，鮮克由禮。不變於俗，允矣君子。嗟君懿行，出類殊倫。敬宗纂譜，辭蔭承親。奮其才猷，以登仕路。若古卜式，跡非獨慕。薦服顯秩，寵命煌煌。世載其美，垂裕流光。刻銘幽石，於卜新阡。弗磨弗泐，以永其傳。

明故應天府府尹胡公墓誌銘

正德庚辰夏五月望後一日，應天府府尹胡公卒，享年六十有七。時方多事，上下咸倚辦焉。倏聞，自公卿大夫而下，莫不悼惜，謂為一時之賢也。

公世家陝西扶風。曾祖亨，祖全，贈亞中大夫，光祿寺卿。曾祖妣□氏，祖妣□氏，贈淑人。父諱恭，大中大夫，光祿寺卿。母李氏，封淑人。

公諱宗道①，字守正，別號溫泉。生而穎異，九歲即解屬文。成化辛卯，補扶風儒學生。董學政、伍副使福奇之，改補鳳翔府學，時年十八，遂以春秋舉鄉試第五。世所僅有也。

辛丑，舉進士，初授戶部主事，務守法惠民。監收金觴兒壩芻束，有權貴家託以浥惡不堪者，公不從。踰數日，公自壩歸京，忽挾兇器者馳二騎逆至，從者驚，謂殆惡人

---

① 胡宗道，字守正，扶風人，成化十七年（1481）進士，初授戶部主事，成化中守襄陽，弘治九年（1496）擢知襄陽府，正德七年（1512）轉真定府，尋任四川布政使司參政，升四川右布政，擢應天府尹。廉介自持，去應天府尹任之日，惟圖書數篋而已。

耶？公視之，語曰："汝非前日壩上所見某乎？茲來何為？若以我不從所囑任加害也。"從者駭散，其人乃下馬伏前曰："無他，以路多梗，來護送耳。"公曰："即護送，宜隨後，何迎而來？"二人語塞，公乃令去。至京言於部，逮繫寘諸法。其執法不畏強禦如此。後擢員外郎、郎中，此心終始無少渝。

弘治丙辰，擢知襄陽府，襄陽在楚，稱劇要。公至，一以恤民為心，不擇利害為趨捨。薄城為漢江，舊以小舟渡，日至萬人，往來者病之。公造舟七十，為浮橋，至今如履平地。有盜假僭稱號，流劫鄉村，公訪知應捕人陳漢烈者素謀勇，乃授以方略擒之，其害獲除。

正德己巳，守制，起復轉真定府，踰數年，陞四川布政司參政。時流賊充斥，上命刑部尚書錢塘洪公鍾總制，起都御史莆田林公俊巡撫，① 公分守川東道。乃僉民兵千餘人，聞勇士何定者，亦素謀勇，令率之截捕，後果多獲功，尋擢右布政使。比賊平，總制諸公奉敕獎勞，賜綵段羊酒者再，銀牌一。甲戌，轉左布政使。上賜衣一襲，白金一錠。晉俸一級，為正二品。以平賊給饟功也。

公自入仕，於法不敢少違，而自守尤清慎，所至未嘗隨例罰紙，故凡巡撫巡按者，無不疏請旌異，在蜀舉薦者尤多。有曰："誠實之心，不失赤子。冰蘗之操，可方古人。"士論信之。在襄陽，嘗病目，召醫張安治療。

---

① 錢塘洪公鍾，即洪鍾；莆田林公俊，即林俊，參見《百伐奇勳詩序》，《東川劉文簡公集》卷五。

有富民袁祿者毆殺人介安，懷金賂其少子鳳韶為之地。鳳韶叱出，翼日又至，鳳韶白公，執之，索金出於身，遂抵安罪，袁祿竟坐法。

公孝友出於天性，官戶部，侍光祿公京邸。母淑人多疾，公恒不違左右，母恐誤朝參，強之就寢，輒勉從，私俟於外，聞少呻吟，即趨入問候。凡羹飯湯藥，皆親視具。在襄陽，母淑人訃至，痛毀幾不能生，四日後，始飲水。比奔喪，徒跣就道，踰五日，足腫不能行，強為馬代。及家，公就養光祿於內，治喪於外，無不竭其心力，思無少悔焉。繼服闋，光祿促起復，公念親年踰七十，豈能須臾違？光祿固遣之，至加怒，公故假託延緩。踰年，光祿亦捐館，得視含歛，若有以啟於衷也。

公與弟友愛甚篤，仲、叔二弟先卒，撫其孤如己子。嘗治屋宇，時則盡出所有俸貲經理，不少靳。二親終欲分析不能違，則先擇所優以處亡者之孤，次及季弟，取之而後居，其一僅足蔽風雨，人以為難。

配杜氏，出同縣右族，累封恭人。子男四：長鳳庭，以舉人仕河南新安知縣，先卒；次鳳岡，秦府典膳；鳳岐、鳳韶，皆業儒。女四。

孫男六：長昺；次星、旦、是，餘幼。嗚呼！若公者，其操心飭行，人無不知，方膺柄用，而僅止此，可悼也已。子鳳岐輩將扶柩歸，卜以□年□月□日，葬於□□之原。乃奉府丞寇君所具狀請銘。余蜀人，蓋稔知公者。銘曰：

心有所養，外無所惑。岐路紛馳，厥趨靡忒。嗟公懿行，克脩於家。薦升仕路，悃愊無華。職思其憂，心惟報國。期獲乎民，而罔掊克。宜壽而昌，以究其施。溘焉而逝，君子之悲。

明故戶部主事蕭君墓誌銘

君諱輔[①]，字以忠，姓蕭氏，別號主靜，其先湖廣麻城人。始祖諱仲誠，元季避兵入蜀之富順鴻鶴鄉，因家焉，今為富順人。仲誠生德榮，德榮生文昌，文昌生韶，君之祖也。力學，自脩里選，育德邑庠，辭不獲，徒步徑詣京師，始得謝歸，其不慕仕進有如此。繼師塾，一以朱子小學設教，往往多名士出焉，至今猶傳其法云。

考處士，諱希績，剛毅謹恪，質直簡默，有古人風。母熊氏。君賦性英敏，宏博讀書，日能誦數千言，為文不務艱深刻削，每試有司，輒第高等，而處之恬然不自矜衒。曰："讀書，真將以決科耶？"人以是賢之。其教人，善於誨迪，遊其門者，咸底於成。如舉人熊載、何鐘、進士鄧萬斛，皆執經受業者也。

成化丙午，熊孺人卒，哀毀踰禮，凡殯殮一依文公家禮。雅善琴，亦好之，自是絕不御者三年。

弘治乙卯，領鄉薦，登己未進士。時處士年已踰耄，

[①] 蕭輔，字以忠，富順人，弘治十二年（1499）進士，弘治十八年（1505）任戶部福建司主事，尋分督通州軍儲。

君疏乞歸省，格於例，乃復以疾謁告，居家侍養者三年。及卒，執喪不違禮。

乙丑冬，服闋，起復得授戶部福建司主事。戶部，金穀之司，宿弊不可梳剔。君以初釋褐居之，而涖事馭吏寬嚴有體，人無所售其奸，故自大司徒而下，多器重之。未幾，簡委分督通州軍儲，未踰歲而捐館，時正德丁卯五月十三日也，享年五十有五。

元配陳，繼配徐。子男四：長性，次道，皆習舉子業；次教、次智。孫女二，尚幼。教、智，徐出。

君卒踰月，道將扶柩歸，卜明年□月□日葬於茅嶺祖塋之次。乃奉鄧君汝庸所為狀謁予請銘。汝庸，即前所稱進士也。予嘗聞，君以晚始踐仕途，而親不獲祿養，仕不及盡瘁，為兩愧，故有《兩愧》詩，其志行可知也。而仕復不久，尤為可悼。因敘其事，而為之銘。銘曰：

祿非不慕，志可究也。仕非不能，時先後也。是為兩愧，內何疚也。

曹母陳孺人墓誌銘

孺人姓陳氏，世為重慶名族。父諱善，前母□氏。母趙氏，孺人，年十八歸於同郡冰崖居士。居士姓曹，諱文德，其飭躬治行之懿，著於鄉間。余故嘗誌之，孺人則合德而能助於內也。子三：長曰勳，司訓安福；次曰儉；次曰勑①，舉進士，為刑部主事。女四：皆適士族。璩宗甫、張憲、梁臣、左贊，其婿；而憲與贊，補郡博士弟子員。孫男三：曰沔、汰、汴。孫女五：長亦適人，餘在室。

孺人生有至性，慈慧幽淑。既嫁，能孝養其舅姑。姑楊，性峻急，孺人曲為承順，得其懽心。事無大小，自少至老，一母②敢專制，故楊每稱以屬諸婦曰："事我當如此。"

處姒娣如同氣，門內雍睦，不見疎薄，以是冰崖偕兄弟四十年，同一爨，雖既老猶不忍分異。子雖愛，未嘗不以學業勵之。每勳、勑讀書至夜分，孺人必績於傍無倦色。

其敦睦姻族、周恤里鄰，咸有恩誼。嘗有喪不克殯者，孺人知之，亟襚以衣。又有貧婦，以子多饕飧，恒不得厭，孺人推食與之。其好施予類如此。

以正德元年十有一月九日卒，後冰崖四年，享年七十八。祔葬冰崖之墓於龍灣之白沙溪。銘曰：

孰不為婦兮，亦孰非母。嗟孺人之內行兮，曷靡篤厚。克啟其後兮，亦貽令名。白沙之藏兮，尚有遺榮。

東川劉文簡公集卷之十八　終

---

① 勑，同"敕"。曹勑，巴縣人，弘治十五年（1502）進士，歷員外、刑部主事。
② 母，通"毋"。

卷之十九

去思碑

大名太守李公去思碑

往歲，余弟台選補濬縣令，縉紳大夫相與賀於朝，問於廬曰："濬，屬大名，大名守李公，賢者也。夫令秩卑事冗，而民有知有愚，有桀悍，苟非剛明直諒者有所職於上，則雖志在愛民，亦甲可乙否，莫得施矣。而公，實其人也。君之遭值，不可賀乎？"余謹識之。

踰年，則御史旌異，屬吏之章上，必曰："某都御史旌異。"屬吏之章上，亦必曰："某而濬人之至京師者。"問其守，則咸曰："吾儕小人，非公無所恃以為生也。"余益信公之惠利宜於民，人聲實流于上下，蓋古所謂循吏者矣。

未幾，有耆耋數輩，自潛重趼來謁，余曰："辛苦父老，胡為抵此？"曰："吾徒願有復也。吾儕小人荷吾守休養煦嫗者，已十年有奇。比秩滿，民怨其去，嘗抗疏乞留。蒙天子聖明，晉秩仍假撫吾民，亦浹三歲矣。非分之恩，不可薦干，則合吾數縣之人，立祠以祀之，解履以識之。維是建碑以紀德，非吾蠢爾之徒所能為也，敢徼惠於執事。"

余詰之曰："父老信愛爾守，而亦可概知爾守之賢矣。若何施何為，而能率爾至此，且守之意不欲，將如何？"

父老曰："吾知紀公之德，使吾人洎諸子孫，論公德於我，而我不忘於公耳，不虞公不欲也。且公之設施運用，夫豈能與知？吾但知吾民之安於田里而已。蓋向者吾民之繇常不得其平矣。自公至，而貧富各安其役，退無後言；向者劫奪充斥，吾民常不得按堵矣。自公至，而山行野宿外戶恆不閉；向者田有荒蕪矣，自公至，而地多墾辟，罔有遺利；向者民常不安其鄉矣，自公至，而流逋四歸，人盡土著。故十數年來，馬有生二駒者，麥有一莖二穗者，禾有一莖三穗者，而皆莫究其所致。然逆數他守時，則皆未有然者。以是知公之所以惠我民，我民其曷敢忘也？"言畢，若將哽咽，有不能盡於辭者。

於乎！是何公之得民如此其深耶？昔孔子為政，其初謗之至三月，而後有袞衣章甫之誦。子產從政一年，輿人曰："孰害子產，吾其與之。"至二年，而誦之曰："子產而沒，誰其嗣之？"

夫一聖一賢，其得民之難，猶如此。今濬人於公，不惟思之，而且欲紀其德於不朽，而又必於解任之後，乃無所為而為者，其與古之不伐甘棠墮淚峴山者同一遺愛之誠也。

故樂為書之，既使他日傳循吏者有所考，且以見濬人之勤渠懇惻不忘乎上，而又喜吾弟之為邑長於斯，其令易行而政易成耳。

公名瓚[①]，字廷玉，山西臨汾人。

岳州太守李侯祠碑

李侯諱鏡[②]，字文明。世為弋陽人，起家進士，以刑部員外郎守岳八年，升陝西參政。去岳今踰一紀矣，而民猶思之，乃於僉憲方君行恕按岳，相率群訴於庭，求為立祠以祀，曰："使吾民之思侯者，庶幾藉以遂其如見之心耳。"公曰："汝侯之廉慎端重，余既親薰而炙之矣。然其所以感民之思，俾若輩勤渠不替，雖既久如在郡焉者，是何也，亦可得而聞乎？"則告曰："侯之德惠，所以建白於上，而敷施於下者，非獨吾郡之人衣被之，凡荊楚間多波及焉，

[①] 李瓚，字廷玉，臨汾人，成化末、弘治初知大名府。弘治九年（1496）河決，瓚築長堤二百餘里，世享其利。在任十二年，民不能忘，為立生祠。

[②] 李鏡，字文明，弋陽人，成化五年（1469）進士，授刑部主事，成化中知岳州府，成化十九年（1483）築永濟堤，號李公堤。鋤梗植弱，升去民不忍舍，立生祠祀之。弘治間以河南按察轉浙江左布政使，卒。李公祠在岳州府巴陵縣城內。

而亦非吾輩所能悉也。"

獨其見諸外，雖僅有可述，然亦粗跡耳。顧侯之慈愛仁恕，則亦可以是而概其餘。

郡城陵磯，距城半舍許，中匯白石、翟家二湖，每洞庭漲溢，則渺茫無際，往來者非但苦於迂遠，且多覆溺。侯始築堤利民，遂以其姓名之。

學久傾圮，亦逼隘，士無所歸宿。侯充斥並學之地建廟，設像如式，復增廣學舍，使士居之。郡未置社學，民間俊芳無所於育，侯始為之，而里巷迄今絃歌不息。

廩庾舊存虛名，一遇大侵，坐就斃者夥矣。侯悉令罹法者贖以米穀儲積，民賴全活。荒田隙地，舊無所開墾。侯檄其屬，聽民耕植，而流亡者始有歸業。

同①庭有鉅寇，糾合亡命恃險為藪澤。侯擇吏授以方略擒之，黨與潰散，闔境獲安。

屬邑額造江淮濟川二衛，馬船百餘艘，中坐消耗蠲半。至是，所司奏復，侯上章具陳困憊之狀，且以職辭獲免。

歲嘗大旱，禱莫應。侯曰："山林川谷，能出雲為風雨，祀典所載也。況君山洞庭而可遺乎？"乃檢故牘，得國朝為守者奏定祭格，如式祭之，果大雨，遂立祠，春秋致祭。

澧州歲頻旱，侯至其地，道出萬人坑，問為州之遺殖，乃惻然歎曰："一婦含冤，上致旱如此，坑冤可計耶？"即

---

① 同，原文如此，應為洞。

令有司祭視厲壇之儀，未畢而雨，是秋大熟。

郡民弗戒於火，烈風大作，侯稽顙籲天，曰："某或貪墨蠹政，天即降割於我，毋恣虐□以毒我民。"風遂息。

邑三浯泉，舊為民利，尋侵奪於土官。侯至其地，口占數語，曰："三浯泉洞實奇哉，一日三潮湧水來。灌溉田疇三十里，可憐都富惡人財。"其人感悟，即訴所司，還為民業。

凡此類，皆入耳熟者，故略能道之。其他如表忠烈、旌孝行、辨冤抑、奉法不阿、愛民不倦，蓋未易盡言，而人亦莫能盡知也。公曰："誠□是固宜民之不能忘也。"

昔文翁興學，李冰鑿離堆，而蜀人祀之。朱邑之廉平不苛，邵信臣之興民利，而桐鄉南陽祀之，況公兼有其美者乎？

且公以參政陟總憲河南，尋轉浙藩方伯，卒，今又三閱寒暑矣。其懿行豐功，雖播於官評物論，而其聲勢固已澌滅銷盡，而岳人乃獨思而欲祠之。如此，則其實德之固結民心可知，而民之所以思公者，殊非有所為而為矣。是不可沮，且可因以勸勵將來，遂屬太守張君孟賢為之。蓋孟賢，篤意惠民者也，未幾，卒。繼節推弓[1]君大方董其事，比張君質夫以刑部尚書郎假守，爰偕貳守施君益踵成之，既落成，屬闔郡士詣余，紀麗牲之碑。

余嘗聞，岳之縉紳有曰李公惠政不止築堤，然即堤之

---

[1] 弓，原文如此，應為張。

築，計今餘十年，民不為魚者，何啻數千人？則公之祠於人固宜，然非有諸君子之能酌民言以樂成人之美，則固有陽擠陰沮，而惟恐出於其上者。僉憲公英明直諒，方以循良責吏治，而質夫諸君，又一時有司之良也。故能成此異績，是皆有可書者，因序而系之以詩。其詞曰：

　　思我侯於赫，厥聲既和且平。鋤梗植弱，不震不驚。農安於野，孰厚其征。黍稷歲登，庶績聿成。思我侯起自南服，為州之牧。執憲靡顧，不威而肅。孔堂言言，祭則受福。青青衿佩，會聚如族。思我侯不懈於位，亦罔或忮。去害如焚，弗遏其利。洞庭湯湯，民之攸屬。我公有堤，百世之惠。思我侯鰥寡有所，庶民安堵。旱魃方虐，沛然而雨。維彼黠寇，依其險阻。俘馘於庭，式歌且舞。思我侯恭懿溫純，為時良臣。瞻望弗及，譬彼參辰。尸而祝之，于江之濱。歌公之德，啟我後人。

重慶太守何侯[①]去思碑

　　重慶太守何侯，擢四川憲副，兵備敘瀘之地。去之日，民之耄稚泣送者塞途，如赤子失父母，皇皇焉不能終日。久之，其耆老丐致仕知縣李垚詣余，請曰："侯之牧愛吾民，吾民之感侯惠愛，蓋有孚於中者，而恒以速遷為懼。

---

① 即何珊。

兹遷秩去矣，而民思之欝陶不能已，顧未能形於言，公盍嘉惠以勒諸堅珉？庶幾知民之不能忘侯者，非矯飾也。"

余聞而惻然，遂進耆老，詰之曰："侯之廉潔無私，以愛利為行，余固知之矣。而其所以致若輩勤懇如此，非有真德實惠浹於人心未能也，亦可得聞乎？"

耆老曰："侯之惠愛，數其事，雖更僕未易盡，而其心則有可言者。"

蓋侯外寬內明，不務敢擊以厲威脅眾，而果於去惡，要使人各安其業於田里而已。其視民瘝，如瘭疽在身，不忘決去。其視吏民，陷於法者，則恒哀矜，不以文內之。正德丁卯，歲大疫，貧者但待斃矣。侯亟市藥，命醫官張盛叔哺咀，沿門散之，得不棄於溝壑。戊辰歲大旱，民心惶惶。侯齋戒，徒步率僚吏遍禱郡內應祀神祇，應時而雨。己巳歲大侵，民饑，多不能舉火，侯力請於所司減價糶倉庾儲粟，民賴全活。

是歲多虎害，民至不敢輕出戶，侯為文齋戒，禱城隍之神，分遣能吏率人擒捕。民居弗戒於火，延及於公宇，侯籲天請禱，已而返風得息。自蒞郡，郡中清靖，號無事，侯乃日集郡邑庠諸生於凝道書院，設師席，延侍御姚公為主講，明道藝，而以時考校加懲勸焉。又舉鄉賢之未從祀者，以敦勵厲風化。

蓋自侯之至也，刑非不用，用之而能屈其心，人無所怨；罰非不行，行之而能體其情，人無所苦。故民樂耕於野，商旅樂趨於市，士樂於藏修，而奸惡豪右則潛屏於閭里。若是，而民安得不思乎？

余聞之，乃惕然而起，曰："有是哉。"

侯之惠愛也，夫古之稱循吏者不過曰謹身帥先，政平訟理，所居民富，所去見思而已。而世之仕其寬者，容奸廋慝，民不知有法，固非也。而嚴者又文深刻害，吏民視之股弁，不啻蒼鷹乳虎。至於好立聲名者，則又多誅求以媚人，而不知有民，故每於其去，恒謂其……（下缺）

明故通議大夫都察院右副都御史張公神道碑銘

（上缺）……日，葬郡城南，謂余同年友也，屬銘神道碑。

公諱淳①，字宗厚，世家廬州府合肥縣。祖諱敬，陝西按察僉事。父諱鎰。皆以公貴，加贈如其官。祖妣李氏、妣何氏贈淑人。

公自幼穎異，稍長，受業於李都藩瑤雅，以學行聞者，即為所器重，許嫁以女，後累封淑人。

成化丙午，領鄉書。丁未，舉進士，出使趙府。比歸，力卻饋遺。

弘治戊午，除知湖廣瀏陽縣，廉明執法。縣每歲田賦八萬四千石有奇，逋負恒過半。公廉其弊，逮繫包納渠魁

---

① 即張淳。

張源洪三人，且語之曰："若今日能完，明日固良民也。"已而爭納，即不罪，源洪等感泣，肖公像以祀。貧民拘怨富家，多食野葛死，圖利葬瘞之貲。公榜示弗理，惡俗頓革。居三年，政多仁恕。縣舊有飛鴻閣，祀楊龜山，人懷，公亦建張公餘韻樓祀之。

　　癸丑①擢監察御史，激濁揚清，綽有風裁。時科道坐言事下獄，公抗疏申救，有曰："陛下置科道於法，是欲障蔽其耳目也。然天下之耳目，不可障蔽。"疏入，詔釋之，罰月俸，巡視牧馬草場。疏陳分草場以便牧馬、守成法以隆大孝、處歸化以杜不虞三事。兵部議奏，上悉採納，仍禁奏討者。

　　按治貴州，民夷雜處，舊務包荒，吏積弊為民蠹。公一治以法。時都勻有王和之叛，普安有阿保之變，巡撫者謂未易撫，亦未易征。公揭榜招諭，王和即散黨與見公於烏撒，公為直其枉。惟阿保執迷如故，公調兵搗其巢穴，擒之，招撫餘夷五十九寨，疏奏歸功武弁，縉紳多之。

　　代還，擢知吉安府。吉奏訟延蔓者多，恒越境逮系。公止問，結其非誣者所傍及，亦不過二十人。郡中給引，例有堂食錢，公悉付縣給公用，以免歛於民。他惠政多類此，要皆盡心民事者。又建信國祠，以昭忠烈；建忠義祠，以表先賢；修學舍，以育生徒，所以振作學校者甚篤。故觀風使至，咸獎勞疏薦。

---

① 癸丑，有誤，應為癸亥（1503）。

正德戊寅①，轉四川按察司副使，兵備松潘。松潘，古維州之地，西連土魯番，東南沙壩、阿洞實諸番，元惡淵藪。公至，榜諭利害，仍責通事、熟番，細開其趨避之路。已而，二元兇復肆毒，公簡諸將，授以方略圖之，悉相繼就擒。邊儲自內地飛輓，官攢恒盜賣解戶，公置簿各倉，令監收官填注，每半月一報，仍給號紙記出納以革之。

　　己巳，擢南京太僕寺少卿。馬政之弊，積為民害，公咸思計處，民得不擾。壬申，擢應天府尹。公以根本重地，務思寬民。諸守備議流賊充斥，欲括粟為軍餉，公曰："民正無聊難括，本府寄貯巡江紙倉庾蘆蓆及籍沒犯人財產，價各若干，宜用易粟。"有沮者，公奮然曰："若民急致禍，孰任其咎？"卒如公議。癸酉，擢都察院右副都御史，撫治鄖陽。民懷之，無計攀轅，集常行政蹟為"十思"，致感慕意。至鄖陽，適劇盜新敗，公即疏擇將領，率兵於房竹各縣邀截，會敕下如所疏，盜遂擒。捷奏，降勅獎勵，復遣行人劉概齋賜紵絲二表裏，白金三十兩。

　　尋轉巡撫保定，兼提督紫荊各關。公感激受知於上，盡心所事。時邊寇警急，公奉璽書經略，嚴督三關官軍防禦，凡隘口則簡下班官軍操守。後虜寇偵知，遁去。三載奏績，進階通議大夫，蔭子相國子生。

　　乙亥，懇疏致仕，詔以公累奏有疾，許馳驛回調攝。公歸，即卜居城東，搆屋數間，專教子孫。先世屋廬遜，

---

① 戊寅，有誤，應爲戊辰（1508）。

諸兄弟自家居，出入無異鄉人，若不自知其顯達者。

李淑人先五年卒。子男二：長即相；次標，府學生。女二：長適國子生李時鳳；次適府學生湯盤。孫男二：長照；次□。

公天性孝友，每懷祿養未及先人與諸子弟，言輒哽咽流涕。操心仁厚，雖素所甚惡者，見罹患難，猶思救援，其行誼如此。爰系以銘。辭曰：

世稱風憲，網紀攸司。淑慝臧否，非才曷宜。侃侃惟公，秉性忠愨。隨所任用，揚清激濁。抗疏臺端，敢犯天顏。忠義獲伸，力若移山。復當牧民，保之如子。去若邵杜，懷思無已。平寇鄖陽，遏亂畿輔。孰能為防，民以安堵。方膺寵用，鑒於止足。懇辭歸田，克敦流俗。乃倏令終，罔不盡傷。劉石系辭，昭示周行。

墓表

明故病隱處士王君墓表

病隱處士者，浙之隱君子也。少負大志，繼以病，業不克究，乃杜門不出，非其人不相接。每朔望，則肅衣冠晨謁祠堂。當祭祀，非疾未嘗不與。人高之，謂為病隱。

盖非病莫能隐也。君亦因以自號云。

　　君諱玭，字永澤，姓王氏。其先錢塘人，五季時有諱從德者，仕大理少卿，值兵亂，棄官家黃巖之寧川，是為君始祖。至高祖諱士傅，曾祖諱鉉，又自寧川遷邑南門，故今為黃巖人。祖諱全祿，隱德弗耀。曰南耕處士者，則君父也，諱皐，尤著行誼。邑令周旭鑑以嚴為治，罹笞箠者輒多死。南耕以匠籍為里戶，所負當根逮，弟懼不能免，固請代行，久乃許之，已而亦獲免。母李氏，賢而有德，處娣姒不知有爾我之嫌。故君之教於家也，所以飭治其躬者，一視其父不少違。每舉語諸子弟曰："汝輩能若爾祖之篤，同氣之恩，斯為吾家弟子矣。"又舉語諸室之人曰："汝輩能若爾祖姑之處娣姒，為吾家婦矣。"以是庭內期功之親幾六十指，而怡怡翼翼，不聞疾言遽色。

　　事親孝愛。南耕年踰九十，每寢食，無故必親候。或不能候，則遣問至再，心猶未已。從子弼，官刑部郎中，君寄詩有曰："若得來看百歲祖，何妨遲做十年官。"刑部郎請假歸覲，今宮保守溪王公遂用詩分韻，合諸縉紳為壽，人以為榮，而又因以知君之友愛之孚也。比南耕沒，家政一總於伯兄，不敢專其宗理，則計所受業，酌子本以差給之本，廉者息盈，豐者稍殺，不肯以一毫自利。田廬所入，輒先計賦稅，而後節量給用，曰："吾了此心始安耳。"

　　居常讀書，喜吟咏，所著有《病隱小稿》。奉身儉約，酷厭世俗華靡之習，故《述懷》有曰："喫惡飯，著惡衣，容膝之外非吾廬。"其志尚可知也。其所更歷事及所聞，異於常者，日抄手記不厭，或復臨之眾，莫知所處。君徐檢以示與人，言不能欺人有所質者，言輒屈其心而去。於乎！若君者，非特立者耶！

世競馳騖顯庸，而每矜眩蕩惑，為州里害。視君雖沈淪，其敦厚廉約可以化誘鄉人，使獲究所志。其於世教，宜何如是。用書之，俾表於墓，知君之病而隱，亦非徒也。

君卒正德己巳八月二十六日，享年七十有八。配蔣氏，有內行。生子男四：長燁，邑庠生；次烈；次爌①，舉進士，今為工科給事中，克厲名行；次炫。女一，適名族。孫男七。孫女二。

其葬從先兆，在古壕頭之原。君常語諸子曰："吾見泥風水說者，朝更暮改，父南子北，死而有知，心其安乎？吾死，第昭穆敘葬，使吾同氣相依，猶生之日，可矣。"故諸子遵治命惟謹。於戲！其不惑於異說，亦豈易哉？

山東按察司副使謝公墓表

弘治甲寅五月十九日，山東按察司副使謝公以父沒，守制家居卒。越二年，其子樞奉柩葬巴陵縣南馬家灣之原。又越十六年②，而屬余以表諸墓，非敢緩也，蓋有待也。

---

① 王爌，字存約，黃岩人，弘治十五年（1502）進士，授太常博士，擢工科給事中，正德初轉刑科，謫惠州府推官，嘉靖改元擢應天府尹，升南京刑部侍郎，擢右都御史。

② 正德三年（1508）九月劉春父劉規卒，春歸巴縣，正德六年（1511）一月服滿，四月離渝。是《表》撰於正德四年（1509）。

公諱綱①，字振倫，素軒其別號。世居岳州之巴陵延壽鄉。祖諱必清，父諱文德，以公貴封監察御史。母吳氏，封孺人。

公幼有至性，甫七歲，御史遣遊家塾。踰三日，見其師以非禮辱詈弟子，歸告於母，曰："恐及我也，不可以為師。"遂不復去。稍長，業日進，乃補邑庠生員，深為提學王僉事所器重。與同邑方昇皆以異等課程，後昇第進士，為御史。公於成化己丑亦第進士，初授江西瑞州上高知縣。將九年，始陞貴州道監察御史。又越八年，為弘治戊申，擢山東按察司副使。

公寬簡端嚴，臨民一以牧愛為主，故所至著聲績。惟鋤強則任法不少貸。在上高，邑號難治，民有鄔姓、江姓者恃豪富，不以時供賦役，人號為"鄔不移""江不動"。公書短楮，諭以畏法改行當為太平良民，否則欲悔無及也。令耆老之有行誼者持徃示之。即率子弟闔戶詣庭，輸賦受役，自後果為良民。俗多健訟，公讞斷平恕，箠楚亦不忍輕加，民無以為冤者。洎為御史，亦不少變。

在四川，勾稽戎籍，時著令以得軍數多寡為殿最，故每務加深刻。公但任法而行，恥以是徼名，民至今德之。按治河南，尤稱得體。適鄉試，公防奸摘弊，立法精密，故是科號得人。懲吏贓污，不假以情，而亦不務文致，人無怨之者。尤究心吏事，凡一時興革事例，問無不知，雖

---

① 謝綱，字振倫，號素軒，巴陵人，成化五年（1469）進士，知高安縣，拜監察御史，成化中任四川清軍御史、河南巡按監察御史，擢山東按察副使，卒。著有《素軒文集》。

老吏亦心服。

性孝友，母弟三人：次紀，早卒；次緯、次綏。當異㸑，悉讓與舊所置產不取，其所自置器物，則均分之。比屬纊，無他語，但曰："母在而不逮送終，一憾也；三代未能封，二憾也。"

平居，敦尚樸素，衣不盛飾，食不重味，酒不過四五行。居官踰二十五年，澹泊之甘，終始一致。縉紳重之，咸謂不愧素軒之號也。

公卒時，享年五十八。配王氏，封孺人，賢而有德。男二：長即樞，鄉進士，後公□□年亦尹瑞之高安，政務惠愛，與公不異，擢太僕寺丞；次極，以義授八品散官。女三，皆適名族。孫男四：曰佑之、保之、申之、與之。孫女六。曾孫男二。

公與先君子同年，故嘗得侍杖屨，知公治行綽有前輩風節，惜位止此，而未能究其所蓄負。然即其所已著者，亦可得其概矣。是宜刻石墓左，固不但風厲一方，而亦豈忍使之泯沒無聞哉！

明故普安州知州曾君墓表

普安州知州曾君諱珙，字廷璧。其先南豐人，系出宋中大夫易簡之後。五世祖諱明遠者，元泰定時通判全州，卒。其子乾復扶柩道出零陵，值兵亂，僑寓司馬塘，已而遇害，永州子以忠復挈家走祁陽，入國朝遂占籍焉，今為祁陽人。祖諱福祥，父諱恭，母張氏。

君少穎敏，日記數千言，經吏子書多能成誦。比長學成，遂領景泰丙子鄉薦，卒業成均，為司業張公業所器重，與羅一峯倫相友善。久之，就選銓曹，得知廣西郁林州。未幾，以喪歸。服闋，除雲南劍川州。又以父憂去任，起復，再除普安州。所至皆有殊績。

在郁林，城初陷於苗寇，鎮市村落無復煙火。君至，為給衣糧牛具，以撫綏之。又設斥候，以防寇掠，民漸獲安業。有蠻酋周公勇者，所部五百人，既降復叛，居民苦之，君單騎徑入巢穴，公勇惶懼，出迎道左，君笑曰："吾為爾來。"乃召集群蠻於前，語以禍福，其詞旨明暢，公勇等即稽顙曰："謹奉命。"乃約以田七千畝處之，更其名為公善。請於巡撫都御史韓公雍，給章服，立為把事，使領其眾。公勇感激改悔，自是民得無苦。

在劍川，有土官趙賢者，與麗江沐知府抅怨，連歲舉兵毒延於民。君召賢飲，傾心以利害諭之，賢聞而慚悚，曰："愿自今悉改過。"又至麗江，語沐亦如賢者。沐喜，遂設休兵之宴，歸虜掠反侵田；以白金百兩、金花二枝及綵段綾絹為君壽。君固辭，乃送至劍川，曰："感君活我數千赤子之命，如不納，是疑我而吾輩亦未能安心也。"君不得已受之，給為脩學費，自是二家結好，民獲安堵。

州有地，延袤四十里，其魚利悉專於官。君籍貧民百五十家，令三家置舟一，網罟各一，分為五班，每二日而一班漁於中，小者勿取，故池魚蕃息，而貧民得有所資。先是，民習賢之令，以射為尚。至是設鄉校，立師教之，民始知有禮讓。

在普安，土官隆昌以白金若干兩助脩公廨。君固辭，或勸不可拒，以生嫌隙。君曰："夷人重利，受之，彼固無嫌；不受，亦未必不樹德也。"其治行如此。

居家，篤於孝友。母嘗患手疽，君每夜焚香籲天，願以身代。父病，親嘗糞以驗差劇。在郁林、劍川，時以俸資寄兄購置田畝。繼析爨，悉讓與不分。

配成氏，同邑名族。子男三：長鼐，貢士，初任四川青神知縣，今擢瀘州知州；次彝、次鼎。女八，皆適名族。孫男三：希夔、希臯、希大。孫女二，曾孫男一。

以正德戊辰十月十三日卒，享年七十有八。越明年，葬于永興鄉祖山塘。又明年，鼐請余表諸墓①。

嗚呼！其脩於家而蒞於官者焯焯如此，固宜書以詔其後之人，不可使其無聞焉耳。

明故太子太保兵部尚書閻公墓表

國家豐苞之澤，沾漑於海宇者百餘年。至我憲宗、孝宗皇帝在位，得賢為盛一時。公卿大僚雖各以所長自見，

---

① 此《表》撰於正德五年（1510）。

而名有不同，要皆端恪謹畏，務於修飭；及權奸彙征，無以自容，於是相繼而去矣。若太子太保兵部尚書閻公，亦其一也。

公諱仲宇①，字參甫，別號恒齋。世為隴州人。曾祖諱才順，以隱德稱。祖諱秀，以公貴贈右副都御史。祖妣劉氏，贈淑人。父諱璿，舉貢士，歷教諭，贈右副都御史。母王氏，贈淑人。

公器宇魁傑，資性敏悟，舉成化乙未進士，初授知河間之鹽山縣，務於興革利害，人甚德之。越三年，績最，擢監察御史，按治淮揚廬鳳四府。發奸摘伏，風裁著聞，時當錄囚，公不泥於陳案，平反不啻數百人，民仰之，為立生祠。初被命巡按，當就□□權豪□□所親者，公至，卒按覈如法。少師鈞陽馬公②巡撫其地，亟加歎賞，曰："是不負於職矣。"

丁未，擢山東按察司副使，兵備臨清，持法如御史加嚴，奸宄為之屏息。間有獲罪被重譴者，亦心服，以包老稱之。有妖僧乘肩輿，率其徒號為彌勒佛惑眾，公械繫正之以法。

居六年，為弘治壬子，擢浙江按察使。去之日，□稚

---

① 閻仲宇，字參甫，陝西隴州人，成化十一年（1475）進士。弘治時任總督都御史、浙江承宣布政司左布政使、巡撫湖廣贊理軍務都御史。弘治十五年（1502）任都察院左副都御史，弘治十七年（1504）以兵部右侍郎兼僉都御史總督宣大軍餉，弘治十八年（1505）任兵部右侍郎，正德元年（1506）轉左侍郎。正德二年（1507）任兵部尚書，尋以太子太保兵部尚書致仕。

② 即馬文升。

相泣送者塞途。在浙江，梳剔吏弊殆無遺。尋擢□布政使。公以久處臬司，悉民利病，乃大加振刷，一時吏無所售其奸。

未幾，擢都察院右副都御史，巡撫湖廣，兼贊理軍務。會土官有拘兵十年者，其荼毒波及□民。聞公威名，悉解散。苗寇弗靖，公遣官撫諭，負固自若，乃請於朝，率師征之，破其四十餘寨，擒斬酋惡以萬計。捷奏，晉左副都御史，食從二品俸。召還，視院事，錄其子儒為錦衣衛冠帶總旗。

大同、宣府有警，芻糧告匱，命公督理。當陛辭，召於暖閣面諭，加賜白金二十五兩，紵絲衣二襲。公至，召商中納，稽督逋負，各鎮充實。虜人知有備，遁去。尋遷兵部右侍郎。

比事竣，還京，適先帝賓天，虜人覘知入寇邊。今上嗣位，復命公按視。至則簡練將士，防戍要害，虜亦隨遁。當還，仍命稽覈大同官軍功，公革其冒濫者二十有奇，輿論服之。比歸，轉本部左侍郎。未幾，擢兵部尚書。

公益感激圖報，會南郊，賜蟒衣三，尋命兼提督團營。已而權奸用事，志不能行，乃上疏引疾求退。上不許，遣中官挾醫至第診視，賜粳米酒果。復疏辭，上許之，賜璽書，加太子太保，馳驛還鄉，月給食米四石，歲給輿隸四人，仍加授子儒為百戶。

至壬申八月十二日，以疾終，享年七十二。

公質任端愨，襟度宏遠。自幼即偕其兄仲實，自相師友。厥後，兄以進士，歷官河南參政，友愛之篤，終始不渝。其居官，不隱忠以固位，不形直以干名，侃侃著風節。故自發軔，歷歷中外，以極於崇顯者以此，而亦以此不久于任。其純謹敦樸，則信古之所謂忠實者，世豈多得哉？

配仲氏，贈淑人，先公卒。繼娶袁氏，封淑人。男五人：長即儒；次佑，廕太學生；次傅，鄉貢士；次倬；次俸。女五人，皆適名族。孫男七人：鏧、鏒、鈺、鍔、鑾、鑰、鐙。孫女八人。

公卒，有司以聞，上加贈太子太傅，命有司如例祭葬。可謂生榮死哀矣。其孤儒輩，樹碑墓左，以表屬余。遂敘而書之，俾昭示於後。

於戲！欲知公者，尚有考於斯哉！

明故都察院右僉都御史王公墓表

於戲！此都察院右僉都御史王公之墓也。公巡撫江西，適寇盜充斥，恃姚源華林為巢穴，所至攻城劫庫，虜掠殺戮，民罹荼毒甚。公督屬極力擒捕，勞心焦思，至廢寢食，遂遘病，疏乞歸調理。上念其勤勞，特許之，時正德辛未冬也。

越二年癸酉，病漸愈，將復起用，竟以前病不起。上聞之，命有司賜祭如式，其子子京輩，乃卜葬於吳縣王山先塋之次，而謁余表於墓。

公諱哲①，字思得，世為吳江人。曾祖諱湜，祖諱恭，皆隱德著稱。父諱宗吉，以公貴，初封監察御史，後贈都察院右僉都御史。前母于氏，母沈氏，初封孺人，繼封太恭人。

公生而器宇軒豁，負性英敏。少長，誦范希文先憂後樂之言，即慨然企慕。弘治己酉，始以明易舉於鄉，明年庚戌第進士。

又逾年，拜江西道監察御史，奉璽書清戎福建兼理鹽法。故事，清戎者以獲軍多寡為殿最。時有誣平民為軍者千餘家，歲久，逮繫不決。公至，一訊即為辨之。有實為軍而隱漏於吏胥，人莫能知，公設為科條，遂無所售其姦，歲清出以萬計。所理鹽法利弊尤多，興革滿三年，還任，巡按廣東。

廣東薄南海，屬吏多安於縱弛，且和買害及商賈，人莫恥其非。公概以法禁之，一時媮惰之習盡變。有劇賊陳光勝者，糾眾流劫，公申明賞罰之例，督守巡官擒捕。不旬月，渠魁授首，民獲安堵。南康縣十三村人多兇悍，習為寇。鎮巡者會議，欲盡剿絕。公言："如許之地，豈無一二良善？若盡屠之，則玉石俱焚矣，況或激變乎？"遂率廣州知府輕騎徑入其巢穴諭之，許其自新，老幼踴躍感悔，曰："王使君來活我也。"黨即解散。公乃設土里長以約束

---

① 王哲，字思德，吳江人，弘治三年（1490）進士。擢御史，清軍福建，按廣東、江西，饒有政績，遷山東副使，歷右僉都御史，以僉都御史巡撫江西，有政聲，宸濠憚之，旋為所毒，乞歸。江西有民謠曰："江西有一哲，六月飛霜雪。天下有十哲，太平無休歇。"

之，其地遂寧。未幾，以憂去，民號哭送者如市。

服闋，巡按江西，風采如廣東而加嚴。時鎮守者自矜其持守，每怙勢陵侮縉紳。公劾其不法數事，人咸韙之，而彼亦始惕然無敢肆。所在多寇盜，有司畏罪隱匿以為常。公會鎮巡議剿捕，遂得首惡王明及其黨若干人，上降敕獎諭。

既受代還，擢山東按察使，尋遷南京都察院右僉都御史，兼提督操江。已而，江西盜復起，廷議舉公巡視，以前此按治有成績也。公感激遭遇，不知自恤，而因以遘病不起矣。

公生於天順丁丑，至是享年五十有七。配申氏，贈恭人，有賢行，先公三年卒。子男五人：長子京；次子東、子家，俱補學官弟子員；次子木、子術。女三人：適舉人吳涵；次適太學生徐勳；次尚幼。

公平生愛晦庵"讀好書、行好事、作好人"之語，因自號好齋。為人嚴明仁恕，而尤慎於聽斷，故所至著聲績。在江西，有民家女奴亡者，仇家訟民殺之，民迫於勢亦誣服。公察其誣，密求得女奴出示其父母，民遂得辨。有大家被盜，誣告所疑者於官置以法。公廉得其誣，釋之，後真盜果出。

事親孝，雖既沒哀慕如一日。每值忌辰，輒號泣，不御酒肉。處兄弟尤友愛，弟敏早卒，撫其遺孤，恩意甚至。

於戲！公之篤行，形於家而著於官者如此；使獲再假以年，其嚮用不止此，而其功業尤未可涯，豈固有命而不得大伸其志耶？是宜書之，畁於其子子京鐩諸墓道。於戲！欲知公者，其亦有所考矣。

明故司設太監陳公墓表

正德九年十二月六日，司設監太監陳公卒。訃聞，上命司設監太監何俊、尚膳監左少監秦忠治喪，復命太監覃瑄諭祭，仍賜寶鈔五千貫為賻，而陞其義嗣錦衣衛百戶陳監為副千戶。陳斌、陳英冠帶總旗及充勇士者八人。既葬，監輩謁余表諸墓。

公出廣西馬平縣世家，初姓熙，天順間入內廷，改姓陳，故今以為氏。其諱達，字達道。生而資性敏慧，在成化時，憲宗皇帝慎簡讀書者，蓋欲重任於將來。

公於癸巳被選讀書內堂，日有開益。戊戌，孝宗皇帝在青宮，緝熙問學。公又以端謹被簡隨侍，朝夕講讀。丁未，孝宗皇帝登極，遂擢奉御，供事乾清宮，尋擢司設監右監丞，簽書蒞事。弘治戊申，轉左監丞，復擢右少監。己酉，轉左少監。明年，遂擢太監，賜內府乘馬，以寵異之。癸丑，賜蟒衣玉帶，歲加祿米十二石。丙辰，命於顯武營管操。丁巳，又被命體量益府事宜。蓋公持心謙厚，臨事不苟，隨所任用，克副上意，故簡在帝心而獲寵待如此。

庚申，奉勅鎮守山西。至則省諭所屬，禁奸慝，招逋逃，撫流離。凡利弊之當興革者，以漸行之，不激不隨，人心大悅，其於身所當行者，殫慮竭力，不告劬。

正德丙寅，乃以勤勞嬰疾，遂抗疏乞休，至京謁見。上慰勞至再，仍命視事司設監，至是卒，得年五十有九。鑑等卜葬於宛平縣香山鄉廣慧寺之側，寺乃公所創置，其名額亦出上賜也。

公為人明達靖重，勤於所事，而詳審周密，不務苛察，故所至法行而人自不敢犯。在山西，凡體量藩府事，公平寬恕，未嘗濫及無辜。人尤頌之，無弗愛戴者。若關隘之戍守，邊防之備禦，又皆督所司整飭經略。蓋誠國之老成人矣，是宜書之堅珉，以表於墓，庶公之所以蒙列聖知遇，曁上之優恤，踰於尋常者非無自也。

於戲！是豈但陳氏子孫所宜思之而不泯哉。

明故奉訓大夫沁州知州王君墓表

君諱綸[①]，字大經，姓王氏，別號漸齋。其先山西太原人，元季有諱彬者，始自太原遷於開州家焉，是為君之高祖，今為開州人。曾祖考諱浩。祖考諱佑，以太學生仕為開化縣丞，治有德化，迄今人猶頌之。考諱琮，妣李氏，生子三人，君行三。

---

① 王綸，字大經，河南開州人，弘治三年（1490）進士，任浮山縣知縣，祀浮山縣名宦。以山西沁州知州病歸。

君生而氣宇軒豁，眉目踈秀，識之者咸以為偉人。年十七始就學，即刻苦研窮經史，不以寒暑少懈。遂大有所進益，雖字畫亦端楷不苟。至成化癸卯，始舉於鄉，越明年，遭母憂，哀毀踰禮。弘治庚戌第進士，初授常熟知縣。常熟，今蘇州望邑也，賦役之征調，詞訟之赴愬，甲於他邑，而民風士習，雖老於吏事者亦難乎馭之。君恂恂書生也，因事而治，要以惠利為主，而未嘗設鉤距，民用以寧；其豪宗右族，不獲於心者，則亦多矣。

未幾，調山西之浮山。浮山，僻在萬山中，風俗惇樸，非常熟類。君治之不異常熟，而百度脩舉，鄰邑之民恒赴愬焉，一時聲績發聞。襄垣民有以水田搆訟者，三年不能決。監司擇委君勘之，君讞其辭，一言而辯。久之，以父憂去任。去之日，父老咸擁集泣送，至填塞道途不能行。

免喪，再授平陰，其治行不異浮山。尋擢徽州通判，人咸為君不滿，若將喑焉。君略無幾微見顏面，但曰："窮達，命也，世孰有能達之者乎？"

正德丁卯，擢沁州知州，在沁將半年，以病遂懇求歸，歸踰三年而卒，時辛未孟冬十有八日也，距其生景泰乙亥三月十七日，享年五十有七。

娶侯氏，出州望族，賢而有德，封宜人。子男三：長崇昆，早卒；次崇慶，舉正德戊辰進士，授戶部主事，以言事觸諱，謫廣東肇慶驛丞，綽有時譽，蓋特立者；次崇壽。女四：一適州學生馬永祿；餘卒。孫男二：野、田。

君資性仁厚，而以禮法律身，故其所至，日計不足，歲計有餘，而不務為赫赫之聲。及去後，常見思。視世之巧宦者之善事上官，非直不屑為，亦恥為之也。則其仕途之顛躓，亦何足異哉？

於戲！世道之可嘅者多矣，如君不可俾無聞於後，是用書之，以畀其子，以表於墓，庶其操尚有所取焉耳。

傳

南京都察院右副都御史劉公傳

都御史劉公諱洪，字希範，其先彭澤人。元季有諱□範者，仕至禮部尚書。入國朝有諱敏者，為給事中。至高祖諱谷信，始以戎籍隸湖廣安陸州，徙家焉，今為安陸人。曾祖諱成，隱德弗耀。祖諱讓，贈資政大夫南京都察院右都御史。妣高氏，夫人。父諱琮，初母①監察御史，累封至資政大夫南京都察院右都御史。母陳氏，贈夫人。繼母吳氏，封太夫人。

公自少儁異警敏，慨然有大志。甫踰幼學，即補州學弟子員。以成□戊子領鄉薦，戊戌，舉進士。初授山東陽

---

① 母，疑誤，似應為"封"字。

穀知縣，臨□強毅，吏民畏服。屬廟學久傾圮，公經營修建，勞費不困於民。暇則親試諸生，或與講解，士多資益。歲大侵，郡檄勸分於民。公慮胥吏因緣為奸，乃召里長於庭，扃置一室，俾各疏民資產之貧富，遂為三等出粟，人咸稱之，自後均徭亦準是法。

不五年，擢雲南道監察御史。丙午，奉璽書巡鹽兩淮。兩淮，鉅商淵藪，法恒沮於權豪。公振肅風紀，釐革奸弊，卒無敢撓者。

戊申，按治雲南，持法益厲。時孟密背其酋主，弗靖。僉議召孟養①伐之。公以孟密素不叛，而孟養狡悍難制，不可。後用之，果如公議。

受代還，以才識推閱諸道所上章疏，尋擢浙江按察司副使，所至發奸擿伏，人始知有法。其僧尼庵院，多蓄奸匿淫，為風俗之蠹。公悉撤毀，改為鄉塾。桐江七里壟界於兩山，懸崖峭壁。舟行牽挽者值雨，一人失足，則餘皆被溺。公督有司鑿石開道，遂為坦途。其不為無益之工多類此。

踰七年，擢廣東按察使。至則尤以洗冤澤物為己任。令闢東西門，俾訟者得徑訴於庭。時東山劉公大夏巡撫其地，屬諸司條陳利弊之當興革者，得公論處，海舶待蕃人、治猺獞諸事悉行之。

未幾，貴州普安賊米魯、福祐倡亂，劫虜守臣。朝廷

---

① 參見《明史》卷四列傳《雲南土司三》木邦、孟養等。

出師征討，元惡雖就禽，而餘寇未殄。銓曹議推公巡撫，上如議，擢都察院右僉都御史。既至，廉知餘寇阿方車等猶假息伺釁，公召土官宣慰安貴榮，諭以朝廷恩威。貴榮感激，果率眾詣賊壘，禽之，而招其脅從者。上聞，賜敕獎勞。

先是，司徒公安王公試總督軍務，建議安南設參將，雲南平夷設兵備，新興、亦資孔①，驛各建城，上下巡撫議處。公奏疏略曰：普安之變，非由於無官，乃官非其人。況安南距普安、普安距平夷，皆僅二日程。普安既有都指揮守備，而安南再設參將；貴州迤西既有兵備副使，而平夷又設。恐致擾民，其新興、亦資孔，皆舊築有城，但增築平夷舊城，自可固守。上從公議。

甲子，改巡撫四川。時松潘夷人恃險阻截，路民艱輸運。公疏請調土、漢官軍，及蜀藩護衛官軍，相機撫剿。又議令都指揮僉事馬聰於鎮平至茂州，指揮僉事杜英於小河至平定，各統遊兵巡視，加以遊擊將軍之名。又請宣慰白寨夷人素不為惡，與黑寨夷人不類，毋自驚疑。上悉如所請。後各蕃畏罪，乃還虜掠人及獻馬納甲，誓不敢為惡。事聞，遷右副都御史，尋以父憂去任。上念公勞效，特賜諭祭，命有司治葬事。

其在任，又嘗奏改松茂河道以絕蕃人出沒，闢東路以平物價，脩關堡以固捍禦，重儲峙以實邊用諸事，皆行之。

---

① 亦資孔為地名。

免喪，擢右都御史，巡撫兩廣。至則詢知惠州河源、龍川、興寧三縣。潮州程鄉縣，界於福建之武平，江西之龍南，重山連亙，為寇賊巢穴。兵至，則稱聽撫新民，去則劫掠，民甚毒之。乃上疏，謂招安之計止宜行於化外夷民，不可施於腹裏之盜。遂陳征討督餉事宜，請剿之。上從其議。暨師出，踰兩月，元惡就禽。奏聞，勑下獎諭，仍賜白金二十兩，文綺二表裏。

庚午，召視篆南京都察院。明年，以繼母吳夫人卒，守制。比免喪，每兩京尚書都御史缺，廷議即疏公名請。縉紳士夫日遲其至，而惟恐起用不速。乃忽以訃聞，其屬纊日，寔乙亥二月十五也，距生正統丁卯，享年五十有九。

於戲，惜哉！配唐氏，出州名族，與公合德。側室柳氏。子男五：曰采，曰槃，曰榘，曰渠，曰臬，采早卒；槃舉進士，初授行人；榘、渠、臬，皆貢士。女六：長適貢士曹敏敬；次適進士孫元；次適貢士黎遵義。餘在室，及子渠，皆出柳氏。孫男二：曰㰆、曰炳。孫女三。

公姿儀魁秀，動止端凝。自家食，論議英發，即欲任天下之事。及既仕，所至見義勇為，略不以難易為行止，故聲績發聞於國朝名臣。每以王忠肅之節操，于肅湣之忠勳，周文襄之經畫，余肅敏之機畧可法。

平居，事親孝。為御史，以父資政公及繼母吳夫人在家，即分俸資養。母陳夫人先卒，恒思不逮，悲痛流涕。遇忌辰及劬勞之日，則愴然閉門而臥。士夫知之，咸為詩歌，以泄其思，多至成帙，題曰"北堂違養"。其接人應物，直諒坦夷，恥為脂韋柔巽之態。既卒，有司以聞，上悼惜，遣官諭祭二，命有司治葬事。其所巡歷建白甚多，今集成帙者，《奏議》《行稿》僅各十卷，詩文三卷，皆藏於家。

贊曰：古之大臣，未有不以身任天下之事而能著功名者。若兢兢自守，與夫患得患失，視時浮沉以取容，則名為大臣，亦何裨哉。

國朝名臣夥矣，如公所景仰四公者，固各有所長，要其成功，蓋亦未有不以身任而能然者。公之所志所取如此，宜其所至異於人，使居四公之任，其功名亦豈相下哉？

直庵先生傳

直庵先生者，建安人也，姓楊氏，諱士儆，字敬甫。祖榮①，累官少師工部尚書，兼謹身殿大學士，贈特進光祿大夫、左柱國、太師，諡文敏。父錫，隱德不仕。

卒，門人私諡貞素先生。先生生而岐嶷不群，見者異之曰："此楊家千里駒也。"既出就外傅，書過目輒成誦。舉止詳雅。時文敏賜告展墓歸，每燕閒，子姓環侍，獨心奇之，數呼造膝與語。比長，補郡博士弟子員，授《詩經》。

---

① 三楊，即楊士奇、楊榮、楊溥。楊直庵，楊榮之孫。參見《送太常少卿楊君省親還建寧序》，《東川劉文簡公集》卷十。

天順己卯，被薦與計偕。癸未，場屋弗戒於火，遭厄者十三四，而先生體素魁梧，艱於步履，是夜登高越險如坦途，竟脫於難，人以為先世積慶所致，殆不偶也。入太學，取友於天下，所養益充，聲稱籍甚。時司成河東邢公，嚴峻慎許可，課得先生文，稱賞不置，自是暇則輒召入書室，坐語移時。已而遭貞素喪至。

甲午，以蔭例補中書舍人。在公恪勤迺事，出入有常度，每朝參，長身玉立，鬚髯奮張，見者屬目。未幾坐累，謫廣東惠州衛經歷，至則梳剔宿弊，不以為不屑也。有致仕張都督者，素豪橫，私役軍，莫敢誰何。先生立使復伍。郡自守以下事必咨訪，士之執經受業者，屨恒接戶外，故賓興得儁，視昔有加焉。

六載秩滿考最，當復任，遘疾就醫於家。爰築室所居東偏，環置圖史，日寢息其中，蓋於是浩然無進取之意矣。

弘治改元，凡京官詿誤外補者，詔量擢用。陞桂陽州同知。檄至，所親勸之出，先生歎曰：「仕貴知止，老病侵尋，安能復理繁劇邪？國恩汪濊圖報，在吾子孫勉之而已。」因以情白於當道者，得致仕。時論多之。

先生天性孝友，痛早失恃，言及輒泣下。弟士儀，蚤世，撫其遺腹子旦如己出。比長，擇師教之，卒底成立，今為考功員外郎。

為人剛毅，好面斥人，然人諒其靡他，咸以直稱之。性儉朴，雖處豐裕，不事雕琢淫巧之技。園囿悉令種桑麻、蔬果，無一花一石之奇以供耳目之好。惟酷嗜古今書畫，聞人有奇書，不惜價購之。所錄自唐宋及國朝諸家子集，凡數百卷，皆手自校讎。其板行者，各寘復本。於畫善品鑒，一展閱即知此出於某人筆，或別其真贗無差。忒有誚其書淫畫癖者，則應之曰，不……（下缺）

書

與林都憲①書

高千戶來，蒙垂念存問，兼欲聞地方事宜，無任感悚。伏惟朝廷軫念民艱，博延公卿之論，起執事於燕閒，而付以一方之生靈，所以委託之者，誠不輕矣。而執事思仰承德意，乃博採羣策，猥及於孤，愧無以少裨聰明。然一得之愚，亦嘗反覆思之久矣。曷敢嘿嘿以孤執事廣忠益之念乎？

惟地方之所以困憊致此者，其受病之源亦多矣。顧轉喉觸諱，要未易言，而亦執事之所洞察也。古人有言："淘米少汲水，汲多井水渾。刈葵莫放手，放手傷葵根。"以今視之，豈但汲多放手而已哉？

---

① 即林俊。

賄賂公行，廉恥道消，莫甚於此，非可盡言者。茲於東鄉之地，欲捄目前之急，則以孤計，舍招撫未易措手，而欲招撫，又莫宜於此時也。

蓋賊寇之眾，初皆良民，第迫於脅從，而無可奈何者。其為惡，則不過百數人，而百數人之中，渠魁亦止十餘人耳。彼為惡者，亦豈遽然愛死，要亦有司刻虐，計無所出而為之。其心誠以為等死，且少延喘息於須臾耳。

今攻圍日久，計其糧食已盡，而脅從者亦且欲出而無由。以執事威望之重，彼固破膽甚矣。誠密訪一二有司之激患者，寘之於法，乃出榜揭示賊巢，謂我於害汝，而汝欲甘心者既已除黜罷。汝等皆良民，宜及時改悔，盡從寬宥，否則將草芟禽獼，何苦不自求生路乎？彼脅從而欲出者聞之，必翕然而應矣。

而又設令，如古人許賊徒自相禽斬，赴官給賞，而行之必信；不務詐誘，彼必自相疑貳，如是則黨與之散者必眾。黨與既散，其渠魁縱負固自若，計亦不多。於是少延時月，整軍士，具器械，儲糧餉，及秋民食充足，然後大舉而禽之，未必不能如意也。

寇賊既除，仍設兵備居守，以鈐束有司，撫綏其民，使民之冤者獲伸，弱者獲立，則後患庶幾可弭乎？

然前此兵備亦設矣，但檄取各郡邑兵快輪番戍守，不免騷擾，故人多稱不便，而欲革之。今宜別為計處，但使東、達二縣兵快守捕，非有大寇不得調及他郡邑者；而省其別差，以移於他處，則鄰邑兵快無輪番之苦，而所在亦有所恃矣。東鄉之寇，所宜處者，大略如此。

若夫全蜀之民，凋敝亦甚矣，如得明激勸之典，使愛民省事悃愊無華之士得行其志；而巧於趨事不知體悉民情者，少懲一二，以示有司趨向；則民病庶幾其少瘳乎？民既不病，則人得安堵，必不肯舍其妻子父母，以趨必死定地也。

管中之見，止於如此。敢因詢及，僭告左右。伏惟垂察，不盡區區。

策

試舉人就教職策

問：司馬遷作《史記》，班固作《漢書》，蓋易編年之體，而自為一家，後世作史者皆祖之。今讀其書，遷史有《本紀》、有《表》、有《書》、有《世家》、有《列傳》；固史惟易《書》為《志》，無《世家》，其名義安在歟？

遷、固而後，為編年者亦多矣，惟司馬溫公《資治通鑒綱目》，其發凡立例，要以《春秋》為法，蓋益精矣，亦可言其概歟？

夫史者，所以紀一代興衰，治亂之跡不可不講也，諸生將受任分教諸郡邑，其於窮經之暇，非此不授。蓋所以驗諸事者，試為我一言其旨趣，則所以傳道解惑者，亦可得其概矣。

行狀

封光祿大夫柱國少保兼太子太保戶部尚書兼文淵閣大學士楊公行狀

曾祖諱世賢，不仕。祖諱壽山，贈光祿大夫、柱國、少保兼太子太保、戶部尚書、文淵閣大學士。妣□氏，夫人。父諱玫，贈光祿大夫、柱國、少保兼太子太保、戶部尚書、文淵閣大學士。妣熊氏，夫人。

公諱春[①]，字元之，姓楊氏。其先楚人，元季避亂入蜀，占籍新都，今為新都縣人。

初，父少保公以明經貢入太學，就遠任為貴州永寧州吏目，卒於官。二世父相繼沒，公時尚幼，隨母熊夫人護三喪歸。會有苗賊之亂，出入險阻，問道而行，雖在旅次，內外皆有區別，夜則當戶而臥，聞有聲咳影響之疑，輒驚

[①] 即楊春，楊慎祖父。

起呼號，竟夕不寐。

既歸，熊夫人脫簪珥以襄大事，指公曰："先公嘗言：有此兒在，他日不憂貧也。"免喪，以熊夫人命入縣學為諸生。性穎異，日記數千言，顧無從得師。家舊藏《周易》一部，因取讀之，晝夜研究。閱七月，遂補廩膳生。以成化元年舉於鄉，至十七年舉進士。

時其子今少師公①為翰林檢討，將迎熊夫人就養于京，不可亟移疾歸，熊夫人目已眊，為之復明。居七年，熊夫人每趣北上，曰："不可及我未老親被恩命乎？"孝廟嗣位，詔至蜀，申諭曰："新天子在上，非汝自由時也。"乃強出，弘治元年，授行人司正。司正，清望官也，前此，多以司副行人敘遷，獨公初任得之。時三原王端毅公②為太宰，擬授之際，顧謂少宰華亭張莊簡公曰："老成人任此官固宜。"到官未兩月，適有考察之令同官行履，吏部亦以咨之所報，皆合公議。久之，上疏請復行人職掌。舊制，數事如持節冊封徵聘大臣之類，蓋前此多為諸司借差，至是乃復。三年秩滿，太宰耿文恪公③，署其考問學該博，心地坦平，且語其屬曰："此吾太學舊門人也。"知之故真。

五年，丁熊夫人憂。八年，服闋。欲乞致仕，親友強之，以義起陞湖廣按察司僉事，奉敕提督學政。以四月十四日上任，或謂是日俗有所忌，公笑曰："吾豈欲久任耶？"

---

① 即楊廷和。
② 即王恕。
③ 耿裕，字好問，盧氏縣人，景泰五年（1454）進士。卒諡文恪。

考校先德行而後文藝，鑑別精審。諸生試罷，私相與語曰某甲某乙，已而果然所至皆然。比十一年鄉試所取士，多公試首選者，人以是服公之公明。

放榜後一日，即上疏乞歸，明日遂登舟，藩鎮諸公百方勸止之，公曰："吾在官二年，無日不圖歸。以諸公之意，乃勉終試事，今復何辭？"蓋前此巡撫都御史宜興沈公暉、隴西閻公仲宇，皆託試時留之，故云。時子廷平①舉於鄉，會試北上，中道聞之，遂趨荊州，奉迎以歸。

十八年，今上②即位，用兩宮尊號，恩封詹事府少詹事，兼翰林院學士。正德三年，特賜誥進封戶部尚書兼文淵閣大學士，麟袍玉帶，皆如少師公。明年，加封少保兼太子太保。又明年，少師公乞歸省，不許，詔遣尚醫乘傳徃視，疾愈復奏，前無此。比八年秋，今太常卿正夫，以少卿乘傳歸省，到家未盡一月，轉太僕卿。明年還朝，少師公復奏乞歸省，仍不許，命有司以禮存問，有羊酒白粲之賜焉。是年冬，舊病復作，旋愈。

十年正月十三日立春，猶賦詩，有"老疾自知今日退"之句。二十二日遂至不起，距其生正統元年十月十一日，享年八十。遺命祔葬先塋，勿遠擇地，土勿太高，勿乞葬祭恩澤。

配葉氏，初封孺人，累贈夫人，以弘治十二年卒。公泣曰："是與我共貧賤，古人所謂糟糠之云者，忍使人繼之

---

① 即楊廷平，楊廷和之弟，楊慎之叔。
② 即明武宗朱厚照。

乎？"遂不再娶。

男七：長廷和，即少師，兼太子太師、吏部尚書、華蓋殿大學士；次廷平，鄉貢士；次廷儀，太常寺卿；次廷簡，先卒；次廷宣，鄉貢士；次廷歷，以少師公蔭補國子生；次廷中。女四：長適歸安知縣張一夔；次適成都護衛百戶王恩；次適郭禬；次尚幼。孫男十人：慎，翰林脩撰；惇、愷，鄉貢士；恒，中書舍人；恂，鄉貢士；忱、悌、愷、悅、懌。孫女十一人。

公孝友天至。熊夫人性嚴，事之最謹，少不悅輒加箠楚，公安受之，恐拂其意。父少保公卒時，二弟長者年十二，少者八歲，公各輔翊之，以至成立。女弟，遺腹生，及笄，請於熊夫人為擇配，得今太僕單寺丞麟，又親教之，以至取科第，登貴仕。

治家內外斬斬，教諸子每舉古人嘉言善行為說。小過，必笞，曰："我少時欲聽父教不可得，汝輩幸有我教誨，顧甘於自棄耶？"及入仕，又教之曰："脩身正家，士人分內事；居官，則以移之國與天下方是實用。"

少師公入閣，公時以書諭曰："汝官任重，凡事宜審擇義理，以法度律身，以勤儉治家，勿苟狥人意，妄有所為。"諭太常君亦然。

與人交，誠信不欺。然簡直不疑曲，初若難合，久乃益為人所樂親。人有片善，稱歎不已，未嘗及人之過。而接引後進，孜孜不倦。新都自公始治《易》，一時諸生多及門受業，後相繼舉於鄉，皆公啟之也。在太學，時與天下士假會饌堂為文會，辨析義理，若引絲建瓴水亹亹不絕。眾皆心服，從遊之士顯者甚多，如太僕卿魏君玒，參政徐君翔，知府邢君昭輩皆是也。

平生不讀地里及相人書，而言多奇中。在湖廣，嘗行部至荊門及夷陵，見學宮前隘甚，曰："人才不振，坐是故耳。"屬其守闢之，自是選舉相望。至平江，邑令言"士不與薦書者七十年矣"，公謂"今年當有之"。及試畢，楊於眾曰："吾得其人矣。"呼而語之，即今江西按察司僉事黃君昭道也，其年果中選。如此類者甚多。

居鄉，常以濟物為心。新都南門清源河故有橋，歲久而圮。公曰："邑人病矣，我力能辦此。"檢度俸餘，有白金數百兩，盡捐之以興事。蜀藩聞之，為遣官督其役，曰："是孔道也，持節及朝貢使所必由，顧獨使私家任之耶？"既成，公親為之記。

又嘗語諸子曰："吾邑近鄰省，治生聚櫛比，而城守不完。天順末年，趙鐸之變，居人挈妻子倀倀然無所於避，是不可不為之圖。"會孫慎舉進士，藩鎮諸公欲為建坊表，公再四辭之不可，則告之曰："與徒光寵一舉，孰若移為城，以大庇一邑乎？"諸公欣然應之。城成，而廖賊之眾適至，旁近州縣趨來保聚者無慮數十萬人，皆歸德於公。公曰："諸公之功也，吾何有焉於乎？"公之純德懿行如此，而亦未能盡述。然即此，固古之篤行君子矣。

訃至，少師公即解官守制，有司以聞，上遣內官監左少監秦用臨弔，命有司差官管理葬祭，仍慰諭懇留奪情。

少師公再疏，上以情苦詞切，准暫奔喪，賜勅給驛，遣行人護送。葬畢即回復，賜白金五十兩，寶鈔一萬貫，綵段四表裏，米十石，皆異數也。

少師公奔歸，將以□年□月□日奉柩葬于□□之原。以春在鄉黨，後屬具狀告于立言者，請銘於墓碑於道。春固嘗獲操几杖從公，盖薰炙久矣，誼不敢辭，而撮其大者如右，以俟采擇焉。謹狀。

故資善大夫福建左布政使蔣公行狀

公諱雲漢[①]，字天章，別號渝渚老人。世家四川重慶府巴縣。祖諱友才，隱德弗仕。父諱福，以公貴，封戶部主事，至大理知府。母張氏，封安人，贈恭人。

戶部公精岐黃之術。每有患奇疾者，自远昇至門求療，公恒虛外室居之，親酌匙劑調理，比愈後去不责其馈謝；有謝者，亦不拒也，至今稱名醫者歸焉。

公舉天順丁丑進士，為戶部主事。端恪謹密，為尚書年恭毅公[②]所器重。尤嚴於執法，常收畿內郡邑民输納芻束，攬納者無以投隙为之地，乃揚言欲狙擊之；所親為之懼。有勸公少假借者，公笑曰："吾命在天，豈此輩所能害

[①] 即蔣雲漢。蔣雲漢生平史料，除此《行狀》外，另有楊廷和《福建左布政使蔣公雲漢墓誌銘》。此《行狀》撰于正德元年（1506）。

[②] 即年富。

也。"执不變。

赴徐州收粮，夜夢白面大耳冠方巾者，送逮於家。公曰："汝為誰？"曰："我薛公之神贈汝以铁劍一，設有他虞，擊之。"既而值群鬼擁隨，公如其言，輒仆。已而覺，莫知所謂。

舟經濟寧，途下闸，为急湍衝覆，見者以為不可救矣。頃之，公手擊舟底，聲聞於外，人因捄之，舟即自正，乃知为神所祐。每詢神於人，有徐老人者曰："此神祠新主巢湖，問其像與夢符。"公於是每值時節必祭焉，識者以此占公不凡矣。

成化己丑用薦，擢福建興化知府，至則政尚簡要，務以惠民為本，民甚安之。其馭吏如束薪，無所措其奸慝。未三年，丁内艱。將服闋，銓曹廉其賢，逆計其期，疏補雲南大理府，齎憑付之。

其治大理，不異興化。郡徭役故無成法，吏緣為奸；貧民因以靠損，怨讟載路。公博訪輿議，為之等第，凡役之輕重，第隨其等編之，貧富始均。春秋祭丁禮樂之器，廢缺不講；公始一一如式製復，請樂師教演生徒，禮樂為之大備。在大理九年，其愛民之心如一日，每雨旱，公所禱輒應。父老竊嘆曰："公其德合於天乎？何其心之所願無少違也？"

去任既久，民猶思之，曰："安得如公者，再為吾之父母耶？"秩滿至京，會貴州缺參政，或以擬公；當道者謂邊方不可使公之才識，制不得施。公聞之，曰："吾親日薄西山，徃歲吾親謝世以羈於官守，未得親殯殮，今猶抱恨；若得此，可常乘便歸覲，固至願也。"乃奏擢補，及抵任踰年，復求公事赴京，因假便過家，時戶部公九十三矣。

公在京邸，日焚香籲天，曰："吾父千百歲，固人子之心也；萬一不可，必幸歸，而一見視含殮，則昊天之恩莫大矣。"已而還家，踰兩月，戶部公偶病遂不起，人謂其孝誠有如此。

弘治改元，服闋，補廣東。未幾，擢福建右布政使，尋轉左。在兩藩近十年，其公勤惠愛之政及於人而裨於時者居多。歲丁亥，年猶未至，乃懇以老辭。越三年，會其子恭為吏部員外郎，給誥進階奉政大夫正治卿。又越六年，會上兩宮尊號，復进階資善大夫。

盖優遊林下者餘十年。縉紳大夫過郡者，必造其廬，退而無不歆其德。方嘆其福履之盛，將躋壽不可涯，而忽以微恙，不浹旬屬纊矣。時正德丙寅七月三十日也，享年七十三。於乎，惜哉！

公為人剛介端方，未嘗以私干人，而人亦不敢干以私。其操履之清慎，則終始一節。常有售李虛中之術於市者，時公自大理歸，或以公之生年月日時所值支干試之。批云："五馬人間有，一廉天下無。"人謂其術不可信，而二句則公实錄，抑以見取信於人人也。

在福建，夫人病革，移外寢，偶为穿窬者盜，失白金若干。久之，為他有司捕获，皆廣東柴薪之資，其名識悉存，人益信公之廉。

比致仕去任，僚友餽贐白金幾斤，不受，又遣人出境；強之，公曰："使可不辭，何待踰境也？"後莆田陳郎中仁疏于朝，謂如公之清脩峻節，宜加寵異，庶賢者益勸，而貪者懷愧。時雖未行其言，識者韙之。

平居，訓子弟過嚴，及待人藹然和氣，不見人過。常曰："事未必盡愜人情，我苟是矣。人尚見，尤不必深辨，求在我者而已矣。"

每閑暇，則端坐移時，凡聖賢之書無不讀，以究極其微旨，雖陰陽醫卜亦通曉。晚年尤喜《易》學，每與人接，聞其言者各有所得，而客氣自消。

其友愛二庶弟尤至，戶部公治命分畀所遺田畝器服，公皆推與之。曰："某已竊祿，可自給也。"

配黃氏，賢而有德，累封夫人。子四：長恭，舉進士，歷任吏部郎中；次從，辛酉舉人；次明、次聰，皆習舉子業。女二：長適賈都御史子麒；次適徐都指揮使繼孫。孫男二：弘仁[①]、弘義。孫女□。

生於宣德甲寅□月□日。公卒之二月，訃至京，郎中君將奔歸，以□月□日葬於□□之原。荒迷不能述其平生性行，而以舂辱在姻末，屬为叙次其概，以俟立言者誌於墓石表於神道者採擇焉。

於乎！其懿行嘉績，所不知者，亦豈能盡於此哉？

---

① 即蔣一庵。

贊

壽字為葉推府乃尊贊

　　於昭壽星，曰有南極。耀靈炳煜，世永無斁。乃有廣成，盖得其精。保齒罔坏，久視長生。復有籛鏗，暨周柱史。莫究其年，色若孺子。是維曰壽，居五福一。得之不易，自天申錫。郡侯有翁，为士之英。受氣南極，孰撓其清。厥後方昌，荷天之祿。以介眉壽，以受景福。

　　吾郡節推赤城叶一之①蒞郡，踰五年，每四月三日值尊翁誕辰，則肅衣冠，東望展拜，致祝願之忱。郡之士李季堯卿者，乃書壽字以獻，曰"海天祿壽"，余因贊於右，用識一之遠宦，而孝愛之心有如此也。

贈太常少卿靳公贊

　　贈太常少卿兼翰林侍讀京口靳公之在溫州幕也，仁恕

---

① 即葉忠。

廉慎，為其守莆田周公所器重，事必諉焉。而公亦竭誠为之，克副其知而利，因及於民者，多予所最愛者。如斷武豪之劫娶，諭愚民之昧法，以及築海塘於沙园，古稱舉法愛民者不能過。故既去溫三十年，人猶思之，知有其名。予登其子清卿之堂，获拜公遺像，猶可想見其風節，宜當時之有聞也。乃为贊曰：

古有孟博，見委宗資。亦有成瑨，公孝其依。休聲茂實，庸耀當世。先賢事業，胡不可繼。嗟彼後人，淺中狹量。匪亢則屈，孰趨孰尚。乃有如公，穎出崛起。受知其上，靡怠其事。害我所去，利我所興。我任於人，惟恐弗勝。孰云位卑，厥聲孔震。流澤豈邇，千里膏潤。赫赫前烈，伊誰專美。嗚呼若公，而豈獨似。

蔣太孺人遺像贊

母氏聖善，載於國風。亦有賢婦，昭列管彤。維孝與敬，女德之常。成子以義，則聞瀧岡。世稱文忠，孰知其母。婉婉懿訓，崇公焉負。嗟母之賢，跡亦似之。象服珞兮，厥德攸宜。拜觀慈容，風烈凜然。是母是子，夫豈無傳。

東川劉文簡公集卷之十九　終

卷之二十

跋

跋晦翁文公墨蹟

　　邃庵先生出示晦翁文公①墨蹟一卷，既束衽以觀矣。而其筆法之妙，高絕一世，未易以言，而亦不敢輕置喙也。
　　所慨念者，則翁以近聖大賢之資，其所以學焉，而致其存省之功，要自異於尋常，而無所容其力，亦不假咨於人者。而其書劄之所語，乃曰端靜篤實之氣象，猶足以有警也。
　　曰玩索持守，不敢自弃。而其語人則曰以時進德，曰

---

① 邃庵，即楊一清。晦翁，即朱熹。

近下著實。其所致力,若兢兢焉無時暇逸,而惟恐其心之失所操者,則其所以異於尋常者,亦幾希矣。以其不自異其資也,而致力乃如此,則有志於學聖賢而無其資者,益當何如?

宜大賢之不多見也,抑翁此書云"奉祠再請",當在淳熙間。時年已踰知命,道巍而德尊矣。而其工夫猶縝密,渾無隙漏,則所謂聖賢之學,不益可信耶? 余於是重有慨焉。

既喜得觀鉅儒墨蹟,而復恍然自失,不覺汗流浹背者久之。適先生屬跋于後,遂不得辭。先生方以勳業著名,其本原固有所自,而所以寶玩此卷不釋手者,要亦不但以其遺蹟而已矣。

二賢同心協恭文跋

侍御高安熊君尚弼[①],以正德丙子奉上命清戎於蜀。時巡按貴溪江君汝思移疾歸,代者東吳盧君師邵未至。凡按治事有所急,而當裁斷者,所司咸詣尚弼以請,君不以侵越為嫌,悉隨事處之。已而,師邵至,亦不以自專為賢也,且復喜得有所資焉。

自是清戎按治,雖事有繁簡,體有攸司,二君議論弛

---

① 熊相,字尚弼,江西高安人,正德三年(1508)進士。歷四川清軍御史、薊州兵備道、山東巡按監察御史。

張，謀無不協，相須之義，了無間焉。推其心同於為國為民，期欲不負上命；譬之操舟於江，挽車於陸，盖惟涉險致遠，免於憂虞而已，他非所計也。

踰年，師邵以滿受代，乃著《異事同心記》，具載偕尚弼相與之密，相信之篤，且論世態不同心之蔽，誠有以究其源，而思其啟悟之者。尚弼則序同寅協恭之意，毅然思古道化之盛，而力追思穆之風。是皆不惑於流俗因循之見者，縉紳大夫咸嘉尚之。

昔諸葛武侯治蜀，孜孜以集眾思、廣忠益為心，而史氏推其本於開誠心布公道。故謀國用人，庶事精練，循名責實，虛偽不齒，終於邦域之內，咸畏而愛之。後世名儒論其賢者，未嘗不以為非，三代以下人物，可睥睨也。

然則跡二賢之心，其視官事，惟公惟慎，要在體國惠民而無所私。歷茲以往豈有不可為之事，亦何有不可建之功耶？

世嘗謂古今人不相及，若此者何如也？余因觀二君所著，殊為之喜，且慨世俗之略其大而計其小。因為書，所見於卷後。

於戲！仕而篤於好古者，寧亦無所概於其間哉？

跋考功馬汝載集會試登科錄後

成化戊戌、甲辰，洎弘治己未《會試錄》，各一帙，

《登科錄》亦如之。南京禮侍紫崖馬先生①，偕其子太守汝礪、考功汝載②，初得第於禮闈，及賜進士出身之書也。

成化丁未《會試錄》，弘治癸丑《登科錄》，各一帙，則紫崖與執文柄及與執事殿庭列銜於中者也。於乎，其盛矣哉！

夫進士之科，國朝取人第一途，錄什一於千百。蓋選之至精且嚴者，在一郡一邑，數科恒不能得三四人。即有之，亦非一家所能擅也。而馬氏父子，聯芳接武於八科之內，而紫崖又以文行荐衡鑑之任，蓋尤不世之奇矣。

汝載萃數帙為套珍襲書笥，屬余贅一言於其間。乃為書之，俾子若孫知所以為盛之不易，而世守於後，安知不有奮然繼起者於將來乎？

跋平山稿

昌黎文公以六經之文為諸儒倡，力變江左衰薾之氣，信乎，卓然樹立成一家言也。然常自以不通時事，齟齬於世，故得獨專於文學，則古人於文蓋未有性成之者也。

平山楊君溫甫③，示及所嘗應酬諸作，余得而披閱之。則其詞旨浩博，整然有法，駸駸若欲迫逐于古人者，而亦

---

① 即馬廷用。
② 馬龠，字汝載，馬金弟，歷陝西行太僕寺卿少卿，雲南右參政，貴州石阡府知府，正德間知湖北德安府。
③ 即楊孟瑛。

多自得之意。惟平山自筮仕，皆處錢穀法比中，乃能如此；使如吾徒居閑處僻，其所至當何如哉？

展卷之餘，汗流浹背者久之。

瓜隱翁遺澤卷跋

符臺卿義興邵君以其六世祖《瓜隱翁遺澤卷》示余，觀畢歎曰："翁之被誣获辨者，固有所自；然非遇其人焉，亦未可知也。"

世之司刑者，類以刻为明，以私害公，而於他不暇恤。若所稱馬千户者，要亦不易得，況又出於武弁乎？則翁之所遇，不为不幸矣。然自今而觀翁之後，不但衣冠蟬聯，而咸以名行推重縉紳，非上世積德累行，果脫穎流俗，安能發祥流慶如此？則翁之被誣，益可徵也。遂用書於末，俾為之後者益知所继述；而司刑者觀之，亦豈能無所概於中哉？

書神明鑒察後

吾兄子鶴年，以職方郎中陟雲南布政司參議，時當具慶，遂取道過家。拜慶之餘，請曰："鶴年藉累世慶澤，獲厠①縉紳，茲又被命於滇，大懼，心無所執，以隨世浮沉也。故恒以'神明鑒察'四字自誓於心，庶臨事不敢少有所縱，或怵於官、惑於貨、迫於來、溺於反，即悚然曰'神明鑒察'，則此心凜然而畏縮矣。願我叔父手筆，用揭座右，以代韋弦之佩，如何？"

余躍然而喜，遂進語之曰："心者，神明之舍，萬化之原，內而德之脩，外而功之著，未有不由之者。心有不治，則雖天質之美，不能無所見。而其馳騖迷惑，終無所立，即有所立，所謂其餘不足觀也已。故古之人所以大過人者，未有不汲汲於治心者。蓋惟聖人，然後性天之流行，自無汨於欲。聖人而下，雖大賢亦必俛焉，以治心為務，況其下者乎？中世之士，率以聰明才辨，自眩而於心若漠焉。故論者謂後世之士，皆於事上用功，非無所見也。子於是不敢怠慢，其庶幾能知所以治心者。充而上之，曰謹獨，曰毋自欺，亦不外是也。昔趙清獻公平日所為，夜必露香九拜手告於天，應不可告者不敢為也。意亦警飭其心其勇，有若制悍馬，若斡磻石，若挽舟於逆流然者。子能是其，庶幾聞清獻之風而興者乎？"

因樂從其意，疾為之書，並書所以語之者於下方。於戲！爾尚其毋以徒言為哉！

---

① 厠，夾雜在裏面，參與。

恭題宸章副錄後

南京工部尚書太原王公諱永壽①，在先朝自為御史，至工部所被勅命四，誥命十有三，勅諭十有一。比歿，偕夫人所被諭祭文三。其從子，今兵部尚書臣瓊，彙稡成帙，而又自以其歷仕中外所得勅誥、勅諭，亦類附其間，總為二帙刻之，名曰"宸章副錄"。蓋天章雲漢，不敢入梓，而刻其副，以珍藏於家也，屬臣春題於末簡。

竊嘗觀，自古君臣之分，雖若懸絕，而義實相須，不啻元首股肱焉者。故君之於臣，嘉其賢而寵之，莫不有襃崇之典；簡其能而任之，莫不有訓諭之言。而臣之圖報也，益感激奮勵以興事，所謂上下交而德業成也。

今伏覩宸章之錄，則我祖宗、我皇上，之所以禮待臣下，與臣下之所以竭忠事上者，其功業煥焉可述，亦豈異哉？惟臣之事君，隨其所職以行其所事，固有不同，而要其心則一而已矣。一者何？曰清，曰慎，曰公，曰勤也。清者，所以律於己，慎與公、勤者，所以蒞於事，未有舍此而能興事者。故君之於臣也，恒以是望之，如穆王之誥君牙，有曰世篤忠貞。忠者，盡其心；而貞，則正而固。蓋亦不出於此心也。

---

① 王永壽，太原人，王良孫。永樂二十一年（1423）舉人。正統十三年（1448）任工部右侍郎，累南京工部尚書。

若臣永壽之受於上者，有曰清慎公平，有曰恭勤端謹。而臣瓊之受於上者，有曰茂著公勤，有曰操持清慎，則其心之所以律於己以涖於事，前作後述，顧有異焉者乎？是即所謂世篤忠貞者矣。

然則天語之丁寧，盖凜乎訓誥之旨，固萬世臣人事君之律令。而又可以見臣之盡忠圖報者，乃上之所望而嘉獎，自不容已也，則為子孫者寶藏。是錄以貽於後，豈但欲知前人所以侈上恩昭先烈；而所以事君於將來者，求之有餘師矣。

公學行純固，別於治體，方荷上所寵誥命、勅諭之受，春知當不止此。尚嗣錄之。

恭題敕諭太子少保兵部尚書何鑑提督團營後

兵戎，國之大事也。故我國家於軍雖有五府統之，衛所領之，而總其政於大司馬。然在京師，則又合諸衛之士，鏊為五軍、三千、神機營，以時簡練，盖未嘗習於承平而少忽焉者。

比景泰間，又以簡閱不精，教練無法，無以備御倉卒，乃於三營之內復簡其壯健者，分為十二營，營萬人，而各統以內外重臣及兵部尚書，或都御史提督，時加教練。凡老弱者即沙汰，而補以壯健者，諸戎務興革之宜一切諉之賜之，勅以示寵異之意。

是勑則太子太保兵部尚書臣何鑑①所受於上者也。鑑，以成化己丑進士，初發軔尹宜興，遷監察御史，至四川布政使，陞副都御史巡撫南畿、山東，轉刑部侍郎，擢南京兵部尚書，參贊機務，轉刑部尚書，以至於今踐本兵之任，蓋敭歷中外四十餘年矣。

其履行之端方謹恪，其涖政之英敏明達，所以屬望於縉紳而受知於主上者非一日，故於兵戎重任特畀之，而復兼提督焉。

時警報雖迻，庶務填委，鑑篤於忠誠，以身當之，不少顧慮，故凡謀畫舉措，咸中肯綮。而其所以衛國安民之績，寔多簡練，特其一端也。

於戲！宣王任方叔而致蠻荊來威，穆公悔不用蹇叔而欲詢茲黃髮。則元老在位，豈特邦之榮華哉！或觀是勑，旨非但可以知聖主篤任老成之意，而於臣鑑之所以獲被重任者，亦非泛然屬之矣。

鑑荷勑既服膺，爰謄錄裝潢為卷珍藏。臣幸獲伏覩，乃拜手稽首謹題卷末，並略識其歷履如此，以昭示於後云。

---

① 何鑑，字世光，新昌人，成化五年（1469）進士，擢御史，巡宣府大同，出爲河南知府，弘治中以右副都御史巡撫江南，正德中任兵部尚書，加太子太保，爲奸黨所攻，致仕。

書皇甫世庸祠部集詩後

南京少宗伯紫崖马先生①嘗語余，道出徐州洪，見工部皇君世庸，雖當南北之衝，劬於政務。而其好學博古，孜孜不少廢。間閱其詩，則諸體咸備，且雅健清新，各臻其妙。由是而往，未可量也。余心識之。未幾，受代至京，改授祠部，与予弟衡仲②同官，乃得定交焉。而見其所作，益當信乎紫崖之言非譽也。然世庸抑豈但此为可重哉！

楊生性初字說

少保邃庵③先生名其孫曰元，乃筮春為賓，三加其服而字之。春既俛勉以從事，而字之曰"性初"矣，復為之繹其義。

蓋天之四德，曰元、亨、利、貞。人得之以生，具於心而為性，則曰仁、義、禮、智。

然元之德，偏言則正也，大也，長也；兼言，則亨者元之通，利者元之遂，貞者元之固，而無不統。故稱天曰

---

① 即馬廷用。
② 即劉春弟劉台。
③ 即楊一清。

大哉乾元，萬物資始；稱地曰至哉坤元，萬物資生。而皆以元言者，以其義之大也。

其具於人仁者，天地生物之心，而人得以生者，即天地之元，亦無所不統也。若分言之，則仁以愛言，義以宜言，禮以理言，而智以通言也。

然則天地之元，賦於人為性，而有四德之殊，而仁實配之，則元豈非性之初哉？

夫性之初，得於元，渾然、粹然，無所謂不善也。惟賦畀之後，氣稟拘焉，物欲汨焉。於是乎，有善與不善者而相去倍蓰，什伯紛紜參錯，迥乎其不同矣。

然其初，不過曰善而已耳。譬之水焉，生於天一而出於山，何有不潔哉？惟其既出也，或觸惡土而汙，或溷泥沙而濁，或衝糞壤而穢，是豈水之初為然哉？

故孟子曰性善，而孔子曰性相近也，習相遠也。所貴於人者，則學以變化其氣質之異，濁者清之，薄者厚之，復其性之初而已。

人能復其性之初，則大而為聖為賢，次亦不失為鄉國天下之善士。而元之得於天而賦於我者，始無所虧。否則猶夫人也，而豈性之初哉？

先生以家學之奧，所以體於身而著於用者大矣；而復以之教於家庭，故命名之義如此。

余以性初加之者，非特謂人性之初得於天之元；而欲體於身者，不可以不復其初；而又欲復其初者，不可以不學也。然則元也，其尚顧名思義，而戀之哉！

跋鄢仁睿群公詞翰後

吾邑鄢氏重器，能以人生年月日時所值支干，推人貴賤、窮通、壽夭，有奇驗。凡縉紳之士皆折行輩與遊，是卷則所得贈送之什也。於乎！重器亦賢矣哉。

古之賢哲，不居朝廷，必在卜命之中。蓋君子恥非其力不食，而內無飢寒之患，外無劫奪之憂，惟是術為宜。今聖明御極，黎獻帝臣，則固無有居卜命者，豈亦有之，吾固不得而識也。

蓋自余所接者，類多言誇嚴，以得人情虛高，人祿命，以悅人志，非有與人子言依於孝、與人臣言依於忠、與人弟言依於弟者。

今年乃得重器。重器，年甚小，不妄悅人。觀其志與行，若可進於古人者，豈故混其跡而不暴其所長歟？欲知重器，觀於是卷亦可矣。

書少師馬公史夫人祭文後

少師兼太子太師、吏部尚書鈞陽馬公[①]之夫人史氏，南

---
① 即馬文升。

京金吾右衛千戶侯之季女也。

夫人以弘治癸亥冬十月九日卒於京邸。訃聞，孝宗在位，公方被眷顧倚任，故命有司祭葬如恤典有加，仍具舟送歸鄉中。朝士大夫奔吊者屬于途，戚畹之貴，縉紳之賢，為文以祭者凡若干篇，公乃命其子錦衣揮使琇敘次成帙，而以諭祭文冠諸篇端，侈上恩也，名曰《祭奠錄》，屬春敘之。

竊嘗觀自古賢哲之士，所以建功垂名於世，以永譽於後者，其得諸己，固有不同，要其所以克竭其心，而無繫慮於私家者，固不能無資於內也。成周盛時，文武之臣，疏附先後，奔走禦侮，其功烈偉矣。及讀《采蘩》《采蘋》諸詩，則所以道當時公卿大夫之妻儉勤孝敬於家者，不一而足。是雖衣被文王后妃之化而然，然亦豈不益可見公卿大夫之所以得盡心所事者，非盡恝然，置其私家而不念哉？

成化己亥，公以兵侍謫居於渝。春時廁諸生間，公不鄙棄其少且賤也，恒獲侍訓誨於左右。見公雖處困，而憂念未嘗不在國家，每對客論天下事，據古之跡，質今之制，亹亹無倦色。退居一室，左圖右史，百無所玩好，意泊如也。繼獲履仕途，適公賜還，踐樞筦之任，則又見公居於公所，如在渝時。非伏臘祀享，未嘗一留私室，而無少內顧之懷。是豈私家之念，特迥絕於人哉？蓋有夫人以託於內耳。

故觀於夫人，乃知公所以盡心於公家者有所自。觀公之所以得盡心於公家，則夫人之賢可知矣。於是而益信古之賢哲，未嘗無所資於內。如詩人歌詠，非浪然誇詡也。然則是錄之作，公亦豈無意義乎哉？

東川劉文簡公集卷之二十　終

卷之二十一

祭文

祭封少保楊公①文（六部②同）

伯起相漢，文簡相唐，名賢輩出，奕葉重光。洎我國朝，三楊③継起，分姓受氏，遠有所自。公興西蜀，以儒發身，翶翔仕路，譽重縉紳。適當文治，既浹百年，篤生賢哲，克紹於前。在帝左右，調元贊化，功業文章，被於函夏。甲榜鄉書，接武時聞，倫魁之擢，復有名孫。太常翰苑，時稱膴仕，萃於一家，自公伊始。慶澤之流，方潽其

---

① 即楊春，楊慎之祖父。
② 六部，即吏部、户部、禮部、兵部、刑部、工部。
③ 即楊榮、楊士奇、楊溥。

源，譬彼鄧林，其末參天。孰培其根，非公莫教，孰達其支，非公莫紹。赫赫慶門，紆朱拖紫，以古準今，曷容專美。解組林下，日荷寵綏，況多孫子，介壽無期。胡隮八十，遽爾考終，聞訃感惻，執紼無從。漬絮之奠，庸寄哀忱，岷山鬱鬱，西望沾襟。尚享！

祭封少保楊公文

吁嗟吾蜀，賢哲挺生，如公之出，適當文明。純樸之學，蘊而為士，教於鄉邦，達於帝里。晚登甲科，通籍於朝，言論風節，拔俗之標。乃簡帝心，詔臨荊楚，教育英才，以待時舉。有德有行，蔚為人師，凡在陶冶，咸獲依歸。乃以止足，懇乞歸田，優遊綠野，幾二十年。保傅之封，篤生偉人，功在宗社，表儀縉紳。亦有太常，典司禮樂，咫尺天顏，執事有恪。森森蘭桂，復滿庭階，昂霄聳壑，為世奇材。福履之綏，世孰可比，在於有宋，惟韓與呂。方期榮養，尚待曾玄，胡登八袠，訃音忽傳。恤典有常，特恩加隆，生榮死哀，誰復如公？春叨與令子，偕列朝著，聞訃驚怛，何奪之遽。敬具菲儀，臨風致奠，公乎來格，無由一見。

代祭胡參政文

於乎！自古賢哲，世不究其用者，天必有以報之。善士之清脩苦節者，雖於世若員①，鑿而方枘。然陰隲於天道者，則善無不報，而遲速有時。如公發軔科第，委質三朝，始平反於棘寺，繼提憲於關西。迨貳政於薇垣，遂勇退而賦歸。雖其按劾句宣之績，企前脩以無讓。而歷敷中外者，凡三十八年，而位竟止於斯。豈造物者將發於其後，而嗇於其身之所施。故公養高林下，踰耄望期。凡考德而問業，必執杖以無違。有子六人，象賢思齊。或箕裘之克紹，或幹蠱於庭闈。衍麟趾之振振，奮鴻漸之羽儀。故見公之服爵被寵，不足以盡公之所履。惟壽考與遺後，則所以考祥食報，固非造物者之所私。某等仰止桑梓，鑒如蓍龜。念山川之返秘，誦黃鳥而歔欷。葬無由以執紼，敬千里而緘辭。

同六部祭吳尚書②文

嗚呼！窮通壽殀，紛綸不齊，天固有命，孰測而知。

---

① 員，同"圓"。
② 即吳儼。

公之德器，應得於天，直諒英毅，在古為賢。掘起名科，蔚焉聞望，如珪如璋，孰出其上。受知先帝，簡命時承。經筵史局，惟任則勝。累績敘遷，薦膺顯用，行義堅正，儒流為重。舟楫霖雨，需次有期，一疾不起，輿情曷違。年踰六十，壽固非殀，位列秩宗，任亦非小。用猶弗究，士論懷悲，彼蒼者天，能無所疑。某等同寅留都，相知自厚，倐臨總帷，痛心疾首。式陳菲奠，庸罄哀衷，公其有知，無幽不通。

晉寧太守牟公①初歸祭文

於戲！晉寧之徃，纔踰一年，曷罹二堅，忽訃人傳。乃復踰时，竟以訃告，仕路之屯，豈勝傷悼。靈輀茲歸，丹旐翩翩，儀容莫見，曷禁潸然。薄奠具陳，親友之誼，靈乎有知，鑒此誠意。

祭封主事程公文

黃流玉瓚，福履非偶，不有令德，孰昌厥後。嗟公篤厚，出於天成，秉禮執義，譽重鄉評。爰有哲人，崛起於

---

① 即牟正大。

時，發身科甲，仕路名馳。乃荷貤封，赫赫華秩，不服其勞，顯榮家食。士有所式，人有所歸，澆濱之化，不令而威。宜永於世，以享祿養，胡為一疾，遽焉淪喪。某等與公令子，忝廁親友，聞訃驚怛，莫接風摽。寄陳菲奠，束芻之私，方在哀疚，豈謂多儀。尚享！

祭光祿李卿文

嗚呼！公為邑令，名稱會稽，不寬不猛，隨時之宜。暨為御史，維持紀綱，耿耿忠言，白簡飛霜。越歷兩畿，揚清激濁，輶車所至，診民之瘼。乃晉光祿，近侍天子，不懈益虔，厥聲聿起。棘寺載遷，讞獄維清，平反多頌，結知聖明。復陟光祿，正卿之位，赫赫顯秩，為仕之貴。忽乞予告，天子允俞，侍從之勞，暫憩里閭。未浹歲時，遽以訃聞，遣官諭祭，恤典殊恩。惟公蓄負，曷止於斯，未究厥用，吾黨之悲。酒肴雜旅，來格來嘗，年家之誼，有淚盈眶。尚享！

祭江僉事母文

昔在水部，廉介英明，忠誠為國，仕路蜚聲。暨交憲部，克紹於先，歷歷中外，譽望歸賢。乃知夫人，作配君子，懿德之資，悃內所倚。趨庭之訓，尤嚴義方，古有三遷，式克垂光。爰膺寵命，象服在躬，教著閨壼，里閭式宗。晚隆壽祉，迎養於官，采采羑服，膝下承懽。茲惟令終，殯殮斯慎，有子在側，亦復何病。束芻之奠，辱與子遊，靈其來格，匪為醪羞。尚享！

祭牟太守元夫文

嗚呼元夫！[①] 竟止斯耶？嗟公才性，出類不羈，奮跡科目，亢宗於時。乃假司刑，剧郡長沙，矢心報國，繼振名家。兩辭之具，惟法惟察，孰云隱慝，其情弗獲。宅心惟恕，执法惟公，曰貨曰來，其孰輿通。平反奏績，佐郡推賢，爰膺寵命，進秩南滇。思變夷俗，務敦教化，威懾惠懷，頌聲日大。曷命之屯，不究厥施，方踰浹歲，奄與世辭。

於乎元夫！竟止斯耶？黃流玉瓚，付受自殊，如公蘊蓄，怀瑾握瑜。僅刺一州，尚期遠到，命孰司之，胡不及耄。惟昌厥後，賢嗣敬承，甲科之第，祖武克繩。勿藥未期，泥金播喜，數雖莫違，心則安矣。

於乎！元夫！竟止斯耶？某等辱公，不鄙倚玉，非新聞訃，驚怛涕淚。沾巾謹陳，殽核束芻之微，酌酒致奠，靈

---

① 即牟正大。

其格思。

祭余揮使文

於維肅敏①，鍾蜀間氣，豐功偉績，照耀百世。公以異質，克紹箕裘，脫穎紈綺，頡頏儒流。乃奮賢科，縉紳推重，才華莫閟，以武致用。錦衣近侍，時難其人，公膺推轂，出自名卿。疏奏先皇，聖心簡在，親軍是任，寵用未艾。留都重地，忽遽南遷，公懷靜退，心益恬然。方期召復，寔歸輿論，麒麟之騰，中道曷償。犧樽青黃，乃水之災，自古則有，孰不興哀。翩翩丹旐，道出於渝，壽胡不永，痛悼吾徒。敬具菲儀，用伸一奠，靈其有知，庶其昭鑒。

祭王母岑太夫人文②

七十古稀，況登上壽，復荷榮封，寔自天祐。繄惟夫人，系出德門，嬪於茂族，婦道克敦。有夫之良，用助於內，閨門之治，恩義兼備。篤生令子，為國名臣，賢孫接武，譽重縉紳。年既踰艾，祿養無違，薦膺封秩，光賁慈

---

① 即余子俊。
② 參見《壽王母岑太夫人八十序》，《東川劉文簡公集》卷十二。

閫。優遊梓里，含飴繞膝，福履之綏，孰與疇匹。壽而獲貴，世固僅有，黃髮康寧，福亦豈偶。生死晝夜，乃世之常，大人之終，名實不忘。某忽聞訃至，執紼無因，庸致薄奠，束芻之誠。嗚呼哀哉！

祭錦衣世臣[①]夫人文

婦人內行，貞順為難，螽斯樛木，自古所難。惟靈婉婉，出自名家，嬪于世族，不矜不誇。彼美君子，克相其德，始發賢科，繼承先烈。侍從天子，敬慎弗渝，望溢朝著，職武行儒。乃厪寵嘉，贈及崇名，夫人之行，閨壼之榮。方視福履，著式里閭，曷為一疾，膏肓莫治。壽之不遐，在人共恤，仰承寵奠，賁于幽宮。死生恒理，孰能辭之，閨門失士，良人之悲。迢迢萬里，返歸於鄉。薄陳菲奠，靈爽未亡。

祭江郎中父母文

於戲！豪傑之士，雖不致用於時，盖必有遺於後。如種而穫，如炊而熟，無少爽者，古今一致也。嗟公賦性之

---

① 即余真。

異，出自於天；積德之厚，於古為賢。論孝養，則廢己業，而竭菽水之奉；論友愛，則總家政，而啟科甲之傳。其衰貧恤老，則力為之主，使得其所；其輕財賑乏，則積散於人，而一無所憐。欲逐婦者，責之以義，而終昌厥後；欲興訟者，直之以理，而退無後言。則公善行之積諸身者，雖枚數未易；而德化之及乎人者，致惡俗幾遷。凡若此者，謂非豪傑之士；則於世俗，孰以操尚為先。乃生令子，奮起光前，翱翔仕路，譽重朝端。復有諸孫，振翩聯翩，爰膺寵誥，榮貴林泉。踰八望九，鶴髮如仙，尚有宜人，偕老同緣。式克內助，德與公肩，溘焉長逝，孰不泫然。某等忝交於子，親黨官聯，敬陳菲奠，庸以告虔。靈其不昧，昭格凡筵。尚享！

祭陳壽夫文

嗟嗟壽夫，竟以不壽耶！

始余與君，偕薦有司。謬以同經，陳雷是期。我年差少，惟君為依。君有所業，不鄙商之。繼我不德，濫竽春闈。君來冑監，坐擁皋比。跡雖稍異，心無嶮巇。忽忽十年，終始不移。篤志高遠，辭親於斯。左經右史，心為嚴師。苦甘淡泊，人不能知。謂必得志，自信不疑。而乃一疾，勿藥無時。

嗟嗟壽夫，竟以不壽耶！

人有恆言，德厚者昌。君之篤厚，豈其速亡。梗枏杞梓，固木之殀。臃腫鉤曲，聳壑無疆。蹠壽回天，此理之常。惟君有親，白頭於鄉。逾七望八，倚門日望。惟君有子，亦既成行。始就外傅，句讀知章。君今棄捐，□不為傷。仰事俯育，孰為之方。袀襯茲歸，楚水湯湯。親從二子，在君之傍。我為哀辭，永訣一觴。

嗟嗟壽夫，竟以不壽耶！

祭封儀部員外郎巽齋張公文

嗚呼！公出貴胄，德性夙成，謙恭抑畏，克檢其身。始力於學，期用於時，中道而止，邁疾惟危。逢醫之奇，勿藥固喜，幹□之勞，俯仰孰恃。乃總家政，篤於孝友，門內之治，怡愉敦厚。爰生哲人，致位清朝，歷中外，為時譽髦。貤封顯號，親被寵恩，鸞章錦誥，光賁丘園。命服在躬，益綿壽祉，幾三十年，祿養梓里。非壽曷承，非德曷壽，穆穆清風，逸民黃耇。復有諸孫，含飴膝前，箕裘之業，不墜於先。古有人瑞，公實似之，倏焉仙逝，孰不懷悲。某等忝與令子，交好仕途，通家之誼，莫罄束芻。式仰靈筵，敬陳薄奠。公其有知，庶其昭鑒。

祭徐主事文

於乎！事有出於情者，要雖不可以為訓，而君子未嘗不之取也；報之出於天者，要雖不可以為必，而君子未嘗有或違也。嗟公孝友，性本於天。養親之病，默禱孔虔。刲股為藥，心惟求痊。赤子弄兵，閭境騷然。受檄往捕，執訊而還。明明爵賞，一無所憐。觀於二者，他可知焉。蓋其心之篤於愛親者，雖委身而不恤；而義之急於拯人者，初非為名與利之所牽。德厚流光，乃獲其年。亦有令子，既才且賢。發身科目，秩與榮遷。何其食報於天者，如取斯獲，如蔓斯延。於乎！晝夜者，死生之理也；壽夭者，古今之常也。安其常以處其順，在公之福，既無不全。況有令德，孰與之肩。惟哲人之既萎，嗟儀刑其何傳；誦遺文於太史，空景行於九原。

祭安人張氏①文

惟靈幽閒貞淑，出自名宗，德門之配，婦道益崇。克相夫子，心無內顧，德業日脩，寔惟多助。赫赫賢科，奮

---

① 即楊孟瑛之妻。

哀高登，翱翔仕路，卓越蜚聲。乃被寵命，顯號榮封，彝章有典，登進方隆。曷數之奇，莫得其壽，中饋失主，姑哀孝婦。靈舉茲歸，道出於渝，翩翩素旒，驚悼盈途。肴核薄陳，總惟致奠，靈其有知，庶其昭鑒。

祭馬少師[①]文

惟公端方直諒，公忠介特，歷仕五朝，終始一節。位以功顯，名以位崇，受知聖主，倚任寔隆。天壽平格，既踰八旬，隨事陳謨，澤潤生民。在唐如度，在宋如文，安危身繫，狄人亦尊。乞休誠懇，寵命自天，臣為知止，君為優賢。復綿壽祉，優游泉石，世知進退，士有矜式。蒼生之望，尚煩起公，胡為奄逝，勿藥無從。某生也晚，辱不鄙夷，倏聞訃及，慕德銜悲。茲當趨朝，道出公里，遺矩空懷，九原莫起。有酒有殽，敬列几筵，豈为我私，泣涕潸然。

祭楊少師[②]夫人文

嗟惟夫人，貞淑柔惠，資性之稟，穎异出類。赫赫明

---

① 即馬文升。
② 即楊廷和。楊春之子，楊慎之父。

公,天子是毗,寅恭弼亮,功施於時。乃有夫人,繼配於公,錫福自天,德充其容。既嬪厥家,族大以顯,雍雍而肅,内外嘉羨。在婦為孝,敬順不愆,在母為慈,鞠育逾前。公秉鈞軸,曷勤私顧,匪獨蘋蘩,内寔多助。玼玼象服,朝於兩宮,榮封顯號,恩寵日隆。何德之懿,而命之乖,載罹一疾,勿藥空懷。國有恤典,優渥靡常,匪德曷被,閨壼之光。具此薄奠,式陳輀帷,束蒭之敬,里閭之私。

祭外父蹇公[①]文

惟公出於華胄,克纘前聞。賦性謹飭,履行端純。其事繼母,則以孝稱於宗族;其事諸父,則以順信於弟昆。言不涉於非義,足不蹈於公門。雖沈困於時,而節概不混於流俗;雖群處於眾,而風範自出乎等倫。豈故家之遺矩不泯?何前輩之操尚猶存?某少也賤,辱公獨親。結為半子,待以席珍。耽叨從於入仕,乃喜得其知人。愧深恩之未報,曷遠訃之忽臻?雖得壽亦非夭,顧錫福當彌殷。哀梁木之既壞,起九原而無因。致束蒭以寄奠,望岷山之嶙峋。念英靈之隱幾,空涕淚以沾巾。

[①] 外父,即岳父。參見《壽陝西按察司知事蹇公八十詩序》(《東川劉文簡公集》卷六)、《祭外父蹇公文》(《東川劉文簡公集》卷二十一)。《劉春墓志銘》:"公(劉春)配蹇氏,忠定公之族女。"劉春夫人蹇氏,父蹇霓(《明誥封一品太夫人劉母蹇氏墓志銘》)。

祭同年高參議文

嗟公賦質奇偉，秉性忠良，學求用世，行鄙刓方。蚤登甲科，翱翔雲路，不自表襮，廊廟之具。擢居憲府，風裁振揚，繩違補闕，白簡飛霜。持節名藩，豺狼歛跡，激揚有道，百司脩職。晚立朝端，指佞斥邪，忠言謇謇，帝命寵嘉。乃以微恙，賜告閭里，杜門謝客，薰德髦士。聖主厲精，渴求遺賢，公首膺薦，起任句宣。既受新命，益感於中，山林鐘鼎，分曷不同。乃安泉石，莫起膏肓，清風勁節，正色寒芒。尚期復起，以厲士風，胡為一疾，徃事皆空。某辱在交誼，訃音忽傳，老成淪謝，涕淚潸然。敬具束芻，臨風致奠，公有知乎，庶伸私念。

長壽祭朱太守素卿[①]

於乎！士之顯名致位，不屈於時者，豈但才識之英特，固其志嚮之超卓。如公夙負不凡，奇偉浩博；學務研窮，神遊寥廓。始雖回翔於儒林，終奮翼於科甲。其在儒林，則恒以身教而多造就乎後進；其登科甲，則遂以名顯而欲

---

① 參見《送太守朱君任袁州序》（《東川劉文簡公集》卷一）。

肩齊於先覺。故棘寺著平反之聲，牧守副專城之託。推其心，蓋惟尚友於龔黃；究其才，豈但宜居於方岳。何昊天不憖遺，俾齎志而隕沒？春也初誤器於公心，遂忘年而為友；獲鴛鴦之聯班，於交遊而獨厚。方聞梓里之憂歸，欲駕扁舟而問候。忽傳訃及傷悼莫究，豈聲名果有所忌，抑命數固有所受？謹具菲儀，用告於靈。如或不昧，庶其來歆。尚享！

涪陵祭劉宮保淩雲①

惟公發身科第，致位公卿，始典選於銓曹，終奉祀於宗伯。篤忠誠而受知主上，執謙恭而見重縉紳。逮其晚節，未老乞歸。勇退之風，薄凌山斗；寵祿之養，光賁丘園。某辱鄰梓里，尤深景慕。恭聞仙逝，梁木興悲。謹具菲儀，用伸薦獻。靈其如在，庶其鑒知。

祭張都諫本謙

惟公蜚聲科甲，晉位諫垣。直言抗疏，卓有時名。繼出貳郡，厥聲益振。公論在朝，賜環有命。功成名遂，浩

---

① 即劉岑。

然賦歸。優游林下，廿載有餘。乃有令子，接武彤墀。公未究用，將見於斯。胡為一疾，溘焉長逝。縉紳哀慟，哲人其萎。某道經梓里，薄奠伸情。靈爽有知，庶其來歆。

祭安黃門母文

嗚呼！惟靈賦性純懿，體德慈仁，適歸華族，儀則宗姻。乃有名郎，克勤教育，發跡賢科，聲聞藹鬱。列官清瑣，為時近臣，榮途方啟，祿養斯勤。崇封美號，刻日當貤，胡不少遲，服此恩私。福履之全，豈天獨悋，踰六望七，壽亦非靳。茲即幽宮，永訣有期，凡在戚黨，孰不銜悲。薄陳牲醴，總惟敬奠，靈爽有知，庶幾昭鑒。

祭王時正太守

嗚呼！大家世族，難於克繼。名聲之垂，甚於崛起。惟公謙厚，和易明敏。疏通甲科，奮跡厲志。顯庸乃用於時，百里攸寄。恩結民心，楚邑稱治。晉秩於徐，不懈益處。焯有美績，頌聲聿傳。方遲喬遷，倏懷知止。辭章朝上，夕歸田里。惟此老成，豈不思惜。紛紛競進，高風可□。昔慕先公，進退出倫。視公素履，亦自不群。何德之□，而不永年。三徑方開，大命莫延。某等忝同里閈，文

□寔深。聞訃驚怛，不但士林。惟茲明發，遠即幽室。□□是陳，永訣窀穸。尚享！

祭蕭指揮祖母

嗚呼！福備於身，慶延於後，世非不有，鮮得其壽。□□生居世族，歸配於門，母儀婦道，閨壼罕倫。篤生令子，光纘前緒，才名將略，出於儕輩。復有懿孫，亦克承休，恪勤官守，器識稱優。乃致祿養，終始一日，福履慶源，伊誰可匹。溘焉長逝，情則可悲，踰七近八，壽孰能齊。某等忝在姻末，傷悼不勝，薄陳菲奠，永訣幽明。尚享！

祭禮部吳尚書文

嗚呼！寧庵①竟止於斯耶？士風汙陋，趨附多歧。不有豪傑，孰自得師。公之勁氣，天實付之。守道特立，終始不移。公之博學，性實好之。牆面自警，探討靡遺。其才足以用世，而歉然若有不足；其智足以應變，而退然若有所思。其歷仕也，自發軔而登清要，雖資望之敘進；其操

---

① 即吳儼。

心也，由坦途而經險阻，靡夷險之異馳。盖其蘊於中者，自有所得；故其行於外者，了無所迷。余以陋劣，辱公心知，始廁翰苑而麗澤以相益；繼叨南省，而協恭以相咨事有所行。不靡然以逐時好，心有所畏；不恬然略無所持，茲當承乏，幸復相隨。喜嬰疾漸期勿藥，忽加病竟莫能醫。豈造物信有所忌，何完名之得獨希。俄輀車之就道，當即遠以永歸；謹薄具而致奠，敬拊膺而陳詞。盖上以為哲人之慟，而下以罄察宷之私。嗚呼哀哉！

祭吳僉憲伯陽

嗟公發身科第，致位顯庸，敭歷中外，聲聞聿崇。乃被寵恩，執臬西川，揚清激濁，威惠敷宣。不逞之徒，儵肆邑里，攻劫攘奪，虐燄飈起。民心驚惶，如焚如溺，公心惻然，思拯民急。獎率將士，提戈先驅，天不助順，竟殞不虞。孰非守官，公獨勤事，為民捍患，而敢辭避？孰不見危，公獨致命，為國殄寇，順受其正。義聲之騰，聞者沾巾，況於吾黨，哀悼曷勝！靈舟濱江，束芻致奠，英爽不昧，庶幾昭鑒。

祭余副憲誠之[①]文

嗟君之生，氣概英邁，高視闊步，名期概代。乃倐聞訃，將信將疑，顯晦利達，誰實司之。我友於君，偕薦於鄉，復同甲科，爾女兩忘。出令百里，鄱陽之區，牛刀小試，課績用殊。入為御史，遂按雲南，發奸摘伏，民夷乂安。還處中臺，風裁益振，憲章明習，臺端肅正。爰嫉於人，薦副臬閩，位不滿德，公言縉紳。繼以母憂，家居桑梓，中州之來，服闋而起。謂君之詘，當自此信，云胡一疾，遂隔幽明。嗚呼誠之！年甫及耈，懷負之美，為世所希。執權據要，豈盡踰君，有如君者，獨以名聞。世路崎嶇，老成淪喪，壽固非短，沒則似壯。嗚呼誠之！不復我見，斯文之慟，豈但友念。靈輀過渝，聊致束芻。膠漆之誼，今也則亡。尚享！

安神主祠堂祭文

先王制禮，以祭祀為重。而士庶有家，以祖宗為先。雖古者立大宗小宗之教，然大夫士有田則祭。其於支子之

---

① 即余本實。

有爵者，固未嘗不得祭也。某荷祖宗積慶，食祿於朝，秩爲大夫，亦有年矣。比以我顯考所置及俸祿之餘，得修葺屋廬，以蔽風雨。亦非無家者，而不知各祀其先，其何以係屬人心，貽範後世乎？謹於室東建立祠堂，自我高祖考妣縣丞府君而下，及我顯考學士府君，各爲神主，各居一龕，歲時奉祀。仍設始祖府君於中，非敢僭也。盖府君實自興國避兵卜居於此，以開百代之基，義不可絕耳。謹具剛鬣時羞，用伸虔告。尚享！

贈祖考妣[①]告文

惟我祖考，天賦異質，篤厚溫純。迫於時命，位不滿德，乃流慶澤。及我後人，叨列於朝，位登八座。頃以皇恩，推贈我祖考資政大夫、禮部尚書；祖妣贈夫人。恭奉綸音，不勝慶忭。謹具時羞，祇告几筵，敬奉神主，改易舊銜。書以贈秩，英靈如在，尚克歆此。丕顯休命，俟誥命下，降續當膺，奉宣告也。謹告。

---

① 劉剛，劉春之祖，台州赤城驛丞，贈禮部尚書。祖母爲贈夫人。

陞吏部右侍郎^①祭告祖宗文

於戲！積德厚者，流澤深；流澤深者，餘慶遠。我祖宗積善修行，著於鄉閭餘百年。始發於我顯考，再發於孫等，以有榮祿於朝。今又進秩，位列亞卿，可謂餘慶之遠矣。第揣分捫心，榮与憂集，夙興夜處，惕焉靡寧。謹具時羞，用伸薦獻。尚冀我祖宗一德之承，幽明罔間，啟佑後裔，輔其不及，使不忝於有位，是所望也。尚享！

贈考禮部尚書告文^②

惟我顯考，廉明剛介。特立於時，既司風紀。清操益厲，乃屈謫調。就封以歸，德澤在人。未食其報，逮我後人。顯榮於朝，頃以皇恩。二品以上推贈二代，肆我顯考加贈資政大夫禮部尚書，我顯妣加贈夫人。厚德之報，實在於茲。況顯考未及推恩，志恒不滿，今我祖考祖妣皆荷贈秩，想英靈尤為豫悅也。謹具時羞，用伸虔告，先奉神主，改滌舊銜，書以贈秩，冀我顯考，服此休命，俟誥命

---

① 正德三年（1508），父劉規卒，劉春以憂歸巴縣。正德六年（1511）一月服滿，二月遷吏部右侍郎，四月挈妻孥離渝。十二月轉左侍郎。

② 參見《升吏部右侍郎祭告祖宗文》，《東川劉文簡公集》卷二十一。

下頒，續當謄黃宣告也。謹告。

贈妣夫人告文

昊天不弔，我母忽遭閔凶。訃聞京師，某方解官守制。聖恩浩蕩，詔許在京二品以上官未有誥命者准給。某因得援例以請，蒙聖恩亦特許之，肆我□母加贈夫人[1]。適當僻蹐之時，忽逢推贈之典，顯考加贈資善大夫、禮部尚書，不勝慶忭。邇以襄事，未遑申達几筵。今神主既成，謹具時羞，用伸虔告英靈，尚服休命。俟誥命下頒，續當謄黃宣告也，謹告。

奔母夫人喪歸告文[2]

我母英靈，男積惡深重，不自殞滅，禍延我母以至大，故叫地號天無所逮。及惟男縻於官守，生未能盡奉養，病不得視湯藥，劬勞罔極，反哺無由，雖生膝下，豈異路人。今聞訃而歸，升堂不見笑語，莫親空向几筵，曷勝哀痛！

---

[1] 正德十年（1515）劉春之母鄧氏八十一歲，六月母卒，九月劉春離京，十一月十六日抵巴縣家。其母爲贈夫人。

[2] 正德十年（1515）劉春母鄧氏卒。"其卒（正德）十年六月七日也。"（《劉應乾墓表》）。參見《劉氏齋房記》（《東川劉文簡公集》卷十五）、《先母夫人安厝記》（《東川劉文簡公集》卷十五）。

縱儀物之具陳，嗟音容之何在？言莫能盡，心何以堪！伏惟尚享。

母夫人啟殯告文

哀哀我母，生我劬勞，罔極之報，曷罄秋毫。男等惡逆，不自殞滅，禍延我母，以至此極。生死晝夜，理固必然，我母之德，豈無百年。惟茲歸土，勢莫能留，壽域之建，已有先謀。合葬我父，於祖塋兆，山環水秀，天光所照。況承芘蔭，賜葬朝廷，我父我母，食報之榮。預卜吉日，明發就轝，攀號無計，哀痛何如。敬陳俎奠，肴核是將，英靈如在，莫惜來嘗。尚享！

東川劉文簡公集卷之二十一　終

卷之二十二

五言古詩[①]

壽陳太史封君

結廬遠塵市，綠竹菀猗猗。豈無桃李顔，愛此歲寒姿。疎風滌煩暑，翠色映清池。坐觀古人書，誰能迷路岐。為山本一簣，福生誠有基。丘園挺高節，寵渥賜彤墀。乃知肥遯士，義方良在茲。東吳多賢達，今昔諒不衰。感激動遐思，龍門渺無涯。

[①]《文簡集》卷二十二爲"五言古詩、五言律詩、七言律詩"，卷二十三爲"七言律詩、聯句"，卷二十四爲"七言絶句、五言絶句、六言、七言長篇"，與傳統詩集分類排列不盡相同。本書且依原著排列。

壽毛狀元祖一百歲

東吳有閑翁，歷歲纔滿百。雖無却老方，寢興恒自適。機械厭澆漓，軒冕非所懌。溪山任釣游，世事甘揮斥。諸孫繞膝前，含飴恣朝夕。漉巾慕元亮，傲世矜木客。清節懷遠人，餘慶卑寸澤。制科獲見孫，明庭首親策。英聲蜚海隅，祖德播縫掖。乃疏乞歸覲，舉觴向瑤席。有山矗淩空，有菊垂當石。念此登瀛榮，雲林曷通籍。願飲甘菊味，與山永無易。再拜獻新圖，寧數崑崙核。

壽程宗魯父母六十

釋褐來幽燕，致身明主側。眷戀在親庭，遙遙萬里隔。豈無菽水心，忠孝兩相越。緬懷戲綵徒，兒心應自惻。南山矗崔嵬，靈毓秘不竭。爰歷千萬年，淩霄聳丹壁。王事既靡盬，曷以圖罔極。百拜祈親年，此山同壽域。

壽蔣宮諭母太夫人

五嶺鬱靈秀，蜿蜒會湘源。乃獨鐘偉人，奮步游金門。

朝回慈闈啟，膝下笑言溫。豈無太常輿，亦有齋魚軒。花朝正設帨，綺席當樹萱。壽觴獻仙侶，絃管隔塵喧。翩翩駕白鹿，衢巷靄雲屯。珍味出天廚，清芬溢彝樽。我昔聞王母，乃於今尚存。閱世踰千歲，春秋未足論。

題太宰楊公邃庵[①]

都城有舊庵，北望去天咫。借問誰卜居，云是關西裔。公昔居庵中，塵囂隔虛市。冥搜太古初，出入橫圖史。凝神負素屏，濡毫憑棐几。緬懷陶彭澤，堂前羅桃李。亦有韓昌黎，屋偏槐榆翳。回視公此庵，陋巷宛相似。處之雖晏如，偪側較無比。乃以邃為名，其邃亦何指。謂物盈兩間，斯理其根柢。細欲入秋毫，大則窮天地。吾心不盈掬，孰非所當事。百川會溟渤，欲測非沼沚。驅車隨指南，轍跡可萬里。極深著羲易，深造論孟氏。體用本一原，聖賢道乃爾。過此豈面墻，紛紛雜諸子。參贊儒者功，非邃安能致。大哉邃之義，誰容窺涯涘。聞此若發矇，迷途喜開示。

---

① 即楊一清。

石淙精舍為太宰楊公①賦

世路眩多岐，馳騖紛相逐。周行坦如砥，視險靡華轂。達人敦宿好，結宇傍山澳。清幽息垢氛，疎曠聳秀木。石澗通淵泉，混混沿九曲。河海歸源委，支派疏溝瀆。荊榛蕩以辟，芝蘭醲而郁。端居恣心賞，前脩共遐躅。仰瞻屹萬仞，沛澤何滲漉。我欲徃從之，望洋空佇目。溯流亟尋源，歌聲在空谷。

城南會餞吳學士克溫②有述

五月初四日，薰風逐煩暑。餞宴啟名園，清槐密垂戶。客本金閨彥，進退非依旅。拔擢自宸衷，掌院歸眾舉。欲去豈不決，嘉會偶復沮。憶昔吾榜人，班行今幾許。屈指踰十年，同心僅踰五。離群寧弗念，草色翳南浦。況逢地主賢，延賞多佳所。石洞豁踈牕，琴書滿前貯。涼風凜冰窖，胡牀供燕處。有池穿山前，金鯉時躍渚。佳卉紛樹植，龍涎溢衡宇。細竹盈百竿，勁節猶可取。雖無翛然姿，終非凡草伍。萱花間玉簪，列植當堦序。含芳似待時，安能

---

① 即楊一清。
② 即吳儼。

催羯皷。蔬地計數畦，芃芃兼禾黍。喬木森路隅，何當此別墅。宛然在村落，城市了未覩。垂簾坐中亭，談笑忘賓主。酒令嚴如律，杯行不敢拒。榴花噴火紅，野蕨美可茹。歌聲欲遏雲，鼓瑟諧律呂。勸飲但隨量，麴生非泛與。象戲發豪興，共效橘叟睹。須臾臨薄暮，曲溝復延佇。流觴恣歡酌，豔歌齊白紵。席地草為茵，跌坐略爾汝。露頂青林間，注視山童舞。歸來思聚會，摶沙非虛語。明發去江東，相望如牛女。君侯志許國，此別何須數。願言樹華勳，皋夔方足侶。

題樂耕[①]手卷

江南有佳士，不為世網嬰。每懷鹿門人，高風欲與并。負郭有良田，種植資餘生。非無日中市，肯向操奇贏。非無濟世才，肯用邀浮名。愛此田家趣，執耒時躬耕。俯仰有餘樂，無勞憶蓴羹。天爵古所貴，適志豈公卿。嗟哉蝸角間，紛紛空鬪爭。

---

① 參見《明故耕樂居士朱君墓志銘》，《東川劉文簡公集》卷十七。

題蓉溪送金廉憲舜舉①

岷山鬱嵯峨，岷江清且駛。靈秀完以固，鍾英未易指。沂流向鼉叢，彬彬溢青史。古涪蜀東北，山勢伏還起。溪流繞芙蓉，澄清非沼沚。誰哉住溪濱，知者固樂此。上世本少昊，支派遠有自。近代發名科，組綏傳累世。君侯復亢宗，憲節歷二紀。滇南頌隨車，薊北忻攬轡。荊湖再遷秩，風聲益播美。亨途方縱步，霜蹄倏遭躓。爵然絕塵汙，譬彼蓉溪水。得失等浮雲，軒冕久銖視。拂袖返舊廬，舊廬足棲止。興至撚吟鬚，客來盥俗耳。巾車時慕邵，接羅欲懷李。典居惟所適，箕裘已可恃。感慨為時增，節義誰堪比。但恐蓉溪上，未容久掃軌。

賦仰蘇堂二首

賦仰蘇堂為陳宗之亮之昆仲。時亮之守廣平，而宗之赴山東，適會又屆端午日，故以名堂也。

暌違忽相逢，佳節適端午。喜慶溢黃堂，離群方識苦。天倫敦宿好，樂事未易數。退衙啟清宴，感時陳角黍。豈

---

① 即金獻民。

欲故從俗，棄忠獨悲楚。寒溫敘踈戚，兒曹誼笑語。玉薤不停斲，龍團親汲煮。緬懷古二蘇，友愛真堪祖。乃復有如君，雄才敵詩虎。曠世感此奇，無一或齟齬。

又

二妙起江東，如玄出典午。聯鑣奮高科，豈識別離苦。清才廊廟姿，齷齪不足數。譬如世間物，可無稷與黍。守官各一方，名聲鎗楚楚。分攜幾浹歲，忽此對床語。歡笑及兒童，和氣溢烹煮。奇跡似眉山，仰止非無祖。詩篇燦珠璣，專美豈繡虎。願言企逗躅，一一無齟齬。

題鄉賢祠祀曾子開

雅道漸陵夷，淳風孰能乘。紛紛功利徒，浮靡競相淩。詎知彼春華，而匪秋實稱。荊楚有先哲，訒訥如不勝。潛心味道腴，苦學力去矜。深造得三禮，如醫名折肱。崛起自高科，新得日益增。振鐸幾黌舍，摳衣環友朋。膏馥恣沾丐，雲衢競騫騰。傳家亦此物，後先次第升。令甲重鄉賢，來哲藉以興。先生懷令德，創祠共推登。薄俗坐歸厚，指南斯為憑。乃知譊譊者，盛氣空填膺。清風聳山斗，俎豆永相承。

南圃三蒼①

人生駒過隙，何用蝸爭戰。榮華亦有時，迅速如掣電。顧惟丘壑閑，容獨不專擅。眼底曷相違，管中豈未見。義路任茅塞，權門恣遊遍。甘心逐勢利，得志忘筆硯。乃忽有如君，豈不競健羨。大書金吾豪，疊詠金閨彥。相從顧執鞭，縮地思見面。緬懷南圃居，積書盈幾卷。六韜束高閣，諸子陪清燕。烽火了不驚，溪山真可戀。綠竹凝寒烟，挺節非矜衒。清渠遶帶流，激石濺如線。浮光起蒼坪，周道白鋪練。橋梓雖各殊，俯仰應相睠。杖藜恣閒適，班荊侵野蒨。回首紛牢籠，胡為不少倦。功成理則然，非固懷安宴。世態任雀羅，吾心久不變。

送馬汝礪②詩三首

芝蘭出幽谷，清香被林樾。雖無桃李姿，可親不可忽。丹漆各有藏，薰蕕各異馞。與君相結交，切磋恒刻骨。而乃羈宦途，南北相隔越。翹首青陽山，白雲飛突兀。

為山始一簣，學海從百川。矗矗薄層霄，茫茫浩無邊。

---

① 目錄寫作"南浦三蒼"。
② 即馬金。

好古寧諧俗，名教不可愆。人心自有神，篤信貴益堅。遷秩雖亦崇，旌德尚遺賢。彈冠且為慶，不愧祖生先。

官怠每宦成，慎終當如始。先民有遺言，景行思行止。憶君勸駕來，發軔從司士。不冤企于公，持心恒如水。佐郡屈名賢，豈伊曰棲枳。式序知絕倫，脩途遲遒軌。願言崇令德，歲寒松柏似。

題墨竹為史都憲乃郎

挺挺歲寒姿，翛然拂雲谷。託根從渭川，樹植當淇澳①。有美淇澳翁，空空如不足。勁直聳青霄，清風播黃屋。節操欺霜雪，濟世時稱獨。履道豈徒似，造化歸心目。須臾一運掌，生意滿綃幅。過庭森諸郎，積書常課讀。此君不可無，肯使墮流俗。慨彼懷鉛士，名利紛馳逐。譬如桃李花，當春競發育。嚴冬此獨存，未數淩霜菊。季子富才華，風標真世族。脫略膏梁味，經史恣充腹。顧茲媚世才，猶疑不稱服。搦管揮此圖，韋弦代常祝。窮理願虛受，撝謙若低伏。鳴世慕蕭韶，策勳思簡牘。翁意繪素中，誰能以詞暴。愧無屈賈才，命騷如奴僕。聊為述短章，不厭貂空續。會看夔玉音，鳳池踵芳躅。

---

① 澳，此處讀 yù。淇澳，淇水曲岸。淇水，在河南省北部、黃河支流。亦作奧，《詩·衛風·淇奧》：「瞻彼淇奧，綠竹猗猗。」《禮·大學》引作「淇澳」。

送陳崇之巡按太平諸郡

在昔聞青箱，風流千載下。嗣此豈無之，象賢曷其寡。君家著霞城，世德婦儒雅。崛起自先朝，蟬聯跨驄馬。稜稜樹風望，詞色不少假。羨彼方伯公，文譽齊王羿。敷教本在寬，士類資陶冶。名臣敦採輯，實錄非虛也。乃復有如君，玉樹真堪把。鳴琴再宰邑，甘棠思未捨。簪筆侍彤庭，風神凜清灑。南畿股肱地，巡行寧苟且？簡用自宸衷，而豈泛遣者。君諒秉文德，才華並董賈。攬轡當此行，持心類飄瓦。隨車沛帝澤，絣幪不論廈。坐見誦兒童，讙呼遍農埜。信哉繩祖武，吾儕藉自夸。與君久忘形，可懷恣傾瀉。

送李僉憲陞憲副還鄉

策馬都門南，衣冠紛餞宴。津津生喜色，借寇諧夙願。憶公起文江，西曹始登踐。平反累課績，蜚聲誰復先。爰陟自臺郎，於蜀假持憲。輶車徯經歷，澄清稱獨擅。思施靄陽和，威肅閃驚電。狐兔潛無蹤，弊孔塞亦偏。抱忠心固赤，論事聽忘倦。嗟蜀距京師，迢迢踰幾傳。客舟泛江峽，仰視如一線。含冤卒莫伸，大暑懷書扇。集事吏稱能，剸肉孰垂眷。邇來獲安堵，知有公視篆。私心恒汲汲，在庭多論薦。孰不求好官，薛尹亦換縣。乃荷聖主明，階前萬里見。普秩任不移，欲慰疲民戀。茲行諒非偶，腰金何足羨。願公疾驅車，民久思見面。

送涂邦祥歸省

得旨容歸覲，年來願不違。時厪莊舄念，日整老萊衣。栗里椿方茂，萱堂樹正菲。鸞書膺寵錫，鵬翮逼雲飛。史筆持分局，文華侍講幃。敷陳商傅鑒，袞鉞董狐希。靈秀鍾南海，詞章動紫薇。曲江風尚在，青璧望同歸。始醉瓊林宴，初承玉麈揮。鴛班天咫尺，燕語月光輝。別浦無勞惜，群居偶見稀。蘭香方有賴，蓬直欲何依。孝以忠為大，人因隱得譏。遺美雖可駭，吒馭豈云非。賢哲邦家瑞，功名華岳巍。式遄旋軫日，分袂再申祈。

送秀水教諭王成憲分得下字

薰風拂禾黍，芃芃蔽四埜。眷言南畝功，誰持東作者。菁莪在中阿，棫樸歌大雅。治世本得賢，而豈異代假。譬彼在鑛金，成器資大冶。昌運啟皇明，文風扇華夏。木鐸振橫序，治功卑苟且。行行渺征途，執手悤心寫。學行敦模範，收威藉楚檟。蘇湖靄德音，千載猶在把。景行紹無為，前脩誇稷下。

奉和匏庵①先生板屋詩韻

陸處笑張融，視此風斯下。帡幪實藉之，俛仰非虛者。心比竹樓清，欲同茅舍寡。壯麗感鵲巢，覆蓋謝鴛瓦。空洞自生白，脩飾豈須赭。插架有遺經，施門無行馬。纂述退自公，吟詠於焉坐。海月或意會，藏壑如巨舸。置身近斗室，遊心隘函夏。制度創賢哲，古朴懷琖斝。龍門喜遂登，妙處難盡寫。畫舫未能過，安得無傳也。

和匏庵愛日對雪二適韻

玉樓聳如山，采暇傾鑿落。愛此冬日光，為我獨燻灼。曳履向西簷，露指非東郭。冰溜勢如烘，雪消誰擊搏。炷香滿石爐，拂几安銅雀。簡編聊自觀，和風彌六幕。卻懷漆室憂，孰用爾為謔。室廬處處空，氈裘惡仍作。大將久西征，何時賜軟腳。栗烈莫侵肥，感時力難著。炙背心雖縣，才疎筆常閣。安得覆盆中，照臨同此樂。（右愛日）

---

① 吳寬，字原博，號匏庵，蘇州人，成化八年（1472）狀元，翰林修撰、少詹事兼侍讀學士、禮部尚書，卒贈太子太保，諡文定。

徙倚眄庭除，亂飄隨處白。飾穢渺無遺，同雲山似易。斯須疊塘坳，高下頻堆積。對此心怡愉，漸覺寒生脊。酒力未能勝，茶爐空置側。漠漠若平鋪，密灑誰相逼。緬懷閉門士，高臥僵肘腋。望遠心益舒，不為藩籬隔。白戰欲登壇，愧無金石擲。詠歌傳大家，珠玉照簡冊。云當兆豐年，田疇靡龜拆。庶慰憂國心，賞玩豈自適。（右對雪）

和邃庵[1]先生詠葵

百卉多異種，豈無他可植？菀菀繞砌生，似愛少塵跡。未有金紫姿，亦無姚魏色。珍賞獨不厭，坐屢移當側。鑒貌固尋常，論心自奇特。惟知傾太陽，肯為物遮隔。誰先得我心，於焉深嘉悅。銷恨與忘憂，盡向堦前滅。先民草不除，反觀可成德。未能究此懷，搔首空歎息。紅紫向陽開，穠艷了不移。回眸視他草，蔫然無能為。挺挺烈焰中，傾誠不自疑。花卉生大塊，品類有參差。誰能於此種，賞玩獨心怡。及時還徑造，受氣有榮萎。栽培加愛惜，坐久忘歸遲。

---

[1] 即楊一清。

和敬所①內直選官房韻

苦熱洞開牖，炎日乃相侵。野航寧許渡，小憩綠林陰。賞心事每違，如農望甘霖。密雲喜布濩，四顧盡蒙露。雨腳亦垂垂，沛澤行淹潯。惡風倏淨掃，所望空自深。維南菀嘉木，清樾蔽森森。鳶魚察上下，適性自飛沉。反觀滌塵慮，兀坐整虛襟。停雲若張盖，埜菊慢搖金。蟬聲噪高樹，孤鶴附喬林。豈不懷歸去，白雲繞碧岑。荊榛未剪辟，豺虎任登臨。安堵知何日，仰屋空興心。緬懷臥龍崗，誰思抱膝吟。賢者當濟世，莫謂少知音。

次韻紀王戶侍徙呂梁罹水居民

蕩析薄洪水，巢穴亦未如。豈無肉食彥，曷謀為我除。晨夕恭籲天，無由奠厥廬。君侯儵云至，謳歌起無襦。民心良獨苦，感此靡趑趄。諦視彼高原，有力固可攄。毋惑爾安土，菑翳亟紛鋤。毋厭爾勞役，災患無所袪。經營僅

---

① 蔣冕，字敬之，一字敬所，全州人，成化二十三年（1487）進士，選庶吉士，授編修，歷吏部左侍郎、禮部尚書、文淵閣大學士、武英殿大學士，卒諡文定，《明史》有傳。參見《癸酉清明謁陵和敬所少宰韻》（《東川劉文簡公集》卷二十二）、《後五月譙遼庵先生所敬所有詩》（《東川劉文簡公集》卷二十二）、《後五月初八日太宰遼庵少宰敬所看花於左廂》（《東川劉文簡公集》卷二十三）。

浹歲，昏墊乃安居。昔時棄荒野，今日成比閭。遂令瀉鹵民，心目一旦舒。伐木欣燕會，彼此迭相於。公勳非止此，此其舉手餘。吾民敢望德，再拜為特書。

輓伏羌伯毛忠

轅門推氣概，長劍倚崆峒。談笑清沙漠，聲華震犬戎。九重資武勇，千里仰英雄。壯氣銷烽火，精忠貫日虹。奇功當復建，鏖戰忽成空。封諡昭勳業，哀榮貴始終。聖情嗟未已，廟貌祀無窮。伏讀天王誥，河山誓共崇。

五言律詩

二月初四日聖駕初出朝次韻

垂拱龍樓上，瞻依咫尺間。羹牆常在念，父子本相關。麗日光丹陛，祥雲散玉班。共看鳴珮士，無一不歡顏。

次劉工侍文煥①舟中寫懷韻

役役迷岐路，誰能守舊聞。澄清應似水，變幻豈如雲。野壘浮煙色，江波湧縠紋。靜觀還自得，況復有殊勳。

題連枝手澤卷

藥向鈞台寄，詩從故國裁。無端雁行誼，空附鶴書來。伐木應堪誦，燃箕豈浪猜。漫懷千古事，多少異提孩。

題風泉閣

結搆昭前烈，風泉本舊名。地環山外秀，治挹閣中清。水色連天色，松聲雜鳥聲。登臨頻感慨，仰止不勝情。

---

① 參見《送劉文煥侍御》（《東川劉文簡公集》卷二十二）、《和劉亞卿文煥韻兼書所感》（《東川劉文簡公集》卷二十三）。

重慶院中

坐見山如畫，沿堦草自花。翠煙浮近市，綠樹隔鄰家。愛國心應切，疲民事無涯。何當罄仁術，不待救瘡疤。

一雨隨車至，陰崖盡放花。桔橰收野圃，襏襫振田家。豐樂當無極，窮秋覺有涯。憂民誰獨苦，苦濟自消疤。

清淮迎養

墨綬君恩重，河陽思不禁。買舟從此去，就祿喜親臨。喬鳥知仙跡，萊衣愜素心。何妨公事了，家慶酒頻斟。

栢臺司諫

柱下豸峨冠，霜風六月寒。清朝非可諱，緘口豈能安。報國心元切，謀身計不難。但求公是處，肯厭皂囊彈。

驄馬行春

拂署綴鴛班，承恩出漢關。吏人應落膽，風采欲搖山。甘雨隨車沛，清塵逐處攀。相須乃仁義，寬大可崇姦。

花縣鳴琴

百星綰銅章，公庭白晝長。民間多禮讓，埜外盡耕桑。政有中牟異，名從藝苑揚。薰風操古調，花樹幾成行。

不見梅

天意吾安測，衝寒未放梅。碧霄空舞雪，紫陌絕浮埃。何遜徒懷切，揚州幾欲回。願憑鄒衍律，吹得數枝開。

問笛

是處桓伊笛，聲聲巧弄梅。清浮江漢月，靜遠市廛埃。葵藿心雖壯，蓴鱸念莫回。喜逢知己客，懷抱得常開。

得漢雜詠四首

四郊紛寇壘，按堵屬何人。太暑逢時退，和風逐日新。頌聲常不歇，吉語更傳頻。兀坐茆簷下，無勞慕葛巾。

步屧前村暮，雲山分外清。壺觴逢埜老，刁斗感重城。忍棄生民樂，甘從鬥蟻爭。聖明應遠燭，牧愛幾留情。

夜坐不成寐，頻挑天祿燈。感時悟已晚，展卷讀何曾。清世空閒度，衰顏漸覺增。龍門每翹首，山色聳崚嶒。

地僻經過少，村翁任往還。年豐慰憂國，興至喜登山。官事何時了，浮雲若箇閒。歸來步月下，稚子華問關。

送友人

送君城南道，何蕃太學歸。寒深風撲面，日暮路分歧。客思行應慰，君恩欲自知。歲華若流水，珍重副心期。

和馬先生雜詩

　　拂曙趨書院，鍾聲欲徹時。路隨闕左入，會以日前期。宴笑緣心合，徐行豈力衰。連宵凝雪色，入眼景多奇。

　　藝苑才傾峽，詞垣聲獨步。自知竭此心，殊恠迷岐路。倚玉幸同鄉，投桃辱奇句。空甌乏璃瑤，持報恐謬誤。

　　玉宇瓊樓聳，深嚴分外奇。才踈塵俗忲，性靜此齋宜。乞巧猶為拙，慚虛似欲欹。願言慎終始，無負聖明時。

　　冬至旬初浹，河流尚未澌。捲茅風亦惡，盈尺雪偏奇。旱魃誰當念，凶年此解醫。端居慚肉食，笑欲動人知。

　　又

　　書館居中禁，清幽獨愛之。避囂塵染可，礙日雪消遲。句讀完公事，推敲賦雜詩。午炊方及罷，又報是歸期。

　　晨興居禁院，函丈更無之。授業生徒少，言歸僕馬遲。畫墁鄒氏訓，勵志茂先詩。前輩風流在，深慚負所期。

竟日書齋坐，悠然自得之。竹陪松競秀，水與雪消遲。授簡寧能賦，濡毫強和詩。績①貂知汗目，郢正是心期。

和白先生補瓊林宴詩

清問明時舊，登庸此日新。九成鳴舜樂，三試起儒珍。瑞靄雲霄上，光依日月晨。唱名人側耳，送喜市搖脣。志愛忠貞大，文歸六一純。樗材當自勵，不敢負皇仁。

和吳學士②丁祀晚過湖堤

薄暮湖堤上，秋聲樹杪中。月華浮水面，雲氣繞天空。翠靄輕籠市，紅塵細逐風。數株何處栢，歲晚倍青葱。

駿奔供歲事，百職滿庭中。香霧浮文殿，竦星點太空。揭虔忘永夜，對越喜清風。望氣知昭假，天心正鬱葱。

---

① 績，繼也。
② 即吳儼。

春行渝川和熊繡衣韻

冠盖分歧路，輕雲映碧天。甌竇空見祝，磬室若逃禪。風景當今日，閭閻憶舊年。感時心百折，豈待直聞鵑。徙倚東郊外，誰懷旱嘆天。隱憂如遘病，露禱似參禪（時川旱祈雨）。雷雨當中夜，沾濡定有年。遙知羈旅者，亦不怯啼鵑。

輓徐州教授

一代豪華盡，修文地下深。九原棲宿草，雙璧映仙岑。月旦推潛德，箕裘續好音。平生遺愛在，菀菀覆槐陰。

七言律詩

文華殿賀歲

瑞日曈曨萬里天，共看占應喜新年。香薰寶殿浮仙杖，雲繞瑤山擁彩箋。天意卻如人意好，物華似逐歲華鮮。朝面正憶趨蹌地，即事誰投白雪篇。

承天門候駕

鳳樓縹緲靄雲烟，瑞雪霏霏綴畫旒。百辟垂紳當阤立，九重禦輦自郊旋。禁鍾隱隱鳴天上，宮扇叢叢擁日邊。慶賀禮成還自慶，眼看盛事幾經年。

郊壇分獻

庭燎高擎紫焰齊，鑾輿望入五雲迷。月明忽睹天顏近，夜永遙看斗柄低。壇任分方皆拱向，神緣依主各標題。卻慚對越無他祝，仁壽惟思海宇躋。

風靜壇高絕點塵，歲餘執事又更新。官叨分獻偶當鎮（時分獻北鎮），心在居歆若拱辰。樂奏九成崇大禮，齋嚴三日合群臣。幽明一念應昭假，萬物同沾有腳春。

慶成宴書事

慶成宴啟歲華新，鳳曆看來始浹辰。班列殿東慚已過，恩從天上荷尤頻。御筵照映光騰日，酒罍醲熏醉逐人。願得賜酺如漢詔，海隅無地不同春。

元宵應制

禁苑疑開陸地蓮，綵山高結五雲邊。紅塵不逐宸遊動，紫霧常隨禦幄纏。鳳管聲和諧舜律，龍樓春入浹堯天。昇平何幸躬遭遇，帝德誰知誦罔悆。

錦簇龍燈燦列星，異香馥鬱繞宮廷。翠華幸處祥雲擁，仙樂呈時綵仗停。和氣卻看彌禁闕，春風從此遍郊坰。天教此夕同民樂，月滿晴空照八溟。

又

萬朵蓮開禁闕深，笙簫五夜震韶音。太平有象歌難盡，已見春光滿上林。鼇峯矗矗殿東頭，一道煙光五色浮。天子宮中方獻壽，月華如水浸皇州。

紫禁沉沉玉漏長，東風不斷綺羅香。山棚結綵春爭麗，寶炬搖紅月共光。雲擁鑾輿浮袞繡，樂隨仙仗下鸞皇。聖情便欲同民樂，弛禁仍傳舊典章。

　　里巷才看慶歲新，又當此夕樹燈輪。清光先得龍樓月，淑氣初回鳳闕春。旭日消殘平地雪，暖風吹盡化衣塵。九重喜見豐年景，賞宴宮中不費陳。

　　又

　　繫壤紛紛道上歌，太平風景欲如何。月華此夕侵燈燄，稜雪當春兆麥禾。春色遙看滿帝家，光搖火樹放銀花。東風從此回寒谷，處處郊遊擁繡車。

錫宴禮部

　　一代成書喜就編，容臺錫宴又傳宣。共知故事非修史，未有如今得肆筵。陪位公卿皆被旨，感恩詩賦幾成篇。遭逢幸逐清塵後，不媿疎庸取次聯。

大祝改卜[①]

敬天非但祖神堯，祀事尤嚴在國朝。改卜何嫌無舊例，竭誠莫過是南郊。雪消野壟饒春意，雲斂長空煥斗杓。連日新晴似清道，漫看對越奏虞韶。

以宮僚賜文綺寶帶有述

諭德叨賜大紅羅段紗三表裏，俱五彩妝雁，蓋四品服也，琿瑱帶一束，此數十年所無，賦此紀之。

供奉朝趨禁掖東，忽頒濃賞向春宮。香凝寶帶圍腰重，錦出天機映日紅。借服共憐從厚施，拜嘉深愧報無功。十年四次叨殊渥，此會須知不易逢。

丁未登極，賞白金五兩。辛亥進《實錄》，賞白金三十兩，衣二襲。壬子建儲，賞青紵絲一疋。至此為四餘。有舊典，此則特恩也。

賜賚□承貢紫宸，聖恩非但重儒臣。衣盤雲雁官家樣，帶截文龜嶺海珍。稽古何能蒙異寵，授經無補愧前人。從巾至履皆君賜，惟有元來此一身。

---

① 目錄寫作"大祀改卜"。

宰輔群趨紫禁東，遙瞻鶴駕禦青宮。天香散繞隨風細，錦幣鋪陳滿案紅。拜寵共憐希闊典，捫心寧助弼諧功。好將盛事歸歌詠，此日明良曠世逢。

曉傳溫詔出楓宸，給賜東朝侍從臣。衣備四時常可服，帶非一色總為珍。極知在笥叨承寵，剩欲書紳肯負人。文繡有餘惟自愧，莫將令問□□行。

後五月十一日賜鰣魚敬所[①]有詩用韻和答

傳宣有詔賜鮮鰣，登受恭趨拜玉墀。經月渾疑纔出水，開冰□取尚流澌。便教分給思榮惠，更喜親嘗得賦詩。飽食大官久無補，但慚才劣敢論疲。

壬申五月十二日邃庵[②]合九卿臣僚上章左順門有詩紀事次韻一首

雲斂長空麗日遲，諫書隨捧向彤墀。效忠豈為身家計，

---

① 即蔣冕。
② 壬申，正德七年（1512），劉春五十三歲，在京師，吏部左侍郎，充經筵日講官。邃庵，即楊一清。

用志應非世俗移。但願君心誠可感，不愁民困力難支。連宵細讀名賢傳，慚愧無言秖自知。

元日即事

歲序相看是履端，春風陣陣振和鑾。百官慶賀東宮出，中使傳宣聖體安。日繞龍旗應送臘，雪殘鴛瓦尚生寒。□宮亦免群僚拜，佳節雖逢不敢歡。

己卯元日[①]

歲月驚過似急灘，感懷種種上眉端。自慚樗櫟成何用，無計間閻為少寬。喜入新年隨俗慶，遙瞻北極仰天看。舉杯縱飲屠蘇酒，萬國安能共笑歡。

[①] 己卯，正德十四年（1519），劉春六十歲，南京吏部尚書。二月登舟離巴縣，經涪州，四月抵南京。

冬月二十九日適懸孤二子一女
舉酒為壽感而賦此用志喜也

虛度春秋三十三①，平分兒女喜多男。盤飧解具來為壽，跪拜能成未是憨。但儘吸川歸側弁，不勞墮珥與遺簪。卻懷罔極真難報，賦就新詩祇自慚。

竊祿詞林已六年，懸弧此日百懷牽。劬勞寧竭涓埃報，榮宦纔承雨露偏。戲綵有堂雲路阻，乞恩何日聖情憐。太行只尺西南外，心共梁公百代先。

得舍弟發解②信詩以志喜錄猶未至

發解浪雲歸小弟，初聞顛倒著衣裳。名從使者傳來似，望極家山喜欲狂。路隔雲泥方在念，事同衣缽偶非常。致身元是男兒志，贏得親庭醉幾觴。

姜被情分蜀與燕，心旌日日為君懸。穿楊枝在終當偶，

---

① 弘治五年（1492）劉春三十三歲，在京師，充經筵展書官。
② 弘治五年（1492）劉台二十八歲，成舉人。"弘治壬子，予（劉台）發解，即攜之（宜人）上京。"（《誥封宜人劉母蹇氏墓誌銘》，原碑藏於重慶中國三峽博物館）。

薦剡書來幸爾先。皷皷似能齊赤幟，頭頭還欲等青錢。弟兄發解真叨竊，可使浮名獨浪傳。

鄉賢此日屬賓興，姓字新傳又首登。秀在兩川鍾豈敢，善於吾祖積真能。設施莫遣功名誤，培植煩知爾我承。四代笏袍恩亦異，剩多清白為時稱。

提鉛白屋幾年中，此日纔承一薦雄。心在元方吾未易，名於蘇轍爾應崇。懷人不但如棠棣，刮目元非似阿蒙。話入西堂真可喜，庭闈迢遞蜀川東。

壽陳本仁司寇

仕路清聲重縉紳，歸田恩寵出群倫。諫垣有疏皆忠赤，時事無心不指陳。邊徼尚懷裴度績，林泉不道武陵春。瑤池多少稱觴客，豈但兒孫勸酒頻。

壽陸司馬母（母華孝子之後也）

千載猶傳孝子名，衣冠不但本支榮。宜家斷紡誰能似，雉瀆陳湖舊有聲。甫里每懷青鳥下，燕臺遙望婺星明。應知歲歲稱觴處，金母懽呼動滿城。

壽宗伯伯母宜人八十①

江南西去說鵝湖，喬木參天傍路隅。入戶芝蘭看滿砌，賀筵車馬欲充途。管絃聲震宜人壽，珠玉光騰海屋圖。從此誼傳識王母，聖雲何止祝皇都。

壽王太夫人（狀元母）

禁城西去管弦諠，朱紫紛紛欲塞門。共為慈闈稱壽喜，謾將福履向人論。大魁天下方推子，甲榜年來又賀孫。白髮恠看常轉黑，名郎無日不承恩。

壽張司寇乃翁封如其官時具慶迎養於京師

白髮緋袍謁紫宸，一時風采動儒紳。尚書官自為崇秩，司寇封應有幾人。具慶豈居重慶下，朝衣尤勝綵衣新。每看退食稱觴處，繞膝蘭孫勸更頻。

---

① 目録寫作"壽費宗伯伯母宜人八十"。

壽朱吏侍懋忠叔義官

世族由來不浪傳，如君尚義獨超然。衣冠豈為趨時好，泉石還應似地仙。經訓有人承舊業，名科拭目紹前賢。高堂壽域開新宴，更喜齊眉動四筵。

壽周都憲偕夫人七十和馬紫厓韻

見說仙都不老仙，垂肩艾髮似青年。仕途未厭隨人後，操節誰能屈指先。汗簡有功留嶺表，塵埃無夢到樽前。齊眉謾憶當時事，稱壽惟懷五福篇。

世事人間浪說奇，如翁雙壽幾人知。封膺位號皆殊渥，歸有田園是舊貲。金露每從花下醉，板輿不向雨中移。怡逢誕節稱觴會，笑拭方瞳看壽詩。

壽毛侍讀父母

方瞳炯炯髩如絲，戲綵堂高傍斗箕。膝下五常誇馬氏，朝端一子重明時。春遊每與魚軒並，午夢惟從鳳闕馳。便是木公共金母，百年何用說期頤。

壽羅通政父國子先生

風範當年舊接鄰，鄉間何止仰儒紳。執經門下士多貴，薰德林間俗盡淳。白髮每看渾不變，青山常喜獨相親。綺筵又見君恩渥，畫繡萊衣煥日新。

壽鄒太僕少卿宗道

道鄉苗裔舜江濱，風節稜稜動縉紳。家有一經能致用，官無長物只安貧。廿年堯陛思光爛，萬里萊階彩色新。更喜孟光共眉壽，白頭林下日相親。

壽溫廷寶父九十

長庚光映少城隈，九十仙翁背若鮐。醫國源流傳橘井，封銜清要屬烏臺。堂開晝錦勞王事，詩誦南山舉壽杯。隱德自知當厚報，五湖何必獻蓬萊。

壽徐太安人朝文母

憲府爭誇教子功，庭闈真有世儒風。頭無白髮身應健，掌有明珠福日隆。戲綵望幽炎嶺外，倚門喜溢壽筵中。更從何處揖金母，七十慈顏轉似童。

壽王亞卿先生乃兄

高風真是彥方儔，家住龍山幾十秋。白髮常為老萊舞，紅塵不上子陵裘。長庚夢噩看雲地，重慶圖開望闕樓。無限容臺同氣意，舉觴遙祝鳳池頭。

壽馬都給事舜達母八十

甲榜親看教子登，世家袍笏喜相承。貤封有典恩方渥，就養無違祿漸增。花外魚軒春日麗，海南鵬翮碧雲騰。從今黃髮並兒齒，王母瑤池欲共稱。

壽吳黃門父梅莊

屈指春秋七袠臨，烏紗纔見二毛侵。官封諫議非通籍，慮在生民若切心。厲俗行堪追徃古，過庭訓已振來今。梅莊豈但真佯德，常伴寒塘對月吟。

壽石季瞻給事中父施南經歷及母孺人時季瞻得子告歸省

晝錦優遊福履綏，白頭偕老被恩私。封章誰得歸榮後，戲綵剛臨祝壽時。慶積有源應自遠，心閑無日不為怡。從今歲歲常雙慶，不說天仙乞肉芝。

壽陳寺丞母九十

辛苦閨門業已成，天將強健被恩榮。晨昏問寢諸孫在，九十盈簪黑髮生。掌上有珠方瑞世，人間何物更完名。昨宵南極騰雲漢，桑海還看幾變更。

壽趙繡衣父九十

見說仙鄉是壽光，菊潭應不異南陽。已看花甲重周半，還指椿年與共長。林下幾多誇鶴筭，朝端誰復列鴛行。年家雅有通家好，安得登堂一舉觴。

壽宋御史父八十二

壽筵高啟近蓬山，貌若神仙渥若丹。鶴髮常看朝市隱，豸冠不逐雪霜寒。祿移烏府堪為養，酒注青州謾合歡。八十年過還八十，封章重錫錦回鑾。

壽余邦臣母夫人時頒詔還家

峨眉矗矗錦江濱，黛色參天幾萬春。念母不辭傳詔去，壽親願與此山均。久存常祿堪供饌，尚有諸孫欲逼人。膝下稱觴歌鶴曲，世間樂事孰為真。

壽唐少參八十

勇退誰能早着鞭，高風真不愧名賢。甘棠蔽芾猶如舊，銅狄摩挲幾十年。綠埜有堂堪笑傲，紅塵無夢到林泉。從今花甲應重歷，未許桃源浪說仙。

賦松鶴圖為朱憲副壽

松鶴誰為獻壽圖，楚江遙隔綵衣趨。節欺霜雪淩雲表，聲入煙霄唳海隅。直幹自膺廊廟用，明時常與鳳鸞俱。從今閱世應無筭，陪養親承帝渥殊。

壽孫幼貞父母七十受封

鴛班初綴錫龍章，絲竹聲諠具慶堂。伉儷榮封恩已渥，岡陵壽介日方長。白垂素髮華衣錦，紅映朱顏醉引觴。福履庭闈知未艾，賢聲在在說名郎。

壽封地官兄六十

築室依山遠俗紛，青松綠竹欲凌雲。書緣舊業時攤看，田愜幽懷日課耘。避地但知為善樂，教兒只顧好聲聞（時兒子鶴年①參議滇藩，誡之甚嚴）。吾兄壽祉應無筭，千歲於心未足云。

谷口煙霞不染塵，青山繞舍若比鄰。行多好事非違俗，頌滿鄉人愛濟貧。教篤義方思報國，官封顯號喜垂紳。世間福履誰能似，應與王喬是等倫。

壽王郎中濟父竹坡居士

家住齊安傍水濱，瀟瀟翠竹隔紅塵。堂開孝友絲綸重，慶積詩書雨露新。歷歲才看週甲子，瞻雲誰向祝楓宸。從今不羨籛鏗壽，直與南山共等倫。

---

① 即劉春之兄劉相的兒子鶴年。劉鶴年，字維新，正德三年（1508）進士。此外，劉春之子彭年、劉台之子永年。

壽張員外父母

通玄何處見雲仍，七袠纔看素髮增。水部貤封恩已渥，煙波垂釣世方稱。魚軒共向花間度，雁塔閑看膝下登。齊壽堂高何日到，漫歌鶴曲望金陵。

壽黃以文九十一

屈指春秋似伏生，謾扶鳩杖樂升平。雲開甲第連廛市，月近中秋滿帝城。兒女稱觴多白髮，碧霄呈瑞煥長庚。登堂酌酒為翁壽，綠鬢朱顏照眼明。

壽彭太史父

教鐸三楊向大方，門牆桃李幾成行。恩封兩荷推林下，祿養常看寄帝鄉。松菊有情同笑傲，湖山無日不徜徉。從今壽筭應無限，戲綵兒郎帶已黃。

壽曲評事父七十一

七十年過白髮侵，詔歸應慰越人吟。解紛曾宰陳平社，辭謝寧貪伯起金。綠蔭槐堂增植遠，官封棘寺寵榮深。錦衣見說稱觴日，青鳥遙傳鶴駕臨。

壽封君

黌舍新從粉署遷，封銜何用說神仙。林泉勝處游常慣，歲月閒時得最偏。桃李陰陰連上苑，詩書繼繼仰前賢。倚門恰喜郎君壽，不似莊椿只八千。

壽羅太監母七十

四十年來陟岵心，北燕南越雁書沉。一誠敢謂天能鑒，萬里誰云母忽臨。福在慈闈方日盛，祿移中貴荷恩深。今朝為祝南山壽，北海清尊酒滿斟。

壽趙太監忠

南極星明夜未央，壽筵高啟帝城旁。管弦謾奏南羌曲，錦繡新凝百和香。濟世才華歸簡任，遭時寵渥倍輝光。一尊願致長生祝，蓂莢初開雨露瀼。

壽唐指揮七十

武略桓桓壓眾英，遭時誰得遇昇平。纘戎不解要官爵，賈勇惟知在耨耕。七十喜看開壽域，八千共用祝長生。夜來翹首觀南極，炯炯當空徹曉明。

壽夏秀才父八十

見說童顏似渥丹，幽居為愛傍溪山。扶筇時步青松道，洗耳常從綠水灣。塵世幾人多閱歷，雲衢有子看躋攀。莊椿便是翁眉壽，何用馳心覓大還。

壽鄒處士八十

八十年來舜水濱，冥冥何處逐清塵。林泉雅慕牆東隱，簪組誰懷席上珍。志在高山心自適，坐圍修竹日相親。更憐膝下青雲擁，駐世何須欲納新。

壽饒義官父母六十

椿萱共喜白頭新，甲子初周六十春。家在湖田名尚義，身非肉食惠遺民。旌門恩重風流遠，戲綵堂高福自申。積善從來有餘慶，連朝歌管祝生辰。

壽天壇道士

遁跡仙家幾十年，羽衣常伴白雲閒。崆峒有道非空慕，緱嶺何人欲與肩。玉體從教終日醉，金丹不羨昔人傳。竭來稱壽多仙駕，儘是浮丘共偓佺。

賀碧川楊先生[①]視篆玉堂次文瀾韻

華國家聲海內憑，冰銜兄弟耀霜凝。聯芳人已傳如及，視篆公今喜復承（鏡川亦學士掌印）。清白尚能規後進，勳名端不讓先丞（鏡川後兼詹事府丞）。蹇予雅有高山念，學步惟慚似壽陵。

指南何處欲為憑，門外清槐曉露凝。華省秘書常自檢，鑾坡好事每相承。登庸已見名中禁，致位行看到左丞。兄弟於今恒間出，兩川回首似丘陵。

長陽府輔國將軍直庵以詩賀遂用韻贈之[②]

高誼常懷許劭評，偶從藩國識韓荊。讀書尚友心多樂，愛客忘形分外清。詩律直求師大曆，字書不但慕真卿。歸來舟次推蓬坐，萬里寒江映月明。

[①] 楊守址，字惟立（一作維立），號碧川，鄞縣人，成化十四年（1478）進士，授翰林院編修，歷侍講學士，遷南京吏部左侍郎，武宗立加尚書致仕，卒贈太子少保。參見《和碧川楊少宰四韻進呈會典》，《東川劉文簡公集》卷二十二。

[②] 目錄寫作"贈長陽府輔國將軍直庵"。

賀張南陽太守

　　佐郡聲華滿鳳陽，宛城又見震黃堂。十年撫字循良舊，千里超遷雨露瀁。淯水源深懷老稚，龍岡跡遠見羹牆。懸知邵杜當年語，應作明公頌德章。

賀冉宣撫致政

　　塵網何人獨不嬰，青山隨處杖藜行。辭榮自是高流輩，拜命須知荷聖明，一代簪纓看繼美，百年泉石任逃名。酉陽從此添嘉話，勇退如君孰抗衡。

贈魏撫軍士元

　　坐擁貔貅百萬兵，只將文事控專城。傳家組綬歸龍戰，貽後詩書在筆耕。宦業無心隨世俗，官評有論重公卿。轅門行見秋香發，鼓篋於今振好聲。

贈錦衣王百戶

與君傾盖廿年時，喜見功名忽四馳。官似錦衣人共貴，仕當禁闥路非危。交遊自與尋常別，識略寧求世俗知。偶一登堂深健羨，門楣不改若無為。

賀黃義官

章服新沾聖主恩，共知卜式義猶存。勒功何用當途塞，積善惟思裕後昆。家世有人承舊業，林泉何處倒芳尊。森森況復連枝盛，不愧當時羨德門。

題邃庵體國堂以都御史督理陝西馬政奉勅有志存體國之語揭以名堂故云

天語昭回蒞政堂，仰懷德意獨深長。地鄰虎落居衝要，任寄烏臺重激揚。舊典百年新復振，窮邊萬里可為防。華山矗矗秦關上，見說公名直與方。

許國丹心不負初，胸中何止五車書。烽煙會欲消殘盡，

雲錦才看出緒餘。冰蘗稜稜橫節操，絲綸赫赫照清虛。從來功業非空建，名世何人學術疎。

題石淙為遼庵太宰

丹崖萬仞白雲邊，汨汨寒流湧檻泉。望入昆明應不隔，居當京口若相聯。平生好尚從心出，蓋世功名自此傳。謾道南陽有諸葛，摳衣門下總時賢。

題張工侍光復堂

四十年來肯搆心，誰容臥榻得相侵。煩知卜築從前代，卻喜䩄幪復自今。一徑不移應識主，三槐重植欲成陰。歲寒溪上頻翹首，喬木千章夾道森。

題大雅堂為胡刑部大聲

見說鄱陽大雅堂，雲山萬仞鬱相望。心於忠節應無愧。事在綱常自不亡。慶澤綿綿流後裔，聲名耿耿重篇章。從來福善歸天道，環珮今看翊聖皇。

鼎養歸榮為張司寇①

八座晨昏候問安，尊榮應勝自為官。朝回慣見斑斕舞，祿養誰論菽水歡。錦誥載封恩似海，童顏非醉渥如丹。稱觴纔慰迎親意，又駕魚軒並轡還。

兩浙文衡為熊先生題②

棘闈秋啟浙東西，紅卷呈來一一批。高下每從心上定，去留未許眼中迷。薦賢公合輿人論，送別詩分舊日題。回首幾多蓬蓽士，芸窗夜夜照青藜。

題芝秀堂盧御史祖事其母守節母甚孝乃有靈芝生庭前因名其堂

見說金芝妙九莖，庭前何得偶然生。當年守志非違俗，此日鍾靈豈浪名。膝下更憐能孝養，人間誰不慕賢聲。登堂慢憶君家事，慶澤如湖湧碧泓。

---

① 目錄寫作"題鼎養歸榮爲張司寇"。
② 目錄寫作"兩淛文衡爲熊先生題"。淛，同"浙"。

陳廉使入覲手卷

風采稜稜重太山，共看鳴珮覲天顏。御爐香繞烟霄上，仙樂声來紫翠间。庆禮喜沾新燕澤，趨朝猶記旧鴛班。一方黜陟歸衡鑑，定有殊恩带得還。

題大卿竹為楊尚綱①正郎

菀菀琅玕拂碧空，渭川謾憶翠微中。清風未得開三徑，直幹何當樹幾叢。誰向筆端驅造化，忽隨墨妙入簾櫳。知君不與尋常友，巖谷寧無一派通。

題揀花莊為張僉憲②

宦達常乘御史驄，雲莊仍寄揀花叢。欲將獨樂追溫國，肯記平泉似衛公。苦節不嫌違俗好，醫時應自著奇功。龍門忽得傾山斗，乘興空懷浙水東。

---

① 參見《送同年楊君尚綱副憲江西序》（《東川劉文簡公集》卷三）、《榮壽圖詩序》（《東川劉文簡公集》卷十一）、《題大卿竹爲楊尚綱正郎》（《東川劉文簡公集》卷二十二）。

② 目錄寫作"題棟花莊爲張僉憲"。

題懷春軒為鮑同知德任饒州

無端生意在乾坤，管領誰將寄此軒。瞬息可教心失養，紛綸須識靜為根。池開檻外浮雲影，草滿庭前覆蘚痕。斗室何妨僅容膝，間閻多少浹深恩。

題觀省卷為毛世章僉憲

萬壽恭持賀表來，慈闈兼得笑顏開。山呼聲祝堯階上，綵服懽承舜水隈。霄漢有星常北拱，江流無日不東回。此行應遂公私願，只恐輶車就道催。

萱堂稱壽為吳河東養正[①]題

白雲望望錦江濱，萬里慈闈各一津。厚祿已酬丸膽願，寸心寧慰倚門私。官當北地時常祝，壽與南山欲共期。我亦有親羈薄宦，不勝感激賦新詩。

---

① 參見《送吳養正南歸序》(《東川劉文簡公集》卷十一)、《萱堂稱壽爲吳河東養正題》(《東川劉文簡公集》卷二十二)。

椿萱榮壽為黃憲副師大父母壽

南極熒熒照北堂，百年誰共沐恩光。琅函錦軸丝綸重，翠翟烏紗雨露香。福履自當膺鶴筭，褒封尚復被鸞章。木公金母何須论，積慶從來在義方。

韓氏遺鑑為大名守韓德夫賦

一鑑傳來豈偶然，煉金親鑄百年前。洗心應籍名垂訓，刮垢寧知術有仙。上世平泉今幾在，故家遺詔亦難全。梅坡此意誰能會，怪底雲仍不乏賢。

題椿荊聯桂

晉人常教其弟軌登甲科，卒，已而軌教其兄子賜，亦登第，故云。

誰傳友愛有幾卿，今見君家弟与兄。對榻只敦同氣好，登科恰慰兩人情。共憐高誼淩霄漢，坐使澆風欲變更。三復椿荊頻感慨，昔賢未許獨垂聲。

題世恩堂為馬郎中懋

世業當年漢伏波，親承天語覲鑾坡。辭榮不受金吾命，教子還登進士科。龍擁封銜恩獨渥，腰圍花帶鬢方皤。日長喜課平反績，醉倚庭槐發浩歌。

題賓月軒

誰結幽齋隔市塵，坐來惟用月為賓。盈虧自是依常度，照耀時看若滿輪。簾卷庾樓收霧障，風清袁渚蹙波鱗。知君此興應非淺，可愛寧論只在春。

瀛西歸隱為李從直太守致仕賦

勇退誰能向急流，白雲布濩覆林丘。榮枯世味應須識，澹薄家風尚可求。報國餘忠庭訓在，牧民遺愛口碑留。瀛西咫尺如天上，無路追陪杖屨遊。

明時安得遂宜休，問水尋山任釣遊。聖主恩深寧易報，壯心歲杳獨難留。歸來盤谷重開徑，會飲香山不論籌。瀛

海元非塵網地，冥鴻常見伴沙鷗。

為屈太守①乃尊賦八景

華峯朝曦

突兀諸峯萬仞遙，曉煙籠日被山腰。仙人似出雲中掌，玉女渾凝月下嬌。拄笏每從看爽氣，飛霞何止映丹霄。有人應得登臨趣，未數終南隱者高。

渭水晚渡

卜築誰從傍渭濱，平沙渺渺隔紅塵。樵蘇有地寧憂桂，耕牧何時獨少人。薄暮好看舟競渡，趨歸常與月為鄰。杖藜白髮閒來往，聖世真知有逸民。

雍嶺呈秀

華山西去亦名山，削出奇峰擁翠鬟。晴霧欲收青半露，綵雲輕罩碧連環。須知少室終難並，未許匡廬獨可班。屐齒可容尋謝跡，會心不厭數躋攀。

沙苑獻奇

沙苑當年跡已摧，獨成佳景亦奇哉。積沙照日踈星燦，

---

① 即屈直。

瑞雪飄風白玉堆。謾有高人飛逸興，更無異跡課時才。思鄉獨立黃堂上，北望何妨寄驛梅。

東園珍果

誰築園林傍渭陽，累累珍果幾成行。扶筇每息清陰下，抱甕常澆綠樹傍。任是紅塵應不到，好看黃菊有餘香。平泉金谷渾閒事，三徑寧教一日荒。

西畝嘉禾

幾頃膏腴傍路岐，生涯何用萬金資。雨收麥痕鄰鄰起，風度禾香隱隱隨。合穎未須誇漢史，大田應信詠周詩。知公策杖遊歌處，樂意端非世俗知。

南浦遊鱗

南浦春深水若河，遊鱗應不羨龍梭。每看玉尺翻煙浪，似引金風漾碧波。莊叟漫懷濠上樂，馮驩誰作客中歌。如公未許真忘世，渭水非熊會見羅。

北洲宿雁

朔風獵獵透孤裘，宿雁何當蔽北洲。不憚衝寒挾弓矢，直須盡逐衛來牟。晴雲映日消殘雪，露荻含霜遍遠疇。豈謂多君偏好獵，滿前風景豁吟眸。

題觀瀾閣涪州廖太守[①]建

傑閣崢嶸傍學宮，岷江渺渺自西東。觀瀾直欲開心學，舉廢非因有夢通。衿佩一時歸作養，詩書百代豈虛空。我來未遂登臨願，謾賦新詩紀雋功。

涪江江上結觀瀾，棟宇凌霄映碧湍。帘卷東西青嶂擁，地圍城市翠烟团。遊歌何必形當勝，涵養由來本欲端。從此令人發深省，不勝翹首駐江干。

題異政亭卷為南陽徐太守

不沾灌溉已多年，召杜遺蹤幾慨然。造物元非私厚利，愛民應喜得新泉。人歌叔度來何暮，惠在南陽謾獨傳。欲究雋功知異政，豫山碑刻筆如椽。

[①] 參見《送涪陵太守廖侯孔秀考績之任序》，《東川劉文簡公集》卷十一。

題雷州秦守祠次韻司徒絃曾祖

百年廟貌異香清，愷弟常存死後名。抗疏恰投明主意，改官思慰遠人情。春回嶺嶠千重錦，月浸溟波一片瓊。欲識黔黎懷德處，百年廟貌異鄉親。

渭陽餘意為陳鳳儀作

同天節賀駐高軒，風雨頻將徃事論。供奉不孤成宅相，殷勤尚憶舊恩存（少失怙恃為舅氏所教）。坐氈未暖舒征斾，別酒重斟枊去轅。回首渭陽知已遠，瓊瑰遙贈托陳言。

題竹林聯桂送劉天儀弟及子賦試

玉樹森森似謝庭，承家應有舊傳經。擔簦京國忘重趼，遊刃文場久廢硎。栢府從來遺厚澤，桂林此去播芳馨。法曹漢苑無縣念，指日西堂聚德星。

題萬松書屋為麻城劉隱士

　　名利何人透得關，數椽結構萬松間。幽懷不用尋花賞，詩句常從得意刪。開徑到門無俗客，捲簾當戶有青山。君家詞賦能招隱，尚許高風不可扳。

題韓參將手卷

　　一韓氣概震西陲，南圃歸來鬢未絲。愛竹每從亭上看，栽花常向雨中移。山圍埜渡時垂釣，雲透疎簾謾奕碁。他日涇陽添故事，清風安得少人知。

　　誰誇兄弟有河東，今甘涇陽地亦雄。世業但知推卻縠，功名元不羨終童。寒生翠竹宜棲鳳，清滿流渠欲飲虹。獨立蒼坪玩塵世，幾多豪士在樊籠。

題新居

　　一軒結構錦江湄，密密槐陰匝地垂。草色沿堦隨意綠，山容繞戶任人窺。化衣未許塵能到，種藥應知俗不醫。武弁家風誰似此，蕭蕭清氣散詩脾。

為宋參將題松石（乃其号也）

叢峯一幹聳雲端，孤石根蟠任歲寒。凜凜凌霜渾不厭，巖巖挺秀可容千。掄材在世應多濟，適意逢人自喜觀。從此盟心與相結，寧隨俗態只交歡。

題涪陵張九經三知卷被寇还寄金也

清白寧無畏四知，三知見說更為奇。家藏不惜歸空盡，客寓惟懷謹護持。但使心於人不負，敢因寇欲而相欺。夜來細讀名公傳，可慨貪泉世幾移。

題文貞祠二首

崛起遭逢豈偶然，輔臣勳業至今傳。心存貞一知明主，功被蒼黔頌普天。祀典不違歸國論，流風非但仰鄉賢。從今廟貌應難朽，忠節巍巍與共聯。

祠揭文貞近泮池，報功崇德遇明時。傳心製作韓歐似，柱國勳名草木知。公是豈能違議論，遺書尚籍決嫌疑。試將賢相從前數，當代非公欲屬誰。

題盛御醫菊卷

黃花采采滿東籬，不但當年靖節知。富貴未能隨俗好，風標要自與心期。何妨□摘歸觴詠，尚有刀圭入國醫。見說杏林謝凡卉，春秋相對總相宜。

題茅山書屋

數椽茅屋續溪灣，松竹森森映碧山。地在百年遺勝概，卜當此日遠塵寰。心存夜氣歸希聖，坐擁圖書總訂頑。養默高風應未泯，新題猶是舊時刪。

舟中有懷廖太守[①]

舟泊涪陵起暮煙，皆春清讌欲忘還。巧於壺矢心方怯，妙入碁枰敵更堅。治狀已知羞俗吏，文章祇欲步先賢。參

[①] 參見《送涪陵太守廖侯孔秀考績之任序》（《東川劉文簡公集》卷十一）、《題觀瀾閣涪州廖太守建》（《東川劉文簡公集》卷二十二）。

横斗轉賓筵散，獨有春風滿畫船。

龍門自喜得初登，更漏何妨夜轉增。花影滿筵紅燭映，月華侵坐碧霄升。轄投敢謂心先醉，星聚空懷恨未能。惆悵世多青白眼，北巖回首白雲層。

雲陽謁桓侯祠①

萬古雄威鎮蜀川，倚江樓閣獨巍然。當时忠義心難泯，此日神功世共傳。遺像尚餘生氣在，空碑欲与後山連。我来恭向祠前拜，遥見清香繞座烟。

李渡書英祐侯祠②

千古雄祠倚半山，幾多商舶艤江灣。瓣香隨意輸心敬，神化何人不仰攀。護國有靈應永鎮，涉川於此獨相關。十年祠下重經過，浪靜風恬福未慳。

---

① 即今重慶雲陽張飛廟。

② 英祐侯祠，即水府祠，《搜神記》神姓蕭伯軒，宋咸平間爲神明，封爲水府靈通廣濟顯應英祐侯。巴蜀濱江所在多廟祀之。明朱孟震《河上楮談》："盧閌侃自蜀歸舟，至李渡，李渡人熊士升，請爲作英祐侯廟碑文。"

題雲陽助順侯廟[①]

幾年廟貌枕江濱，香火從來日日新。金碧凌霄歸勝概，山川分殿有遺神。當時漢馬心猶壯，此日曹劉跡已陳。一瓣清香詣祠下，不勝仰止徃來頻。

送衍聖公襲爵還

闕里宮牆秀氣鍾，雲仍端不愧家風。崇儒豈惜疏名爵，世德真宜服上公。恩賁九重蹈舊典，喜瞻百辟動群蒙。遊心從此歸何處，詔旨諄諄聖意隆。

送徐閣老乃弟省兄還鄉（为克温作，盖其甥也）

心懷高士住林泉，系出南州亦象賢。虞鳳在廷方采采，冥鴻得路獨翩翩。朝回聲合塤篪奏，別後情隨夢寐傳。為憶衡門重翹首，渭陽春色渺雲煙。

---

① 宋代潛説友《咸淳臨安志》卷七十一《山川諸神》："平濟廟，在浙江廟子灣，乾道初周安撫淙以上旨修築江岸，遂建廟，詔賜額曰平濟，慶元四年封助順侯，累封至咸淳三年爲顯烈廣順王廟。"由此知明代雲陽縣亦有助順侯廟。

送焦閣老弟省兄還鄉

路繞燕臺入帝畿，年來姜被幾相違。雁行不厭歌棠棣，星聚應占近紫薇。菊水潭深元有本，龍岡樹古久成圍。考槃謾憶登臨處，醉着荷衣步月歸。

送孫戶書致仕

詔許歸休荷聖明，三湘渺渺白雲橫。為儒出處應無愧，報國忠勤故有名。閉戶當年人共識，懸車此日望非輕。九峯矗矗淩霄漢，遙指東山欲抗衡（九峯，公別號，而東山即華容劉司馬也）。

六裒①纔登便乞歸，清朝非謂有危機。功名漫亦隨時就，仕止誰能與俗違。未許孤舟橫埜②渡，且看明月照柴扉。鄉人欲一知公否，玉帶麒麟煥錦衣。

---

① 裒，"袠"之異體字。
② 埜，同"野"。

送傅宗伯致仕

鯁論忠言貫日輪，批鱗非是為身圖。自知聖主能容直，肯向明時欲愧儒。此去聲名齊北岳，誰論得失似東隅。為公翹首金臺上，挺挺青松拂路衢。

投紱承恩返舊廬，黑頭林下見尚書。乞歸非慕陶洪景，不負應同陸敬輿。綠埜有堂今似昔，白雲無障卷還舒。從來世事如棋局，泉石寧容獨久居。

宗伯清苑傅公，一日抗疏乞休，上不許，再疏，許之，仍命乘傳以行。朝之公卿以公年未至也，咸相與愛惜其去，乃釀餞於郊，而余尤辱知賦此送之。公負大臣之望，自貳銓曹至今秩，忠憤所激，言無所忌，時方韙之，而乃浩然以歸。蕪陋之詞，故出於情也，而亦豈但惜別耶！

再送傅宗伯

幾年館閣結金蕑①，氣味元同笑語歡。遞處在君應不

---

① 應爲"蘭"字。

愧，暌違於我忍相看。清風滿路當炎暑，好雨隨车正旱乾。調鼎自知多故物，暫從雞距一盤桓。

陸司馬全卿[①]出師討賊

赤子無知尚弄兵，奮然銜詔向南征。華亭家世傳來久，司馬才名自不輕。御寇此行歸勝筭，策勳佇聽震歡聲。深慚郊壘無由雪，珍重收功答聖明。

送王漢英司馬致仕歸

宦海公看獨艤舟，風波震蕩任中流。才堪用世心難盡，位喜逢時心亦酬。林下幾人能未老，江南勝處好重遊。歸來正值東籬候，晚節稜稜卻與儔。

白刑書致仕

詔許歸休荷聖明，如公今日始完名。三朝宦績人皆誦，一品官階世共榮。綠埜有堂堪厲俗，紅塵無夢可關情。太

---

① 即陸完。

平最喜多竒事，林下常閑幾鉅卿。

送焦禮侍奉使襄府

剪桐不但肇成周，擁節應非汗漫遊。山斗尚懷荊楚士，本支元重廟堂謀。君恩遠向天潢沛，聖澤新添汉水流。使事於公真不忝，歸來敷奏有嘉猷。

敬亭覽勝為張刑侍封王過宣城送行

喬木參天滿路陰，敬亭翹首獨追尋。地多靈異猶存跡，水有溪潭可洗心。冠蓋望來千里遠，松楸夢入百年深。為公謾憶遊歌處，笑接宗親幾盍簪。

送都憲彭濟物①總制四川征寇

纔向中州蕩寇來，兩川又急濟時才。需泥荊棘終年在，解澤陽和幾日回。蜀國空傳司馬檄，江頭欲起少陵哀。憑公此去銷兵甲，禾黍家家次第栽。

---

① 即彭澤。

忠誠耿耿樹華勳，許國如公信不群。闕下纔知有裴度，劍南尚欲待崇文。百年樂土懷休養，此日荒村苦劫焚。拯捄①從今歸勝筭，早將露布慰吾君。

吾蜀盜起五年矣，皇上軫念僻遠小民重罹荼毒，命大臣督師進討，亦越三年。既滅，復起者，再迄於今，尚未能掃蕩。觀風之使驛聞，上惻然。會御史中丞彭公濟物平河南盜還，乃用廷臣議，復命率師征之，蓋欲以急救一方之患也。公忠義奮發，勇於除暴安民，故雖受命於功成之日，略無難色。推其心殆汲汲然思有以紓主上之憂者，故公卿皆私相喜。又謂其才略之果足以勝重任也，各為詩歌送之。余與少司寇黃公，則蜀人也，尤有纓冠之義，乃求各登卷，公又自為一章書於中，而余次太宰遼庵先生韻二首，不自揆亦續貂卷末。於乎！古之用兵者以果為善，而晉謀元帥，必求說禮樂而敦詩書者。公茲行也，於兩川之逋寇若決江河以溉爝火，臨不測以擠欲墜，俘馘固有期矣。

送彭都憲②征蜀寇

赤子訩訩盜弄兵，陰崖無地可逃生。憂厪聖主頻西顧，望屬賢豪復遠征。破竹勢成知不戰，持刀人化盡歸耕。從今樂土應依舊，已有先聲震錦城。

---

① 捄，"救"之古體字。
② 即彭澤。

送都憲蕭淩漢賦兩廣巡撫

几年違別喜相逢，又忽承恩百粵東。仕路翱翔半天下，英聲赫奕震寰中。福星此去光騰遠，膏澤應看潤下隆。借寇亦知非久別，獨懷分手太匆匆。

送梁都憲巡撫四川

曾從國史誦封章，名德常看注廟廊。擁旆谩勞馳鳥道，濟時暫假輟鴛行。地元天府形猶勝，人為羌夷困未忘。最喜經營歸妙筭，不須西顧重厓王。

參井驅馳使者車，兩川形勝薄西隅。惠留秦楚歌遺愛，仕歷西南愜壯圖。雲汉餘音聲已息，甘棠初蔭望猶孤。循良窃欲公垂意，卓魯於今未必無。

送李子陽奉常南京

啟沃常承聖主恩，春風忽忽去詞垣。慈闈心事誰能慰，塵世功名更可論。典禮暫看違鳳闕，馳聲□見仰龍門。儒臣未許多留滯，惜別何須倒酒尊。

送楊應寧①奉常

風節誰誇漢四知，門牆寧獨見經師。陞遷不逐常資轉，位望元從舉國推。尺恐高才淹散地，尚餘清議重明時。江東帶得恩波去，草木行看亦潤滋。

送李子陽先生省母南還

定省朝來玉陛辭，幾回翹首白雲飛。官階初轉心如舊，色養常懷日久違。望逐仙舟非負弩，喜看萊綵更加緋。講幃尚欲煩君念，居寵無徒憶斷機。

送奉常楊正夫還鄉省親②

威鳳岩嶤錦水邊，寸心常逐白雲懸。陳情疏懇天顏動，予告恩隆詔旨傳。此去萊階非畫繡，誰從梓里說昇仙。還朝願莫牽離思，叱馭何人不謂賢。

---

① 即楊一清。
② 參見《送楊正夫觀光趨廷》，《東川劉文簡公集》卷二十二。

宵漢聲名幾許齊，不教仕路逐時迷。歸來忽喜從天上，消息先看震蜀西。綠野有堂開壽宴，青雲繞膝接丹梯。木公更向何方覓，鶴髮麟袍照紫泥。

送王器之都憲致仕

敭歷聲名震憲臺，廿年楓陛喜追陪。辭榮不厭章□上，歸夢能知日幾回。里下耆英當世重，洛中真率向誰開。無由杖履隨公後，望入三山擁碧堆。

送張學士省親

曉承溫詔出瀛洲，鄉國爭看晝錦游。萱背幾年懷定省，仙舟此日任夷猶。賜歸寶鐙恩光爛，舞著宮袍彩色浮。榮宦有親真可慕，假期但恐久難留。

送張學士南京掌印

山斗名高聖主知，院章新綰出彤墀。祖宗根本元歸此，西漢文章欲屬誰。中禁從來居將相，清班不日接皋夔。龍門幸得稱前輩，南望常厓仰止私。

送王諭德先生乃兄省弟歸吳

姜被團欒隔幾年，提攜吳酒上樓船。路輕冀此天倫重，心逐江南雁影連。春夢獨懷清晝永，西風猶為白雲牽。湖山踏遍煙霞跡，詩草還看次第傳。

送豐翰編父受封歸鄉①

清敏于今世幾更，雲仍宛有舊家聲。春風何用懷前哲，模範真堪律後生。太史新封天寵渥，西園舊徑錦衣榮。为公翹首遊歌處，能隔蓬萊有幾程。

送鄒宗道太僕致政歸②

紅塵逐逐任華顛，林下何人早着鞭。卿月纔看明魏闕，客星忽見照平泉。遺榮未老方堪樂，世業無人豈是賢。仕路如公應少似，謾誇范蠡五湖船。

---

① 目録寫作"送豐翰編父受封歸鄉"。
② 目録寫作"送鄒宗道太僕致仕歸"。

送倫狀元父還嶺南

嶺南萬里赴金臺，教子新登甲榜魁。宮闕天開香霧靄，關山秀擁彩雲堆。看花有約非求仕，愛菊多情便欲回。種德如君應似取，破荒何止慰羣才。（廣東狀元自倫始。）

送曲朝儀都憲巡撫寧夏

面繞河流背賀蘭，西雄鉅鎮擁長安。黃麻受寵辭楓陛，黑髮盈頭聳豸冠。聖化即今同帝舜，遠夷何止似呼韓。知公聲望傾時輩，不羨當年膽欲寒。

送李亞卿石城之南京

兩京對峙肇文皇，根本從來重典章。侍從暫辭經幄去，姓名久自木天揚。坐令風俗歸淳古，不但文詞被寵光。舊學吾君應在念，和羹指日向巖廊。

送吳克溫學士之南京①

十五年來宦況同，忽承寵命過江東。官清未論人皆識，家近應便信易通。夢入芝蘭渾渺渺，望幽雲樹幾叢叢。定知不久膺宣召，留滯難如太史公。

送羅允升②司成之南京

聖主殷勤在作人，特宣溫詔擇儒臣。十年翰苑聲華重，此日司成寵命新。太學傳家應有譜，陽城往事欲誰倫。與君不盡同官好，洗耳菁莪頌縉紳。

送張希賓費狀元表弟

鵝湖山下是幽居，世業元來不廢書。江路為親應跋涉，壯心從此亦開舒。五雲縹渺浮天闕，萬國歸依走使車。去去好於鄉里說，太和誰復慕唐虞。

---

① 參見《送學士吳君克溫之任南京序》，《東川劉文簡公集》卷二。
② 即羅欽順。

送王翰檢敬夫歸省

西望庭槐正菀蒼，乞恩應喜暫還鄉。狄雲不為終南隔，堯日須知化國長。魚採溪陂堪入饌，酒分光祿可稱觴。慚予亦有歸寧志，旱晚驅車出鄠旁。

送沈良德使外國

海外傾心帝德新，疏封又見屬儒臣。路元通道應非遠，喜為還家尚有親。銅柱秋深消毒霧，玉堂地迥隔紅塵。恩波帶得應如許，不似當年入九真。

送周司業祭掃還鄉

夢繞松楸倍惘然，承恩應喜暫容還。赤城望入幾千里，仕路登來滿十年。上塚漫懷當世事，還鄉非羨昔人賢。趨朝願莫稽程限，可負吾君寵任專。

送羅允恕①南還省親

圖南鵬翮逼青霄，回首庭闈萬里遙。退食每懷違問寢，抗章暫欲輟趨朝。文江此去恩波闊，雲路新登境界饒。兄弟聲名馳海內，閬中何用說三堯②。

送蔡從善陞南京

十年供奉待承明，門巷蕭蕭宦況清。詩債每從朝後課，古人常共坐中評。東南元自稱佳麗，內外何須論重輕。此別為君方慶幸，萊衣爭似錦衣榮。

送馬鵬舉省親

萬里西川幾月程，乞歸非羨錦衣榮。五更不斷還家夢，一飯常懷愛日情。路入瞿塘春欲盡，雪消岷嶺水方平。登雲只好將踰歲，更可膏車上帝京。

---

① 羅欽德，羅欽順弟，字允迪；欽忠，字允恕。均為弘治年進士，時稱"羅氏三鳳"。參見《送羅允升司成之南京》。

② 指北宋蜀閬中陳堯叟、陳堯佐、陳堯咨。

送毛給事式之養病

　　聞道如君固負奇，不嫌抗疏與時違。聲名正羨馳青瑣，歸去應非慕錦衣。高誼喜從今日遂，先憂願向古人希。聖朝信是無遺闕，莫愛山中有蕨薇。

　　風節當年早已知，門牆何止仰經師。文無源委終非至，義有精微未易窺。制作誰能袪陋習，功名肯復惑多岐。為君細讀忠公傳，山斗令人費夢思。

　　司諫毛君式之疏乞予告，蓋有不容已之情於其間者，因賦此送之。式之蚤以經學行誼著，士經指授者多有成，近獲見其所著述。信乎名下無虛士也。詩故及云。

送劉文煥[①]侍御

　　鍾皷初沉玉陛寒，親承天語出鴛班。地當六詔乘驄去，家在文江衣錦還。定省例疎應自慰，澄清跡遠欲誰扳。相思此別歸何處，冀北滇南月幾彎。

---

① 即劉丙。

送周廷臣御史清戎浙江

振鐸巴東歲幾更，棟樑猶見頌諸生。應知操尚非時好，為喜登崇荷聖明。桑梓寧教淹憲節，激揚何止屬輿情。東南兩浙歸文獻，便有蜚聲徹帝京。

送陳子居①天津收糧

后山何幸見風標，直節稜稜著聖朝。論事不嫌頻奏疏，憂民常欲問蒭蕘。一方儲蓄歸心計，幾處疲癃載路謠。珍重好施經濟手，蘇燋莫惜滴天瓢。

瓊林共喜振華鑣，幾見東風轉斗杓。愧我木天空忝竊，多君雲路快扶搖。別懷此去應過歲，坐話何妨直向宵。寄語霜臺金柱史，誦聲常得聽民謠。

---

① 即陳仁。

送吳緯之使江西

國榜才華共羨君，江南使節謾云云。國儲非欲增常賦，民隱何妨一上聞。秋色含烟侵去旆，遠山帶雨度飛雲。九重詔旨多寬恤，須使閭閻受幾分。

送余邦臣浙閩催賦

離城遙望振華鑣，旌旆翩翩野市橋。遠道誰雲南薄海，壯懷應自上凌霄。催科豈欲國增賦，寬恤行看路載謠。司馬家聲重當世，軺車爭喜見風標。

送鄧惟遠督餉宣府

何處狼煙羽檄傳，經營糧餉託時賢。喜君才調歸輿論，為我邊陲淨虜氈。每向浩亹懷往事，幾於獫狁計將然。胸中飛輓應無筭，坐見勳名琬琰鐫。

使星光彩倍昭回，誰向邊城去理財。馬首雲山排若戟，路旁師旅振如雷。軍儲從此歸心計，虜勢行看不日摧。北顧九重方在念，效勞莫負濟時才。

送王克勤①郎中督糧薊州

十五年來共鹿鳴，圖南為喜奮雲程。槐堂系出家聲遠，粉署名高宦轍清。要塞漫勞司國計，積儲行見重邊城。薊門咫尺如千里，無限鄉情對酒傾。

黃麻親捧出長安，三月春風帶暮寒。道左有人皆辟易，马前無處不留观。理財經畫歸投筭，報國功名恥據鞍。同榜遭逢能幾許，為君常自欲弹冠。

送溫廷器還定遠兼省兄少參汴梁②

屈指暌違又二年，官評常喜任人先。薇垣家世誰能並，棠棣聲華世共傳。渺渺雁行橫遠塞，迢迢雲路拂寒煙。汴城此去休留戀，見說流移滿道邊。

---

① 即王克勤。
② 參見《送溫少參還河南》，《東川劉文簡公集》卷二十二。

送楊晉叔[①]考功南還省母

霄漢誰從振羽翰，家山翹首幾回看。倚門在念頭垂白，許國常懷心故丹。請假謾憐蒙報可，趨庭為喜得承歡。封章一軸君恩重，熊膽遙知憶舊丸。

萬里東閩幾月程。恩光帶去滿春城。關西清白傳來久，吏部文章舊有名。姜被暫違星聚願，萊衣兼得晝遊榮。龍門於我常青眼，心緒搖搖逐去旌。

送洪郎中送母歸省父

清秩才從闕下陞，歸途便逐板輿登。趨庭却遂斑衣願，舉案誰將舊事稱。榮養幾人能具慶，書香此日更相承。莫耽桑梓淹鵬翮，好趁東風萬里騰。

---

① 即楊旦。

送貢郎中斌致仕

蜚聲誰似重儒流，橋梓名科一榜收。事在當時應不偶，世傳家學若相謀。仕途未盡昂霄興，林谷何庸奮翮投。綠水青山尚如舊，杖藜隨處任遨遊。

送伍朝信①秋官

鄉關見說幾年違，雲路初登尚布衣。衣錦得歸心不願，有親重慶世應稀。懽娛菽水親調膳，寢謁晨昏謾啟扉。勝事為君吟不盡，壽星光映法星暉。

送吳克溫②乃姪

世家見說冠江南，注想雲林擁翠嵐。芝宇忽從親客坐，塵心深喜滌清談。到來不覺行程幾，夢後常懷舊徑三。欲別應知難遂別，朝回家話酒初酣。

---

① 即伍符。
② 即吳儼。

送張朝儀還信陽

鄴鼕去後尚懷思，作郡風聲更遠馳。道上口碑皆實錄，臺端劾疏豈恩私。久淹不用常稱屈，公論於今喜可持。便好趣裝需寵召，六曹郎署是前資。

送莫貴誠主事蕪湖抽分

潞渚浮浮渡綵橈，東風吹綠凍初消。榷船共喜新承命，鳴珮應知暫出朝。富國有心懷漢武，愛民何計薈神堯。書生經濟從今試，肯使聲名不懋昭。

送歐從龍大行

一舉聲名動縉紳，便承清問向楓宸。文從六一傳來久，家在廬陵豈是新。奉使暫辭丹鳳闕，稱觴應慰白頭親。煩君漫為而翁道，錦水甘棠正自春。

送王行人使朝鮮

使節朝趨玉陛辭，侍臣捧詔出彤闈。太官饌賜恩從渥，極品衣頒色借緋。鴨綠江分夷夏界，皇華路邃國朝威。遙知入境人多少，道左爭看四牡騑。

黃郎中仲實祭掃歸[①]

十載相違喜盍簪，承恩何意又分襟。鄉山不厭時歸去，仕路誰從計淺深。鬱鬱松楸含晚翠，紛紛雨露遍幽林。聖朝孝理敦風化，桑梓寧牽報國心。

送王澄之弟歸鎮海

纔向西堂問起居，又從客路駕征車。看雲不厭燕山遠，歸夢寧於鎮海踈。千里別懷應可念，百年好會豈為虛。此行不但吾儕重，尚有雄文吏部書。

---

① 目錄寫作"送黃郎中仲實祭掃歸"。

送高振遠西歸

八十而翁久陪閭，逢人常見問回車。兼程為喜君今去，拜慶寧教我得如。楓陛尚懷三錫寵，螢窗好讀十年書。通家不□徒為頌，洗耳時時聽德輿。

宣武朝來仗劍歸，津津喜色滿芝眉。功名便可隨時就，定省安能與我違。春暖正當行路日，梅黃應是赴家期。憑君好為繼齋語，何日虞廷覽德輝。

送楊東升西歸

注選新從闕下歸，馬前隨處送芳菲。恩光帶得盈書劍，喜色行看眩錦衣。曉入秦關青壁迥，春回蜀道綠煙微。侯門多少親朋在，好誦堯仁被九圍。

送傅邦用入貲給章服宗伯弟

燈火西堂燭禁宸，誰誇姜被篤天倫。衣冠欲與尋常異，友愛應憐手足親。北斗遙瞻恩寵渥，紫荊相對勸酬頻。登堂謾聽壎篪奏，和氣釀薰若飲醇。

送毛以正西歸

十年京國究韋編，勵志應同百煉堅。敢謂掄材當不舍，誰云放榜復空還。雨餘禾黍芃芃長，春到園林色色鮮。欲別為君頻感慨，重來鵬翼看垂天。

兀兀青燈照董帷，從遊不但得經師。應知學校多名士，更為鄉邦重盛時。焦鹿夢疑渾未定，蕁鱸心動自難移。此行剩有江山助，何止文章氣獨奇。

送白崇之錦衣從征江西寇盜

赤子忡忡尚弄兵，文江波浪幾時平。指揮不惜提戈去，桑梓何嫌負弩行。萱樹北堂春日暖，雲開寶婺月華明。私心剛慰經年別，僕馬臨門又促程。

魏闕朝辭向豫章，征旗煥彩喜還鄉。錦衣非慕誇持節，白髮應憐得舉觴。司寇家聲歸士論，武安事業在戎行。為君屈指還朝日，蕩寇功成沐寵光。

送劉時讓①兼憲致仕

風裁當年震憲臺，濟時無處不稱才。身經夷險應多變，心為功名了不灰。此日九重恩已渥，舊時三徑喜新開。獨懷吾蜀多遺老，常向甘棠奮土培。

投紱爭看返故鄉，廬山望入鬱蒼蒼。掛冠元不同弘景，攬轡應知慕範滂。為國為民心已盡，一丘一壑興初長。試將林下從前數，勇退如公幾抗章。

廉憲劉公時讓，舊以才御史左遷吾蜀，至則常委攝劇州縣事，故蜀人多茹其惠而知其名久矣。未幾，累擢貳憲以至於長，中間雖再屈再起，而名益振，今年來朝，乃以年至力求去，余不能留也，賦此送之。

送錦衣張指揮還京

幾年侍從重官評，執法還看播頌聲。斧扆恩光時特被，金吾拱衛任非輕。明刑但欲歸無訟，報國應非在慕名。極

---

① 劉遜，字時讓，江西安福人，成化進士，任永嘉知縣，擢監察御史，去，永嘉士民肖像立祠祀之。弘治初謫澧州判官，遷武岡知州，復貶四川行都司，委署合州、崇慶、金堂。劉瑾誅，起官，歷福建按察使。

目送君還帝里，青山隱隱碧雲橫。

送珏弟還鄉

感君有道不辭難，聚首僑居共笑歡。久隔庭闈誰細語，飽聞動履卻粗安。歸途又逐三秋去，上國剛留一月觀。好為宗人頻致意，詔書常是為民寬。

別來歲月幾推遷，頭角森然亦勝前。一派書香思繼續，百年門戶賴周旋。功名可立須隨世，檢束惟知在景賢。喬木于今幾千丈，大家封植拂雲煙。

送史公鑑赴四川參藩

萬里橋頭望福星，熒熒光燭錦官城。溧陽世族傳東漢，民部聲华徹帝庭。至喜亭前青嶂擁，招賢館外白雲橫。為君慢憶經行處，勳業何人照汗青。

送蘇伯誠江西提學

東觀相從近十年，蜚聲未許幾人先。心存憂樂常如範，職在編摩獨慕遷。簡任已知蒙聖主，斯文從此得名賢。夜來翹首青霄上，東壁熒熒向斗躔。

送李希賢[①]提學浙江

曉辭楓陛出長安，榮捧絲綸百辟觀。士得先聲朝泮水，人懷夙望候江干。一時人物歸文柄，滿座春風散筆端。回首舊遊應念否，霜臺不似玉堂寒。

送楊中書祭祖安寧

攝祭朝來奉詔行，恩波何止漲昆明。絲綸謾說封三代，功業須知重兩京。負弩當年應不慕，還鄉此去未為輕。聖心眷念嚴歸限，桑梓寧容久系情。

松楸望望白雲橫，三十年來水木情。詔許代行非故事，恩加給驛更多榮。地當金碧歸形勝，秀毓賢豪自聖明。風景從今入詩思，鄉人不獨久知名。

---

① 即李遜學。

送劉提學憲副[①]赴雲南便道省母次韻

寵命朝來下日邊，慈闈得覲始安眠。歸榮此去非無路，從仕誰能為薄田。立雪未能忘往哲，摳衣寧復似當年。試君衿佩岷江上，翹首依依欲問天。

送邵國賢[②]分韻得春字

健筆常驚我輩人，龍門誰厭日相親。望宜造士公言久，官帶提刑寵命新。江汉有聲應似舊，宮牆無地不逢春。为君漫憶巡遊處，衿佩雍雍喜色津。

送羅憲副時太兵備瀘州

蜀道云云自古難，西南形勝亦奇觀。官舟百丈牽晴峽，亂石千重激怒湍。雲擁尺書非為檄，霜飛六月尚生寒。知君武庫歸廷簡，從此籌邊□□歡（瀘有籌邊樓）。

---

① 即劉丙。
② 邵寶，字國賢，無錫人，成化二十年（1484）進士，歷許州知州、户部員外郎、江西提學副使、湖廣布政使、右副都御史、貴州巡撫、户部左侍郎。

六月望前三日，送陳憲副①先生，已先出城矣，追及小酌，而石齋②亦至，有詩以紀其送行之不及，因用韻四首

見說輶車方就道，不妨僕從倩行人。敢乘欵段趨由徑，更遣茅柴促出闉。埜圃到來知候久，茶瓜供處喜嘗新。班荊莫似尋常別，歸舫何時過問津。

使旌已向都門去，追逐時時問路人。沾濕不辭衝霧露，別懷寧約罄郊闉。情因瓜葛常如舊，位與風聲每見新。小憩正思南浦賦，關西忽到喜津津。

蒲團坐處草為茵，談笑禪家亦可人。溪柳陰濃迷小徑，埜藤土沃蔓荒闉。栢臺有客門牆舊，姜被多情感慨新。屈指幾年蕭寺別，又從今日送天津。

信馬騰騰草似茵，隔溪寂寂若無人。橫鋪埜色藏幽徑，突出茅簷傍古闉。此會共憐青眼舊，世情堪笑白頭新。盤根利器從今試，翹首歸來陟要津。

---

① 即陳策。
② 即楊廷和。

送憲副楊尚綱①赴江西

官橋楊柳綠垂堤，冠盖如雲路欲迷。寵命新承辭闕下，清風真可絕關西。萊階此去重稱慶，章郡於今正望霓。翹首廬山幾千丈，如君聲價好思齊。

送少藩董德隅赴江西

奏績朝來徹帝聰，薇垣深喜薦賢公。寵恩幾許能親領，清望應知久獨崇。廬岳雲開青障麗，文江春暖綠波融。閭閻從此皆安堵，弭盜無勞念九重。

送溫少參②還河南

薇垣風采舊家聲，河洛於今又識名。足國常懷劉宴計，愛民獨重汝南評。聚星此日娛萊綵，望闕當年響鎬京。甘兩從今隨返斾，蒼黔多少馬前迎。

---

① 即楊錦。
② 參見《送溫廷器還定遠兼省兄少參汴梁》，《東川劉文簡公集》卷二十二。

送僉憲劉朝重

仕路驅馳已十年,憲臺纔得一超遷。險夷舊歷心無變,聲望今看世共賢。灔澦秋深應可上,滇南家近更為便。激揚此去方如渴,仰止何人欲與肩。

送楊正夫觀光趨廷①

鹿鳴才聽覲彤闈,又向湘江賦式微。獻璞時違人共屈,望雲心切日懷歸。西堂此去應多夢,南國重來看獨蜚。出處不須論早暮,好將衿佩作萊衣。

送嚴宗哲太守西安

西安城郭傍南山,形勝猶如百二關。劇地人懷奔役苦,殊才論愜極時艱。器當盤錯方知利,心在閭閻未始閒。西顧不須勞聖主,憂民已見髮毛班。

---

① 參見《送奉常楊正夫還鄉省親》,《東川劉文簡公集》卷二十二。

送馬廬州汝礪[①]考績還

廬江此日傳三錫，三至高風伯仲間。治行每看歌道上，薦書常喜奏朝班。功名在古應誰似，家世於今未易攀。屈指榜中多哲士，藉君我輩少慚顏。

家學真傳四聖心，濟時何止頌甘霖。江山自古因人勝，桃李從今滿地陰。北闕三年隨例考，西堂兩月對床吟。慚予雅有通家好，不厭攜壺屢盍簪。

送吳孟璋守贛州

風采元來是繡衣，行蹤到處識霜威。烏臺白簡高難步，錦里甘棠大可圍。恩澤便看章貢隘，人才誰說魯龔稀。獨嫌吾蜀緣何薄，竹馬空懷郭伋歸。

---

① 即馬金。

送汪德威任衡陽

貳郡聲華尚未忘，薰風又逐赴衡陽。路經舊歷人應識，榮領新除寵倍光。事主共看逢舜禹，策勳端不羨龔黃。士元驥足今方展，思政堂高化日長。

送李邦輔①太守次韻

見說疲癃盡得安，醫民元自有靈丹。地無夷俗真堪化，山歛蠻煙最可觀。治行端知能結主，持心元不負為官。古來卿相多良吏，勳業從今拭目看。

送余良爵②進表還鄉展墓

履端馳賀五雲深，便向東風動越吟。蜀道不辭參井險，仙丘欲慰本源心。蕭蕭宰木生春色，冉冉庭槐蔭午陰。未許卿園久留戀，西曹聲價重南金。

---

① 即李文安。
② 參見《贈余君良爵擢南京刑部員外郎序》，《東川劉文簡公集》卷二。

送郝立夫太守還涿州

百雉言言近帝京，共憐河潤播休聲。催科不異陽城拙，草木猶知萬福名。但使閭閻皆富庶，從來牧守盡公卿。如君淹屈應非久，清論于今似日明。

送邵民愛①考績還

福星誰遣照成都，邵父新聲滿路隅。絃誦于今侔上國，循良自古出名儒。功書上上山公考，誥錫明明聖禹謨。道過鄉關休繾綣，久傳竹馬擁歸途。

十年芝宇隔參辰，同榜相知有幾人。開口才逢燕市裏，別懷又逐蜀江濱。官為魯卓難為繼，詩慕曾劉欲逼真。此去雪山為增重，登仙早晚望行塵。

---

① 邵棠，字民愛，通州人，成化二十三年（1487）進士，知崇慶州，擢南戶部郎，升湖廣參議，轉陝西左參政。

送鳳陽張貳守維

二十年來舊識名，作官常喜遠馳聲。催科不異陽城拙，節操真同趙抃清。續向山公書上考，仕當帝里自多情。從今翹首看鵬翮，獨步雲霄不計程。

送沈良德太守

課績朝從闕下歸，萊階又得試班衣。稱觴不厭斟吳酒，拜慶應懷斷孟機。千里甘棠方蔽芾，滿庭荊樹正芳菲。行囊多少陽關調，奏入塤篪思欲飛。

送譚元儀別駕任楚雄

相逢謾憶錦江游，壯志於今始得酬。佐郡未須論萬里，過家應喜及三秋。愛民自古違時好，濟世何人為國謀。聖主閭閻多軫念，誰云卓魯邈難儔。

秋江一棹送安南節推[①]

青楓兩岸滿江秋，欸乃聲聲送客舟。冠在南安應暫借，名如何武豈終留。雲橫碧落沖寒雁，蓬轉西風逐遠鷗。回首燕臺渺如許，兒童擊楫候中流。

送汪文淵節推赴九江

專城千里並匡廬，理郡誰當向此隅。家世久懷名歙浦，鵬程今喜舊天衢。須知教化歸刑罰，會見閭閻頌袴襦。仰止龍溪幾千仞，雲仍應自與人殊。

送李守模節推考績還任

太學当年共執經，一燈相對眼偏青。常懷芝宇天涯隔，忽喜高談坐上聽。教化何人歸治獄，平反有績頌祥刑。如君佐郡寧淹屈，姓字於今載御屏。

[①] 參見《送編修魯君振之奉使安南序》，《東川劉文簡公集》卷八。

送張進士以莊推官武昌

薇省流风震蜀川，榮題淡墨更光前。未誇發軔雲程邃，且喜還家綵服鮮。名世何人隨俗變，愛民有譜在心傳。为君魁首湘江上，陳榻無教鎮日懸。

東川劉文簡公集卷之二十二　終

卷之二十三

七言律詩

送王憲副赴山東

　　激揚諠頌大江西，柱下如君未易齊。貳憲寧隨常格轉，持心當與古人稽。望風從此應多去，仕路相看幾不迷。自是花封舊民牧，慣將甘雨沛黔黎。

送邵國賢[①]提學江西

　　文譽誰誇重士林，甘棠在許正浮陰。欲將實學模當世，肯使虛名負此心。鹿洞雲橫青壁峯，鵝湖路遠碧波深。古今賢哲應相感，翹首絃歌振好音。

送劉伯儒繡衣刷卷雲南

　　萬里滇南觸暑行，望雲應似倚門情。繡衣卻作班衣舞，春酒還因壽酒傾。濯錦江頭秋水膩，浣花溪上午風清。此行真得還鄉樂，王事寧知自有程。

　　按節遙看萬里行，十年燈火讀書情。豺狼此去聞風避，葵藿從來向日傾。椎髻未須論禮義，登車端欲慕澄清。碧雞金馬非今事，正是雲衢第一程。

---

① 即邵寶。

送王隆吉太守赴開州

得第如君孰與倫，青春雲路錦袍新。登庸剩喜誇從仕，受任何妨試理人。城自澶淵名已勝，地元畿輔俗還淳。古來況復多賢跡，發軔誰非出牧民。

送郭魯瞻令濬縣

山陰別後尚懷思，又向黎陽盡設施。熟路舊經非險阻，輕車此去任驅馳。花封應喜沾殊澤，柏府行看被寵私。科目人材真不易，循良如子更何疵。

送路大尹之徐溝（名子俊）

百里除書聖主恩，清才共喜遂鵬騫。閭閻此日肩思息，撫字何人跡尚存。治譜已知傳傅琰（其父亦作尹），諭蒙端欲似馮元。為君翹首燕臺上，燁燁新聲動至尊。

送陳大尹之孝感

墨綬銅章寵命新，幾年懷抱得臨民。高風尚想鳴琴宓，華冑元歸下榻陳。楓陛從今違日表，花村終夜待陽春。與君雅有同門好，洗耳聲華滿路人。

送楊浩然尹武城

釋褐朝趨覲聖顏，綰章深荷寵恩頒。十年用志煙霄上，此日輩聲帝里間。系出關西歸世族，地連歷下近尼山。好將事業師前輩，共使經生與俗班。

送柴蕙尹新化

二十年來故舊人，芝眉忽喜得相親。一官新拜彤庭上，百里遙臨楚水濱。制錦有才知素望，下車何日慰齊民。間閻見說徵求急，好與陽城共等倫。

送郭于藩調清河

系出林宗亦象賢，作官豈讓細侯先。一同安得專休澤，百里從教數改遷。愧我疎慵直畫地，於君忻羨若臨淵。栢臺指日膺超擢，風采行看獨赫然。

送趙大尹任銅梁濬

百里周遭繞碧山，綰章從此亦開顏。年豐穀價喜非貴，俗美滿鞭尚可間。鄉國地鄰頻得信，朝行夢入幾趨班。知君景行惟清獻，琴鶴高風定許攀。

送原善大使叔任安豐

桑梓纔違又二年，寸心常逐白雲懸。喜君笑語來傾坐，慰我庭闈思欲顛。為別莫懷家獨遠，作官須出眾為賢。存心處處堪流澤，世業從來只簡編。

送侯邦秩尹臨淮

童稚相違幾十年，笑談忽喜對樽前。士當出處應歸命，治務廉平每在賢。花縣此行需撫字，薇垣舊日仰旬宣。定知庭訓多經濟，便有歌聲道路傳。

夢繞霞城似昔年，巾山雙峙擁樓前。俗於禮讓還如舊，論在閭閻亦識賢。名族何人非可慕，愛民有詔自能宣。為君細讀循良傳，清白從來世世傳。

台郡侯君邦秩，余童稚友也。不見者餘二十年，至領鄉書來，始一會晤。復去，今年再會，乃以尹臨淮別，賦此送之。蓋台郡，余少侍先祖宦遊，猶及見其先大夫方伯公簡重端恪，凜然前輩風致；君有世守焉者，臨淮之往，其福星乎？感今念昔，情固不能盡矣。

送郭尹之任臨潼

十五年來喜識荊，雅懷端不負書生。一官簡命當秦隴，百里黔黎屬俊英。牧愛應知思報國，歌謠行見著蜚聲。臨岐寧厭頻頻祝，豈但文場座主情。

送王朝璋縉知定遠

一官拜命傍江濱，地近南都俗亦淳。禾黍盈盈迷壟畝，絃歌處處徹比鄰。持心不厭嫌違眾，報國須知在愛民。自是君家多積慶，名科先後步清塵。

送李孟淵尹黃陂

曾共薇垣聽鹿鳴，陽關不盡別離情。風生潞渚征帆穩，月滿湘江仕路清。經濟久知偏擅譽，循良會見獨蜚聲。柏臺粉署君能事，翹首重沾寵命榮。

送余良潔尹鳳翔

十載鴻臚獨著聲，花封共喜被恩榮。故鄉不隔書常至，風俗還同政易成。行色豈隨秋色淡，才華應似月華明。久知喬木名吾蜀，又見甘棠頌庶氓。

送吳養正①運判山東

尼山东望矗蒼蒼，覽眺看君到上方。舉目未能迷淺近，師心應得親羹牆。一時凋敝歸經濟，舊日風聲尚播扬。執手河梁無以贈，此心端不逐時忙。

送蹇州判益考績還任（益，忠定公②族）

忠定功勳百世存，賢人又見出公門。衣冠忽喜來相訪，風采應知自有源。奏課銓曹居上考，作官畿輔荷殊恩。好將聖澤勤敷布，莫遣桑麻有廢村。

送劉天章貳尹崇德

（天章初令商水，坐盜起劫城謫降）

仕路相逢幾舊人，如君氣味獨为親。池魚豈意城門火，野雉方懷童子仁。俗慕文儒歸向義，堂名平易在安民（崇德

---

① 參見《送吳養正南歸序》(《東川劉文簡公集》卷十一)、《萱堂稱壽爲吳河東養正題》(《東川劉文簡公集》卷二十二)。
② 即蹇義。

有平易堂，宋葛邲建)。心期未可便摧折，多少賢豪屈復伸。

送吳廷鳳二尹縉雲乃公溥子

三十年前宴鹿鳴，而翁文采獨蜚聲。宦途憶別如星散，庭訓忻看有子成。地近仙居應最善，官於民牧要非輕。臨岐無限年家意，撫字須勞答聖明。

送沈企高判簿平原

百里平原屬俊才，為君不盡好懷開。地推齊魯從來勝，俗尚詩書未始頹。佐邑莫嫌仇氏棘，馳聲更有石生媒。阿咸更喜非虛士，屈指行看折桂來。

送蔡中道教諭松陽縣

虎榜登庸喜著鞭，宦遊浙水沐恩偏。地稱文獻元無匹，教說蘇湖未有肩。模範年來誰獨立，聲名此去自能傳。只今榽桷興歌處，翹首渾疑北斗懸。

送李直卿教諭江陵

十載韓窗對短檠，淩雲志氣碧空橫。恩從闕下沾新命，路向荊南問去程。家近有親應可養，官閒不俗自多榮。行行謾憶遊歌處，坐擁皋比列俊英。

送張祐舉人掌教當塗

魏闕承恩下第時，一經方喜擁皋比。山連吳楚形元勝，地接蘇湖教亦宜。振鐸謾懷程氏雪，采芹還下董生帷。銓曹甲榜多新例，萬里圖南任所之。

送董遵司訓南昌

迢迢仕路大江西，不負當年獨斷韲。絳帳有人能避席，清宵是處可然藜。廣文在我應非厭，安定知君欲與齊。更喜高堂便就養，絕裾誰復惜分攜。

送唐宗顏司訓南昌

廬山壁立水如城，皷篋詵詵總俊英。拜命喜看當此地，橫經行見著新聲。吏無案牘應非俗，祿及庭闈始是榮。莫謂甲科違素志，蘇湖今日尚知名。

送王司訓赴寶豐

幾年藝苑最稱優，纔見衣冠逐宦遊。振鐸未論淹泮水，作官還喜在中州。庭無俗事皆名教，坐挹春風總士流。報國好將心自盡，哲人聖主正敷求。

送蔡琪司訓

束髮心知慕九峯，雲仍為喜偶相逢。傳家不墜前人業，振鐸應堪後學宗。黌舍月明新雪霽，泮池春暖碧波溶。師承更得依山斗，衿佩從今總奮庸。

送潘榮司訓海門

十五年來故舊心，每逢客使問佳音。感君特地親垂訪，慰我停雲思不禁。分教新看承寵命，橫經佇听振儒林。青衿多少依門下，薄海風高尺雪深。

送司訓

文獻家聲震蜀川，一官喜復事丹鉛。青雲不負誇前輩，絳帳猶看啟後賢。百里人家沾聖化，連宵燈火照遺編。為君歆首遊歌地，模範高風洗耳傳。

送劉舉人天和

尺書迢遞白雲邊，千里歸心鎮日悬。每憶庭闈常入夢，不親定省忽經年。擔簦好向三湘路，戲綵應期二月天。從此倚門心便慰，鵬程須着祖生鞭。

送劉昭著司訓嶺南

霜風扑面欲膠鬚，匹馬相看向客途。家學久知宗後輩，英聲端不愧文儒。嶺南此去歸模范，門下何緣接步趨。山斗至今如一日，好懷枫陛拜恩殊。

送周世望下第還

通塞區區各一天，越南冀北兩茫然。對床漫說兒童事，屈指剛逾二十年。此去好藏和氏璧，重來須着祖生鞭。憑君為語元方處，鵬海扶搖望久專。

送楊生赴試

秋賦誰從萬里歸，英聲藝苑逐雲飛。傳家自有屠龍技，落筆真成制錦機。科第便看人共誦，勳名尚欲世相依。深慚父執無為贈，閉戶惟期與眾違。

送蕭俊千戶

帝里剛留半月餘,春風常喜及吾廬。塵談竟日皆堪記,虎略當時幾得如。彈鋏有歌侵客館,繫駒無計駐行車。年來我亦多鄉思,會向高堂話起居。

送僧人還鄉

卓錫何年住此鄉,百年香火有餘光。斷碑尚可觀陳跡,絕頂應知是上方。入定有僧違世網,愛山多客負詩囊。慚予未遂登臨願,望逐叢林日渺茫。

送饒義官還鄉

聲華隱隱動泥蟠,一命新沾改舊觀。魏闕恩深方展謝,林泉思切便求安。定知歸橐金無幾,剩有詩篇卷若干。見說三郎能世業,扶搖次第看鵬摶。

送覺林弘庥上人還重慶

處處名山尽占僧，覺林不獨古渝稱。龍門月上常先得，雁塔雲橫几共登。好景忽看方外論，鄉心漫逐客中增。明年此日期相訪，十笏禪房掛古藤。

送醫士

家住齊東飲上池，折肱何止號良醫。勝遊京國路千里，入夢江山天一涯。橘井有泉能濟世，杏林無日是閒時。活人謾說多餘慶，已見高名到處馳。

餞伯誠石駙馬別墅次韻

漱泉亭上似新秋，草樹陰陰石□幽。尘市久居常愛靜，官曹無事不妨游。賞心便得林間趣，慕古何須此外求。明發思君重翹首，使旌渺渺潞河頭。

楊石齋余世臣同餞馬汝礪①於潘家莊並臨河小亭賦二首

委巷潭潭地主家，庭除雜植竹兼花。山堆卷石元非假，甕養遊魚若可叉。莫向當筵頻卻酒，須懷良會共搏沙。一時風物真堪賞，欲賦無能似景差。

綠樹陰濃日未斜，卯亭清坐寂無譁。遠山障北青如畫，流水從前曲似巴。遶棟朝聲林木震，隔河人影竹闌遮。魯陽安得回奔馭，忽忽催歸噪暮鴉。

宴杜鎮守甫環翠亭

一亭突兀湧泉流，時有清風不用求。綠竹隔簾爭獻秀，奇花滿地自通幽。公餘未厭尋常賞，心遠非為汗漫遊。為國為民多少事，應知每向此中謀。

---

① 楊石齋，即楊廷和，楊慎之父。馬汝礪，即馬金。

己卯正月八日馬太守請游真武山[①]

曲徑登登最上頭，琳宮縹渺白雲浮。山環四面連天碧，水遶孤城學字流。野樹迎春爭欲秀，澗泉漱石更通幽。滿前佳景誰容厭，卻喜新年得勝遊。

坐踏山巔俯瞰江，萬家煙火舊名邦。水分二派流來合，地接三川勢未降。嘉會豈須論在野，歌聲何用入新腔。歸途燈炬連街市，風化應知政不厖。

道出襄陽王憲副邀飲檀溪寺

出郭招提傍埜溪，青山如戶蔽東西。心懷探訪勞賢主，會喜賓朋合聚奎。絲竹有聲林木震，烟雲隨處上方迷。歸來記得如泥醉，月滿長空柳滿堤。

步入檀溪最上頭，青山背擁水前流。僧能愛客供清茗，月似依人助勝遊。更僕未嫌宵漏永，偷閒方喜竹林幽。窮

[①] 正德十年（1515）六月劉春母卒，十一月劉春抵巴縣。正德十三年（1518）服闋，正德十四年（1519）二月登舟離巴縣，四月抵南京。是詩乃正德十四年（1519）正月八日作于重慶。馬太守，即馬文。

途青眼知多少，嘉會何時竟日留。

次日復遊穀隱寺會王黃門

路出南門更指南，江天埜道欲浮嵐。山圍名寺迷幽徑，風度敧林滿法龕。眼底相逢皆故舊，客中何處不清談。人生聚散真蓬梗，肯為修程促去驂。

地主多情尚未休，春風並轡上方遊。地因勝概多遺跡，寺有高僧不厭留。急管繁絃頻勸酒，山殽埜簌雜陳羞。黃門酷愛山中趣，無與將軍細柳侔。

次日王憲副孫進士餞別樊城郵亭

官柳森森夾道橫，渭城不盡別離情。王曾名德元無敵，孫楚才華籍有聲。白戰漫為文字飲，赤心應為故人傾。峴山翹首分岐後，渭樹江雲萬里程。

黃麻記得鎮襄陽，叔子英標倍有光。宦業久懷名栢府，家聲端不愧槐堂。愛緣世契殊流輩，酒為心知每倒觴。十里江亭重回首，數聲林鳥競斜陽。

次涯翁雪酒詩韻

潑甕應憐出鼎烹，一般風味十分清。玉花只說終消散，竹葉誰能巧釀成。垂法不嫌稱美祿，鈞詩端可得新聲。日來雅會慚無量，心醉深懷伐木情。

見說團茶雪水烹，誰知此味更為清。飄來玉屑應難聚，釀出金波豈易成。授簡謾懷司馬賦，盍簪[①]何用□秋聲。胸中磊塊憑澆盡，剩有思鄉戀闕情。

次邃庵邀賞芍藥

綠擁紅妝花滿枝，眼前奇品詫新知。妍華映日開繾遍，賞玩當筵喜未遲。地僻豈能容俗污，根深端不受風欹。為憐品色非凡卉，灌溉須教莫失期。

---

① 盍簪，指士人聚會。

次邃庵賞葵花韻

北海尊傾欲盡時，漫看花朵正參差。向陽不改生來性，詠物寧忘醉後詩。直幹亭亭當露下，新枝娜娜愛風欹。卻懷舊日常相對，歲月空驚暗裡移。

佳會追陪喜及時，一般庭樹幾參差。感懷不用慵開口，對景從教漫賦詩。日映花間偏豔麗，風侵葉底半斜欹。沿堦把玩寧容厭，舉步無妨緩緩移。

次邃庵先生齋居迎駕

日煖龍旂綵色張，百官鵠立珮蹌蹌。露臺地切瞻天近，寶鼎烟浮撲面香。祭向郊壇叨數與，仕於世味亦粗嘗。極知遭遇無能報，聖德深懷載筆揚。

後五月讌邃庵先生所敬所①有詩四首亦次其韻

長安街北禁城西，客館天連雨露低。得入門來纔見美，到升堂處幾能齊。相知自是傾肝膽，偶會無容羨黍雞。獨媿②迂疎蒙折行，詩篇常不惜分題。

雅會何緣逐處同，詩家今見浣花翁。青青草色沿堦上，鬱鬱蘭香滿室中。酒酌遠鄉非惡客，曲翻新調笑名公（时威寧有四曲，邃庵以其詞流於俚俗，故反其意为新詞用歸於正，是日歌之故云）。歸來不覺偏沾醉，茗飲呼童索甚匆。

坐隔紅塵咫尺間，誰能高步出人寰。盟心肯為浮名誤，燕笑何嫌半日閒。窗外青山常似舊，鏡中黑髮漸多斑。一時尊俎真非偶，謾听清歌滿耳還。

傾耳忻聞鼓越吟，不禁晝漏欲沉沉。和平未必諧流俗，淡泊真能愜素心。歡極客懷應過厚，笑慚酒量獨非深。醉歸就枕藤床上，夢裏猶聞太古音。

① 即蔣冕。
② 媿，"愧"之異體字。

次韻送宗伯吳先生

賓筵處處喜陪餐，星聚應知有許難。揮麈每看傾容座，續貂深愧入吟壇。幾年雲樹空相憶，此日琴尊具共歡。明發官舟潞河去，誰從對酌勸杯乾。

促席當年憶並餐，相違何易會何難。渴心不厭常投轄，交誼非因舊設壇。思入愁城誰與破，望來安堵幾成歡。知君經世多宏略，記取商霖濟歲乾。

次北潭礪庵[1]送悔軒宗伯封王周府

魚軒纔慰北堂寒，心在鄉山亦少安（時悔軒以盜警迎太夫人方到）。使節忽傳過里巷，歡聲先已到門闌。九重恩澤從天下，千里雲山縱目看。民瘼莫嫌一咨訪，南薰正入五玄彈。

---

[1] 北潭，即傅珪，字邦瑞，號北潭，清苑人，成化二十三年（1487）進士，參與修《大明會典》，遷左中允，歷左諭德、翰林學士，吏部左、右侍郎，禮部尚書，卒諡文毅。參見《次北潭礪庵送悔軒宗伯封王周府》《聞王師破群盜邃庵北潭於部堂考選》《和苦雨聯句呈邃庵北潭二先生》，《東川劉文簡公集》卷二十三。礪庵，即毛珵，字礪庵，吳縣人，成化二十三年（1487）進士，給事中，弘治十六年（1503）任南京都察院右副都御史。

路指南河引旆旌，還鄉不是錦衣情。展親剩喜持封節，乘傳無勞問耦耕。此去光榮應異舊，向來消息況非輕。賢藩舊著河間譽，回首憑君奏聖明。

次一齋席上韻三首呈馬楊二先生

叔度風標世固稀，連宵不見便多非。心於彼此寧如面，語在詩書慢掩扉。光映檠燈方燦爛，凍含庭草待芳菲。開懷正仗杯中物，潦倒何妨夜半歸。

相逢獨恠笑談稀，世事誰論是與非。文字可能孤此會，月華更愛上空扉。地鄰北闕朝應近，花滿西齋煖自菲。剩欲勞君重下榻，獨慚徐穉冒寒歸。

路隔東西見面稀，會憐星聚孰云非。憂民有論風生坐，愛客何人晝掩扉。律管陽回須凍解，墨池雲映似花菲。此時此景應難得，更僕無由踏月歸。

燕秦都憲國聲水亭次壁間韻

柏府閒閒晝不扃，登堂徐步入池亭。澄源為愛心無汨，涵碧應看眼獨醒。柳囀鶯聲垂野渚，月明雁影滿沙汀。從

來勳業非無自，謾對雲山擁翠屏。

次秦都憲國聲過鼎湖

挂帆湖口趁風過，倚棹誰為欸乃歌。望入山容橫翠黛，光浮日影漾金波。湘江一派源來遠，楚水分流地占多。目極天南重回首，不禁鄉思欲如何。

次吳通政三利溪

一竅潛通遂接溪，舳艫先後若相攜。乾坤無地不為利，今古何人得指迷。棲鳳坐看帆影亂，負鼇望入浪痕低。從來遺跡知多少，鱷徙當令共品題。

次克厚病中寫懷韻

兀坐幽齋卻暑烝，病懷誰逐客懷增。須知勳業終名世，莫厭蕭條欲逼僧。此日化龍嗟尚未，古人捫蝨亦嘗曾。樗材忝竊大官食，感慨因君謾自憎。

憐君豈但惜三餘，口誦心惟日不虛。製作誰能當健筆，遭逢尚未脫寒綀。笑看紫闥應非遠，坐對青燈只自如。愧我當年迷五色，無由為上薦賢書。

會飲邦彥宅次克溫①韻

衝雪誰憐去路賒，可人先已赴東家（東三客先至）。坐因怯冷頻添火，燈為占祥累放花。飲罷不知更漏永，雲移稍見斗杓斜。日來有會皆真率，紀興新詩更足誇。

投轄無須興自賒，相知況復是年家。合歡但酌屠蘇酒，勸飲誰歌玉樹花。積雪夜深盈尺厚，篆香風動繞筵斜。一年開口能逢幾，喜會如今豈浪誇。

酒盡芳尊尚欲賒，烘堂笑語徹鄰家，三薰滿座侵香味，六出彌空散雪花。飲愛清荼應已醉，坐欹烏幾不知斜。歸來馬上俱沾濕，剩有餘歡秖自誇。

歸來踏雪路偏賒，下馬方知是到家。擁火卻憐東郭履，探梅漫憶北枝花。六街柝韻應將息，半榻香煙尚自斜。案上南華乘醉讀，高風須向古人誇。

① 即吳儼。

齋居次秉德韻

方丈虛懷效揭虔，龍涎滿爇自悠然。紅塵未許侵禪座，清夢常看到客氈。對席有棊驅暇日，感時無計駐華年。同官竊幸多知己，每枉風騷可佩弦。

次司直韻

齋居不厭向僧庵，靜愛禪家欲一參。對榻官寮纔滿二，坐談賓主僅成三。松花自愧違塵案，貝葉誰翻聚法龕。翹首心齋渾未得，紛紛俗狀戰方酣。

次韻賀邦彥生子

掌珠深喜慰彷徨，祈嗣無須更覓方。懷玉嘉祥應久兆，弄璋新宴卻初嘗。食牛此日誇徐氏，好學他年笑樂羊。萬石從來傳漢史，于今世業又教強。

次邦彥韻詠克溫燈（是日未果赴約也）

見說君家列翠屏，青燈照影百花明。恍疑人物烘堂出，似有雲山隔座橫。自是風標渾不厭，欲求精巧未能更。奇觀適沮趨嘉會，孤負元宵徹曉晴。

次韻送邦秀繡衣巡按甘肅

白簡常飛六月霜，先聲應已到西羌。觀風暫入金城地，望闕寧忘玉笋行。為喜登車酬素志，誰誇挾節過仙鄉。青箱不用傳當世，笙鏞方看見此郎。

豪氣憐君隘九州，清時常切救時憂。年來治狀應多歷，此去民情不費搜。衣繡肯教空慕漢，省方還欲直依周。為君極目巡遊處，分閫防邊幾列侯。

汜水回轅未遂攀，共看風采欲搖山。暫教簪筆辭楓陛，便有隨車沛玉關。南郭此時懷別路，西堂何處憶聯班。昨宵翹首中天上，執法明明斗漢間。

清風滿路逐霜蹄，道左遙迎雜漢氐。塞上有軍通節制，官中無弊不勾稽。引裾氣概誰能並，攬轡聲華欲與齊。別後為君應洗耳，民謠士誦溢關西。

次韓裕後憲副福建留別

百越山川濱海嶠，昌黎風采屬奇才。十年訊鞫推前輩，此日澄清豁壯懷。冠擁觸邪驚按部，詩成紀德頌行臺。遙知回首歸何處，總憲新懸帶下牌。

執法名高德與並，八閩按節愜輿情。官於外服監司重，人得先聲笑語傾。畫舫不羈燕北路，水壺遙映粵南程。停雲彼此成新憶，萬里江天月共明。

御史盧師邵熊尚弼[①]在席中對菊詩次韻答之

仙種移來幾許長，當筵屹立正芬芳。盈盈眼底事秋豔，的的枝頭映日黃。耽玩便教多逸興，清吟誰得厭詩狂。更憐飽歷風霜慣，纔到明朝又向陽。

歲華倏忽過重陽，把酒看花未是狂。嘉會誰能為眼白，

---

① 盧師邵，即盧雍，字師邵，吳縣人，正德六年（1511）進士，正德中四川巡按御史，四川按察司提學副使。熊尚弼，即熊相。

歸期且喜見眉黃。跡非俗態心堪慕，名共秋香晚更芳。從此雪山倍增重，一臺二妙去思長。

聞琴奏明妃出塞曲次韻二首

指下誰操出塞吟，風沙眯目色沉沉。玉顏雖稱寧胡號，金屋難忘慕漢心。萬里黃雲春自暮，百年青塚草猶深。古來不遇多如此，尚得名傳在樂音。

一曲琅然應指吟，合羞去國日西沉。和親誰畫當時計，哀怨常留後世心。氈帳夜寒胡月暗，玉門路阻塞雲深。至今南郡村猶在，不但令人感妙音。

次登君山

幾度君山未一過，無端客思扣舷歌。望迷草樹輕籠霧，影浸樓臺浩湧波。平地水光看鏡淨，連天野色豁眸多。若教登眺應無際，勝概空懷可奈何。

題吳宗伯寧庵①予莊次石司成韻

　　出門擁翠即家山，名利何人獨透關。塵夢不侵仙枕裏，笑聲常在竹林間。喜從三徑開新業，誰用千金覓大還。自此地因人益勝，濟時只恐未能閒。

　　見說名莊意自新，如君風韻固為真。結鄰最喜山多近，愛客常嫌會不頻。坐隔市廛非避世，閒遊壟畝可怡神。因君謾憶龍門上，欲學前賢一問身。

　　康衢喜見世昇平，禾黍家家歲有成。步入田園應識主，坐看花鳥不知名。樵歌隱隱風前度，童牧囂囂月下迎。最是此中佳景致，閭閻安得盡從耕。

　　隔斷紅塵入草萊，幽齋常有可人來。清標不厭庭前竹，冷蕊偏憐野外梅。名似平泉緣我命，地非空谷自今開。吾儒生計歸耕讀，不是偷閒慕釣臺。

---

① 即吳儼。

和秉德慶成宴詩

聖主方虔格帝心，慶成宴賜大廷春。鈞天樂震伶人奏，仙仗光輝衛士陳。香滿御筵知盛典，食無遠物貴常珍。小臣百拜叨君賜，天保惟歌答至仁。

又自作

精誠昭格帝如臨，慶禮初成協聖心。鷺羽趨蹌瞻日表，龍樓咫尺振韶音。班當文石春生坐，帽壓宮花酒滿斟。欲為明時歌盛事，新詩不愧醉餘吟。

癸酉清明謁陵和敬所①少宰韻

鎮日風塵撲面黃，慣經道路亦偏長。倦懷蕭寺堪依客，坐入禪房即踞床。世事說來多可怪，名賢詩在有餘香。振衣獨立高岡上，蝸角紛紛苦自忙。

---

① 敬所，即蔣冕。癸酉，正德八年（1513），是年六月劉春遷禮部尚書。

皓月初升祀禮成，趣歸馬首逐群行。路緣舊歷知非險，事與時新覺幾更。秋實縱教多利用，春花還是可怡情。眼前不盡憂民意，厚祿真慚負聖明。

晨務誰驚有許忙，林花又見逐時芳。居民無地能逃稅，為令何人解課桑。雲漢從今應望雨，莆田行見可求箱。更憐出土青青麥，童牧殷勤莫縱羊。

和楊名父考功東角門問安

幾日君王免視朝，憂民何止十分勞。醫師願進安心藥，方朔無須獻壽桃。聖德在天應眷顧，黔黎擊壤荷鈞陶。愚臣幸廁螭頭列，日想紅雲擁赭袍。

和馬先生禁直韻

內直年來不得同，常懷並坐挹春風。西山簾卷雲屯白，上苑花開日映紅。楓禁自無塵夢繞，杏壇且有瓣香通。皋比擁處書程了，清思應歸六義中。

因分直馬先生以詩慰疏闊奉答一首

分行博得一時閒，芝宇無由接笑颜。注想清談當禁院，歸思白戰望青山。春風坐上心常切，咫尺城南會亦慳。忽得新詩慰愁寂，沿堦花草自殷殷。

和士脩夜直秋臺

夜堂燈火怯深寒，更僕傳詩拂几看。最喜拔茅當此世，空慚竊祿具儒官。黑頭入仕恩方渥，丹筆回春墨未乾。好為聖明流德澤，協中事業豈為難。

和吳學士[①]丁祀會東廂

屈指離居豈但公，笑談忽忽夜方中。會當別久情無盡，坐共相知喜不同。爽氣襲人消薄暑，異香撲面逐清風。趨陪歲事歸來後，卻羨朱衣獨引驄。

---

① 即吳儼。

和劉宗伯司直慶陳都憲汝礪賜玉帶詩

寶玉光騰束帶新，喜看特賜出楓宸。論功自是當名世，荷寵從來獨異人。命服有章皆不賤，儒紳得此始為珍。知公報國惟忠赤，聖主傾心重舊臣。

涯翁閣老惠胡桃兼示及詩用韻奉謝

珠玉誰將賜果來，便從盥手剝封開。甘瓤適口應為美，堅殼為人未可偕。珍異自知非易種，孤高卻愛幾能培。千金一字猶難得，物貴何須在百枚。

和遯庵太宰賞紅梅

冷蘂①疎枝傍水涯，鄉心逐夢白雲賒。年來忽見開京國，春到應知自帝家。共愛清香非俗品，誰憐頃刻有仙花。巡簷漫爾多佳興，欲賦無能獨浪誇。

① 蘂同"蕊"。

衝寒偶見此花枝，心賞那能獨負之。看似興桃爭麗色，開常帶雪在春時。西岡剩说當年事，東壁虛傳舊日詩。愁緒無端侵客邸，好將清景付金卮。

再和韻二首

一枝春色浩無涯，著眼應知興自賒。不謂他鄉思遠物，獨憐清景在詩家。淩寒元有冰霜操，論格寧同富貴花。二十年來纔見此，何妨酩酊向人誇。

芳豔逢春綴滿枝，縱觀何處不宜之。名因勝賞知多日，心欲窮探恐後時。勁節最憐偏戾俗，高情未厭數吟詩。蕭然不盡幽閒趣，賞玩寧辭酒漾卮。

和邃庵苦雨

秋來豈是月離畢，不盡愁懷強賦詩。環堵會看多转徙，衡門寧許獨棲遲。未能西海求河伯，欲效昌黎訟雨師。肉食空慚無少補，清齋兀坐謾支頤。

雲斂東西恰似晴，忽驚掣電逐龍行。忘憂縱有堦前草，蕩寇應憐道上兵。望入長空非霽色，坐懷委巷少歡聲。廟堂獨喜多賢輔，振捄無勞漫縈情。

和苦雨聯句呈邃庵北潭①二先生

虹見何當望眼迷，密雲不但起郊西。摳衣入戶如居澤，積潦行人似涉溪。漏室欲眠心未放，愁城難破酒空攜。陰晴每卜無由驗，吐綬安從為覓雞。

雲漢無因轉乞晴，捄災何計慰蒼生。人間信說天多漏，地上時看水忽平。百畝田家應觖望，數椽茆屋幾墮成。黑甜正欲憑消遣，何處雞聲入夢驚。

一雨連旬又涉秋，不禁客況擾心頭。屋廬最苦偏多塌，金石翻思欲一流。西寇經年纔得捷，東征何日可無憂。民勞久矣重遭此，借箸惟思及早籌。

和楊月湖宗伯登報恩寺塔韻

層臺突兀杳蒼茫，涉級風清欲透裳。望入雲山渾不斷，心遊混沌若無方。由來履險須思退，任是登高未許狂。撫

---

① 邃庵，即楊一清；北潭，即傅珪。

景令人增感慨，幾多汩沒利名場。

和悔軒宗伯韵
（其詩有不能忘情於南北者，故辭意多解嘲也）

蔽芾風生道上樗，行行誰不避尚書。榮回故里方爭慕，閒說官曹更不如。論俗幾人能特立，持心有道自寬舒。江山況復多佳麗，其惜詩篇數起予。

和碧川楊少宰[①]四韻進呈会典

體製新裁未有初，煩文多少盡刪除。会成百世通行典，閱遍当朝舊著書。史館編摩才告畢，聖心繼述亦應舒。文章有用須經濟，試檢陳編幾不如。

和謝禮侍慰劉司馬喪子二首

頭月何緣慰倚門，不禁清淚灑朝昏。劬勞空歷詩人苦，幹蠱誰將易象論。尚有分甘家可託，未須埋□氣常吞。古

---

① 即楊守址。

來世業垂青史，繩武還多祖與孫。

不憂安得似東門，豈獨鍾情習俗昏。懷玉應憐異時夢，負薪何止古人論。傳家清白真能繼，浮世功名未受吞。靈爽忽如駒過隙，獨將簪笏付諸孫。

和馬先生浴堂吟

蕭寺齋居正孟春，乘閑謾滌化衣塵。身當澡瀹懷前哲，銘在盤盂重自新。汲水無源應易濁，養心有要可通神。歸來檢點平生事，浴德空慚負古人。

步入堂東亦快哉，沿堦誰為剗蒿萊。白迷四壁生虛室，水注清池漬石臺。黔突不教經眼下，溫泉疑是幾時來。偶緣公事成新浴，安得尋常為我開。

注玉無端漾綠漪，一回一浴亦堪疑。淺深有量非能益，冷暖於人秖自知。掬水載澆除宿垢，振衣徐步紀新詩。此堂若得無開閉，日日相親勝習池。

和馬先生韻詠雪

　　玉屑堆堆壓柳條，白迷宇宙靚粧饒。折綿應怯囚書室，按轡誰憐度板橋。謾憶羊羔頻送煖，獨將榾柮旋添燒。撒鹽兒女真輸絮，縱目庭除倩筆描。

　　凍結西簷綴玉條，平鋪飾穢十分饒。酒懷不厭趨燕市，詩思誰憐在灞橋。寒愛擁裘心為煖，貧能易粟火無燒。九重民瘼勤宵旰，圖獻深懷欲載描。

　　朔風瓊屑滿枝條，粧點江山境界饒。白詫雞聲鳴夜月，滑驚馬足度官橋。潛師李愬功初捷，閉戶袁安火未燒。試向庭闈頻眺望，喜將筆墨縱心描。

　　夜半風聲飄朔雪，漫漫乘興竟何之。六花共詫天成巧，三白翻嫌瑞兆遲。凍合閉門驚入刺，寒增擁被怯吟詩。端居秖為吾人賀，大有明年定可期。

和馬先生介夫宅上韻（因老先生歸為慰也）

　　策馬來乘此日閒，謾將笑語慰愁顏。坐看勝負歸柯局，

心在庭闈望蜀山。定省五年於我曠，別離三日為君慳。倚闌花草如相慰，獨立薰風埜色殷。

苟令香薰一榻閒，清尊聊為解君顏。對談不敢論時事，愛日惟多念故山。住隔東西應自遠，情於彼此未容慳。倦來偶向書齋過，樹樹榴花午正殷。

又和冬至寫懷

幾年仕路薄相知，被命多君偶共之。緩步渾忘趨走苦，劇談不厭退歸遲。倚麻應獻彈冠慶，麗澤深懷伐木詩。世事眼前堪太急，歲寒寧負此心期。

庭闈萬里尺書知，定省無因一慰之。仕國食浮嫌出早，寧親例格恨歸遲。清閒自笑慵開卷，太瘦非因苦和詩。幾度天涯慶長至，白雲漫憶到家期。

迂拙寧堪世所知，茫茫岐路欲何之。思君一飯猶為厚，退直終宵敢厭遲。志大空懷稽古力，才疎端負伐檀詩。但將所性酬明主，用舍隨人了不期。

鍾聲初徹開瓊戶，咫尺天顏喜見之。瑞靄碧霄星隱漸，光浮寶殿日升遲。履長應愧同鄉制，祝壽惟歌定爾詩。佳節重逢頻感慨，歸寧未可卜前期。

和馬先生苦雨

坐掩書齋一枕閒，森森銀竹喚愁顏。月行此日疑從畢，雲暗通霄望失山。卜在蟻封應轉恨，時當龜拆卻如慳。庭前花樹忽經眼，覺得扶踈昨尚殷。

官曹事簡喜閒閒，久雨無愁亦強顏。屋漏寧堪泥滿地，天空不見霧濛山。墊禾此日憂方切，斗米當時價轉慳。極目庭除望虹卦，且看畦菜鬥晴殷。

和馬先生韻

五年冀北飄蓬梗，雪滿園林不見梅。義重可能违世俗，才踈無地效涓埃。班联鴛鷺心應愧，思入庭闈夢幾回。先輩感君交誼厚，詩懷時為野人開。

和吳學士①苦雨

片雲纔合雨霏霏，翹首空然望日暉。縱有好懷應對酒，不堪湿氣每沾衣。花開埜圃遊蜂少，路隔山樵舉火稀。却笑長安幾多客，紛紛策蹇踏泥歸。

通衢望望似滄浪，入户俄驚雨滿牀。惡湿未應居下地，乞晴何處覓奇方。嘉樂浸埜空成粒，蓄水含雲欲作塘。最苦閭閻重遭厄，重門無計避探囊。

又用前韻答石齋②先生

為訪關西得得來，雪殘鳲鵲浸疎梅。火爐送暖消寒氣，畫舫無風絕遠埃。香滿芝蘭心願入，會兼雞黍醉忘回。龍門記得初登後，青眼時時為我開。

---

① 即吳儼。
② 楊廷和，字介夫，號石齋，新都人，楊慎之父。參見《楊石齋余世臣同餞馬汝礪於潘家莊並臨河小亭賦二首》。

和蔣誠之少司徒會乃弟閣老詩

伯氏吹塤仲氏篪，二龍未許擅當時。雁行忽並應非偶，棣萼交輝更是奇。連璧聲稱人共慕，對床笑語自相宜。卻懷此興誰能似，無限鄉心入夢思。

和吳先生在維之①席上韻

蠟炬高燒晚照紅，主賓此會志趣同。肆筵不为敦行葦，交誼相期戒谷風。詩向醉餘憑送酒，月從夜半掛當空。主人何用投陳轄，在坐應無說□東。

西堂晚酌夕陽紅，嘉會深懷偶不同。去住未如齊楚地，笑談似共馬牛風。詩當韻險偏成巧，酒為情投自不空。更欲相期訪安道，卜居寧得禁城東。

---

① 即毛紀。

和林都憲見素①韻

滿野淒風眾口謷，深慚無計慰民勞。誅求誰免公家歛，絡绎空矜蔀屋逃。寇殄一方歸妙筭，名垂千古重吾曹。幾回翹首閩山望，風節崚嶒欲與高。

宦海風騰浪湧銀，艤舟才覺是閒身。迷途逐逐誰能悟，世事憧憧日見新。勳業如公名自稱，山林於我梦应頻。塵襟欲滌歸何處，路隔雲林莫問津。

和林見素登平梁城

登臨漫憶當時事，雉堞空餘舊日基。國有詒謀應可立，地非設險豈容支。百年烽火誰能息，千里江山獨不移。撫景令人頻感慨，淡煙寒霧鎖榆籬。

跋涉何當入舊城，山圍水繞有餘清。露碑帶蘚斜依徑，塋草含花逺映晴。是處便應為勝地，高風誰不慕完名。萑符蕩灭渾閒事，前席方厪聖主情。

---

① 即林俊。

和劉亞卿文煥[①]韻兼書所感

甲榜叨同每合歡，酒懷媿不步兵寬。士如山立應非易，时逐波流恐未難。清節在公家世重，高風隨處此心安。朝端翹首思鳴珮，白簡當年聳法冠。

神交千里自相歡（元昌以梦中会晤有作），心為憂时苦未寬。每向仕途看好尚，幾從民瘼究艱難。深慚孤跡非遺佚，無計明庭獻治安。後福也知趨俗易，盟心寧肯负儒冠。

和韻二首

蠢爾萑符動聖心，貔貅幾萬擁如林。捷音纔自軍前奏，頌德俄看道上吟。威武信知兵有法，謀猷不愧國之琛。從今虐燄應皆熄，始亂傳來已盡擒（蜀寇始亂，時已奏捷）。

拂拂和風逐日來，長空陰沴豁然開。非緣寇党無多智，自是皇家有異才。皷枻漫看舟子渡，荷鋤重見埜農栽。君王軫念民勞久，捷奏應知亦舉杯。

---

① 參見《送劉文煥侍御》，《東川劉文簡公集》卷二十二。

和許文厚與熊尚友①話舊

久別相看意氣新，未應傾盖便為真。斷金剩欲師前輩，同榜須知異路人。每為彈冠私致喜，誰將執袂獨論親。聚星昨夜歸何處，紅燭高燒滿座春。

宦海風波日日新，交情誰識故鄉真。騷壇不厭嚴詩令，尊酒何須論主人。此會話談應可念，一時朋輩孰為親。鹿鳴回首薇垣上，忽忽紅塵幾度春。

論文話舊歲方新，雞黍粗陳意自真。風淨花堦如掃徑，香侵蘭室似懷人。笑談幸有青雲客，定省難忘白髮親。十五年來同夢覺，多君宦業共陽春。

相知豈是白頭新，同榜同庚幾許真。對月謾看談徃事，感時不獨慕前人。十年去住鴻音遠，此日歡呼麈尾親。屈指重來在何許，乘驄莪茀正明春。

仕路同沾雨露新，愛君報國認偏真。持心未見隨流俗，垂譽應堪配古人。為憶盍簪時已久，何妨促膝日相親。只

---

① 即熊希古。

愁諸暨多黔首，目斷回轅浙水春。

許渾詩篇句句新，只看咀嚼見情真。開心自信違時好，翻手應懷笑哲人。坐拂楸枰相對着，醉於壺矢不忘親。花封明日隔千里，莫惜寒梅折寄春。

灑藻憐君議論新，何須醉後見天真。管絃不用聊從好，風月相看自可人。明發離群驚遠別，日來握手喜常親。定知消息行膺召，未許先秋不遇春。

蕭蕭官舍客懷新，誰枉高軒樂意真。明月當樓如對語，香風滿座欲薰人。愛民有術君應試，交道能全我幸親。見說天台多惠政，甘棠常似獨逢春。

英標乍會盎然新，不羨風流賀季真。酒向知心難滿量，棋逢敵手卻驚人。停雲每動淵明思，刻燭才從子建親。為愛牛刀臨小邑，絃歌何怪萬家春。

詩才最愛脫尖新，若比元和亦逼真。政冗君非偶俗吏，官閒我愧讀書人。鳴琴欲聽三年化，投轄何妨半餉親。斗柄任教依漏轉，呼童還煮建溪春。

和聯句送石潭韻

簡命誼傳下九天，一方人物共忻然。喜看甄拔皆名士，錄出文章總大篇。自是持心思報主，由來為國在登賢。渴懷無限相違久，擊楫何當話別筵。

和邦瑞聞邊報

胡馬誰傳若撼山，犁庭無計慰天顏。腥羶未必能踰境，豫備何妨重守關。竟日經營成底事，臨時賜予尚須頒。九重廟筭應難測，洗耳王師聽勞還。

和韻賦五馬行春

簡命元非為繭絲，忠勤安得負明時。閭閻有病思投劑，談笑無心欲飲巵。周圍共憐同雉兔，楚風寧復論雄雌。使君憂樂懷前哲，流俗區區任說癡。

和錢與謙頒曆

寶鼎香熏滿禁闈，鍾聲初震欸瑤扉。曆傳紫極隨班賜，雲映宮城遶殿飛。樂奏中和鳴律呂，政齊宵旰察璿璣。小臣叨切慚無補，面拂霜風汗濕衣。

因與謙索詩再和前韻

醉顏深映笑顏紅，會合斯文自不同。若水已知天下士，孝先真有古人風。芝蘭室滿香薰坐，珠玉詩成眼見空。桃李不慚徽厚報，奚奴極目篳門東。

和克溫[1]詠雪

皚皚壓樹噤無號，誰剪璃花不見勞，綠繞堤邊知地缺，白連天外失山高。卻看江上真成畫，為憶淮西欲豎毛。幸際聖明無一事，烹茶不厭湧雲濤。

---

[1] 即吳儼。

寂寂無聞萬竅號，只看縢六亦偏勞。平鋪遍飾泥途穢，密灑還增戍壘高。道路誰憐披鶴氅，兒童爭訝雨鵝毛。閉門贏得今宵臥，坐擁寒爐酌翠濤。

又用韻和雪山

忍凍從教垤雀號，愛山不憚作山勞。立當堦下盈虧近，望倚庭空聳壑高。向日縱能潛化玉，迎風無計可吹毛。周遭淼漫如銀海，剩欲乘舟駕怒濤。

折竹雄風繞戶號，瑤山誰作不辭勞。心如太史元非小，興比愚公豈但高。幸有詩篇隨驥尾，欲將世事等鴻毛。連宵且得供清玩，未許先憂變作濤。

再用韻二首

雪風墮指滿途號，誰作山形漫爾勞。喜見青腰忽紛降，坐看銀鹿漸成高。稜層不用菱溪石，樹殖寧容沼沚毛。好與老泉山共記，詞源莫靳瀉波涛。

为山誰說恐驚號，數簣元無九仞勞。我亦好奇同此賞，君能用智出人高。冷風凍合真疑玉，旭日光凝可鑑毛。適意何須求怪石，眼前多少是洶濤。

再用韻詠雪

城柝依稀夜不號，閉門擁被尚嫌勞。清寒較逐心兵甚，空闊疑增眼界高。敢厭終朝耽竹葉，卻懷來歲潤田毛。濛濛塵浪歸何處，亦似無風海不濤。

和九日賞菊

酒有黃華量覺寬，誰將□致坐中看。品流隱逸多鍾愛，節勁風霜獨飽殘。佳色謾勞奇頃刻，落英不為冒新寒。吾儕此會須開口，明日東籬漸覺殘。

和正之韻

慶成共喜御筵開，百辟趨廷聖主陪。文武班分當陛隔，旌旗雲繞帶香來。和風暖曝春初日，湛露恩承坐上杯。典則謾誇周燕重，獨慚屍素近鸞臺。

和維之①韻

九重賜宴喜頻沾，劍戟森森擁陛簾。翠飾金蓮光映殿，晴熏赤羽色侵簷。新聲似有仙凡隔，妙戲猶憐雅俗兼。勝事滿前吟不盡，疎才欲賦筆空拈。

和維之齋居寺中

長明輝映佛頭青，睡鴨烟浮滿座馨。因事何妨歸白社，清談誰厭及黃庭。月移梅影參當午，風度更声夜入丁。三日齋居真不惡，白雲常為護禪扃。

和維之惠移居詩

軟紅不厭逐東華，剩喜比鄰總大家。卜築得依王翰宅，多情共愛紫荊花。地連霄漢雲圍戶，門對宮牆柳列衙。從此詩筒應可遞，獨慚才劣擦銅沙。

---

① 即毛紀。

和參政弟致仕①韻

身輕纔信是無官，晨起何妨日幾竿。仕有窮通寧用論，心常檢點卻多歡。家傳舊業從頭理，書向閒時任意觀。自此光陰應屬我，好篘白酒醉團欒。

和盧繡衣陪石齋②浣花草堂

盛代詩名跡尚遺，勝游安得一相隨。西郊此日多懷古，久客當年未有貲。問柳尋花歸野興，感時憂國動遐思。致君堯舜蒼生望，愿誦康衢擊壤詩。

和盧侍御西巡贈言詩韻

乘騘到處雉如馴，馬首青山景亦新。寒谷春回知憲節，秋空雲斂見蒼旻。激揚不負朝廷任，道路寧辭跋涉親。自是隨車足甘雨，向來赤地也生蘋。

---

① 正德十年（1515）六月劉春、劉台母卒。正德十二年（1517）劉台解組，"公解組時年五十三，真未老得閒，乃是閒也"。（《劉台墓志》）劉台，時任廣東布政使司左參政。

② 盧繡衣，即盧雍。石齋，即楊廷和。

和盧御史①游五福宮韻

地居絕頂喜躋攀，清宴何當鎮日閒。樓閣參差橫野市，雲林突兀出塵寰。望懷遠樹叢幽谷，坐愛浮烟擁碧山。翹首帝京渺何許，無端忧思入眉間。

琳宮缥缈冠渝州，陟級纔陪到上頭。簾卷青山當戶擁，江環綠水傍城收。登高便觉非平地，涉險應懷不繫舟。世事如棋談未易，得君为免幾多愁。

和熊御史②清風亭韻送盧御史

使節東趨覲帝都，攀轅何限計何無。澄清不負范滂志，獻納常懷李恂圖。每見先憂思後樂，肯教廊廟異江湖。過家遙想拜家慶，未許王臣得憶鱸。

---

① 即盧雍。
② 即熊希古。

和盧侍御[①]除夕涪江野泊

明朝歲律又更新，彩鷁應懷錦水濱。夢入吳江知遠別，心傾魏闕感良辰。埋輪已見平生志，賜告寧私報主身。色養也知非祿養，濟時須是屬賢人。

再和盧御史韻

閒里悠悠化日長，喜看秋菊擅幽芳。荔枝未見當時白，都勝應如此種黃。酒為忘形先自醉，棋思勝敵不知狂。相逢雅會能多少，來月將臨又一陽。

來月將臨又一陽，喜逢開口欲如狂。令嚴戲局時浮白，坐對名花獨愛黃。富貴任教誇紫色，冰霜誰似播紅芳。多君比德尋常事，文燄還看萬丈長。

---

① 即盧雍。

和馬汝礪①郡亭偶書韻用以贈八首

　　世事何須論積薪，長才端不混泥塵。提封任重承宣寄，報國心堅夙願寅。宦況可教分內外，民謠常見誦陽春。與君不但同年好，謾有心旌逐去津。

　　白雲聲價信非誣，千里專城亦美除。得失任人心自了，江山滿目樂何如。清風萬古歸黃閣，事業三分在中廬。壯志先賢應不讓，無餘常為誦渠渠。

　　妙年宵旰待分憂，龐驥真看暫屈州。清白有聲傳上下，功名無歉不公侯。詩開蓮社惟宗杜，政尚蒲鞭獨慕劉。如此左遷應不盡，循行處處起歌謳。

　　雲山渺渺渭城牽，驛路迢迢意萬千。聯珮謾懷趨闕日，食菜尚記識荊年。心常愛靜寧能靜，事欲求全未得全。為憶君家有餘慶，芝蘭種獲似良田。

　　燁燁才華御史章，敘遷聊亦慰彷徨。喜君脫穎當名郡，愧我隨行汙省郎。遠到自知歸大器，餘光應得被同鄉。每

---

① 參見《送太守馬君汝礪還任序》，《東川劉文簡公集》卷二。

因談笑傾山斗，民事何人似飽嘗。

人生何處不為適，世網誰能便自囚。霜滿林間紅樹合，山橫窗外白雲浮。馳聲已許無雙士，考論元歸第一流。縮地安能陪語笑，琢磨無忝舊同遊。

定省時來意亦便，庭闈何必重留連。黃堂不假來施惠，粉署何緣欲省愆。最喜知名非舊日，尚懷傾盖似當年。別君多少停雲思，謾檢藏詩取次詮。

史筆詩才奪化工，名家父子獨推公。願為卜築依王翰，喜復通家似孔融。馬首有山橫去路，夜闌無夢繞西充。玉堂聲價青霄上，眼底何人並若翁。

和翟貳守韻二首

聖恩遷秩喜新覃，馳賀無由亦可慚。甲榜累科雖過十，官階五品僅逾三（余鄉榜登第者十七人，五品者才四人）。天顏咫尺應常念，民事艱難獨飽諳。鄉國白眉須讓子，濟時勳業後人看。

清才應得記吾皇，剡疏时时奏建章。舊日平交同雨露，十年節操勁風霜。立功還見終銘鼎，懷異寧能滯守疆。為想郡齋公暇後，幾回清夢繞西廊。

和安慶余忠宣①祠韻

當年經略出訏謨，功在人心自不蕪。能激沙班為國士（莫徭蠻反，右丞沙班當帥師，堅不徃。忠宣語之曰："右丞受天子命，為方岳重臣，不思討賊，乃欲自逸耶？"沙班遂行），更平石蕩盡田夫（先是，盜起，忠宣集有司與諸將議屯田戰守計，環境築堡砦，選精甲外捍，而耕稼於中，至是盜據石蕩湖，出兵平之）。可麟忠義沉清水（趙普勝、陳友諒及詳盜四面蟻集，外無援，忠宣以孤軍血戰，斬首無筭。城陷，城中火起，忠宣知不可為，遂引刀自剄，墮清水塘），不但從容死女孥（忠宣妻子皆赴井死，同時誓不從賊死者無筭）。支廈也知非一木，平生經術豈容孤（忠宣留意經術，五經皆有傳注）。

和九江李忠文崇烈祠②韻

板蕩洶洶盡棄城，潯陽誰奮獨屯兵。每持忠義激厲士

---

① 余闕，字廷心，元末官員。元統元年（1333）進士，至正十二年（1352）守安慶，至正十八年（1358）春紅巾軍攻安慶，城失守，余闕自刎，自沉於西門外清水塘，時年五十六。諡忠宣。

② 李黼，字子威，潁州人，元臣，泰定四年（1327）狀元，授國史修撰，歷秘書監、禮部侍郎，調江州路總管。徐壽輝起河南，李黼力戰死，諡忠文，詔立廟江州，額曰崇烈。

（盜起河南北，忠文於九江治城壕，募丁壯分守要害。每椎牛饗士激忠義，以作士氣。賊渡江，忠文雖孤立，詞氣益奮屬。時黃梅縣主簿也孫帖木兒願出擊賊，忠文大喜，向天瀝酒與誓。尋賊至，忠文出戰，帖木兒繼進，賊大敗，殺獲二萬餘，焚溺死者又無算），肯負君王總管名（忠文江州路總管）。保障但知思為國，憂虞端不欲求生。至今崇烈常輝赫，不盡甘棠效節情（先，賊至甘棠湖，焚西門，忠文拒之，賊趑趄未敢進。轉攻東門，又馳救，賊已入，與之巷戰，力不敵，揮劍叱賊，曰，殺我無殺百姓。賊自巷背刺，忠文墜馬，與從子秉昭罵賊死）。

和九日遊清涼寺韻

佳景從來在上方，勝遊漫逐紫薇郎。感時未易論三教，書法誰能祖二王。綠樹夾堤含野色，清風撲面背斜陽。歸來応不怯殘暑，緩步西郊晚更涼。

和登靈應觀草亭韻

步入茆亭擁翠微，野花騰豔蝶紛飛。草滋宿雨秋仍秀，竹映斜陽晚更輝。世事滿懷知幾是，鄉關常夢覺全非。乘閒偶向此中憩，不厭歸途月上衣。

和溫江移渡志喜

埜次何當忽建邮，舳艫先後泊沙頭。却懷舊苦遭昏垫，为喜今看任稳流。山月隨人應可渡，林花滿眼自忘憂。濟川元是吾儒事，涉險煩知念共舟。

紅白梅

一幹亭亭植座隅，淺紅貞白足堪娛。欲矜國色還施粉，為愛霜容更點朱。似雪有香清滿戶，認桃無葉錦盈株。固知梅格非常卉，此種人間亦自孤。

挽臥廬劉先生（吉水人）

風節巖巖聳太山，此心真透利名關。養中有道多成德，律己能嚴切訂頑。文字只看留汗簡，聲名尚見滿塵寰。宮牆數仞青霄上，幾似先生俎豆間。

挽黎尚書先生淳①

一代聲華振士林，百年忽忽竟銷沉。秀回南岳英姿盡，名在中朝舊學深。直節猶歸天下士，清平不負此生心。總帷芻束無由致，極目湘江擁碧岑。

挽周尚書瑄②

望重中朝被寵私，葵軒不負此心期。憂民有疏多時計，投老無由為後思。聖主贈褒耆舊盡，士林哀慟哲人萎。元勳碩德歸何處，莊懿新鎸道上碑。

挽崔尚書③

位遇當時荷聖明，歷敭中外樹芳聲。思如何武通齊楚，

---

① 黎淳，字太樸，華容人，天順元年（1457）進士第一，官至南京禮部尚書，卒諡文僖。
② 周瑄，字廷玉，陽曲人，正統中除刑部主事，遷郎中，成化中遷南京刑部尚書，卒諡莊懿。
③ 崔恭，字克讓，廣宗人，正統進士，累官湖廣右布政使，升右副都御史，轉吏部左侍郎，晉吏部尚書，卒諡莊敏。

名與山公等重輕。老向桑榆敦薄俗，忽看薤露送佳城。龜趺陳跡當前道，斂袵空懷過客情。

挽王司馬竑①

正氣蕭蕭幾十年，秀鍾山岳降生賢。心於進退真無愧，身繫安危不偶然。一斥空勞奸党計，孤忠自許聖明憐。平生英烈應難泯，道左新碑與華肩。

挽楊兵侍文寧

風裁稜稜擁豸冠，奸諛見說膽猶寒。本兵方籍籌边略，勿藥難求住世丹。人物從今歸國論，聲名自古重儒官。吊公不盡哀公思，結髮當年解識韓。

挽盛侍郎顒（號冰壑）②

宦途夷險任驅馳，中外聲名草木知。白笔風生臺諫疏，

---

① 王竑，河州人，由進士仕終兵部尚書，卒謚莊毅。
② 盛顒，字時望，號冰壑，無錫人，景泰進士，爲御史，天順初降束鹿知縣，累遷刑部右侍郎，改左副都御史，巡撫山東。

甘棠德樹去思碑。儀刑尚意歸桑梓，勳業谁將勒鼎彝。蒿里一聲英爽盡，只餘冰壑副心期。

挽新寧伯乃祖

膽略縱橫聖主知，常驅白馬陣前騎。忘身豈为私家計，戰跡從教舉世奇。誓重河山崇邮典，禮嚴祭祀賁明時。雲仍蛰蛰登朝著，不负當年獨死綏。

挽屠少司寇父

紛紛何处少遺民，行義如公亦絕倫。解縛肯容金謝德，遇荒常用粟分贫。割田不但能存紀，展墓寧忘獨奉親。遥想鄂陽山下路，崇碑讀罷幾沾巾。

挽屠少司寇母陸氏

系出宣公道德門，母儀真不負魚軒。成家豈但多慈訓，化盜須知有治言。紫誥重看加顯號，幽堂忽見賁殊恩。獨餘剪髮傳桑梓，袍笏繩繩起後昆。

挽趙廷實都憲父

懿行誰傳太史名，百年鼎鼎有餘馨。黔江旅□關風教，友石生芻重典刑。履道只知非異事，仕途多見舊橫經。文江漫憶佳城處，英氣纔看返地靈。

挽鄧侍講母

平生德范歸陶母，錫號重承聖主恩。白首忽看来服坐，春風從此謝魚軒。教成有子名通籍，身後何人夢倚門。遥憶楚歌招不起，鄉間多少哭聲吞。

挽王編修父梅軒先生

李浦吾伊震一方，東嘉今見鄭公鄉。高風正好薰都邑，仙夢誰傳失俊良。健筆尚留閒咏稿，幽齋空有舊書香。詞林封誥平生志，七尺新碑樹道傍。

挽吳編修父可晚先生

薤露誰從吳下傳，士林憔悴共淒然。儀刑豈但追前輩，風範真堪啟後賢。封典才蒙明主誥，哀歌忽訝哲人仙。昔年曾得床前拜，空望靈輀路幾千。

挽王通政漢英[①]父母

經濟才堪數獨奇，贈官空累被恩私。事多義舉人能誦，位不時逢世自知。繼志漫憐遺澤在，育孤誰似斷機慈。由來積德天應報，白髮方看鶴吊悲。

挽御史

風采當時識繡衣，甘棠猶繫郡人思。誰從偃月能為計，竟使荒陲不可醫。舉案已違偕老願，妝臺纔斷百年悲。獨憐天道終能定，褒寵偏承聖主私。

---

① 參見《送王漢英司馬致仕歸》，《東川劉文簡公集》卷二十二。

挽陸參政

杖節纔聞過故鄉，士林忽慟哲人亡。去思尚見封棠樹，奏疏空存舊皂囊。閩嶺夜寒春欲到，剡湖風急月無光。高才未究當時用，不但門人憶負牆。

挽王憲副父

三槐遺澤啟鍾王（其先族大鳴鍾而食，时人号为鍾王），教子榮封沐寵光。隐德漫懷陶令菊，家聲不愧鄭公鄉。好看世俗從風化，何處□天入夢長。道左新碑高幾尺，不堪陳跡怨斜陽。

鍾皷声沉鴛鷺班，珮環□□覲天顔。恩承錫誥應如海，官領封衔欲動山。投老莫酬君寵渥，教兒贏得此身閑。有时堂上稱家慶，埜服還同綵服斑。

挽秦郎中父

淮海高風尚未湮，雲仍今復見斯人。周貧不惜焚書券，授業常看禮縉紳。正喜碧山成雅會，誰歌蒿里失遺民。南湖留得平生稿，筆法名家欲逼真。

挽歐時舉庶吉士次韻

乾坤見說几登仙，小住人間半百年。淡墨名題華髮後，白楊聲急素帷前。枕中誰記邯鄲夢，世上還知六一賢。但使清風終不泯，死生何補客三千。

厭世新從地下郎，此生太半為人忙。儻來富貴真朝露，五十頭顱薄夕陽。金地婦歸蒿里遠，木天名逐杏園香。龍門幸在同年後，此日空懷笑語常。

挽周太守

三十年來過赤城，每從杖履識韓荊。名因白簡當時重，心為斑斕去國輕。荒裔尚存龔遂化，清風剩有汝南評。束芻萬里無由致，賦就哀歌寫不成。

挽周太守正

道路深嗟薤露聲，雲中還識舊時名。作官不為私家計，受寵無孤聖主明。剩有英風師後輩，誰將懿德重鄉評。為公灑泣湘江上，豈盡區區惜死生。

挽劉主事父母

見說埋輪跡已陳，餘聲猶振楚江濱。越人滿望隨車雨，槐夢俄摧有腳春。厚德寧同身世盡，恩光常逐歲華新。佳城鬱鬱河東上，合璧熒熒照翠珉。

挽李主事母

家範從來說沭陽，栢舟誰獨誦共姜。箕裘不墜良人教，貞孝親承聖語揚。泉壤有靈心已慰，閨門何处德能忘。不堪翹首文江上，翠石烟籠樹道傍。

挽林泉翁鄒處士（忠公後）

千載高風誦道鄉，雲仍誰許共流芳。孝思不逐年華變，義舉常看史筆揚。英爽忽隨朝露盡，烟波空有舊书藏。遥知懿德終難泯，耿耿林泉百代光。

挽耕讀居士（林仲璧父，惠州同知）

隱德元高月旦评，不孤耕讀寄平生。振窮寧蓄先年券，愛物猶存上世盟。星暗碧天名處士，會當洛社失耆英。傳家見说惟經訓，膏澤於今滿惠城。

挽華處士

處士人間几浪名，如君真应少微星。高風略見新刊传，孝子猶餘舊典刑。濟世有才歸範俗，傳家無物胜遺經。何當一夜西風起，爽氣居然返地靈。

門閥南齊直到今，高蹤亦許獨追寻。方看隱德惇流俗，忽見哀歌震士林。處世自教無忤物，濟人常不惜揮金。錫

山遺逸誰為傳，好尚應知共此心。

挽撫松鄒處士

少微星暗碧天虛，翠石空傳太史書。事在鄉閭多義舉，心違朝市獨閒居。粟輸要塞恩方渥，善積兒孫慶有餘。生死從來如晝夜，不禁丹旐引輀車。

挽良惠沈氏醫士

御書良惠自明朝，吳下醫名世獨超。對證有方窮腠理，全生無意報瓊瑤。龍池忽見開新兆，橘井誰從拔俗標。多少感恩垂涕泣，歌殘楚些未能招。

次衡仲弟韻送大叔信之

峨冠博帶入門來，聚首黃金舊築臺。雲路平登緣力致，錦衣新製稱身裁。

會從客邸心偏喜，話到家懷口自開。兒女滿前頻送酒，淺深隨量不停杯。

由來詩酒推渝郡，今見鄉邦羨楚材。寄語宗人更珍重，聲名莫使混蒿萊。

聯句

清明與武翰長毛維之謁陵三十首

十五年來四謁陵（劉），清塵今日幸叨承。夢中山色真歸眼（毛），市上煙光欲拂膺。春滿綠楊疑帶雨（劉），寒餘碧沼似涵冰。不堪北郭吟行處（毛），撲面微風漸漸增。（劉）

春晚才看一出郊（毛），望中風景盡堪嘲。鍾聲隱隱林間寺（劉），鶴隻依依水畔巢。萬歲山高橫紫氣（毛），諸天宮迥菀仙茆。登臨剩欲乘餘興（劉），不惜新詩手自抄。

茅簷小坐候朱衣（劉。時候武翰長未至），共對春光思欲飛。行為尋詩聊緩轡（毛），心因同志久忘機。自憐倚玉來供事（劉），誰向看山始覺非。一笑乾坤能有幾（毛），清風千載子陵磯（劉）。

三月郊原草半青（毛），踏春此地幾回經。詩篇愧未愁

花鳥（劉），人物疑曾望斗星。不盡煙光供晚眺（毛），尚多野韻可閒聽。獨憐民瘼無由療（劉），誰為披肝叩帝扃（毛）。

執鞭無計步清塵（劉），誰信詩壇舊有因。望入碧山雲欲暮（毛），坐移白日跡將陳。尚疑約信應難背（劉），旋訪行蹤亦未真。咫尺山城深樹裡（毛），笑談才覺喜津津（劉）。

山店雞聲報午程（毛），猶餘幾舍到昌平。滌煩不厭茶浮碗（劉），鬪險何妨句作城。天外斜陽隨去鳥（毛），林間暖日喚啼鶯。共君緩步芳原上（劉），未負看花舊日盟（毛）。

里社蕭條亦可矜（劉），留心邦本問誰曾。驅牛幾處耕荒壠（毛），繅繭何人被綵繒。肉食深慚嫠婦慮（劉），芹誠何獨野人能。東風佇立空搔首（毛），醫國於今有折肱（劉）。

山郭才臨日已昏（毛），人家次第掩柴門。喜多風物袪疲苶（劉），故着詩篇博笑諠。枕畔松聲來萬壑（毛），天邊月色浸孤軒。南箕安得收餘虐（劉），管取晴雲護寢園（毛）。

入夜風聲撼樹號（劉），曉來晴色滿林皋。好山當面如相迓（毛），異卉侵眸似未遭。天際片雲時出岫（劉），澗邊古水暗生濤。陵園地近多佳氣（毛），不盡揄揚付彩毫（劉）。

城外嵐光拂面來（毛），橋陵山勢鬱崔嵬。駿奔最喜和風暖（劉），龍馭還驚宿霧開。翠擁廟門松萬古（毛），碧涵澗道水重迴。吟鞭緩帶追趨地（劉），豐芑餘情不易裁（毛）。

萬疊峰巒拱帝陵（劉），千年瑞靄自層層。松稍帶露長驚鶴（毛），野幹撐空欲礙鷹。依澗碧桃花爛熳（劉），拂雲白石色崚嶒。春來吟眺無窮思（毛），憂國懷鄉獨倍增（劉）。

祠殿岧嶤積翠間（毛），遙瞻王氣出塵寰。風雲似是常圍護（劉），江海還同作帶灣。萬歲皇圖供祀事（武），幾回清廟綴朝班。松陰相對徘徊久（毛），吟就新詩取次刪（劉）。

東風聯騎謁皇陵（武），野壟山腰不厭登。緩步倦來隨地坐（劉），狂吟興到任心增。天晴百辟歡何極（武），地古三春思不勝。笑對青林如識我（毛），長看爽氣欲騰騰（劉）。

終日紅塵逐甚忙（劉），偶來山下一徜徉。苔侵恠石春含潤（毛），雨過荒城曉帶涼。地拱皇都多王氣（武），暖回寒谷散幽香。探奇我幸從公後（劉），拾取新詩付錦囊（毛）。

石林徐步路縈迴（毛），山屐從教半染苔。生意慣看春草綠（劉），閒情常愛野雲皚。聊憑珠唾留行色（毛），慢把花枝當酌杯（武）。齋禁敢違昭假意，翠華如向九天來（劉）。

涉級徐行路轉深（劉），溪山隨處愜幽尋。鳥聲喚破塵埃夢（毛），草色驚回客子心。共喜日長吟麗句（武），尚疑天近擁華簪。松陰繚繞祠壇近（毛），對越寧忘數正禁（劉）。

齋居清坐笑談餘（武），回首承明憶直廬。住節許陪陵寢奠（毛），勝遊不儘管毫書。日斜窗外催歸近（劉），月到天心肸蠁初（劉）。莫恠紀行多漫興，幽探遐覽意何如（毛）。

倦思還應不礙詩（毛），何妨拈韻鬪新奇。落霞散綺天開畫（劉），遠岫浮嵐地設帷。景妙秖容心可會（毛），才高誰說事難為。吟餘多少憂民念（劉），目擊閭閻力已疲

（毛）。

誰勞野饋致殷勤（劉），也向詩壇共策勳。火盡地爐茶半冷（毛），香殘石鼎麝猶薰。草侵埜徑迷幽處（劉），花隱重崖出異芬。勝概滿前看不厭（毛），溪頭流水壟頭雲（劉）。

一番詩就一分題（毛），風景叢前思欲迷。有缽寧容齋舍擊（劉），無囊可倩僕童攜。春深紅杏花如錦（武），月落青山影似堤。古木幾株欹道左（劉），夕陽何處鳥知棲（毛）。

衣冠整肅聽更籌（武），只尺祠壇夜正幽。松杪喜看新月上（毛），山頭常見瑞雲浮（武）。塵心此地應消盡（劉），野色無邊似挽留。卻憶重來何日是（毛），連床對壘得同不（劉）。

坐封青山興不窮（毛），漫懷拄笏市廛中。獻竒可愛煙雲度（劉），覽勝還驚笑語同。古木橋邊聊繫馬（毛），長陵臺上忽看鴻。鍾聲陣陣穿林薄（劉），知是祠官謁寢宮（毛）。

假寐虛齋燭□燃（劉），無端幽思正依然。青山萬古藏弓劍（毛），紫氣終朝繞霧煙。殊谷尚懷文德□（劉），九重渾覺孝思懸。試看歲歲脩時祀（毛），豈獨臣工效揭虔（劉）。

長陵祀罷欲三更（毛），策馬奔歸策晚晴。月色滿空如設炬（劉），風聲遠樹似聞笙。石橋緩度愁苔滑（毛），埜徑長驅喜路平。重向穹碑亭下過（劉），虹光遙見斗間橫（毛）。

露坐牆根賦短篇（劉），看山餘興尚飄然。松高欲礙雲間月（毛），山合長騰樹杪烟。鈴柝忽鳴將事候（劉），斗杓初轉欲明天。歸來十里坡陀路（毛），燈火依稀列馬前（劉）。

共乘晴旭促歸鞍（毛），百里誰雲道路難。村樹煙消宜遠望（劉），野田無盡可長歎。花開欲趁清明雨（毛），春暮……（下缺）

（上缺）……之，因約為聯句，博談笑，是日遂得八首。明日至陵，所從武翰長，間步松林石磵中，復修前約，又得八首。薄暮，恭候齋房，及明日峻事歸，又得十四首。以春之膚譾，從事於宗工哲臣間，雖極力拂拭，終不離瓦礫，豈敢溷二公珠玉內，固惟深自秘匿不暇。然二公盛作，自當寶玩不可掩，而春又以獲追陪為幸，且吾三人者今日供事之遊，不為不盛，繼此不知能再偕否？或寒暑雨暘，又不知復有此興否？因通錄一過，奉二先生復留一紙書笥，他日退休林下，曝背茅簷間取觀焉，則感時懷舊之情，固繫之矣。

後五月初八日太宰邃庵少宰敬所①看花於左廂

幾日看花約未成，賞心剛及雨初晴（楊）。數枝何羨三春豔，一醉能令萬慮輕（蔣）。坐接雅談皆可紀，謾懷徃哲孰完名（劉）。也知廊廟追趨地，不儘先憂後樂情（楊）。

次韻

雅會乘閒偶爾成，正便陰雨忽看晴。花因亂放疑爭麗，水為潛消覺漸輕。怯暑未能深□避，感時不厭醉鄉名。卻懷燕樂寧無自，丘壑何容獨繫情。

聞王師破群盜邃庵北潭②於部堂考選

瀛海佳音次第來（楊），愁懷万種一时開（傅）。除兇終見歸神筭（刘），討賊還应屬將才（楊）。潢潦無源看已涸（傅），桑麻有地喜重栽（劉）。盡銷兵甲真吾願（楊），志喜何妨一举杯（傅）。

---

① 邃庵，即楊一清；敬所，即蔣冕。
② 邃庵，即楊一清；北潭，即傅珪。

捷書交至快人心（楊），不但歡聲震士林（劉）。聖主欲開功賞宴（傅），將軍看奏凱還吟（楊）。遺民在野重安堵（劉），窮海瞻天一獻琛（傅）。始信招降非至計（楊），皇威到處坐成擒（劉）。

送周甫敬守廉州

夏官聲價重留都（楊），綸命重看領郡符。地接蒼梧沾舊澤（德夫①），人從合浦見還珠。專城自古非輕授（春），報國於今是壯圖。薄海幾多無□□（台），好將甘雨慰來蘇（楊）。

為郡寧辭嶺海南（春），海波仁澤雨相涵。此行別有乘桴興（楊），他日應留徙鱷談。雲近蓬萊勞望眼（德夫），春深蜃氣漫停驂。

東川劉文簡公集卷之二十三　終

---

① 德夫，即韓福。此外，文中楊，即楊一清；台，即劉台。

卷之二十四

七言絕句

元宵應制

寶炬星攢徹夜紅，千門萬戶鬧兒童。吾皇不設臨光宴，德澤須覃六合中。

春城和氣滿清宵，剩喜年豐樂事饒。不用燈輪高幾丈，踏歌看取路人謠。

銀花遙逐月華明，委巷笙歌不絕聲。豈是君王重燈市，與民欲共樂升平。

賜錦（二月）

霧縠元從稼穡難，伐檀應重賜時歎。歸來為感龜蒙賦，一寸須將一匹看。

匹錦頒來愧不堪，湛恩何以荅新覃。絲絲解得辛勤處，此日儂家正養蠶。

邃庵惠園中匾豆絲瓜江豆奉謝

一種分明與菽差，最宜疏食最宜茶。睡魔正爾無由遣，分賜俄驚得拜嘉。

伯疇惠端硯口占二絕致謝

硯品端溪號最佳，就中活眼價無涯。感君兼惠難為報，磨鈍何能副至懷。

子硯常聞出遠方，書齋得此倍輝光。深慚未有磨穿志，寶玩惟教十襲藏。

謝思進寄惠脩詞衡鑑並筆

展誦新書總未聞，幾年茅塞若披雲。山齋鎮日支頤坐，藝苑空慚莫策勳。

誰將毛穎致殷勤？盥手開緘似見君。不為同庚安得此，臨書何止慕羊欣。

播州十二景為楊宣慰題

筆架浮嵐
天外三峯一抹青，居然恭對子雲亭。茫茫何物能為巧，削出乾坤筆架形。

碧雲獻秀
簾卷東風障碧雲，朅來拄笏掃朝氛。考槃何必歸肥遁，但得從龍便策勳。

松臺霽月
方丈臺橫溪上山，亭亭明月落松間。覆盆亦解無私照，似為遊人不少慳。

竹所清風

託根元自渭川來，帶得清風拂世埃。欲滌塵襟須徑造，無由縮地幾徘徊。

高橋臥虹

鑿石為橋臥玉虹，不須病涉徃來通。濟川籍此方投足，便勝當年小惠功。

柳溪環帶

溪流一帶繞周蟠，綠柳如絲罩碧湍。好訪蘭亭修禊事，夜郎應共會稽看。

信泉迸玉

一脈清泉出傅嵓，似聞潮信亦非凡。欲窺覺海歸何處，坎止流行不日咸。

古洞棲雲

古洞沉沉覆薜蘿，彩雲無定宿山阿。儻來軒冕只如此，誰問人間耿不磨。

盧村有秋

一簇茆盧傍埜灣，芃芃禾黍滿田間。皇仁四海元無外，應有薰風解慍顏。

東山春眺

萬象春從此日回，無端生意逐人來。山中多少逃亡者，安得幽懷共一開。

鹿井遊畋

五八源分山下泉，誰從此地獨遊畋。盧令豈遂當時好，講武須知重守邊。

龍潭垂釣

汩汩寒泉百丈潭，垂綸端可事幽探。有時一滴歸來後，霖雨須臾滿播南。

東莊八景為任進士作

瑯邪春遊

東風乘興步瑯邪，眼底雲山入望賒。賸有賢臣遺烈在，至今猶為後人誇。

蠟臺晴望

祭名八蠟本伊耆，臺上迷龕幾世垂。春有祈兮秋有報，望中風景太平基。

古城夕照

幾家煙火繞前村，地逐名賢百世存。一段夕陽渾似錦，年年常共照黃昏。

孝塚寒煙

荒塚累累鎖暮煙，斷碑半蝕掩苔錢。當時風烈應無箅，只有東溟孝婦傳。

南畝耕雲

百畝翻犁落舍南，佐商事業此中含。豳風說盡農家苦，碩鼠何人不自慚。

龍門釣月

一派清流繞陸莊，月明林薄遠含蒼。釣鼇自是君家事，不共桐江與世忘。

竹窗讀易

滿室圖書五色籖①，幾竿脩竹護茆簷。欲憑羲易求心易，坐對清風晝上潛。

槐院鳴琴

密密槐陰覆畫堂，香薰綠綺日方長。醉來不解無絃趣，

---

① 籖，同"簽"。

幾度南風幾度張。

漫書十首

　　茅柴隨俗逐時篘，興至無妨舉一甌。寄語征途名利者，行藏能不繫心不。

　　聖時亦自有遺才，豈但功名在省臺。俯仰比心無愧怍，儘於丘壑可徘徊。

　　百年光景駒過隙，世事爭看似奕棋。榮路況多經歷遍，可教容易度清時。

　　日長對客為棋戲，雨過呼童覓樹栽。坎止流行任時運，春風隨處長蒿萊。

　　綠柳垂溪鎖釣磯，溪頭有蕨膩如肥。無端榮辱皆身外，始悟蓑衣勝緋衣。

　　仕宦誰云勢不休，瓷甖無謝玉為甌。客來莫厭頻相勸，緩步山前亦勝遊。

　　繩樞甕牖亦安身，士行由來不厭貧。自是家傳有遺矩，□□寧肯愧前人。

　　菁莪為喜荷甄陶，報國何論止一毫。得遂幽懷未為惡，繞庭翠竹與山高。

　　築室依山遠市墟，教兒剩有舊詩書。墨莊元是吾家事，蔗境還看化日舒。

　　足跡年來半天下，心身誰獨不常忙。世人幾解良工苦，可愛歸辭妙發揚。

秋霜碎草為李舜在御史題

何處荒蕪蔽埜田，嘉禾多少漸教蕪。清霜一夜都凋盡，剩有隨車雨滿川。

題鳴珂清趣

瀧瀧泉聲拂澗河，山中不信是鳴珂。埜人一枕東窗後，藜杖常扶信步過。

鷺羽鍾殘欲綴時，珮環聲異此聲稀。雲林朝市元相隔，賸有清風襲草衣。

題琴棋畫二首

一曲朱絃寄所思，高山流水坐中窺。此心未必成今古，世上何人是子期。

山中一局未輸贏，宇宙紛紛幾變更。不識爛柯成底事，空令後世說長生。

題松竹梅

　　蚝角龍髯皷朔風，寒崖常見碧盈叢。區區節操何須论，負棟還多濟世功。
　　家住渝州薄水涯，誅茆为屋竹为籬。十年眼底未經見，展卷令人費夢思。
　　玉質冰姿闘雪開，清芬信是百花魁。要知此實非調鼎，未许凡花不浪猜。

題毛禮侍松鼠

　　直幹森森傲歲寒，攀援何物出林端。只緣自處能高潔，卻與人間作畫看。

題李侍御遂之便面

　　山岳嶙峋聳碧霄，動搖誰得似風標。山中喜見春遊者，應有隨車及物饒。

題靜庵卷

　　紅塵何處逐紛紛，坐掩衡茅了不聞。世上幾人知此味，未論諸葛策華勳。

題菱湖居士卷

　　家山元住傍菱湖，望入煙波似畫圖。識得此中竒絕處，不須東海覓蓬壺。

題扇為袁鳳儀

　　狐舟埜渡漱餘芳，剩有清風送晚香。菀菀芝蘭傍庭砌，拂雲喬木幾行行。

題便面送舉人

　　野渡誰橫萬斛舟，浮雲片片點山頭。為君望入西州路，不斷清江萬里流。

萬里歸圖此日登，鄉心謾逐白雲升。龍門莫道空回首，自古良醫在折肱。

為鄭太監題①

挺挺踈枝拂翠巒，坐來暑氣了無干。呼童莫厭時澆灌，勁節令人自愛觀。

又松

虬角龍髯向歲寒，大夫誰肯愛秦官。清風淅淅生雲壑，坐詠應教思湧瀾。

題雁

栖栖沙渚罩寒烟，春去秋来自可憐。为語時人休巧捕，江天何處不容眠。

---

① 目錄寫作"爲太監題竹"。

又禽梅

歲寒竹外幾枝花，帶雪含香傍水斜。豈是幽姿偏可愛，飛飛群鳥集丫槎。

題畫[1]

誰寫胡兒牧馬图，一声羌笛隔烟蕪。聖明清化通夷夏，欸塞當時有此無。

寂寞江干了不驚，蕭蕭蘆荻送秋聲。也知樊縶非真性，只為能言誤此生。

殘霞吸瀲白雲崈，世上誰知日月函。怪得此中塵跡少，桃花流水隔仙凡。

柳嘩鶯声群鷺下，奇花野草帶垂開。林塘滿眼皆生意，會得乾坤此境來。

---

[1] 目録寫作"題畫（二首）"，應爲四首。

題小畫

草衣露頂傍山幽，膽氣堂堂欲食牛。三足□妖應觳觫，松風陣陣拂吳鉤。

題百鳥朝鳳圖

素縑五色煥文章，喜見翩翩舞鳳凰。群鳥相從不一種，應知出類自非常。

靈鳥虞周振羽儀，漢庭常見史書之。按圖謾憶當年事，呈瑞應知在此時。

題畫犬

救火傳書事亦奇，昔人記此類堪疑。守家更解韓盧技，敝蓋誰云欲棄之。

題畫貓

似虎性能袪黠鼠，論功不獨在三農。昨宵忽向鄰家去，聲震盤盂睡不濃。

家貧蓄得幾車書，恃爾常袪鼠穴居。復恐無魚更無□，故教圖畫貼窗虛。

題便面

乱藤埜樹隔塵寰，一局楸枰擁碧山。世上幾多名利客，紛紛爭似兩人間。

題扇面

万里春江浪不驚，碧山隱隱绕重城。扁舟野渡谁能繫，皷枻中流自在行。

題扇

煙波渺渺靜無風，葦岸橫舟墜釣筒。任是廬江多異術，對談爭似兩漁翁。

送賈鳴和兄善傳神

滿目秋声震上林，白雲遥望遶山岑。感君兄弟偕归省，萬里西川思不禁。

見说將軍妙寫神，中州今見有斯人。公卿從此應多識，肯使名賢得混真。

題扇贈魯舉人

綠柳陰陰觲碧崖，無端風景故鄉懷。知君此別歸何處，不向心齋即敬齋。

送萬模主簿鉛山

宦轍誰嫌舊路迂，恩波帶得滿鵝湖。閭閻見說多疲敝，額外何人更索租。

與君傾蓋楚江濱，屈指今過二十春。此去好尋仇簿跡，家聲莫遣負前人。

送葉仕奇大冶主簿

仕路重經楚水濱，官階共喜寵恩新。送君不盡臨岐意，好为吾皇牧四民。

五兩薰風彩鷁輕，叢叢雲樹望中橫。先聲久已傳荊楚，倚杖欣看父老迎。

送楊典史弟時會京師

荊吳東歷達都城，姜被相逢喜弟兄。百二此行歸覽勝，江湖端可濯塵纓。

送蒲相士

韋布聲名動縉紳，相逢話舊若相親。憑君未敢云非相，夢裏輸贏總不真。

和楊太宰待隱園即事感懷二十首

數畝閑閑雨露深，青松翠栢郁如林。浴沂誰不懷山斗，未許人人識此心。

碧草茸茸繞砌臺，攝衣遙望白雲開。自緣心境應如許，何物能容任往來。

清閒歲有幾時餘，俯沼何妨數看魚。願得年年常入夢，閭閻無警樂何如。

誰將卷石疊為山，山下泉流湧不乾。回首塵纓應可滌，南華不厭倚闌看。

一鑑堂前景物清，倦來緩步繞池行。卻懷道上紛紛者，不但名場獨縈情。

野花是處耀芳菲，妝點春光映晚暉，乘興不嫌更漏滴，月華如水逐人歸。

茆簷碧壓繞筼簹，風月惟教到此堂。獨向濂溪究無極，癡龍何用辨仙羊。

尋芳不厭路多叉，路左邀迎儘是花。觸目由來皆樂處，肯教心每戰紛華。

松栢參差照眼青，鳥聲不斷似忘形。更憐變幻多雲物，坐對應堪作畫屏。

縱目遙看翠色侵，池邊綠竹菀成陰。自緣長養應如法，不覺參天忽滿林。

世事應知巧益繁，漫將往事靜中看。清風為愛淇園竹，不識當年幾百竿。

芳菲埜色欲侵人，剪伐誰容有斧斤。但出化工皆可愛，始知圖畫總非真。

一徑秋花獨擅芳，不隨柳絮逐風狂。披襟時復從心賞，塵鞅何知有底忙。

何處花開不隔時，滿庭春意幾人知。無端培植皆深計，未許傍人可折枝。

滿地清陰桂樹多，秋香亭上獨摩挲。為公漫憶行吟處，只喜村農擊壤歌。

仕路尋常似坦途，風波忽動即江湖。時人會得名園意，平地神仙豈盡無。

軒冕何人悟儻來，機心空逐九腸回。試看圃內青青竹，纔到春時便有胎。

清池活水似通泉，救旱常能向未然。見說年來澤枯槁，不殊霖雨在當年。

花幄從教逐處移，到來景致自多奇。遊歌北地應無數，一段閒情恐少知。

獨樂無須自古求，名園此日剩清幽。何當涉級容趨徑，不但匡時得令猷。

和邃庵藥欄漫興

客思撩人春暮時，清風忽到似相知。披襟謾向花前坐，不但紅芳可賦詩。

爛熳新開醉露深，真教圖寫費千金。論功未辨當何用，賞玩時看慰客心。

奇花灼灼紫兼紅，時逐遊蜂綴綠叢。容易莫教看便過，妍華終不耐狂風。

紅紫紛紛花滿城，爭奇競賞總閒情。獨憐蘭蕙歸何處，富貴花中未有聲。

翠蕤特出向斜陽，誰譜名花獨羨王。徒倚園亭恣心賞，媿無佳句入奚囊。

看花獨愛正當春，盡遣凡花避後塵。誰說不如桑與棗，高風應欲律時人。

紅簇亭中似錦團，春風不厭倚闌看。卻懷空谷逃名者，世上紛華見若干。

徒倚花間不覺勞，好看野色映青袍。謾誇剪綵無端巧，誰似天然色色高。

和邃庵詠葵

徙倚庭除幾步深，看花恰協本來心。牡丹信是非凡品，何用珍奇不貴金。

退食寧懷可宴安，手攀花朵逐株看。託根此地應非易，愛護無須百寶欄。

尺土栽培自效珍，貞心便覺可相親。未須浪與時人說，俗眼安知不笑嗔。

和白先生韻（壬子①）

幾年宦跡共浮沉，樗櫟多慚雨露深。老大獨憐成底事，栽培亦費化工心。

岐路勞勞又一年，望洋何處獨依然。浮名也解為身誤，遲鈍還同上瀨船。

一官贏得此身閑，齋榻常看傍午眠。除卻詩書誰與伴，清風不費一文錢。

世上紛紛辱與榮，到頭誰羨白雲慵。嶺山日日閑來往，紫陌紅塵鼓自鼕。

---

① 壬子，弘治五年（1492），劉春三十三歲，在京師，充經筵展書官。

和馬先生書堂雜詠

　　淇澳曾聞衛國詩，清陰不改歲寒時。東皇更喜方培植，便有孫枝接子枝（竹）。

　　嫩葉踈踈枝未就，花容菀菀開如舊。莫因桃李奪芳姿，清香自可臨風嗅（丁香）。

　　東風爭逐百花開，笑指玄都任意猜。自是化工心獨溥，明年依舊共春來（杏）。

　　老幹婆娑逼翠冥，颼颼風韻撼人聽。托根元得徂萊地，不似牛山幾日青（松）。

　　匝地清陰色既匀，幽齋最喜伴吟身。愛槐為感當時事，猶有高風激後人（槐）。

　　花滿新枝黃滿簇，清馥襲人元不俗。世人愛花愛當貴，坐對此君心亦足（薔薇）。

和秉德韻

　　香薰紫極御筵開，絃管聲聲徹鳳臺。最喜遭逢富此日，愧無獻賦子雲才。

　　彤庭張燕啟珠簾，鳳輦乘春幸御筵。一歲君臣惟有此，叨陪任醉五雲邊。

綵結鸞亭百味陳，戲呈傀儡幻如神。鹿鳴为憶君臣樂，自是當時少若人。

和梁太守汝玉寄韻[①]

丹火爐中常養氣，青松林下謾吟詩。世間一種優閒福，屈指非君欲讓誰。

別离忽忽三年夢，珠玉相將满紙詩。未信白頭異傾盖，陳雷此日欲歸誰。

玉室丹臺名已注，來從林下獨題詩。釀成白酒常招客，一醉醺然每共誰？

高山一曲知音少，搦管常吟醉後詩。拭目幾看名利客，蕭然脫穎獨歸誰？

林間勝负为棋戲，月下推敲遣兴詩。綠竹黃花繞庭砌，相從不愧未知誰。

和參政弟鳴鳳山莊韻

種松

本性應於百木强，種来便不畏風霜。直教培植需時用，

---

① 目録寫作"和梁汝玉寄韻（五首）"。

耸壑昂霄豈論章。

種柏
亭亭翠色欲參天，植向庭除自可憐。任是四时風景異，貞心不改本来堅。

種竹
渭川千畝本同根，枝葉青青帶雨痕。何用醉迷方可種，只看封殖便生孫。

種橘
仙種传来有幾枝，託根喜向雨中移。垂垂結实霜林滿，可愛金衣在此時。

和參政弟致仕韻

見說當年綠野堂，清風百代有餘光。師心岂敢忘前哲，獨向書齋爇异香。

圣主恩深忽放閒，出門常喜對青山。班荊時與田翁坐，笑語無妨步月還。

朝出柴門獨课耕，傍田溪水照人清。升平共喜逢明主，美景從教載酒行。

數畝良田自可居，牙籤況積有詩書。聖恩莫道無由報，课读閒來復課鋤。

又次韻

課兒

草草觀書豈得精,晦翁垂訓甚分明。本原能盡工夫趣,豈論人間貴有卿。

課耕

歲計從來在一勤,莫將鹵莽事耕耘。秋來萬寶收成日,任爾烹葵醉日曛。

次韻送紫厓學士[1]

纔得開懷日幾回,又看策馬出蓬萊。十年追憶宮城外,平日聯鑣一徃來(舊同內館教書)。

薰風遙逐綵船回,漫向離城賦有萊。翹首玉亭渺何許,主人幾月又歸來。

道上誼傳學士回,滿船簫鼓震蒿萊。江南草木舒翹久,雨露知公又帶來。

---

[1] 即馬廷用。

詩篇滿紙動昭回，便覺胸中去草萊。聖主只今圖用舊，朱衣日迓自南來。

雲擁樓船帝里回，聲華元自起蒿萊。廬江太守今毛義，三錫堂中久望來。

次北潭齋居

坐對青燈向夜堂，倦來隱兀當方床。謾懷玉署多清思，塵世勞勞苦自忙。

鎮日齋居左右堂，誰容坐隱共繩床。披衣閑過聞清話，未信人間有許忙。

次韻象戲答梁汝玉太守

輸贏不敢起爭端，只在先登指顧間。任是君家善多筭，□□校計果誰還。

手談高下許多端，得失分明一着間。不信□家真妙筭，苦思逋負僅能還。

挽周侍御母

百歲風光似水萍，只看教子究遺經。孤燈不厭親和膽，甲榜誰能說夢鈴。

五言絕句

和白宗伯怡靖齋四十首

小山
南山纔幾仞，矗矗含遠勢。誰云木假奇，真趣無此異。

淺池（形方）
為員豈不貴，可鑑應在矩。混混貯清泉，滿溢非因雨。

疎箔
高明何用障，愛靜聊緯篠。左右盡圖書，塵坌了無□。

陋室
虛室自生白，安居豈云幸。緬懷古賢哲，孰不由此靜。

月臺
甃石臺方丈，花陰時倏過。披衣納晚涼，月露疑侵坐。

雪洞
白堊盈四壁，中亞僅幾咫。坐來自瑩然，何由污泥緇。

風窗
解慍憶薰風，展卷看幾度。於時北窗啟，兀坐欲忘暮。

雲房
二氣自迭運，吾心靡寒暖。端居向此中，春意常自滿。

葡萄軒
分種從西域，引蔓騰騰上。到來恣摘嘗，不用勞分餉。

薔薇架
春風花吐香，朵朵紅鋪架。賞玩聚親朋，勸酬無少暇。

酴醾屏
平生愛此花，忽見開如繡。坐對挹清香，不用臨風嗅。

芙蕖沼
託根向清流，吐豔照晴旭。似知深愛護，擁盖高擎綠。

布幌
張布障前簷，隨時任舒卷。物理固有然，安能常自變。

氊簾
北風寒墮指，騷騷隨戶入。青氊彈地垂，送暖非酒力。

藜床
雖非白玉牀，倦來堪偃仰。攤飯未可嗤，達義固多想。

石斛
琢石為斛形，於中獨特立。誰從執笏拜，應自有妙識。

蘭畹
淨潔守天和，不逐凡卉亂。寒露秋日滋，清香吹不斷。

菊畦
佳色燦黃金，挺挺霜畦內。採掇雖多賢，不似靖節醉。

萱砌
忘憂看樹背，鮮麗爛雲陂。炎歊正無聊，撫玩傍堦砌。

蓼堤
沿堤鬭淺紅，掞掞墜新穗。辛苦豈倍嘗，觸目欲忘睡。

玉簪闌
綠葉覆朱闌，花欹軃玉柄。清風時送香，心賞何嫌憑。

金鳳塢
繁叢傍庭隅，何處分此種。九苞豈浪名，紅色深映隴。

紅藥圃
淩晨春未暮，爛熳光凝圃。移根自紫禁，不厭承繁露。

碧茸巢
春風纔覺到，隨處吹成碧。生意滿目前，未須論□實。

蒼檜
濃陰不受暑，含露似垂珠。展卷依清樾，從容辨魯魚。

朱榴
似怯霜風重，累累欲軃墀。試從盤內剖，錯落燦珠璣。

綠蒲
神藥分何處，青青覆瓦盆。長生如可信，不厭植吟閣。

翠竹
坐愛花間竹，蕭然綠葉叢。貞心元自秉，挺挺歲寒風。

白鶴
獨唳長松下，偏於物外宜。乘軒雖可貴，誰得跨雲騎。

錦雉
文采鍾靈異，輝然見羽毛。群飛過麥隴，翹首五雲高。

斑鳩
晴雨常知候，山林未獨棲。籠中應可愛，不似出籠啼。

蠟啄
野性於何適，空驚羽翮齊。一從羈豢養，飛走逐群雞。

素琴
俚耳耽新樂，高山空獨吟。古人養心具，太古有遺音。

清尊
燕享寧容斷，沈酣亦喪真。緬懷逃世者，總是晉名人。

哨壺
投壺亦射禮，觀德寓娛賓。能識先王意，無妨舉爵□。

名畫
好手不可遇，前人豈異今。共知猜六法，誰獨會傳心。

兔毫
創制蒙恬始，纔如棗核長。無端憑紀載，文彩耀寒芒。

龍劑
磨出雲煙汁，油然筆底幡。誰從稱處晦，落紙百年看。

匣硯
世方竒子硯，元出琢磨中。徃哲多如此，誰云獨武公。

廚書
斯道非空載，言詞豈苦腴。須知辨岐路，不負聖賢書。

次劉司空南峰舟中感懷三首

浮雲滿太虛，飛揚欲何止。巍巍望北極，翹首淚如水。
旭日照長空，陰翳蕩無止。空懷訟風伯，訊掃清如水。
世事本無端，人心自有止。回風誰獨悲，搖蕩同流水。

六言

題秋江遠意

水落青山崒嵂，風清古樹參差。遠近孤舟泛泛，江流長夜東馳。

淡淡秋山不斷，漫漫春水無涯。心逐山回北固，舟隨水面東馳。

七言長篇

平西夏歌

自古天下之勢，未有不偏重之時，而其失於偏重也。必負德量才識大過人者，然後能振起而正捄之，若今司禮節庵張公①是已。公，

---

① 節庵張公，即司禮太監張永，新城人。正德五年（1510）四月，甘肅安化王朱寘鐇以劉瑾亂政爲名，起兵謀反，武宗派楊一清討伐，宦官張永監軍。

新城世家，以端恪英敏受知先帝，擢事上於春宮以至於今，寵用日隆。比逆瑾用事，天下囂然喪其樂生之心矣，故寘鐇倡亂，寧夏輒指以為名。公受上命，率師往征。不踰時，罪人斯得。既還朝，遂指陳瑾罪惡，詔寘於法並及黨與，一時人心歡忻鼓舞，有如脫幽囚而忽仰於白日者。其戡亂於既形，遏亂於將萌，如此非其德量才識之過人安能然哉？故我皇上倚任益至，而元寵錫褒嘉之典亦度越流輩。而公之公忠直諒，所以圖報者益不少懈，凡賢否之舉措，政事之興革，無不求協公論，未嘗少以己意參焉。思天下無一人不得其所，其心始慰，而其功之在於宗社生民，亦無一人不知也。余不佞，謹述為歌詩一章，用識一時慶幸之意。於戲！是豈一人之私哉。詩曰：

聖祖開基億萬年，皇風穆穆掃腥羶。文恬武嬉四海一，神功赫赫迥無前。文子文孫纘弘緒，梯航萬國無虛歲。狼煙不警海不波，天下謳歌慶遭際。何物孽臣生朔方，含機伺毒敢跳梁。惡聲如梟播遐邇，臣土相視驚蒼黃。新城張公侍天子，主憂臣辱奮然起。提戈冒暑率師征，肅肅皇威震西鄙。踰時俘馘獻明光，天顏喜悅寵非常。禍端復言在帝側，除惡務本慎包桑。血誠瀝瀝書盈紙，捐軀豈計當逆耳。飛霜自是格宸衷，即繫詔獄肆諸市。青天白日纖雲斂，鬼蹤狐跡無由掩。奸憸以次論刑書，海內纔知憂可免。自古厲階非偶生，見幾不決禍胎成。鉅鹿誰能危漢室，冤句何自起唐兵。如公勳烈未易數，誓以赤心報明主。君明臣忠理則然，亦豈無心憂市虎。乃知宗社膺天祐，賢臣柄用當斯候。青史應教不一書，英聲茂實彌宇宙。

壽留耕①翁楊閣老父

錦官城外山色濃，陽和初動臘梅紅。仙駕翩躚來紫府，稱觴共祝關西翁。昔翁通籍承明殿，文采羽儀爭願見。湖南造士暫回翔，德星常向中霄現。乞歸未老世應稀，白晝非因炫錦衣。森森玉樹滿庭砌，世事誰知是與非。客來不厭談今古，坐拾花鬚隨意數。諸郎科第歲聯登，未論白眉馬氏五。只今黃閣第殊勳，上規稷契欲與群。復有蘭孫能繼武，致身平步上青雲。如翁世慮更何切，林下優遊看晚節。麟袍玉帶髮如銀，五福□量何有闕，新詩祝頌滿華牋。純嘏皆言錫自天，從今祿養應無極，謾誦南華第二篇。

題邃庵太宰江鄉雪意

朔風獵獵滿江皋，同雲靄靄覆林梢。群鳥半飛半自止，寒氣疑欲舞青腰。□□兩岸含暮色，路上行蹤渾盡匿。野鳧逐隊臥沙洲，白鷺驚飛□斂翼。漁翁罷釣几歸時，似聞滕六怯寒威。雁行但見皆北向，玄律應知秘化機。茫茫万里渺何許，山色朦朧杳無睹。河流騁望只如帶，古樹蒼蒼

---

① 楊春，楊慎祖父。參見《東川劉文簡公集》卷十六《明鄉貢進士楊直夫墓志銘》："楊廷平，新都人。……父諱春，湖廣按察司僉事，受封如大父，官號留耕，世稱留耕先生。"

橫埜浦。忽看此景心欲顫，豈是窮途曾詫見。東郭行看履可嗤，梁園擬待開歡宴。重陰已極陽當生，墮指莫愁寒漸輕。東風一日回燕谷，望掃陰霾廓太清。

題李宗伯山水圖

青山萬叠插層空，淡烟籠樹郁葱葱。桃花滿徑溪流遶，雲林迥隔一橋通。山畔日華浮寶殿，朱甍碧瓦參差見。立锥無地嘆穷民，愛此名山占教遍。誰乘欵段似遊春，挈榼攜壺逐路塵。坐觀此景真堪羨，豈知世上有簪紳。於戲！豈知世上有簪紳，安得閭閻盡若人。

又

塵鞅紛紛日馳逐，有山何處開心目。縱然叠障拂晴空，捲簾僅一時挂笏。朝來偶爾登華堂，炎暑忽覺生清涼。江天渺渺欲無際，水波微動若滄浪。遠山崒嵂倚天外，翠削稜稜樹劍铓。叢林近岸侵山谷，綠樹陰濃隔上方。忽看瀑布界山色，欲尋徑路無由得。竹籬茆舍幾人家，窮崖疑有蛟龍宅。小舟荡漾波漂淪，渡口何人喚正頻。眼看一葦誰能涉，濟川纔覺功無倫。誰歟筆底巧為此，野景似移來屋里。清興悠然寄此山，縱游何日去展齒。卻懷宦海真茫茫，憂虞悔吝因風起。升平安得似山中，小隱甘從遠朝市。

承恩雙壽圖為賈編脩父母

君不見，東鄰阿翁榮啟期，九十帶索貧無依。又不見，西鄰阿嫗稱嫠婦，白髮躬親操井臼。如此稱壽亦何為，爭似斑斕雙父母。潁川有翁出洛陽，敦樸不與時人方。椿庭萱背兩競秀，膝下多男邁五常。白眉信步瀛洲上，稜稜朝著馳風望。九重降詔忽覃恩，烏紗翠翟鳩為杖。龍盤錦誥錫彤墀，天語丁寧教子詞。屈指春秋才望八，祿養方隆福未涯。當時被寵不易數，親得恭承誰可伍。假令偏侍固為榮，具慶人間更難睹。高堂誰作雙壽圖，圖中深意獨勤渠。二老方瞳願如一，常看鶯誥賁桑榆。

題龍為潘以正方伯

我昔酷暑居山中，炎風赤地千里同。禾苗垂實盡枯槁，揮淚對客傷村農。一朝晦冥倐忽變，黑風急雨林谷遍。雲飛電掣岩石崩，翹首龍行股欲戰。須臾溪澗水盡平，田疇枯槁總回生。山川明媚跡如掃，頓覺心境豁然清。含哺鼓腹歡埜老，按堵從今端可保。商家霖雨豈傳疑，未許詞人空品藻。每懷此景心獨開，誰持絹軸錦城來。呼童挂壁坐其下，渾疑風雨洗浮埃。翻思昔日景復見，何物良工乃能辦。濡毫揮灑獻明公，愿公此意恒留念。

題山水圖為李錦衣旻

纖雲靄靄點清穹，青山崒崔鬱蔥蔥。綠樹陰森蔽幽戶，紅塵迥隔輪蹄空。四時代謝應無定，白雪皚皚忽迷徑。閉門兀坐誰能知，獨究遺編對名勝。卻懷荊棘滿孤村，笑語時聞幾處喧。坐看此景歸圖畫，歲月空教似浪奔。豈是桃源與輞川，洞深林密漠雲煙。翹首遺蹤渺何許，不須物外說神仙。

題毛太守[①]禽鳥圖

蘭陽大守當世無，尺幅誰寫禽鳥圖。翠竹蕭蕭風雨泣，雲煙渺渺山色孤。桃花亂落凝紅瓣，牡丹的皪嬌穠豔。揭來注目轉逼真，埜草池荷倍蔥蒨。采采丹鳳姿，翩翩振羽儀。扶桑旭日曉初出，儼如鵠立向彤墀。群鳥蹁躚環左右，掉頭捩翅如先後。憶昔此鳥產丹山，梧桐深處飽琅玕。九韶聲震為一出，四海雍雍化雨漫。姬周厚澤溢寰宇，西顧岐山為再起。至今千秋復百禩，翽翽九苞當此睹。君家和

[①] 即毛泰。

氣靄門庭，芝蘭玉樹映前楹。雙璧相輝瑞新世，河東之薛共休聲。於乎！鳳兮鳳兮將比德，畫工豈獨為此掛君壁。

題瞻雲將使卷為盧儀賓其亲仕夷陵也①

泰山東，衡山南，東南相距幾千里。欲言未能情未已。兒當膝下欲違時，絕裾不信任驅馳。宦途萍梗忽相隔，定省三年未有期。白雲縹緲天空闊，插羽無能心斷絕。心斷絕，可奈何！世事紛紛感慨多。君不見，歐陽生，辭親養志今垂聲。又不見，捧檄喜，為親屈志非貪仕。男兒事業在桑弧，顯親揚名世可美。誰將此卷寫君思，西陵東魯名天涯。借使斑斕日歡舞，庭闈未許慰嚴慈。

題秋香玉兔扇面

婆娑桂樹幾千尺，阿㕙②搗藥橫空碧。人間浪說月宮中，瓊樓玉宇塵凡隔。君家有桂拂青雲，君家有兔亦空群。仙種從來不易得，吳剛毛穎誠元勳。後來紛紛不足數，郤林一枝差可伍。中書僅見拔一豪，英聲便欲䡍書圖。誰能仰天和月奪，香風玉質兩奇絕。會須執此步瀛洲，策勳不

---

① 目録寫作"瞻雲將使卷為盧儀賓"。
② 㕙，音 jùn，意為狡兔。

用持寸鐵。

戲嘲謝解元便面溪林牛牧

　　我昔居田間，親從牧牛犢。细草含烟綠满川，牟然礪角紛馳逐。辛勤犁杷不暫亭。一啖安能获充腹。邇来京國十年餘，眼看老牿更苦之。東牽西拽填道左，不但樹藝為農資，忽觀此畫真自適，豈是桃林方縱逸……（下缺）

題畫（二首）

（缺文）

又

（缺文）

題桃源圖

　　長安塵鞅紛馳逐，抶笏朝看應未足。登堂偶向故人家，萬疊雲山聳綃幅。溪回路轉杳無窮，古樹參差露碧峯。桃花浃岸紅如錦，流水才看一徑通。艤舟策杖者誰子，逐水尋源來洞裏。洞裏人家傍谷棲，柴門特啟競招攜。衣冠古樸非俗士，慰藉宛若驚途迷。此中久與塵世隔，山深林密何由躋。風景依稀是何處，諦觀便欲從之去。主人為語武陵源，稱仙誤認淵明記。

題牧牛圖

青山巁岏霧重重，春風紅紫綴芳叢。細雨田疇隨處滿，連坡草色綠蒙茸。沿堤柳條如線彈，帶露籠煙紛裊娜。芦管新聲何處來，一曲升平玉連瑣。舉頭遙見牧牛童，荷笠隨牛逐午風。杏花亂放紅如錦，好鳥和鳴暖日烘。乃知世運屬亨嘉，干戈不擾長禾麻。田家按堵趨農事，有牛可牧何咨嗟。我愿海隅皆似此，官無逋租民易使。太平誰好言無象，即此便為堯舜理。

送紫厓[①]學士考績還

留都屹立大江東，衣冠袞袞紛群公。玉堂學士古太史，聲華震耀欲摩空。憶昔高皇開創日，四方萬國梯航同。一

---

① 即馬廷用。

代文章屬山斗，韓歐董賈垂休風。先生節概重天下，豈獨文譽縉紳雄。經帷國史兩兼任，簡拔乃自君王衷。欲令道德追前哲，不惜左右少儒宗。先生感激此遭際，剩將經術開群蒙。槐庭況值了無事，高文大冊日相從。尚有餘閒揮健筆，名山勝概無不供。對客論今復論古，聽之亹亹如發矇。即今奏績偶來會，鄙吝不覺春冰融。須臾分袂又欲去，江雲渭樹靄重重。懸知覆名當寧久，早晚便入明光宮。區區離別何足歎，會看霖雨澤疲癃。

送毛太守[1]考滿還重慶

朱轓皂盖擁春風，咫天天顏覲漢宮。粉署才高恩獨渥，黃堂地劇治方隆。力回早魃輸籌策，惠洽黔黎被老癃。畫戟森森明白晝，赤心歷歷對蒼穹。袞衣聲震輿人誦，棫樸詩成造士功。聖主愛民還借寇，丈夫得志自飛雄。岷江見說心同澈，雲嶺爭看去益崇。竹馬遙遙填路左，暮雲渺渺起江東。澄清樓外山橫黛，金碧臺前葉墜紅。臥治暫須勞撫字，專城更喜荷帡幪。德輝阿閣廷儀鳳，日蔭甘棠陸漸鴻。□□此行棲不住，日來宵旰小非熊。

---

[1] 即毛泰。

次邃庵聽鼓明妃曲韻

漢宮一出何時還，陰雲慘慘暗南山。雖知離別非不惡，如此想像心猶寒。憶昔入宮人共美，豈知入後翻成悔。長門深鎖寂無人，世事誰分偽與真。望入黃沙淚瀉頰，馬蹄躑躅無由發。含情欲訴倚誰親，腸斷吞聲空哽咽。乃知薄命在峨眉，豈是丹青盡得為。獨念寧胡真可恃，一女應賢數萬師。舟車鹽鐵可無籌，防邊何用如熊貔。從來甚美元無益，君心未必輕拋擲。妲己褒姒亡商周，千載興嗟誰為惜？君不見，無鹽之貌不如心，四□英風照汗青。

次邃庵蟠桃圖韻壽楊繼貞[①]大尹

度索岩嶢峙海東，桃花灼灼映山紅。根盤屈曲幾千里，仙種不與凡桃同。一花一實三千歲，交梨火棗豈堪儷。誰從王母竊歸來，依隱人間常玩世。聞君有術更為奇，噉桃未許世人知。童顏鶴髮南山下，年年此日宴瑤池。

---

① 參見《送楊君繼貞任靈臺序》，《東川劉文簡公集》卷二。

和蔣閣老送重慶郭通判用章詩

　　福星遙望指渝江，光彩熒熒燭遠方。叱馭應憐輕蜀道，父老爭迎頌風操。朔風凜凜起蒿萊，寒梅衝雪參差開。下車問俗重茆屋，仁聲銳意哀煢獨。羨君家世楚江東，月旦從來有古風。仙舟不但人傾慕，竹馬何殊召與杜。此邦借寇豈偶然，世德流芳在簡編。只今朝著多親賢，匡時相國力回天。会看踵武沐恩偏。

次韻題黃鶴樓

　　扁舟昔向楚江泊，勝遊未遂登黃鶴。每懷仙跡世人傳，回首江濱渺空廓。誰從絕頂施椎鑿，畫棟雕梁煥聯絡。白雲縹緲宿飛簷，丹霞掩映迷阿閣。爭奇獻秀擁層峰，幻出湖南仙子宮。舳艫上下無停日，吳蜀東西一葦通。長安遙望天之北，南海鵬搏九萬風。萍梗何當今復至，鬖鬖白髮欲成翁。鳳山主人國之彥，歷敭海宇幾相半。策勳草木亦知名，豈但豪吟時染翰。我來為喜偶登臨，勝概平生真僅見。詩篇投我欲為賡，形穢寧容被牆面。續貂漫爾一濡毫，竊愧詞章非素練。獨憐名勝每因人，永矣茲樓重江漢。

去思賦

　　嵩縣簿清苑傅公，仕當景泰、天順間。慈愛寬厚，著于民心，而捄災恤患焯有聲績，故始以家艱去任，人思之如赤子於慈母，戀戀不置。乃逆計服闋之期，合耆老數人，不遠千里詣闕，疏求復任。時銓曹重違民之情也，遂奏如其請。是非有真德實惠加於民者其能然乎？已而將秩滿，乃浩然歸，民不能復借寇也，思之猶不置。公之孫宮諭君，出其所詮次家譜示余，見當時奏行公移，知嵩民思公有如此者，乃本其意而為之賦。其詞曰：

　　嗟民生之多艱兮，曷德人之難留。羌扳轅而不得兮，紛涕泗以橫流。念公之未至兮，孰慰吾民之愁？歎徵發及於黃口兮，奄環堵其誰安肆！營營於奔命兮，信苛政之猛如虎。趨狴犴其如織兮，思垂簾其孰伍。觸禁網之恢恢兮，彼岑蔚焉避之。慨閭閻之凋瘵兮，睨樂土而輕移。幸公車之既下兮，仁聲鏘其四馳。昭畫一之法守兮，欲與吾民而永期。剗桑雝以去宿蠹兮，旌善良之出類。務耕鑿以各安兮，非家至而敷惠。薋菉葹其盡薙兮，彼桑麻焉可植。爰居處之嘻嘻兮，肆狺狺其何及。嗟公之渥澤兮，紛蠢蠢其焉忘。孰以善而不為兮，孰以惡而不罹殃。當公之始去兮，悼家難之不可違。悵民心之怲結兮，叩閶闔而陳詞。荷天王之曲從兮，獲鸞鳳之復下。獨枳棘不可久棲兮，忽遮道而莫借。杳冥冥而不返兮，歛大惠其何所。歷春秋之幾何兮，如赤子之畜我。惟九重不可薦瀆兮，覯雲翼焉既遠。仰高風於霄漢兮，寧泥塗之繾綣。顧德厚之流芳兮，諒厥後之克昌。空北望而永懷兮，匪歲月之可量。

跋趙松雪真跡

史稱文敏公詩文清邃奇逸，讀之，使人有飄飄出塵之想。余於同年楊尚綱①正郎，所得觀此書，乃仰而嘆曰：是豈獨詩文为然哉！說者謂其才，為書画所掩，殆非無所見者也。

東川劉文簡公集卷之二十四　終

---

① 即楊錦。

刊劉文簡公文集後序

　　初，予入史館，求文簡劉公集甚勤而不得見。越二十年，今始見於金陵，公之冢孫宗之新刻於寧國本也。

　　初，公領蜀解，以成化丁未進士第二人入居太史。當是時，合州鄒公汝愚亦策入等，為庶吉士。蓋一年而得蜀二奇士，文章器業皆甲於時云。無何，鄒公以災變應詔抗疏，斥貴臣，遂謫以死。死時年二十四歲耳。

　　公則雍容侍從館閣餘三十年[①]，至大宗伯，卒于位。當武皇之末年，幾入內閣秉政矣，有所壓不得上，故世皆知公遲蓄俟時，未竟大施，以為憾焉。嗟嗟！乃若指意所存，則略具是書中矣。

　　向予求觀公《集》，冀覩其文采耳。今稍涉世變，處憂患，知世所以盛衰之故也，又貴觀求公指意之所在[②]。

　　聞長老言，先朝居法，從禁林之臣，皆尚質守法兢兢耳。僦屋以居，借馬以出，釀數十錢而飲，杜門簡交遊，人人知自慎重。循至秉用日，尤避權勢，遠形跡，祖法國

[①]《明文海》卷二百三十七《劉文簡公文集後序》、乾隆《巴縣志》卷十一《藝文·劉文簡文集序》、民國《巴縣志·文徵·劉文簡文集序》爲："公以雍雍侍從館閣餘三十年。"
[②] 乾隆、民國《巴縣志》爲"又嘗竊求公指意之所在"。

是，心心目目畏毫髮①。離去，即皇恐大罪不可赦，潔清負重，不事表襮。嗟乎！若此即文事可知已。

是時，諸司勤於案牘，止重吏事，至著作，盡諉曰："此翰林事，非吾業。"雖諸翰林亦曰："文章，吾職也而不讓。"質直厚溫，暢正而無枝葉；操觚指事，辭若不足，而氣常有餘。故當是時，信道信度，淳風大行；海內充富，將勇馬騰；館無慢②書，徼無侵疆。此亦世之最盛而得士之最效然也。公蓋終始弘治、正德之世矣，是③盛極思變，半合半離之會也。今觀之《集》中檃括尺度，不失耆宿；文皆典實，辭尚指要；辯而不肆，諸多持正；長者之言，詩興而諷，無綺靡幽眇之習。

予不及見公，由其言以探其志意之所存，其與前所稱不合者鮮矣。倘公不亡，得秉用于末年，必能為之坊維，不至如後之潰放也。悲夫，士者，世之所由盛衰也；文者，士之所為盛衰也④；世又文之所以盛衰也⑤。故予觀公之文，必先論公之世，而惜其未竟於施⑥，豈過哉？

今論者，皆咎鄒公若不竣發⑦，後必大用於世，徒悻悻

---

① 《明文海》爲"心心目目畏毫髮"。雍正《四川通志》卷四十四《藝文·劉文簡文集序》爲"心心目目畏毫髮"。乾隆《巴縣志》爲"心心目畏毫髮"。民國《巴縣志》爲"心心自畏毫髮"。
② 《明文海》、雍正《四川通志》、乾隆《巴縣志》爲"嫚"。
③ 乾隆、民國《巴縣志》無"是"字。
④ 《明文海》爲"士者世之所由盛衰也，文者，士之所爲盛衰也，乾隆、民國《巴縣志》爲"又士之所由盛衰也"。
⑤ 乾隆、民國《巴縣志》無此句。
⑥ 乾隆、民國《巴縣志》爲"未竟於世"。
⑦ 乾隆、民國《巴縣志》爲"若不猝發"。

無益。嗟乎！能必鄒公之默，則不死乎？即文簡公，紆餘①退俟三十年，孰不謂慎已，而亦瞥焉，喪夜半壑中之舟也，則又將誰尤乎？士與世相值之難，非一日矣。鄒公《集》，徃吳公獻臣②刻于成都，予嘗得遍觀之，亦英發如其人。

嗟乎！予小子敢忘諸先哲之美哉？書復於吾友宗之，以答其續述之勤也③。

嘉靖三十三年甲寅冬十一月，賜進士出身、南京吏部文選司郎中、前翰林院編脩同脩會典、右春坊右中允管國子司業、事詔升左春坊左諭德兼河南道監察御史鄉後學內江趙貞吉撰④。

---

① 《明文海》及乾隆、民國《巴縣志》爲"紆徐"。

② 吳廷舉，字獻臣，蒼梧人，成化二十三年（1487）進士，官成都府同知、廣東按察僉事、江西右參政、廣東布政使、右都御史、南京工部尚書。

③ 乾隆、民國《巴縣志》爲"以答其續述之勤也"。

④ 趙貞吉，字孟静，内江人，嘉靖十四年（1535）進士，隆慶四年（1570）以太子太保兼都察院致仕。《明文海》《四川通志》及乾隆、民國《巴縣志》無"嘉靖三十三年……趙貞吉撰"文字。

附　錄

劉剛墓表[①]

　　於戲！士果弗系於地乎？其有養焉，不必縫掖也；其有施焉，不必徹官也。予于赤城丞劉君之事有感焉，故為表其墓。

　　劉氏其先，興國永興人。五世祖珉一，徙家蜀巴縣之得義鄉。祖昇，丹陽丞。君宣德中侍丹陽於官邸，日閉門讀書，還蜀，隱居教授。會邑大夫田春以君能書，請為掾，非其好也。然以文無害，田深器之。

　　久之，得丞台州之赤城驛。君雖為小官，而以清白自

[①] 劉剛墓表，即劉驛丞墓表，載于明代王鏊《震澤集》卷二十五。劉驛丞，即劉剛。劉剛乃劉規之父，劉春之祖父。劉剛生於永樂十四年（1416）："公生永樂丙申五月初四日，卒于成化甲午（成化十年，1474）六月一日，年五十有九。"（民國《巴縣志·人物·諸劉傳》）李東陽《贈禮部尚書劉弘毅神道碑銘》，載乾隆《巴縣志》卷十四。正德十年（1515）《贈禮部尚書劉剛誥》，載乾隆《巴縣志》卷十七《補遺·藝文》。

將，遇事開敏無滯，兵部侍郎阮公勤時守台，每屬縣闕，必以委君。嘗署臨海，嚴不苛，寬不縱，一時縉紳咸為詩歌之，曰《垂裕集》，謂君當必垂裕於後也。

子規，幼則遣從名士游，間得古今文字之美者，必手錄以示，曰："為文當如是。"及規登進士，知余姚，仍以愛民、理刑、防奸，事上涖下，興革利害，條析為書，曰："為官當如是。"及規為政有聞，君曰："吾可以止矣。"遂乞致仕，歸。

君固能官，又喜賦詩，詩往往有出人語，故名人無弗與交。抵家，未幾，甲午六月，卒，春秋五十有九，葬邑之柳市里。配楊氏，丙辰九月二十四日卒，春秋八十有二。規以進士知余姚，改麻城，官至御史。

孫男四：相、春、台、眘。歲丙午，春四川發解第一，及第，入翰林。己酉，台發解又第一，丙辰，復登進士。

予竊偉之，曰："劉之先，其有積德乎？"及聞御史君以直道不容去，曰："固宜有之。"乃今又得赤城之事，溷而能潔，卑而能施。於戲！是其垂裕於後者乎？而亦豈止是哉！《傳》有之"德遠而後興"，故予書其事，俾歸碣諸墓，以闡君之幽，且示蜀人，俾有勸焉。

劉規墓表[①]

贈資政大夫禮部尚書劉公墓表

賜進士光禄大夫柱國少師兼太子太師吏部尚書□華盖殿大學士知制誥國史總裁經筵官新都楊廷和[②]撰

賜進士光禄大夫柱國太子太保吏部尚書前兵部尚書奉敕提督十二營軍務侍經筵官長洲陸完[③]書

賜進士資政大夫太子少保戶部尚書前都察院右都御史侍經筵官槀城石玠[④]篆

明翰林院侍講學士劉公卒後七年，其配鄧宜人卒。子

[①] 贈資政大夫禮部尚書劉公（規）墓表，縱 160 厘米，橫 65 厘米，厚 8 厘米。有額，刻卷螭紋。墓表上部文字多泐蝕。1987 年 7 月由重慶九龍坡區文管所在華岩鎮聯合村響堂岩采集，現藏於重慶九龍坡區文管所。乾隆《巴縣志》卷十四爲楊廷和《贈禮部尚書應乾劉公與鄧夫人合葬墓表》。民國《巴縣志》卷十《人物》中之上《諸劉》附有楊廷和《劉應乾墓表》，即此墓表，與原石文字略異，茲兩參照録於此。正德十年（1515）《贈禮部尚書劉規誥》，載乾隆《巴縣志》卷十七《補遺·藝文》。劉規號省齋，人稱"省翁"。徐元文《劉氏科第志序》："至侍御省齋公（劉規）始貴，一傳爲文簡公。"江玠《明大中大夫廣東布政使司左參政是閑劉公墓志銘》："及省翁尹麻城，時公（劉台）十三歲。"正德三年（1508）王鏊《祭封學士劉省齋文》、謝遷《祭封學士劉省齋文》、楊廷和《祭封學士劉省齋文》，俱載乾隆《巴縣志》卷十四。

[②] 楊廷和，字介夫，號石齋，新都人。楊慎之父。

[③] 陸完，字全卿，長洲人，成化二十三年（1487）進士，歷御史、兵部右侍郎、左都御史、吏部尚書。

[④] 石玠，字邦秀，槀城人，成化二十三年（1487）進士，由知縣召爲御史，正德中兵部右侍郎，擢戶部尚書，卒贈太子少傅。

春仁仲，時為禮部尚書，以訃聞。上命工部遣官治葬事，禮部諭祭於其家。會朝廷推恩，大臣二品以上未滿考者與誥，仁仲以喪不預給，特命給之，而贈公資政大夫禮部尚書；鄧，夫人。蓋異數也。於是仁仲乘傳歸守制，以其年① 十二月十四日奉夫人柩，與公合葬梁相村之原。

先是，仁仲嘗屬余以表公之墓，未有以應也。至是，復遣人來，速乃按狀而敘之。

公諱規，字應乾，其先湖廣興國州人。六世祖珉一，元季徙重慶之巴縣；曾祖昇，丹陽縣丞；祖克明；父剛，台州赤城驛丞，兩世俱贈禮部尚書。母楊，贈夫人。公以明經舉成化五年進士，明年授余姚知縣；丁外艱，改麻城縣；十七年，擢雲南道監察御史，核湖廣、貴州軍餉，以祖喪承重去。二十二年，改山西道，出按山東，劾參政之不法者，反為所中，謫郁林州判官；明年，敘遷新淦知縣，以母老乞終養，例不可。會上兩宮尊號推恩乃就。仁仲，官封翰林編修階文林郎，復以兩宮尊號推恩，進封侍講學士階奉直大夫。

公為政，以愛民節用為先務。在余姚，興利除害，勸學養士，不遺餘力。邑北瀕海，舊有石堤捍潮，歲久堤圮，公因而增築之，遂以無患。里甲苦供役勞費，公度民所易辦者，令里出米二石應一日，有餘，均於次日，不足則次補之，自是費省數倍。每賑饑，先期下令，參互審核，戶

---

① 正德十年（1515）劉春母親鄧氏八十一歲，"其卒（正德）十年六月七日也"。

與一票，至期親歷鄉落，分日驗票給之，民無贅聚，各沾實惠。慎重刑獄，嘗誦歐陽公"求其生而不得"之言以自警。小事即時決遣，不輕械系，曰："民之系獄，如吾骨肉就執也。"

勢家請托，客至，延坐公廳，令群吏左右侍，皆莫敢出口以去，然亦無以怨也。在麻城亦然。暨為御史，所至摘發奸慝，而存心平恕，不欲以是為威慮，囚多所平反。

居常痛父早世，事母甚孝，棄官以養，每飯必親侍，務得其歡心。治生勤儉，米鹽細務，亦手自籍記，故仕宦以廉稱，而居積饒裕。時以資給其子，又以散諸親戚鄉里之貧者。間語人曰："往年遷新淦時，或謂是多堂餐，錢盍少，就以為歸資。于時竊笑之，今則何假於彼也？"

教子有法，既登仕，益加誨敕，時諭曰："鄉舉進士，學校中好人；孝子順孫忠臣義士，則一家一國好人也。汝輩但欲為學校中好人而已乎？"公嫉惡嚴甚，而樂道人善，在林下見官府有一政之善，如己親被休澤，稱頌不置；或不善，則蹙額而言曰："何苦視民如仇耶？"

鄧夫人與公合德，多內助，亦公刑家之效也。公卒於正德三年九月十四日，春秋七十有三；夫人多七，其卒十年六月七日也。

子男五：長相，封戶部主事；次即仁仲；次台，雲南左參政。側室出者二，曰耆，曰英。女六：長適舉人盧尚易；次適國子生胡繼；次適陳嘉事。女三：亦出側室，長適徐伋；次適傅良弼；次在室。孫男九：鶴年，兵部郎中；

彭年，戶部主事；大年、嘉年、延年、光祖、繼祖、永年、長年。孫女六。曾孫男三：起宗、起元、起東；曾孫女三。

公直，不為訐善不近名，小試其蘊，已為良吏。為名執法，使究其用，必大有所樹立，而讒誹其罪，竟以終身。至其子孫乃大發焉，天之報公亦厚矣。

蜀故多名賢世家，前史所載可考也。入國朝來百數十年間，視古盛時，猶或有歉。今駸駸向盛，若公一門，行業文章，前啟後述。仁仲在禮部，屢有建明，為皇上所眷注；參政，以兩子部，皆樹有時望；其餘亦秀而文。所以昌人國而大其族，以紹休鄉先生者將在於是，率公之遺澤也。

廷和嘗從公後，知公為深。公與夫人之葬，大學士西涯李公、邃庵楊公，先後為之銘，木齋謝公又為公作《傳》，① 行履述之詳矣，廷和故獨撮其大者表之，以告後之欲知公者。

大明正德十一年□□□□□日立石。

劉春墓誌銘②

明故掌詹事府事資政大夫禮部尚書兼翰林院學士贈太

---

① 李東陽，字賓之，號西涯。邃庵，楊一清。謝遷，字于喬，號木齋，余姚人。
② 劉春墓志銘，即東川劉文簡公墓志銘，無蓋，縱70厘米，橫70厘米。1958年在巴縣鹿角鄉萬河村（現爲巴南區南泉街道萬河村）樵坪山西面靠近中段坡下"翰林墳"出土，流散民間，巴縣文管所於1994年9月收集，現藏於巴南區文物管理所。

子太保諡文簡東川劉公墓志銘

　　特進光祿大夫左柱國少師兼太子太師吏部尚書華盖殿大學士知制誥兼知經筵事兩朝國史總裁新都楊廷和撰

　　光祿大夫柱國少傅兼太子太傅戶部尚書謹身殿大學士知制誥同知經筵事國史總裁湘源蔣冕①篆

　　光祿大夫柱國少保兼太子太保戶部尚書武英殿大學士知制誥同知經筵事國史總裁東萊毛紀②書

　　禮部尚書兼翰林院學士劉公，以正德辛巳六月三日卒。訃聞，上悼惜之，命工部治喪事，禮部諭祭者四，贈太子太保，諡文簡。仍蔭其季子延年為中書舍人，孫起東國子監生，皆異數也。伯子彭年具述其行履，屬溫諭德民懷為狀，請予銘。予知公深，非予孰宜為公銘者？

　　公諱春，字仁仲，別號東川，重慶巴縣人。大父諱剛，台州赤城驛丞。父諱規，監察御史。俱以公貴，累贈資政大夫、禮部尚書。祖妣楊、妣鄧，俱夫人。

　　公生之前一夕，鄰嫗夢大星隕於今邑，而公生。弱冠，從少傅叔齋謝公治三禮。成化癸卯，舉鄉試第一。丁未，進士及第第二，授翰林院編修。弘治辛亥，憲廟《實錄》成，轉修撰。明年，充經筵展書官。庚申，充東宮講讀官。又明年，直講經筵。秩滿，晉左春坊左諭德。癸亥，《大明

---

① 蔣冕，字敬之，全州人，成化二十三年（1487）進士，選庶吉士，授編修，累官少傅兼太子太傅，戶部尚書，謹身殿大學士，卒諡文定。

② 毛紀，字維之，掖縣人，成化二十三年（1487）進士，弘治初授檢討，進修撰，充經筵講官。

會典》成,轉侍講學士。

武宗登極,晉學士。戊辰,丁外艱,歸。辛未,升吏部右侍郎,尋轉左。壬申,充經筵日講官,仍理部事。明年,遷禮部尚書。又明年,丁鄧夫人憂,制終,即其家改南京吏部尚書。辛巳,改禮部尚書兼翰林院學士,入內閣,典誥敕,尋掌詹事府事。

公在翰林,嘗教內書館,同考會試主考卿,試武舉及廷試掌卷、讀卷者各一,教庶吉士者二,皆勤慎自勵。供奉講筵,隨事規切。及佐吏部,太宰邃庵楊公①特見,稱重在禮部。

時西僧欲奪民地建寺,公疏止之。占城世子失國,竄居邦都,郎來請封,議久不決。公曰:"春秋公孫青尚不辱命于衛,況天朝乎?"使竟不遣。諸藩府請封及婚,吏多緣以得賕,公檢其可行者付所司,吏弗得逞。大臣恤典,奏為定格,不為幹請所撓。四方上災異及貢獻非禮者,必反復辯論。

期於感格,行人傳楫出使,道聞母病,乞歸視,公曰:"是可以勸孝,且無病于公,何法之拘?"為覆奏,從之。其執而近人如此。

南部事殊簡,公亦不自逸,黎明即起視事,坐數刻乃退。每挾一秩以隨郎吏,竊識之數日,後必更易也。

性簡重,門無雜賓,接人乃真率和易,人莫見其喜怒。

---

① 即楊一清。

至於義利所在，毅然爭之莫能奪。語門人後進，惓惓以不失秀才風味為訓。聞忤意事，輒曰："士大夫存心行事，何乃爾？"事親孝，凡所得賜予，必先寄歸，以獻名香異味，時續改之。處兄弟和而有容，怡怡無間言。尤重收族，先世嘗修族譜未成，公卒成之。擇老而有行誼者人，為之傳以示勸。

鄧夫人葬有遺資，置義倉，積穀其中，族不給者取之，今秋熟，納入數。相鄰求濟者，取息十之一，曰："此非求利也，欲以永太夫人之澤耳。"姑若姨之貧者，歲各有遺以為常。

自奉甚儉，食不兼味，即有之，亦不舉箸，示不欲更進也。燕居布衣，自適如未貴然。在官三十餘年，家無贏餘，而急於賑施。取於人，必以義。或饋一羊，察其非人，卻之，委而去，命縣之外舍恣人取之。

編修歸省時，有司設鼓吹、彩輿迓于江滸，公逕自他途以歸。後有發有司承迎者，公獨不與。買田宅，必厚其直，曰："彼既失業，又損之，可乎？"待諸子慈而不縱，每書古人名訓示之，曰："汝輩宜及時事我母，蹈我今日之悔也。"著作務師古人，晚益簡勁，類其為人，有《鳳山稿》，藏於家。

公自入仕，榮遇為多，孝廟耕籍視學，累朝纂述講讀諸盛事，皆與御製詩文及金幣、宮錦玉帶之賜，不一而足。

素少疾，遇時事可憂者，每中夜危坐以思。年甫艾已衰，位雖顯，而未究其用。前年，典誥缺，予偕同官薦之，為權奸所尼，被旨詰問。今年，再薦，乃得允。將為參預政機之地，而公日向衰，廷試閱卷，思若憒憒然。予竊訝之。又數日，暴下，遂至不起，繾且屬哭數聲乃絕。其用世之志，盛未衰也。

公配蹇氏，忠定公之族女，有賢行，封夫人。子男三：彭年，舉進士，歷戶、禮兩部主事，今為刑部員外郎；次大年，先一年卒；次延年。女一，適鄉貢士蔣弘仁。孫男三：起宗、起東、起明。孫女三。

公生於天順庚辰十一月二十九日，春秋六十有二。葬以嘉靖元年十一月三十日。墓在榮恩山之原。銘曰：

重慶先達，曰蹇忠定。文簡繼之，煒煒輝映。望于天下，豈維重慶。忠定任久，而又得政。既究其用，功烈斯稱。文簡雖貴，用之不專。其始從事，史局講筵。隨試自效，職業罔愆。四銓三禮，秩亦屢遷。法守是慎，不比于權。或謂我固，我道則然。聲績方起，遂以憂去。召自留都，司帝之制。行將大受，參預政事。諧于廉明，以贊新治。命之不淑，并至齎志。屬繾之哀，善類興喟。胡進之難，胡奪之易。葬有渥恩，矧也美諡。尚論忠定，庶幾無愧。

劉春夫人蹇氏墓誌銘[①]

　　明誥封一品太夫人劉母蹇氏墓誌銘
　　賜進士榮祿大夫太子太保吏部尚書兼武英殿大學士知制誥經筵國史官總裁河間李時[②]撰
　　賜進士資政大夫禮部尚書兼翰林院學士經筵日講官國史副總裁華陽溫仁和[③]書
　　賜進士通議大夫太子賓客吏部左侍郎兼翰林院學士經筵日講官內江張潮[④]篆

　　太夫人，先禮部尚書兼翰林院學士贈太子太保諡文簡東川劉公之配也，嘉靖辛卯正月二十四日卒。於時，其少子延年在京師爲中書舍人，既請於朝。上賜諭祭，命有司營葬，乃持公門下士太僕少卿費君汝進狀，來屬予銘。
　　按狀：夫人姓蹇氏。四川巴縣右族國初名臣少師吏部尚書忠定公，夫人之曾伯祖也。曾祖珩，祖著，皆隱德弗

---

① 劉母蹇氏墓志銘，縱61厘米、橫70.5厘米、厚9.5厘米。有盖，篆書"明誥封一品太夫人劉母蹇氏墓志銘"。1958年在巴縣鹿角鄉萬河村（現爲巴南區南泉街道萬河村）樵坪山西面靠近中段坡下出土，流散民間，巴縣文管所於1994年9月收集，現藏於巴南區文物管理所。
② 李時，字宗易，河間府任丘人，弘治十五年（1502）進士，累遷吏部尚書，太子太傅，謹身殿大學士，卒贈太傅，諡文康。
③ 溫仁和，華陽人，弘治十五年（1502）進士，禮部尚書兼學士，掌詹事府事，翰林院學士，經筵日講官。
④ 張潮，內江人，正德六年（1511）進士，禮部尚書，兼翰林學士。

耀。父霓①,以高年授恩官。母趙氏,夫人其仲女也。幼失恃,鞠于祖母杜。杜出名家,動循矩度,夫人則焉,識者已知其不凡。壽官公口授女訓諸書,即能通曉,杜及壽官公鍾愛之。

比長,慎擇厥配。當文簡公生時,鄉人嘗有異夢及議婚,壽官公喜曰:"昔夢兆劉、蹇,二姓今其符矣。"遂許之文簡,乃委禽焉。既歸,克謹婦道。翁御史公尹麻城,與姑鄧夫人偕往。時祖姑楊夫人憚遠涉,不欲就養,夫人乃代姑事之起居,奉養無不如志,楊與鄧兩宜焉。文簡公為諸生時,讀書每至夜分,夫人供織紝,具饘粥以相勤苦。凡閫內事,悉不以煩,由是得專所業。

文簡公既及第,官翰林至學士,夫人與俱京師。值御史公喪,夫人贊襄大事,無違禮事,鄧夫人愈益孝敬,閭里稱焉。

文簡公為禮部尚書,鄧夫人壽八十,公疏乞歸省,未得俞旨。夫人即先馳歸,鄧見之,喜曰:"吾婦來,吾死瞑目矣。"既而鄧寢疾,夫人日侍湯藥,衣不解帶者彌月,鄧竟不起;夫人殯斂之具,綜理備至。比文簡公歸治葬事,凡所當行者,夫人悉預為之。

文簡公服除,改南京吏部,夫人仍與俱。比考績赴闕,曰:"盍止矣?吾為公、為田廬計以需公。"遂歸。既而公改禮部,入內閣,掌誥敕,未幾,卒。夫人聞訃,食不入

---

① 霓,音 báo。《字彙補》"霓"爲"霓"之譌。《康熙字典》中,"霓"爲"雹"字之譌。

口者三日，哀毀幾絕。喪至，指視二子葬，悉如禮。

二子既終制，欲奉就養夫人，辭不許，誨之曰："若輩能自勉，以忠君愛國、立身揚名，不墮汝父志，是即孝我也。"

夫人既讀書知義理，又少嘗聞壽官公道先朝典故，與夫忠定公所以受知先朝者，靡不記憶。用是文簡公揚歷累朝，當講讀輔導之任，已名德重於海內，夫人贊助之力居多，且有至性，篤崇儉素。既貴，服飾無改於舊。至供祭祀、奉賓客，則務極豐腆。

與文簡公周旋四十餘年，相敬如賓。內政嚴肅，教子慈不掩義，二子以行誼重于士林者，夫人誨飭之力也。初封孺人，再封宜人，加封夫人。今上登極推恩，乃受今封焉。嗚呼！若夫人者，真可謂媲美合賢矣。距生天順庚辰十二月十日，春秋七十有二。

子男三人：長彭年，湖廣右參議，今為右布政使；次大年，早卒；次延年，中書舍人，今為禮部儀制司主事。女一人，適鄉進士蔣弘仁，今為汝寧府通判。孫男六人：起宗，舉人，今第戊戌進士；起東，國子生；起溟，府學生，學成而未見其止；起蒙、起敬、起江。孫女三人：長適重慶衛千戶何為臣；次適童指揮子昶，大年出；次適合州學生王儲，彭年出。曾孫男三：世箕、世賞、世選；女七。

以歲月之不易，將以嘉靖十八年十二月十九日，起文簡公之窆合葬焉。

文簡公在翰林時，予嘗從公後，且辱公知予，爲禮部侍郎參議君，又官膳部郎中。既知其夫，又知其子，夫人之賢可占矣，亦可謂舊矣，法宜銘，銘曰：

籲嗟夫人。既知其夫，又知其子，婦德母賢，於焉可擬。豈惟忠定公之裔，壽官之趾，貞石有銘，以昭厥美。

劉安人余氏墓誌銘[①]

劉安人余氏墓誌銘（《集》無）

進士及第翰林院修撰、經筵官同修、國史會典同郡劉春撰（《集》無）

進士出身福建左布政使正奉大夫正治卿同郡同郡蔣雲漢篆（《集》無）

進士出身中憲大夫都察院右僉都御史改遼東苑馬寺少卿同郡張禎叔書（《集》無）

安人姓余氏，重慶璧山人，今浙江按察使康村先生（《集》無）劉公配也。祖諱旭（《集》無），仕爲湖廣桃源縣丞。父諱韓，本剛（《集》無），有隱德，鄉里稱爲長者，號曰璧峯處士。

安人生而端敏簡重，爲父母所鍾愛。既長，擇所宜歸，遂適劉氏（《集》爲"適於公"），安人（《集》無）始歸，

[①] 此文乃據重慶中國三峽博物館藏原石拓本錄入。楷體字爲《東川劉文簡公集》（簡稱《集》）卷十七《劉安人余氏墓志銘》中所無或所異者，及原石泐蝕，以《集》文字補之者。

内外尊卑咸謂其能盡婦道，先生敬焉（《集》爲"公敬焉"），而得以竭志畢力於舉子業。

始（《集》爲"初"），先生（《集》爲"公"）育德邑膠，距家幾百裏，乃假館於其母家。安人重累舅姑，則盡脫簪珥，置買田樸，督耕織，以給薪水。及先生（《集》爲"公"）舉進士，爲刑部主事（《集》爲"歷刑部主事"）、轉雲南僉事（《集》無轉）、山東副使、陞浙江按察使（《集》無陞），安人皆隨侍，所至閉門靜處，約束童僕，絕通女嫗，閨門之治，井井有條，故先生（《集》爲"公"）歷中外三十年，無少内顧之憂，而英聲偉望屹然爲一時藩臬賢臣，安人助於内者多也。

其尤所頌於人而不易及者，則撫愛庶子逾於己子，門内親戚，不覺有纖毫薄厚，雖□□（原石泐蝕，《集》爲"庶子"）亦但知其爲安人所出而已。

□□□□□□（原石泐蝕，《集》爲"其在官與人接"），則執謙汰侈，□□□□□□□（原石泐蝕，《集》爲"不異士人，私居"）禦寒一□□（《集》爲"禦寒，止一敝裙"），補綴餘二十□□□□□□□（原石泐蝕，《集》爲"年不棄，其性如此"）。亦非□所□□也（原石泐蝕，《集》爲"亦非有所矯飾也"）。□之古人所稱□德（原石泐蝕，《集》爲"求之古人所稱女德"），安人蓋庶□□□□□□□□（原石泐蝕，《集》爲"幾焉。宜偕老受祉"），而□□□□（原石泐蝕，《集》爲"乃病疽卒"），時□□□□（原石泐蝕，《集》爲"弘治丁巳"）二月十九日，享□□□□□。（原石泐蚀，《集》爲"年僅五十有二"）於乎，惜□（原石泐蚀，《集》爲"哉"）。

□□□□□□□□□（原石泐蚀，《集》爲"男二，曰申、惇恪，能志於學"）；曰川，即庶出者，□□□□□（原石泐蚀，《集》爲"亦奇特不凡"）女一，適□□□□□□□□（原石泐蚀，《集》爲"張都御史之子均。孫男一，曰"）洋，□潮。康村之母，□□□□□□□□□□□□□（原石泐蚀，《集》爲"公之母於春先祖母爲同族，春因受知得接見安人"）問起居，其子□□□弘治十六年□□□□□（原石泐蚀，《集》爲"申，將以□年□月□日，卜葬□□"）之原，請爲之銘，□□□□□□□□□□□□□□□□（原石泐蚀，《集》爲"曰：婦人之懿，幽静淑貞。易稱恒德，詩詠採蘋。有"）美安人，其德克類。□□□□□□□□□□□□□□□□□□□□（原石泐蚀，《集》爲"世之所咻，我之所貴。象服在躬，巍然如山。夫子之道，克成於官。有子"）誨之，□□□□□□□□□□（原石泐蚀，《集》爲"益宏其器。年之不遐，惟後之利"）

劉台墓誌銘[1]

明大中大夫廣東布政使司左參政是閑劉公墓誌銘

賜進士第大中大夫陝西布政使司左參政邑人鐵峰江玠[2]撰

賜進士第奉政大夫南京兵部武選司郎中邑人南橋陳謨[3]篆

賜進士第文林郎直隸含山縣知縣邑人龍岩牟蓁[4]書

嘉靖甲寅年十二月初五日，是閑公卒，其子劉永年等持狀請予銘。予雖耄且忘，不能為長語；然予二子皆為公婿，故愛我之深者莫如公，知公之深者莫如我，而誼又不可辭。吾聞《記》曰："節以一惠。"謹按狀掇拾大者序之，以為公銘。

公諱台，字衡仲，號是閑，初號雙山，以蚤退，取詩

---

[1] 縱78厘米，橫72厘米。楷書37行，行62字不等。有盖，篆書5行，"明大中大夫廣東布政使司左參政是閑劉公墓志銘"。1972年5月在重慶九龍坡區玉清寺人和公社共和大隊出土，現藏於重慶中國三峽博物館。

[2] 江玠，號鐵峰，巴縣人，弘治十二年（1499）進士，歷官分巡關西道，陝西布政使司左參政。謙恭謹密，政尚平恕，廷推清官第一。致仕歸，祀鄉賢。

[3] 陳謨，字南橋，巴縣人，嘉靖二年（1523）進士，歷南京兵部武選司郎中、知府。

[4] 牟蓁，字龍岩，巴縣人，嘉靖二十九年（1550）進士，含山縣知縣，嘉靖間修《含山縣志》。

人意為今號。其先，楚興國人。始祖珉一，至正間始入蜀，居於巴郭南之柳市，子孫遂家焉。二世祖諱文繡，業儒，好儒服，人稱"大袖劉氏"。嗣後，族益盛，子孫益賢。三世祖諱昇，仕丹陽縣丞。曾祖諱克明，為里隱君子，鄉人慕之。祖諱剛，仕台州府赤城丞，贈尚書。妣楊氏，贈夫人。父諱規，始以進士起家，仕至御史，有直聲，贈尚書。母鄧氏，封夫人，咸以兄文簡公貴也。

公生於赤城宦邸，少英發警敏，嘗擊竹揶揄，歌方外赤城。翁怒，置農器、書冊，以試所擇，公跪取書。翁口授書義，公即了了，通曉如成人。翁喜，聞者謂翁有後矣。及省翁尹麻城，時公十三歲，延名士段某者，授以《春秋》，日記萬言。試為文，即援筆立就。段奇，走白翁曰："三郎才如天馬，他日豈可量耶！"益嗹嗖誨不倦，公益英發日盛。

成化丁巳①補郡學生，即有時名。翁遣精業於崇因僧舍，從鄉先達戴石峰游，一時如槐山王公、予伯兄江公都溪，皆樂與之交，為摘星會。

壬子，督學山東王公視考卷，驚曰："解元已許王孝忠，今得子，不知鹿死誰手！"是秋，果大魁全蜀。試錄梓經書論策表各一，增常格，旌殊才也。繼入成均，司成林公試六堂第一，復梓文，以試監士。

丙辰，中會試十四名，梓經義，舉進士第，觀政吏部，

---

① 原文如此。成化無丁巳。應爲丁酉（1477），劉台十三歲。

授大名府濬縣尹。先是，濬素號難治，縉紳多疑，弍不樂行，濬大夫王公威寧伯聞公名，懇久于太宰屠公，遂授濬尹，公亦毅然請往。既至，歎曰："是豈不可為政耶？"先守己愛民，勤簿書，剗奸剔蠹，尤嚴請托，胥吏唯奉唯諾，無敢舞文者。

丁巳夏旱，公取《春秋繁露》，作神龍狀，徒行去，蓋烈焰中果三日雨如注，有秋。威寧伯有"龍亦重賢才"頌焉。俗健訟，公聽訟不立限，至則立。遇有重務，方發隸拘集。民不擾處，賊盜置重以法，輕者墨其門，使自化。□算車輛，除宿弊苦，商旅稱便。設各集郵舍，老人平物分訟，防寇懷賓，有夜戶不閉風。審編戶口，民有"劉青天"之謠。完城以備畿內回轡。其經理多取諸惡少不撿者，民忘勞而浚獲保障，其事備載五清劉太史《志》中。

濬初無業《春秋》者，公首得鏡月王潢二子為講經義，由是，濬士爭出公門下，至今以是經取科第者接踵，咸德公有造。三年，課最，召拜禮部儀制司主事，去之日，民擁輿脫靴，有泣下者。故濬《志》以"弘治以來，吾邑稱廉能者，唯劉、郭為最"云。

分掌禮曹，多援成憲。參古禮，為贊化。宗伯倪公倚重焉。如疏《春秋》，黜三《傳》及注箋，專主胡文定，命題課士，得賜允為定制，學者便之。未幾，轉稽勳，尋轉文選，滿考，升考功員外郎。人服公明，有聲藉藉。

明年，以奏止晉郡王求恤典如藩王禮者舊牘，忤逆瑾，傳旨拿問。有說公可貨免者，公守義不屈，遂左遷太州同知。時省翁家居，聞邸報，喜曰："吾兒素有直氣，今果然矣。"

涖泰之明年，奔省翁訃。及制闋，謹伏誅。時正德辛未，復補南京戶部員外郎。尋升儀制司郎中，尋奉敕廣西提學副使。一遵聖諭，端士習，務實用，以必得真才，以不負我國家求賢之意。建書院，以育賢才。嚴規限，以勵不率。

公雖平恕，尤明於知人，如鄭君琬、方君策、朱君鵬、李君高、余君勉學，咸自鄉試，同標癸未，廣西在中數中亦異耳。憲部郎楊君琇，試初士時，一見即知為遠器。司業張君星、吳府倅瑤岳兄弟，親授經，為文章。白判采、吳君謨，則出俸金擇配者。噫！公之嘉惠八桂人士亦厚矣。

甲戌夏，升廣東左參政。遇事多議論剴切，不為卷婁稽疑之態，故人多信之。會讞大辟，嘗活重典秦阿三等十三人。尤表章先哲，具題唐張九齡子某賢行，得配食父側。時當軸有子傳俸錦衣，以侵錫場，為不法，廣民赴奏于武皇，下觀風委勘，人多引嫌，公岸然承命，竟裁以法，識者為公韙。

丁丑，歸守鄧夫人制。先是，以同寅左轄方某者之隙，飛語被論報，公解組，時年五十三，真未老得閒，乃是閑也。公雖坐廢退，祀先敦族咸有緒，春秋率族人祀先，舉三治以篤親，續義倉以贍族，唯恐一日不綴恩以聯屬之也。公初年性簡亢，人以程尹川目之。平居里巷，未嘗詡詡強笑語以接殷勤之歡，故人多不至公門，或有不知公者。至晚年，遂大肆閑闊，怡情詩酒，放浪山水間。構九友軒、萬香亭、老圃園為行樂。風日佳時偕賓士，惟意所適，無分童冠雅俗，笑語移日，皆得歡心，卓有同人於野之量，而興趣則亹亹焉。

字逎勁，詞翰豪邁古雅，自成一家言。詩文凡若干篇什，咸梓《是閑集》中，藏於家。有《續厚德錄》《愧逊鐵樹》《田園雜興》《漁樵唱和》等集，及《器用》《官職銘》行於世。

公生於成化乙酉年正月二十三日，壽登九十，忽無恙不起矣。公配宜人蹇氏，先公卒。宜人子男三人：長嘉年，早卒；次郡學生永年；季長年。女三人：長適舉人聶夢麟，次適都指揮徐銳，季適吾季子郡學生中上。側室子一人，曰文年。女六人：婿曰中躍，吾支子，兵部員外郎；曰丁時顯；曰施文事；在室幼者三人。孫五人：起莘，郡學生；起渭、起涑，縣學生；起安、起亮；娟好靜秀，瑤環瑜珥。女孫一人。曾孫女二人。

以嘉靖丁巳年十二月十八日合葬于柳市大地壩蹇宜人墓左。

嗚呼！古之人老於官者，多以官為家，罷則無所於歸。歸，或早卒，或麥飰無主者，誰不鬱鬱泉下也哉？今公優遊松菊杖履近四十年，是真閑矣。惟閑，故靜；靜，故九十。使公當時不早退，退或無田廬，或無賢子孫，未必高朗令終，全歸牖下，有如此者。噫！天之篤佑於公豈少哉？知公含笑夜台矣。銘曰：

嗚呼公也，秀鐘楚蜀。發靈閩也，文振巴渝。掞天機也，春風上林。觀國光也，中外敭歷。藉政聲也，門多起士。翯鳳耆也，宦至金紫。炳虎變也，優遊林下。綏福履也，遐不黃耇。徵仁厚也，子孫振振。裕後昆也，億萬斯年。為佳城者，之孔安也。

明史·劉春傳[1]

劉春，字仁仲，巴人。成化二十三年進士及第，授編修，屢遷翰林學士。正德六年擢吏部右侍郎，進左。八年代傅珪為禮部尚書。淮王祐棨、鄭王祐檡皆由旁支襲封，而祐棨稱其本生為考，祐檡並被追封入廟。交城王秉杋由鎮國將軍嗣爵，而進其妹為縣主。春皆據禮駁之，遂著為例。

帝崇信西僧，常襲其衣服，演法內廠。有綽吉我些兒者，出入豹房，封大德法王，遣其徒二人還烏思藏，請給國師誥命，如大乘法王例，歲時入貢，且得齎茶以行。春持不可。帝命再議，春執奏曰："烏思藏遠在西方，性極頑獷。雖設四王撫化，其來貢必有節制，使不為邊患。若許其齎茶，給之誥敕，萬一假上旨以誘羌人，妄有請乞，不從失異俗心，從之則滋害。"奏上，罷齎茶，卒與誥命。

---

[1]《明史》卷一百八十四《列傳》第七十二《劉春》。

春又奏：“西番俗信佛教，故祖宗承前代舊，設立烏思藏諸司，及陝西洮、岷，四川松潘諸寺，令化導番人，許之朝貢。貢期、人數皆有定制。比緣諸番僻遠，莫辨真偽。中國逃亡罪人，習其語言，竄身在內，又多創寺請額。番貢日增，宴賞繁費，乞嚴其期限，酌定人數，每寺給勘合十道，緣邊兵備存勘合底簿，比對相同，方許起送。並禁自後不得濫營寺宇。”報可。

廣東布政使羅榮等入覲，各言鎮守內臣入貢之害。春列上累朝停革貢獻詔旨，且言四方水旱盜賊，軍民困苦狀，乞罷諸鎮守臣。不納。

春掌禮三年，慎守彝典。宗藩請封、請婚及文武大臣祭葬、贈謚，多所裁正。遭憂，服闋起南京吏部尚書。尋以禮部尚書專典誥敕，掌詹事府事。十六年卒。贈太子大保，謚文簡。

劉氏世以科第顯。春父規，御史。弟台，雲南參政。子彭年，巡撫貴州右副都御史。彭年子起宗，遼東苑馬寺卿。起宗子世賞，廣東左布政使。台子鶴年，雲南布政使，以清譽聞。鶴年孫世曾，巡撫雲南右副都御史，有征緬功。皆由進士。

劉氏族譜序[①]

　　原夫族之有譜，非特昭乎族之盛，亦系乎世之盛而後作也。凡譜皆藏於家，惟歐陽氏之譜見於集中，遂傳於世，與眉山蘇氏之譜並稱焉。蓋人處亂世，父子兄弟且不能保，況宗族乎？及世道清平，各全其生，各保其家，久之，族姓繁蕃，而又得有為者出，故譜之有作。雖曰族之盛而然，實由德之盛而然也。自元季大亂，湖湘之人往往相攜入蜀，為避兵計。我朝應運削除群雄，而王蜀者自若也。洪武四年，天兵始克之，當是時，劉氏自興國而來，卜居於重慶之巴縣，蓋百年於茲矣。自珉一府君傳六世，有登成化己丑進士第者曰規，仕於朝，為才御史。君生三子，仲曰春，季曰台，並冠賢書。春，登成化丁未進士及第，今為翰林院侍讀學士；台，登弘治丙辰進士，今為吏部員外郎。皆以文行見推于士林。族中人成才者，濟濟翩翩，方興未艾。劉氏舊有譜，遭亂散佚，莫能究其先世。至是御史君始復作譜，斷自珉一府君始，可謂不失之誣矣。其法以古人五世為一圖者，未可用；而獨用長寧周氏九世之制，其說見於譜例。譜成，學士君（劉春）請序于余。噫，劉氏其盛矣，而皇朝之盛，不於此而驗乎？

　　[①] 吳寬《劉氏族譜序》，載乾隆《巴縣志》卷十七《補遺·藝文》、同治《巴縣志》卷四之上《藝文志》，此序作於弘治十七年（1504）。與吳寬《家藏集》文字有異。

附：
家藏集·重慶劉氏族譜序[①]

　　族之有譜，非特觀其族之盛，亦系乎世之盛而後作也。凡譜皆藏於家，惟歐、蘇氏之譜見於集中，遂傳於世。今以蘇氏論之，自唐為蜀人，既有文如老泉者，而老泉復有子如軾、轍者。考之當時，宋興，平蜀已百六十年，居民樂業，文治大行，地雖險遠，而蘇氏之文章已盛於天下，譜之所作，宜其時矣。蓋人處亂世，父子兄弟且不相保，況宗族乎？及世已定，始得全其生，保其家，久之，族人益蕃，而又得有文者出。譜之有作，固族之盛而然，亦世之盛然也。自元季之亂，湖湘之人往往相隨入蜀，為避兵之計。皇朝應運以次削除群雄，而王蜀者自若，乃洪武四年天兵始平之。蜀，固樂土也，當是時，劉氏有自興國而來曰珉一府君者，遂定居重慶之巴縣，蓋百五十年於此矣。傳六世，有登成化己丑進士第者曰規，仕於朝，為才御史。御史君生二子，曰春、曰台，並首冠鄉解。春，登成化丁未進士第，今為翰林侍讀學士；台，登弘治丙辰進士第，為禮部主事。皆以文行稱于士林，若族人成材者尚多。劉氏故有譜，遭亂散失，莫能究其先世，特里巷呼為"大袖劉氏"，蓋以其先業儒而服縫掖也。至是，御史君始復作譜，近自珉一府君始，可謂不失之誣矣。其法以古人五世

---

① 吳寬《家藏集》卷四十四《重慶劉氏族譜序》。

為一圖者，未可用；而獨用長寧周氏九世之制，其說自見於譜例。譜成，學士君（劉春）請序於予。噫！劉氏其盛矣，皇朝之盛不於此而驗乎？

劉氏科第志序[①]

科第志，志劉氏科第也。劉氏族有譜矣，復勒斯於塾，以詔云礽而奮之也。巴之世家，國初稱忠定蹇氏，成（化）、弘（治）以後澤寖微，而文簡劉氏最著。又，牟氏、曹氏、蹇氏科第號為蟬聯。而劉氏子孫，累葉彌衍，文簡登鼎甲，位卿相，兄弟皆冠賢書。蘇子瞻云：兄弟並竊于賢良，衣冠咸以為盛事。將無同，繇是一門七葉俱興。九朝兩榜，時薦冠蓋；為式里閭，比于高陽；羔雁成群，求材必在新甫；二龍出守，市存棠棣之碑；兩疏來歸，家有竹林之禊；虔刀如拭，魏笏長傳。迄今題雁者若而人，縉綬者偕計者若而人，諸生中嶄嶄露頭角者若而人，龍駒鳳雛，雲間競爽，芝蘭玉樹，謝砌聯葩，何其盛也！里人稱為"大袖劉氏"，一稱"桂園劉"云。辟之《曹風》君子，詠其帶弁之儀；韓相高門，標以梧桐之樹矣。王子為之序曰：世家方于喬木者也。蟠踞厚者，條始繁澤，之自根及葉也；壅溉多者，叢愈茂澤，之自葉流根也。劉氏之先，

[①] 王應熊《劉氏科第志序》，載乾隆《巴縣志》卷十七《補遺·藝文》、同治《巴縣志》卷四之上《藝文志》。

典則燕貽，多孝友潔白之行；仕于朝者，敦尚節廉，賦政四方，皆有遺愛；形諸金石，積善余慶。昌厥苗裔，不亦宜乎！夫木畏再實，而況其屢也；壅之漑之，不在世德作求者哉！若夫玄成企齊於令聲，茂先厲志于高矩，亦各言其撰也。

劉氏科第志序[1]

天下所重者，莫難乎其聚；所積者，莫難乎其久。夫以美好珍奇之細，未有聚而不散、久而不廢者。況幾百年以來，耳目之所承襲，志意之所注向，孰有如科第者乎？

科第之聚也，既難；而其聚且久也，尤難。嗟乎！非可幸而至也。春秋之錄世卿，魏晉之崇貴族，典午以後，南則王、謝，北則崔、盧。不過席父兄之氣勢，以門地風流，高相誇耀；上之人遂因而甄敘之、爵祿之，所謂以貴襲貴，全系乎人，而不以天參焉者也。

今之科第則不然，憑三寸之管，冀幸于不可知之數，雖祖與父，不能私其子若孫。故有身為卿相，而門屏衰落，常不克以世者，蓋已多矣。即或氣焰相取勉強曁被而一、

---

[1] 徐元文《劉氏科第志序》，載乾隆《巴縣志》卷十七《補遺·藝文》、民國《巴縣志·文徵》下篇。徐元文，字公肅，昆山人，順治十六年（1659）殿試第一人，授修撰，累遷國子祭酒。此序作於康熙三年（1664）。

二傳之間，反以速罪譴者抑又多矣。是以甲第蟬聯，果獲聚且久者，指常不多，屈此非有世德積學以儲厚而流光，天與人若交相信又交相至者，蓋斷斷乎不可幸而致其道然也。

巴郡劉氏，其先本家于興國之烏崖，自元末遷此者，獨衣服與世殊，人以"大袖劉"別之。至侍御省齋公（劉規）始貴，一傳為文簡公，官至尚書學士，而兄弟省元，一時尤稱盛事。自後簪纓累世，至今雙山（劉如漢）給諫，為僉事了庵公（劉道開）之子，蓋侍御以下，凡八傳矣。

當前朝成、弘、嘉、隆之際，國脈強固，仕路恬熙。若靈寶之許，余姚之孫，其群從競顯津、豔人口；然卒未有劉氏之聚而久者，則劉氏必有以致此矣。

況全蜀遭獻賊之酷，埋刊屠滅，從古所未有。山川遞易，城郭皆非，其故家遺俗，委諸溝壑，蕩為灰燼者，固不知其凡幾。獨劉氏之子孫不絕如蒂，而僉事公脫虎狼之吻，轉徙於菁莽，猶得抱祭器守家學，即宗支爵里，時流連胸臆之間，今以授之給諫君者。噫！是則尤可紀也已。

余與給諫為同年生，獲視《科第志》而卒業之，因以歎劉氏鳩宗之方為不可及也。先王之制，上治下治旁治，合族之有禮卿大夫之家，苟有崇敦睦、紹箕裘者，無不著于宗祊，采于國乘。獨怪譜牒之誣也，端尚氏族；而氏族之闕也，端尚科名。則是緣朝典以為重輕，而宗譜幾不可復問。

今劉氏之為此《志》也，凡祖禰名德之大者，以及旁枝之出，系先賢之紀述，無不犁然；且其於禮也最合矣，使後世子孫知發祥、積慶保。世滋大之有自，而天人並至之，故未可以或幸焉。且天下之觀覽者，亦將愾然興起於斯，可以教忠，可以廣孝，又有以信宗譜之不可不修者，其當在此也歟？豈徒八門七葉，累累然詩書之食報，遂相榮耀而傲，舉世以弗如哉！余後起末學，謬從諸先生之後，廣其意而為之序。

太子太保禮部尚書東閣學士劉春賜諡誥[1]

制曰：諡法無私，朝廷表生前之行，輿評可據臣子易沒後之名。爾故太子太保禮部尚書東閣學士知制誥詹事府掌府事教習庶吉士劉春，秉心正直，積學深醇。蚤掇巍科，丕著文章之用；久居侍從，懋宣啟沃之勞。歷典文武，兩闈兼收。思皇多士，爰掌邦禮。寅清無忝，秩宗載握。留銓統均，克稱塚宰。及來報政，遂晉司綸。儲相有待，子登庸優，老不煩以部務。朕纘成大統，寤寐求賢。方倚老成之人，遽聞考終之訃。未竟爾志，殊珍予懷。肆恤典之宜隆，稽眾謀而僉協。按諡法，勤學好問曰"文"，一德不懈曰"簡"。茲用諡爾為"文簡"，錫之誥命。於戲！名乃實賓，褒貶特嚴於一字；論以久定，芳徽永賁於千秋。泉

---

[1] 此誥頒於正德十六年（1521）。載乾隆《巴縣志》卷十七《補遺·藝文》。

壤有知，尚克歆服。

禮部志稿·尚書劉春[1]

　　劉春，字仁仲，四川巴縣人。成化癸卯，鄉試第一。丁未，進士及第，授編修。弘治辛亥，轉修撰。庚申，充東宮講讀官。秩滿，遷左諭德。癸亥，預修《會典》，進侍講學士。正德紀元，升學士。辛未，擢吏部侍郎，充經筵日講官。明年，陟禮部尚書。凡舉動，皆為久遠計，不務目前。

　　西僧有欲奪民地于甘州，且乞遣官督建寺。時關中饑甚，春力爭，以為不可，謂非止病民，邊警至不可支持，竟停之。

　　占城世子失國，竄居邦都，即請封。春曰："春秋公孫青尚不辱命于衛，況天朝乎？"疏上，已之。

　　宗藩請封及婚嫁，弊孔百出。春即檢其行，駁者盡語之，吏不得欺，以求賄。又以祭葬諡議，關係勸懲，乃奏為定格。要家及故舊有以厚利力請者，不為動。久之，亦安其所宜得，心亦莫之怨也。

　　每勳戚大臣病故，上遣諭祭，喪家輒厚幣為謝，習以為常。春曰："以尚書而受其贈遺，豈惟輕已，如國體何？"

---

[1] 參見明代俞汝楫編《禮部志稿》卷五十三《列傳》。

故事，功臣襲爵表謝，又皆禮部堂上分撰，謝以銀幣，悉卻之。其謹峻有守如此。

尋丁憂，起復為禮部尚書兼翰林院學士。在內閣，專管誥勅，掌詹事府事。卒，錄東宮講讀勞，詔特加祭二壇，造墳安葬如例，贈太子太保，諡文簡。

春，志行端潔，德量醇厚，有古人風。

明楊慎《祭劉春文》[1]

岷山之精，井絡通津。焜曜峻極，實生偉人。天生我公，匪邦伊世。在邦為珍，在世為瑞。三禮首選，鼎魁及第。摛藻天庭，敷言近陛。有頍文苑，蔚為儒宗。講金華而議白虎，記東觀而考南宮。瑰詞直筆，大雅古風。隨仕階而譽命，思職居以效忠。乃陟宗伯，乃掌邦禮。公德寅清，公衷簡易。是禮是儀，爰契爰似。酌言可施，違覆堪紀。宅憂詔還，總已留鑰。報政來朝，帝念舊學。視草西垣，演綸東閣。維新天子，更化立年。饑渴宅俊，寤寐英賢。公才公望，孰與公先。天不憖遺，公下少延。哀哉！賀門鞠為吊間。嗟兮！梁木霜稼已俱；區中之緣永絕，蒼生之望遂虛。嗚呼！位至八座，壽登六袠。雖尊榮之已膺，恨效用之未極。在公者，則立德、立言，足以不朽而無恨；

---

[1] 楊慎《祭劉春文》，載雍正《四川通志》卷四十四《藝文》。又名《祭宮保劉文簡公文》，參見乾隆《巴縣志》卷十四。

在議者，則為世、為民，重以不滿而興噫也。杳杳靈駕，載返東川。敬陳薄奠，以告祖筵。

祭劉仁仲太宰文[1]

嗚呼！天佑斯民，為國生賢。惟才與德，亦罕具全。德稱其才，見於東川。質由天賦，學自家傳。精專三禮，淹貫群編。恂恂退抑，似不能言。其中朗耀，如珠在淵。妙齡發解，唾手魁元。明廷三策，大對莫先。爰擢史職，旋躋講筵。德業日富，令聞日宣。乃陟卿曹，乃司代言。不激不隨，無黨無偏。柄用之望，眾口同然。聖明嗣統，側席虛前。登崇俊良，茅拔茹連。胡不憖遺，而館遽捐。孰屯其膏，不及黎元。奈之何哉，彼蒼者天。既厚其賦，乃嗇其年。嗟余衰耄，久已歸田。江湖暌遠，顧念勤惓。長箋短劄，誼重意虔。遊從之好，終始弗諼。詎謂奄忽，遂隔九原。瞻望巴蜀，心旌徒懸。緘辭寄奠，有淚如泉。尚享！

---

[1] 明代謝遷《祭劉仁仲太宰文》，載《歸田稿》卷三《祭文類》。

禮部尚書兼學士劉春[①]

劉春，字仁仲，四川巴縣人，成化癸卯鄉試第一，丁未進士及第，授編修，弘治辛亥，轉修撰，庚申，充東宮講讀官。秩滿，遷左諭德。癸亥，預修《會典》，進侍講學士。正統[②]紀元，升學士。辛未，擢吏部侍郎充經筵日講官。明年，陞禮部尚書。

占城世子失國，竄居邦都，郎請封，春曰："春秋公孫青尚不辱命于衛，況天朝乎？"疏上，已之。又明年，改南京吏部尚書。辛巳，調禮部尚書兼學士，典誥敕掌詹事府事。卒贈太子太保，諡文簡。

子彭年，舉進士，為督學副使，今擢都御史。延年，蔭中書舍人，禮部主事。孫起宗，戊戌進士。

大學士楊廷和銘其墓，曰："重慶先達，曰蹇忠定。文簡繼之，煒煒輝映。其始從事，史局講筵。隨試自效，職業罔愆。四典三禮，秩亦屢遷。法守是慎，不比于權。召自留都，司帝之制。行將大受，參預政事。諧於庶明，以贊新治。胡進之難，胡奪之易。"

廖道南曰：予為庶吉士時，東川公方起赴闕，見其醇雅篤厚，有古人風，方擬樹教秘書省，未幾而亡。石齋之

[①] 明代廖道南《禮部尚書兼學士劉春》，載《殿閣詞林記》卷六。
[②] 正統，應爲正德（1506）。

銘，豈欺我哉？

贊曰：峨嵋嶙嶸，灩澦淵渟。忠定先奮，文簡後征。恂恂其貌，翼翼其心。兩川黎老，茲其典刑。

巴縣志·諸劉傳（節選）①

《明史》稱："縣劉氏，世以科第顯。"

劉氏自撰《科第志》，縣人王應熊為敘，謂"巴之世家，明初稱蹇氏，成（化）、弘（治）以後，澤寖微。又牟氏、曹氏，科第亦號蟬聯。惟劉氏子孫則累世彌衍"。長洲吳寬、崐山徐元文，亦先後為文張之。

縣人以其族衣服異時俗，稱為"大袖劉"，一稱為"桂園劉"。桂園，在縣西柳市里，今為人和鄉，其子孫世居焉。

先本家于湖廣興國州之烏崖。《興國州志》云："烏崖劉氏，為宋太師劉韐之苗裔。"元至正間，有珉一者，始來遷。三傳曰昇，昇生克明，克明生剛。剛以下九傳至如漢，《前志》各有傳，而以剛孫春為最顯，雖盛科第，實世著名德。蓋巴之世家，經獻亂後，蹇及牟、曹遷流轉徙，悉去縣籍；劉氏廑存，復顯清初。然三百年喬木故家，久亦替矣。今據《前志》，匯次諸劉，以殿明一代人士。

---

① 載民國《巴縣志》卷十《人物·諸劉傳》。茲選部分文字，至劉台止，劉春後人略。

附 錄

道開，為剛八世孫，當明亡，道開子如漢登科出仕，在清順、康之世。劉氏世系如左（下）表。

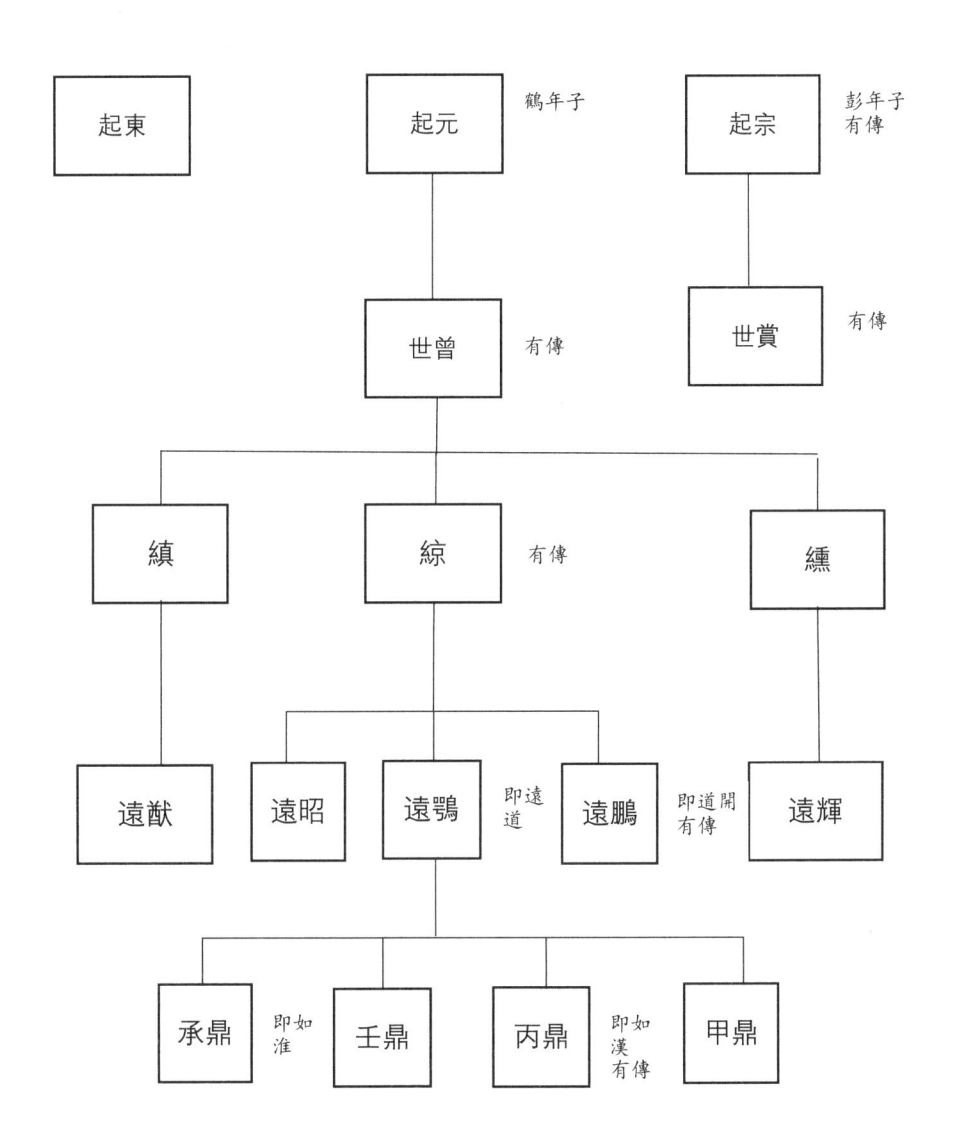

```
起東          起元  鶴年子      起宗  彭年子
                                      有傳
              │                │
              世曾  有傳        世賞  有傳
              │
   ┌──────────┼──────────┐
   縝         綜  有傳     纁
   │         │            │
   │    ┌────┼────┐       │
   遠猷 遠昭 遠鶚 遠鵬     遠輝
            即遠  即道開
            道    有傳
        │
   ┌────┼────┬────┐
   承鼎 壬鼎 丙鼎 甲鼎
   即如      即如
   淮       漢有傳
```

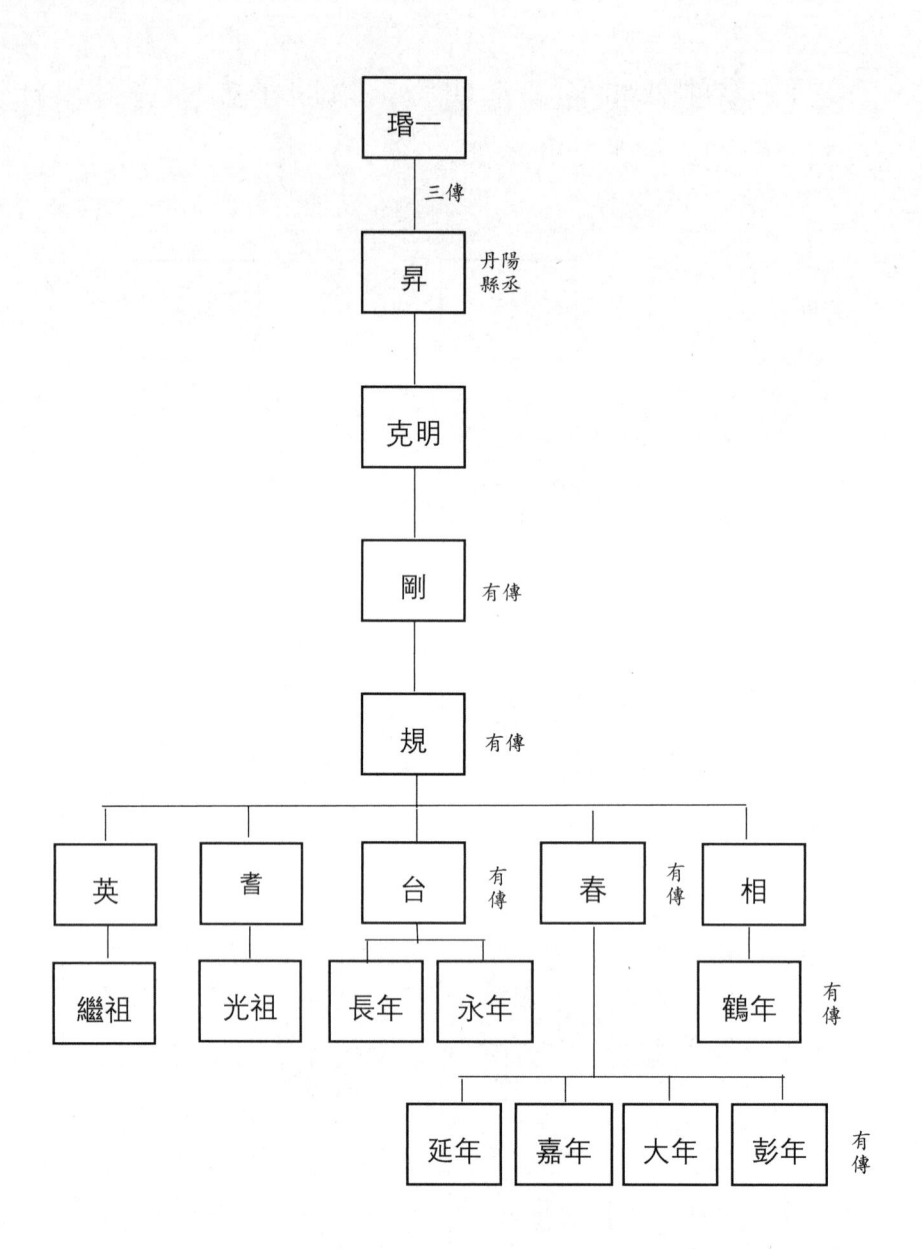

```
        ┌─────┐
        │ 瑠一 │
        └──┬──┘
           │ 三傳
        ┌──┴──┐
        │ 昇  │ 丹陽縣丞
        └──┬──┘
        ┌──┴──┐
        │ 克明 │
        └──┬──┘
        ┌──┴──┐
        │ 剛  │ 有傳
        └──┬──┘
        ┌──┴──┐
        │ 規  │ 有傳
        └──┬──┘
```

┌────┬────┬────┬────┬────┐
│ 英 │ 耆 │ 台 │ 春 │ 相 │
│   │   │ 有傳│ 有傳│   │
└─┬──┴─┬──┴─┬──┴─┬──┴─┬──┘
  │   │ ┌─┴─┐ │   │
繼祖 光祖 長年 永年 │   鶴年 有傳
              ┌────┬────┬────┐
              延年 嘉年 大年 彭年 有傳

劉剛，字弘毅，性英敏，能吟詠，尤工楷法。任赤城驛丞，太守廉其才，令攝縣事。再蒞臨海，均有政聲。以孫春貴，贈禮部尚書。【《王志》】。附錄李東陽《劉弘毅神道碑銘》：

重慶劉公，諱剛，字弘毅，仕不顯。其子（規）封學士君。規嘗為御史，當推封，亦不果。卒後二十年，其孫春為禮部尚書，始獲錫命，則異數也。公之葬，前學士江公東之為銘，今少傅王公濟之為表。及贈至二品，制得樹碑神道，禮部君方以母喪歸，因備儀物飾兆域，自述事狀，請予銘。學士君上溯先代出興國，為予同省，其無所與讓。

　　按劉氏遠有世德。祖諱昇，丹陽縣丞；考諱克明，隱於鄉。公性沉毅，居家孝友。少從祖之官，誦讀經史，能吟詠，尤工楷法，鄉人爭延為塾師，多所造就。正統間，郡邑強辟為從事，非其好也。在公勤恕，不事舞法。知縣田春者，亦能官，折節遇之，試入優等。以祖妣及考皆年老，懼弗逮養，例請降級，得台州赤城驛丞。知府阮君治尚清潔，獨愛公，令攝縣事。再涖臨海，恩威並著，真授者殆不及。成化辛卯，學士君為縣公，手列居官數，則戒之，因乞致事以去，蓋所謂仕不顯者如此。學士君歷余姚、麻城，以治行征入內台，出按山東，有所舉劾，以詿誤左遷。時未滿初考，蓋所謂不果封者如此。禮部既及第，入翰林，以學行論議，歷編修，至學士，封止父母，及為尚書，亦未滿考。會朝廷推恩，大臣二品以上，預給誥命，時禮部在喪次，特予之，於是公與學士君皆贈資望大夫、禮部尚書，蓋所謂異數者如此。

　　公配楊氏，同邑望族，慈惠賢淑，與公合德，贈夫人，惟學士君一子；女四：適黃庚爵、周易、段霞、柳蔚。孫五：相封戶部主事；次即禮部君；次台，雲南左參政；次者，府學生；次英。孫女六：適鄉貢士盧尚鎬、國子生胡繼、陳嘉事、徐佶、傅良弼，一未行。曾孫九：鶴年，兵部郎中；彭年，戶部主事；大年，府學生；次嘉年、延年、光祖、繼祖、永年、長年。曾孫女六：適府學生蔣弘仁，鄉貢士聶夢麟，指揮使蕭矗、徐銳，縣學生魏實，一許嫁江郎中子中上。玄孫三：起宗、起元、起東。玄孫女三，皆幼。

公生永樂丙申五月初四日，卒於成化甲午六月一日，年五十有九；楊夫人生永樂乙未，卒弘治丙辰，年八十二。合葬於梁相村之原。

自學士君及禮部及參政、兵部二郎官，皆繼舉進士，而來者尚未可量。惟公以一身，傳及奕世，名爵輝煥，曾玄蕃衍，蔚然為巨家貴族，固善慶所積，自貽厥祥；而天之報公，足償所負矣。此予前銘所未悉者，因備書之。銘曰：

躬弗膴仕，仕必累世；子弗逮封，爰及秩宗。故爾落落，而乃焯焯；屈則為蠖，舉則為鶚。桃李之茂，松柏之壽，孰華而暫，孰大以久？物理固然，於人則有。惟祖暨孫，其初一身，我弗自取，以遺後人。惟子是父，惟孫是祖，國有名籍，家有乘譜。綸綍之榮，實倍冠組，亦有銘詩，永輝終古。】

規，字應乾，成化己丑進士。初令余姚，築海堤，均里役，恤災黎，慎刑獄。擢御史，巡按山東，劾監司不法者，反為所中，謫郁林州判，遷新淦令，以母老乞終養。教子有法度，春、台二子，聯元鼎甲，科第綿衍不絕，巴渝世族，首推劉氏。壽七十有三。祀鄉賢。【《王志》】。附錄楊廷和《劉應乾墓表》：

封翰林院侍講學士劉公卒後七年，其配鄧宜人卒。子春仁仲，時為禮部尚書，以訃聞。上命工部遣官治葬事，禮部諭祭於其家。會朝廷推恩，大臣二品以上未滿考者與誥，仁仲以喪不預給，特命給之，加贈公資政大夫，禮部尚書，鄧夫人，蓋異數也。於是仁仲乘傳歸守制，以其年十二月十四日奉夫人柩，與公合葬梁相村之原。

先是，仁仲嘗屬廷和表公之墓，不有以應也；至是，復遣人來速，乃按《狀》而敘之。

公諱規，字應乾，其先湖廣興國州人，六世祖珉一，元季徙重慶之巴縣；曾祖昇，丹陽縣丞；祖克明；父剛，台州赤城驛丞，兩世俱贈禮部尚書，母楊氏，贈夫人。公以明經舉成化五年進士，明年授余姚知縣；丁外艱，改麻城縣；十七年擢雲南道監察御史，核湖廣、貴州軍餉，以祖喪承重去。二十二年，改山西道，出按山東，劾參政之不法者，反為所中，謫郁林州判官；明年，敘遷新淦知縣，以母老乞終養，例不可。會上兩宮尊號推恩，乃就仁仲，官封翰林編修階文林郎；復以兩宮尊號推恩，進封侍講學士階奉直大夫。

公為政以愛民節用為先務。在余姚，興利除害，勸學養士，不遺餘力。邑北瀕海舊有石堤捍潮，歲久堤圮，公因而增築之，遂以無患。里甲苦供役勞費，公度民所易辦者，令里出米二石應一日，有餘，均於次日，不足則次補之，自是費省數倍。每賑饑，先期下令參互審核，戶與一票，至期親歷鄉落，分日驗票給之，民無贅聚，各沾實惠。慎重刑獄，嘗誦歐陽公"求其生而不得"之言以自警。小事即時決遣，不輕械系，曰："民之系獄，如吾骨肉就執也。"勢家請托，客至，延坐公廳，令群吏左右侍，皆莫敢出口以去，然亦無以怨也。在麻城亦然。暨為御史，所至摘發奸慝，而存心平恕，不欲以是為威慮，囚多所平反。居常痛父早世，事母甚孝，棄官以養，每飯必親侍，務得其歡心。治生勤儉，米鹽細務，亦手自籍記，故仕宦以廉稱，而居積饒裕。時以資給其子，又以散諸親戚鄉里之貧者。間語人曰："往年遷新淦時，或謂是多堂餐，錢盍少，就以為歸資。于時竊笑之，今則何假於彼也？"

教子有法，既登仕，益加誨勅。時諭曰："鄉舉進士，學校中好人；孝子順孫忠臣義士，則一家一國好人也。汝輩但欲為學校中好人而已乎！"公嫉惡嚴甚，而樂道人善，在林下見官府有一政之善，如己親被休澤，稱頌不置；或不善，則蹙額而言曰："何苦視民如仇耶？"

鄧夫人與公合德，多內助，亦公刑家之效也。公卒於正德三年九月十四日，春秋七十有三；夫人多七，其卒十年六月七日也。子男五：長相，封戶部主事；次即仁仲；次台，雲南左參政；側室出者二，曰耆，曰英。女六：長适舉人盧尚易，次適國子生胡繼，次適陳嘉事；女三亦出側室，長適徐及，次適傅良弼，次在室。孫男九：鶴年，相出，兵部郎中；彭年，戶部主事；大年、嘉年、延年，俱春出；光祖、繼祖，耆、英出；永年、長年，台出。孫女六。曾孫男三：起宗、起元、起東；曾孫女三。

公直不為訐，善不近名，小試其蘊，已為良吏。為名執法，使究其用，必大有所樹立，而謫非其罪，竟以終身！至其子孫乃大發焉，天之報公亦厚矣。蜀故多名賢世家，前史所載可考也；入國朝來百數十年間，視古盛時，猶或有歉，今駸駸向盛，若公一門，行業文章，前啟後述。仁仲在禮部，屢有建明，聖上所眷注；參政及兩部，皆蔚有時望；其餘亦秀而文明。所以昌人國而大其族，以紹休鄉先生者將在於是，率公之遺澤也。廷和嘗從公後，知公為深；公與夫人之葬，大學士西涯李公、邃庵楊公，先後為之銘，木齋謝公又為公作傳，行履述之詳矣；廷和故獨撮其大者表之，以告後之欲知公者。】

春，字仁仲，成化二十三年進士及第，授編修，屢遷翰林學士。正德六年擢吏部右侍郎，進左。八年代傅珪為禮部尚書。淮王祐榮、鄭王祐檡皆由旁支襲封，而祐榮禰其本生為考，祐檡並欲追封入廟；交城王秉機由鎮國將軍嗣爵，而進其妹為縣主，春皆據禮駁之，遂著為例。帝崇信西僧，常襲其衣服，演法內廠。有綽吉我些兒者，出入豹房，封大德法王，遣其徒二人還烏斯藏，請給國師誥命，如大乘法例，歲時入貢，且得齎茶以行。春持不可，帝命再議，春執奏曰："烏思藏遠在西方，性極頑獷，雖設四王撫化，其來貢必有節制，使不為邊患。若許其齎茶，給之誥勅，萬一假上旨以誘羌人，妄有請乞，不從失異俗心；從之則滋害。"奏上，罷齎茶，卒與誥命。春又奏："西番俗信佛教，故祖宗承前代舊設，立烏思藏諸司，及陝西洮、岷，四川松潘諸寺，令化導番人，許之朝貢，貢期人數皆有定制。比緣諸番僻遠，莫辨真偽，中國逃亡罪人，習其語言，竄身在內；又多創寺請額，番貢日增，宴賞繁費。乞嚴其期限，酌定人數，每寺給勘合十道，緣邊兵備存勘合底簿，比對相同，方許起送。並禁自後不得濫營寺宇。"報可。廣東布政使羅榮等入覲，各言鎮守內臣入貢之害，春列上累朝停革貢獻詔旨，且言四方水旱盜賊、軍民困苦狀，乞罷諸鎮守臣不納。春掌禮三年，慎守彝典，守藩請封、請婚及文武大臣祭葬、贈諡，多所裁正。遭憂，服闋起南京吏部尚書，尋以禮部尚書專典誥勅，掌詹事府事。十六年卒，贈太子太保，諡文簡。【《王志》略，採錄《明史》本傳。祀鄉賢。附雷禮《列卿紀·劉文簡公紀》：

劉春，字仁仲，號東川，一號椊庵，四川重慶府巴縣人。成化癸卯舉四川鄉試第一，丁未舉進士，廷對為天下第二，授翰林院編修。憲宗賓天，孝宗御極，戊申正月，充修《憲宗實錄》，官分職史館；二月上幸國子監，翰林自檢討以上皆祭服隨班陪祭，春以編修與焉。辛亥八月，《實錄》成，升修撰，仍賜宴於中府，欽賞白金三十兩，織金羅緞、紗各一，素羅緞、紗各一，絹六十，月推內書館教書。壬子，充經筵展書官，五月端陽節，賜紙虎、牙骨扇、虎頭絛、壽絲等物。癸丑，充殿試掌卷官，四月賜端陽節物如前，自是歲以為常。七月，疏乞歸省，給道里費。乙卯四月復任。己未充會試同考試官。庚申九月，選充東宮講讀官。辛酉八月，選充經筵講官。壬戌二月，三考滿，升左春坊左諭德；十一月，以東宮講讀恩賜大紅織金雲雁羅緞紗一，藍絹一，玳瑁帶一，連合。癸亥三月，以纂修《大明會典》成，升翰林院侍讀學士；五月詔修《通鑒纂要》；九月以東宮長髮，賜大紅柏枝絲羅二，表裏花銀二十兩；十二月，命視牲南郊，自是歲以為常。甲子，以御史府君鄧夫人明年偕七十，再乞歸省，命給驛行，且賜道里費。乙丑冬還朝，孝宗賓天，武宗御極，以隨龍恩升學士，詔纂修《孝宗實錄》，分得兵館。丙寅，以上初祀南郊，賜大紅白鷳緞一疋。舊例賜止三品而上，學士預，特恩也。分獻北鎮壇，自是每歲皆預分獻。二月，上耕耤田，幸太學，皆扈從，賜坐於彝倫堂，開經筵，賞銀三十兩，大紅、綠緞各一，絹二，鈔一千貫；九月，上念青宮舊勞，特賜金鑲玳瑁帶一，御制盤龍回文十二軸。丁卯四月，命掌院事；八月，充順天鄉試考試官；十一月，以《通鑒纂要》成，賜彩緞一，絹一，銀五兩。戊辰三月，充殿試讀卷官，以從子鶴年與試，辭不與，仍賜鈔千貫。三月，命教習庶吉士邵銳等於院署；四月開武舉，充試官。武舉有錄自此始，其條格皆創為之，最稱折衷；五月五日，特命隨內閣大臣觀標騎於虎城；十一月聞御史府君訃，以憂歸。辛未一月，服滿，升吏部右侍郎，賜《大明會典》《通鑒纂要》各一部；十二月轉左侍郎。壬申三月，以閣薦命充經筵日講官，仍不妨部事；五月賜虎須縧、壽縷牙骨扇，並青織金羅帶；十一月以河北盜平，敘建議功，賜大紅織金孔雀一，花銀十兩。癸酉六月，升禮部尚書；九月賜玉帶一。甲戌二月，會試充知貢舉官；五月，賜虎須縧等物加，扇袋用大戲織金羅；九月，賜大紅織錦金麒麟緞、紗各一，絹一，此正一品服也。乙亥，聞鄧夫人訃，時尚書未滿考，特許誥贈二代，賜夫人，祭葬，遣禮部主事余才經紀其事，仍給驛以行。戊寅服除，起南京吏部尚書，疏辭，不允。己卯四月上任。庚辰八月，入賀萬壽聖節，且滿初考，奏上，會武宗不豫，命未下。辛巳正月，命改禮部尚書兼學士，入東閣管誥勅。春七疏懇辭，得旨："卿學行老成，譽望素著，簡在朕心。覽奏具悉，誠悃著，即只承，不必固辭。"不得已，乃入直。二月，尚書考滿，命下蔭一子入監讀書；三月，武宗賓天；四月世宗繼統；五月，命掌詹事府事；是月，補庚辰會試，充讀卷官，命教習庶吉士廖道南等二十四員于翰林院，未廷謝。六月初三日，以疾卒，壽六十有二。贈太子太保，諡文簡，遣行人護喪歸，勅葬諭祭，恩數有加。春在詞林二十餘年，乞歸省者再，為學士時同官十人，具慶者惟春。士大夫競羨而侈談之。每以職在論，思手不釋卷，坐必夜分，起必五鼓，以筵進講，委曲規諷，上為改色。凡儒臣榮遇，皆遍歷之。及佐銓部，邃庵楊公為太宰，特重春古樸，登進人才，多所裨助。在禮部時，兩遇郊祀大典，一遇會試，貢院舊格，整飭一新。凡舉動皆為久遠計，不務目前。有西僧欲奪民地于甘州，且乞遣官督建寺宇，時關中儀，春力言不可，竟停之。占城失國，流寄他所，其世嫡求冊封，春議以為朝命不可辱在草莽，引《春秋》公孫青為據，遂格不行。又以祭葬贈諡，關係勸懲，乃奏為定例，以杜濫及。要家有以賄請者，拒絕尤嚴，久之亦安其所宜得，莫之怨也。或遇勳戚大臣病故，上遣諭祭，喪家輒厚幣為謝，習以為常。春曰："以尚書而受其私，豈惟輕己，如國體何？"悉卻之。其謹峻有守如此。行人傅檝有事德府，聞母病京師，疏以為事尚緩，乞得回京省視。吏部以差遣隸禮部，移咨至，春曰："苟可勸孝而無病于公，何成案之檢耶？"即為題復江西提學僉事田汝耔，乞印如分巡官，以便關防。前此屢有請者，例不應給，輒報罷。春以憲臣領風教，顧後其時務耶。奏議添設官用關防例，遂遍諸省。其不拘滯而勵教又如此。春為宗伯，凡推塚宰者一，推內閣者再，為南塚宰推北塚宰者一，皆不果用。每升進有機，輒自失之，恬然無悔。當其推內閣也，太宰楊公為首，公即次楊公，不由翰林者，咸擬次者得之。而春方奏止西僧請乞，詞甚激切。楊公私服曰："大位在前，乃略不自為，地（第）非仁且勇者不能也。"《通鑒纂要》成，例當增秩，時逆瑾方得志，欲延諸史官一至其家。春約眾俱不往，瑾怒，遂被廷詰，以書中字畫濃淡不勻奪俸，官遂不進。久之乃有銀幣之賜。及以憂歸，又遣邏卒伺之於道，竟無所得而還。春待物和而有則，人不見其喜怒；正義所在，則毅然爭之，不能奪也。服官三十五年，忠清嚴重，寬簡敦樸，以致三部寮屬及文武科門生，皆敬愛如私親，久而愈篤。每語後進，拳拳不欲失秀才風味。為詩文力追古作，晚益簡勁，類其為人。字畫規矩，于歐而自成一家，宛然冠冕佩玉，有心畫焉。同鄉馬侍郎廷用嘗曰："吾館閣中縝密者為某某，疏爽者為某某，敏達者又某某。至粹然集於一人，如出於一日者，其為吾東川先生乎！"所著有《鳳山集》若干卷藏於家，碑板在四方者甚多。大學士楊廷和銘其墓曰："重慶先達，曰蹇忠定。文簡繼之，煒煒輝映。其始從事，史局講筵。隨試自效，職業罔愆。四典三祀，職亦屢遷。法守是慎，不比于權。召自留都，司帝之制。行將大受，參預政事。諧于庶尹，以贊新治。胡進之難，胡奪之易！"】

重修安居縣入學記①

安居濱涪江，舊壓市，蟻聚為巨鎮，未有邑也。成化庚子②，撫按諸重臣疏民之情，請建邑於上，始設置。時百務創立，未暇計永久，故學宮僅逾二十年，風雨上旁，仰

---

① 光緒元年《銅梁縣志》卷十三《藝文志》，銅梁縣志編修委員會，1982 年翻印。《東川劉文簡公集》未收錄此《記》。

② 成化十六年 (1480)。

瞻失據，而士亦倀倀乎無所依歸。弘治丙辰①，泰興余侯誠假令於茲邑，惕然於中，曰："學校者，治化民風攸系也。乃苟應故事若此，吾輩得不承羞？"遂毅然請事繕修。顧歲艱，且民未信也，有難勞者。越數年為癸亥②，惠浹人和，始克為之。蓋凡大成殿、東西廡、戟門、欞星門及明倫堂、師生齋舍、廩庫之類，咸改作，煥然一新。舊聖賢塑像，歲更即剝毀，侯易以木刻。至於祭祀什物，皆如式新制。於是先聖先賢之靈，非惟陟降有所，而凡師生咸不至於無歸宿。一時父老聚觀者，悉嘖嘖稱曰："夫然，足以稱夫子之宮牆矣。"是役也，距經始迄甲子③冬，浹歲即落成。取木于山，伐石於野，役民以義，其程工有漸，而民不知勞；其擘畫有方，而民不知困。若侯者，可謂達為政之體，善於使民者矣。教諭蔣相、訓導鄧納輩，以侯之成績不可無紀述示將來，乃遣生員蘇鼎、李春，詣余請書之。夫孔子立萬世生民之道，雖暇陬僻壤，罔不依被教化之恩澤。譬如穀粟之療饑，布帛之禦寒，所至皆然也，況於郡邑聲明文物之所萃者乎？則凡可以竭其力，以少盡崇德報功之心者，當無不至，且又為德育成材之地。在法乃有司先務，固宜侯之汲汲於是，而不敢少緩也。於乎！為有司者，亦既殫慮竭志，盡其所有事矣。士之藏修息游於斯者，亦無忘其所有事。異日以賢哲顯名，上有裨於國家，下有裨於

---

① 弘治九年（1496）。
② 弘治十六年（1503）。
③ 弘治十七年（1504）。

鄉邑，則侯今日之修，夫豈徒哉？弘治十八年。

劉春年譜

劉春（1460—1521），字仁仲，號東川，成化十九年（1483）舉人，二十三年（1487）進士，正德六年（1511年）擢吏部右侍郎，進左。正德八年（1513）爲禮部尚書。遭憂，服闋，起南京吏部尚書。卒謚文簡。

天順四年（庚辰，1460）劉春生，1歲。

"公生於天順庚辰十一月二十九日。"（明嘉靖元年巴縣《劉春墓志銘》，現藏於巴南區文物保護管理所。下簡稱《劉春墓志銘》。）

"公生之前一夕，鄰嫗夢大星隕於今邑，而公生。"（《劉春墓志銘》）

"大父諱剛，台州赤城驛丞。父諱規，監察御史。俱以公貴，累贈資政大夫、禮部尚書。祖妣楊、妣鄧，俱夫人。……公配蹇氏，忠定公之族女，有賢行，封夫人。子男三：彭年，舉進士，歷戶、禮兩部主事，今爲刑部員外郎；次大年，先一年卒；次延年。女一，適鄉貢士蔣弘仁。孫男三：起宗、起東、起明。孫女三。"（《劉春墓志銘》）

按：劉春《東川劉文簡公集》卷之二十二《（壬子）冬月二十九日，適懸弧二子一女舉酒爲壽，感而賦此，用志喜也》:"虛度春秋三十三……竊祿詞林已六年。"按劉春成化二十三年(1487)28歲,成進士,"丁未舉進士,廷對爲天下第二,授翰林院編修"。"竊祿詞林已六年",指成化二十三年(1487)劉春授翰林院編修,至弘治五年(1492)"已六年"。又,"虛度春秋三十三",反推之,劉春生於天順四年(1460)。(《東川劉文簡公集》,《續修四庫全書》一三三二,集部別集類,上海古籍出版社,2002年。下簡稱《文簡集》。)

成化十三年(丁酉,1477)18歲。

"成化丁酉冬,(劉春)家君(劉規)謁選銓曹,得尹麻城。"(《文簡集》卷之九《送鮑君廷璋考績還任序》)

成化十五年(己亥,1479)20歲。

"弱冠,從少傅叔齋謝公治三禮。"(《劉春墓誌銘》)

成化十九年(癸卯,1483)24歲,鄉試第一。

"劉春,字仁仲,號東川,一號桴庵,四川重慶府巴縣人,成化癸卯舉四川鄉試第一。"(民國《巴縣志》卷十《人物·諸劉傳》附雷禮《列卿紀·劉文簡公紀》。下簡稱《劉文簡公紀》)

"成化癸卯,舉鄉試第一。"(《劉春墓誌銘》)

"予(王九思)爲諸生時,成化癸卯(成化十九年),聞文簡公(劉春)以《禮記》發解西蜀。"(《續修四庫全

書》1334集部王九思《奉賀是閑劉公雙壽序》,《渼陂續集》卷七下。下簡稱《劉公雙壽序》)

"成化癸卯,余(劉春)同舉於鄉者,舉進士外,凡若干人,皆以序受職,而爲州守者纔三人,嘉定劉介之於夷陵,江津鐘畏之於金州,及今晉寧則喻君脩己也。"(《文簡集》卷之一《送太守喻君脩己任晉寧序》)

"成化癸卯,余(劉春)同年貢於鄉者七十人,今皆先後列職中外,而得貳郡者則自杜君廷宣始。"(《文簡集》卷之二《送貳守杜君廷宣任鶴慶序》)

成化二十年(甲辰,1484)25歲,入成均,在北京。

"成化甲辰春,余(劉春)自成均識(劉)可大。"(《文簡集》卷之十七《翰林編修簡庵劉君墓志銘》)

按:成均,古之大學。泛稱官設的最高學府。劉存業,字可大,號簡庵。

成化二十二年(丙午,1486)27歲,"卒業大學"(成均),在北京。

"成化丙午,余(劉春)寓京師。"(《文簡集》卷之九《送戴景瞻判陝西徽州序》)

"丙午春,余(劉春)卒業大學時,往訪(余良爵)焉。"(《文簡集》卷之二《贈余君良爵擢南京刑部員外郎序》)

成化二十三年（丁未，1487）28歲，在北京，成進士。

"成化二十三年（劉春）進士及第。"（《明史》卷一百八十四《列傳》第七十二《劉春》）

"丁未（劉春）舉進士，廷對爲天下第二，授翰林院編修。"（《劉文簡公紀》）

"（劉春）舉丁未（成化二十三年）進士一甲第二人，入翰林，爲編修。"（《劉公雙壽序》）

"丁未，進士及第第二，授翰林院編修。"（《劉春墓誌銘》）

"眉山歐氏有曰時毅者，成化辛丑舉進士，爲吏部尚書員外郎，時余（劉春）少且賤，以在鄉黨，後亦與聞家世之盛矣。丁未，余與其弟（歐）時振舉進士，乃得定交焉。"（《文簡集》卷之一《送歐時和督運還任序》）

"成化丁未春，禮部舉進士三百五十人，而在吾蜀者三十人。"（《文簡集》卷之十六《刑部主事呂君搏萬墓誌銘》）

"丁未登極，賞（劉春）白金五兩。"（《文簡集》卷之二十二《以宮僚賜文綺寶帶……此四十年所無，賦此紀之》）

弘治元年（戊申，1488）29歲，在北京，充修《憲宗實錄》官。

"孝宗皇帝登極，（劉規）復敘遷爲江西新淦知縣，以母老上疏乞歸養，例弗許。時其子春已爲翰林編修，會上兩宮尊號，恩當封，乃棄職就封，秩爲編修階文林郎，曁今上皇帝登極，復以兩宮尊號，恩進封侍講學士、階奉直大夫。"（《劉公墓志銘》）

"憲宗賓天，孝宗御極，（弘治元年）戊申正月，（劉春）充修《憲宗實録》官，分職史館，二月上幸國子監，翰林自檢討以上皆祭服隨班陪祭，春以編修與焉。"（《劉文簡公紀》）

"重慶在蜀爲大郡，凡兵、農、錢、穀諸徭役，俱甲於他所。弘治戊申，歲大侵，民用弗給，老者死，壯者徙，雞鳴狗吠之聲，四境不聞。"（《文簡集》卷之九《送王君宗孔倅重慶序》）

"弘治戊申，全蜀自春至夏不雨，歲用不稔，民無私積，壯者散，而老弱轉乎溝壑者日益倍。"（《文簡集》卷之十四《頌德餘音序》）

弘治四年（辛亥，1491）32歲，在北京，轉修撰。

"弘治辛亥轉修撰。"（載《尚書劉春》。又，黃佐、廖道南《殿閣詞林記》卷之六《館學·禮部尚書兼學士劉春》。下簡稱《學士劉春》）

"弘治辛亥，憲廟《實録》成，轉修撰。"（《劉春墓志銘》）

"（弘治四年）辛亥八月，《實録》成，（劉春）升修撰，仍賜宴於中府，欽賞白金三十兩，織金羅緞、紗各一，素羅緞、紗各一，絹六十，月推內書館教書。"（《劉文簡公

紀》）

"辛亥進《實錄》，賞（劉春）白金三十兩。"（《文簡集》卷之二十二《以宮僚賜文綺寶帶……此四十年所無，賦此紀之》）

弘治五年（壬子，1492）33歲，在北京，充經筵展書官。

"壬子建儲，賞（劉春）青紵絲一匹。"（《文簡集》卷之二十二《以宮僚賜文綺寶帶……此四十年所無，賦此紀之》）

"（弘治五年）壬子，（劉春）充經筵展書官，五月端陽節，賜紙虎、牙骨扇、虎頭絛、壽絲等物。"（《劉文簡公紀》）

"弘治壬子（弘治五年），（重慶人李垚）就選，尹甘泉。"（《文簡集》卷之十六《明故甘泉尹李君墓志銘》）

按：《文簡集》卷之二十二《（壬子）冬月二十九日，適懸弧二子一女舉酒爲壽，感而賦此，用志喜也》："虛度春秋三十三……竊祿詞林已六年。"成化二十三年（1487）劉春28歲，成進士，"竊祿詞林已六年"，至弘治五年（1492）"已六年"。

弘治六年（癸丑，1493）34歲，在北京，充殿試掌卷官，七月，疏乞歸省。

"癸丑，（劉春）充殿試掌卷官。四月，賜端陽節物如

前，自是歲以爲常。七月，疏乞歸省，給道里費。"（《劉文簡公紀》）

"吾長壽聶君承之，舉進士，初令武昌。武（昌）瀕江負山，人多勁悍決烈。承之至，則聽決精明，賦役有法，而其除穢梳蠹，惴惴焉無寧居。閱數月，而布以大和，民歡然戴之，皆曰：'豈天惠我民耶？曷假侯以父母我也？'余（劉春）往年歸覲，道出蘄黃間，親得其治狀，頌聲于章縫野服之士，竊嘗異之。繼艤舟江夏，則藩臬諸公所以稱賞者不釋口。"（《文簡集》卷之十一劉春《送麻城尹聶君承之考績還任序》）

弘治七年（甲寅，1494）35歲，在北京，充殿試掌卷官，是年初歸巴縣省祖母。

明羅欽順《劉仁仲修撰歸省壽其祖母》："龍衮昭垂萬匯春，從班多暇夢歸頻。非關故國青山好，爲憶重闈白髮新。畫舫寒光迎灩澦，壽筵晴色散峨岷。何由泂挹巴江水，淨洗金罍侑幾巡。"（明羅欽順《整庵存稿》卷十七）

明王鏊《送修撰劉（春）君歸省序》："國家簡文學之士，聚之翰林，朝之百職，小大承序，日不暇給，而翰林獨若無事焉。百職者，掄材計考，或不次拔居通顯，而翰林獨漠然，其若不任也。固將有大者遠者焉，其以任之也。將任以大者焉，而安得不優之以閑？將任以遠焉者，而安得不須之以久？故士居其閑，無羨乎其要；安其久，無羨乎其速，其殆有所養也。養之者，非曰養，其尊重焉耳；

又非曰修，其詞藻焉耳。養其器，充然，其有容也；養其操，潔然，其不緇也；養其識，粹然，其足以辨也。三者君子之所以養也，一旦而授之大者遠者焉，則無不任也，是國家之意也。劉君仁仲，少發解四川第一，廷試爲天下第二，授翰林編修，進修撰，旋侍經筵。歲（弘治七年）之初吉，歸省於蜀。蜀之同官於朝者，乞予言爲贈君。予所知文學之邃，德器之醇，而退然其若不足也，其有所養者也，所謂遠者大者而授之焉，其有日矣，將無不勝也。予固無能者，行以告焉，庶偕進是道也。"（明王鏊《震澤集》卷十一）

明程敏政《送劉仁仲修撰還蜀》："豸冠投老住江鄉，之子歸寧下玉堂。路指白鹽論萬里，史成金匱重三長。壽尊滿注郫筒酒，舞袖遙分漢殿香。還闕有期應暫別，不須開宴奏清商。"（明程敏政《篁墩文集》卷八十九）

"初，（李垕）先生赴任時（按：弘治五年李垕任甘泉令）。余（劉春）辱在里閈。"（《文簡集》卷之十二《送甘泉令李（垕）先生考績還任序》）

是年聶賢34歲，疏請移置麻城。劉春爲之作送序。（《文簡集》卷之十一《送麻城尹聶君承之考績還任序》）

弘治八年（乙卯，1495年）36歲，離渝赴京，充殿試掌卷官。

"弘治乙卯春，予以修撰歸省還朝，道出涪陵。"（《文簡集》卷之十五《遊北岩記》）

"乙卯四月（劉春）復任（充殿試掌卷官）。"（《劉文簡公紀》）

弘治九年（丙辰，1496）37歲，在北京，充殿試掌卷官。

"今（弘治九年）三年考績，銓曹以例（聶賢）當復舊任，邑人秋官舒君楚、瞻大行、董君嗣紳喜得遂其借寇之願也，猥假余言叙行李。（劉）春常侍家君（劉規）尹斯邑（麻城）。時（劉春）方總角，亦能悉民情，士尚之懿。家君（劉規）之政履，固不能逃於官評物論之下，然自去邑（巴縣）距今二十年，而人之嚮往不衰。而（劉）春之所以蒙屋烏之念于縉紳大夫者，尤至於乎是，豈小子之所能致於人如此耶？余固謂麻城非難治也，二君子之見諉，曷敢有言説爲辭？惟承之（聶賢）之聲實已流不可遏。行將被征，蒙遷薦，歷通顯，則肅憲度於朝端，持風裁於天下，乃其所固有，而亦其所優爲者。慎無忘今日治邑之心也，充此心則其位日進名日高，澤日廣，無有乎難爲之官者，豈特見麻城之不難治耶？"（《文簡集》卷之十一《送麻城尹聶君承之考績還任序》）

按：民國《巴縣志·文徵》有李東陽《贈劉春劉台詩》："每愛西川玉一雙，獨承恩旨到鄉邦。長途未畏連雲棧，勝地終誇濯錦江。舊喜文場先入彀，近看史筆已如杠。郫筒載酒秋初熟，隔坐生香透碧窗。"然明吳寬《家藏集》卷三十有《送劉仁仲歸省》詩，與此同，文字稍異。未詳孰是。

弘治十年（丁巳，1497）38歲，在北京，充殿試掌卷官。

弘治五年，李垚尹甘泉。"吾（劉春）友宗岱李先生爲甘泉令幾年……今年以六年滿考，來得會，既叙契闊。"（《文簡集》卷之十二《送甘泉令李先生考績還任序》）

是年，貴州提刑按察司按察使劉福（巴縣人）妻余氏卒。弘治十六年（1503），劉春撰《劉安人余氏墓志銘》，"賜進士及第翰林院修撰經筵官同修國史、同郡劉春撰"。"賜進士出身福建左布政使正奉大夫正治卿、同郡蔣雲漢篆。""賜進士出身中憲大夫都察院右僉都御史改遼東苑馬寺少卿、同郡張禎叔書。"墓志于1982年出土于重慶九龍坡區九龍鄉茄子溪。（原石藏重慶中國三峽博物館）

弘治十二年（己未，1499）40歲，在北京，會試同考官。

"（弘治十二年）己未（劉春）充會試同考試官。"（《劉文簡公紀》）

"（胡天敘）丁未舉進士，而吾蜀同舉者三十二人，今（弘治十二年）距丁未才十有三年耳，而仕於朝者僅六七人焉。"（《文簡集》卷之十一《城東叙別詩序》）

"弘治己未春，余（劉春）被命同考禮闈，得一士曰劉蒞者，其文蘊而不肆，未之識也。"（《文簡集》卷之十八

《處士劉君配孺人合葬墓志銘》)

　　弘治十三年（庚申，1500）41歲，在北京，充東宮講讀官。
　　"（弘治十三年）庚申九月，（劉春）選充東宮講讀官。"（《劉文簡公紀》）
　　"（十三年）庚申，（劉春）充東宮講讀官。"（《尚書劉春》）

　　弘治十四年（辛酉，1501）42歲，在北京，選充經筵講官。
　　"辛酉八月，（劉春）選充經筵講官。"（《劉文簡公紀》）

　　弘治十五年（壬戌，1502）43歲，在北京，升左春坊左諭德。
　　"壬戌二月，三考滿，（劉春）升左春坊左諭德。"（《劉文簡公紀》）
　　"十一月，以東宮講讀恩賜大紅織金雲雁羅緞紗一，藍絹一，玳瑁帶一，連合。"（《劉文簡公紀》）
　　是年，酆都人楊孟瑛知杭州，楊孟瑛《修（杭州）府治記》："予自刑部郎中出守杭郡。"（乾隆《浙江通志》卷三十《公署·杭州府治》）是年劉春撰《送楊溫甫守杭州序》："比者刑部郎中楊君溫甫被上命守杭州，蓋簡仕也。"

(《文簡集》卷之三)

弘治十六年（癸亥，1503）44歲，在北京，由左諭德遷翰林院侍講學士。

劉春，三月初四辛未，由"左諭德遷（翰林院侍講學士）"。（張德信著《明代職官年表·殿閣大學士年表》，黄山書社，2009年）

三月辛未，"以《大明會典》成，升纂修官翰林院學士梁儲、王華俱爲詹事府少詹事，仍兼學士。……左諭德劉春、楊時暢，侍讀白鉞俱爲侍講學士。……"（《明孝宗實録》卷197）

"癸亥，《大明會典》成，轉侍講學士。"（《劉春墓志銘》）

"劉春……弘治十六年任講學。"（王世貞《弇山堂別集》卷四十六《講讀學士表》）

"癸亥（弘治十六年），預修會典，（劉春）進侍講學士。"（《學士劉春》）

"（十六年）癸亥，預修會典，（劉春）進侍講學士。"（《尚書劉春》）

"癸亥三月，以纂修《大明會典》成，升（劉春）翰林院侍讀學士；五月詔（劉春）修《通鑒纂要》；九月以東宫長髮，賜（劉春）大紅柏枝絲羅二，表裏花銀二十兩；十二月，命視牲南郊，自是歲以爲常。"（《劉文簡公紀》）

"明弘治癸亥，宣聖六十二代孫知德承詔襲公爵入覲，東還，館閣之士洛陽劉健希賢、余姚謝遷于喬、南昌張元楨廷祥、廣陽劉機世□、仁和江瀾文瀾、沂水武衛廷修、河東張芮□□、新都楊廷和介夫、陳留劉忠司直、東川劉春仁仲……凡三十六人，各賦詩贈行。"（錢大昕《潛研堂文集》卷三十二《題跋六·跋吳匏庵贈衍聖孔公襲封還闕里詩序》）

按：《劉文簡公紀》謂弘治十五年（1502）二月劉春升左春坊左諭德，誤，當依《明代職官年表》等，在弘治十六年（1503）。

弘治十七年（甲子，1504）45歲，在北京，翰林院侍講學士，是年閏四月歸省父母，羅玘等八人在北京城東南"錦衣袁氏宅"附近"水木嘉處"為之餞行，離京南下，西折秦嶺，"赤日之暴，劍門之險，鳥道之危，曰吾不知也"，返回巴縣。

劉春，弘治十七年翰林院侍講學士。（《明代職官年表·殿閣大學士年表》）

"甲子，以御史府君鄧夫人明年偕七十，（劉春）再乞歸省，命給驛行，且賜道里費。"（《劉文簡公紀》）

明羅玘《送侍講學士劉（春）君歸東川省慶詩序》："城之東南隅有溪焉，其原出於西山之麓，注於大內太液之池，釃為支流，而徑於此。涯多檉多柏，錯以槐榆，陰壓壓與水接，錦衣袁氏宅焉，石以假山，洞其中而亭其上，為都城水木嘉處。侍講學士東川劉君仁仲，得請歸其鄉，闰（四）月十日，予與倪舜熏八人餞之。予善袁氏擇勝而得是焉。初亦適然耳，無他謂也，既而酒行甚歡。略我賓主，其隙或循溪群行，或席涯雜坐，而仁仲獨俯溪以觀水，即涯以蔭木。其觀也，覺首肯肯，有遠跂意；其蔭也，覺足踆踆，有俯躅聲。予酌爵飲之，曰：'飲斯，何跂也？'又酌飲之，曰：'飲斯，何躅也？'仁仲笑曰：'跂，吾默求其原，而躅，吾微探其本也。吾之身，譬則水也、木也。吾之二親，譬之原也、本也。微吾親，何以有吾身？無吾身，吾何以有今日乎？吾違二親十年矣，故吾講幄之班虛之，曰他日可綴也；東宮之講讀輟之，曰他日可續也；史事之簡命，委之同館曰，可畢事也。萬里之途，赤日之暴，劍門之險，鳥道之危，曰吾不知也，唯曰二親明年之壽，吾不可藉是以一日逭也。故遇水觀之，且跂焉，遇木蔭之，且躅焉，吾急故也，吾有觸焉。'爾八人者於是大喜予之善擇勝也，且合辭言曰：'微此，何以發吾仁仲（劉春）之真，豈天遺此以彰吾仁仲之孝思耶？'不可無述，遂各自爲詩一章，以志斯會之遭也，且以爲其行贈。詩成，書名氏於其上：（倪）舜熏，工部郎中，錢塘人；清苑傅邦瑞，左春坊左中允；姚江翁應乾，官如（倪）舜熏，在禮部；任丘屈引之，兵科都給事中；湘源蔣敬之，官如（傅）邦瑞，在右坊；丹徒靳充道，左諭德；鉛山費子充，左贊善，俱左坊。予，南城人，官尚編修也，以齒差長優之，讓爲序云。"（明羅玘《圭峰集》卷二）

羅玘《送劉仁仲歸省詩》："頭戴義獸角，憶兒前歸時。

孫歸好背腹，振振銀鷺鷥。老眼眵忽明，呼童掃蓬茨。坐堂勞辛酸，乘馬百日馳。重華正當陽，子亦侍講帷。群公互經綸，乃一卨一夔。念子能割義，勇遂內顧私。蔭屋漸生竹，逼牆誰種檟。前年郛邑空，鋤岷絕蹲鴟。巴童頗還定，萬灶已煙炊。夢寐見顏色，渥丹滿頤髭。縮地若有幻，玉山立差池。婆婆進璃觴，此味老更知。"（明羅玘《圭峰集》卷二十六）

按：四庫全書總目《羅圭峰文集》提要："羅玘，字景鳴，南城人，成化丁未進士，官至南京吏部右侍郎，謚文肅，事迹具《明史·文苑傳》。玘以氣節重一時。"

弘治十八年（乙丑，1505）46歲，翰林院侍講學士，修《孝宗實錄》。在巴縣省父母至冬天，回北京。

劉春，弘治十八年翰林院侍講學士。（《明代職官年表·殿閣大學士年表》）

"越乙丑冬，予（劉春）復以學士歸省還朝，思嘗所願。比過（涪陵），則朋儕相友善者，皆宦遊，不得而徑造矣。"（《文簡集》卷之十五《遊北岩記》）

"乙丑冬，（劉春）還朝。孝宗賓天，武宗禦極。（劉春）以隨龍恩升學士，詔纂修《孝宗實錄》，分得兵館。"（《劉文簡公紀》）

是年，劉春撰《重修安居縣入學記》。（光緒元年《銅梁縣志》卷十三《藝文志》）

正德元年（丙寅，1506）47 歲，在北京，翰林院侍講學士。

劉春，正德元年翰林院侍講學士。（《明代職官年表·殿閣大學士年表》）

"正統（德）紀元，（劉春）升學士。"（《學士劉春》）

"正德紀元，（劉春）升學士。"（《尚書劉春》）

"（正德元年）丙寅，以上初祀南郊，賜（劉春）大紅白鸚緞一匹。舊例賜止三品而上，學士預，特恩也。分獻北鎮壇，自是每歲皆預分獻。二月，上耕耤田，幸太學，皆扈從，賜坐於彝倫堂，開經筵，賞銀三十兩，大紅、綠緞各一，絹二，鈔一千貫；九月，上念青宮舊勞，特賜金鑲玳瑁帶一，御制盤龍回文十二軸。"（《劉文簡公紀》）

正德二年（丁卯，1507）48 歲，翰林院侍講學士，掌翰林院事。在北京，七月因《通鑒纂要》被劉瑾罰俸兩月，八月充順天鄉試考試官。

劉春，正德二年翰林院侍講學士。（《明代職官年表·殿閣大學士年表》）

"丁卯四月，命（劉春）掌院事。"（《劉文簡公紀》）

"正德二年六月二十九日，（陸深）自翰林晚退，吏適來報云，明早入朝俱須早赴，但云，出院長劉（春）先生仁仲之命。叵測。明早，奉天門駕退，中使宣旨，府部堂上官科道掌印官翰林院官皆待命闕下。未幾，左順門開，出一朱櫃，中使六七人作傳宣狀。余（陸深）等皆立內閣门外，北望洶洶。適敕房中舍過，云，昨進呈《通鑒纂要》書札，忤旨，今特布示。時西涯（李東陽）在告，焦（芳）、王（鏊）二公皆請罪。須臾，中官復出，手持若詔旨，於是衆皆叩頭謝而退。即日，科道官舉劾，而修書官自西涯（李東陽）以下皆待罪。明日，有旨，内閣三公不問外，自禮侍劉公機（璣）、少卿費宏、學士劉春、侍讀徐穆、編修王瓚，皆罰俸。書寫則光禄卿周文通等皆罰俸。中書沈世隆、吳瑶等二十餘人，悉放爲民。外議藉藉，以爲是舉也，意不出於主上，當有主之者（是時，劉瑾正擅威福力行之）。"（明陸深《儼山外集》卷七《金台紀聞上》）

　　七月癸卯。"《通鑒纂要》進呈後，司禮監官即至内閣傳示聖意，令刊刻板本中官督刊刻者，檢其中有一二紙裝潢顛倒，復持至内閣見示，欲更定其序耳。是日，值大學士李東陽家居，惟同官焦芳、王鏊在閣。（焦）芳以爲編纂總於東陽，非己責也，慢其人不加禮遇。其人怒，遂以白于（劉）瑾，瑾方欲以事裁抑儒臣。初一日，早朝畢，集府部大臣科道等官於左順門，以進呈本出示，遍摘其中字畫之濃淡不均及微有差訛者百餘處以爲罪。給事中潘鐸、御史楊武等遂劾禮部左侍郎兼翰林院學士劉璣等，受命編纂，光禄寺卿周文通等職專謄寫，不能研精其事，俱宜究治。東陽等失於檢點，責亦難辭。（劉）瑾矯詔是其言，令所司詳核書内差訛及謄寫官姓名以聞。於是東陽等奏，謂其書卷籍浩穰，事務繁冗，日期已定，校閲不周，倉卒之間致有差錯，臣等不能無罪。有旨，卿等政務繁冗，其勿問。既而纂修謄寫等官各具疏自劾。乃奪（劉）璣及學士劉春、太常寺少卿兼翰林院侍讀費宏、侍讀徐穆、編修王瓚俸兩月。"（《明武宗實錄》卷 28）

八月庚辰。"順天府鄉試。命翰林院學士劉春、侍讀學士吳儼爲考試官。"（《明武宗實錄》卷 29）

"八月，（劉春）充順天鄉試考試官。"（《劉文簡公紀》）

"十一月，（劉春）以《通鑒纂要》成，賜彩緞一，絹一，銀五兩。"（《劉文簡公紀》）

正德三年（戊辰，1508）49 歲，在北京，遷翰林學士，充殿試讀卷官。九月劉規卒，享年 73 歲。以憂歸巴縣。

劉春，正德三年由翰林院侍講學士遷翰林學士。（《明代職官年表·殿閣大學士年表》）

三月。"命……李東陽……焦芳……王鏊……屠滽……充廷試讀卷官。……禮部尚書劉春以從子（劉）鶴年皆與試，當避嫌。上允（劉）春請。"（《明武宗實錄》卷 36）

"戊辰三月，（劉春）充殿試讀卷官，以從子（劉）鶴年與試，辭不與，仍賜鈔千貫。"（《劉文簡公紀》）

"四月開武舉，（劉春）充試官。武舉有錄自此始，其條格皆創爲之，最稱折衷。"（《劉文簡公紀》）

"五月五日，特命（劉春）隨内閣大臣觀標騎於虎城。"（《劉文簡公紀》）

"公（劉規）卒於正德三年九月十四日，春秋七十有三；（鄧）夫人多七，其卒十年六月七日也。"（《劉應乾墓表》）

"十一月聞御史府君（劉規）訃，（劉春）以憂歸。"（《劉文簡公紀》）

"戊辰，丁外艱，歸。"（《劉春墓志銘》）

"學士（劉春）君在講筵史局，方向用，聞（劉規）訃，將歸。卜以明年某月某日襄事，奉狀請予（李東陽）銘。銘曰：邑不我詘，台不我矜。旋復棄之，封君是稱。科以三世，教以一經。矧有世守，有行有名。公名固存，奚俟茲銘。"（《劉公墓志銘》）

"（劉規）子男五：長相，封戶部主事；次即仁仲；次台，雲南左參政；側室出者二：曰耆，曰英。女六：長適舉人盧尚易，次適國子生胡繼，次適陳嘉事；女三亦出側室，長適徐及，次適傅良弼，次在室。孫男九：鶴年，相出，兵部郎中；彭年，戶部主事；大年、嘉年、延年，俱春出；光祖、繼祖，耆、英出；永年、長年，台出。孫女六。曾孫男三：起宗、起元、起東；曾孫女三。"（《劉應乾墓表》）

"（劉規）子春，舉解元、進士及第，累官至學士，賜四品服，以學行聞。台，亦舉解元、進士，歷吏部員外郎，今爲泰州同知。孫，鶴年，復舉進士。彭年，舉鄉貢士。科第之盛，鮮與爲比。其次曰靜年、大年、嘉年、延年、光祖、繼祖、萬年，皆宜人鄧氏出。"（《劉公墓志銘》）

是年，劉春作《明致仕重慶府知府沈公墓誌銘》。(《文簡集》)

正德四年（己巳，1509）50歲，翰林學士，在巴縣。

劉春，正德四年翰林學士。(《明代職官年表·殿閣大學士年表》)

五月丁未。"吏部上纂修等官歷俸入館淺深及升職舊例，得旨，升纂修催纂侍讀毛紀等十八員，並收掌文書劉訊、謄錄沈冬魁等七員，俱一級；稽考參對修撰呂柟等十二員，俸一級。丁憂學士劉春等二十二員，查其到館日期，員外郎喬宗及秀才張保等二十九員，仍查其履歷以聞。"(《明武宗實錄》卷50)

劉春家居，撰《明故封文林郎大理寺左寺副劉公（威）墓誌銘》："封大理寺左寺副劉（威，字偉望）公，正德己巳冬十月二十九日卒於家。時其子潮以四川按察司僉事擢布政司左參議。適履任，而訃至，遂戴星歸，將治葬事，屬余銘于幽石。余方讀禮家居，荼毒未能也。……誼不容辭。"(《文簡集》卷之十七)

正德五年（庚午，1510）51歲，翰林學士，在巴縣。

劉春，正德五年翰林學士。(《明代職官年表·殿閣大學士年表》)

是年，劉春在巴縣應致仕，知縣李垚請撰《重慶太守何侯去思碑》：

重慶太守何侯（珊），擢四川憲副，兵備敘瀘之地。去之日，民之耄稚泣送者塞途，如赤子失父母，皇皇焉不能終日。久之，其耆老丐致仕知縣李垚詣余請曰，侯之牧愛吾民，吾民之感侯惠愛。蓋有孚於中者，而恒以速遷爲懼。茲遷秩去矣，而民思之鬱陶不能已，顧未能形於言。公盍嘉惠以勒諸堅珉？庶幾知民之不能忘侯者，非矯飾也。

余聞而惻然，遂進耆老，詰之曰："侯之廉潔無私，以愛利爲行，余固知之矣。而其所以致若輩勤懇如此，非有真德實惠浹于人心未能也，亦可得聞乎？"耆老曰："侯之惠愛，數其事，雖更僕未易盡，而其心則有可言者：蓋侯外寬內明，不務敢擊，以厲威脅衆，而果於去惡，要使人各安其業於田里而已。其視民瘼，如嘌疸在身，不忘決去。其視吏民，陷於法者，則恒哀矜，不以文內之。

正德丁卯（正德二年），歲大疫，貧者但待斃矣。侯亟市藥，命醫官張盛叔哺咀，沿門散之，得不棄於溝壑。

戊辰（正德三年），歲大旱，民心惶惶。侯齋戒，徒步率僚吏遍禱郡內應祀，神祇應時而雨。

己巳（正德四年），歲大侵，民饑，多不能舉火。侯力請于所司減價糶倉庾儲粟，民賴全活。是歲多虎害，民至不敢輕出戶。侯爲文齋戒，禱城隍之神，分遣能吏，率人擒捕。民居弗戒於火，延及於公宇。侯籲天請禱，已而返，風得息。

自蒞郡，郡中清靖，號無事。侯乃日集郡邑庠諸生於凝道書院，設師席，延侍御姚公爲主講，明道藝，而以時考校加懲勸焉。又舉鄉賢之未從祀者，以敦勵屬風化。

盖自侯之至也，刑非不用，用之而能屈其心，人無所怨；罰非不行，行之而能體其情。人無所苦，故民樂耕於野。商旅樂趨於市，士樂於藏修，而奸惡豪右則潛屏於閭里。若是，而民安得不思乎？"

余聞之，乃愓然而起，曰：有是哉，侯之惠愛也，夫古之稱循吏者不過。……（下略）（《續修四庫全書》集部別集類《東川劉文簡公集》）

正德六年（辛未，1511）52歲，一月服滿，二月遷吏部右侍郎，四月挈妻孥離渝，在涪陵遊北岩，在湖北松滋拖泥灣遇風險。十二月升左侍郎，充經筵日講官，在北京。

"（正德六年）辛未一月，服滿，升（劉春）吏部右侍郎，賜《大明會典》《通鑒纂要》各一部；十二月轉左侍郎。"（《劉文簡公紀》）

二月初三甲申，劉春由翰林院翰林學士遷吏部右侍郎。（《明代職官年表·殿閣大學士年表》）

二月初三甲申，劉春由翰林學士遷吏部右侍郎。（《明代職官年表·部院侍郎年表（京師）》）

"辛未，升吏部右侍郎，尋轉左。"（《劉春墓誌銘》）

劉春《遊北岩記》："又逾七年，為辛未，予以憂歸服除，蒙恩擢吏部侍郎。趨朝，歲之四月望後一日，至涪（陵），訪同年友別駕文君希博、縣令程君秉衷，及司諫劉君惟馨，則咸莊居。竊意北岩之遊又無因而遂矣。比薄暮，希博始自莊來會；至乙夜，惟馨亦來自莊。固請翼（翌）日具晨炊，不得而辭也。越翼（翌）日侵晨，秉衷又自莊來會。已而，赴惟馨燕（宴），還舟，則三君先後挈榼酌別。余乃語之曰：'北岩伊邇，而吾輩適偶會，盍往一遊乎？'三君曰：'諾！'遂渡江。"（《文簡集》卷之十五）

劉春《拖泥灣遇風記》："正德辛未夏四月……乙巳（四月二十六）侵晨……過枝江，過松滋……雨霏霏下，水波倏起，舟下流似挽而上者，舟子乃請艤江岸少憩，許之。問其地，曰'拖泥灣'也。酉刻，風勢轉甚，雨下如注。望岸樹如拜如舞，聲怒且號。江間波浪，澎湃洶湧，拍岸掀天，舟雖倍加纜系，隨浪簸蕩起伏不暫停。余急令舟人登岸，訪可暫避所，曰'黃指揮莊'在焉。遂挈妻孥往得登岸，心且喜且懼。時荊守邊庭實遣幕僚郭溥迎自枝江，舟稍後至。是以風作亦至，乃相隨步泥淖及莊，則茆屋三間，牛欄豬櫊列置，屋側宛如吾渝村落，門外樹聲撼擊，助風勢益甚。少間，一人以布幅蒙首，冒雨來及前，始知爲（周）廷臣，盖與郭（溥）共舟，故來遲也，乃相慰藉。及夜漏下數刻，風轉疾，雨轉甚，（周）廷臣曰：'幸移寓此，脫在舟中，縱免他虞，然簸蕩擊撞，惡能一息安枕也？'少頃，莊人具酒肴，不能辭，乃勉爲數酌。"（《文簡集》卷之十五）

十二月廿一丁酉，劉春"遷左（侍郎）"。（《明代職官年表·部院侍郎年表（京師）》）

十二月丁酉"升吏部右侍郎劉春爲本部左侍郎"。（《明

武宗實録》卷 82)

"正德六年擢（劉春）吏部右侍郎，進左。"(《明史·劉春傳》)

"劉春，四川巴州（縣）人。由進士六年任右，轉左（侍郎）。"(王世貞《弇山堂別集》卷五十四《卿貳表·吏部左右侍郎》)

"辛未（正德六年），擢（劉春）吏部侍郎，充經筵日講官。"(《學士劉春》)

"（六年）辛未，擢（劉春）吏部侍郎，充經筵日講官。"(《尚書劉春》)

按：劉春在涪陵晤"司諫劉君惟馨"，即劉菠，字惟馨。又，文希博，皆參見正德十三年（1518）劉春序《涪州志》文字。

正德七年（壬申，1512）53 歲，在北京，吏部左侍郎，充經筵日講官。

"壬申，充經筵日講官，仍理部事。"(《劉春墓志銘》)

正德七年，劉春，吏部左侍郎。(《明代職官年表·部院侍郎年表》)

"壬申三月，以閣薦命（劉春）充經筵日講官，仍不妨（吏）部事。"(《劉文簡公紀》)

四月"丙戌。吏部左侍郎劉春以四川盗未平言五事：

一、今領軍出哨委都指揮，指揮千百户，多畏縮，托疾不行，乃以吏典義官充之，則平日爵禄此輩者，將何爲哉？自今領軍官托疾者，請革其職，子孫襲替亦遞降。

二、邇者，東達、江津之功，總制等官俱升賞，而領軍者都指揮方面，知府而下，皆不及，乞量爲升賞，以勵人心。

三、近調川湖各宣慰宣撫司土兵，效勞俱多，乞量授職，禦陣亡者亦加優恤。

四、何定、何士昂以吏役，在東達、江津，俱有奇功，而賞格未及，宜如軍職例升賞。

五、茂州衛帶俸指揮馬聰，舊充參將，曾經戰陣，坐累不用，乞查訪，果有才能如（馬）聰者，不拘年老退閑，俱得起用"。（《明武宗實錄》卷86）

正德七年四月："給事中張潤等言，江西、川陝、河南、山東、直隸用兵日久，公私困竭，而盜賊橫行未已……洪鐘之在四川，鄢、藍賊首已誅，廖麻子、麻六兒餘黨漸滅，惟江津之賊尚爾奔突。"（《明武宗實錄》卷86）

"五月。賜（劉春）虎須絛、壽縷牙骨扇，並青織金羅帶。"（《劉文簡公紀》）

五月十二日劉春有詩：《壬申五月十二日邃庵（楊一清）合九卿臣僚上章左順門，有詩紀事，次韻一首》："雲斂長空麗日遲，諫書隨捧向彤墀。效忠豈爲身家計，用志應非世俗移。但願君心誠可感，不愁民困力難支。連宵細讀名賢傳，慚愧無言只自知。"（《文簡集》卷之二十二）

九月。"以直隸、山東、河南、江西等處盜賊平定，京營提督官發兵會議與各部院等衙門俱效勤勞，英國公張懋、

成國公朱輔……各賞銀三十兩，紵絲二表裏，侍郎劉春、蔣冕……各賞銀二十兩，紵絲一表裏。"（《明武宗實錄》卷92）

"十一月以河北盜平，敘建議功，賜（劉春）大紅織金孔雀一，花銀十兩。"（《劉文簡公紀》）

按：黃佐、廖道南《殿閣詞林記》卷六《館學·禮部尚書兼學士劉春》、俞汝楫《禮部志稿》卷五十三《列傳·尚書劉春》皆載："明年（正德七年），（劉春）陟禮部尚書。"誤。

正德八年（癸酉，1513）54歲，在北京，六月遷禮部尚書。

六月"丙寅。升戶部左侍郎王瓊爲本部尚書，吏部右侍郎劉春爲禮部尚書"。（《明武宗實錄》卷110）

六月廿九丙寅，劉春由吏部左侍郎遷禮部尚書。（《明代職官年表·部院大臣年表（京師）》）

六月廿九丙寅，劉春遷禮部尚書。（《明代職官年表·部院侍郎年表（京師）》）

正德八年"癸酉六月，升（劉春）禮部尚書；九月賜玉帶一"。（《劉文簡公紀》）

"八年，（劉春）代傅珪爲禮部尚書。"（《明史》卷一百八十四《列傳》第七十二《劉春》）

"劉春，字仁仲，四川巴縣人，進士，正德八年任（禮部尚書）。"（明俞汝楫編《禮部志稿》卷四十二《歷官表

·尚書》）

"劉春……正德八年任（禮部尚書）。"（王世貞《弇山堂別集》卷四十九《禮部尚書表》）

十月甲子。"初，交城榮惠王蕿，無嗣，姪表木襲爵，得追封本生父奇㵒爲王，至是管府鎮國將軍奇㴲請加封奇㵒之女太平郡君爲縣主，下禮部議。尚書劉春言：'加封事例，施於世次，應襲王爵而未得者。若世次不應襲，其子雖進襲王爵，惟以繼嗣爲重，不得加封。至於子女，尤所弗論，所以正統緒、定名分也。交城王表木以姪繼伯，追封其父，已爲過分，乃又欲加封其女，不可許。且請申諭各王府，今後有旁支進襲王爵者，不得奏請加封父母及其父母所生之子女，違者罪坐輔導官。'上是之，命著爲例。"（《明武宗實錄》卷105）

十月。"初，淮康王世子見濂蚤卒，無子。康王老，請以次子清江王見澱攝府事。逮康王薨，見澱尋卒，其長子佑榮襲爲淮王。已而，見濂得追封淮安王。……安王稱王伯，清江王稱王考。……輔導官謂其非宜。……禮部尚書劉春謂：'安王雖未封而卒，今已追封爲王。佑榮雖生於安王卒後，今既入繼親王，則實承安王后矣，皆朝廷之命，非無所承也，乃更欲追封其本生之父，則安王封謚之命將安委乎？'……從之。"（《明武宗實錄》卷105）

"正德八年，康王世子見濂蚤卒，無子。康王老，請以次子清江王見殿攝府事。逮康王薨，見濂尋卒，其長子佑榮襲爲淮王。已而，見濂得追封淮安王。其妃王氏爲王妃時，制册稱安王爲佑榮伯父，故其常祭祀號安王稱王伯，清江王稱王考，且所居王氏仍世子府宫，而本生母趙氏入居永壽宫。輔導官謂其非宜，言于王。王奏其生在安王卒後，未嘗爲嗣，欲加重其私親。事下禮部，移西江守臣令輔導官勘覆。乃謂安王伯父之稱，本諸制詞，惟稱清江王爲王考，於義未協。按禮，諸侯之子爲天子，後者稱於所後之天子，而不得稱於所生之諸侯。別子之子爲諸侯，後者稱於所後之諸侯，而不得稱於所生之別子。其不爲人後者，子爲天子，而父非天子，則必追尊之。詔已播於天下，乃可稱其父爲天子。子爲諸侯，而父非諸侯，則必追封之，請已允于天子，乃敢稱其父爲諸侯。今之親王，即古諸侯也，今之郡王，即古別子也。親王所主祭之王考，則諸侯之稱廟也。淮王既不後於其伯，則非爲人後者，欲乞以清江王追封入廟，與安王同爲三世之穆，似兩得之。但今未得請，王乃以親王之爵主祭郡王之廟祀，號爲王考。是即子爲諸侯，而父非諸侯，請未允于天子，而輒稱其父爲諸侯矣。又，生母趙氏未得進封，遽稱國母，先居永壽宫，此則其非據者。於是，禮部尚書劉春謂，安王雖未封而卒，今已追封爲王。佑榮雖生子，安王卒後，今既入繼親王，則實承安王后矣，皆朝廷之命，非無所承也。乃更欲追封其本生之父，則安王封謚之命將安委乎？徒欲顧其私親，而不知繼嗣之重，事體殊戾。況安王既追封入廟，爲三世之穆，清江王又欲進封，則一代二穆，豈禮哉？祝號稱呼，不可以制册爲據，惟當以所後爲稱。其清江王祀事，宜令次子佑樬主之，惟王無預焉。所居宮，則安王妃遷入永壽宮，清江王妃退居清江府。斯禮、典、法、令皆得矣。詔以其援據甚明。從之。"（明俞汝楫《禮部志稿》卷七十七《宗藩備考·淮安王廟祀稱號》）

按：黃佐、廖道南《殿閣詞林記》卷六《館學·禮部尚書兼學士劉春》："又明年（正德八年），改南京吏部尚書。"誤。

正德九年（甲戌，1514），劉春母親鄧氏80歲。劉春55歲，在北京，禮部尚書。正月乾清宮火災，劉春等上疏乞罷，溫旨慰留之。二月會試，劉春充知貢舉官。四月，王玹逾法妄言流賊等事，劉春嘗受王玹私啓，被停俸四月。八月，寧王朱宸濠奏宗枝巧索民財，肆其暴橫，乞降敕痛革前弊。劉春等受其蒙蔽，謂其忠勤，宜如奏。是年劉春子彭年成進士，授户部主事。

正德九年，劉春，禮部尚書。（《明代職官年表·部院大臣年表（京師）》）

正月癸未。"大學士楊廷和、梁儲、費宏以乾清宮灾上疏自劾……既而府部大臣尚書劉春等及六科十三道亦上疏乞罷，俱溫旨慰留之。"（《明武宗實錄》卷108）

"正德九年春正月，禮部尚書臣劉春、侍郎臣李遜學、臣吳儼，以會試之期伊邇，預戒厥屬，各慎事無怠。"（明梁儲《鬱洲遺稿》卷五《序·會試錄序》）

"甲戌二月會試，（劉春）充知貢舉官。"（《劉文簡公

紀》）

四月壬寅。"停户部尚書王瓊、禮部尚書劉春俸各四月。先是，致仕副使王玹遣家人言流賊等事，詔以（王）玹逾法妄言，下其家人于錦衣獄，以（王）瓊、（劉）春嘗受（王）玹私啓，責令陳狀，（王）瓊、（劉）春各具疏引罪。內批，謂大臣受私啓不發，實昧大體，姑貸之，仍各奪俸。"（《明武宗實錄》卷110）

"五月，賜（劉春）虎鬚縧等物，加扇袋用大戲織金羅。"（《劉文簡公紀》）

八月癸巳。"寧王宸濠奏，邇者宗枝日繁，多以選用儀賓點僉校尉為由，巧索民財，肆其暴橫，乞降敕痛革前弊，其縱惡不改者，聽臣系治參奏。都察院右都御史石玠會禮部尚書劉春、兵部尚書陸完等，議以寧王江右諸藩之長，能不自隱護，歷陳諸弊，可謂忠勤，宜如奏，戒敕榜諭，及許王訓飭其不法者。得旨，王此意甚善，朕悉從之，其通行天下巡撫官，一體禁約，及示各王府知之。是時，宸濠百計橫索，虐焰方張，境內之民，重足屏息，惟懼不免，其為此奏，一以掩飾己罪，沽取美名；一以束縛宗支大肆吞噬，而上不之覺，廷議亦因而成之，於是益無顧忌矣。"（《明武宗實錄》卷115）

"九月，賜（劉春）大紅織錦金麒麟緞、紗各一，絹一，此正一品服也。"（《劉文簡公紀》）

十二月己丑朔。"以營建乾清、坤寧宮，遣成國公朱輔、駙馬都尉蔡震、定國公徐光祚、工部尚書李鐩、禮部

尚書劉春，祭告天地、宗廟、社稷及山川、城隍、太歲等神。"（《明武宗實録》卷119）

劉春之子"彭年，字維静，號培庵，正德甲戌進士，官貴州巡撫。禮賢育才，興利除害，所至有聲"。（《諸劉傳》引乾隆《巴縣志》）

張璧撰《（劉彭年）便輶省慶詩序》："禮部尚書東川劉公（春）乃元嗣（長子，户部主事彭年）惟静（一作維静），偉才諝，舉進士高第，以予（張璧）世好，嘗謂予曰：'吾祖母太夫人（劉春母親）在蜀，明年壽八十。吾父（劉春）懷思，恒弗釋然者，將若何？'余曰：'夫固知東川公（春）之志也。吾聞之，可於親不可於君，非忠也；可於君不可於親，非孝也。知忠孝而無所於處，無權之義也。君其圖之。'（正德九年，彭年）尋授户部主事，又謂余（張璧）曰：'兹承乏户部，户部多使事，吾取便爲祖母壽，以慰吾父，斯幸矣。'未幾，使陝行，且有日。余聞而嘆曰：'樂哉行乎！奉王事以周旋，而私情遂焉，於兹行有之！'夫人于親，孰不欲其榮且壽，顧有命焉，非計取而倖得者。太夫人恭莊静淑，相其夫以庇其子若孫，有壽之道矣。又以其子東川公（春）貴，受封典，享有禄養，而施施于于葆貞自遂，有榮之具矣。萃榮與壽，以有全福於身，詎不爲難哉！自太夫人家居，東川公（春）縣省覲之私，爲明天子倚毗，不能去左右，户部君（彭年）乃承其（東川公劉春）志，以行使遠歸，榮誕期伊邇，將登堂舞彩燕喜焉，爲太夫人壽重闈之慶，雖有離憂亦樂也，東川公

（春）可以無憾。由是君子謂户部君（彭年）之行也，于使則忠，于歸則孝，其善權輕重爾乎？行矣，諸稱壽有詩，故序之。"（四庫全書存目叢書集部第六六册張璧《陽峰家藏集》卷二十四《便軺省慶詩序》，齊魯書社，1997年，509頁）

　　按：張璧《便軺省慶詩序》："太夫人（劉春母親）在蜀，明年壽八十"，即正德九年（1514）劉春母親、劉彭年祖母鄧氏80歲。十年，鄧氏81歲，卒，"正德乙亥（十年）六月，我（劉春）母太夫人奄棄"。（《文簡集》卷之十五《劉氏齋房記》）劉規"卒於正德三年（1508）九月十四日，春秋七十有三；（鄧）夫人多七，其卒（正德）十年六月七日也"。（《劉應乾墓表》）但《便軺省慶詩序》並非撰於正德八年（1513），因爲《序》中有劉彭年"尋授户部主事"字樣，按正德九年（1514）劉彭年成進士，所以《序》不可能撰於正德八年（1513）。劉彭年以出差之便，至巴縣省祖母無具體時間，而正德十年（1515）劉春母、彭年祖母卒，故列《便軺省慶詩序》撰於正德九年（1514）。

　　《序》中有"禮部尚書東川劉公（春）"字樣。正德八年（1513）六月"丙寅。升……吏部右侍郎劉春爲禮部尚書"。（《明武宗實録》卷110）

　　張璧（1474—1545），字崇象，石首人，正德六年（1511）進士，嘉靖元年（1522）任經筵講官，嘉靖二十四年（1545）卒。張璧比劉春小15歲，是劉彭年輩。

正德十年（乙亥，1515），劉春母親81歲。劉春56歲，在北京，禮部尚書。二月，以母老乞歸不許。六月母卒，七月二十九日報訃至京。八月初一以聞喪告。八月二十七奉旨准與祭葬。九月十三離京。十一月十六日抵巴縣家。十二月二十四日奉母柩與父劉規合葬。

二月癸卯，"禮部尚書劉春以母老乞歸，不許"。（《明武宗實錄》卷121）

二月。"保安寺大德法王綽吉我些兒，本烏思藏使也。上留之，得幸。至是欲遣其徒領占綽節兒、綽供剳失爲正副使，還居烏思藏，比大乘法王例入貢；且爲兩人請國師誥命，及入番，熬設廣茶。下禮部。尚書劉春議不可，且謂沮壞茶法，騷擾道路。有旨，令復議。（劉）春執奏：烏思藏遠在西方，性極頑獷，雖設四王撫化，而其來貢必爲之節制，務令各安其所，必爲防備。"（《明武宗實錄》卷121、明俞汝楫編《禮部志稿》卷九十一《朝貢備考·頒貢夷禮·請誥命及設茶》）

"綽吉我些兒者，烏斯藏使臣，留豹房有寵，封大德法王。乞令其徒二人爲正副使，還居本土，如大乘法王例入貢；且爲二人請國師誥命，入番設茶。禮官劉春等執不可，帝不聽。春等復言：'烏斯藏遠在西方，性極頑獷。雖設四王撫化，而其來貢必爲節制。若令齎茶以往，賜之誥命，彼或假上旨以誘諸番，妄有所幹請。從之則非法，不從則生釁，害不可勝言。'帝乃罷設茶敕，而予之誥命。"（《明

史·大慈法王傳》）

三月。"禮部尚書劉春以廣東左布政使羅榮、按察使陳雍及安慶知府馬文來朝，各陳言守臣進貢之害，因覆奏舉，累朝停革貢獻。"（《明武宗實錄》卷122、明俞汝楫編《禮部志稿》卷九十九《詔條備考·登極恩詔·停罷守臣貢獻》）

閏四月癸亥。"吏部尚書楊一清言，累朝簡用內閣，皆翰林館閣之英，經幃春宮之舊，其自別衙門進者，僅有李賢、薛瑄，蓋極一時之選。近年援此，濫及士林，以爲訾議。今如臣者，論才行既非前李賢、薛瑄之倫語，學術又出今劉春、蔣冕之下，顧使處非其據，必至自貽罪愆。疏入，溫旨令亟供職，不必固辭。"（《明武宗實錄》卷124）

"正德乙亥六月，我（劉春）母太夫人奄棄。越八月朔，訃至京師。不肖男（劉）春解官守制，禮部乃稽恤典疏請，蒙恩賜祭葬，遂行。禮部主事內江余君德仲赴原籍致祭，工部兼行治宅兆。"（《文簡集》卷之十五《劉氏齋房記》）

"乙亥，（劉春）聞鄧夫人訃，時尚書未滿考，特許誥贈二代，賜夫人，祭葬，遣禮部主事余才經紀其事，仍給驛以行。"（《劉文簡公紀》）

"公（劉規）卒於正德三年九月十四日，春秋七十有三；夫人多七，其卒十年六月七日也。"（《劉應乾墓表》）

八月，劉春"丁憂歸"。（《明代職官年表·部院大臣年表（京師）》）

"封翰林院侍講學士劉公（規）卒後七年，（正德十年）其配鄧宜人卒。子春仁仲，時爲禮部尚書，以訃聞。上命工部遣官治葬事，禮部諭祭於其家，會朝廷推恩，大臣二品以上未滿考者與誥，仁仲以喪不預給，特命給之，加贈公資政大夫禮部尚書、鄧夫人，蓋異數也。於是仁仲乘傳歸守制，以其年十二月十四日奉夫人柩，與公合葬（巴縣）梁相村之原。"（《劉應乾墓表》）

"丁鄧夫人憂。"（《劉春墓志銘》）

劉剛"卒後二十年，其孫（劉）春爲禮部尚書……公（劉剛）之葬，前學士江公東之爲銘……禮部君（劉春）方以母喪歸，因備儀物、飾兆域，自述事狀，請予（李東陽）銘（按：銘劉剛墓）"。（民國《巴縣志》卷十《人物·諸劉》"劉剛"附李東陽《劉弘毅（剛）神道碑銘》）

劉春《先母夫人安厝記》：

正德乙亥季夏七日壬戌（按：六月初七），先母夫人忽耳後病瘍不起。

逾月，甲寅（七月二十九日），家僮報訃至京，春既叫地號天，無所逮及矣。

翼（翌）日，仲秋乙卯（八月初一）朔，乃以聞喪告。

越戊寅（八月二十四），禮部具題祭葬。

辛巳（八月二十七），奉聖旨，准與祭葬，還著馳驛回去。

會鄧都御史璋以歷三品、二品，皆不滿考，未給誥命請及親存給之。有旨，准給，仍推及在京官二品以上者，疏如例請給。

丙戌（九月初三），奉聖旨，（劉春）應得誥命，准與他甲午（九月十一）墓誌刻完。

丙申（九月十三），遂起行。

仲冬（十一月）十六日，抵家。長兄相已蠲（捐）。（按：長兄劉相前已去世）

季冬（十二月）二十四日丙子申時，吉，襄事。

時廣東參政弟（劉）台進表於京。八月十四日，舟次臨清。聞訃，拏舟還。歷淮揚，溯建康，過荆楚，風波多阻，未能猝至及期。（按：劉台尚未至京師，在山東臨清聞訃即治舟，南下南京，換舟上三峽入蜀赴巴縣）

（劉）春不能違也，乃葬前三日發引（按：發引，即出殯）。先是，連日小雨，至是，連三日霽。鄉之親友送往者甚衆，而郡守南昌饒侯文中，郡倅長安梁侯、蒲圻但侯，雲南僉憲同郡姚君以立，咸至營所。夜漏已下，而郡貳荆門程侯又至自江津。（按：民國《巴縣志·職官》，饒榶，字文中，江西進賢進士，正德朝任重慶知府。梁鼎、但存學，正德朝任重慶府通判。姚君以立，姚學禮。程瑩，正德朝任重慶府同知。民國《巴縣志》卷十《人物·中之上》："姚學禮，弘治六年進士，授御史。……瑾誅後，起雲南僉事，終參議。祀鄉賢。"由是知姚學禮，字以立。）

明日，祭奠歸。又雨，比葬前一日，參政弟（台）尚未至，僉謂勢不可及矣。

葬日（十二月二十四）辰刻，家僮報弟昨暮艤舟朝天門，即挨門宵行，今將至，聞之殊喜。已而，果至。詢其故，則云："入巴東，始知葬期，遂挾六歲兒長年，儬小舟抵夔州，從陸路晝夜兼程而來，歷所謂鬼門關、蟠龍嶺、觀音崖者，皆素所未見之險，盖信如，奔命矣。"

未幾，同年右方伯安福伍公朝信轉福建左赴任，薄午亦至。

既祭奠畢，申刻，不肖輩遂奉母夫人柩入壙。

方窆，新都楊狀元用修（按：楊慎，字用修，號升庵。楊慎24歲成狀元，正德十年楊慎28歲。楊廷和之父、楊慎之祖楊春，正德十年病故。時楊慎在新都，由新都赴巴縣弔唁劉春之母鄧夫人）至，即設奠，行禮，若有約焉者。

窆畢，當題主（按：寫牌位）。乃請用修屈筆從事，用修慨然行焉。是何遭遇之奇，有如此也？

夫以祖塋距郡西南四十里而遥（按：在梁相村，今重慶華岩鎮聯合村），山路崎嶇，且數雨泥淖，非親愛如骨肉者不能至。故縉紳大夫之辱愛者多矣。數十年來，僅今方伯公安何公廷佩、郡守石首劉公用賓，一至吾母夫人之葬，郡大夫暨方伯諸公，咸往焉，已不易得；而用修狀元又至，至又適當入窆之期，得俾不肖兄弟屈請題主，謂非遭遇之奇不可也。況弟奔喪間關山，徑亦得如期哭視窆焉，設當是日昧爽，前則終天之恨，益曷能已也。說者謂母夫人之淑行懿德，要非尋常者，故於送終遠近骨肉咸會此，固異事。而賓友之貴顯者，不期踵來，而又有盖世知名如狀元用修者復至。於戲！是或然耶？豈事之素定，要亦有不偶然耶？是不可不書以告我後人，俾我後人知先世慶衍非無所自也。於戲！豈易易哉！（《文簡集》卷之十五）

"正德十年，禮部尚書劉春奏：西番俗信佛教，故祖宗以來，承前代之舊，設主烏思藏諸司闡化闡教諸王。以至陝西洮、岷，四川松潘諸寺，令化導夷人，許其朝貢。然每貢止許數人，貢期亦有定限。比年各夷僻遠，莫辨真僞，至有逃移軍匠人等，習學番語，私自祝髮，輒來朝貢，希求賞賜。又或多創寺宇，奏乞名額，即爲敕賜，朝貢不絶，以故營建日增，朝貢愈廣，此皆藉民財以充宴賞，繼繼不已，雖神輸鬼運，其何能應無窮之用哉！乞酌爲定例，嚴其限期，每寺給勘合十道，陝西、四川等處兵備仍給勘合底簿，每當貢期，比號相同，方許起送，其人數不得過多，自後再不得濫自營建，則遠夷知戒，民財可省。詔顯、慶等二寺及洪福寺以後番僧來貢者，賞賜視寶淨諸寺例，餘如所議，行之。"（明俞汝楫編《禮部志稿》卷九十二《朝貢備考·優夷·節約番僧營建》）

按：梁相村，劉氏祖先由楚興國州遷徙至巴縣後，即定居於此。"珉一公至巴縣，居於城南柳市里梁相塝。"（劉道開《渝族譜序》）"公（劉剛）……葬于梁相村之原。"（《諸劉傳》）劉規"鄧宜人……葬梁相村之原"。（《劉應乾墓表》）

劉剛卒于成化十年（1474），正德八年（1513）劉春遷禮部尚書。李東陽《劉弘毅神道碑銘》謂劉剛"卒後二十年，其孫（劉）春爲禮部尚書"，誤。應爲"卒後四十年"。"禮部君（劉春）……請予（李東陽）銘"，即劉春請李東陽爲祖父劉剛墓作銘，而劉剛"之葬，前學士江公東之爲銘"。即有兩個墓志銘。

正德十一年（丙子，1516）57歲，丁憂，在巴縣。

"越明年（正德十一年）正月，（余）德仲（禮部主事）至自京師，祭（劉春之母）畢，行布政司屬有司修建如式。比經營，以兆域當屋後，而享堂爲祭奠之所，既易隙地于從叔余翰，余本以置之矣。顧時祭而齋不可無，所視堂之外，僅丈餘，則皆有所隔礙，莫可充拓者，乃復易隙地于族叔壽與德，以創建焉。……不肖春敬執筆以從事，繼思我母太夫人不幸。不肖春洎弟台，叨仕中外縉紳大夫之相知者，多遣使自遠，至以奠賻幾筵，欲概却不受，則有孤朋友恤喪之情，受之而無所處，又不免君子家喪之譏，故於經費外，用其餘，易穀二百石，以補親族、鄉鄰之稱貸者。秋成，親族則抵斗，鄉鄰則稍服其息，以貯於囷倉。蓋親疏之分，自不容無差等，固不能免息者，則欲漸廣太夫人之澤，以流於後也。然是舉也，先公（劉規）致仕家食時，封主事，兄相侍養，歲恒行之，比棄背，中廢，兹固太夫人之澤，而實欲紹先公（劉規）之志也。"（《文簡集》卷之十五《劉氏齋房記》）

是年，《贈資政大夫禮部尚書劉公（規）墓表》立石，"賜進士光禄大夫柱國少師兼太子太師吏部尚書兼華盖殿大學士知制誥國史總裁經筵官新都楊廷和撰","賜進士光祿大夫柱國太子太保吏部尚書前兵部尚書奉敕提督十二營軍務侍經筵官長洲陸完書","賜進士資政大夫太子少保戶部尚書前都察院右都御史侍經筵官藁城石玠篆"。

按:民國《巴縣志·人物·諸劉傳》附錄楊廷和《劉應乾墓表》即楊廷和撰《贈資政大夫禮部尚書劉公(規)墓表》。後者長160厘米,寬65厘米。1987年7月在九龍坡區華岩鎮聯合村響堂岩采集,現藏於重慶九龍坡區文化館,《劉應乾墓表》無楊廷和撰、陸完書、石玠篆三列文字,此依原石文字補。又,《諸劉傳》與原石文字稍異。原石後有"大明正德十一年□□□□□日立石"字樣。

正德十三年(戊寅,1518)59歲,服除,改南京吏部尚書。

正月,劉春在巴縣弔唁前甘泉令李垚。"今年戊寅正月九日,(李垚)忽以疾不起……已而聞訃,(劉春)乃偕弟衡仲(劉台)往哭焉。……君諱垚,字宗岱。其先湖廣人,元季有諱斌者,始遷重慶之巴縣,家焉。"(《文簡集》卷之十六《明故甘泉尹李君墓志銘》)

四月丙戌,"改服闋禮部尚書劉春爲南京吏部尚書"。(《明武宗實錄》卷161)

四月十八丙戌,劉春"服闋,禮尚改"(由禮部尚書改吏部尚書)。(《明代職官年表·部院大臣年表(南京)》)

"劉春,四川巴縣人,成化丁未進士,正德十三年任

（南京吏部尚書）。"（王世貞《弇山堂別集》卷四十七《六部尚書表》）

"戊寅服除，起（劉春）南京吏部尚書，疏辭，不允。"（《劉文簡公紀》）

劉春云："正德戊寅四月，某以禮部尚書守制家居。服闋，蒙恩改南京吏部尚書，即疏辭。十一月得旨，不允。"（《文簡集》卷之十五《南京吏部創置官舍記》）

劉春云："正德戊寅，余以禮部尚書讀禮家居，服闋，蒙恩改南京吏部。"（《文簡集》卷之十五《南京吏部題名記》）

"丁鄧夫人憂，制終，即其家改南京吏部尚書。"（《劉春墓志銘》）

正德十四年（己卯，1519）60歲，南京吏部尚書。二月登舟離巴縣，經涪州，四月抵南京。初到南京，苦於無房可住。楊廷和推舉同鄉劉春堪任專管誥敕官，失於回避，帝宥之。

劉春《南京吏部創置官舍記》："乃于明年（己卯）二月望後四日，自（巴縣）家登舟赴（南京）任，四月望前二日丙子，始艤南京上新河。癸未，始莅事。時無官舍，求僦居於土著家，不獲，乃假寓工部司空官舍。日訪求一所，或賃或買，以容膝焉。幾浹兩月，竟無所得。已而，司空至，遂不暇顧民居之迫隘，急移少憩。方溽暑，其炎燸之薰蒸，有弗能堪者。因思各部堂官皆有官舍，惟吏、礼二部则恒贸易於人，或僦居闲屋，其苦有如此。先是，吏侍卢陵罗公允升奏绩京师，礼侍丰城杨公方震摄部事，乃以缺官直（值）堂顾役之资，置屋一所於柳树湾，将为官舍，但颇湫隘倾圮。余惮于营缮，未之居，遂与验封郎中胡缵宗议，凡旧官既离任後，新官未莅任前，直（值）堂舆隶例无缺者，而其顾役之资，盍用贸易一所以为官舍，不亦可乎？况柳树湾之所，设转易於人，亦多助者，但创置之舍所直（值）少，必不可居，多则不能及数。若以己资克之，既置後渐补以缺官之直（值）堂者，或离任尚未足用过之数，则代者计其多寡以补，而于缺官时，取给如其数，数及即止。设相承者皆然，则官舍可有，而僚佐所居亦准置焉，不皆将有所栖息，岂致垂涎於人乎？遂问於大通街，得致仕主事黄谦一所，其直（值）白金二百七十有五两，即以所赍路费、所得俸金，并直（值）堂顾役之资，及缺官之直（值）堂者易之。已而，杨公闻之，复赎其柳树湾者，以为礼部官舍，而吾吏部之官舍定矣。然其间既用之数，必欲俟补之者。盖矫激之行，非吾徒所能或勉强于一时，终必废，且亦免箪食豆羹见於色之议也。余既迁居於中，闲书创置之由屋壁间，庸告嗣居者，惟视其所圮坏而时加修葺，不类视为传舍焉，庶可永传於後耳。"（《文简集》卷之十五）

离巴县东下过涪陵，在涪陵应邀为《涪州志》作序："郡邑不可无《志》也。……涪旧有《志》，第纂述，鲜以关於政教为重甚者。旧有系於世教之事，或因废不录，顾于時所舉,則縷載無遺,猥雜可厭。殊不知志一郡一邑,視《通志》固欲詳也,而不涉於政教者,則可略矣。知涪州事宜良王君璽,起家舉人,歷官保寧教授,績最被召,超擢於斯(涪州)。……公(王璽)暇觀《(涪州)志》,有感於中,乃重加搜輯增之,而續其所宜載者。若詩文之類,則凡有關於政教者,雖世遠無遺否,即近時亦略,俾後人開卷之余有所興起,蓋不以務博爲功也。《志》成,適余承命改南京,過涪,(王璽)丐友人楚雄通判文希博、金華守劉惟馨屬余序之。與披閱舟中。視其所載,誠有得於纂述之肯綮者,非但知其從事學校之義如此,要亦有志于聖賢仕學之訓者。後之來仕者觀焉,則視風俗而思所化導,視戶口而思所撫宇,視人材名宦而思所振作向慕。而其出於斯者,亦各隨其類而感發奮迅焉。則是《志》之修,豈徒紀事哉?昔人謂文章不關於世教,雖工無益也,於戲!是獨文章而已耶?遂書以序之。"(《文簡集》卷之六《涪州志序》)

按:劉惟馨,即劉菠,字惟馨,涪州人,弘治十二年(1499)進士,正德二年(1507)語侵劉瑾被貶回涪陵,正德五年(1510)劉瑾伏誅,正德七年(1512),劉菠起知金華府。在金華三載,"浙憲"某人"因附御史潘鵬,並力陷菠,旋復致仕"。正德十年(1515)劉菠"未及遷,輒告歸",再被貶回涪陵。《明史》有《劉菠傳》。由劉春《涪州志序》知劉菠請劉春作序,是劉菠再被貶回涪陵後。由是亦知劉春序是在服除赴南京過涪陵途中所撰,亦知明《涪志》成書在正德十三年（1518）。

乾隆五十一年（1786）《涪州志》涪州人文珂、劉之益、夏道碩"舊序"云："涪《志》編自明之世宗朝（嘉靖）"，然"甲申一炬，與焦土俱爐""甲申後舊版渝於劫焰""甲申賊變後，不啻秦灰，蕩然無存矣"。按所謂"涪《志》編自明之世宗朝（嘉靖）"，誤，應爲武宗朝。由文、劉、夏序，知正德《涪州志》今不存。然文、劉、夏皆未提及劉春序，可知劉春序無人知曉。民國十七年（1928）《涪陵縣續修涪州志》卷首《凡例》云："本州建置以來，僅存乾隆五十年（1785）之陳《（涪州）志》。""陳"，指陳于宣，字寧敷，涪州人，雍正十三年（1735）舉人，歷官湖南永定、會同、綏寧等縣知縣。

由劉春序，知正德《涪州志》之前"涪舊有《志》"。正德《涪州志》乃"知涪州事宜良王君璽""重加搜輯增之而續其所宜載者"。

正德十四年，劉春，吏部尚書。（《明代職官年表·部院大臣年表（南京）》）

"己卯四月（劉春）上任（南京吏部尚書）。"（《劉文簡公紀》）

八月壬午。"先是，内閣缺專管誥敕官，大學士楊廷和等推舉南京吏部尚書劉春堪任。奏上，不允，令再推。久之未上。至是，降旨，以（劉）春爲廷和鄉人，（楊）廷和故私之，且違旨，久不另推，令（楊）廷和具實陳狀。

（楊）廷和疏上，上曰：'既陳狀，已之，不必介懷，宜亟出辦事。'時上欲南巡，令（楊）廷和草威武大將軍鎭國公敕，（楊）廷和力爭不可，上怒，故藉此譴之。大學士梁儲等亦言：'內閣一應題奏，皆臣等四人共議舉（劉）春，臣等亦與有罪。'上曰：'卿等不以稽誤自揣，乃自相回互邪？'"（《明武宗實錄》卷177）

"具官臣楊廷和謹奏，爲回話認罪事節，該吏部題爲印信事，伏奉聖旨。楊廷和推舉同鄉劉春替李遜學，已有旨，著另推，如何日久不推，著從實回將話來，欽此。臣（楊廷和）聞命之餘，惶愧無地。臣先因內閣缺專管誥勅官員，查得舊例，多系挨次推用，以此將南京吏部尚書劉春會同推舉，劉春委系四川重慶府人，與臣同鄉，一時愚昧，失於回避。及奉聖旨另推，自合遵命，即便另推爲當。又因近來文書浩繁，辦事不給，兼以精力衰耗，神昏健忘，以致日久未推，稽誤遲延，罪當萬死！伏望聖明俯察愚衷，擴天地之量，寬鈇鉞之誅，臣下情不勝感恩戴罪之至！正德十四年八月二十一日，奉聖旨，既回話認罪罷，不必在懷，便急出辦事，該衙門知道。"（楊廷和《楊文忠三錄》卷七《辭謝錄三》）

"會（楊廷和）推南京吏部尚書劉春理東閣誥敕，以廷和私其鄉人，切責之。廷和謝罪，乞罷，不許。"（《明史》卷一百九十《列傳》第七十八《楊廷和》）

"余（劉春）與（蔣）一庵少同學……結爲姻家，弘仁即余婿也。……弘仁以正德己卯（十四年）舉於鄉。"

(《文簡集》卷之十八《明故淑人胡氏墓志銘》)

正德十五年（庚辰，1520）61 歲，南京吏部尚書。

正德十五年，劉春，吏部尚書。（《明代職官年表·部院大臣年表（南京）》）

正月。"南京禮部奏，皇上駐蹕南京，太廟、孝陵、奉先殿已親行禮，其餘諸祀典當舉者，請遣官，從之。乃命平虜伯朱彬祭龍江壇，南京兵部尚書喬宇祭鐘山之神，吏部尚書劉春祭懿文陵。"（《明武宗實錄》卷182）

"庚辰八月，（劉春）入賀萬壽聖節，且滿初考，奏上，會武宗不豫，命未下。"（《劉文簡公紀》）

"越明年己卯（正德十四年）夏四月，（劉春）蒞任（南京吏部尚書）。公餘，欲閱題名記，以考求往哲姓氏，未有也。竊謂是亦闕典，遂毅欲補之。適多事故，莫能及。逾年（庚辰），將考績京師，乃謀于同寅朱公茂忠，屬驗封萬郎中雲鵬索故案，得一殘帙，僅存洪武至今尚書、侍郎名氏，而其出身、鄉貫咸不能詳，乃索于諸集中，亦僅能得景泰以後者……"（《文簡集》卷之十五《南京吏部題名記》）

"烏岩劉公四郎墓（載《興國州志》），州西百里，地名慈口烏岩村，有劉公四郎墓焉。公墓在興國，而子孫則盛於蜀，詳徐紀（給）事剛（綱）《紀》中。正德庚辰（正德十五年）劉大中丞彭年以禮部員外郎奉差，兼省覲東川太宰（劉春），公子（起宗）留都。取道入慈口，會王事嚴，弗克展墓。因留詩郵舍云：'慈口新來梓里過，鄉心其奈客程何。山連楚蜀峰巒秀，地接東南勢面多。盛世百年誰舊閥，移家隔代幾鳴珂。匆匆又逐征途去，草樹煙光意自和。'"（《興國州志》）

按："烏岩劉公四郎墓"一段《興國州志》文，乃筆者于網上下載，未見原書，亦不詳該《興國州志》之版本。又，光緒《興國州志》（陳光亨、王鳳池序）無此段文字。

《興國州志》謂"正德庚辰（正德十五年）劉大中丞彭年以禮部員外郎奉差"，然《明世宗實錄》卷4正德十六年（1521）七月乙丑，"蔭禮部尚書劉春子延年爲中書舍人，仍補蔭一人入監讀書……其子主事彭年援例以請，故有是命"。即正德十六年（1521）彭年仍爲戶部主事，故《興國州志》謂"彭年以禮部員外郎奉差"，誤。

又，《明世宗實錄》卷51，嘉靖四年（1525）五月"（升）員外郎劉彭年爲貴州按察司僉事"。劉彭年爲員外郎或在嘉靖元年（1522）。

正德十六年（辛巳，1521）62歲，正月改禮部尚書兼翰林學士，典誥敕掌詹事府事，六月以疾卒於南京，賜祭葬，遣行人護喪歸巴縣。劉春一生勤學好問、居官守正，爲鄉間表率。蔭劉春一子劉延年入監讀書。

正月庚申，"改南京吏部尚書劉春爲禮部尚書兼翰林院學士，內閣專掌誥敕。……升湖廣右布政使聶賢爲河南左布政使。……雲南右參議劉鶴年爲本司右參政。"（《明武宗

實錄》卷 195）

正月庚申初七，劉春改禮部尚書兼翰林學士。（《明代職官年表·部院大臣年表（南京）》）

"辛巳正月，命改（劉春）禮部尚書兼學士，入東閣管誥敕。（劉）春七疏懇辭，得旨：'卿學行老成，譽望素著，簡在朕心。覽奏具悉，誠悃著，即只承，不必固辭。'不得已，乃入直。"（《劉文簡公紀》）

"辛巳，調（劉春）禮部尚書兼學士，典誥敕掌詹事府事。"（《學士劉春》）

"辛巳，改禮部尚書兼翰林院學士，入內閣，典誥敕，尋掌詹事府事。"（《劉春墓志銘》）

二月癸卯。"蔭禮部尚書兼翰林院學士劉春子延年、都察院左副都御史劉達侄禹，俱爲國子生。"（《明武宗實錄》卷 196）

"二月，尚書考滿，命下，蔭（劉春）一子入監讀書。"（《劉文簡公紀》）

"三月，武宗賓天。"（《劉文簡公紀》）

"四月，世宗繼統。"（《劉文簡公紀》）

"五月，命（劉春）掌詹事府事；是月，補庚辰會試，充讀卷官。"（《劉文簡公紀》）

"六月初三日，（劉春）以疾卒，壽六十有二。贈太子太保，諡文簡。遣行人護喪歸，敕葬諭祭，恩數有加。"（《劉文簡公紀》）

"公生於天順庚辰十一月二十九日，春秋六十有二。"

(《劉春墓誌銘》)

六月初三癸未，劉春卒。(《明代職官年表·部院大臣年表（南京）》)

六月。"詹事府掌府事、禮部尚書兼翰林院學士劉春卒。春，字仁仲，四川巴縣人，成化二十三年一甲第二名及第，授翰林院編修，弘治四年升修撰，充東宮講讀官，歷升禮部尚書兼翰林院學士，在内閣專管誥敕掌詹事府事。至是卒，賜祭葬如例，錄（劉）春宮講讀勞，詔特加祭二壇，造墳安葬如例，贈太子太保，諡文簡。（劉）春志行端潔，德量醇厚，有古人風。子彭年，登進士，官至都察院右副都御史（按：見後）。"（《明世宗實錄》卷3）

"正德辛巳夏六月朔，（黄）佐甫入翰林，廁吉士之末。有詔俾往受業，將及門，而先生（劉春）薨矣。"（《文簡集》黄佐《東川劉文簡公集序》）

七月乙丑，"蔭禮部尚書劉春子延年爲中書舍人，仍補蔭一人入監讀書。（劉）春嘗二品滿考，又爲經筵講官、東宮講讀者數年。其子主事彭年援例以請，故有是命"。（《明世宗實錄》卷4）

"禮部尚書兼翰林院學士劉公，以正德辛巳六月三日卒。訃聞，上悼惜之，命工部治喪事，禮部諭祭者四，贈太子太保，諡文簡，仍蔭其季子延年爲中書舍人，孫起東國子監生，皆異數也。"（《劉春墓誌銘》）

"十六年（劉春）卒。贈太子太保，諡文簡。"（《明史》卷一百八十四《列傳》第七十二《劉春》）

"劉春，四川巴縣人，由進士及第，正德十六年以禮書兼任（學士）。尋卒。"（王世貞《弇山堂別集》卷四十六《翰林諸學士表》）

"文簡……禮部尚書兼翰林院學士贈太子太保劉春（正德）。"（王世貞《弇山堂別集》卷七十一《諡法二·二字諡》）

楊慎《祭劉文簡公春文》："岷山之精，井絡通津。焜曜峻極，實生偉人。天生我公，匪邦伊世。在邦爲珍，在世爲瑞。三禮首選，鼎魁及第。摛藻天庭，敷言近陛。有頍文苑，蔚爲儒宗。講金華而議白虎，記東觀而考南宮。瑰辭直筆，大雅古風。隨仕階而譽命，思職居以效忠。乃陟宗伯，乃掌邦禮。公德寅清，公衷簡易。是禮是儀，爰契爰似。酌言可施，違覆堪紀。宅憂詔還，總已留鑰。報政來朝，帝念舊學。視草西垣，演綸東閣。維新天子，更化立年。饑渴宅俊，寤寐英賢。公才公望，孰與公先。天不憖遺，公不少延。哀哉賀門，鞠爲吊間。嗟兮！梁木霜稼已俱，區中之緣永絶，蒼生之望遂虚。嗚呼！仕至八座，壽登六衮。雖尊榮之已膺，恨效用之未極。在公者則立德立言，足以不朽而無憾。在議者則爲世爲民，重以不滿而興噫也。杳杳靈駕，載返東川，敬陳薄奠，以告祖筵。"（楊慎《升庵集》卷九、雍正《四川通志》卷四十四《藝文·祭文》）

謝遷《祭劉仁仲太宰文》："嗚呼！天佑斯民，爲國生賢。惟才與德，亦罕具全。德稱其才，見於東川。質由天賦，學自家傳。精專三禮，淹貫群編。恂恂退抑，似不能言。其中朗耀，如珠在淵。妙齡發解，唾手魁元。明廷三策，大對莫先。爰擢史職，旋躋講筵。德業日富，令聞日宣。乃陟卿曹，乃司代言。不激不隨，無黨無偏。柄用之望，衆口同然。聖明嗣統，側席虛前。登崇俊良，茅拔茹連。胡不憖遺，而館遽捐。孰屯其膏，不及黎元。奈之何哉，彼蒼者天。既厚其賦，乃嗇其年。嗟余衰耄，久已歸田。江湖暌遠，顧念勤惓。長箋短札，誼重意虔。遊從之好，終始弗諼。詎謂奄忽，遂隔九原。瞻望巴蜀，心旌徒懸。緘辭寄奠，有泪如泉。尚享！"（明謝遷《歸田稿》卷三《祭文類》）

"劉春，巴縣人，官至文淵閣大學士，卒謚文簡，沈靜寡欲，居官守正，蒞政廉明，文行爲鄉閭表率。"（雍正《四川通志》卷八《人物·重慶府》）

"劉春……勤學好問、一德不懈。"（明鮑應鼇《明臣謚考》卷上）

《太子太保禮部尚書東閣學士劉春賜謚誥》："制曰：謚法無私，朝廷表生前之行，輿評可據臣子易没（殁）後之名。爾故太子太保禮部尚書東閣學士知制誥詹事府掌府事教習庶吉士劉春，秉心正直，積學深醇。蚤掇巍科，丕著文章之用。久居侍從，懋宣啓沃之勞。歷典文武，兩闈兼收。思皇多士，爰掌邦禮。寅清無忝，秩宗載握。留銓統均，克稱冢宰。及來報政，遂晉司綸。儲相有待，子登庸優，老不煩以部務。朕纘成大統，痯瘝求賢，方倚老成之人。遽聞考終之訃，未竟爾志，殊殄予懷。肆恤典之宜隆，稽衆謀而僉協。按謚法，勤學好問曰'文'，一德不懈曰'簡'，兹用謚爾爲'文簡'，錫之誥命。於戲！名乃實賓，褒貶特嚴於一字；論以久定，芳徽永賁於千秋。泉壤有知，尚克歆服。"（乾隆《巴縣志》卷十七《補遺·藝文》）

"（劉）春在詞林二十餘年，乞歸省者，再爲學士，時同官十人，具（俱）慶者惟（劉）春。士大夫競羨而侈談之。每以職在論思，手不釋卷，坐必夜分，起必五鼓，以筵進講，委曲規諷，上爲改色。

"凡儒臣榮遇，皆遍歷之。及佐銓部，邃庵楊公（一清）爲太宰，特重（劉）春古樸，登進人才，多所裨助。在禮部時，兩遇郊祀大典，一遇會試，貢院舊格，整飭一新。

"凡舉動皆爲久遠計，不務目前。有西僧欲奪民地于甘州，且乞遣官督建寺宇，時關中饑，春力言不可，竟停之。占城失國，流寄他所，其世嫡求册封，（劉）春議以爲朝命不可辱在草莽，引春秋公孫青爲據，遂格不行。又以祭葬贈謚，關係勸懲，乃奏爲定例，以杜濫及。

要家有以賄請者，拒絕尤嚴，久之亦安其所宜得，莫之怨也。或遇勳戚大臣病故，上遣諭祭，喪家輒厚幣爲謝，習以爲常，春曰：'以尚書而受其私，豈惟輕己，如國體何？'悉卻之。其謹峻有守如此。

"行人傅檥有事德府，聞母病京師，疏以爲事尚緩，乞得回京省視。吏部以差遣隸禮部，移咨至，春曰：'苟可勸孝而無病于公，何成案之檢耶？'即爲題復。江西提學僉事田汝耔，乞印如分巡官，以便關防。前此屢有請者，例不應給，輒報罷。（劉）春以憲臣領風教，顧後其時務耶。奏議添設官用關防，例遂遍諸省。其不拘滯而勵教又如此。

"（劉）春爲宗伯，凡推塚宰者一，推內閣者再，爲南冢宰推北冢宰者一，皆不果用。每升進有機，輒自失之，恬然無悔。當其推內閣也，太宰楊公（一清）爲首，公即次楊公，不由翰林者，咸擬次者得之。而（劉）春方奏止西僧請乞，詞甚激切。楊公（一清）私服曰：'大位在前，乃略不自爲，地非仁且勇者不能也。'

"《通鑒纂要》成，例當增秩。時逆（劉）瑾方得志，欲延諸史官一至其家。（劉）春約衆俱不往。（劉）瑾怒，遂被廷詰，以書中字畫濃淡不勻奪俸，官遂不進。久之，乃有銀幣之賜。及以憂歸，又遣邏卒伺之於道，竟無所得而還。

"（劉）春待物和而有則，人不見其喜怒；正義所在，則毅然争之，不能奪也。服官三十五年，忠清嚴重，寬簡敦樸，以致三部寮屬及文武科門生，皆敬愛如私親，久而愈篤。每語後進，拳拳不欲失秀才風味。

"爲詩文，力追古作，晚益簡勁，類其爲人。字畫規矩，于歐而自成一家，宛然冠冕佩玉，有心畫焉。同鄉馬侍郎廷用嘗曰：'吾館閣中縝密者爲某某，疏爽者爲某某，敏達者又某某，至粹然集於一人，如出於一日者，其爲吾東川先生乎！'

"所著有《鳳山集》若干卷藏於家，碑板在四方者甚多。

"大學士楊廷和銘其墓曰：'重慶先達，曰蹇忠定。文簡繼之，煒煒輝映。其始從事，史局講筵。隨試自效，職業罔愆。四典三祀，職亦屢遷。法守是慎，不比于權。召自留都，司帝之制。行將大受，參預政事。諧于庶尹，以贊新治。胡進之難，胡奪之易！'"（《劉文簡公紀》《學士劉春》）

"廖道南曰：予爲庶吉士時，東川公方起赴闕，見其醇雅篤厚，有古人風，方擬樹教秘書省，未幾而亡，石齋之銘，豈欺我哉！"（《學士劉春》）

王世貞謂劉春等"兄弟高科……正統景泰中，彭文憲時中狀元，文思華中會元，然是從弟兄耳。楊文懿守陳、尚書守址；劉文簡春、參政台；王文莊鴻儒、布政鴻漸，俱解元。而（楊）守址、（劉）春復及闕"。（王世貞《弇山堂別集》卷二《盛事述二·一門高第》）

王世貞謂劉春等"榜眼二品"："自苗衷、陳文二公外，永樂交趾左布政使張顯宗（自侍郎遷），正統太子少保戶部尚書楊鼎，太子少保禮部尚書周洪謨，成化南京吏部尚書楊守址，南京吏部尚書黃珣，正德太子少保禮部尚書白鉞，禮部尚書劉春，嘉靖南兵部尚書劉龍，南禮部尚書孫升，十一人。"（王世貞《弇山堂別集》卷五《盛事述五·榜眼二品》）

王世貞謂劉春等"榜眼得謚"者："苗文康衷，陳莊靖文，吕文懿原，周文安洪謨，徐文靖溥，黄文僖珣，白文裕鉞，劉文簡春，劉文安龍，王文定瓚，孫文恪升，程文恭文德，吕文簡調陽，陶文僖大臨。"（王世貞《弇山堂别集》卷五《盛事述五·榜眼得諡》）

徐應秋謂劉春等"父子配享廟廷"："《宛委編》記父子配享廟廷者，唐太師西平王李晟，太尉凉國公李愬……漢絳侯周勃，丞相條侯周亞夫……（明）大學士謝遷，吏侍翰學（謝）丕……左副都憲右副都憲禮書劉春，右副都（劉）彭年……"（明徐應秋《玉芝堂談薈》卷二《父子配享廟廷》）

劉春又爲書畫家，《佩文齋書畫譜目録》卷四十二《書家傳二十一·明》有劉春名：王鏊、王延陵、楊廷和、李傑、郭勛、梁儲、楊一清、李璲、洪鍾、儲瓘、張志淳、喬宇、王鴻儒、劉春、陸完、錢承德、毛澄、王瓚、張嘉謨、王守仁、祝允明、唐寅、都穆、文奎、文徵明、文彭、文嘉、王同祖、蔡羽、王守、王寵、陳淳……

"劉春……爲詩文力追古作，晚益簡勁。字畫規模于歐，而自成一家，宛如冠冕佩玉，有心畫焉（《列卿紀》）。"（倪濤《六藝之一録》卷三百六十八《歷朝書譜·明·劉春》）

"著作務師古人，晚益簡勁，類其爲人，有《鳳山稿》，藏於家。"（《劉春墓誌銘》）

嘉靖元年（壬午，1522）

"葬以嘉靖元年十一月三十日。墓在榮恩山之原。"（《劉春墓志銘》）① "劉春墓，在巴縣西劉家廠。"（嘉慶《重修一統志》卷二百八十九《重慶府二·古迹》）

萬曆十六年（戊子，1588）

是年，爲劉春立"榜眼坊"，在重慶府文廟左。（乾隆《巴縣志》卷二《坊表》）

劉台年譜

劉台（1465—1554），字衡仲，號是閑，劉春弟。弘治五年（1492）舉人，弘治九年（1496）成進士。初授潊縣令，歷廣東提學，正德十二年（1517）解組。解組後家居巴縣數十年，卒年九十。

成化元年（乙酉，1465）生於赤城祖劉剛宦邸，1歲。

"公（劉台）生於成化乙酉年正月二十三日。……字衡仲，號是閑，初號雙山，以蚤退，取詩人意爲今號。……祖諱剛，仕台州府赤城丞。……公（劉台）生於赤城宦邸。"（江玠《明大中大夫廣東布政使司左參政是閑劉公墓

---

① 劉春墓志銘，1958年在巴縣鹿角鄉萬河村（現爲重慶巴南區南泉街道萬河村）樵坪山西面靠近中段坡下"翰林墳"出土，流散民間，巴縣文管所於1994年9月收集，現藏於巴南區文物管理所。嘉慶《重修一統志》所謂"劉家廠"，待考。

志銘》，下簡稱《劉台墓志》，原石藏重慶中國三峽博物館）

按：是年劉台生於赤城祖劉剛宦邸，可推知劉規與父劉剛同住，劉春、劉台皆在祖父身旁。劉剛何時去赤城驛丞職，不詳。

成化二年（丙戌，1466）2 歲。是年劉台夫人蹇氏生。

劉台夫人"宜人（蹇氏）生於成化丙戌（成化二年）二月十有八日"。（劉台《誥封宜人劉母蹇氏墓志銘》，原石藏重慶中國三峽博物館。下簡稱《蹇氏墓志銘》）

成化六年（庚寅，1470）6 歲。

"明年（成化六年，劉規）授余姚知縣。"（民國《巴縣志·人物·諸劉傳》附錄楊廷和《劉應乾墓表》。下簡稱《劉應乾墓表》。）

成化十八年（壬寅，1482）18 歲。

是年劉台娶妻蹇氏，蹇氏"曾大父太師忠定公（蹇義）；大父諱芸，國子生；父諱霆，監察御史"。蹇氏"十七（歲）壬寅歸予（劉台）"。（《蹇氏墓志銘》）

弘治五年（壬子，1492）28 歲，成舉人。

弘治"壬子……（劉台）大魁全蜀"。（《劉台墓志》）

"弘治壬子，予（劉台）發解，即攜之（宜人）上京。"（《蹇氏墓志銘》）

"是閑公（劉台）弘治壬子復以《春秋》發解，金昆玉友，海内鮮儷，不勝歆羨。"（《續修四庫全書》1334 集部王九思《奉賀是閑劉公雙壽序》，《渼陂續集》卷七下。下簡稱《劉公雙壽序》）

劉春《得舍弟發解信，詩以志喜，錄猶未至》詩："發解浪雲歸小弟，初聞顛倒著衣裳。名從使者傳來似，望極家山喜欲狂。……致身元是男兒志，贏得親庭醉幾觴。……鄉賢此日屬賓興，姓字新傳又首登。秀在兩川鐘豈敢，善於吾祖積真能。設施莫遣功名誤，培植須知爾我承。四代笏袍恩亦異，剩多清白爲時稱。"（《東川劉文簡公文集》卷之二十二。下簡稱《文簡集》）

弘治六年（癸丑，1493）29 歲，考進士不第。

"癸丑，而（爾，任轍）翁（任轍父任朝璉，字宗器）之上海，予（劉台）下第，省岳翁（蹇霆）于檇李（浙江嘉興）。……癸丑，（任朝璉）中乙榜，分教上海，匪志也。"（劉台《誥贈奉政大夫南京刑部郎中任公同太宜人張氏合葬墓志銘》，原石藏重慶中國三峽博物館。下簡稱《張氏合葬墓志銘》）

按：下第，科舉考試不中，又稱落第。

弘治九年（丙辰，1496）32 歲，成進士。

"是閑公（劉台）舉丙辰進士，予（王九思）幸同舉，誤選爲庶吉士，受教于文簡公（劉春）者甚久也。"（《劉

公雙壽序》）

"丙辰（劉台）登進士。"（《蹇氏墓志銘》）

"丙辰（劉台）中會試十四名梓經義，舉進士第，觀政吏部。"（《劉台墓志》）

楊廷和《贈劉春劉台詩》："君家兄弟好文章，經學淵源有義方。奪錦兩刊鄉試錄，凌雲雙立解元坊。大蘇氣節古來少，小宋才名天下香。從此聖朝添故事，巴山草木也生光。"（雍正《四川通志》卷三十九《藝文》）

按：民國《巴縣志·文徵》有李東陽《贈劉春劉台詩》："每愛西川玉一雙，獨承恩旨到鄉邦。長途未畏連雲棧，勝地終誇濯錦江。舊喜文場先入彀，近看史筆已如杠。郫筒載酒秋初熟，隔坐生香透碧窗。"然明吳寬《家藏集》卷三十有《送劉仁仲歸省》詩，與此同，文字稍異。未詳孰是。

弘治十年（丁巳，1497）33歲，任濬縣知縣。

弘治"丙辰（劉台）中會試十四名梓經義，舉進士第，觀政吏部，授大名府濬縣尹。……（弘治）丁巳（劉台在濬縣）"。（《劉台墓志》）

"是閑公（劉台）自濬縣知縣起，爲吏部主事，擢員外郎。予（王九思）獲日侍晤言，其受教之久，猶文簡公也。"（《劉公雙壽序》）

"未幾，（劉台）轉稽勛，尋轉文選，滿考，升考功員外郎。"（《劉台墓志》）

劉台"既召補儀制主事。既調吏部，稽勳，文選，陟考功員外郎"。(《蹇氏墓志銘》)

"往歲余弟（劉）台選補濬縣令。"(《文簡集》卷之十九《大名太守李公去思碑》)

弘治十一年（戊午，1498）34歲，濬縣知縣。
弘治十二年（己未，1499）35歲，濬縣知縣。
弘治十三年（庚申，1500）36歲，濬縣知縣。
正德二年（丁卯，1507）43歲，任泰州同知。

"未幾，（劉台）轉稽勳，尋轉文選，滿考，升考功員外郎。……明年，以奏止晉郡王求恤典如藩王禮者舊牘，忤逆瑾……遂左遷（劉台）太州同知。"(《劉台墓志》)

"正德初（正德二年），佞人用事，中罹讒毀，（劉台）左遷外補（太州同知）。"(《劉公雙壽序》)

"適逆瑾擅權，以公錯註誤，（劉台）左遷同知泰州，復南部舊物。既，督學廣右，參藩嶺南。"(《蹇氏墓志銘》)

按：劉台仕履，史料缺乏，正德六年（1511）復補南京戶部員外郎，正德九年（1514）升廣東左參政，見後。

正德三年（戊辰，1508）44歲。九月，劉規卒。劉春、劉台以憂歸巴縣。

"公（劉規）卒於正德三年九月十四日，春秋七十有三；（鄧）夫人多七，其卒十年六月七日也。"(《劉應乾墓表》)

劉台"莅泰（太州）之明年，奔省翁（劉規）訃"。（《劉台墓志》）

"（劉規）子男五：長相，封户部主事；次即仁仲；次台，雲南左參政；側室出者二，曰耆，曰英。女六：長適舉人盧尚易，次適國子生胡繼，次適陳嘉事；女三亦出側室，長適徐及，次適傅良弼，次在室。孫男九：鶴年，相出，兵部郎中；彭年，户部主事，大年、嘉年、延年，俱春出；光祖、繼祖，耆、英出；永年、長年，台出。孫女六。曾孫男三：起宗、起元、起東；曾孫女三。"（《劉應乾墓表》）

"（劉規）長子春，舉解元、進士及第，累官至學士，賜四品服，以學行聞。台，亦舉解元、進士，歷吏部員外郎，今爲泰州同知。孫，鶴年，復舉進士。彭年，舉鄉貢士。科第之盛，鮮與爲比。其次曰静年、大年、嘉年、延年、光祖、繼祖、萬年，皆宜人鄧氏出。"（李東陽《懷麓堂集》卷八十九《文後稿》二十九《明故封奉直大夫翰林院侍講學士劉公（規）墓志銘》。下簡稱《劉公墓志銘》）

"公（劉台）伯兄（劉相）之子參政君惟新（又作維新，即劉鶴年），又與予（王九思）弟九峰同舉戊辰（正德三年）進士，通家相愛，多歷年所。故於憲使君（劉彭年）之命，雖不能文不敢辭也。予（王九思）惟英雄豪杰之士，自負不凡，傲睨一世，不善俯仰，往往爲時所忌。或擯而弗用，或用不盡其才。雖若可恨，然其優遊之適，保期頤之齡者，十常八九，乘除之際，造物者豈無意也？有如是

閑公（劉台）英明磊落，抱負經濟，宰邑著循良之績，部署擅公廉之譽。"（《劉公雙壽序》）

正德四年（己巳，1509）45歲。丁憂在巴縣。
正德五年（庚午，1510）46歲。丁憂在巴縣。
正德六年（辛未，1511）47歲，服滿，復補南京戶部員外郎，尋升儀制司郎中，尋奉敕廣西提學副使。

"及制闋，（劉）瑾伏誅，時正德辛未，（劉台）復補南京戶部員外郎，尋升儀制司郎中，尋奉敕廣西提學副使。"（《劉台墓志》）

"劉台，字衡仲，巴縣人，進士，正德間任（廣西）提學（副使）。"（雍正《廣西通志》卷五十三《秩官·明·副使》）

"（劉台）蹶而復起，督學廣西，鑒空衡平，多士歸心。"（《劉公雙壽序》）

正德七年（壬申，1512）48歲，廣西提學副使。
正德八年（癸酉，1513）49歲，廣西提學副使。
正德九年（甲戌，1514）50歲，升廣東左參政。
"甲戌夏，（劉台）升廣東左參政。"（《劉台墓志》）
"劉台，正德九年任（廣東布政司左參政）。"（雍正《廣東通志》卷二十七《職官志·明省總二·布政司左參政》）

"（劉台）參政廣東，于旬于宣，仁煦義擊，蒸黎猺獞，

懷德畏威，歷階而升，撫填一方，入侍天子，統百官、均四海可也。"（《劉公雙壽序》）

正德十年（乙亥，1515）六月母卒。劉台51歲，廣東參政，進表於京，舟次臨清，聞訃還巴縣。

"時廣東參政弟（劉）台進表於京，八月十四日，舟次臨清，聞訃，挐舟還，歷淮揚，溯建康，過荊楚，風波多阻，未能猝至及期。"（《文簡集》卷之十五《先母夫人安厝記》）

按：劉台尚未至京師，在山東臨清聞訃即治舟，南下南京，換舟上三峽入蜀赴巴縣。

"明日，祭奠歸。又雨，比葬前一日，參政弟（台）尚未至，僉謂勢不可及矣。

葬日（十二月二十四）辰刻，家僮報弟（台）昨暮艤舟朝天門，即捱門宵行，今將至，聞之殊喜。已而，果至。詢其故，則云：入巴東，始知葬期，遂挾六歲兒長年，傲小舟抵夔州，從陸路晝夜兼程而來。歷所謂鬼門關、蟠龍嶺、觀音崖者，皆素所未見之險，蓋信如，奔命矣。"（《文簡集》卷之十五《先母夫人安厝記》）

正德十一年（丙子，1516）52歲，丁憂，在巴縣。
正德十二年（丁丑，1517）53歲，丁憂，在巴縣。劉台解組。

"丁丑，（劉台）歸守鄧夫人制。"（《劉台墓志》）

"（劉台）公解組時年五十三，真未老得閒，乃是閑也。"（《劉台墓志》）家居巴縣。

"乃使之（劉台）負屈以歸，慨世道者如何也。公（劉台）既歸，自稱雙山主人，於是作雙山別業，作七雨亭，作三治燕。凡山泉、魚鳥、煙霞、卉木之趣，觸目感懷，輒發吟味風人之體裁，曠世之襟度也。蓋嘗寄予，快睹數過，飄飄欲仙，不知公之自得者又何如也？晚年造益深，興益高，乃曰：'世有居閑而心勞者，非真閑也。乃今我身心齊矣。'於是易其稱曰'是閑翁'云。蹇宜人者，同邑太師忠定公之曾孫，江西按察僉事公之女也，於憲使君（劉彭年）之母太夫人（劉春夫人）爲從兄弟。出自世族，而富而能，儉貴而不驕，是閑公（劉台）峻德雅操，內助之力爲多。生有二子，長曰永年，穎異特甚，學舉進士，有聲；次曰長年，文而明農。當公（劉台）初度，二子者列宴，俌觭姻婭，盛集於是。"（《劉公雙壽序》）

按：劉台夫人"蹇宜人者，同邑太師忠定公之曾孫，江西按察僉事公之女也"。劉台《蹇氏墓志銘》："宜人曾大父太師蹇忠定公。……（蹇宜人）父諱霆，監察御史。""江西按察僉事"，即蹇霆，劉台岳父也。蹇霆，字克遂（一作克遠）。雍正《四川通志·重慶府·人物》："蹇霆，巴縣人，尚書（蹇）義之孫，歷僉事。"《江西通志·秩官·僉事·明》："蹇霆，字克遂，四川巴縣人，進士。"

"蹇宜人……於憲使君之母太夫人爲從兄弟"，竊以爲"從兄弟"乃"從姐妹"之借喻，由此可知劉春夫人亦姓蹇。

正德十三年（戊寅，1518）54歲，家居。

嘉靖十五年（丙申，1536）72歲。任轍之母張氏卒。

是年，任轍之母張氏卒，享年八十。"仲子（任）轍，知大理府，聞訃奔歸，將以是歲閏十二月三日合葬。誥贈奉政大夫南京刑部郎中任公……哀服，率弟（任）軒持鄉進士劉子永吉狀，涕泣稽首，請予（劉台）志銘。予曰：'嘻！二子知乎？而（爾）曾祖姑，（劉）台祖母姨也。'"（《張氏合葬墓誌銘》）

按：《誥贈奉政大夫南京刑部郎中任公同太宜人張氏合葬墓誌銘》乃"賜進士、尚書、考功郎、大中大夫、廣東布政使司左參政、前奉敕提督學校、廣西按察司副使、同郡劉台撰""賜進士、大中大夫、陝西布政使司左參政、同郡江玠書""賜進士、中憲大夫、奉敕整飭漢中兵備、陝西按察司副使、同郡劉彭年篆"。原石藏重慶中國三峽博物館。

嘉靖十九年（庚子，1540）76歲。是年劉起宗任浙江衢州推官。爲賀劉台夫婦雙壽，劉起宗返巴縣。

爲賀劉台夫婦雙壽，"憲使君（劉彭年）以壽文至（巴縣）；憲使君（彭年）之弟、主事君（按：大年、嘉年、延年，三人之某一人）某字以壽幣至（巴縣），憲使君（彭年）之子進士君啓（起）宗自京師至（巴縣），拜而佐觴，

□斯時也。公（劉台）與宜人當必釀然而笑，陶陶然而醉者矣。夫世之仕宦，夫婦偕老者鮮，偕老而和，而子孫賢、宗支盛者，爲尤鮮。公與宜人偕老而和，而子孫賢、宗支盛，其不可樂也乎？夫樂斯壽矣，況於乘除之效乎？然則公（劉台）與宜人不期頤而上不止矣。請以是爲雙壽賀，予（王九思）聞劉氏自上世以來，積德累行，始發于御史見一翁，公（劉台）之父也。由是有文簡公官至太子太保，禮部尚書。有是閑公（劉台），有惟（維）新（劉相之子鶴年）參政君，有憲使君（維靜，彭年），有主事君，有進士君（劉起宗），蓋一門四世六進士也，不其盛哉，不其盛哉！然培植深厚，食報未艾，公子未年（按：未字誤，當爲永字，劉台子永年），方英英然，如麟角鳳毛，出瑞當世，所以嗣父祖之業，壽公夫婦禦無涯者，端在斯人矣。予（王九思）不佞，請以是爲千萬壽賀"。（《劉公雙壽序》）

"重慶是閑劉公，以廣東左參政致仕，家居者二十餘年矣，明年庚子（嘉靖十九年），壽登七十有六。其配蹇宜人亦七十有五。公仲兄文簡公（劉春）之子惟靜（即維靜，彭年），秉憲陝臬，謀所以奉賀者，命予（王九思）爲之言。"（《劉雙壽序》）

嘉靖二十二年（癸卯，1543）79歲。夫人蹇氏卒，享年78歲。

劉台夫人蹇氏"卒於嘉靖癸卯八月初三日正寢，是歲

十月十有八日葬於鳳凰溝蟠龍山大地壩之陽"。(《蹇氏墓誌銘》)

　　按：《蹇氏墓誌銘》爲"賜進士尚書考功郎大中大夫廣東布政使司左參政前奉敕提督學校廣西按察司副使劉台撰""賜進士嘉議大夫奉敕巡撫貴州等處地方都察院右副都御使侄劉彭年篆""賜進士承直郎武選司主事甥江中躍書"。

　　嘉靖三十三年（甲寅，1554）90歲，卒于巴縣。

　　"嘉靖甲寅年（三十三年）十二月初五日，（劉）是閑公卒，其子劉永年等持狀請予（江玠）銘。予雖耄且忘，不能爲長語，然予二子皆爲公（劉台）婿。……公（劉台）諱台，字衡仲。……公生於成化乙酉年（元年，1465年）正月二十三日，壽登九十（嘉靖三十三年），忽無恙不起矣。公配宜人蹇氏，先公卒。宜人子男三人：長嘉年，早卒；次郡學生永年；季長年。女三人：長適舉人聶夢麟（聶賢之子），次適都指揮徐銳，季適吾（江玠）季子郡學生（江）中上。側室子一人，曰文年。女六人：婿曰（江）中躍，吾（江玠）支子，兵部員外郎；曰丁時顯；曰施文事；在室幼者三人。孫五人：起莘，郡學生；起渭、起浹，縣學生；起安、起亮。……女孫一人，曾孫女二人。以嘉靖丁巳年（三十六年）十二月十八日合葬于柳市大地壩蹇宜人墓左。"（《劉台墓誌》）

　　嘉靖三十六年（丁巳，1557）劉台與蹇氏合葬于巴縣柳市大地壩。

是年，劉台與宜人蹇氏合葬于巴縣柳市大地壩蹇氏墓。劉台夫人蹇氏之"曾大父"爲"太師蹇忠定公"。（《蹇氏墓志銘》）

後　記

　　2010 年退休後，我爲編撰《明清巴縣劉氏十人年譜長編》《明嘉靖間致仕刑部尚書聶賢編年》《明成化年間重慶知府沈海》《明福建左布政使巴縣人蔣雲漢》《明正德間重慶府循吏何珊》等文（載《巴蜀史地與文物研究》，光明日報出版社 2013 年），即閱讀過《東川劉文簡公集》（《續修四庫全書》一三三二册集部別集類的影印本，上海古籍出版社 2002 年）。

　　2020 年，我擬爲巴南區博物館編一本《巴縣諸劉研究》，也算是我退休後做的一點事。重慶市地方史研究會會長周勇教授得知此事，即建議我做《東川劉文簡公集注》，列入《巴渝文庫》叢書。當年 5 月 8 日，我與周勇教授到重慶中國三峽博物館《巴渝文庫》專家委員會辦公室，與杜芝明博士商談《劉文簡公集注》事。周勇教授建議我先做點校，明年納入《巴渝文庫》立項。於是我用近百日時間基本斷句、標點完畢，點校稿本交與杜博士，杜博士即分請西南大學文學院趙章超教授、湖北大學歷史文化學院講師李賢強博士審閱。2021 年 4 月 12 日，杜博士將趙章超、李賢强兩位先生的審閱意見交給我，兩位先生審閱非常認真仔細，指出了許多錯誤之處。

4月16日，《2020年度〈巴渝文庫〉項目立項通知書》云："胡昌健同志：你申報的項目《東川劉文簡公集》點校經《巴渝文庫》專家委員會辦公室審批，已經獲准2020年度《巴渝文庫》一般項目，項目批准號BYWK2020ZB－YJ03。"19日，我在項目立項協議書"丙方負責人"處簽字。

《巴渝文庫》辦公室將點校稿本交與重慶出版社，出版社指定由吳昊先生負責編輯，吳昊編輯即請重慶工商大學文學與新聞學院薛新力教授作爲該書的特邀顧問審閱稿本。8月9日，薛新力教授來電談了他對點校稿本中的凡例、通假字、異體字及腳注等問題的意見，後正式出具了《〈東川劉文簡公集校注〉閱後意見》。

2022年5月7日，吳昊編輯將點校稿本快遞給我，附上薛新力教授指出的一些錯誤，薛教授建議改"校注"爲"注"。9月至10月，《中華大典》李盛强編審、重慶工商大學文學與新聞學院熊篤教授作爲該書的"復審""終審"專家對《注》指出了一些錯誤，並提出了許多專業性、學術性的修改意見。

本書今付梓刊行，離不開以上諸位專家學者的關心、指教、幫助。在此，向周勇、杜芝明、趙章超、李賢强、薛新力、李盛强、熊篤、吳昊表示真摯的謝意！

自2020年迄今三年時間，本《注》經多次修改、補充，但仍不免會有錯誤之處，其責任在我。望專家、讀者一一指謬，是爲盼。

胡昌健

2022 年 12 月于重慶